수고양이 무어의 인생관

이 도서의 국립중앙도서관 출판예정도서목록(CIP)은 서지정보유통지원시스템 홈페이지(http://seoju.nl.go.kr)와
국가자료공동목록시스템(http://www.nl.go.kr/kolisnet)에서 이용하실 수 있습니다.
(CIP제어번호: CIP2014037331)

세계문학전집
126

E. T. A. Hoffmann : Lebens-Ansichten des Katers Murr

수고양이 무어의 인생관

E. T. A. 호프만 장편소설

박은경 옮김

문학동네

일러두기

1. 번역 대본으로는 *Sämtliche Werke in sechs Bänden: Band 5: Lebens-Ansichten des Katers Murr. Werke* 1820~1821(E. T. A. Hoffmann, Hartmut Steinecke 편집, Deutscher Klassiker Verlag, 1992)을 사용했다.

2. 원주 표시가 없는 주석은 옮긴이주이다.

3. 본문 중 고딕체는 원서에서 이탤릭체로 강조한 부분이다.

4. 본문 중 이탤릭체는 프랑스어, 이탈리아어, 라틴어로 쓰인 부분이다.

차례

제1권

편자의 머리말

여기 이 책만큼 머리말이 절실히 필요한 책은 없을 것입니다. 책이 어떤 기괴한 방식으로 결합되어 있는지 이해되지 않으면 뒤죽박죽 아무렇게나 뒤섞어놓은 형국으로 보일 테니까요.

그러니 편자는 너그러운 독자에게 바로 이 머리말을 꼭 읽어주십사 부탁드립니다.

편자에게는 친구가 하나 있습니다. 늘 한마음 한뜻이요, 편자가 저 자신만큼이나 잘 알고 있는 친구지요. 이 친구가 어느 날 편자에게 대략 이렇게 말했습니다. "여보게, 자네는 벌써 책을 제법 펴냈고 출판인들과도 친분이 있지 않나. 그러니 자네가 그 착실한 신사들 가운데 한 사람에게 매우 탁월한 소질과 빼어난 재능을 지닌 젊은 작가의 원고를 추천하여 인쇄하도록 하는 것도 그리 어렵지 않은 일일 걸세. 그 젊은

이를 보살펴주게나. 그럴 만한 자격이 있는 사람이네."

편자는 동료 작가를 위해 최선을 다해보겠다고 약속했습니다. 그런데 그 친구가 원고는 무어라는 이름의 수고양이가 쓴 것이며, 그 고양이의 인생관을 담고 있다고 고백하자 좀 기이한 생각이 들었지요. 하지만 이미 약속을 해버린데다 이야기의 서두가 상당히 매끄럽게 잘 표현되어 있는 것 같아, 곧장 원고를 주머니에 넣고 운터 덴 린덴 거리의 뒴러 씨에게 달려가 수고양이의 책을 출판할 것을 제안했습니다.

뒴러 씨는 지금까지 그의 작가들 가운데 수고양이는 없었고 경애하는 동료들 가운데 누군가가 지금까지 그런 종류의 남성과 관계를 맺었다는 얘기도 듣지 못했다고 말했습니다. 그렇긴 하지만 시도는 해보겠다고 했습니다.

인쇄가 시작되었고, 편자는 첫번째 견본쇄를 받아보았습니다. 그런데 때때로 무어의 이야기가 중단되고 다른 책인 악장樂長 요하네스 크라이슬러의 전기에 해당하는 낯선 문장이 삽입된 것을 보고 얼마나 놀랐는지 모릅니다.

주의깊게 조사하고 문의해본 결과, 편자는 마침내 다음과 같은 사실을 알게 되었습니다. 자신의 인생관에 관한 책을 쓸 때, 수고양이 무어는 주인집에서 발견한 인쇄본 한 권을 주저 없이 찢어 그 책장을 받침으로 쓰거나 잉크를 빨아들이는 압지로 사용했답니다. 그 책장들이 원고 안에 남아 있었고, 원고의 일부로 여겨져 실수로 함께 인쇄된 것입니다!

편자는 이제 겸허하고 서글픈 마음으로 고백해야겠습니다. 다른 종류의 소재들이 서로 혼란스럽게 뒤섞인 것은 오로지 편자의 경솔함 때문에 빚어진 일이라는 사실을. 수고양이의 원고를 인쇄에 넘기기 전에 면밀히 검토했어야 했습니다. 그렇지만 편자에게 위로가 되는 것도 몇 가지 있습니다.

우선, 친애하는 독자가 파지(못 쓰게 된 종이에 담긴 이야기)와 무어(무어의 이야기)라는 괄호 안의 말에 너그럽게 주의를 기울인다면 쉽게 어려움에서 벗어날 수 있을 거라는 점입니다. 그리고 찢긴 책은 십중팔구 출판되지 못한 책일 것입니다. 그 책에 관해 조금이라도 알고 있는 사람이 아무도 없으니까요. 그러므로 적어도 악장의 친구로서는 수고양이의 문학적 난폭행위로 인해 나름대로 범상치 않은 그 남자의 매우 기이한 삶의 정황에 대해 몇 가지 사항을 알게 되는 것은 반가운 일일 것입니다.

부디 관대한 용서를 바랍니다.

또한 작가들이 그들의 가장 대담한 생각과 가장 비범한 표현을, 소위 오식誤植이라는 것을 통해 사고의 비약을 돕는 식자공 덕분에 얻는 경우가 많은 것도 사실입니다. 예를 들어 편자는 『밤의 작품집』 제2부 326쪽에서 정원에 있는 널찍한 덤불Bosketts에 대해 이야기했습니다. 식자공이 보기에 이것은 독창성이 부족했습니다. 그래서 그는 덤불이라는 낱말을 가죽투구Casketts로 바꿔 찍었지요.* 또 「스퀴데리 양」**에서는 식자공이 교활하게도, 스퀴데리 양이 무거운 비단으로 만든 검은 연회

---

* 이 오자는 호프만의 『밤의 작품집』 수록작 중 「돌 같은 마음」에 들어 있다.
** 『사교적 즐거움을 위한 문고본』(글레디치 출판사, 1820). (원주)
그러나 원주의 설명과 달리 호프만의 「스퀴데리 양」은 『1820년을 위한 문고본. 사랑과 우정에 바침』(빌만스 출판사, 1819)에 수록되었다.

복Robe 대신 검은 색깔Farbe 옷을 입고 나타나게 하기도 했답니다. 비슷한 예는 그 밖에도 많습니다.

하지만 저마다 자신의 몫이 있는 법입니다! 수고양이 무어도, 악장 크라이슬러에 대해 쓴 미지의 전기 작가도 남의 공적을 자신의 것인 양 내보이며 으스대서는 안 됩니다. 그런 까닭에 편자는 친애하는 독자가 두 작가에 대해 그들이 평가받아 마땅한 것보다 더 낫게 혹은 더 나쁘게 생각하지 않도록, 이 작은 책을 읽기 전에 다음과 같은 수정을 가해주십사 하고 절박하게 청하는 바입니다.

중요한 오자들*만 언급했으며, 사소한 것들은 너그러운 독자의 명민한 판단에 맡깁니다.

쪽	행	잘못된 표기	바로잡음
21	17	재미있는(lustige)	부박한(luftige)
23	4	감동적인(rührende)	미친 듯한(rasende)
23	21	마치(wie)	나에게(mir)
29	6	껍질을 벗겨(schält)	걸어(schritt)
80	20	위해(um)	단지(nur)
–	24	그의(sein)	너의(dein)
81	6	새로운(neue)	아홉(neun)
–	8	부조화한(unharmonischen)	이명동음의(enharmonischen)
92	5(밑에서)	페로(Pero)	전하(Dero)
107	13	파괴되어(zerstört)	혼란스럽게(verstört)
132	3	그것(Es)	아이(Ey)

160	13	각인된(aufgeprägt)	뚜렷한(ausgeprägt)
-	19	치장해 넣어(eingeputzt)	감싸여(eingepuppt)
166	6	안내서(Prospect)	집도의(Prosector)

마지막으로 편자는 수고양이 무어를 개인적으로 알게 되었는데, 그는 기분좋고 온화한 기풍의 남자였다고 장담하는 바입니다. 책 표지의 그림은 그를 놀랍도록 잘 나타내주고 있습니다.**

1819년 11월, 베를린에서.

E. T. A. 호프만

---

* Haupterrata. errata는 라틴어로 오류, 오식을 뜻하는 Erratum을 변형한 단어. 표에 표기된 쪽과 행은 최초의 판본에 따른 것으로 원서에서도 이미 바로잡아 대조할 수 없으며, 본 번역본과는 상이하다. 또한 원문의 오자 목록 자체에도 오자가 있는데, 160쪽으로 표기된 오자는 150쪽에 있었으며 166쪽으로 표기된 오자는 위에서 여섯번째 행이 아닌 밑에서 여섯번째 행에 있었다.

** 원서 표지에 있던 무어의 그림은 본서 6쪽에 실어두었다.

작가 서문

　　조심스럽게―떨리는 가슴으로 삶, 고뇌, 희망, 동경이 담긴 얼마 되지 않는 분량의 글을 세상에 내놓는다. 달콤하고 여유로운 시간, 문학적 도취의 시간에 나의 존재 가장 깊숙한 곳에서 쏟아져나온 것들이다.

　　과연 비평의 엄격한 판관 앞에서 당당히 버텨낼 수 있을 것인가? 하지만 느낄 줄 아는 영혼인 그대들, 때묻지 않은 천진한 심성을 지닌 그대들, 나처럼 한결같은 마음을 지닌 그대들, 바로 그대들을 위해 나는 글을 쓴 것이다. 그러므로 그대들의 눈에 어린 단 한 방울의 어여쁜 눈물은 나를 위로해주고, 무감각한 비평가들의 차가운 질책이 내게 입힌 상처를 치유해줄 것이다!

　　(18~) 5월, 베를린에서.

　　　　　　　　　　　　　　　　　　　　　　　　무어(순수문학도)

머리말
(작가에 의해 삭제되었던)

진정한 천재에게 천부적으로 주어진 자신감과 침착성으로, 독자들이 위대한 수고양이로 성장하는 법을 배우도록 나의 전기를 세상에 내놓는 바이다. 나의 탁월함을 알아보고, 나를 사랑하고, 높이 평가하고, 존경하고, 찬미하고, 경탄하고, 조금 숭배하기까지 하도록 말이다.

이 뛰어난 책의 확실한 가치에 대해 감히 몇 가지 의문을 제기하려 들 만큼 대담무쌍한 자가 있다면, 그는 자신의 상대가 정신과 오성, 그리고 날카로운 발톱을 지닌 수고양이라는 사실을 유념해야 할 것이다.

(18~) 5월, 베를린에서.

무어(*저명한 문인*)

일람 후 추신. 이건 너무 심합니다! ─ 삭제되었어야 할 작가의 머리말도 인쇄되어 나오고 말았습니다! ─ 그러니 이제 너그러운 독자에게 이렇게 청하는 수밖에 없을 것 같습니다. 작가 활동을 하는 수고양이가 머리말에서 좀 거만한 어조를 취했더라도 이를 너무 심각하게 받아들이지 마십시오. 여느 다른 감상적인 작가의 슬픔 어린 몇몇 서문 역시 마음속 깊은 곳의 견해를 진실한 언어로 옮겨놓는다면 결과는 그리 크게 다르지 않으리라는 것을 생각해보시기 바랍니다.

편자

제1장
존재의 감정들.
수개월의 청소년 시절

삶에는 그래도 무언가 아름다운 것, 멋진 것, 숭고한 것이 있다! ―
"오 그대 달콤한 존재의 습관이여!" 하고 저 네덜란드의 주인공은 비
극에서 외친다.* 나 역시 이렇게 외치노라. 하지만 비극의 그 주인공처
럼 삶과 결별해야 하는 고통스러운 순간에 외치는 것은 아니다. 천만
의 말씀! 그게 아니라 내가 이제 그 달콤한 습관 속에 완전히 빠져들었
고 언제고 그것에서 다시 빠져나올 의향이 전혀 없다는 생각에서 솟아
나는 충만한 즐거움이 바야흐로 나를 가득 채우는 순간에 이렇게 외치

---

* 괴테의 『에그몬트』 5막에 나오는 대사를 변형한 것. 에그몬트는 16세기에 네덜란드
의 독립을 위해 스페인에 맞서 싸운 군인이자 정치가로, 자신이 죽어야 한다는 걸 알
게 되자 이렇게 말한다. "달콤한 삶이여! 존재와 활동의 멋지고 친숙한 습관이여, 너와
헤어져야 하는구나!"

는 것이다. 그도 그럴 것이 내 생각에 정신적 힘, 미지의 권력, 혹은 앞서 말한 습관을 내 동의 없이 강제로 떠맡기다시피 한 우리를 지배하는 원칙이 달리 또 어떻게 불리건 간에, 그것이 내가 모시고 있는 친절한 남자와 마찬가지로 나쁜 의도를 가지고 있을 리 없기 때문이다. 그는 자신이 내 앞에 놓아준 생선이라는 음식을 내가 퍽 맛있게 먹고 있으면 그것을 결코 내 코앞에서 치워버리지 않는다.

오, 자연이여, 성스럽고 거룩한 자연이여! 그대의 모든 희열, 그대의 모든 환희가 내 흥분된 가슴에 넘쳐흐르는구나! 비밀스레 살랑거리는 그대의 숨결이 내 주위를 휘감아도는구나!—밤이 꽤 상쾌하여 나는 무얼 하려 했느냐 하면—하지만 이 글을 읽는 사람이건 읽지 않는 사람이건, 누가 되었건 나의 고상한 감격을 이해하지는 못한다. 그 누구도 내가 훌쩍 날아오른 드높은 견지見地를 알지 못하기 때문이다!—사실 '기어오른'이라고 해야 더 맞을 것이다. 하지만 설령 나처럼 발이 네 개일지라도 자신의 발에 대해 얘기하는 시인은 없다. 모두들 날개에 대해서만 얘기할 따름이다. 그 날개라는 것이 자신에게서 자라난 것이 아니라 솜씨 좋은 기계공의 장치일 뿐이라도 말이다. 내 위에는 별이 총총한 드넓은 밤하늘이 궁륭처럼 펼쳐져 있고, 보름달은 반짝이는 빛을 뿌리고, 지붕과 탑들은 불타는 은빛 광채를 띤 채 나를 둘러싸고 있구나! 저 아래 거리에서는 떠들썩한 혼잡함이 점차 가라앉고, 밤은 점점 더 고요해진다—구름이 흘러가고—외로운 비둘기 한 마리가 근심스러운 사랑의 비탄에 빠져 구구 울며 교회 탑 주위를 날아다니고 있도다!—그래! 사랑스러운 조그만 비둘기가 내게로 다가오려 한다면 어떨까?—나는 내 안에서 놀라운 것이 꿈틀거림을 느낀다. 모종의 열광적인 식욕이 저항할 수 없는 힘으로 나를 끌어당긴다! 귀엽고 우아한 그 여인이 온다면 사랑으로 병든 내 가슴에 끌어안으리라, 다시는 떠나보내지 않으리라—어라, 저 교활한 것이 저기 비둘기장 속으로 날아들어가버리네, 절망에 빠진 나를 지붕 위에 남겨두고서!—이 궁핍하고 완고하고 사랑 없는 시대에 영혼들의 진정한 교감이란 얼마나 희귀한 것인가.

도대체 두 발로 곧게 서서 걷는다는 것이, 인간이라 불리는 종족이 우리를, 확실한 균형을 잡고 네 발로 거니는 우리 모두를 통치할 권한이 있다고 믿어도 될 만큼 위대한 것인가? 하지만 나는 알고 있다. 그들이 자신들의 머릿속에 있다는, 그들이 이성이라 부르는 그 무엇이 굉장한 것이라 착각하고 있음을. 그들이 그것을 어떻게 이해하고 있는지는 나는 딱히 알지 못하겠다. 하지만 내가 내 주인이자 후원자의 모종의 언사에서 추론해보듯이, 이성이라는 게 의식을 갖고 행동하고 어리석은 짓을 하지 않는 능력에 다름 아니라면, 나는 결코 인간이고 싶지 않다. 내 생각에, 우리는 의식하는 습관을 들일 뿐이다. 우리는 스스로 어떻게 그렇게 되는지는 모르는 채 삶을 거치게 되고, 삶으로 발을 들여놓게 된다. 적어도 내 경험으로는 그렇다. 그리고 듣자하니 자신이 어떻게, 어디에서 태어났는지 자신의 경험으로 알고 있는 인간은 지상에 단 한 명도 없다. 자신의 경험이 아니라 전해오는 이야기를 통해서만 알기 마련인데, 이 전해오는 이야기라는 것도 종종 불확실하기 짝이 없는 것이다. 그래서 여러 도시들이 유명한 사람의 출생을 두고 서로 다투곤 한다. 나 자신도 출생에 대해 명확하게 아는 바가 아무것도 없으므로, 내가 세상의 빛을 처음 본 곳이 지하실인지 다락방인지 마구간인지는 영원히 불확실한 채로 남아 있을 것이다. 내가 세상의 빛을 보았다기보다는 세상에서 소중한 엄마의 눈에 처음 비치게 되었다고 해야겠지만 말이다. 그도 그럴 것이, 우리 종족의 특성이 그러하듯 내 눈은 베일에 가려 있었기 때문이다. 내 주위에서 울리던 모종의 으르렁거리고 헐떡거리는 소리를 아주 어렴풋이 기억한다. 이 소리는 화가 치밀 때면 내가 본의 아니게 토해내는 소리이기도 하다. 더 명확하게, 거의 온전한 의식으로 나는 내가 부드러운 벽들이 있는 아주 좁은 상자에 갇혀 있다는 사실을 알게 되었다. 거의 숨을 쉬지도 못하고 곤경에 빠진 채 무서워 가련한 비명을 지르면서 말이다. 나는 무언가가 상자 속으로 손을 넣어 아주 거칠게 내 몸을 그러잡는 것을 느꼈다. 이는 자연이 내게 부여한 첫번째 놀라운 힘을 느끼고 시험해볼 기회였다. 나는 부드럽고 털이 수북한 앞발에서 날카롭고 유연한 발톱을 재빨리 끄집어내어 나를 그러잡은 것 속에 박아넣었다. 나중에 배운 바지만, 그것은 다름 아닌 인간의 손이었다. 하지만 그 손은 나를 상자에서 끄집어내어 내던졌고, 곧이어 나는 얼굴 양쪽에 두 방의 격렬한 타격을 느꼈다. 지금은 이 얼굴 양쪽 위로, 이렇게 말하고 싶거니와, 위풍당당한 수염이 솟아나 있다. 이제야 판단할 수 있는 바이지만, 그 손은 내 앞발의 근육운동에 상처를 입고서 내게 따귀를 몇 대 날렸던 것이다. 나는 도덕적 원인과 결과에 대한 첫 경험을 했고, 바로 도덕적 본능이 나로 하여금 발톱을 밖으로 꺼내놓은 것만큼 재빨리 다시 거둬들이도록 재촉했다. 나중에 사람들은 발톱을 거둬들이는 이 움직임을 더없이 온후하고 친절한 행동으로 정당하게 인정했고 '조그만 벨벳 앞발'이라 명명했다.

이미 말한 것처럼, 그 손은 나를 다시 땅으로 내던졌다. 그러고는 곧 내 머리를 붙잡아 내리눌렀다. 그러자 내 작은 주둥이가 어떤 액체에 닿았다. 나는—왜 그랬는지 나 자신도 모르겠다. 그러니 이는 육체적 본능임이 틀림없다—그 액체를 핥아먹기 시작했는데, 그것은 내게 야릇한 내적 만족감을 불러일으켰다. 이제야 아는 바이지만 내가 먹은 것은 달콤한 우유였다. 배가 고팠는데 마시는 동안 배가 불러왔다. 그리하여 도덕적 교육이 시작된 후에 육체적 교육이 시작된 것이다.

또다시, 하지만 이전보다 더 부드럽게, 두 손이 나를 붙잡아 따뜻하고 푹신한 잠자리에 넣어주었다. 나는 점점 더 기분이 좋아졌고, 사람들이 '그르렁거리다'라는 나쁘지 않은 표현으로 지칭하는 내 종족 특유의 기이한 소리를 냄으로써 내적 만족감을 표현하기 시작했다. 그렇듯 나는 세계를 위한 교육에서 큰 걸음으로 앞으로 나아갔다. 소리와 몸짓으로 내적인 육체적 만족감을 표현할 수 있다는 것은 얼마나 큰 장점이며 얼마나 값진 하늘의 선물인가! 나는 처음에는 그르렁거렸고, 그후 긴 꼬리를 몹시도 귀여운 원 모양으로 굽이치게 하는 저 모방할 수 없는 재능이 내게 찾아왔으며, '야옹'이라는 단 하나의 조그만 낱말로 기쁨, 고통, 행복과 환희, 불안과 절망, 한마디로 수많은 뉘앙스를 지닌 모든 감정과 열정을 표현하는 놀라운 재능이 찾아왔다. 자신을 이해시키는 모든 단순한 수단 가운데 가장 단순한 이 수단에 비하면 인간들의 언어란 무엇이란 말인가!—하지만 나의 사건 많은 유년의 기억할 만한, 교훈적인 이야기를 계속하자!

깊은 잠에서 깨어나자 눈부신 광채가 나를 휘감았는데, 이 광채 때문에 깜짝 놀랐다. 내 눈앞의 베일이 사라지고 없었고, 나는 보았던 것이다!

빛에 익숙해지기 전에, 특히 눈에 비친 울긋불긋한 모든 것에 익숙해지기 전에 나는 몇 차례 연거푸 지독하게 재채기를 해야 했다. 하지만 나는 얼마 지나지 않아 아주 잘 볼 수 있게 되었다. 마치 이미 오래전부터 계속해서 그랬던 것처럼.

오, 본다는 것! 그것은 놀랍고 멋진 습관이로다! 그러한 습관이 없다면 세상에서 존속하는 것 자체가 무척 힘겨워질 것이다!—보는 것을 나처럼 쉽게 습득할 수 있는 재능이 출중한 자들은 행복하도다.

나는 조금 무서웠다. 좁은 상자 속에 있을 때와 똑같은 비명을 질렀다는 것을 부인하지는 않겠다. 그러자 곧 작고 깡마른 늙은 남자가 나타났는데, 나는 그를 잊을 수 없을 것이다. 그도 그럴 것이, 나의 폭넓은 인간관계에도 불구하고 나는 그와 같다거나 비슷하다고라도 말할 수 있을 형상은 결코 다시 보지 못했기 때문이다. 내 종족 중에는 희거나 검은 반점이 있는 모피를 두른 남자들이 종종 있지만, 눈처럼 흰 머리털에 까마귀처럼 검은 눈썹을 지닌 사람은 찾기 힘들 것이다. 그런데 내 교육자가 바로 그러했다. 그 남자는 집안에서 샛노란색의 짧은 실내용 가운을 걸치고 있었다. 나는 그 옷에 어찌나 놀랐던지 당시 아직 움직임이 몹시 서툴렀음에도 불구하고 부드러운 쿠션에서 내려와 옆으로 기어들어갔다. 그 남자는 친절해 보이는, 그리고 신뢰를 불어넣는 태도로 내게 몸을 굽혔다. 그는 나를 붙잡았고, 나는 발톱의 격렬한 움직임을 잘 경계했다. 할큄과 때림이라는 관념이 저절로 결합되었기 때문이다. 실제로 그 남자는 내게 호의를 갖고 있었다. 나를 달콤한 우유가 담긴 사발 앞에 내려주었던 것이다. 나는 탐욕스레 핥아먹었는데, 그는 그런 나를 보고 꽤 기뻐하는 듯했다. 그는 내게 많은 말을 했지만 나는 그가 하는 말을 이해하지 못했다. 그 당시 나는 어리고 경험이 없는 작은 풋내기 수고양이로서, 인간의 언어를 이해하는 방법을 아직 배우지 못했기 때문이다. 나는 내 후원자에 대해 할말이 별로 없다. 하지만 분명한 점은 그가 많은 일에 능란하고—학문과 예술에서 지극히 노련하다는 게 틀림없었다는 것이다. 왜냐하면 그에게 온 모든 이들이 (그 가운데에서 나는 자연이 내게 털 속의 노르스름한 얼룩을 선사한 바로 그곳, 즉 가슴에 별이나 십자가를 달고 있는 사람들을 발견했다) 그를 몹시도 공손하게, 정말이지 때로는, 나중에 내가 푸들 스카라무츠*를 대하듯이, 모종의 외경심을 갖고 대했고, 그를 다름아니라, 나의 가장 존경하는, 나의 소중한, 나의 가장 추앙하는 마이스터 아브라함! 하고 불렀기 때문이다. 단 두 사람만이 그를 바로 "여보게!" 하고 불렀다. 앵무새처럼 푸른 바지를 입고 흰 비단 양말을 신은 키 크고 마른 남자와 손가락마다 수많은 반지를 끼고 있는 검은 머리의 작고 몹시 뚱뚱한 여자였다. 그 신사는 제후였고 여자는 유대인 귀부인이었다고 한다.

이 고상한 방문자들에도 불구하고 마이스터 아브라함은 높은 곳의 작은 방에 살고 있었다. 그래서 나는 아주 편하게 창문을 통해 지붕으로 그리고 다락방으로 첫 산책을 다닐 수 있었다.

그렇다! 분명 그럴 것이다! 나는 다락방에서 태어났음이 틀림없다!—지하실이 뭐고 마구간이 다 뭐냐—나는 다락방으로 결정하겠

---

* 이탈리아의 가면희극에 나오는 허풍쟁이 어릿광대. 이탈리아어로 '실랑이질'을 뜻하는 스카라무차가 독일어화된 단어다.

다!—기후, 조국, 풍습, 관습, 그것들은 얼마나 지울 수 없는 인상을 남기는가! 그래, 그것들이야말로 세계시민의 외적, 내적 형성에 강력한 영향을 주는 것이다!—이 높이감각, 숭고한 것을 향한 이 거부할 수 없는 욕구는 어디에서 나의 내면으로 오는가? 이 놀랍도록 드문 기어오르기 솜씨, 이 부러워할 만한, 지극히 대담하고 천재적인 뛰어오르기 기술은 어디에서 오는가?—하! 달콤한 비애가 내 가슴을 채우는구나!—고향의 다락방*을 향한 그리움이 세차게 이는구나!—오! 아름다운 조국이여, 너에게 이 눈물을 바치노라, 너에게 이 애잔하게 환호하는 야옹 소리를 바치노라!—이 뜀뛰기, 이 문장들은 너를 기린다. 그 안에는 미덕이 들어 있고 애국적 용기가 들어 있도다!—오! 다락방이여, 너는 내게 많은 것을 베푸는 넉넉함으로 생쥐 몇 마리를 내어주는구나. 그 밖에도 나는 소시지 몇 개, 베이컨 몇 조각을 굴뚝에서 낚아챌 수 있지. 그래, 참새 몇 마리를 날쌔게 붙잡거나 이따금 조그만 비둘기 한 마리도 숨어 있다 잡아챌 수 있고. "오, 조국이여, 너를 향한 사랑은 강력하도다!"**

하지만 나는 나의—

(파지) —그리고 전하! 변호사가 밤시간에 퐁뇌프 다리 위를 거닐 때, 그의 모자를 머리에서 벗겨내 저 아래 센 강으로 던져버린 큰 폭풍을 기억하지 못하십니까?—비슷한 얘기가 라블레의 책에 있습니다.***

---

* 독일어 Boden은 '땅'과 '다락방'을 모두 지칭한다. 인간이라면 고향의 '땅'이라고 이야기할 곳에 수고양이의 '다락방'이 들어가 있다.

** 작곡가 프리드리히 빌헬름 고터의 오페레타 〈유령의 섬〉 3막 피날레 "오 조국이여, 너를 향한 사랑은 전능하도다"를 변형한 것.

하지만 외투는 바람이 치는 대로 내맡겨두고 머리 위의 모자만 손으로 꽉 누르고 있던 변호사에게서 모자를 빼앗아간 것은 사실 폭풍이 아니었습니다. 그게 아니라 한 보병이 신사분, 거센 바람이 부네요, 하고 크게 소리치며 달려 지나가면서 재빨리 변호사의 가발에서 고급 비버 털모자를 슬쩍 잡아챘던 것이지요. 그리고 저 아래 센 강 물결 속으로 내던져진 것은 이 비버 털모자가 아니었습니다. 실은 폭풍이 병사의 보잘것없는 펠트 모자를 축축한 죽음으로 이끌었던 것이랍니다. 전하, 전하는 이제 아시지요, 변호사가 아주 깜짝 놀라 거기 서 있던 바로 그 순간 두번째 병사가 신사분, 거센 바람이 부네요! 하고 똑같이 소리치며 달려 지나가면서 변호사의 외투깃을 붙들고는 어깨에서 밑으로 잡아챘고, 곧이어 세번째 병사가 신사분, 거센 바람이 부네요! 하고 똑같이 소리치며 달려 지나가면서 ㄱ의 손에서 황금손잡이가 달린 등나무 지팡이를 빼앗았다는 것을. 변호사는 온 힘을 다해 소리치고 마지막 도둑의 등뒤로 가발을 던지고 난 다음 맨머리로, 외투도 지팡이도 없이 갔습니다. 모든 유언장 가운데 가장 기이한 유언장을 작성하기 위해서, 모든 모험 가운데 가장 이상한 모험을 겪기 위해서 말이지요. 전하, 전하는 이 모든 것을 알고 계십니다!

내가 이렇게 말하자 제후는 대꾸했네. 나는 전혀 모르오. 그리고 마이스터 아브라함, 그대가 어찌하여 내게 그런 혼란스러운 소리를 지껄일 수 있는지 도무지 이해하지 못하겠소. 퐁뇌프 다리는 물론 알고 있

*** 이어지는 폭풍에 대한 묘사는 프랑스의 풍자 작가 프랑수아 라블레의 책에 들어 있는 것이 아니라, 영국 작가 로렌스 스턴의 소설 『프랑스와 이탈리아 감상여행』의 「단편. 파리」라는 장의 자유로운 재현이다.

소. 그건 파리에 있고 나는 그 위를 걸어서 간 적은 결코 없지만 내 신분에 어울리게 마차를 타고 간 적은 종종 있다오. 라블레 변호사는 한 번도 본 적이 없고 내 평생 병사들의 장난질에 관심을 둔 적도 없소. 더 젊었을 적 아직 내 군대를 지휘했을 때, 나는 매주 한 번 모든 융커*들이 저질렀거나 앞으로 저지르고 싶어하는 어리석은 짓에 대해 매로 엄히 다스렸소. 하지만 평민을 때리는 것은 소위들의 일이었지. 그들은 나를 본보기 삼아 역시 주마다 빠짐없이 처리했는데, 토요일에 그렇게 했다오. 그래서 일요일이면 전 군대에서 합당한 매를 얻어맞지 않은 융커와 평민은 한 명도 없었소. 이를 통해 부대는 매질로 도덕성에 대한 훈육을 받았을 뿐 아니라, 적 앞에 서본 적이 한 번도 없으면서도 쳐부숴지는** 데 익숙해졌고 적과 맞설 경우엔 쳐부수지 않고는 배길 수가 없었던 것이오. 마이스터 아브라함, 잘 알아들었소? 그러니 이제 나한테 제발 좀 말해보시오. 폭풍이니 퐁뇌프 다리 위에서 도둑맞은 라블레 변호사니 하는 게 다 뭐요? 그대의 사죄의 말은 어디 있단 말이오? 축제가 엉망진창이 되어 조명탄이 내 앞머리 가발로 날아들고, 내 소중한 아들이 분수대에 빠져 반역적인 돌고래들의 물세례를 진탕 받고, 공주는 베일이 벗겨진 채 치마를 걷어올리고서 아탈란타***처럼 정원을 가로질러 도망쳐야 했고, 그리고 또—또한—그 불행한 밤의 재난들을 누가 다 셀 수 있겠소!—자, 마이스터 아브라함, 무

---

* 프로이센과 동부 독일의 젊은 귀족 혹은 귀족 지주 계층.
** 독일어 schlagen은 '때리다' '쳐부수다'라는 뜻이다.
*** 그리스신화 속의 인물로, 오직 경주에서 자신을 이긴 구혼자하고만 결혼하려 했던 발이 빠른 여자 사냥꾼.

슨 말을 하시겠소?

전하, 나는 몹시 공손하게 몸을 굽히며 대답했네. 그 모든 재앙에 폭풍 말고 무엇이 죄가 있겠습니까. 모든 것이 더없이 잘 진행되고 있을 때 엄습했던 끔찍한 악천후 말입니다. 제가 자연력에 명령을 내릴 수 있습니까?—그때 저 자신이 지독한 액운을 겪지 않았습니까? 저도 그 변호사, 유명한 프랑스 작가 라블레와 혼동하지 말아주십사 하고 한껏 공손하게 청하는 바입니다만, 그 변호사처럼 모자, 상의와 외투를 잃어버리지 않았습니까? 저 또한—

들어보세요, 요하네스 크라이슬러가 여기서 마이스터 아브라함의 말을 끊었다. 들어보세요, 마이스터, 벌써 상당히 오래전 일인데도 사람들은 아직까지 마이스터가 지휘했던 제후 부인의 수호성인 생일 축제에 대해 어두운 비밀이라도 되는 듯 말한답니다. 분명 당신은 평소 방식대로 모험적인 일을 많이 벌였을 겁니다. 그러잖아도 평민들이 당신을 항상 일종의 마술사로 여기긴 했지만, 그 축제를 통해 이 믿음은 몇 배나 더 강해진 듯합니다. 모든 일이 어떻게 일어났는지 터놓고 얘기해보세요. 당신도 알다시피 저는 그 당시 여기에 없었고—

바로 그것이, 마이스터 아브라함이 친구의 말에 끼어들었다. 바로 그것, 자네가 여기에 없었다는 것, 자네가, 지옥에서 온 어떤 복수의 여신에게 쫓겼는지는 도통 모르겠지만, 미친 사람처럼 급히 떠나가버렸다는 것, 바로 그것이 나를 미치게 하고 흥분시켰다네. 바로 그 때문에 내가 축제를 방해하는 자연력을 불러냈지. 극의 원래 주인공인 자네가 없었기에 내 가슴을 찢어놓은 축제, 처음에는 보잘것없이 힘들게 느릿느릿 진행되다가 나중에는 사랑하는 사람들에게 근심스러운 꿈들의 고통만을, 아픔과 경악만을 가져다준 축제였으니 말일세!—요하네스, 나는 자네의 내면을 깊숙이 들여다보았고 그 안에 담겨 있는 위험한—위협적인 비밀을 알아보았네. 끓어오르는 화산, 언제라도 주위의 모든 것을 가차없이 집어삼키며 파괴적인 불꽃으로 터져나올 수 있는 화산이 거기 있었지!—우리의 내면에는 가장 친밀한 친구들조차 그것에 대해 말해서는 안 되는 것들이 있다네. 그렇기 때문에 나는 자네에게 내가 자네 안에서 알아본 것을 세심하게 감추었지. 하지만 더 깊은 의미에서 제후 부인이 아니라 다른 사랑하는 인물과 자네 자신을 염두에 둔 그 축제를 통해 나는 자네의 자아 전체를 강제로 파악하고자 했다네. 가장 내밀히 감춰진 고통들이 자네 안에서 생생히 살아나 잠에서 깨어난 복수의 여신들처럼 배가된 힘으로 자네의 가슴을 물어뜯어 갈기갈기 찢어놓아야 했어. 죽을병에 걸린 사람의 상태가 더없이 위독한 터에 지혜로운 의사라면 명부冥府에서 가져온 약이라 해도 쓰는 것을 꺼려서는 안 되지. 그 약이 자네를 죽이지 않는다면 치유해야 했네!—요하네스, 제후 부인의 수호성인의 생일이 그녀처럼 마리아라는 이름을 지닌 율리아의 수호성인의 생일과 같다는 것을 알아두게.

하! 집어삼킬 듯 불타는 눈빛으로 펄쩍 뛰어 일어나며 크라이슬러가 소리쳤다. 하!—마이스터! 당신에게 저를 무례하게 비웃는 장난을 할 권한이 있나요?—저의 내면을 파악하려 하는 당신이야말로 저에게는 액운 아닙니까?

격하고 분별없는 사람, 마이스터 아브라함이 차분하게 대꾸했다. 언제쯤에나 자네 가슴속에 있는 모든 것을 온통 황폐하게 하는 불길이 마침내 자네 안에 들어 있는 예술, 모든 훌륭하고 아름다운 것에 대한 가장 깊은 감각으로 타오르는 순수한 나프타불꽃이 되려는지. 자네는 내게 저 불행한 축제를 묘사해달라고 요구했네. 그러니 조용히 내 말을 들어보게. 자네의 힘이 완전히 꺾여서 그렇게 할 수 없다면 나는 그냥 자리를 뜨겠네.

얘기하세요. 크라이슬러가 두 손으로 얼굴을 가리고 다시 앉으며 반쯤 잠긴 목소리로 말했다. 나는, 하고 마이스터 아브라함이 갑자기 쾌활한 어조로 말했다. 친애하는 요하네스, 나는 대부분 제후의 발명 재간이 넘치는 정신 덕분에 생겨난 의미심장한 배치를 묘사함으로써 자네를 피곤하게 만들고 싶지 않네. 축제가 저녁 늦게 시작되었으니 제후의 여름 별궁을 둘러싼 아름다운 정원 전체에 불이 밝혀져 있었던 건 당연한 일이었지. 나는 그 조명 속에 비범한 효과를 불러일으키려고 애를 썼다네. 하지만 이것은 부분적으로만 성공했지. 제후의 단호한 명령에 따라, 모든 통로에는 커다란 검은 판에 알록달록한 등을 설치해 판에 적힌 제후 부인의 이름자와 그 위에 놓인 제후의 관冕을 환히 비춰야 했으니까. 판들을 높은 기둥에 못으로 박아두어 흡사 불을 비춰놓은 경고판 같았지. 담배를 피우지 말라든가, 통행세 내는 길목을 비켜가지 말라든가 하는 경고판 말일세. 축제의 중심은 정원 한가운데에 있는 덤불과 인공 폐허로 만들어진 극장이었는데, 그곳은 자네도 알고 있지. 이 극장에서 도시에서 온 배우들이 뭔가 알레고리적인 것을 연기하게 되어 있었는데, 그것은 제후가 몸소 쓰지 않았더라도, 그러니까, 제후의 극을 상연한 저 극장장의 재기발랄한 표현을 빌리자면, 존엄한 펜이 쓴 것이 아니었더라도, 대단히 마음에 들 만큼 우스꽝스럽기 짝이 없었지. 성에서 극장까지 가는 길은 상당히 멀었다네. 제후의 시적 아이디어에 따라 공중에 떠도는 게니우스*가 두 개의 횃불로 제후 가족이 가는 길을 밝혀줘야 했네. 하지만 그 밖에는 어떠한 불도 밝혀서는 안 되었고 가족과 시종들이 자리를 잡고 나면 극장에 갑자기 불이 밝혀져야 했지. 그래서 앞서 말한 길은 어두운 채로 남아 있었다네. 나는 길의 길이 때문에 이 기계장치를 작동시키기 어렵다고 설명했지만 허사였네. 제후는 『베르사유의 축제들』** 비슷한 것을 읽었는데, 그후에 스스로 시적인 착상을 해냈기 때문에 그것이 실행되기를 고집했지. 모든 부당한 질책을 피하기 위해 나는 게니우스를 횃불과 함께 도시에서 온 극장 기계공에게 맡겨버렸다네. 제후 부부, 그 뒤로 시종들이 살롱 문을 나서자마자, 제후의 가문을 상징하는 색깔의 옷을 입고 조그만 손에 타오르는 횃불 두 개를 든 뺨이 통통한 조그만 난쟁이 인형이 별궁의 지붕에서 아래로 잡아당겨졌네. 하지만 인형이 너무 무거워서 거기서 스무 걸음도 지나기 전에 비행기계가 멈췄고 제후 가문의 불 밝히는 수호정령은 공중에 걸려 있게 됐는데, 일꾼들이 인형을 더 세게 잡아당기자 거꾸로 굴러 넘어져버렸다네. 그러자 타오르며 아래로 향한 밀초들에서 뜨거운 촛농이 땅으로 툭툭 떨어졌지. 그 첫번째 촛농이 하필 제후를 맞혔다네. 그러나 제후는 스토아적인 침착함으로 고통을 꾹 참았지. 장중한 걸음새가 점점 흐트러지고 더 빨리 앞으로 나아가긴 했지만 말일세. 게니우스는 그때 의전관, 시종과 다른 궁정 고관 들로 이루어진 무리 위에서 두 발은 위로, 머리는 아래로 한

---

* 로마신화에서 사람의 출생과 죽음을 돕는 신.
** 루이 14세가 베르사유에서 개최한 첫번째 대규모 축제의 프로그램과 설명이 담겨 있는 책.

채 계속 날아다녔네. 그래서 횃불에서 쏟아지는 이글거리는 불비가 번갈아가며 이 사람 저 사람의 머리와 코를 맞혔지. 고통을 표현해서 즐거운 축제를 방해하는 것은 경외심을 손상시켰을 걸세. 그래서 불행한 사람들이, 스토아적 왼손잡이들*의 전 부대가 끔찍하게 찡그린 얼굴로, 그런데도 고통을 힘껏 억누르며, 심지어 명부에나 어울릴 듯한 미소를 억지로 지어가며, 소리 없이, 두려운 한숨 소리가 날 여지도 거의 주지 않은 채 걸어오는 것은 제법 볼만한 광경이었네. 여기에 팀파니 소리, 트럼펫 소리가 요란하게 울렸으며, 수백 개의 목소리가 만세, 제후비 마마 만세! 제후 전하 만세! 하고 소리쳤다네. 그리하여 저 라오콘**적인 얼굴들과 유쾌한 환호의 기묘한 대조에서 생겨난 비극적 파토스가 그 장면 전체에 상상조차 할 수 없는 장엄함을 부여했지.

늙고 살찐 의전관은 마침내 더이상 견딜 수가 없었다네. 뜨거운 방울 하나가 그의 뺨을 맞히자마자, 그는 절망적이고 격한 분노에 사로잡혀 옆쪽으로 뛰어올랐는데, 그만 비행기계에 딸린, 바로 옆에 있던 땅 위로 바짝 연결된 밧줄에 얽혀들어 제기랄! 하는 커다란 외침과 함께 땅바닥으로 쓰러지고 말았네. 바로 그 순간에 공중의 시동도 자신의 역할을 다했지. 육중한 의전관이 수백 파운드의 무게로 그를 끌어내렸고, 그는 시종들 한가운데로 떨어진 것일세. 시종들은 커다란 비명과 함께 부딪치며 흩어졌지. 횃불은 꺼져버리고, 사람들은 칠흑 같

---

* 로마의 영웅 가이우스 무키우스를 가리킨다. 그는 에트루리아 사람들이 로마를 포위한 동안 두려워하지 않는다는 표시로 오른손을 제단의 불에 태웠다고 한다. 그후 그는 '왼손잡이'라는 뜻의 스카이볼라라는 별명을 얻었다.
** 그리스신화에 나오는 아폴론 신전의 사제. 신의 노여움을 사서 두 아들과 함께 큰 뱀에게 물려 죽었다.

은 어둠에 싸였네. 이 모든 일이 벌어진 곳은 극장 바로 앞이었지. 나는 광장의 모든 등, 모든 화반火盤을 한꺼번에 활활 타오르게 할 점화구에 불을 붙이는 것을 삼갔네. 대신 사람들에게 나무와 덤불 속에서 적절하게 뒤엉킬 시간을 주기 위해 몇 분 기다렸다 불을 붙이기로 했지. "불―불을 밝혀라"―제후는 햄릿에 나오는 왕처럼 소리쳤고,* "불―불을." 수많은 쉰 목소리들이 뒤죽박죽 소리쳤네. 광장에 불을 밝히자, 흩어져 내달리던 무리는 패한 군대처럼 힘겹게 모여들었지. 시종장은 자신이 정신을 똑바로 차리고 있는 사람, 당대의 가장 노련한 전술가임을 증명했다네. 그의 노력 덕분에 몇 분 되지 않아 다시 질서가 잡혔기 때문일세. 제후는 측근들과 함께 관객석 한가운데에 높이 세워진 꽃으로 장식된 일종의 왕좌에 올라섰지. 제후 부부가 자리에 앉자마자 기계공의 아주 교묘한 장치 덕에 수많은 꽃들이 그들 머리 위로 떨어졌다네. 하지만 어두운 액운이 그렇게 되기를 원했는지, 커다랗고 붉은 나리꽃 한 송이가 제후의 코 바로 위로 떨어져 그의 얼굴 전체에 온통 시뻘겋게 꽃가루를 뿌렸다네. 그리하여 제후는 지극히 장엄한, 축제의 위엄에 합당한 외관을 갖추게 되었지.

이건 너무 지독해요―이건 너무 지독해, 벽이 뒤흔들릴 만큼 미친 듯이 웃음을 터뜨리며 크라이슬러가 소리쳤다.

그렇게 경련하듯 웃지 말게, 마이스터 아브라함이 말했다. 나도 그날 밤에 그 어느 때보다도 더 엄청나게 웃었지. 나는 바야흐로 온갖 방자한 미친 짓을 할 기분이 들었네. 그리고 익살이라는 유령처럼 기꺼

---

* 셰익스피어의 『햄릿』 3막 2장에서 인용. 실제로는 왕이 아니라 폴로니우스의 대사이다.

이 모든 것을 더욱더 뒤죽박죽으로 몰아넣고 더욱더 뒤엉클고 싶었지. 하지만 그러면 그럴수록 내가 다른 사람들에게 겨누었던 화살들이 그 만큼 더 깊숙이 나 자신의 가슴속으로 파고들었겠지. 자!—나는 그 말을 하고자 할 뿐이네! 나는 축제 전체를 관통하는, 전기 도체처럼 사람들의 가장 깊숙한 내면을 전율케 할 보이지 않는 실을 단단히 매듭짓기 위해 우스꽝스러운 꽃 던지기 시점을 선택했던 걸세. 나는 실이 연결되어 있는 내 비밀스러운 영적 기구를 통해 사람들이 심리적으로 접촉되었다고 생각해야 했네. 내 말을 끊지 말게나, 요하네스—차분히 내 말을 잘 들어보게. 율리아는 공주와 함께 제후 부인 뒤쪽 옆에 앉아 있었고, 나는 두 사람을 지켜보고 있었지. 팀파니와 트럼펫 소리가 멎자마자 향긋한 노란 장대 아래 감춰진, 갓 피어난 장미꽃 봉오리 하나가 율리아의 품속으로 떨어졌네. 그리고 밤바람의 흐르는 숨결처럼 마음속 깊이 파고드는 자네의 노랫소리가 이쪽으로 흘러들었지. *나는 나의 쓰디쓴 운명을 말없이 한탄하려네*[*]—율리아는 깜짝 놀랐네. 하지만, 자네가 연주 방식에 대해 걱정스러운 의심에 빠질까봐 말하네만, 내가 우리의 탁월한 클라리넷 연주자 네 명에게 아주 멀리서 연주하게 한 가곡이 시작됐을 때, 그녀의 입술에선 가볍게 아, 하는 소리가 새어나왔지. 그녀는 꽃다발을 가슴에 꽉 안았는데, 나는 그녀가 공주에게 그가 분명 다시 왔어! 하고 말하는 소리를 뚜렷이 들었다네. 공주는 율리아를 격렬하게 껴안으며 아니, 아니야—아, 결코 그렇지 않아, 하고

---

[*] 이탈리아의 시인 피에트로 메타스타시오의 오페라 대본 〈시로에〉 2막 1장에 나오는 라오디체의 아리아 〈나는 나의 운명을 말없이 한탄하려네〉. 로시니, 모차르트 등 많은 작곡가들이 곡을 붙였으며, 1812년 호프만도 이 텍스트로 아리아를 작곡했다.

어찌나 큰 소리로 외쳤던지, 제후가 붉게 달아오른 얼굴로 그녀를 돌아보며 화가 잔뜩 나서 *조용히!*라고 말했지. 전하는 아마 사랑스러운 아이에게 그다지 화가 난 게 아니었는지도 모르겠네. 하지만 나는 여기서 말해두고자 하네. 제후의 기묘한 분장이, 오페라 속의 *역겨운 폭군*도 더 적절하게 분장하지는 못했을 걸세, 그가 정말로 계속 역력히 화가 난 것처럼 보이게 한 까닭에, 왕좌에서의 가정적 행복을 알레고리적으로 표현했던 더없이 감동적인 말들도 더없이 다정한 상황들도 완전히 가망 없어 보였다네. 배우들과 관객들은 그 때문에 적지 않은 당혹감에 빠졌지. 제후가 이러한 목적으로 손에 들고 있는 극본에 붉은 줄을 쳐놓은 대목에서 제후 부인의 손에 입을 맞추고 손수건으로 눈가에서 눈물 한 방울을 훔쳐냈을 때조차도 완강한 분노를 품고 그러는 것처럼 보였거든. 그리하여 시중을 들며 그의 곁에 서 있던 시종들은 맙소사, 전하가 무슨 일이람! 하고 서로 속삭였지. 요하네스, 나는 자네에게 단지 이 말을 하려는 것일세. 배우들이 그 바보 같은 것을 앞무대에서 비극적으로 연기하는 동안 나는 마법의 거울과 다른 장치들을 통해 뒤쪽 공중에서 유령의 극을 표현했지. 천상의 아이, 어여쁜 율리아를 찬미하기 위해서 말일세. 자네가 드높은 열광 속에 만들어냈던 가락이 차례로 울려퍼졌지. 종종 더 멀리서, 종종 더 가까이에서, 두려운 예감으로 가득한 유령의 부르는 소리처럼 율리아라는 이름이 울려퍼졌네. 하지만 자네는 없었네—나의 요하네스, 자네는 없었어! 그러니 연극이 끝난 후 셰익스피어의 프로스페로가 그의 에어리얼을 칭찬하듯이* 내가 나의 에어리얼을 칭찬해야 했고 그가 모든 것을 훌륭하게 수행했다고 말해야 했을지라도, 내가 심오한 의미로 배치했다고 생각했던 것이 김빠지고 시원찮게 여겨졌단 말일세. 율리아는 모든 것을 섬세한 분별력으로 이해했다네. 하지만 그녀는 단지 기분좋은 꿈이라도 꾼 것처럼 들떠 있는 듯했네. 그런데 사람들은 그런 꿈이 깨어 있는 삶에 특별한 영향을 주는 것은 허락하지 않지. 그에 반해 공주는 깊은 생각에 잠겨 있었네. 궁정 사람들이 정자에서 다과를 드는 동안 공주는 율리아와 팔짱을 끼고 정원의 불 밝혀진 통로들을 거닐었지. 나는 이 순간의 결정타를 준비해두었네. 하지만 자네가 없었지—나의 요하네스, 자네가 없었어. 불만에 가득차고 화가 잔뜩 난 채로 나는 이리저리 뛰어다녔지. 거대한 불꽃놀이를 위한 모든 준비가 적절히 되어 있는지 잘 살펴보았어. 축제는 그 불꽃놀이와 함께 끝나게 되어 있었다네. 그때 나는 하늘을 쳐다보다가 저멀리 가이어슈타인** 위로 밤의 미광 속에서 매번 조용히 다가와서는 여기 우리 위에서 끔찍한 폭발과 함께 터져나오는 폭풍우를 암시하는 불그스름한 작은 구름을 알아보았지. 나는 그 폭발이 어느 시점에 일어날 것인지를, 자네도 알다시피, 구름의 상태에 따라 정확히 예측할 수 있네. 한 시간도 채 남지 않은 상태였어. 그래서 나는 불꽃놀이를 서두르기로 결정했지. 그 순간 나는 나의 에어리얼이 모든 것, 모든 것을 결정지을 마술환등***을 시작했다는 사실을 소리로 알았지. 그도 그럴 것이 정원의 끝에 있는 작은 성모예배당에서 성가대가 자네의 〈바다의 별이여, 네게 인사하노라〉를

---

* 셰익스피어의 『템페스트』 5막 1장에서 폭풍을 일으키는 마법사 프로스페로는 그를 시중드는 공기의 정령 에어리얼을 칭찬한다. "참, 귀여운 나의 에어리얼. 네가 보고 싶어질 거다."
** 바이에른에 있는 높은 산 이름.
*** 환영을 투영한 것에 대한 비유.

노래하는 것을 들었거든. 나는 서둘러 그곳으로 달려갔네. 율리아와 공주가 예배당 앞 노천에 갖다놓은 기도의자에 무릎을 꿇고 있었지. 내가 현장에 도착하자마자 ─ 하지만 자네가 없었네 ─나의 요하네스, 자네가 없었어! ─ 이후에 일어난 일에 대해서는 침묵하도록 놔두게 나 ─ 아! ─ 내가 내 기술의 명작이라 여겼던 것은 효과가 없었네. 그리고 나는 어리석은 바보인 내가 예상도 못한 것을 알게 되었지.

어서 말해보세요, 크라이슬러가 소리쳤다. 마이스터! 무슨 일이 일어났는지, 전부, 전부 다 말해주세요.

결코 안 되네, 마이스터 아브라함이 대꾸했다. 요하네스, 그건 자네에게 전혀 도움이 되지 않아. 그리고 내가 나 자신의 유령들이 내게 공포를, 그리고 경악을 불러일으켰다는 말을 해야 한다면 그건 내 가슴을 도려내는 것이지! 구름! ─ 행복한 생각! 그렇다면 모든 것이 미친 듯한 혼란으로 끝나라지, 하고 나는 거칠게 소리쳤다네. 그러고는 불꽃놀이 광장으로 달려갔어. 제후는 모든 것이 준비되거든 신호를 달라고 내게 말을 전해왔지. 가이어슈타인을 떠나 점점 더 높이 다가온 구름으로부터 눈을 돌리지 않은 채, 그것이 충분히 높이 떴다고 판단했을 때 나는 불꽃놀이 폭음화약을 발사하게 했네. 곧 궁정 사람들, 참석한 사람들 전체가 현장에 모였지. 불 바퀴, 꽃불, 조명탄과 다른 보통 것들로 하는 평범한 불꽃놀이 후에 마침내 제후 부인의 이름자가 화려한 중국식 불꽃으로 피어났네. 하지만 공중에서는 그 위로 높이 유백색 빛으로 율리아라는 이름이 가물대다 흐릿해졌지. 이제 때가 되었다 ─ 나는 회전불꽃을 점화했어. 불꽃들이 쉭쉭대고 탁탁 타오르며 공중으로 날아오르자 폭풍우가 시뻘건 번개, 쾅하는 천둥소리와 함께 몰아치기 시작하면서 숲과 산이 진동했네. 그리고 거센 폭풍이 정원으로 돌진해 들어와 가장 깊숙한 덤불 속에서 수천의 음성으로 울부짖는 비명을 방해했지. 불덩이, 폭죽, 불꽃놀이 폭음화약의 축포들이 용감하게 우르릉거리는 천둥소리에 맞서 쾅쾅 터지는 동안 나는 도망치는 한 트럼펫 연주자의 손에서 악기를 빼앗아 즐겁게 환호하며 불어댔네.

마이스터 아브라함이 이렇게 얘기하는 동안 크라이슬러는 펄쩍 뛰어 일어나 격렬히 방안을 이리저리 걸어다녔고, 칼싸움하듯 두 팔을 사방으로 휘둘렀다. 마침내 그는 아주 흥분해서, 이건 멋지군요, 훌륭해요, 이런 데서 나와 한마음 한뜻인 나의 마이스터 아브라함을 알아볼 수 있지요! 하고 소리쳤다.

오, 마이스터 아브라함은 말했다. 가장 격렬하고 끔찍한 것이야말로 자네 맘에 든다는 것을 나는 잘 알고 있지. 하지만 나는 자네를 유령 세계의 무시무시한 힘들에 완전히 내맡기고 말았을 한 가지를 잊어버렸네. 자네도 알다시피 나는 큰 분수대 위로 뻗어 있는 풍향하프*를 팽팽히 당겨놓았네. 그 위로 폭풍이 훌륭한 화성학자가 되어 아주 신나게 연주했지. 거센 폭풍이 울부짖으며 몰아치고 천둥소리가 쾅쾅 터지는 가운데 거대한 파이프오르간의 화음이 무섭게 울려퍼졌다네. 강력한 음조가 점점 더 빠르게 터져나왔고, 사람들은 그 양식이 엄청나게 거대하다 해야 할 복수의 여신들의 무도곡을 듣고 있는 듯했지. 그러한 곡은 극장의 아마포로 된 벽들 사이에서는 거의 들을 수 없는 것이지!—자!—반시간 사이에 모든 것이 지나갔다네. 달이 구름 뒤에서

---

* 233쪽 각주 참조. (원주)

솟아나왔어. 밤바람이 깜짝 놀란 숲 사이로 위로하듯 살랑거렸고, 어두운 덤불들의 눈물을 닦아냈네. 그 사이로 이따금 풍향하프가 먼 곳의 둔탁한 종소리처럼 울려퍼졌지. 나는 기묘한 기분이 들었네. 나의 요하네스, 자네가 나의 내면을 완전히 가득 채워서, 잃어버린 희망들, 이루지 못한 꿈들의 무덤에서 솟아올라 곧장 내 품에 안길 것만 같았어. 그제야 밤의 고요 속에 내가 어떤 놀이를 감행했는지, 어떻게 어두운 액운이 묶어놓은 매듭을 억지로 끊어버리려 했는지 하는 생각이 나의 내면에서 나와 낯설게, 다른 형상으로 내게 다가왔네. 차가운 전율에 휩싸인 채, 내가 경악해야 했던 것은 나 자신이었다네. 수많은 도깨비불이 정원 전체에서 이리저리 춤추고 껑충껑충 뛰어다녔지. 하지만 그것은 등을 든 하인들이었다네. 그들은 급히 도망치느라 잃어버린 모자, 가발, 모대毛袋, 검, 신발, 숄 들을 찾아 모으고 있었지. 나는 그 자리를 떠났네. 우리 도시 앞의 큰 다리 한가운데에 멈춰 서서 다시 한번 정원 쪽을 돌아보았지. 정원은 마술 같은 달빛에 싸인 채 거기 있었네. 날쌘 요정들의 즐거운 놀이가 시작된 마법의 정원처럼 말일세. 그때 어렴풋이 낑낑대는 소리, 갓 태어난 아기가 내는 소리와 흡사한 칭얼거리는 소리가 내 귀에 들어왔네. 나는 누가 몹쓸 짓을 했을 거라 짐작하고 난간 너머로 깊숙이 몸을 구부렸지. 그리고 환한 달빛 속에서 죽음을 피하기 위해 힘겹게 기둥에 달라붙어 있는 새끼고양이를 발견했다네. 아마도 누가 고양이 새끼를 익사시키려 했는데 그 조그만 것이 다시 기어올라온 모양이지. 자, 하고 나는 생각했지. 이게 아기는 아니지만 그래도 너에게 구해달라 칭얼거리고 네가 구해줘야 할 불쌍한 동물이 아닌가.

38

오, 그대 감성적인 유스트여, 크라이슬러가 웃으며 외쳤다. 말해보세요, 그대의 텔하임은 어디 있나요?*

미안하네만, 마이스터 아브라함은 말을 계속했다. 미안하네만, 나의 요하네스, 자네는 나를 유스트와 비교하기 어려울 걸세. 나는 그 유스트를 능가했거든. 그는 푸들 한 마리를 구했네. 푸들은 누구나 기꺼이 자기 주변에 머물게 놔두는 동물이고, 심지어 물어오기, 장갑과 담배 주머니와 파이프 갖다주기 등 기분좋은 서비스를 기대할 수도 있는 동물이지. 하지만 나는 수고양이 한 마리를 구했네. 수고양이는 많은 사람들이 깜짝 놀라는, 일반적으로 음험하다고, 부드럽고 호의적인 성향을 갖추지 못했고 솔직한 우정도 나눌 수 없다고 자자하게 알려진, 사람에 대한 적대적 태도를 결코 완전히 버리지 않는 동물일세. 그래, 나는 사심 없는 순수한 인간애에서 고양이 한 마리를 구한 거야. 나는 난간 위로 기어올라가 약간의 위험을 무릅쓰고 아래로 손을 뻗어 징징거리는 새끼고양이를 붙잡고는 들어올려 호주머니에 집어넣었네. 집에 도착하자 나는 재빨리 옷을 벗고는 지치고 기진맥진한 채로 침대에 몸을 던졌다네. 하지만 거의 잠이 들었을 때 내 옷장에서 나는 듯한, 불쌍하게 낑낑대고 칭얼대는 소리가 나를 깨웠지. 새끼고양이를 잊어버리고 상의 호주머니 속에 그대로 두었던 걸세. 나는 그 동물을 감옥에

---

* 고트홀트 레싱의 희곡 『민나 폰 바른헬름』 1막 8장. 프로이센의 소령 폰 텔하임은 더 이상 보수를 지급할 수 없어 충실한 하인 유스트를 해고하려 한다. 유스트는 자신의 본성을 보여주기 위해 자신이 지난겨울에 뭔가를 물에서 구해냈다는 이야기를 한다. "아이를 구한다고 생각했는데 푸들을 물에서 끄집어냈어요. 그것도 좋지, 하고 저는 생각했죠." 유스트는 푸들 애호가는 아니지만 그때부터 그 동물이 감동적인 충성심으로 자신을 따른다고 말한다.

서 해방시켜주었는데, 그런 줄도 모르고 고양이가 나를 지독히 할퀴어 다섯 손가락 모두에서 피가 났다네. 나는 수고양이를 창밖으로 던져버릴 참이었네. 하지만 정신을 차리고는 내 편협한 어리석음, 내 복수욕을 부끄러워했어. 그런 짓은 사람들 사이에서도 온당치 않은 것인데 하물며 분별력 없는 생물에게는 얼마나 더 온당치 못한 것인가. 각설하고, 나는 무척 애써서, 세심하게 그 수고양이를 키웠다네. 그 종 가운데서 볼 수 있는 가장 영리하고 점잖고 익살스러운 동물이야. 단지 아직 더 높은 교양만 결여되어 있지. 나의 사랑하는 요하네스, 그건 자네가 고양이에게 힘들이지 않고 가르칠 수 있을 걸세. 그렇기 때문에 앞으로 자네에게 수고양이 무어를, 내가 이름을 그렇게 지었네만, 맡길 생각이야. 무어가 현재, 법률가들이 표현하듯이, 아직 독립적인 법인이 아니긴 하지만, 나는 그에게 자네를 모시겠는지 동의를 구했어. 그는 이에 전적으로 만족하고 있다네.

무슨 소리십니까, 크라이슬러가 말했다. 마이스터 아브라함, 무슨 소리를 하는 거예요! 제가 고양이를 그다지 좋아하지 않는다는 것, 개라는 종이 훨씬 더 낫다고 생각한다는 걸 당신도 알지 않습니까.

부탁이네, 마이스터 아브라함이 대꾸했다. 친애하는 요하네스, 진심으로 부탁하네만, 적어도 내가 여행에서 돌아올 때까지 희망에 찬 내 수고양이 무어를 자네가 좀 맡아주게. 그래서 그놈을 벌써 데리고 왔단 말이야. 바깥에서 관대한 소식을 기다리고 있다네. 보기만이라도 하게나.

이렇게 말하면서 마이스터 아브라함은 문을 열었다. 멍석 위에 몸을 웅크린 채 수고양이 한 마리가 잠들어 있었는데, 정말이지 그 종에서는 기적 같은 아름다움이라 이름할 수 있었다. 등의 회색과 검은색 줄무늬들은 두 귀 사이의 정수리에서 합쳐져 이마에 사랑스럽기 짝이 없는 상형문자를 만들었다. 위풍당당한 꼬리도 똑같은 줄무늬를 갖고 있었는데, 유난히 길고 힘이 넘쳤다. 또한 수고양이의 울긋불긋한 털가죽은 햇빛을 받아 번쩍거리고 희미한 광채가 나서 사람들은 검은색과 회색 사이로 가느다란 금빛 줄무늬를 알아볼 수 있었다. 무어! 무어! 마이스터 아브라함이 불렀다. 크르르―크르르, 무어는 분명히 알아들을 수 있게 응답하더니 기지개를 켜고―몸을 일으키고, 비범하기 짝이 없는 자세로 등을 둥글게 구부렸다. 그러고는 한 쌍의 풀빛 눈을 떴는데, 그 눈에서는 정신과 이성이 번쩍번쩍 불타며 솟구쳐나오고 있었다. 적어도 마이스터 아브라함은 그렇게 주장했다. 그리고 크라이슬러 역시 수고양이의 용모에 뭔가 특별함, 비범함이 담겨 있다는 것, 머리는 학문을 이해하기에 충분할 만큼 큰데다 수염은 아주 희고 길어서 유년기인데도 이미 수고양이에게 이따금 그리스 현자의 권위를 부여해주기에 족하다는 것만큼은 인정하지 않을 수 없었다.

어떻게 아무데서나 바로 잘 수가 있니, 마이스터 아브라함이 수고양이에게 말했다. 그 때문에 넌 쾌활함을 죄다 잃고 때가 되기도 전에 언짢은 동물이 될 거야. 몸을 곱게 닦으렴, 무어야!

수고양이는 즉시 뒷발로 앉아 벨벳 앞발로 이마와 뺨을 곱게 훔쳤다. 그러고는 또렷하고 즐겁게 야옹, 소리를 토했다.

이분은, 마이스터 아브라함이 말을 이었다. 이분은 네가 모실 요하네스 크라이슬러 악장이시다. 수고양이는 번쩍거리는 커다란 눈으로 악장을 응시하더니 그르렁거리기 시작했고, 크라이슬러 옆에 놓인 탁자 위로 뛰어올랐다. 그리고 그에게 뭔가 귀엣말이라도 하려는 것처럼 탁자에서 그의 어깨 위로 곧장 뛰어올랐다. 그러고는 다시 땅으로 내려오더니 그와 안면을 트기라도 하려는 것처럼 꼬리를 치고 그르렁거리며 새 주인의 주위를 맴돌았다.

맙소사, 크라이슬러가 외쳤다. 저 작은 회색 고양이가 오성을 가지고 있고 장화를 신은 고양이*의 저명한 가문 출신이라는 생각마저 드는걸요!

확실한 것은, 마이스터 아브라함이 대꾸했다. 수고양이 무어가 세계에서 가장 익살맞은 동물, 진정한 풀치넬라**라는 것, 그러면서도 점잖고 예의바르며, 서툰 애무의 몸짓으로 이따금 우리를 부담스럽게 하는 개들처럼 주제넘지도 불손하지도 않다는 것일세.

그런데, 크라이슬러가 말했다. 이 영리한 수고양이를 관찰하는 동안 우리의 인식이 얼마나 협소한 테두리 속에 사로잡혀 있는가 하는 생각에 다시 마음이 무거워지는군요. 동물들의 정신적인 능력이 어느 정도인지 누가 말할 수 있으며, 누가 짐작이라도 할 수 있단 말입니까! —자연 속에서 무언가가, 더 정확히 말하자면 모든 것이 우리에게 불가해하게 남아 있다면, 우리는 재빨리 이름을 준비해놓고는 우리의 코끝에나 미칠까 말까 한 얻어들은 어리석은 지식을 뽐내지요. 그리하여 우리는 종종 지극히 놀라운 방식으로 표출되는 동물들의 정신적 능력 전체도 본능이라는 명칭으로 처리해버렸어요. 하지만 저는 본능, 즉 자

* 루트비히 티크의 희극 『장화 신은 고양이』.
** 이탈리아어로 '작은 수탉'이라는 뜻. 즉흥가면극인 코메디아 델라르테에 나오는 우스꽝스러운 하인이자 어릿광대를 가리킨다.

의성 없는 맹목적 욕구라는 관념과 꿈꾸는 능력이 결합될 수 있는가 하는 단 하나의 질문에만 대답한 것으로 해두겠습니다. 예를 들어 개들이 지극히 생생하게 꿈을 꾼다는 것은, 한창 사냥하는 꿈을 꾸고 있는 잠든 사냥개를 관찰해본 사람이라면 누구나 알지요. 사냥개는 뭔가를 찾아다니고, 킁킁거리며 냄새를 맡고, 전속력으로 달려가고 있는 것처럼 발을 움직이고, 숨을 헐떡거리고, 땀을 흘리지요. 현재로선 꿈꾸는 수고양이에 대해서는 아는 게 없습니다.

수고양이 무어는, 마이스터 아브라함이 친구의 말을 끊었다. 아주 생생하게 꿈을 꿀 뿐만 아니라, 분명히 알 수 있는 일이지만, 예의 온화한 몽상, 꿈 같은 숙고, 몽유병적 환각, 한마디로 시적 심성을 지닌 이들에게는 실제로 천재적 생각을 맞아들이는 바로 그 시간으로 간주되는, 자는 것과 깨어 있는 것 사이의 기이한 상태에 빈번히 빠지곤 한다네. 얼마 전에는 그가 그런 상태에 빠진 채로 어찌나 심하게 한숨짓고 신음 소리를 내던지, 나는 그가 사랑에 빠졌거나 비극을 쓰고 있다고 생각할 수밖에 없었다네.

크라이슬러는 밝게 웃음을 터뜨리며 말했다. 자 그럼 영리하고, 점잖고, 익살맞고, 시적인 수고양이 무어야, 우리 이제—

(무어) 첫번째 교육에 대해, 나의 수개월에 걸친 청소년기에 대해 아직 많은 얘기를 해야 한다.

위대한 인물이 자서전에서 자신의 청소년기에 일어난 모든 일에 대해, 그리 대수롭지 않아 보이는 일일지라도, 아주 상세히 토로한다면 그것은 아마 몹시 놀랍고 교훈적인 일일 것이다. 하지만 수준 높은 천재에게 대수롭지 않은 일이 한 번이라도 일어날 수 있단 말인가? 그가 소년 시절에 감행했거나 감행하지 않은 모든 것은 더할 나위 없이 중요하며, 그의 불멸의 작품들이 갖는 더 깊은 의미, 본래의 성향 위로 밝은 광채를 흩뿌린다. 그 위대한 이도 소년 시절에 병사놀이를 했고, 군것질거리에 심취했으며, 이따금 게으르다고, 버릇없고 우둔하다고 좀 얻어맞은 적이 있다는 것을 책에서 읽으면, 내적인 힘이 충분한가 하는 걱정스러운 의심으로 괴로워하는, 죽어가는 청년의 가슴속에도 굉장한 용기가 솟아날 것이다. "꼭 나 같네, 꼭 나 같아" 하고 청년은 열광하여 외칠 것이다. 그러고는 자신 또한 그가 숭배하는 우상만큼은 아닐지라도 역시 수준 높은 천재라는 사실을 더이상 의심하지 않을 것이다.

　어떤 이들은 플루타르코스*를 읽거나 혹은 코르넬리우스 네포스**만 읽고도 위대한 영웅이 되었다. 어떤 이들은 고대의 비극 작가들을 번역본으로 읽고 아울러 칼데론***과 셰익스피어, 괴테와 실러를 읽고 나서 위대한 시인은 못 되었더라도 사람들이 마찬가지로 좋아하는 사랑스럽기 짝이 없는 작은 시쟁이가 되었다. 그렇다면 나의 작품들도 분명히 정신 및 감성이 풍부한 몇몇 젊은 수고양이의 가슴속에 드높은 포에지****의 삶이 불타오르게 할 것이다. 그리고 고귀한 수고양이 청년이 나의 즐거운 전기적 오락거리*****를 지붕 위에서 읽기 시작한다면, 내가 지금 발톱 밑에 가지고 있는 책의 높은 이념에 완전히 몰입한다면, 그

---

* 고대 그리스의 역사가. 수많은 유명 그리스인과 로마인의 전기를 썼다.
** 고대 로마의 역사가. 『영웅전』의 저자로 알려져 있다.
*** 17세기를 대표하는 스페인 극작가.
**** 시문학 혹은 시적 정취.
***** 독일 소설가 장 파울의 『한 여자 거인의 두개 아래에서의 전기적 오락거리』를 암시한다.

러면 그는 열광의 황홀경 속에서 이렇게 외칠 것이다. 무어, 신과 같은 무어, 그대 종족 가운데 가장 위대한 자여, 나의 모든 것은 그대, 오직 그대 덕분이다, 오직 그대의 본보기만이 나를 위대하게 만든다.

마이스터 아브라함이 나의 교육에서 잊힌 바제도*를 기준으로 삼지도, 페스탈로치의 방법을 따르지도 않고 내게 나 자신을 교육할 무제한의 자유를 허용한 것은 칭송할 일이다. 나는 마이스터 아브라함이 지배권력이 이 지상에 모아놓은 사회를 위해 꼭 필요하다고 생각한 어느 정도의 통상적 원칙들만 따르면 되었다. 그런 원칙이 없다면 모든 것이 맹목적으로 미친듯이 우왕좌왕하고, 도처에서 불쾌하게 옆구리를 밀치게 하고, 뻔뻔스럽게 혹들을 만들어내 사회라는 것 자체를 생각할 수 없게 될 것이기 때문이다. 마이스터는 이 원칙들의 정수를 관습적인 공손함과 상반되는 자연적 공손함이라 칭했다. 관습적인 공손함에 따르자면 사람들은 어떤 무례한 놈이 사람들을 밀치거나 발을 밟았다 해도 대단히 너그럽게 용서해주시길 청합니다 하고 말해야 하는 것이다. 그러한 공손함이 사람들에게 필요할지도 모른다. 하지만 나는 어째서 자유롭게 태어난 나의 종족도 그것을 따라야 하는지 이해하지 못하겠다. 마이스터가 내게 예의 통상적 원칙들을 가르친 주요 수단이 모종의 고약한 자작나무 회초리였으니 나는 아마도 내 교육자의 엄격함에 대해 정당하게 불평할 수 있을 것이다. 더 높은 문화를 향한 나의 타고난 성향이 나를 마이스터에게 꼭 묶어두지 않았더라면 나는 도망쳐버렸을 것이다. 문화가 많아질수록 자유는 적어진다, 이 말은 참이

---

* 독일의 계몽주의 교육학자로, 범애주의 교육의 신봉자였다.

다. 문화와 함께 욕구들이 증대되고, 욕구들과 함께—그러므로, 때와 장소를 가리지 않고 상당수의 자연적 욕구들을 당장 충족시키는 것, 이 버릇이 마이스터가 치명적인 자작나무 회초리를 통해 완전히 버리게 한 첫번째 것이었다. 그다음 차례는, 내가 나중에 확신하게 된 것이지만, 오로지 어떤 비정상적인 기분에서 생겨나는 욕망이었다. 어쩌면 나의 심리적 구조 자체에 의해 만들어졌는지도 모르는 그 이상한 기분은 마이스터가 나를 위해 갖다놓은 우유며 구운 고기조차 그대로 놔두고서, 탁자로 뛰어오르게 하고, 그가 먹으려던 것을 뺏어먹도록 나를 충동질했다. 나는 자작나무 회초리의 힘을 감지했고, 그래서 그 짓을 그만뒀다. 나의 감각을 그런 것에서 딴 데로 돌리려 했던 마이스터가 옳았음을 알겠다. 그도 그럴 것이, 나는 나보다 세련되지 못하고 좋은 교육을 받지도 못한 나의 선량한 동포 가운데 몇몇은 그 때문에 평생토록 몹시도 역겹고 불쾌한 일에, 정말이지 지독히 슬픈 상황에 봉착했다는 것을 알고 있기 때문이다. 유망한 수고양이 청년이 우유 한 단지를 훔쳐 슬쩍 마셔버리려는 욕망에 저항할 내적 정신력의 결핍에 대한 죄값으로 꼬리를 잃어야 했고, 비웃음과 조롱을 당한 채 고독 속으로 물러나야 했다는 것을 나는 알게 되지 않았는가. 그러니까 내게 그런 버릇을 버리게 한 마이스터가 옳았다. 하지만 그가 학문과 예술에 대한 나의 욕망을 억눌렀다는 것, 그것은 용서할 수가 없다.

나를 마이스터의 방으로 끌어당기는 것은 그 무엇보다 책들, 문서들 그리고 온갖 기이한 도구로 가득한 책상이었다. 말하자면 그 책상은 마술적인 힘으로 나를 사로잡는 마법의 원이었던 것이다. 그러면서도 나는 나의 욕구에 나를 완전히 내맡기지 못하게 하는 어떤 경외심을 느꼈다. 마침내 어느 날 마이스터가 집에 없을 때, 나는 무서움을 극복하고 책상 위로 뛰어올랐다. 문서들과 책들 한가운데에 앉아 그 안을 헤집을 때 얼마나 큰 욕망이 샘솟았는가. 내가 앞발로 원고 하나를 붙잡아 작은 조각들로 찢긴 채 내 앞에 놓이게 될 때까지 이리저리 잡아뜯은 것, 그것은 악의가 아니었다. 아니, 오로지 욕구, 강렬한 학문적 허기였다. 마이스터가 들어와 무슨 일이 일어났는지 보았고, 이 망할 놈의 짐승! 하는 모욕적인 외침과 함께 나에게 달려들어 자작나무 회초리로 나를 어찌나 거칠게 때렸던지 나는 고통 때문에 깽깽거리며 난로 밑으로 기어들어갔고, 하루종일 그 어떤 친절한 말로도 다시 나를 꾀어낼 수 없었다. 그 누구인들 이러한 일을 당하고 깜짝 놀라 자연이 그를 위해 미리 정해놓은 길을 가는 데서 영원히 물러서지 않을 재간이 있었겠는가! 하지만 고통에서 회복되자마자 나는 저항할 수 없는 욕구를 좇아 다시 책상 위로 뛰어올랐다. 그러나 마이스터의 단 한마디, 예를 들어 "저놈이 또!" 같은 끊어진 문장 하나면 나를 다시 책상 아래로 내몰기에 충분했다. 그리하여 공부를 시작할 수 없었다. 하지만 나는 연구를 시작하기 위해 유리한 순간을 차분히 기다렸다. 아닌 게 아니라 그 순간은 곧 찾아왔다. 어느 날 마이스터는 외출할 채비를 했다. 나는 즉시 방에 꼭꼭 숨었다. 그래서 그가 갈기갈기 찢긴 원고를 잊지 않고 나를 밖으로 쫓아내려고 했을 때 나를 찾지 못했던 것이다. 마이스터가 떠나자마자 나는 단번에 책상 위로 뛰어올라 내게 형언할 수 없는 만족감을 불러일으킨 문서들 한가운데로 들어가 누웠다. 나는 내 앞에 놓여 있던 상당히 두꺼운 책 한 권을 앞발로 솜씨 있게 펼쳤다. 그리고 그 안의 글자들을 이해할 수 있을지 시험해보았다. 처음에는 전혀 되지 않았지만 나는 결코 그만두지 않고 아주 특별한 정신이 강림해서 내게 읽기를 가르쳐줄 것을 기대하며 책 속을 뚫어져라 들여다보았다. 그렇게 몰두해 있을 때 마이스터가 갑자기 들이닥쳤다. 그는 저 망할 놈의 짐승 좀 보게, 하고 큰 소리로 외치며 내게 달려왔다. 피하기에는 너무 늦었다. 나는 귀를 뒤로 딱 붙이고 최대한 몸을 웅크렸다. 벌써 등에 매가 떨어지는 듯했다. 하지만 마이스터는 손을 치켜든 채로 갑자기 멈추더니 밝은 웃음을 터뜨리고는 수고양이야―수고양이야, 네가 책을 읽느냐? 그래, 그걸 못하게 할 수는 없지, 그걸 못하게 막지는 않으련다. 자 봐라―봐!―그 어떤 교육의 욕구가 네 안에 깃들어 있는지. 그는 내 앞발 밑에서 책을 잡아 빼어 들여다보고는 방금 전보다 더 심하게 웃었다. 그러고 나서 이렇게 말했다. 이 말은 하지 않을 수 없는걸. 내 생각에 너는 작은 참고서를 장만한 것 같구나. 그렇지 않고서야 어떻게 이 책이 내 책상 위에 와 있는지 전혀 모르겠으니 말이다. 자 책을 읽어라―열심히 공부해라, 나의 수고양이야. 경우에 따라서는 책 속의 중요한 부분들을 살짝 찢어 표시해두어도 좋다, 네게 선택의 자유를 줄 테니!―이 말과 함께 그는 책을 펼쳐진 채로 내 앞에 다시 밀어놓았다. 그것은, 나중에 알게 되었지만, 사람들과의 교유에 대한 크니게의 행동 지침서*였는데, 나는 이 훌륭한 책에서 많은 삶의 지혜를 얻었다. 그것은 내 영혼이 쓴 것 같은 책으로, 인간 사회에서 아주 엄청나게 인정받으려는 수고양이들에게 특히 걸맞은 책이다. 그 책의 이러한 경향은 내가 알기로는 지금까지 간과되었다.

* 아돌프 프라이헤어 폰 크니게의 책 『사람들과의 교유에 대하여』.

그래서 이따금 그 책에 기록된 규칙들을 정확히 따르려는 사람은 필연적으로 어디서나 뻣뻣하고 냉혹한 소인배로 보일 수밖에 없다는 잘못된 판단이 내려지기도 했던 것이다.

이때부터 마이스터는 내가 책상 위에 있게 내버려두었을 뿐만 아니라 그가 일하고 있을 때 펄쩍 뛰어올라 그 앞의 문서들 아래 진을 치고 앉는 것을 좋아하기까지 했다.

마이스터 아브라함은 많은 것을 연이어 여러 번 큰 소리로 읽는 습관을 가지고 있었다. 그러면 나는 책을 들여다볼 수 있게 자리를 잡는 것을 태만히 하지 않았는데, 이것은 자연이 내게 부여한 날카로운 두 눈 덕분에 그를 귀찮게 하지 않고도 가능했다. 그가 발음한 낱말들과 글자들을 비교함으로써 나는 짧은 시간 내에 읽는 법을 배웠다. 혹시 이것이 황당무계하게 여겨지는 사람은 자연이 내게 선사한 아주 특별한 천부의 재능에 대해 전혀 아는 바가 없는 사람이다. 나를 이해하고 나의 진가를 인정하는 천재들은 어쩌면 자신의 것과 같을지도 모르는 그러한 교육에 대해 아무런 의심도 품지 않을 것이다. 그런데 내가 인간 언어를 완전히 이해하기 위해 했던 특이한 관찰을 전하는 것도 태만히 하면 안 되겠다. 나는 내가 어떻게 해서 이러한 이해에 도달하게 되었는지 전혀 알지 못한다는 사실을 뚜렷한 의식을 갖고 관찰했던 것이다. 이것은 인간들도 마찬가지라고 한다. 하지만 이는 내게 놀라운 일이 아니다. 그도 그럴 것이, 이 종족은 유년기에 우리보다 훨씬 더 멍청하고 둔하기 때문이다. 내가 조그만 새끼고양이였을 때는 손으로 제 눈을 찌른다거나, 불이나 등불에 손을 댄다거나, 혹은 버찌무스 대신 구두약을 먹는다거나 하는 일은 결코 하지 않았다. 그런데 이런 일이 조그만 어린애들에게는 아마 일어나곤 하는 모양이다.

이제 완전히 읽을 줄 알게 되고 날마다 더 많이 낯선 생각들로 배를
잔뜩 채우자, 나는 내 안에 깃들어 있는 창조적 정신이 낳은 나 자신의
생각들도 망각에서 구해내고자 하는 억제할 수 없는 욕망을 느꼈다.
하지만 이를 위해서는 물론 아주 어려운 쓰기 기술이 필요했다. 마이
스터가 글씨를 쓸 때 그의 손을 주의깊게 관찰해봤지만 실제 메커니즘
을 알아내는 데 좀처럼 성공하지 못했다. 나는 마이스터가 소장한 유
일한 쓰기 교본인 오래된 힐마 쿠라스*를 연구했다. 그러고는 하마터
면, 쓰기의 수수께끼 같은 어려움은 오로지 책 속에 그려진 글씨 쓰는
손이 끼고 있는 커다란 토시로만 해소될 수 있으며 나의 마이스터가
토시 없이 쓰는 것은 오직 노련한 줄타기 곡예사가 마지막에는 평형을
잡기 위한 봉을 더이상 필요로 하지 않는 것 같은, 특별히 획득한 솜씨
라는 생각에 빠질 뻔했다. 나는 탐욕스럽게 토시를 노렸다. 늙은 가정
부의 두건을 찢어 내 오른쪽 앞발에 맞게 막 감싸려던 참이었다. 그때
천재들에게 그런 일이 일어나곤 하듯이 어느 열광의 순간에 모든 것을
해결할 천재적인 생각이 갑자기 떠올랐다. 나는 펜과 필기구를 마이스
터처럼 꽉 잡는 것이 불가능한 까닭은 어쩌면 우리의 손의 상이한 구
조 탓인지도 모른다는 추측을 했던 것이다. 그리고 이 추측은 맞아떨
어졌다. 나는 내 조그만 오른쪽 앞발의 구조에 적합한 다른 쓰기 방식
을 고안해야 했다. 그리고 아마 짐작할 수 있겠지만 정말로 그것을 고
안해냈다. 그렇듯 개체의 특별한 신체 구조에서 새로운 체계들이 생겨

---

* 베를린의 요아힘슈탈 김나지움 교사인 힐마 쿠라스의 저서 『칼리그라피아 레기아,
왕의 깃펜』.

나는 것이다.

두번째 지독한 어려움은 펜을 잉크병에 담그는 것이었다. 펜을 잉크
병에 담글 때 조그만 앞발을 보호하는 게 좀처럼 잘되지 않았던 것이
다. 앞발이 항상 잉크 속으로 같이 들어갔다. 그래서 펜으로 그렸다기
보다 앞발로 그린 첫번째 글자들이 약간 크고 두꺼워져버린 것은 피치
못할 일이었다. 그런 까닭에 무지한 사람들은 나의 첫번째 원고들을
잉크로 얼룩진 종이로만 간주할지도 모른다. 그러나 천재들은 그 첫번
째 작품들을 보고서 천재적인 수고양이가 썼다는 것을 쉽게 알아맞힐
것이고, 고갈되지 않는 샘에서 처음으로 솟아난 듯한 정신의 깊이와
풍부함에 깜짝 놀랄 것이며, 정말이지 아주 흥분의 도가니에 빠지게
될 것이다. 세상 사람들이 장차 나의 불후의 작품들이 나온 시대적 순
서에 대해 싸우지 않도록, 나는 여기서 내가 맨 처음으로 쓴 것이 철학
적으로 감상적이고 교훈적인 소설『사상과 예감 혹은 고양이와 개』라
는 것을 말해두고자 한다. 이 작품만 해도 벌써 엄청난 센세이션을 일
으킬 수 있을 것이다. 그러고 나서, 모든 경우에 대비해 나는『쥐덫 그
리고 쥐덫이 고양이의 생각과 활동력에 미치는 영향에 대하여』라는 제
목으로 정치적 작품을 한 편 썼다. 그후 비극에 도취되어 쓴 것이『쥐
의 왕 카브달로어』다. 이 비극도 역시 상상할 수 있는 모든 무대에서
가장 떠들썩한 박수갈채와 함께 수도 없이 상연될 수 있을 것이다. 높
이 오르려고 노력하는 정신의 산물인 이 작품들이 나의 전집을 시작하
는 첫 작품들이 될 것이다. 그것들을 쓰게 된 계기에 대해서는 적절한
곳에서 실컷 얘기할 수 있으리라.

펜을 더 잘 잡는 법을 배우고 조그만 앞발에 잉크가 묻지 않아 깨끗

해졌을 때, 물론 나의 문체도 더 우아하고, 더 온유하고, 더 밝아졌다. 나는 특히 문학연감에 전념했고, 여러 가지 친절한 저서들을 썼으며, 말이 나왔으니 말인데 얼마 지나지 않아 오늘날에도 여전히 그렇듯이 상냥하고 친절한 남자가 되었다. 하마터면 나는 그때 벌써 스물네 개의 장으로 된 영웅시를 한 편 쓸 뻔했다. 하지만 내가 작품을 끝냈을 때, 그것은 뭔가 다른 것이 되어 있었다. 타소*와 아리오스토**는 무덤 속에서 그 점에 대해 하늘에 감사의 뜻을 표해도 좋을 것이다. 나의 발톱 밑에서 정말로 영웅시가 솟아나왔다면, 두 시인의 작품을 더이상 아무도 읽지 않았을 테니까.

내가 이제 하려고 하는 얘기는—

(파지) —더 나은 이해를 위해, 친애하는 독자여, 그대에게 사건의 모든 관계를 뚜렷하고 분명하게 설명해야 하리라.

단 한 번만이라도 작고 우아한 지방도시 지크하르츠바일러의 여관에서 묵어본 적이 있는 사람이라면 누구나 곧 이레네우스 제후에 대한 얘기를 들었을 것이다. 그러니까 그가 주인에게 그 지역에서 일품인 송어 요리 하나만 주문해도 주인은 분명 이렇게 대답할 것이다. 신사분, 잘 고르셨네요! 우리 제후 전하도 같은 것을 대단히 즐겨 드신답니다. 그리고 저는 맛 좋은 생선들을 바로 궁정에서 하는 식으로 준비할수 있지요. 하지만 그곳에 관해 알아본 여행자가 최신 지리학, 지도, 지역 정보를 통해 접하게 된 것이라곤, 작은 도시 지크하르츠바일러가 벌써 오래전에 가이어슈타인과 그 주변 지역 전체와 함께 그가 방금

---

* 고전적 서사시 『해방된 예루살렘』을 쓴 르네상스 시대의 이탈리아 시인.
** 영웅시 『성난 오를란도』를 쓴 르네상스 시대의 이탈리아 시인.

통과했던 대공국에 합병되었다는 내용뿐이었다. 그래서 그러한 여행자에게는 이곳에 제후 전하, 그리고 궁정이 있다는 게 놀라울 수밖에 없었다. 하지만 일의 자초지종은 이러했다. 이레네우스 제후는 예전에 정말로 지크하르츠바일러에서 멀지 않은 점잖은 소국을 다스리고 있었다. 그리고 그는 훌륭한 돌런드 망원경을 통해 수도의 손바닥만한 광장에 있는 그의 성 전망대에서 나라 전체를 조망할 수 있었기 때문에 그의 나라의 행과 불행, 사랑하는 신하들의 행복을 항상 관찰하지 않을 수 없었다. 그는 나라의 가장 외곽에 있는 페터의 밀밭이 어떤지 언제라도 알 수 있었다. 그리고 한스와 쿤츠가 자기네 포도밭을 부지런히 잘 보살피고 있는지도 잘 관찰할 수 있었다. 사람들 말로는 이레네우스 제후가 국경선을 넘어 산책하던 길에 호주머니에서 그의 작은 나라를 잃어버렸다고 한다. 하지만 몇 가지 부록이 달린 저 대공국의 지도 새 판본에 이레네우스 제후의 소국이 인쇄되고 기입되어 있는 것은 확실하다. 그는 소유했던 나라의 수입에서 나오는 상당히 풍족한 연금을 약속받아 통치의 노고를 면하게 되었는데, 그 연금은 다름 아닌 우아한 지크하르츠바일러에서 다 쓰기로 되어 있었다.

이레네우스 제후는 그 소국 외에도 줄어들지 않고 남아 있는 상당액의 현금 재산을 소유하고 있었다. 그리하여 그는 갑자기 작은 나라의 통치자에서 원하는 대로 자유롭게 살아갈 수 있는 당당한 사인私人의 신분이 된 것이다.

이레네우스 제후는 학문과 예술에 대한 섬세한 감수성을 지닌 매우 교양 있는 군주로 평판이 나 있었다. 여기에 그가 통치라는 귀찮고 무거운 짐을 고통스럽게 느낀 적이 많았다는 얘기가 덧붙여졌다. 그에 관해 이런 이야기도 있었다. 그가 번잡한 일들에서 멀리 벗어나 시냇물이 졸졸 흐르는 냇가의 조그만 집에서 가축 몇 마리와 함께 고독하고 목가적인 삶을 영위하고 싶다는 소설 같은 소망을 우아한 시로 표현했다는 것이다. 그래서 사람들은 당연히 그가 이제 통치자 시절을 잊고, 부유하고 독립적인 사인의 힘으로 꾸릴 수 있는 아늑한 가정생활에 적응해갈 거라고 생각했다. 하지만 일은 전혀 그렇게 돌아가지 않았다!

위대한 군주들의 예술과 학문에 대한 사랑은 실제 궁정생활의 필수적인 한 부분으로만 간주되어야 하는지도 모른다. 바른 예법을 따르자면 그림을 소유하고 음악을 들어야 한다. 궁정 제본공이 일을 쉬고 최신 문헌에 계속해서 금과 가죽옷을 입히지 않는다면 곤란할 것이다. 하지만 예술과 학문에 대한 사랑이 궁정생활 자체의 필수적인 한 부분이라면, 그것 역시 궁정생활과 함께 몰락해야 할 것이며, 그것만 계속 남아 잃어버린 왕좌 혹은 늘 앉아 있곤 했던 통치자의 조그만 의자에 대한 위안을 줄 수는 없다.

이레네우스 제후는 하나의 달콤한 꿈을 실현시킴으로써 궁정생활 그리고 예술과 학문에 대한 사랑 두 가지를 모두 유지했다. 그의 측근들과 함께 그 자신이 역할을 맡고 아울러 지크하르츠바일러 전체가 동원된 그런 꿈이었다.

말하자면 그는 통치하는 군주인 척한 것이다. 그는 궁정생활 전체, 궁내관, 재정합의체 등을 유지했고 공로훈장을 수여했다. 또한 신하들과 궁정모임을 갖고 궁정무도회를 열었는데, 여기에 참여하는 인원은 대부분 열두 명에서 열다섯 명 정도였다. 그도 그럴 것이, 실제적인 궁정회합의 참석 기준이 가장 큰 궁정들에서보다 더 엄격하게 지켜졌던 것이다. 도시 사람들은 선량하기 짝이 없어서 이 꿈 같은 궁정의 거짓된 광채를 자신에게 명예와 위신을 가져다주는 어떤 것으로 간주했다. 그리하여 착한 지크하르츠바일러 사람들은 이레네우스 제후를 그들의 전하라고 불렀고, 제후와 제후 가문의 수호성인의 생일마다 도시를 환하게 불 밝혔다. 말하자면 그들은 셰익스피어의 『한여름 밤의 꿈』에 나오는 아테네 시민들처럼 궁정의 즐거움을 위해 기꺼이 헌신했던 것이다.

제후가 지극히 영향력 있는 열정을 품고 그의 역할을 수행했으며 이 열정을 자신의 측근 전체에 전달할 줄 알았다는 것은 부인할 수 없는 사실이다. 그리하여 제후의 재정고문관은 음울하고 생각에 잠겨 있는 과묵한 인물로서 지크하르츠바일러의 회합에 나타나는 것이다! 이마 위에는 구름이 끼어 있고, 그는 종종 깊은 생각에 빠져들었다가 갑자기 잠에서 깨듯 화들짝 정신을 차리곤 한다. 그의 곁에서 사람들은 큰 소리로 말하거나 발소리를 세게 낼 엄두를 내지 못한다. 아홉시 종이 치면 그는 벌떡 일어나 모자를 집어든다. 그를 잡아두려는 노력은 모두 헛된 것이다. 그는 거만하고 의미심장한 미소를 지으며 서류 더미가 자신을 기다리고 있노라고, 내일 열리는 몹시 중요한 재정합의체의 마지막 4분기 회의를 준비하기 위해 밤을 희생해야 한다며 서둘러 자리를 뜬다. 그가 맡은 직무의 엄청난 중요성과 어려움에 대한 경외심에 가득차서 뻣뻣하게 굳어버린 사람들을 남겨둔 채 말이다. 그렇다면 그 고통을 당하는 남자가 밤을 새워 준비해야 하는 중요한 보고란 무엇일까? 자, 보시라. 전 부서, 즉 부엌, 연회장, 의상실 등에서 지난 석

달치 세탁 목록이 도착했는데 모든 세탁 관련 업무에 대해 진술해야 하는 사람이 그인 것이다. 그리하여 도시 사람들은 제후의 가련한 마차장인을 불쌍히 여기면서도, 제후의 재정합의체의 섬세한 열정에 감동해 엄격하지만 공정하도다! 하고 말한다. 무슨 말인가 하면, 마차장인은 지시받은 대로 못 쓰게 된 반개半開 마차를 팔았는데, 재정합의체는 그에게 즉각적인 무조건 해고라는 처벌을 내걸며 어쩌면 아직 사용할 수 있을지도 모르는 나머지 절반을 어디에 두었는지 사흘 안에 증명하라고 했던 것이다.

이레네우스 제후의 궁정에서 빛나는 특별한 별은 고문관 부인 벤촌이었다. 그녀는 삼십대 중반의 미망인으로, 좌중을 압도하는 미모를 지녔고 지금도 여전히 상당한 매력이 남아 있었다. 그녀는 귀족으로서 출신이 의심스러웠지만 그럼에도 제후가 단연코 궁정에 드나들 수 있다고 인정한 유일한 여인이었다. 고문관 부인의 명쾌하게 꿰뚫어보는 이성, 생기에 찬 정신, 능란한 처세술, 무엇보다도 지배하는 재능에 꼭 필요한 어느 정도 차가운 성격이 강력한 힘을 발휘하여, 그녀는 이 극소형 궁정에서 실제로 인형극의 줄을 당기는 이였다. 그녀의 딸 율리아는 헤드비가 공주와 함께 자랐다. 고문관 부인은 헤드비가 공주의 정신교육에도 영향을 끼쳐서, 공주는 제후 가족의 무리에서 낯선 여자처럼 보였고 오빠와도 기묘하게 뚜렷한 대조를 이루었다. 이그나츠 왕자는 영원히 유년기에 머물러야 할 운명에 처해졌던 것이다. 거의 저능아라 할 수 있었다.

벤촌 부인의 맞은편에는, 똑같이 영향력 있고 제후 가문의 가장 내밀한 상황에 그녀와 아주 다른 방식이긴 하지만 똑같이 관여하는, 친애하는 독자여, 그대가 이미 이레네우스 궁정의 축제 행사 주관자요 비꼬기 좋아하는 마술사로 알고 있는 기이한 남자가 있었다.

　마이스터 아브라함이 제후 가문의 일에 끼어들게 된 경로는 무척 특이하다.

　고인이 된, 이레네우스 제후의 아버지는 행실이 소박하고 온화한 남자였다. 그는 어떤 힘을 표출하는 것은 국가기계의 작고 약한 톱니바퀴 장치에 더 나은 활기를 주는 대신 그것을 망가뜨리고 말 것이라는 점을 인식하고 있었다. 그래서 그는 그의 조그만 나라가 그전에 돌아가던 것처럼 계속 돌아가게 놔두었다. 그리고 자신의 뛰어난 오성이나 다른 특별한 천부적 재능을 보여줄 기회가 없더라도 그의 제후국에서는 누구나 평안하다는 점, 그리고 외국을 고려해볼 때 자신의 상태가 매우 나무랄 데 없는 여자들이 사람들의 입에 오르내리지 않을 때의 상태와 같다는 점에 만족했다. 제후의 작은 궁정이 뻣뻣하고 의례적이고 시대에 뒤떨어졌고, 제후는 새로운 시대가 만들어낸 것과 같은 몇몇 공평한 이념에 전혀 관심을 기울일 수 없었던 까닭은 상ᅡ궁내교육담당관, 의전관, 시종 들이 그의 내면에 힘겹게 세운 어설픈 지지대의 불변성 때문이다. 하지만 이 지지대 속에서는 그 어떤 궁내교육담당관도, 그 어떤 궁내대신도 멈추게 할 수 없을 주륜主輪이 작동하고 있었다. 바로 모험적인 것, 기이한 것, 신비스러운 것에 기우는 제후의 타고난 성향이었다. 그는 이따금, 위엄 있는 칼리프 하룬알라시드*를 본받아 변장을 하고 도시와 나라를 정처 없이 떠돌아다니곤 했다. 그의

────────────

* 이슬람 아바스왕조의 제5대 칼리프.『천일야화』에 밤이 되면 그가 변장을 하고 바그다드의 거리를 순회하는 이야기가 나온다.

나머지 삶의 경향과는 지극히 기이한 대조를 이루는 예의 그 성향을 만족시키기 위해서, 혹은 적어도 이를 위한 양분을 찾기 위해서 말이다. 그럴 때면 그는 머리에 둥근 모자를 쓰고 회색 상의를 걸쳤는데, 그러면 누구든 이제 제후를 알아볼 수 없게 되었다는 것을 첫눈에 알 수 있었다.

한번은 이런 일이 있었다. 제후가 그렇게 변장을 하고 알아볼 수 없는 차림으로 성에서 멀리 떨어진 지역까지 뻗어 있는 가로수 길을 걸어갔는데, 거기에는 제후의 시종요리사의 미망인이 살고 있는 작은 집 한 채가 외로이 서 있었다. 이 조그만 집 앞에 막 당도했을 때 제후는 외투로 몸을 감싼 채 대문을 살그머니 나서는 두 남자를 보았다. 그는 옆으로 비켜섰는데, 이레네우스 가문의 역사기술가는, 이 이야기는 내가 그의 기록을 보고 쓰고 있거니와, 제후가 회색 상의 대신에 번쩍거리는 별 모양 훈장이 달린 가장 훌륭한 예복을 걸치고 있었을지라도 그가 제후임을 아무도 알아챌 수 없었을 것이라고 주장한다. 칠흑같이 어두운 저녁이었기 때문이다. 외투로 몸을 감싼 두 남자가 제후 바로 앞을 천천히 지나갔을 때, 제후는 다음과 같은 대화를 아주 분명하게 들었다. 한 남자: 지체 높으신 형님, 부탁입니다, 정신 차리세요, 이번만큼은 어리석게 굴지 마요!—제후가 그에 관해 뭔가 들어 알기 전에 그 사람은 떠나야 합니다. 그렇지 않으면 우리는 사탄의 기술로 우리 모두를 불행으로 몰아넣는 저주받을 마술사를 계속해서 귀찮게 떠안고 있어야 할 테니까요. 다른 남자: *친애하는 아우*, 그렇게 열 내지 말게나. 자네는 나의 *명민함*과 *노련함*을 알지 않나. 내일 나는 그 위험한 자에게 금화 몇 닢을 던져줄 걸세. 어디건 그가 원하는 곳에서 사람들에게 잔재주들을 보여주라지. 그러나 여기 머물러서는 안 되네. 그런데 제후는 어떤 사람인가 하면—

목소리들은 점점 사라져갔다. 그래서 제후는 그의 의전관이 자신을 어떤 사람으로 여기는지 듣지 못했다. 슬그머니 집을 나와 곤란해질 수 있는 대화를 나눈 사람들은 바로 의전관과 그의 동생인 상上수렵관이었다. 제후는 목소리를 듣고 두 사람을 아주 정확하게 알아차렸다.

만나볼 기회를 놓치게 될 그 사람, 그 위험한 마술사를 찾아가는 것보다 더 간절한 용무는 제후에게 없었음은 쉽게 짐작할 수 있으리라. 그는 작은 집의 문을 두드렸다. 그러자 미망인이 손에 촛불을 들고 나왔는데, 제후의 둥근 모자와 회색 상의를 보고는 차가우면서도 공손하게 무엇을 도와드릴까요, *므시외!* 하고 물었다. 제후는 변장해서 알아볼 수 없을 때면 므시외라는 칭호로 불렸던 것이다. 제후는 미망인의 집에 들렀을 낯선 이에 관해 물어보았다. 그리고 그 낯선 사람이란 다름아니라 여기에서 그의 재주를 내보이려 하는, 아주 솜씨 좋고 유명한, 많은 자격증과 허가 서류와 특권을 갖춘 마술사라는 말을 들었다. 방금 전에, 하고 미망인이 얘기했다. 궁정에서 온 두 나리가 그의 방에 있었는데, 그가 아주 불가해한 것들을 보여주어 그들을 어찌나 깜짝 놀라게 했던지 그들이 몹시 창백한 얼굴로 당황해서, 정말이지 완전히 정신이 나간 채로 집을 떠났다는 것이었다.

제후는 당장 자신을 위층으로 안내하라고 했다. 마이스터 아브라함은(유명한 마술사는 다름 아닌 그였다) 진작부터 고대하고 있던 사람을 맞듯이 그를 맞이하고는 문을 잠갔다.

그러고 나서 마이스터 아브라함이 무엇을 시작했는지는 아무도 모른다. 하지만 제후가 밤새도록 그의 방에 머물렀다는 것, 그리고 이튿날 아침 성안에 마이스터 아브라함이 기거할 방들이 마련되었다는 것은 확실하다. 제후는 그의 서재에서 비밀 통로를 통해 눈에 띄지 않고 그 방들에 도달할 수 있었다. 그 밖에도 확실한 것은 제후가 의전관을 더이상 *친애하는 친구*라 부르지 않았고, 상수렵관이 사냥꾼으로서 처음 숲으로 나들이 갔을 때 쏘아 잡을 수 없었던 뿔 달린 하얀 토끼에 대한 놀라운 이야기를 다시는 들으려 하지 않았다는 것이다. 이러한 변화는 형제를 원망과 절망으로 몰아넣었고, 둘은 얼마 지나지 않아 곧 궁정을 떠났다. 마지막으로 또 한 가지 확실한 것은, 마이스터 아브라함이 그의 환영幻影들과 제후에게서 점점 더 많이 얻어낸 신망으로 궁정, 도시, 나라를 깜짝 놀라게 했다는 것이다.

앞서 언급한 이레네우스 가문의 역사기술가는 마이스터 아브라함이 수행한 재주들에 대해 도저히 믿을 수 없는 것을 어찌나 많이 얘기하는지, 편자는 친애하는 독자의 모든 신뢰를 위태롭게 하지 않고서는 그대로 옮길 수 없다. 하지만 역사기술가가 모든 것 가운데 가장 놀랍다고 간주하는 재주, 마이스터 아브라함이 낯설고 무시무시한 힘들과 명백히 위험하게 결탁하고 있음을 충분히 증명한다고 주장하는 그 재주는, 다름아니라 나중에 '보이지 않는 소녀'라는 이름 아래 참으로 많은 주목을 끈 예의 음향 마술*이었다. 마이스터 아브라함은 그 당시에 벌써 이후의 어떤 음향 마술보다 더 의미심장하고 환상적이며 감동적

---

* 18세기 말부터 유행한 마술. 확성나팔이 들어 있는 유리상자나 유리구가 공중에 매달려 있고, 사람들이 나팔에 대고 말을 하면 대답하는 소리가 들렸다. 대답하는 사람이 작은 판자방이나 궤, 마루 밑에 숨어 있었던 것으로 추측된다.

인 방법으로 그 마술을 보여줄 줄 알았다.

그 밖에도 사람들은 제후가 마이스터 아브라함과 모종의 마술적 작업을 한다는 것 또한 알고 있다고 주장했다. 그 목적에 대해 궁정 귀부인들, 시종들, 그리고 궁정의 다른 사람들 사이에서 어리석고 무의미한 추측이 앞다투어 일어났다. 실험실에서 이따금 퍼져나오는 연기로 미루어보아 마이스터 아브라함이 제후에게 연금술을 가르치고 있으며 또한 제후를 갖가지 유용한 유령들의 회합에 참여시켰다는 데는 모두 의견이 일치했다. 그 밖에도 모두들 제후가 수호정령이나 가정의 수호신 혹은 성좌에게 물어보지 않고는 새 시장市長을 위한 시장市場 개설권을 허용하지 않으며, 제후의 난방공에게 추가수당을 지급하는 것조차 인가하지 않는다고 확신했다.

늙은 제후가 죽고 이레네우스가 그를 이어 통치하게 되었을 때 마이스터 아브라함은 나라를 떠났다. 모험적인 것, 경이로운 것에 기우는 아버지의 성향을 전혀 물려받지 않은 젊은 제후는 그가 떠나가게 놔두긴 했지만, 곧 마이스터 아브라함의 마법의 힘이 무엇보다 작은 궁정에 몹시도 깃들기 좋아하는 모종의 악령, 말하자면 권태라는 지옥의 악령을 쫓아버리는 데서 입증된다는 것을 알게 되었다. 게다가 마이스터 아브라함이 아버지 대에 누렸던 명망이 젊은 제후의 마음에 깊게 뿌리박고 있었다. 이레네우스 제후에게는 마이스터 아브라함이 인간적인 모든 것에, 그것이 아무리 높은 것일지라도, 초연한 초지상적인 존재라는 기분이 드는 순간들이 있었다. 사람들 말로는 이 아주 특별한 감정은 제후의 청소년기에 있었던 잊을 수 없는 결정적 순간에서 비롯되었다고 한다. 그는 소년 시절에 어린애다운 과도한 호기심에 차서 마이스터 아브라함의 방에 침입한 적이 있었다. 그리고 어리석게도 마이스터가 많은 노고를 들이고 기술을 동원해 막 완성한 작은 기계를 부숴버렸다. 그러자 마이스터는 서투른 짓으로 기계를 망가뜨린 데에 화가 머리끝까지 치밀어 개구쟁이 어린 왕자 녀석에게 따갑게 느낄 만한 따귀를 한 대 올려붙이고는, 좀 거칠다싶은 꽤나 빠른 속도로 그를 방에서 끌어내어 복도로 데려갔다. 어린 왕자는 눈물을 펑펑 쏟으며 간신히 아브라함 — *따귀* — 라는 말을 더듬더듬 뱉어낼 수 있었다. 그래서 깜짝 놀란 상궁내교육담당관은 감히 예감하기조차 꺼려지는 끔찍한 비밀 속으로 더 깊숙이 뚫고 들어가는 것은 위험천만한 모험이라고 생각했다.

제후는 마이스터 아브라함을 궁정이라는 기계장치에 생기를 주는 원칙으로 곁에 두고 싶은 욕구를 강렬히 느꼈다. 하지만 그를 되돌아오게 하려는 모든 노력은 허사로 돌아갔다. 이레네우스 제후가 그의 소국을 잃어버린 저 불행한 산책 이후 지크하르츠바일러에 몽상적인 궁정생활을 꾸몄을 때, 그제야 마이스터 아브라함은 다시 나타났다. 실제로 그는 이보다 더 적절한 때에 올 수는 없었을 것이다. 왜냐하면 그런 것 말고도 —

(무어) — 재기 발랄한 전기 작가의 통상적인 표현을 사용하자면, 내 생애의 전기가 된 이상한 사건에 관한 것이다.

— 독자들이여! — 털가죽 아래 감성적인 심장이 뛰는, 미덕에 대한 감수성을 지닌 — 우리를 휘감은 자연의 달콤한 굴레를 알아보는 그대 젊은이들이여, 남자들이여, 여자들이여, 그대들은 나를 이해할 것이다. 그리고 — 사랑할 것이다!

날은 더웠다. 나는 난로 밑에서 자면서 낮 시간을 다 보냈다. 곧 황혼이 밀려들었고 마이스터 아브라함의 열린 창으로 시원한 바람이 불어닥쳤다. 잠에서 깨어났는데, 내 가슴이 고통인 동시에 쾌락인, 가장 달콤한 예감에 불을 붙이는 뭐라 이름할 수 없는 감정에 휩쓸려 확장되었다. 나는 그러한 예감들에 압도되어 표현이 풍부한 동작으로 몸을 일으켜세웠는데, 냉정한 인간은 이를 고양이등*이라 부른다!—밖으로—밖으로, 나는 탁 트인 자연 속으로 나가고 싶은 충동을 느꼈다. 그래서 지붕 위로 올라가 지는 해의 노을빛을 받으며 이리저리 거닐었다. 그때 다락에서 올라오는 소리를 들었다. 몹시 부드럽고 은밀한, 몹시 익숙하면서도 유혹적인 소리였다. 미지의 어떤 것이 거부할 수 없는 힘으로 나를 아래로 끌어당겼다. 나는 아름다운 자연을 떠나 작은 채광창을 통해 다락방으로 기어들어갔다. 뛰어내리자마자 나는 흑백 얼룩무늬가 있는 크고 아름다운 암고양이 한 마리를 알아보았다. 뒷발로 앉아 편안한 자세로 방금 그 유혹적인 소리를 냈던 암고양이는 이제 탐색하는 눈빛으로 나를 쳐다보았다. 나는 즉각 그녀의 맞은편에 앉아 내적 충동에 굴복하며 흑백 무늬의 그녀가 시작한 노래에 끼어들어 함께 화음을 맞추려고 시도했다. 이 말을 스스로 하지 않을 수 없는데, 그 시도는 대단히 성공적이었다. 나와 나의 생애를 연구하는 심리학자들을 위해 여기에 언급해두거니와, 나의 내면의 음악적 재능에 대한 믿음, 그리고, 생각할 수 있듯이, 이 믿음과 더불어 재능 자체도 이 순간부터 비롯된 것이다. 얼룩무늬 암고양이는 더 날카롭게, 더 부지

---

* 구부정한 등을 말할 때 우리말로는 새우등이라고 표현하지만 독일어로는 고양이등이라 한다.

런히 나를 응시하다가 갑자기 노래를 멈추더니 펄쩍 뛰어올라 내게로 덤벼들었다! 좋지 않은 상황만을 예상하며 나는 발톱을 드러냈다. 하지만 바로 그 순간에 얼룩무늬 암고양이가 눈물을 펑펑 쏟으며 소리쳤다. 아들아 ─오, 아들아! 이리 오렴! 나의 앞발 안으로 어서 오렴! ─ 그러고는 나의 목을 껴안으며, 열정적으로 나를 가슴에 끌어안으며 외쳤다. 그래 너로구나, 네가 바로 내 아들, 내가 별 고통 없이 낳았던 나의 착한 아들이구나!

나는 가슴속 깊은 곳에서 크나큰 감동을 느꼈다. 이 감정만으로도 나는 얼룩무늬 암고양이가 정말 내 어머니라는 사실을 확신하지 않을 수 없었다. 그럼에도 나는 그녀에게 그 사실을 정말 확신하느냐고 물었다.

"하, 이 비슷한 모습!" 얼룩무늬 암고양이는 말했다. "이 비슷한 모습, 이 두 눈, 이 얼굴, 이 수염, 이 털가죽, 모든 것이 나를 떠난 정조 없고 배은망덕한 그이를 너무도 생생하게 상기시킨다. 사랑하는 무어야(네가 그렇게 불릴 테니까), 너는 네 아버지를 아주 쏙 빼닮았구나. 그렇지만 나는 네가 아버지의 아름다움과 동시에 네 어머니 미나의 부드러운 사고방식, 온화한 행실도 습득하게 되기를 바란다. 네 아버지는 몸가짐이 매우 고상했단다. 그의 이마에는 인상적인 위엄이 깃들어 있었고 푸른 두 눈은 몹시 총명하게 번쩍였으며 수염과 뺨 주위에는 자주 우아한 미소가 감돌았어. 이 육체적 장점들과 정신, 그리고 그가 생쥐를 잡을 때의 사랑스러운 민첩함이 내 마음을 얻게 했지. 하지만 그가 그토록 오랫동안 노련하게 감춰두었던 거칠고 폭군적인 심성이 곧 모습을 드러냈단다. 경악에 차서 하는 말이다만! ─네가 태어나자마자 네 아버지는 네 형제자매와 함께 너를 먹고 싶어하는 불운한 식욕을 갖게 되었단다."

훌륭하신 어머니, 나는 얼룩무늬 암고양이의 말에 끼어들었다. 훌륭하신 어머니, 예의 그 성향을 완전히 저주하지는 마세요. 지상에서 가장 교양 있는 민족도 자식 잡아먹기라는 기묘한 식욕을 신들의 종족에게 주었지요. 하지만 유피테르는 목숨을 건졌고* 나 역시 살아났어요!

네가 무슨 말을 하는지 모르겠다. 내 아들아, 미나가 대꾸했다. 하지만 네가 바보 같은 소릴 하거나 심지어 네 아버지를 옹호하려고 하는 것 같구나. 은혜를 잊지는 말거라. 내가 이 날카로운 발톱으로 그토록 용감하게 너를 지켜주지 않았다면, 지하실, 다락, 마구간 할 것 없이 때로는 여기로 때로는 저기로 도망치면서 자연을 거스르는 야만인의 추적으로부터 너를 피신시키지 않았다면, 너는 분명코 피에 굶주린 폭군에게 목 졸려 먹히고 말았을 게다. 그는 마침내 나를 떠나버렸다! 다시는 그를 보지 못했단다! 그런데도 나의 심장은 아직 그를 위해 뛰는구나! ─멋진 수고양이였단다! 그의 예의범절, 그의 고상한 행실 때문에 많은 이들이 그가 여행중인 백작이라 생각했지. 나는 이제야 조그만 가정적 영역 속에서 어머니로서 책무를 다하며 조용하고 평온한 삶을 영위할 수 있으리라 믿었단다. 하지만 나를 강타할 가장 경악스러운 타격이 아직 남아 있었지. 내가 언젠가 잠깐 산책을 하고 돌아왔을 때, 네 형제자매와 함께 너는 없어지고 말았단다! ─한 노파가 며칠 전

---

* 유피테르는 로마신화의 최고신으로, 그리스신화의 제우스에 해당한다. 사투르누스는 자기 자식을 모두 먹어치웠고, 유피테르만이 어머니 키벨레가 숨긴 덕에 살아남았다.

에 내 은신처에서 나를 발견하고는 물에 던진다느니 하는 온갖 당혹스러운 말들을 했지!―자! 내 아들, 네가 살아났으니 다행이다! 사랑하는 아들아, 다시 한번 내 가슴에 안기렴!

얼룩무늬 엄마는 더할 나위 없이 다정하게 나를 쓰다듬어주었다. 그러고는 내 삶의 더 자세한 상황에 대해 물었다. 나는 그녀에게 모든 것을 얘기했는데, 나의 수준 높은 교육, 그리고 내가 어떻게 그런 교육을 받게 되었는지 언급하는 것도 잊지 않았다.

미나는 아들의 보기 드문 장점들에 대해 보통 생각할 수 있는 것만큼 감동하지는 않는 것 같았다. 그렇다! 그녀는 내가 비범한 정신, 깊은 학문과 함께 나를 망쳐놓을 수 있는 잘못된 길로 들어섰음을 꽤나 분명하게 암시했다. 그녀는 특히 내가 얻은 지식을 마이스터 아브라함에게 드러내지 말라고 경고했다. 그가 나를 괴롭기 짝이 없는 예속 상태로 붙잡아두기 위해서만 그것을 사용할 터이기 때문이라는 것이었다.

"나는" 미나가 말했다. "너와 같은 교육을 받았다고 전혀 자랑할 수가 없구나. 하지만 나에게도 타고난 능력과 자연이 내게 심어놓은 기분 좋은 재능이 없는 것은 결코 아니란다. 예를 들어 사람들이 나를 쓰다듬을 때면 내 털가죽에서 탁탁거리는 불꽃이 튀어오르게 하는 힘도 그러한 능력에 포함되지. 이 재능만으로도 얼마나 불쾌한 일들을 당해야 했는지! 내겐 고통스러웠지만, 아이들과 어른들은 그 불꽃놀이를 보려고 끊임없이 내 등 위에서 이리저리 손을 놀렸단다. 그리고 불쾌해서 옆으로 뛰거나 발톱을 보이면 사람을 꺼리는 야생동물이라는 욕을 먹거나 심지어 얻어맞기까지 했지. 마이스터 아브라함은 네가 글자를 쓸 수 있다는 사실을 알게 되자마자, 사랑하는 무어야! 너를 자신의 서기로 만들 것이다. 그리고 네가 지금 오로지 너의 욕구를 위해 자발적으로 하는 일이 네게 책무로서 요구될 게야."

미나는 마이스터 아브라함과 나의 관계에 대해, 그리고 나의 교육에 대해 몇 가지 얘기를 더 했다. 나중에야 나는 학문에 대한 혐오라 간주했던 것이 실은 얼룩무늬 어머니가 자기 안에 지니고 있던 진정한 삶의 지혜였다는 것을 이해하게 되었다.

나는 미나가 이웃 노파네 집에서 상당히 옹색하게 살고 있다는 것, 그리고 배고픔을 달래기 어려울 때가 많다는 것을 들어 알게 되었다. 이는 나의 마음을 깊이 흔들어놓았고, 내 가슴속에 자식으로서의 사랑이 더할 나위 없이 강력하게 싹텄다. 나는 전날 식사할 때 남긴 맛있는 청어 대가리를 떠올리고는 그것을 그토록 예기치 않게 다시 찾은 착한 어머니에게 선사하기로 결정했다.

달빛 아래 거니는 이들의 변화무쌍한 마음을 누가 헤아릴 수 있을까!—어찌하여 운명은 불행한 열정의 격렬한 유희에 우리의 가슴을 닫아걸지 않았는가!—어찌하여 우리는 가녀리고 흔들리는 갈대처럼 삶의 폭풍 앞에 굴복해야만 하는가?—적대적인 숙명!—오 식욕이여, 그대 이름은 수고양이!*—청어 대가리를 주둥이에 물고 나는 경건한 아이네이아스**로서 지붕으로 기어올라갔다—그리고 천창으로 들어가려고 했다!—그때 나는 기이하게도 나의 자아가 나의 자아에게 낯설면서도 나의 본래의 자아로 보이는 상태에 빠졌다. 나는 나의 기묘한 상태를 이렇게 묘사해놓은 것을 보고 누구나 내가 정신적 깊이를 꿰뚫어보

---

* 『햄릿』 1막 2장에 나오는 "약한 자여, 그대 이름은 여자"를 패러디한 것.
** 트로이와 로마의 신화적인 영웅. 로마 건국의 기초를 쌓은 인물로 알려져 있다.

는 심리학자임을 알아볼 수 있을 정도로 명쾌하고 예리하게 표현했다고 생각한다. 얘기를 계속하겠다!

욕망과 불쾌감으로 직조된 이상한 감정이 나의 감각을 마비시켰다―나를 압도했다―어떠한 저항도 가능하지 않았다―나는 청어 대가리를 먹어버렸다!

나는 미나가 야옹 하고 우는 소리, 내 이름을 부르는 소리를 불안한 마음으로 들었다―후회와 부끄러움에 사로잡힌 느낌이었다. 나는 마이스터의 방으로 뛰어 돌아갔다. 난로 밑으로 기어들어가 숨었다. 두렵기 짝이 없는 상상들이 나를 괴롭혔다. 나는 미나, 다시 찾은 얼룩무늬 어머니가 위안도 없이, 버림받은 채, 내가 약속한 음식을 갈망하며, 거의 실신할 지경에 처해 있는 것을 보았다 ―이런!―연통을 통해 몰아치는 바람이 미나라는 이름을 불렀다―미나―미나 하고 마이스터의 종이들 속에서 사각거리는 소리가 났고, 부실한 등나무 의자들 속에서 삐걱거렸으며, 미나―미나―난로의 문들이 탄식했다―오! 그것은 나를 꿰뚫어버린, 가슴을 도려내는 쓰디쓴 감정이었다!―나는 가련한 어머니를 가능하면 조반 우유에 초대하기로 마음먹었다. 이 생각을 하자 열기를 식혀주는 기분좋은 그늘처럼 복된 평화가 나를 찾아왔다!―나는 두 귀를 뒤로 꼭 붙이고 잠이 들었다!

나를 완전히 이해하는 그대들 느낄 줄 아는 영혼들이여, 그대들은, 그대들이 멍청한 당나귀가 아니라 진정 단정한 수고양이들이라면, 내 말하노니, 내 가슴속의 이러한 폭풍이, 어두운 구름을 흩뜨려 지극히 맑은 전망을 열어주는 고마운 돌개바람처럼, 나의 청소년기의 하늘을 화창하게 할 수밖에 없었음을 이해할 것이다. 오! 처음에는 청어 대가리가 너무나 무겁게 내 영혼을 짓눌렀다. 하지만 나는 식욕이 무엇인지를, 그리고 어머니 자연을 거스르는 것이 모독임을 통찰하는 법을 배웠다. 누구든지 자신의 청어 대가리를 찾으라. 그리고 다른 이들의 총명함을 성급히 단언하지 말라. 그들 역시 제대로 된 식욕에 이끌려 그들의 청어 대가리를 찾게 될 것이니.

이렇게 나는 내 삶의 이 일화를 끝맺는 바인데, 이 일화로—

(파지) —역사기술가나 전기 작가에게 어린 야생마를 탄 듯 그루터기와 바위 위로, 경작지와 풀밭 위로, 항상 트인 길을 갈망하면서도 결코 그런 길에 도달하지 못하는 채로 이리저리 질주해야 하는 것보다 더 불쾌한 일은 없을 것이다. 친애하는 독자여, 그대를 위해 악장 요하네스 크라이슬러의 기괴한 생애에 관해 알게 된 것을 기록하려고 시도한 사람이 딱 그러한 상황에 처해 있다. 그는 이렇게 시작하고 싶었을 것이다. 요하네스 크라이슬러는 손바닥만한 소도시 N. 혹은 B. 혹은 K.에서, 그것도 무슨무슨 해의 성령강림제 월요일 혹은 부활절에 세상의 빛을 보게 되었다!—하지만 그러한 멋진 연대기적 배열은 전혀 생겨날 수가 없다. 불행한 서술자에게 사용하도록 주어진 것은 입을 통해 단편적으로 전달된, 전체를 기억에서 잃어버리지 않기 위해 즉시 기록해야 하는 소식들뿐이기 때문이다. 이 소식이 대체 어떻게 전달되었는지는, 그대, 대단히 친애하는 독자여! 책의 결말에 이르기 전에 알게 될 것이다. 그러면 그대는 어쩌면 전체의 단편적인 성격을 용서하게 될지도 모른다. 하지만 어쩌면 또한 갈기갈기 찢겨 있는 겉모습에도 불구하고 죽 이어지는 하나의 단단한 실이 모든 부분을 결합시키고 있다고 생각할지도 모른다.

지금 이 순간에는 바로 이런 얘기를 할 수 있다. 헤드비가 공주와 율리아는 이레네우스 제후가 지크하르츠바일러에 정착한 지 얼마 되지 않은 어느 아름다운 여름 저녁에 지크하르츠호프*의 우아한 정원을 산책했다. 석양의 노을빛이 황금 베일처럼 숲 위로 펼쳐져 있었다. 조그만 이파리 하나도 움직이지 않았다. 예감으로 가득찬 침묵 속에 나무와 덤불은 저녁 바람이 와서 그들을 애무하기를 고대하고 있었다. 흰 자갈 위로 요란스레 흘러가는 숲속 시냇물의 울부짖음만이 깊은 정적을 깨뜨렸다. 두 소녀는 서로 팔짱을 낀 채 말없이 좁은 꽃길들을 가로지르고 시내의 여러 굽이 위로 이어지는 다리들을 건너 정원 끝에 있는 커다란 호수에 당도할 때까지 계속해서 걸었다. 호수는 저멀리 가이어슈타인을 그림 같은 폐허들과 함께 비추고 있었다.

"정말 아름다워!" 율리아가 몹시 감격에 차서 외쳤다. 우리, 헤드비가가 말했다. 어부의 오두막에 들어가자. 석양이 격렬하게 타오르는구나. 게다가 가이어슈타인 쪽은 여기보다 오두막의 중창에서 내다보는 전망이 더 아름답단다. 그곳에선 그 지역이 전경_{全景}이 아니라 잘 배치된 한 폭의 그림처럼 나타나거든.

율리아는 공주를 따라갔다. 공주는 오두막에 들어서자마자 창밖을 내다보면서 노을빛이 굉장히 매혹적이라고 말하고는 그 전망을 스케치할 연필과 종이가 없음을 아쉬워했다.

나는, 율리아가 말했다. 나무와 덤불, 산, 호수 들을 그토록 완전히

---

* 작은 도시 지크하르츠바일러는 원래 '지크하르트의 작은 마을'이라는 뜻을 가지고 있다. 지크하르츠호프는 지크하르츠바일러의 궁정이라는 뜻으로, '지크하르트의 궁정'으로도 이해할 수 있다.

자연 그대로 그릴 수 있는 너의 뛰어난 기교가 부러울 지경이야. 하지만 내가 너처럼 그림 솜씨가 훌륭하더라도 풍경을 자연 그대로 그려내는 데는 결코 성공하지 못하리란 것을 이미 알고 있어. 그 광경이 멋질수록 더욱더 그렇지. 보는 것만으로 그저 기쁘고 감격스러워 나는 작업을 전혀 시작할 수 없을 거야. 율리아의 이 말에 공주의 얼굴에는 열여섯 살짜리 소녀에게는 우려스럽다 할 수 있을 모종의 미소가 스쳐 지나갔다. 이따금 약간 기이한 표현을 사용하곤 하는 마이스터 아브라함은, 얼굴 근육의 그러한 움직임은 밑바닥 깊은 곳에서 뭔가 위협적인 것이 움직일 때 수면에 이는 소용돌이에 비유할 수 있다고 말했다. 그만해, 헤드비가 공주는 미소 지었다. 하지만 그녀가 온화하고 비예술적인 율리아에게 뭔가 대꾸하려고 장미꽃 같은 입술을 열었을 때 아주 가까이에서 화음이 들려왔다. 이 화음은 너무 거세고 거칠어서 평범한 기타로 연주하는 것은 아닌 듯했다.

공주는 입을 다물었다. 그리고 두 사람, 그녀와 율리아는 어부의 집 앞으로 서둘러 달려갔다.

그들은 잇달아 여러 선율을 들을 수 있었는데, 이 선율들은 지극히 기이한 이행형태와 낯설기 짝이 없는 연속화음으로 결합되어 있었다. 그 사이로 남자의 낭랑한 목소리가 들려왔다. 그 목소리는 때로는 이탈리아 가곡의 모든 달콤함을 남김없이 길어냈고, 때로는 갑자기 중단되었다가 진지하고 침울한 멜로디로 바뀌었으며, 때로는 서창敍唱*조가 되고, 때로는 강하게 억양을 넣은 격렬한 어휘들로 말하기도 했다.

---

* 오페라나 종교극에서 대사를 말하듯이 노래하는 형식.

기타가 조율되었고—그러고는 다시 화음들이—그러고는 다시 중단되고 조율되고—그러고는 화가 나서 내뱉는 듯한 격한 말들—그러고는 멜로디들—그러고는 또다시 조율되었다.

기이한 대가에 대한 호기심에 차서 헤드비가와 율리아는 살그머니 점점 더 가까이 다가갔다. 그들은 마침내 그들에게 등을 돌린 채 호수 바로 곁의 바위에 앉아 노래하고 말하며 놀라운 유희를 하고 있는 검은 옷의 남자를 볼 수 있었다.

바로 그때 그는 기타의 음을 놀라운 방법으로 완전히 다르게 조율했다. 그리고 몇 가지 화음을 시도해보았다. 사이사이에 이렇게 외치면서 말이다. 또 잘못되었군—맑지 않아—한번은 한 콤마* 낮더니 이번엔 한 콤마 높아!

그러고 나서 그는 어깨에 멘 푸른 끈을 풀고 악기를 꺼내 양손으로 잡고 앞으로 내밀더니 이렇게 말하기 시작했다. 말해보렴, 작고 고집 센 물건아, 너의 화음은 대체 어디에 있느냐, 네 안의 가장 깊은 곳 어느 구석에 순수한 음계가 숨어 있느냐?—아니면 너를 연주하는 명인에게 반항하여 그의 귀는 똑같이 흔들리는 평균율의 대장간에서 망치소리에 멀어버렸다고, 그의 이명동음은 유치한 익살극일 뿐이라고 주장하려는 것이냐? 너는 나를 조롱하는 것 같구나. 내게는 해명할 수 없는 비밀로 남아 있는 화음의 재능을 네 속 가장 깊은 부분에 넣어놓은, *베네치아인이라 불리는* 장인 스테파노 파치니**보다 내가 수염을 훨씬

---

* 같은 음 이름을 가진 음들 사이에 나타나는 차이. 반음보다 작은 음정으로, 특정 음이 다른 음계로 잘못 조율되었을 때의 차이를 말한다.
** 16세기의 악기 제작 장인.

더 잘 깎고 다니는데도 말이다. 그리고 사랑스러운 물건아, 이걸 알아 두렴, 네가 올림사음과 내림가음 혹은 올림다음과 내림라음의 동일음으로 연주하는 이원성을—혹은 차라리 모든 음의 이원성을 결코 허락하지 않으려 한다면, 나는 네게 아홉 명의 쓸 만한 독일 장인을 보내겠다. 그들은 너를 몹시 꾸짖고 이명동음의 말들로 너를 길들일 것이다. 그러면 너는 스테파노 파치니에게 완전히 헌신하지 않게 되고, 말다툼하는 여자처럼 끝까지 제 주장이 옳다고 고집을 피우지 않게 될 것이다. 아니면 너는 어쩌면 꽤나 불손하고 오만하여 네 안에 깃든 모든 멋진 유령이 이미 오래전에 지상을 떠난 마법사들의 강력한 마술에만 따른다고 생각하느냐. 그리고 한 바보의 손에서—

마지막 말을 하다가 그 남자는 갑자기 멈추더니 벌떡 일어나 깊은 생각에 잠긴 듯 호수를 들여다보았다. 소녀들은 남자가 시작한 이상한 언동 때문에 호기심에 가득찬 채 그 자리에 못박힌 듯 덤불 뒤에 서 있었다. 그들은 숨을 쉴 엄두조차 내지 못했다.

기타라는 것은, 남자는 마침내 말을 쏟아내기 시작했다. 모든 악기 가운데 가장 형편없고 불완전한 악기다. 사랑으로 번민하며 구구 우는, 목적牧笛의 입부리를 잃어버린 양치기들 손에나 쥐어질 가치밖에 없다. 그도 그럴 것이, 그렇지 않으면 양치기들은 목적이나 지독하게 불어대는 것, 몹시도 달콤한 그리움이 담긴 목동의 노래로 메아리를 깨우는 것, 감성적이고 유쾌한 채찍질 소리로 사랑스러운 짐승을 불러 모으는 먼 산들의 에멜리네*들을 향해 비탄의 멜로디를 보내는 것을 더

---

* 요제프 바이글의 오페라 〈스위스 가족〉의 여주인공.

좋아할 것이기 때문이다!―맙소사!―"그들의 애인들의 눈썹에 대해 비탄의 노래로 난로처럼 한숨 쉬는"* 양치기들―그들에게 3화음이 다름 아닌 세 가지 음으로만 이루어져 있고 7도 음의 단도에 찔려 쓰러진다고 가르치라, 그리고 그들의 손에 기타를 쥐여주라!―하지만 상당한 교양을 쌓은, 탁월한 학식을 지닌 진지한 남자들, 그리스의 철학에 몰두하고, 베이징이나 난징의 궁정에서 일이 어떻게 돌아가는지 잘 아는, 하지만 양을 치거나 기르는 일에 관해서는 아무것도 이해하지 못하는 그런 남자들에게는 한탄하고 통탕거리는 것이 어떤 의미가 있단 말이냐?―바보 같으니, 너는 무엇을 시작하는 것이냐? 어떤 남자가 피아노 교습을 받는 것을 보면 그가 흐물흐물한 달걀을 삶고 있는 듯한 기분이 든다고 단언했던 작고한 히펠**을 생각해보라―그런데 이제 기타를 퉁긴다―바보 같으니!―젠장!―이 말과 함께 남자는 악기를 그가 있는 곳에서 멀리 떨어진 덤불 속으로 던져버리고는 소녀들을 보지 못한 채 빠른 걸음으로 떠나갔다.

자, 잠시 후 율리아가 웃으며 외쳤다. 자, 헤드비가, 그 놀랄 만한 인물에 대해 어떻게 생각하니? 처음엔 그렇게 멋지게 악기와 얘기를 나누더니 나중엔 그것을 깨진 상자처럼 경멸적으로 던져버린 그 이상한

---

* 셰익스피어의 『뜻대로 하세요』 2막 7장 "사랑에 빠진 자 / 그의 애인의 눈썹에 대해 / 비탄의 노래로 난로처럼 한숨 쉬는"을 변형했다. 호프만이 자주 언급하는 구절이다.
** 테오도어 고틀리프 폰 히펠의 『결혼에 대하여』 7장. "어떤 남자가 노래한다면 그는 거세된 자이거나 프랑스인이거나 멋부리는 멍청이다. 그리고 어떤 남자가 노래 교습을 받는 것을 보면 그가 흐물흐물한 달걀을 삶고 있는 듯한 기분이 든다." 노래 교습 다음에 이어지는 문장은 피아노 교습에 관한 것이다. "몇몇 부드러운 악기들도 우리에게 좋지 않다. 우리에게 좋은 것은 군악뿐이다. 남자들이여, 트럼펫을 불라, 팀파니를 치라, 그리고 피아노와 현금은 여자들이 연주하게 하라."

남자는 어디서 왔을까?

잘못된 일이야, 헤드비가가 창백해진 뺨을 새빨갛게 물들이며 갑자기 화가 끓어오르는 듯 말했다. 정원이 닫혀 있지 않다는 건, 아무 이방인이나 들어올 수 있다는 건 잘못된 일이야.

아니, 율리아가 대꾸했다. 네 생각엔, 제후 전하께서 속 좁게, 지크하르츠바일러 사람들에게―아니, 여기 사람들뿐만 아니라, 길 가는 모든 이에게 하필 전 지역에서 가장 우아한 장소를 닫아걸어야 한단 말이니? 이건 너의 진지한 생각일 리가 없어!―너는, 공주는 더 격해져서 말을 이었다. 너는 그 때문에 우리에게 생기는 위험을 고려하지 않는구나. 우리가 얼마나 자주 오늘처럼 모든 시종에게서 멀리 떨어진 채 단둘이서 아주 외진 숲길들을 걸어다니곤 하니!―그러면 어쩌니, 그 어떤 악한이 한번―

어머, 율리아가 공주의 말을 중단시켰다. 너는 이 덤불 저 덤불에서 어떤 흉포한 동화 속의 거인, 혹은 전설적인 도적기사가 뛰쳐나와 그의 성으로 우리를 몰래 데려가기라도 할 것처럼 두려워하는 것 같구나!―그런 일은 없도록 신의 가호가 있기를!―하지만 난 여기 고적하고 낭만적인 숲속에서의 작은 모험은 꽤나 멋지고 매혹적일 것 같다고 네게 고백해야겠다. 나는 지금 어머니께서 그토록 오래 우리 손에 쥐여주지 않으려 하셨던, 하지만 마침내 로타리오가 읽어주었던 셰익스피어의 『뜻대로 하세요』를 생각하고 있어. 뭐가 문제람, 네가 실리아 역을 한다면 나는 너의 충실한 로절린드가 되겠어.* 우리의 미지의 거장을 어떻게 한다지?

오, 공주가 대꾸했다, 바로 그 미지의 사람―율리아, 그의 모습, 그

의 기이한 언사가 내 마음속에 설명할 수 없는 공포를 불러일으켰다는
걸 이해할 수 있겠니?―아직까지도 두려움이 나를 전율케 해. 나는 기
묘하고도 끔찍해서 나의 모든 감각을 사로잡는 감정에 거의 굴복당하
고 있어. 가장 깊고 어두운 마음속에서 하나의 기억이 꿈틀거리고, 분
명한 모습을 갖추려고 헛되이 몸부림치고 있어. 나는 이미 나의 심장
을 갈기갈기 찢어놓은 그 어떤 끔찍한 사건에 얽히든 그 사람을 보았
어. 그것은 어쩌면 내 기억에 남아 있는 무시무시한 꿈일 뿐인지도 몰
라―어쨌거나―기이한 행동을 하고 혼란스러운 말을 하는 그 사람이
내게는 우리를 파괴적인 마술의 영역으로 유혹하려는 위협적인 유령
같은 존재로 느껴졌어.

이 무슨 망상이람, 율리아가 외쳤다. 내 경우엔 기타를 갖고 있던 검
은 유령이 므시외 자크나 심지어 그 낯선 사람의 기이한 언사와 엇비
슷한 철학을 가진 정직한 프롭슈타인으로 보이는데.** 하지만 지금 무
엇보다도 중요한 건 그 야만인이 그토록 적대적으로 덤불 속에 던져버
린 가련한 작은 기타를 구하는 거야.

율리아―뭘 하려는 거니―맙소사, 공주가 외쳤다. 하지만 율리아
는 그녀를 개의치 않고 잽싸게 덤불 속으로 들어갔다. 그러고는 잠시
뒤 이방인이 던져버린 기타를 손에 들고 의기양양하게 돌아왔다.

---

* 『뜻대로 하세요』에서 실리아는 공작의 딸이고 로절린드는 공작이 추방한 형의 딸이
다. 공작의 명령으로 궁에서 쫓겨난 로절린드는 남장을 하고 실리아와 궁정 광대 터치
스톤과 함께 아든 숲으로 향한다.
** 셰익스피어의 『뜻대로 하세요』에 등장하는 우울하고 아이로니컬한 제이퀴즈와 광대
터치스톤. 자크는 제이퀴즈를 프랑스식으로 읽은 것이고, 프롭슈타인은 터치스톤을 독
일어로 옮긴 이름이다.

공주는 두려움을 극복하고 매우 주의깊게 악기를 들여다보았다. 악기의 기묘한 형태가 이미, 공명상자의 구멍을 통해 뚜렷이 알아볼 수 있는 바닥에 새겨진 제작 연도와 장인의 이름이 증명하지 않더라도, 만들어진 지 오래되었음을 보여주고 있었다. 바닥에는 '1532년 베네치아에서 스테파노 파치니 제작'이라는 검은 글씨가 부각되어 있었다.

율리아는 참을 수가 없었다. 그녀는 어여쁜 악기에 화음을 짚어보았다. 그러고는 그 작은 물건에서 퍼져나온 힘차고 충만한 소리에 깜짝 놀라다시피 했다. 오 훌륭하구나—훌륭해, 그녀는 감탄해서 외치고 계속해서 연주했다. 하지만 그녀는 노래할 때만 기타를 연주하는 습관이 있었기 때문에 계속 걸어가면서 곧 자기도 모르게 노래를 시작하지 않을 수 없었다. 공주는 말없이 그녀를 따라갔다. 율리아가 노래를 멈췄다. 그러자 헤드비가는 이렇게 말했다. 노래하렴, 그 매혹적인 악기를 연주하렴. 어쩌면 네가 나를 지배하려 했던 사악하고 적대적인 유령들을 마력으로 저승으로 내려보내는 데 성공할지도 모르지.

너의 사악한 유령들을 가지고 어쩌자는 거니, 율리아가 대꾸했다. 그것들은 우리 두 사람에겐 낯선 것이어야 하고 그렇게 남아 있어야 해. 하지만 난 노래하고 연주할 테야. 지금까지 어떤 악기가 바로 이것만큼 쓰기 좋고 마음에 쏙 들었는지 모르겠거든. 여기에 맞추니 내 목소리가 여느 때보다 훨씬 더 좋게 들리는 것 같기도 해.—그녀는 유명한 이탈리아 칸초네타*를 부르기 시작했다. 그리고 그녀의 가슴에 깃들어 있는 풍부한 소리가 충분히 표현될 수 있도록 온갖 사랑스러운 장

---

* 민요풍의 경쾌한 소가곡.

식음, 과감하고 빠른 연속음과 카프리치오*에 몰두했다.

낯선 남자를 보고 공주가 깜짝 놀랐다면, 율리아는 놀라서 조각상처럼 굳어버렸다. 그녀가 막 다른 길로 접어들려고 했을 때 갑자기 그가 앞에 서 있었기 때문이다.

서른 살 정도 되어 보이는 낯선 남자는 최신식으로 재단된 검은 옷을 걸치고 있었다. 그의 복장 전체에 특이하거나 진기한 것은 아무것도 없었다. 그런데도 그의 겉모습은 뭔가 기이하고 낯설었다. 옷이 깨끗했음에도 어느 정도의 소홀함이 엿보였는데, 이는 세심함이 부족해서라기보다는 그 낯선 남자가 예상치 못한, 그런 차림에는 어울리지 않는 길을 나서게 되었기 때문인 것 같았다. 열어젖힌 조끼에 목도리를 슬쩍 걸치고 금빛 끈들이 거의 보이지 않을 만큼 먼지가 두껍게 앉은 신발을 신은 채 그는 거기 서 있었다. 팔 밑에 끼고 있는 작은 삼각모자의 뒤쪽 챙을 해를 가리기 위해 아래로 꺾어놓은 것은 꽤나 우스꽝스러워 보였다. 그는 정원의 가장 깊은 덤불 사이로 헤치고 들어갔던 모양이다. 헝클어진 검은 머리카락에는 전나무 침엽들이 잔뜩 매달려 있었다. 그는 공주를 힐끗 쳐다보았다. 그러고는 크고 어두운 두 눈으로 율리아에게서 정감 어린 반짝이는 시선을 떼지 않았다. 그 때문에 율리아는 더욱 당황했다. 그래서 그런 경우에 늘 그렇듯이 그녀의 눈에 눈물이 맺혔다.

"그런데 이 천상의 소리들이" 낯선 남자는 마침내 온화하고 부드러운 목소리로 말을 시작했다. "그런데 이 천상의 소리들이 내 모습에 침

---

* 형식에 구속되지 않는 자유로운 기악곡, 일시적 착상에 따른 음악적 변주를 가리킨다.

묵하고 눈물로 녹아내린단 말인가?"

공주는 낯선 남자에게서 받은 첫인상을 억지로 누르며 그를 거만하게 쳐다보았다. 그러고는 찌르는 듯 날카로운 어조로 말했다. 신사분! 이 시간에는 누구도 제후의 정원에서 낯선 사람들을 만나리라 예상하지 않습니다. 저는 헤드비가 공주입니다.

낯선 남자는 공주가 말하기 시작하자마자 급히 그녀 쪽으로 몸을 돌렸고 그녀의 눈을 들여다보았다. 그러나 그의 얼굴 전체는 다른 것이 된 것 같았다. 우울한 갈망의 표정도, 가장 내밀한 곳에서 뒤흔들린 마음의 모든 흔적도 사라져버리고 없었다. 미친듯이 일그러진 미소가 쓰디쓴 아이러니의 표정을 익살맞은 것, 괴상한 것으로까지 고조시켰다. 공주는 감전이라도 된 듯 말하던 도중에 말문이 막혀버리고 말았다. 그리고 얼굴이 온통 새빨개진 채로 눈을 내리떴다.

낯선 남자는 무슨 말을 하려는 것 같았다. 하지만 바로 그 순간에 율리아가 말을 시작했다. 깜짝 놀라다니, 몰래 훔쳐먹다 들킨 유치한 어린애처럼 울다니, 저는 정말 우둔하고 어리석지 않은가요!─그래요, 신사분! 저는 몰래 훔쳐먹었어요, 여기서 훌륭하기 짝이 없는 소리들을 당신 기타에서 몰래 훔쳤지요─모든 게 기타의 탓이요, 우리의 호기심 탓이랍니다!─ 우리는 당신을 몰래 엿보았지요. 당신이 그 작은 물건과 그토록 귀엽게 얘기한 것, 그러고는 화가 나서 그 가련한 것을 덤불 속에 내던져버린 것, 그러자 그것이 비탄의 음조로 크게 한숨을 내쉰 것, 그것도 우리는 보았답니다. 그것이 제 마음을 몹시 아프게 했어요. 저는 덤불 속으로 들어가 그 아름답고 사랑스러운 악기를 집어들 수밖에 없었죠. 자, 당신은 아마 소녀들이 어떤지 아실 거예요. 저는 기타를 좀 퉁겨보았어요. 그러자 그것은 제 손가락에 척 감겼어요. 저는 그만둘 수 없었어요. 신사분, 저를 용서하세요. 그리고 당신의 악기를 돌려받으세요.

율리아는 기타를 낯선 남자에게 건네주려고 내밀었다.

그것은, 낯선 남자가 말했다. 아주 드물고 울림이 풍부한 악기입니다. 좋았던 옛 시절에 나온 것이지요. 그것은 저의 서툰 손안에서만─하지만 손이 다 뭐람─손이 다 뭐야!─이 작은 이상한 물건과 친숙해진 아름다운 소리의 놀라운 정신은 제 가슴속에도 깃들어 있습니다. 하지만 고치가 된 채로, 자유롭게 움직일 힘이 전혀 없는 상태로 들어 있어요. 그러나 당신의 내면에서는, 아가씨, 그 정신이 밝은 천상의 공간들로, 빛나는 공작나비처럼 수천의 반짝이는 색깔로 날아오릅니다. 이런, 아가씨! 당신이 노래했을 때, 애타는 사랑의 고통과 달콤한 꿈의 환희가, 희망과 갈망이 숲 사이로 물결쳤습니다. 그리고 향기나는 꽃받침 속으로, 귀기울이는 밤꾀꼬리의 가슴속으로 생기를 주는 이슬처럼 내려앉았지요!─악기를 간직하십시오. 당신만이 그 안에 감추어진 마술을 지배할 수 있습니다!

당신은 악기를 내던져버리셨지요, 율리아는 몹시 얼굴을 붉히며 대꾸했다.

맞습니다, 낯선 남자는 기타를 꽉 쥐고 가슴에 껴안으며 말했다. 맞습니다, 저는 그것을 내던져버렸고 신성해진 채로 돌려받습니다. 제 손을 다시는 떠나지 않을 것입니다!

갑자기 낯선 남자의 얼굴이 다시 예의 괴상한 가면으로 바뀌었다. 그리고 그는 높고 날카로운 어조로 말했다. 매우 존경하는 숙녀 여러

분, 참으로 운명이, 혹은 나의 고약한 악령이 제게 아주 몹쓸 장난을 쳤습니다. 제가 이곳에, 라틴어에 밝은 사람들과 다른 정직한 사람들이 말하듯, 이토록 *갑자기*, 여러분 앞에 나타나야 하다니 말입니다!─맙소사, 존경하옵는 공주님, 저를 머리끝에서 발끝까지 과감히 쳐다봐 주십시오. 그러면 당신은 저의 직무에 맞는 *복장*에서 제가 중요한 방문여행중임을 황송하옵게도 추측하실 수 있을 것입니다. 이런! 저는 막 지크하르츠바일러 앞으로 마차를 세워 이 좋은 도시에 저라는 인물 자신이 아니라면 적어도 명함이라도 주려고 생각했습니다. 맙소사! 존경하옵는 공주님, 제게 인맥이 없습니까?─예전에 공주님의 부친인 전하의 의전관이 저와 절친한 사람이 아니었습니까?─그가 여기에서 저를 봤다면 아틀라스처럼 떡 벌어진 그의 가슴에 저를 껴안고 감동해서 코담배 한 줌을 권하며 말했을 것입니다. 이 친구야, 여기엔 우리 둘만 있네. 여기서는 나의 마음과 가장 기분좋은 생각들을 맘껏 펼쳐놓을 수 있지. 저는 이레네우스 제후 전하를 알현할 수 있었을 테고, 오, 공주님! 당신에게도 소개되었을 것입니다! 제가 따귀 맞을 각오로 가장 좋은 한 쌍의 7도 불협화음을 만들더라도 당신의 호의를 얻었을 그러한 방식으로 소개되었을 거란 말입니다!─하지만 지금은!─여기 이 정원의 가장 부적당한 장소에서, 오리 연못과 개구리 도랑 사이에서 자신을 드러내 보여야 하다니, 저의 영원한 불행이 아닐 수 없습니다!─맙소사, 내가 조금이라도 마술을 부릴 줄 안다면, 즉시 이 고귀한 이쑤시개 통을(그는 그것을 조끼 주머니에서 꺼냈다) 이레네우스 궁정의 가장 멋들어진 시종으로 변신시킬 수 있다면, 그는 나를 떠받들고 말할 텐데, 공주님 이 사람은 이러저러한 아무개입니다!─하지만 지금은!―무엇을 할 것이며, 무슨 말을 할 것인가!―자비를―자비를, 오 공주님, 오 숙녀 여러분!―오 신사 여러분!

이 말과 함께 낯선 남자는 공주 앞에 넙죽 엎드렸다. 그리고 새된 목소리로 노래를 불렀다. "오, *자비를, 자비를, 숙녀분!*"[*]

공주는 율리아를 잡고 미친 사람이야, 정신병원에서 뛰쳐나온 미친 사람, 하고 큰 소리로 외치며 그녀와 함께 할 수 있는 한 빨리 달려가버렸다.

여름별궁 바로 앞으로 고문관 부인 벤촌이 소녀들을 마중나왔는데, 그들은 숨이 차서 그녀의 발밑에 쓰러지다시피 했다. "무슨 일이냐, 맙소사, 너희에게 무슨 일이 일어난 게야? 허겁지겁 도망친 까닭이 무엇이냐?" 그녀가 이렇게 물었다. 공주는 얼마나 정신이 없고 혼란스러웠던지 겨우 띄엄띄엄 그들을 기습한 광인에 대해 더듬거리며 뭔가 말할 수 있었다. 율리아는 차분하고 신중하게 모든 일이 어떻게 일어났는지 얘기했다. 그리고 그녀는 그 낯선 남자를 전혀 미쳤다고 보지 않으며, 단지 아든 숲에서의 희극에 어울리는 일종의 므시외 자크로 여긴다는 말로 이야기를 마쳤다.

고문관 부인 벤촌은 모든 이야기를 다시 한번 반복하게 했다. 그녀는 지극히 세세한 상황까지 물어봤고 낯선 남자의 걸음걸이, 자세, 몸짓, 말투 등을 묘사하게 했다. 그래, 다 듣고 나서 그녀는 소리쳤다. 그래 틀림없어, 그가 맞아, 그야, 다른 누구일 수도 없고 다른 누구여서도 안 돼.

---

[*] 니콜로 조멜리의 성가곡 〈미세레레〉 시작 부분인 "오, 자비를, 자비를, 주여"를 변형한 것.

누구―그 사람은 누구인가요, 공주가 조급하게 물었다.

마음을 가라앉히세요. 친애하는 헤드비가, 벤촌 부인이 대답했다. 숨을 헐떡거리지 않았어도 될 일입니다. 당신에게 그토록 위험해 보였던 그 낯선 남자는 광인이 아니랍니다. 바로크풍에 걸맞게 그가 감히 어떤 심한 부적절한 농담을 했다 하더라도 저는 당신이 그와 화해할 것이라 생각합니다.

절대로, 공주는 소리쳤다. 절대로 나는 그를 다시 보지 않을 거예요, 그― 불편한 광대를.

어머 헤드비가, 벤촌 부인이 웃으며 말했다. 어떤 정령이 당신에게 '불편한'이라는 말을 생각나게 했다지요? 일어난 일을 보면 어쩌면 당신이 생각하고 예감하는 것보다 훨씬 더 잘 맞는 말이네요.

친애하는 헤드비가, 율리아가 말을 시작했다. 네가 낯선 남자에게 어떻게 그토록 화를 낼 수 있는지 난 전혀 모르겠어!―그의 어리석은 행동, 그의 혼란스러운 언사에조차 기이하지만 전혀 불쾌하지 않게 나의 가장 내밀한 것을 자극하는 무언가가 깃들어 있었어. 축복이구나, 눈에 눈물이 맺히는 가운데 공주가 대꾸했다. 그토록 차분하고 아무렇지도 않을 수 있다니, 축복이야. 하지만 그 끔찍한 사람의 조소는 내 심장을 갈기갈기 찢어놓는걸!―벤촌!― 누구인가요? 그 광인은 누구예요? "몇 마디 말로" 벤촌 부인이 말했다. "모든 것을 설명해드리죠. 제가 오 년 전 그곳에서―"

(무어)―나는 순수하고 깊은 시인의 심성 속에는 천진한 미덕 그리고 동지들의 곤경에 대한 동정심 또한 깃들어 있다는 것을 납득하게 되었다.

내면에서 거대하고 숭고한 사고를 발전시키는 투쟁을 벌일 때면 자주 젊은 낭만주의자들을 엄습하는 모종의 우울함이 나를 고독 속으로 몰아넣었다. 한동안 지붕과 지하실과 다락에는 가지 않았다. 나는 예의 시인*이 읊었듯이 잎이 무성한 축 늘어지는 자작나무와 수양버들의 그늘에 덮인, 졸졸 흐르는 시냇가의 작은 집에서의 달콤한 목가적 기쁨을 느꼈다. 그리고 한껏 꿈에 빠져든 채, 난로 밑에 머물러 있었다. 하지만 그래서 미나, 어여쁘고 아름다운 얼룩무늬를 가진 어머니를 다시 만나지 못했다. 나는 학문에서 위로와 안정을 찾았다. 오, 학문에는 뭔가 멋진 것이 있다!─그것을 발명한 고귀한 사람에게 고마움을, 열렬한 고마움을 표하노라. 이 발명은 맨 처음 화약을 만들어내려고 시도한 끔찍한 수도사의 발명보다 얼마나 더 멋지고 유용한가. 화약이란 것은 그 본성과 효과에서 내게 죽도록 혐오스러운 물건이다. 판결을 내리는 후세는 그 야만인, 사악한 바르톨트** 역시 비웃고 경멸함으로써 응징했다. 오늘날에도 여전히 통찰력 있는 학자, 견문이 넓은 국가학자, 한마디로 정선된 교양을 쌓은 모든 사람을 높이 추어올리기 위해 '그는 화약을 발명하지 않았다'고 속담처럼 말함으로써 말이다!***

희망에 찬 수고양이 청소년에게 교훈을 주기 위해, 나는 공부하고

---

* 고대 로마의 시인 호라티우스는 『서정시』에서 전원적 삶의 아름다움을 묘사했다. 단 "잎이 무성한 축 늘어지는 자작나무와 수양버들"은 무어가 덧붙인 것이다.
** 화약을 발명했다고 전해지는 수도사 베르톨트를 가리킨다. 그는 베르톨트 슈바르츠라고 불렸는데, 독일어 '슈바르츠'는 '검은' '가톨릭의' '사악한'이라는 뜻을 모두 가지고 있다.
*** 독일어로 '화약을 발명하지 않았다'는 표현은 별로 대단한 사람이 아니라는 뜻의 관용구다.

싶으면 눈을 감은 채 마이스터의 서재로 뛰어들어가서 발톱에 걸린 책을 뽑아내 거기에 어떤 내용이 담겨 있건 상관없이 통독했다는 사실을 언급하지 않을 수 없다. 이러한 공부 방식을 통해 나의 정신은 탄력성과 다양성을, 나의 지식은 후세가 감탄하게 될 다채롭고 훌륭한 풍부함을 획득했다. 이 시적 우울의 시기에 내가 잇달아 읽은 책들은 여기서 언급하지 않겠다. 어쩌면 이를 위한 더 적절한 자리를 찾을 수 있을지도 모르고, 다른 한편으로는 내가 그 제목들을 잊어버렸기 때문이기도 하다. 그리고 이는 또한 말하자면 내가 제목들을 대부분 읽지 않아서, 그러니까 결코 알지 못했기 때문이다. 누구나 이러한 해명에 만족할 것이다. 그리고 내가 전기적 사실을 경솔하게 다룬다고 비난하지 않을 것이다.

나는 곧 새로운 경험을 하게 되었다.

어느 날 마이스터는 막 자신 앞에 펼쳐진 대형 서적에 몰두해 있었고 나는 그의 바로 곁, 책상 아래에서 지극히 아름다운 로열* 종이 한 장 위에 누워 내 앞발에 특히 걸맞아 보이는 그리스 문자를 써보고 있었다. 그때 한 젊은 남자가 급히 들어왔다. 이미 여러 번 마이스터의 집에서 그를 본 적이 있는데, 그는 친절하게 경의를 표하며, 정말이지 뛰어난 재능의 소유자이자 분명한 천재인 내가 받아 마땅한 기분좋은 존경심을 가지고 나를 대하곤 했다. 마이스터에게 인사를 한 후 언제나 내게 수고양이야, 잘 있었니! 하고 말했을 뿐만 아니라 매번 가볍게 귀 뒤를 긁어주고 부드럽게 등을 쓰다듬어주었던 것이다. 그러한 행동

---

* 영국의 종이 치수 중 하나. 24×19인치 또는 25×20인치.

은 나로 하여금 세상 사람들 앞에서 내적 재능을 펼쳐 보이도록 고무했다.

그날은 모든 것이 다르게 전개되었다!

평소에는 결코 그런 일이 없었는데, 두 눈이 이글이글 빛나는 검은 털북숭이 괴물이 젊은 남자를 따라 문으로 뛰어들어왔다. 나를 보자 그 괴물은 곧장 내게로 뛰어왔다. 형용할 수 없는 두려움이 나를 엄습했다. 나는 단숨에 마이스터의 책상 위로 뛰어올라갔다. 그리고 괴물이 탁자로 높이 뛰어올라 지독한 소음을 냈을 때 경악과 절망의 소리를 내뱉었다. 내가 걱정된 선량한 마이스터는 나를 팔에 안아 실내용 가운 아래로 집어넣었다. 하지만 젊은 남자는 이렇게 말했다. 전혀 걱정하지 마세요, 친애하는 마이스터 아브라함. 내 푸들은 고양이에게 아무 짓도 하지 않아요. 그저 놀고 싶은 겁니다. 수고양이를 내려놓으시면 두 녀석이 서로 낯을 익히는 모습을 보고 기뻐하시게 될 겁니다. 내 푸들과 당신의 수고양이 말입니다.

마이스터는 정말로 나를 내려놓으려고 했다. 하지만 나는 그에게 꽉 매달려 슬피 울며 큰 소리로 한탄하기 시작했다. 그렇게 해서 나는 적어도 마이스터가 자리에 앉았을 때 나를 의자 위 그의 바로 곁에 두게 할 수 있었다.

마이스터의 보호에 고무되어 나는 뒷발로 앉아 긴 꼬리를 휘감은 채 그 위엄과 고귀한 당당함이 적으로 추정되는 검은 대척자에게 큰 감명을 주었음이 틀림없는 자세를 취했다. 푸들은 내 앞 바닥에 앉아 꼼짝 않고 내 눈을 들여다보았다. 그리고 뚝뚝 끊기는 말들을 내게 건넸는데, 물론 나는 그 말들을 이해할 수 없었다. 두려움은 점차 사라졌고,

마음이 완전히 가라앉자 나는 푸들의 눈빛에 오직 선량함과 충직한 심성만 가득하다는 것을 알아챌 수 있었다. 나는 나도 모르게 긴 꼬리를 부드럽게 이리저리 움직임으로써 신뢰 쪽으로 기운 심리적 정서를 드러내기 시작했다. 그러자 푸들도 곧장 매우 우아한 방식으로 짧고 작은 꼬리를 흔들기 시작했다.

오! 나의 내면이 그를 감동시켰다. 우리가 마음으로 공감했다는 데는 의심의 여지가 없었다!─어떻게, 나는 스스로에게 물었다. 어떻게 이 낯선 자의 익숙하지 않은 행동이 너를 그토록 두려움과 공포로 몰아넣을 수 있었을까?─이 도약, 이 소란, 이 광분, 이 질주, 이 포효가 사랑과 즐거움, 삶의 기쁜 자유에 격렬하고 강력하게 감동한 젊은이를 증명하는 것이 아니라면 무엇이란 말인가?─오, 저 검은 털로 덮인 가슴속에는 미덕이, 고상한 푸들성*이 깃들어 있도다! 이러한 생각으로 기운을 차린 나는 우리 영혼의 더 친밀하고 밀접한 합일을 위한 첫걸음을 내딛기로, 즉 마이스터의 의자에서 내려가기로 결정했다.

내가 일어나서 기지개를 켜자마자 푸들은 펄쩍 뛰어 일어나 방안에서 이리저리 뛰어다녔다. 큰 소리로 짖으면서!─훌륭하고 생명력 있는 심성의 표현이 아닌가!─더이상 아무것도 두려워할 것이 없었다. 나는 즉시 의자에서 내려가 조심스레 살금살금 걸어 새 친구에게 다가갔다. 우리는 중요한 상징적 의미로 유사한 영혼들의 더 상세한 인식, 내적 심성에서 비롯된 동맹의 체결을 뜻하는, 그런데 근시안적이고 방

---

* 호프만은 당시 민족주의자 프리드리히 루트비히 얀을 통해 대중적 슬로건이 되었던 '민족성'이라는 말을 패러디하고 풍자하는 맥락에서 '푸들성'이라는 단어를 만들어 쓰고 있다.

자한 인간은 '킁킁거리며 냄새 맡다'라는 저급하고 고상하지 않은 말로 표현하는 행위를 시작했다. 나의 검은 친구는 내 음식 사발에 놓여 있는 닭뼈들을 좀 맛보고 싶다는 욕구를 표명했다. 나는 그를 나의 손님으로 대접하는 것이 세계적인 교양과 예의범절에 적합하다는 것을 그에게 할 수 있는 한 잘 암시했다. 내가 멀리서 지켜보는 동안 그는 깜짝 놀랄 만한 식욕으로 먹어치웠다. 구운 생선을 옆으로 치워 내 잠자리 아래 저장고에 보관한 것은 잘한 짓이었다. 식사 후 우리는 지극히 우아한 놀이들을 시작했다. 마침내 일심동체가 되어 서로 목을 껴안고 꽉 달라붙은 채 계속해서 서로 뒹굴며 진심 어린 신의와 우정을 맹세할 때까지.

아름다운 영혼들의 이러한 만남, 사랑스러운 젊은이들의 마음이 이렇듯 서로 알아보는 데 무슨 우스꽝스러운 것이 담겨 있었는지 나는 모르겠다. 하지만 두 사람, 마이스터와 낯선 젊은 남자가, 내게는 상당히 불쾌하게도, 끊임없이 목청껏 웃었다는 것만은 확실하다.

새로 맺은 관계는 내게 깊은 인상을 남겼다. 그리하여 나는 햇볕에서도 그늘에서도, 지붕 위에서도 난로 밑에서도, 다른 그 무엇도 아닌 푸들―푸들―푸들만을 생각했고, 곰곰이 생각했고, 꿈꾸었고, 감지했다! 이를 통해 내게 푸들성의 가장 내적인 본질이 훌륭한 색채로 인식되었다. 그리고 이 인식을 통해 내가 맨 처음에 이미 언급했던 의미심장한 작품, 즉 『사상과 예감 혹은 수고양이와 개』가 태어났다. 나는 두 종족의 관습과 풍속과 언어가 그들의 가장 고유한 본질과 깊은 연관이 있다는 것을 차근차근 설명했고, 양자는 하나의 프리즘에서 나온 서로 다른 광선일 뿐이라는 것을 증명했다. 나는 특히 언어의 성격을 파악

했다. 그리고 언어가 소리의 형태로 된 자연원칙의 상징적 표현일 뿐
이라는 것, 따라서 단지 하나의 언어만이 있을 수 있다는 것, 고양이의
언어와 푸들어라는 특별한 형태를 띤 개의 언어도 한 나무의 가지들이
라는 것, 고로 드높은 정신의 영향을 받은 수고양이와 푸들은 서로를
잘 이해한다는 것을 증명했다. 나의 명제를 아주 명백히 하기 위해 나
는 두 언어에서 몇 가지 보기를 들었고 동일한 어근에 주의를 환기시
켰다. 멍―멍―냐옹―야옹―컹―컹―앙―그르릉―크르릉―프
치―프슈르치 등등.

　책이 완성된 후 나는 푸들어를 정말로 배우고자 하는 거부할 수 없는
욕구를 느꼈다. 이는 새로 얻은 내 친구, 즉 푸들 폰토의 도움으로 가능
했다. 푸들어가 우리 고양이에게는 정말로 어려운 언어이기에 노력이 좀
필요하긴 했지만 말이다. 그러나 어느 영역에나 천재들이 있는 법이다.
민족의 모든 고유성을 지닌 외국어를 그 민족처럼 말하기 위해서 사람
들은 조금은 광대가 되어야 한다고 주장하는 유명한 인간 작가*는 바로
이러한 천재성을 인식하지 못하는 것이다. 그러나 나의 마이스터는 그
와 동일한 견해를 가지고 있었다. 그리고 실제로 외국어에 대한 학문
적인 지식만을 본보기로 보이고자 했다. 그는 학문적 지식을 지껄임과
대비시켰는데, 그에게 지껄임이란 아무것도 아닌 것에 대해 그리고 아
무것도 아닌 것을 위해 외국어로 말할 수 있는 솜씨를 뜻했다. 그는 궁
정의 우리 신사 숙녀들이 프랑스어로 말하는 것을 강경증強勁症**　발작

---

* 게오르크 크리스토프 리히텐베르크의 『작품집』. "낯선 언어를 꽤 잘 말하도록 배우
기 위해, 그리고 모임에서 민족의 실제 악센트로 말하기 위해 사람들은 기억력과 귀를
가지고 있어야 할 뿐만 아니라 조금은 광대가 되어야 한다."

처럼 끔찍한 증상들과 함께 나타나는 일종의 질병으로 간주할 정도였다. 나는 그가 제후의 의전관에게까지 이 허무맹랑한 주장을 내세우는 것을 들었다.

"의전관님," 마이스터 아브라함이 말했다. "제게 친절을 베푸시어 의전관님 자신을 관찰해보십시오. 하늘이 당신께 멋지고 낭랑한 발성 기관을 주지 않았습니까. 그런데 프랑스어를 하게 되면 당신은 갑자기 쉿쉿 소리를 내고, 속삭이고, 그르렁거리기 시작합니다. 이때 당신의 유쾌한 표정들이 아주 무섭게 일그러집니다. 그리고 평소에는 제어할 수 있던 훌륭하고 확고하며 진지한 예의범절조차 온갖 기이한 경련으로 혼란스러워집니다. 이 모든 것이 내면의 그 어떤 고약한 질병 요괴의 격분한 행위가 아니면 무엇을 의미하겠습니까!"—의전관은 몹시 웃었다. 아닌 게 아니라 마이스터 아브라함의 외국어병 가설은 정말이지 웃기는 것이었다.

한 재치 있는 학자가 어떤 책에서 외국어를 빨리 배우고자 한다면 그 외국어로 생각하도록 노력해야 한다고 조언한 바 있다. 이 조언은 훌륭하지만 그 실행에는 상당한 위험이 도사리고 있다. 나는 금세 푸들어로 생각하는 데 성공했지만 이 푸들적 사고에 어찌나 깊이 빠져들었던지 본래의 언어 능력이 퇴보하여 내가 생각한 것을 나 자신이 이해하지 못하게 되었던 것이다. 이 이해되지 않은 생각들을 나는 대부분 글로 옮겼다. 나는 '아칸서스 잎들'***이라는 제목으로 모아놓았으나

** 근육이 경직되고 감각이 없어지는 상태가 지속되는 증상. 특수한 정신분열병에서 흔히 나타난다.

*** 오토 하인리히 폰 뢰벤의 1817년작 『연꽃잎들』을 패러디하고 있다.

내가 아직도 이해하지 못하는 이 언어의 깊이에 깜짝 놀란다.

나는 수개월의 내 청소년기에 대한 이 짧은 암시들이 독자에게 내가 누구이고 어떻게 해서 지금의 내가 되었는지 명확하게 보여주기에 충분하리라 생각한다.

하지만 나는 어떤 의미에서 더 성숙한 교육의 시기로의 이행을 나타내는 한 사건을 언급하지 않고는 나의 기이하고 다사다난한 삶의 전성기에 작별을 고할 수가 없다. 수고양이 청소년들은 이로부터, 가시 없는 장미는 없으며, 힘차게 상승하고자 하는 정신에 이런저런 방해물이 가로놓이고, 그가 가는 길에 부딪혀 앞발을 다치게 하고야 마는 몇몇 걸림돌이 던져진다는 것을 배우게 될 것이다. 그러한 상처의 고통은 혹독하다, 몹시 혹독하다!—

분명히, 친애하는 독자여, 그대는 나의 행복한 청소년기, 나를 지켜준 행운의 별 때문에 나를 거의 부러워했을 것이다!—고상하지만 가난한 부모의 궁핍 속에 태어나 치욕적인 죽음을 당할 뻔했던 내가 갑자기 풍요의 품에, 문학의 페루 수직 갱도*에 안기게 되었으니!—아무것도 나의 교양을 혼란시키지 않고, 아무것도 나의 성향에 저항하지 않았다. 큰 걸음으로 나는 나의 시대 너머로 나를 높이 솟아오르게 하는 완전함을 향해 나아갔다. 그때 갑자기 관세사무관이 나를 멈춰 세우더니 지상의 모든 것에 부과된 세금을 요구했다!

더없이 달콤하고 밀접한 우정의 끈 아래 나를 할퀴고, 다치게 하고, 피나게 상처 입힐 가시들이 감춰져 있으리라고 그 누가 생각했겠는가!

---

* 페루에서 은과 금이 많이 나는 데서 따온 표현이다.

나처럼 감정이 풍부한 마음을 가슴속에 간직하고 있는 자는 누구나 나와 푸들 폰토의 관계에 대해 말한 것에서 그 소중한 자가 내게 무엇이었는지 아주 쉽게 알아챌 수 있을 것이다. 그렇지만 하필이면 그가 나의 위대한 조상의 혼령이 지켜주지 않았다면 나를 완전히 망쳐놓을 수 있었을 파국의 첫 구실을 준 자다. 그렇다, 나의 독자여!—나에게는 한 조상이, 그가 없었다면 나는 전혀 존재하지 않았을 그러한 조상이 있었다. 위대하고 훌륭한 조상, 지체 높고, 명망과 재산과 광범위한 학식을 가진, 아주 훌륭한 종류의 덕성과 더없이 고상한 인간애의 재능을 지닌, 우아하고 감각 있는, 최신 유행을 따르는—또 어떤 조상이냐 하면—하지만 이 모든 것은 지금은 부차적으로만 말해두고, 기품 있는 그에 대해서는 장차 더 얘기하기로 하자. 그로 말할 것 같으면 바로 세계적으로 유명한 수상 힌츠 폰 힌첸펠트*였다. 장화 신은 고양이라는 이름 아래 세상에 그토록 소중한, 그 무엇보다 귀중한 자가 된 힌츠 말이다.

이미 언급했듯이, 수고양이 중 가장 고귀한 그 수고양이에 대해서는 장차 더 얘기하기로 하자!

일이 다르게 돌아갈 수 있었겠는가? 내가 푸들어로 쉽고 우아하게 표현할 수 있게 되었을 때 내게 삶에서 가장 높은 것이었던 것, 즉 나 자신과 나의 작품들에 대해 내 친구 폰토와 얘기하지 말았어야 한단

---

* 루트비히 티크의 희극 『장화 신은 고양이』의 주인공 수고양이 힌츠는 마지막에 귀족으로 신분이 격상된다. 작품의 마지막 소네트는 힌츠와 고양이 종족을 칭송한다. "위대한 힌츠는 그의 종족을 귀족의 일원이 되게 했다 (…) 부당함이 이제 고양이 종족을 어리석게 비난하면 / 잘못 생각하며 개들에게 우선권을 주려 한다면 / 반박하지 마시라—아니!—그의 이름을 듣기만 하시라—힌츠!"

말인가? 그리하여 그는 나의 특별한 정신적 능력, 나의 천재성, 나의 재능을 알게 되었다. 그리고 여기에서 나는, 상당히 고통스럽게도, 극복할 수 없는 경박성이, 그렇다, 모종의 방자함이 젊은 폰토에게 예술과 학문에서 뭔가를 하기를 불가능하게 만들었다는 것을 발견했다. 나의 지식에 깜짝 놀라는 대신 그는 내가 어떻게 그러한 것을 하는 데 빠져들 수 있는지 전혀 이해할 수 없다고 확언했다. 그리고 그 자신은 예술에 관해서는, 오로지 막대기를 뛰어넘는 데, 그리고 주인의 모자를 물에서 건져 갖다주는 데 만족하며, 학문에 관해서는, 그는 나나 자신과 같은 이들이 그런 것을 하면 위장이나 망치고 모든 식욕을 완전히 잃는다는 견해를 갖고 있노라고 말했다.

경솔한 어린 친구에게 잘못된 생각을 깨우쳐주려고 애썼던 그러한 어느 대화에서 끔찍한 일이 일어났다. 내가 생각하기도 전에―

(파지) ―그리고 당신은 항상, 벤촌 부인이 대꾸했다. 이 환상적인 과장, 이 심장을 도려내는 아이러니를 가지고 불안과―혼란―이미 존재하는 모든 관습적 상황의 완전한 불협화음만 조장할 거예요.

오, 놀라운 악장이지요, 요하네스 크라이슬러는 웃으며 소리쳤다. 그러한 불협화음을 만들어낼 능력이 있다면!

웃지 마세요, 고문관 부인이 말을 이었다. 웃지 마세요. 쓸쓸한 농담 가지고는 제게서 도망치지 못해요! 친애하는 요하네스, 저는 당신을 꽉 잡아둘 거예요!―그래요, 당신을 요하네스라는 부드러운 이름으로 부르겠어요. 적어도 사티로스*의 가면 뒤에 결국 부드럽고 연약한 심성

---

* 그리스신화에서 인간의 형상을 하고 있지만 뿔, 거친 털, 꼬리와 발굽을 지닌 악한 정령.

이 숨겨져 있다고 기대할 수 있도록 말이죠. 게다가 또! ─ 저는 크라이슬러라는 기이한 성이 몰래 유입된 것이 아니라고, 전혀 다른 성과 슬쩍 바꿔치기된 것이 아니라고는 결코 믿을 수 없군요!

고문관 부인, 얼굴 전체가 근육의 기이한 움직임으로 수천의 주름과 고랑이 지며 진동하는 가운데 크라이슬러가 말했다. 친애하는 고문관 부인, 저의 정직한 이름이 왜 그리 못마땅하십니까? ─ 어쩌면 저는 옛날에 다른 이름을 가졌을지도 모릅니다. 하지만 그건 오래전의 일이고, 제 사정은 티크의 『푸른 수염』*에 나오는 조언자와 비슷합니다. 그는 이렇게 말했죠. 언젠가 저는 아주 훌륭한 이름을 갖고 있었습니다. 시간이 오래되어 그 이름을 거의 잊어버렸지요. 이제는 어렴풋이 기억할 수 있을 뿐이랍니다.

잘 생각해보세요, 요하네스! 고문관 부인은 번쩍이는 눈빛으로 그를 뚫어져라 쳐다보며 소리쳤다. 반쯤 잊힌 이름이 분명 다시 생각날 겁니다.

전혀 그렇지 않아요, 친애하는 이여, 크라이슬러가 대꾸했다. 그것은 불가능합니다. 그리고 저는, 삶의 통행증인 이름과 관련된 저의 외형에 관해 말하자면, 옛날에 다른 형상을 가지고 있었다는 희미한 기억이 실은 제가 아직 태어나지도 않았던 기분좋은 시절에 기인한다고 추측합니다. 제게 관용을 베풀어주세요, 존경해 마지않는 이여, 저의 단순한 이름에 합당한 빛을 비춰 바라봐주세요. 그러면 당신은 스케치, 채색 그리고 외관과 관련해, 그 이름을 더없이 사랑스럽게 여기게

---

* 루트비히 티크의 희곡 『푸른 수염의 기사』.

될 것입니다! 그 이상이지요! 그것을 뒤집어보시고 문법적인 해부용 칼로 해부해보세요. 점점 더 훌륭하게 그 내적 형상이 나타날 것입니다. 훌륭한 이여, 당신이 제 이름의 유래를 크라우스라는 말에서 찾는 것, 그리고 저를, 하르크로이슬러라는 말에서 유추하여 톤크로이슬러라거나 심지어 통틀어 크로이슬러로 간주하는 것은 결코 불가능합니다.* 그렇다면 제 이름은 크로이슬러가 되어야 할 테니까요. 당신은 크라이스라는 말에서 벗어날 수 없습니다. 그리고 당신이 곧장 그 속에서 우리의 전 존재가 움직이는, 그리고 우리가 무슨 짓을 해도 벗어날 수 없는 놀라운 원들을 생각하도록 하늘이 허하시기를. 이 원들 속에서 크라이슬러는 빙글빙글 돌지요.** 그리고 그는 어쩌면 종종 강요된 무도병舞蹈病의 도약에 지쳐 예의 원들을 둘러싸고 있는 해명할 수 없는 어두운 힘과 다투면서 그러잖아도 허약한 체질인 위장에 알맞은 것 이상으로 더 많이 탁 트인 곳으로 벗어나기를 갈망하는지도 모릅니다. 그리고 이 동경의 깊은 고통이 바로 아이러니인지도 모릅니다. 존경하는 이여! 당신이, 강건한 어머니가 명령하는 왕처럼 세상에 발을 들여놓은 아들을 낳았다는 사실을 고려하지 않은 채, 그토록 격하게 꾸짖는 그 아이러니 말입니다. 제가 말하는 아이러니의 아들이란 그의 버릇없

---

* 독일어 크라우스(Kraus)는 '곱슬곱슬한' '주름진' '뒤죽박죽인' '얽히고설킨' 등의 뜻을 가지고 있으며, 하르크로이슬러(Haarkräusler)는 '머리를 뒤헝크는 사람', 톤크로이슬러(Tonkräusler)는 '음조를 뒤헝크는 사람', 크로이슬러(Kräusler)는 '뒤헝크는 사람'으로 옮길 수 있다.
** 독일어 크라이스(Kreis)는 '원'을 뜻하며, 크라이슬러(Kreisler)는 '빙글빙글 도는 사람'이라고 옮길 수 있다. "이 원들 속에서 빙글빙글 도는 사람은 빙글빙글 돌지요"라는 언어유희다.

는 이복형제인 조소와는 아무런 공통점도 없는 유머입니다! ─그래요, 고문관 부인이 말했다. 바로 그 유머, 이 형체도 색깔도 없는, 방종하고 변덕스러운 상상력의 흉측한 아이 말입니다. 그대들 강한 남자들조차 그 흉측한 아이를 신분과 지위로 보아 무엇이라 칭해야 할지 모르지요. 그대들은 바로 그 유머를, 우리가 좋아하고 소중히 여기는 모든 것을 그대들이 쓰디쓴 비웃음으로 파괴하고자 할 때면 우리에게 곧잘 뭔가 위대한 것, 멋진 것으로 믿게 하고 싶어하는 것이지요. 크라이슬러! 헤드비가 공주가 당신이 정원에 나타난 것과 당신이 한 행동에 놀라 도통 제정신이 아니라는 것을 알고 있는지요? 그녀는 무척 예민하기에 자신의 인격에 대한 조소가 조금이라도 담겨 있다고 여기는 모든 농담에 상처를 입습니다. 하지만 친애하는 요하네스, 당신은 이를 넘어 당신 좋을 대로 그녀에게 완전히 미치광이 노릇을 했고 그녀를 병상에 드러눕게 할 수도 있었을 정도로 지독한 경악을 불러일으켰어요. 이게 용서받을 수 있는 일입니까?

용서받기 힘든 일이지요, 크라이슬러가 대꾸했다. 작은 공주님이 아빠의 개방된 정원에서 우연히 마주친 점잖은 위신의 이방인에게 자신의 작은 인물됨으로 깊은 인상을 심어주려고 하는 것만큼이나 용서받기 힘든 일이고말고요.

어찌되었거나, 고문관 부인은 말을 이었다. 그만해두지요. 우리 정원에 당신이 기괴하게 출현한 게 고약한 결과를 초래할 수도 있었을 거예요. 공주가 마음을 돌린 것, 당신을 다시 본다는 생각에 익숙해진 것, 이 모든 것이 나의 율리아 덕분이란 걸 아셔야 해요. 그녀만이 당신을 두둔합니다. 당신이 행하고 말한 모든 것이 종종 깊이 상처 입었

96

거나 과민한 심성 특유의 과도한 변덕이 분출하는 탓이라 여기면서 말이지요. 한마디로, 얼마 전에야 셰익스피어의 『뜻대로 하세요』를 알게 된 율리아는 당신을 바로 우울한 므시외 자크와 비교했답니다.

오, 그대 어렴풋이 예감하는 천국의 아이여, 눈에 눈물이 맺힌 채 크라이슬러가 외쳤다.

그 밖에도, 벤촌 부인이 말을 이었다. 율리아는 당신이 기타로 즉흥 연주를 했을 때, 그리고 그녀가 얘기한 것처럼 사이사이에 노래하고 말했을 때, 당신이 섬세한 음악가요 작곡가임을 알아보았지요. 그녀는 바로 그 순간 음악의 아주 특별한 정신을 깨닫게 되었다고 해요. 마치 보이지 않는 힘에 어쩔 수 없이 이끌리듯 노래하고 연주해야만 했답니다. 그런데 노래와 연주가 평소의 그 어느 때보다 잘되었다더군요. 이 얘기를 듣고 아셔야 해요. 율리아는 그 이상한 남자를 다시 볼 수 없다는 것, 그가 그녀에게 단지 우아하게 기이한, 음악적인 유령처럼 나타나야 했다는 것을 순순히 받아들일 수 없었어요. 반면 공주는 그녀 특유의 모든 격렬함으로 그 유령 같은 광인이 두번째로 찾아온다면 자신을 죽이고 말 것이라고 주장했지요. 그 소녀들이 여느 때는 한마음 한뜻이며 그들 사이에 한 번도 금이 간 일이 없었기 때문에 나는 저 유년시절의 장면이 거꾸로 반복된다고 완전히 정당하게 주장할 수 있었어요. 당시 율리아는 선물로 받은 좀 기괴한 스카라무츠를 결단코 벽난로에 던져버리려 했지요. 반면 공주는 그것을 보호해주었고 가장 좋아하는 장난감이라 단언했답니다.

저는, 크라이슬러는 큰 소리로 웃으며 벤촌 부인의 말에 끼어들었다. 저는 제2의 스카라무츠인 저를 공주로 하여금 벽난로에 던지게 하겠어요. 그리고 우아한 율리아의 달콤한 호의를 믿으렵니다. ―당신은, 벤촌은 말을 이었다. 스카라무츠에 대한 기억을 언뜻 떠오른 익살스러운 생각이라 여겨야 합니다. 그리고 이것을 당신 특유의 이론에 따라 나쁘게 해석해선 안 됩니다. 말이 나왔으니 말인데 당신은 아마 상상할 수 있을 거예요. 소녀들이 당신의 출현에 관해, 정원에서 있었던 모든 일에 관해 묘사한 것을 듣고 내가 당신임을 즉시 알아차렸다는 것, 그리고 당신을 다시 보고자 하는 율리아의 갈망이 전혀 필요하지 않았다는 것, 그렇지 않아도 다음 순간 내가 부릴 수 있는 모든 사람을 동원해 짧은 만남에서 내게 그토록 소중해진 당신을 다시 찾기 위해 정원 전체, 지크하르츠바일러 전체를 샅샅이 뒤지도록 했으리라는 것을 말입니다. 모든 추적은 헛수고였습니다. 나는 당신을 놓쳐버렸다고 생각했지요. 그래서 당신이 오늘 아침 내 집에 들어섰을 때 그만큼 더 놀랄 수밖에 없었답니다. 율리아는 공주 곁에 있습니다. 소녀들이 이 순간 당신이 도착한 것을 알게 된다면 그 어떤 지극히 상이한 감정의 갈등이 생겨날지요. 내가 대공의 궁정에서 훌륭한 지위에 있는 악장으로 여긴 당신이 무엇 때문에 그토록 갑자기 이리로 오게 되었는지, 이에 대해서는 당신이 내게 뭔가 말하고 싶고 편안하게 말할 수 있을 경우에만 해명을 요구하겠어요.

고문관 부인이 이 모든 말을 할 때 크라이슬러는 깊은 생각에 잠겨 있었다. 그는 땅을 빤히 내려다보았고 뭔가 잊어버린 것을 생각해내려는 사람처럼 이마를 손가락으로 만지작거렸다.

아, 고문관 부인이 침묵하자 그는 말을 시작했다. 아, 아주 바보 같은 이야기입니다. 얘기할 만한 가치가 거의 없답니다. 하지만 작은 공주님이 황송하게도 한 허황된 자의 혼란한 언사로 여기신 것이 실은 근거가 있다는 것만은 확실합니다. 실제로 저는 불행하게도 민감한 작은 공주님을 정원에서 깜짝 놀라게 했을 당시에 방문여행중이었습니다. 다름이 아니라 바로 대공 전하를 막 예방하고 오는 길이었죠. 그리고 이제 여기 지크하르츠바일러에서 막 지극히 비범하고 유쾌한 방문을 계속하려고 했습니다.

오 크라이슬러, 살짝 미소를 지으며 고문관 부인이 소리쳤다. 그녀는 결코 격하게 큰 소리로 웃지 않았다. 오 크라이슬러, 이것은 분명 또 당신이 맘껏 펼쳐놓는 그 어떤 기괴한 착상이지요. 제가 잘못 생각하는 것이 아니라면 대공의 관저는 지크하르츠바일러에서 적어도 서른 시간은 떨어져 있을 텐데요?

그렇습니다, 크라이슬러는 대꾸했다. 하지만 우리가 거니는 곳은 제게는 르 노트르* 같은 사람이라도 놀랄 만큼 거대한 양식으로 만들어진 듯 보이는 정원인 것입니다. 존경하는 이여! 당신이 저의 방문여행을 인정하지 않으신다면 이러한 사실을 고려하셔야 할 것입니다. 감성이 풍부한 한 악장이, 목과 배에는 음성을 지니고 손에는 기타를 들고, 향기나는 숲 사이로, 푸른 새싹이 돋아나는 풀밭 위로, 거칠게 우뚝 솟은 암석 절벽 위로, 그 아래 숲의 시냇물이 거품을 내며 요란스레 흘러가는 좁은 잔교들 위로 산책하며, 그래요, 그러한 한 악장이 도처에서 그를 에워싼 합창 소리에 독창 가수로서 음을 맞춰 끼어들며, 의도하지도 뜻하지도 않은 채 정원의 각 부분에 아주 쉽게 빠져들 수 있다는 사

---

* 프랑스 고전주의 양식을 대표하는 정원 건축가. 대표작으로 베르사유 궁전 정원이 있다.

실을 고려해야 한다는 말입니다. 그렇게 저는 자연이 형성해놓은 거대한 정원 안의 조금 협소한 부분에 다름 아닌 지크하르츠호프의 제후의 정원에 빠져들게 되었는지도 모릅니다. 하지만 사실은 그렇지 않습니다! 당신이 방금 전에 유쾌한 사냥꾼 무리 전체가 사냥할 수 있는 길 잃은 날짐승처럼 저를 포획하기 위해 동원되었다고 말씀하셨을 때, 저는 비로소 제가 여기 있는 것의 필연성에 대한 내적인 굳은 확신을 얻었습니다. 제가 잘못된 행로를 계속하려 했더라도 덫에 걸리게 했을 필연성이지요. 당신은 저를 알게 된 것이 당신에게 소중해졌다는 점을 호의적으로 언급하셨습니다. 그때 제겐 운명이 우리를 만나게 했던 혼란의, 전반적으로 곤궁했던 숙명적인 날들이 떠오를 수밖에 없지 않았겠습니까? 당신은 당시 이리저리 동요하고 있던, 결단을 내리지 못한 채 가장 내밀한 마음속에서 균열되어 있던 저를 발견하셨지요. 당신은 친절한 마음으로 저를 받아들이셨어요. 그리고 제게 차분한, 자신 안에 완결된 여성적 본성의 구름 한 점 없이 맑은 하늘을 열어 저를 위로하려고 생각하셨지요. 그리하여 당신은 상황에 떠밀려 초래된 위안할 길 없는 절망의 탓으로 돌리셨던 제 행동의 미친 듯한 자유분방함을 질책하는 동시에 용서하셨습니다. 저 자신도 점잖지 않은 것으로 인정할 수밖에 없었던 주위 환경에서 저를 떼어놓으셨어요. 당신의 집은 평화롭고 친절한 망명지가 되었지요. 저는 그 안에서 당신의 조용한 고통을 존중하며 저의 고통을 잊어버렸답니다. 쾌활함과 온유함이 가득한 당신의 대화들은 당신이 저의 병을 알지 못하는데도 유익한 약으로서 효과를 발휘했지요. 제게 그토록 적대적인 영향을 끼쳤던 것은 제 삶에서의 지위를 파괴할 수 있었던 위협적인 사건들이 아닙니다.

진작부터 저는 저를 억누르고 불안하게 했던 상황에서 벗어나기를 원했습니다. 그리고 저는 저 자신도 그토록 오랫동안 수행할 용기와 힘을 충분히 갖지 못했던 그 일을 실현시킨 운명에 화를 낼 수 없었습니다. 아니요!—제가 자유롭다고 느꼈을 때, 그때 유년 시절부터 그토록 자주 저를 저 자신과 갈라놓았던 형언할 수 없는 불안이 저를 사로잡았습니다. 저 심오한 시인*이 그토록 멋지게 말하듯 더 높은 삶에서 솟아나온, 영원히 충족되지 않기에 영원히 지속되는 동경, 속이거나 기만할 수 없는, 그저 사라지지 않기 위해 충족되지 않을 뿐인 동경이 아닙니다. 아니요—몹시 혼란스러운 광적인 갈망이 종종 쉼 없는 행적 속에 제가 저 자신의 바깥에서 찾는 무언가를 향해 솟아나옵니다. 하지만 그것은 저의 내면에 감춰져 있습니다. 어두운 비밀, 혼란스러운 수수께끼 같은, 꿈조차도 명명할 수 없고 그저 예감할 수 있을 뿐인, 충족된 지고의 낙원에 대한 꿈. 그리고 이 예감이 탄탈로스**의 고통으로 저를 불안하게 합니다. 이 감정은 제가 아직 아이였을 때 이미 종종 저를 갑자기 사로잡아, 동무들과 한창 즐겁게 놀다가도 저는 숲으로 산으로 달아나 땅바닥에 엎드려 위로할 길 없이 흐느꼈답니다. 바로 전까지만 해도 모든 아이들 가운데 가장 떠들썩하고 자유분방한 아이였는데 말입니다. 나중에 저는 저 자신에 맞서 싸우는 방법을 더 배웠습니다. 하지만 기분좋은 호의적인 친구들에게 몹시 쾌활하게 둘러싸여, 그 어떤 예술을 감상하며, 이러저러한 방식으로 허영심에 사로잡히는 순간들조차, 그래요! 그러다 갑자기 모든 것이 참담하게, 무가치

---

* 루트비히 티크를 말한다.
** 그리스신화에서 신들을 시험한 죄로 지옥에 떨어져 영원한 형벌을 받는 인물.

하게, 창백하게, 죽은 듯 보이고 제가 황량한 황무지에 있는 것처럼 느꼈을 때 제 상태의 고통은 이루 말로 표현할 수 없습니다. 이 사악한 악령을 다스릴 힘이 있는 빛의 천사는 하나밖에 없습니다. 그것은 종종 저 자신에게서 승리를 거두고 우뚝 일어서는 음악의 정신입니다. 그 위력적인 음성 앞에 지상의 곤경의 모든 고통은 입을 다물고 말지요.

고문관 부인이 말했다. 나는 항상 음악이 당신에게 너무 강력한, 따라서 부정적인 영향을 끼친다고 생각했어요. 그도 그럴 것이 그 어떤 훌륭한 작품의 연주에 당신의 전 존재가 스며들어 있는 듯하면, 당신 얼굴의 모든 표정이 변했기 때문이지요. 당신은 창백해졌고, 한마디도 못했으며, 한숨 짓고 눈물을 흘릴 뿐이었고, 그러고 나서 대가의 작품에 대해 한마디라도 하려는 사람이 있으면 그게 누구든 쓰디쓴 조소, 깊은 상처를 주는 비웃음을 가지고 덤벼들었지요. 그래요. 만약 ―

오, 가장 훌륭하신 고문관 부인, 방금 전만 해도 그토록 진지하게 깊이 감동하여 말했던 크라이슬러가 갑자기 다시 그 특유의 아이러니의 특별한 어조를 취하며 벤촌 부인의 말을 끊었다. 오, 가장 훌륭하신 고문관 부인, 그것은 모두 달라졌답니다. 존경하옵는 이여, 당신은 제가 대공의 궁정에서 얼마나 점잖고 분별 있는 사람이 되었는지 결코 믿지 못하실 겁니다. 저는 지극히 태연자약하고 기분좋게 〈돈 조반니〉*와 〈아르미데〉**에 박자를 맞출 수 있고, 프리마돈나가 지극히 기이한 카덴차***에서 음계의 디딤판 위를 이리저리 껑충거리며 뛰어다니면 그녀에게

---

* 볼프강 아마데우스 모차르트의 오페라.
** 크리스토프 빌리발트 글루크의 오페라.
*** 악곡이 끝나기 전에 연주되는 기교적이고 화려한 장식 악절.

친절하게 손짓할 수 있습니다. 저는 의전관이 하이든의 〈사계〉가 끝난 후 제게, *이건 꽤나 지루했어요, 친애하는 악장* 하고 속삭이면 미소 지으며 고개를 끄덕이고 의미심장하게 코담배 한 줌을 들이마실 수 있습니다. 그래요, 저는 예술적 감각이 있는 시종이자 축제행사 주관자가 제게 모차르트와 베토벤은 가곡에 대해 아무것도 모른다고, 로시니와 푸치타, 그리고 그 작은 남자들 이름이 다 무엇이건 간에 그들이 모든 오페라 음악의 *정점*으로 날아올랐다고 자세히 설명하는 것을 참을성 있게 들어줄 수 있습니다. 그래요, 존경하는 이여, 당신은 제가 악장직을 맡은 동안 어떤 이득을 보았는지 짐작하지 못하실 겁니다. 특히 예술가들이 말 그대로 고용되는 것이 얼마나 좋은 일인가 하는 멋진 확신을 얻었지요. 그렇지 않으면 악마와 악마의 할머니나 되어야 이 오만방자한 족속을 참아낼 수 있을 겁니다. 착실한 작곡가가 악장이나 음악감독이 되게 해보세요. 시인은 궁정시인이, 화가는 궁정초상화가가, 조각가는 궁정조각가가 되게 해보세요. 머지않아 당신들의 나라에 무용한 몽상가는 더이상 없을 겁니다. 그보다는 오직 좋은 교육을 받고 행실이 온화하며 유용한 시민들만 있게 되겠지요!

　조용히 하세요, 조용히, 고문관 부인은 불만스레 외쳤다. 그만 하세요, 크라이슬러, 당신의 장기가 갑자기 다시 고개를 들기 시작하네요. 늘 그렇듯이 말이지요. 그건 그렇고 저는 나쁜 일이 있다는 것을 알아챘어요. 이제 실제로 어떤 고약한 사건이 당신을 대공의 관저에서 너무 일찍 서둘러 도망치도록 했는지 간절히 알고 싶습니다. 당신이 정원에 나타난 모든 상황으로 보아 그렇게 도망친 것이 분명하니까요.

　그리고 저는, 크라이슬러가 고문관 부인을 빤히 응시하며 차분하게 말했다. 그리고 저는 저를 대공의 관저에서 몰아낸 고약한 사건이, 모든 외적인 일들과 무관하게, 저 자신 안에만 있었다고 장담할 수 있습니다.

제가 조금 전에 어쩌면 꼭 필요한 것 이상으로 많이 그리고 진지하게 말했던 바로 그 불안이 어느 때보다 더 강력하게 저를 사로잡았습니다. 저는 그곳에 더이상 머무를 수 없었어요. 당신은 제가 대공의 악장직을 맡게 되어 얼마나 기뻐했는지 알고 계십니다. 어리석게도 저는 예술 속에 살면서, 저의 직위가 저를 완전히 진정시킬 것이라고, 제가 제 마음속의 악령을 극복할 것이라고 생각했습니다. 하지만 이제 제가 대공의 궁정에서의 제 교육에 관해 털어놓을 얼마 안 되는 사실에서 당신은, 존경하는 이여, 제가 얼마나 잘못 생각했는지를 아시게 될 겁니다. 제가 어쩔 수 없이 손을 내주어야 했던 신성한 예술과의 시시껄렁한 장난을 통해, 혼 없는 예술날림꾼들, 몰취미한 딜레탕트들의 어리석은 짓들을 통해, 인공수족 인형들로 가득한 세계의 모든 미친 야단법석을 통해 점점 더 제 존재의 비참한 하찮음을 깨닫게 되었음을 묘사하는 걸 허락해주십시오. 어느 날 아침 저는 다음 며칠 동안 거행될 축제행사에서 제 역할이 무엇인지 알기 위해 대공에게 가야 했습니다. 축제행사 주관자는 당연하다는 듯 그 자리에 있었고, 제게 달려들어 제가 순순히 따라야 할 온갖 무의미하고 몰취미한 지시들을 늘어놓았습니다. 그중에는 그 자신이 집필한 프롤로그가 있었는데, 그것이 연극 축제의 절정이 되도록 곡을 붙이라고 요구했습니다. 제게 찌르듯 곁눈질을 하며 그는 대공에게 이렇게 말했습니다. 이번에는 학술적인 독일 음악이 아니라 미적 감각 있는 이탈리아 가곡이 중심이 되어야 하니까 제가 적절히 배열해야 할 몇 가지 부드러운 가락을 자신이 만들었다는 것이었지요. 대공은 모든 것을 허락했을 뿐만 아니라, 제가 새로운 이탈리아 음악을 부지런히 연구하여 계속 발전하기를 바라고 기대한다는 사실을 제게 암시하는 기회로 삼기까지 했습니다. 얼마나 비참한 기분으로 거기 서 있었던지요!─저는 저 자신을 깊이 경멸했습니다─모든 굴욕이 저의 유치하고 어처구니없는 인내심에 대한 정당한 형벌로 여겨졌습니다!─저는 다시는 돌아가지 않을 작정으로 성을 떠났습니다. 그날 저녁에 당장 저는 해직을 요구하려고 했습니다. 하지만 이 결단조차 저 자신을 진정시킬 수 없었습니다. 저는 제가 이미 은밀한 도편추방*을 통해 추방되었다고 보았기 때문이지요. 저는 다른 목적으로 가져갔던 기타를 마차에서 꺼내 들고, 성문 앞에서 마차를 보내버리고는 탁 트인 곳으로 달려갔습니다. 쉬지 않고 계속해서, 계속해서 더 멀리 나아갔지요!─이미 해가 지고, 산과 숲의 그림자는 점점 더 넓고 짙어졌습니다. 대공의 관저로 돌아간다는 생각은 제게는 견딜 수 없는, 그래요, 파괴적인 것이었습니다. 어떤 힘이 나를 돌아가는 길로 내모는가, 하고 저는 크게 소리쳤습니다. 제가 지크하르츠바일러로 가는 길에 있다는 것을 깨달았고요. 저는 옛 스승 아브라함을 생각했어요. 하루 전에 그에게서 편지를 한 통 받았지요. 편지에서 그는 관저에서의 저의 상황을 예감하며 제가 그곳을 떠나기를 바랐고, 저를 자신의 집에 초대했습니다.

뭐라고요, 고문관 부인이 악장의 말을 끊었다. 아니, 당신이 그 기이

---

* 고대 아테네에서 위험인물의 이름을 사기 조각 또는 조개껍데기에 적어서 투표하여 국외로 추방하던 제도.

한 노인을 아신다고요?

마이스터 아브라함은, 크라이슬러는 말을 이었다. 제 아버지의 가장 절친한 친구이자 저의 스승, 부분적으로는 저의 교육자셨습니다!—존경하는 이여, 당신은 이제 제가 어떻게 훌륭하신 이레네우스 제후의 정원으로 오게 되었는지 자세히 알게 되셨습니다. 그리고 제가, 이 점이 중요하다면, 차분하게, 필요한 역사적 정확성을 가지고, 저 자신이 두려울 만큼 유쾌하게 이야기할 능력이 있다는 것을 더이상 의심하지 않으실 겁니다. 도대체 관저로부터 도주한 이야기 전체가, 이미 언급했듯이, 제게는 그토록 어리석게 여겨지는데다, 어찌나 모든 정신을 파괴하는 무미건조한 성격을 띠고 있는지, 말하는 사람도 아주 멍청한 상태에 빠지지 않고서는 그에 관해 얘기할 수 없을 정도입니다. 하지만, 소중한 이여, 이 사소한 사건을 경악한 공주님의 발작을 잠재울 약물로 가져다주세요. 공주님이 진정하시도록, 그리고 비단 양말을 신고 깨끗한 마부석 아래 짐칸에서 고상한 태도를 취하자마자 로시니와 푸치타와 파베시와 피오라반티와 그 외에 아무도 모를 무슨 니니 타니 하는 인간들이 겁주어 달아나게 했던 한 정직한 독일의 음악가가 결코 아주 분별 있게 처신할 수는 없었다는 것을 생각하시도록 말입니다. 용서를 기대해야 하며, 기대하고자 합니다!—하지만 지루한 모험의 시적인 여운으로서, 훌륭하신 고문관 부인, 이 말을 들어보세요. 제가 제 악령의 채찍질에 휘둘려 떠나려 했던 바로 그 순간에, 가장 달콤한 마술이 저를 꼼짝 못하게 사로잡았답니다. 악령이 막 심술궂게 제 가슴의 가장 깊숙한 비밀을 훼손하려는 순간이었습니다. 그때 음악의 강력한 정신이 날개를 움직였어요. 그리고 아름다운 가락에 도취되어 위안이, 희망이, 그렇습니다. 불멸의 사랑 자체이며 영원한 젊음의 환희인 갈망까지 깨어났습니다. 율리아가 노래했던 것입니다!

크라이슬러는 침묵했다. 벤촌 부인은 호기심에 가득차서 곧 뒤따를 이야기에 귀를 기울였다. 악장이 말없이 생각에 빠져드는 듯했으므로 그녀는 차가우면서도 상냥하게 물었다. 당신은 제 딸의 노래를 정말로 기분좋게 여기는 거죠, 친애하는 요하네스?

크라이슬러는 화들짝 놀라 깨어났다. 하지만 그가 하려던 말을 가슴 속 가장 깊은 곳에서 나온 한숨이 억눌러버렸다.

그런데, 고문관 부인이 말을 이었다. 그건 퍽 마음에 들어요. 율리아는 당신에게서, 친애하는 크라이슬러, 진정한 가곡에 관한 한, 상당히 많은 것을 배울 수 있을 거예요. 당신이 여기 머무는 것을 저는 이제 확정된 일로 간주하니까요.

존경해 마지않는 이여, 크라이슬러가 말을 시작했다. 하지만 바로 그 순간 문이 열리고 율리아가 들어섰다.

악장을 알아보았을 때, 그녀의 어여쁜 얼굴에 달콤한 미소가 환하게 번졌다. 그리고 아! 하는 나지막한 소리가 그녀의 입술에서 새어나왔다.

벤촌 부인은 일어나 악장의 손을 잡고 그를 율리아에게 데리고 가며 말했다. 자, 내 아이야, 여기 그 기이한 ─

(무어) ─젊은 폰토는 내 옆에 놓여 있던 내가 가장 최근에 쓴 원고로 덤벼들어 말릴 새도 없이 이빨 사이에 물고는 전속력으로 뛰어 달아나버렸다. 그러면서 심술궂은 큰 웃음을 내뱉었다. 이것만 보고도 나는 단순히 청소년다운 방자함이 그에게 나쁜 행위를 하도록 부추긴 것이 아니라 뭔가 그 이상의 것이 관계하고 있음을 추측했어야 했다.

나는 곧 진상을 알게 되었다.

　며칠 후 젊은 폰토가 일하고 있는 집의 남자가 마이스터의 집에 들어섰다. 나중에 알게 되었지만, 그는 지크하르츠바일러 김나지움의 미학 교수인 로타리오 씨였다. 여느 때처럼 인사를 한 후 교수는 방을 둘러보았다. 그리고 나를 보자 이렇게 말했다. 친애하는 마이스터, 저기 저 작은 것을 방에서 내보내지 않으시겠어요? 왜, 마이스터는 물었다. 왜 그러는가?—교수, 자네는 평소에 고양이들을 좋아하지 않았는가. 특히 나의 총아, 귀엽고 영리한 수고양이 무어를 말일세!—그래요, 하고 교수는 조소하듯 웃으며 말했다. 귀엽고 영리하다, 그건 정말이지요!—하지만 마이스터, 부탁을 좀 들어주세요. 당신의 총아를 내보내세요. 당신과 할 얘기가 있는데, 저놈이 결코 그걸 들어서는 안 되기 때문입니다. 누가? 마이스터 아브라함은 교수를 응시하며 외쳤다. 글쎄, 교수는 말을 이었다. 당신의 수고양이 말입니다. 부탁이니 더는 묻지 말고 제가 청한 대로 해주세요. "하지만 이건 이상하군." 마이스터는 골방의 문을 열며 이렇게 말하고는 나를 불러 그 안으로 들어가라고 했다. 나는 시키는 대로 했다. 하지만 그가 알아채지 못하게 다시 안으로 슬쩍 들어가 책장 맨 아래 칸에 숨었다. 그렇게 해서 나는 몰래 방을 내다보며 말소리를 낱낱이 들을 수 있었다.

　이제, 마이스터 아브라함이 교수 맞은편 자신의 등받이 의자에 앉으며 말했다. 이제 자네가 내 정직한 수고양이에게는 숨겨야 할 어떤 비밀을 내게 털어놓을지 꼭 알고 싶네.

　말씀해주세요, 교수가 아주 진지하고 신중하게 말을 시작했다. 친애하는 마이스터, 제게 우선 말씀해주세요. 육체적 건강만 전제된다면,

그 밖에는 타고난 정신적 능력, 재능, 천재성을 고려하지 않은 채 특별히 규정된 교육을 통해 모든 아이를 짧은 시간 안에, 그러니까 아직 소년 시절에 학문과 예술 분야에서 영웅으로 만들 수 있다는 원칙에 대해 어떻게 생각하시는지요?

아니, 마이스터가 대꾸했다. 그런 원칙에 대해 그것이 어리석고 몰취미하다는 것 말고 어떤 생각을 할 수 있겠는가. 대략 원숭이에게서 볼 수 있을 정도의 이해력과 좋은 기억력을 가지고 있는 아이에게 사람들이 그 아이가 나중에 사람들 앞에서 끄집어내놓을 많은 것을 체계적으로 주입시키는 것은 가능할 수도 있고, 심지어 쉬운 일일지도 모르겠네. 단 그 아이에게는 모든 자연적인 천부의 재능이 단연코 결여되어 있어야 하지. 그렇지 않으면 내면의 더 나은 정신이 끔찍한 교육 방식에 저항할 것이기 때문일세. 하지만 누가 그런 단순한, 삼킬 수 있는 온갖 지식의 조각으로 뚱뚱하게 살찌운 소년을 언젠가 진정한 의미의 학자라 부르겠는가?

세계가요, 교수가 격렬하게 소리쳤다. 전 세계가요! ― 오, 끔찍합니다! ― 오직 내면에 있는 드높은 타고난 정신의 힘만이 학자와 예술가를 만드는데, 그런 힘에 대한 모든 믿음이 저 구제할 길 없는 미친 원칙에 의해 망가지고 말지요!

흥분하지 마시게, 마이스터는 미소 지으며 말했다. 내가 아는 한, 아직까지 우리의 훌륭한 독일에서는 그러한 교육 방법의 산물은 단 하나* 만이 제시되었네. 세계는 그 산물에 대해 한동안 말했고 그것이 그다

---

* 당대의 신동 카를 비테를 말한다. 아버지의 독특한 교육 덕에 열두 살의 나이로 박사 학위를 받았다.

지 잘되지 않았다는 것을 깨닫고는 말하기를 멈추었지. 게다가 그 표본의 전성기는 신동들이 마구 유행하던 시기와 맞물려 있네. 그들은 보통 어렵게 길들여진 개와 원숭이가 그렇듯이 싸구려 입장권을 받고 그들의 솜씨를 보여주었어.

당신은 이제 그렇게 말씀하시는군요, 교수가 말했다. 마이스터 아브라함, 당신은 이제 그렇게 말씀하시는군요. 그리고 사람들은 당신을 믿을 것입니다. 당신 안의 숨겨진 악당을 알지 못한다면, 당신의 삶 전체가 일련의 지극히 기이한 실험을 보여준다는 것을 모른다면 말입니다. 솔직히 터놓고 말씀해보세요, 마이스터 아브라함, 솔직히 말씀해보세요. 당신은 아주 조용히, 더할 나위 없이 비밀스럽고 은밀하게, 바로 그 원칙에 따라 실험해보셨습니다. 하지만 당신은 우리가 말했던 그 표본의 완성자인 그 남자를 능가하고자 했어요. 일을 완전히 끝마친 후 당신의 생도와 함께 나타나 전 세계의 모든 교수들을 깜짝 놀라게 하고 절망에 빠뜨리려고 했지요. 당신은 *모든 목재에서 메르쿠리우스가 생성되는 것은 아니다**라는 멋진 원칙을 철저히 망가뜨리고자 했습니다!—자! 간단히 말하자면, 목재는 있습니다만, 메르쿠리우스가 아니라 수고양이입니다!—무슨 말을 하시는가, 마이스터는 큰 소리로 웃음을 터뜨리며 외쳤다. 무엇이라고 하셨나, 수고양이라고?

부인하지 마세요, 교수가 말을 이었다. 부인하지 마세요, 저 방에 있는 작은 놈에게 당신은 예의 추상적인 교육 방법을 시도해보았어요.

---

* 메르쿠리우스는 연금술사들의 언어로 수은을 일컫는다. 본문에서는 중세의 속담 '모든 목재에서 메르쿠리우스가 생성되는 것은 아니다'를 모두가 학자가 될 수는 없다는 의미로 사용하고 있다.

당신은 그놈에게 읽고 쓰기를 가르쳤어요. 당신은 그놈에게 학문을 가르쳤지요. 그래서 그놈이 벌써 저자 노릇을 하려 들고 심지어 감히 시를 쓰려 하고 있단 말입니다.

이런, 마이스터가 말했다. 이건 정말이지 내게 지금까지 생긴 일 가운데 가장 미친 일이외다!―내가 내 수고양이를 교육시킨다, 내가 그놈에게 학문을 가르친다!―말해보시게, 교수, 자네 의식 속에서 그 무슨 꿈들이 소동을 일으키는 것인가?―자네에게 단언컨대, 나는 내 수고양이의 교양에 관해 조금도 아는 바가 없고, 또한 그런 일은 아주 불가능하다고 여기네.

그래요! 교수는 길게 늘어진 어조로 묻고는 호주머니에서 노트 하나를 꺼냈다. 나는 그것이 젊은 폰토가 내게서 강탈해 간 원고임을 즉시 알아보았다. 그가 소리내어 읽었다.

더 높은 것을 향한 동경

하, 어떤 감정인가, 내 가슴을 움직이는 것은
불안과 예감에 가득찬 이 떨림은 무엇을 말하는가,
강력한 창조 정신의 박차에 흥분되어
정신의 대담한 도약으로 솟아오르고자 하는가?

무엇인가, 감각이 의도하는 것은
사랑의 갈망에 찬 삶에 무엇을 원하는가,
쉼 없이 타오르는 불같이 달콤한 이 노력은,

불안한 심장 속에 고동치는 이것은 무엇인가?

먼 마술의 나라로 나는 옮겨지네,
아무 말도, 소리도 없이, 혀는 묶이고,
간절한 희망이 봄처럼 신선하게 불어오네,

내리누르는 무거운 구속에서 곧 나를 해방시키네.
꿈꾸었고, 감지했고, 가장 푸른 잎사귀 속에서 찾았도다!
솟아오르라, 나의 심장이여! 날개를 잡아 그를 붙들라!

바라건대, 나의 너그러운 독자들 각자가 내 마음 가장 깊은 곳에서 솟아오른 이 훌륭한 소네트의 모범성을 깨닫기를. 그리고 내가 그것이 맨 처음으로 완성한 것들에 속한다고 단언하면 더욱더 경탄하기를. 하지만 교수가 악의적으로 억양이라고는 없이 어찌나 끔찍하게 낭독했던지, 나는 내 작품이라는 것을 거의 알아차릴 수 없었으며, 젊은 시인 특유의 성향이 그렇듯이 갑자기 불끈 치미는 화에 사로잡혀 막 나의 은신처에서 뛰쳐나가는 동시에 교수의 얼굴로 뛰어올라 그에게 내 발톱의 날카로운 맛을 보여줄 참이었다. 그러나 두 사람, 마이스터와 교수가 내게 덤벼든다면 나는 불가피하게 제압될 거라는 현명한 생각이 나로 하여금 노여움을 억지로 제어하도록 했다. 하지만 나도 모르게 입에서 으르렁거리는 야옹 소리가 새어나왔다. 그 때문에 나는 분명 발각되고 말았을 것이다. 교수가 소네트를 다 읽었을 때 마이스터가 또다시 진동하는 듯한 큰 웃음을 터뜨리지 않았다면 말이다. 그 웃음은 교수의 서투른 낭독보다 더 내 마음을 상하게 했다.

허허, 마이스터가 외쳤다. 정말로 그 소네트는 수고양이가 쓸 만한 것이군. 하지만 아직도 나는 자네의 농담을 이해할 수 없네. 교수, 차라리 자네의 궁극적인 의도가 무엇인지 내게 직접 말해보게.

교수는 마이스터에게 대답하지 않은 채, 원고를 뒤적이며 훑어보다가 계속해서 읽었다.

글로세*

사랑은 모든 길에 떼지어 있네,
우정은 홀로 외로이 머물러 있네,
사랑은 우리에게 재빨리 다가오네,
우정은 찾아오기를 바란다네.

―――――

애타게 그리며 불어라, 불안한 탄식이여,
도처에서 소리나는 것을 듣노라,
감각을 고통에 익숙하게 하는지,
쾌락에 익숙하게 하는지, 말할 수 없구나,
종종 나 자신에게 묻고 싶도다,

―――――

* 주해시. 스페인의 서정시 형식으로, 한 시의 개별 행이 새로 쓴 연의 마지막 행이 된다. 무어의 글로세는 괴테의 오페레타 『빌라 벨라의 클라우디네』 "사랑은 모든 길에 떼지어 있네 / 정절은 홀로 외로이 살고 있네 / 사랑은 너희에게 재빨리 다가오네 / 정절은 찾아오기를 바란다네"를 변용한 것이다.

내가 꿈을 꾸는지, 깨어 있는지.

이 느낌에, 이 감정에,

마음이여, 그것에 맞는 언어를 주어라.

그렇다, 지하실에, 지붕 위에,

사랑은 모든 길에 떼지어 있네!

하지만, 모든 상처는 낫는다.

사랑의 고통이 입힌 상처

그리고 외롭고 고요한 날들에

어쩌면, 모든 고통에서 벗어나

정신과 마음은 곧 건강해지리,

얌전한 작은 고양이의 느슨한 엉터리 짓

그것은 오래 지속되어도 되는가?

아니다! ―사악한 소용돌이에서 빠져나가,

푸들과 함께 난로 밑에서,

우정은 홀로 외로이 머물러 있네!

아마도, 나는 알고 있네―

아니네, 마이스터가 이 대목에서 교수의 낭독을 중단시켰다. 아니
네, 친구, 자네는 나를 정말로 초조하게 만드는군. 자네 혹은 다른 악
당이 나의 착한 무어라고 우기는 웬 수고양이의 정신으로 시를 짓는
익살을 부렸고, 이제 자네는 그것을 가지고 아침나절 내내 나를 놀리

고 있어. 그런데 그 익살이 나쁘지는 않고, 특히 크라이슬러의 마음에 쏙 들 걸세. 그는 아마 그것으로 작은 몰이사냥을 하기를 단념하지 않을 것이네. 그 사냥에서 결국 자네 자신이 쫓기는 들짐승이 되겠지. 하지만 이제 재치 있는 비유적 표현은 그만두고, 자네의 기이한 농담에 실제로 어떤 사정이 있는지 내게 아주 정직하고 간결하게 말해주게나.

교수는 원고를 덮고 마이스터의 눈을 진지하게 들여다보았다. 그러고는 이렇게 말했다. 이 종이들은 며칠 전에, 당신도 아마 아시겠지만 당신의 수고양이 무어와 친하게 지내고 있는 푸들 폰토가 제게 가져왔습니다. 모든 것을 그렇게 가져다 나르는 버릇대로 이빨로 물어 가져왔지요. 그렇긴 하지만 폰토는 종이들을 전혀 손상된 곳 없이 온전하게 제 품에 갖다놓았습니다. 그러면서 그것을 다름 아닌 그의 친구 무어에게서 가져왔다는 것을 분명히 암시했어요. 슬쩍 들여다보았더니 아주 기이하고 독특한 필적이 바로 눈에 띄었습니다. 하지만 제가 몇 가지를 읽어봤을 때, 왜 그런 생각을 하게 되었는지는 저도 모르겠습니다만, 무어가 이 모든 것을 스스로 지었을 수도 있겠다는 기이한 생각이 떠올랐습니다. 이성이, 우리 모두 피할 수 없으며 결국은 이성일 수밖에 없는 모종의 삶의 경험이, 그러니까 바로 이 이성이 수고양이는 글을 쓸 수도 시를 지을 수도 없기 때문에 그런 생각은 터무니없다고 제게 아무리 말을 해도 그 생각을 결코 떨쳐버릴 수 없었습니다. 저는 당신의 수고양이를 관찰하기로 결심했지요. 그리고 저는 무어가 당신의 다락방에 머물러 있을 때가 많다는 것을 폰토에게서 들어 알고 있었으므로, 우리집 다락방으로 올라가서 당신네 지붕의 채광창을 향해 탁 트인 시야를 확보하기 위해 기와 몇 개를 아래로 빼냈습니다. 제가 무엇을 보았는지 아십니까!—들어보면 깜짝 놀라실 겁니다!—다락방의 가장 외딴 구석에 당신의 수고양이가 앉아 있는 것이었습니다!—필기구와 종이가 놓여 있는 작은 탁자 앞에 똑바로 앉아, 그렇게 앉아서는 앞발로 이마와 목덜미를 문지르다가 얼굴을 훑기도 하고 펜을 잉크에 적셨다가, 쓰고, 다시 멈추고는, 다시 한번 쓰고, 쓴 것을 대충 훑어보고, 으르렁거리고(그 소리를 들을 수 있었습니다) 으르렁거리고, 그러고는 기분이 몹시 좋아서 그르렁거리는 것이었습니다. 그리고 그의 주위에는 표지로 보아 당신의 서재에서 꺼내왔을 여러 가지 책이 놓여 있었습니다.

그것은 악마일 것이네, 마이스터가 외쳤다. 자, 그렇다면 없어진 책들이 있는지 곧 살펴보겠네.

그 말과 함께 그는 일어나서 책장으로 다가섰다. 마이스터는 나를 보자마자 화들짝 놀라 세 걸음 뒤로 물러섰다. 그러고는 몹시 놀라 나를 쳐다보았다. 하지만 교수는 소리쳤다. 보세요, 마이스터! 당신은 그 작은 놈이 당신이 가둬놓은 방에 순진하게 앉아 있다고 생각하셨지요. 그런데 그놈은 책장으로 슬쩍 숨어들었어요. 공부를 하기 위해서, 아니면, 이게 더 맞겠지만, 우리가 하는 말을 몰래 엿듣기 위해서 말이지요. 이제 저놈은 우리가 한 말을 모두 들었어요. 그리고 그에 따라 조치를 취할 수 있습니다. "수고양이야." 마이스터가 줄곧 놀라움 가득한 시선을 내게 향한 채로 말을 시작했다. "수고양이야, 네가, 너의 정직하고 자연스러운 천성을 완전히 부정하며, 정말로 교수가 읽어준 것과 같은 복잡다단한 시구를 짓는 데 몰두했다는 것을 내가 알게 된다면, 네가 정말로 생쥐가 아니라 학문을 뒤쫓았다는 것을 믿을 수 있다면, 내 생각에, 나는 네 귀를 상처가 나게 꼬집어줄 수 있을 것 같구나. 아니면 심지어—"

끔찍한 두려움이 나를 엄습했다. 나는 두 눈을 꽉 감고, 깊이 잠든 척했다.

"하지만 아니, 아니야." 마이스터는 말을 이었다. "이것 좀 보시게, 교수, 내 정직한 수고양이가 얼마나 근심 없이 자고 있는지. 그리고 직접 말해보게. 저 온순한 얼굴에 자네가 저놈을 탓하는 은밀하고 놀라운, 짓궂은 장난으로 해석될 수 있는 무언가가 있는지 말일세. 무어!—무어!—"

그렇게 마이스터는 나를 불렀다. 그리고 나는 언제나처럼 크르—크르—하는 소리로 대답하고, 두 눈을 부릅뜨고 몸을 일으켜 높고 매우 우아한 고양이등을 만드는 것을 등한히 하지 않았다.

교수는 잔뜩 화가 나서 원고를 내 머리로 던졌다. 하지만 나는 그가 나와 장난을 하려는 것인 양 행동했고(나의 타고난 영리함이 그런 생각을 하게 했다) 펄쩍 뛰고 춤추듯 껑충거리며 종이들을 이리저리 잡아채 조각들이 사방으로 흩어져 날아다니게 했다.

이제, 마이스터가 말했다. 이제 자네가 완전히 틀렸다는 것이, 그리고 폰토가 자네에게 뭔가 거짓말을 했다는 것이 확실해졌네. 무어가 시들을 어떻게 다루는지 좀 보시게나. 어떤 시인이 자기 원고를 저런 식으로 취급하겠는가?

저는 당신에게 경고했습니다, 마이스터. 이제 당신 하고 싶은 대로 하세요. 교수가 이렇게 대꾸하고는 방을 떠났다.

이제 나는 폭풍이 지나갔다고 생각했다. 얼마나 잘못된 생각이었던가!—마이스터 아브라함은 나로서는 몹시 불만스럽게도 나의 학문적 교양에 반대 입장을 표명했다. 그런데도 그는 교수의 말을 전혀 믿지 않는 척했다. 하지만 나는 곧 그가 내가 발걸음을 떼어놓을 때마다 유심히 살핀다는 것, 책장을 세심하게 잠가 서재를 이용할 수 없게 한다는 것, 그리고 내가 여느 때처럼 그의 책상 위 종이들 가운데 앉는 것을 더는 허용하지 않는다는 것을 알게 되었다.

그렇게 해서 나의 싹트는 청춘 위로 고통과 번민이 찾아왔다! 무엇이 한 천재에게 자신이 인정받지 못하고 조롱받는 것을 보는 것보다 더 큰 고통을 야기할 수 있겠는가! 무엇이 한 위대한 정신을 모든 가능한 후원만을 기대한 그곳에서 장애에 부딪히는 것보다 더 격분시킬 수 있겠는가!—하지만, 압력이 강할수록 벗어나려는 힘은 더욱 막강해지고, 활시위가 팽팽하게 당겨질수록 화살은 더욱 날카로워지는 법!—독서가 차단되자 나 자신의 정신은 더욱 자유롭게 일했고, 스스로 창조했다.

불만을 품고서 나는 이 시기에 며칠 밤낮을 집 지하실에서 보냈다. 그곳에는 여러 개의 쥐덫이 놓여 있었고, 그 밖에도 나이와 지위가 서로 다른 많은 수고양이가 모여 있었다.

대담한 철학적 두뇌의 소유자는 삶 속 어디에서나 가장 은밀한 삶의 관계들을 놓치지 않는다. 그리고 그는 어떻게 바로 그 삶에서 삶이 생각과 행위로 형성되는지 인식한다. 그리하여 내게는 지하실에서도 쥐덫과 고양이의 관계가 그 상호작용의 측면에서 인식되었다. 정확하게 작동하는 그 죽은 기계들이 수고양이 청년들 사이에 크나큰 무기력을 야기한 것을 알아챘을 때, 고상하고 진실한 감성을 지닌 수고양이인 나의 마음은 몹시 흔들렸다. 나는 펜을 잡고 이미 앞에서 회상했던 불멸의 작품, 즉 『쥐덫 그리고 쥐덫이 고양이의 생각과 활동력에 미치는 영향에 대하여』를 썼다. 이 작은 책에서 나는 허약해진 수고양이 청년들의 눈앞에 그들이 자기 자신을 알아볼 수밖에 없는 거울을 들이댔다. 모든 고유한 힘을 포기한 무감각하고 나태한 모습, 비열한 생쥐들이 베이컨을 향해 달리는 것을 조용히 견디는 모습을 말이다!─나는 우레와 같은 말들로 그들을 잠에서 흔들어 깨웠다. 이 작은 저서가 이루었음이 틀림없는 유익함 외에도 책의 집필은 내게 다음과 같은 이점이 있었다. 나 자신은 책을 쓰는 동안 생쥐를 전혀 잡지 않아도 되었으며, 이후에도 내가 그토록 강력하게 말했기 때문에, 그 누구도 내게 책에 표현된 영웅주의의 본을 행동으로 보여달라고 요구할 생각을 하지 못했던 것이다.

이로써 나의 첫번째 삶의 시기를 마감하고 남성다운 나이에 근접하는 실제적인 수개월의 청년 시절로 넘어갈 수 있을 것이다. 하지만 나는 너그러운 독자들에게 나의 마이스터가 들으려 하지 않았던 훌륭한 글로세의 마지막 두 연을 알려드리지 않을 수 없다. 그 두 연은 이러하다.

아마도, 나는 알고 있네, 사람들은 저항할 수
없으리라 달콤한 애무에,
향기로운 장미 덤불에서
달콤한 사랑의 소리들이 실려올 때면.
그러면 도취한 눈은 보고자 하네,
사랑스러운 그녀가 뛰어오는 것을,

거기 꽃길에서 엿듣고 있다가,
갈망이 부르는 소리가 울리자마자
빨리 뛰어올랐지.
사랑은 우리에게 재빨리 다가오네.

이 그리움, 이 애타는 갈망은
종종 감각을 매혹할 수 있는 듯하네,
하지만 그것은 얼마나 오래 행복하게 할 수 있을까,
이 뛰어오르기, 달리기, 노력하기는!
우아한 우정의 충동이 깨어나,
저녁 별의 빛에 환히 빛났네.
그리고 점잖고 순수한 고귀한 자,
내가 뜻하는 그를 찾고자,
담장과 울타리 위로 기어오르노니,
우정은 찾아오기를 바란다네.

———————

　(파지) ─바로 그날 저녁 그는 상당히 오래전부터 그에게서 감지할 수 없었던 몹시 쾌활하고 느긋한 기분을 맛보고 있었다. 그리고 이 기분이 전대미문의 일을 불러왔다. 그는 보통 이런 경우에 그러곤 했듯이 버럭 화를 내고 뛰쳐나가버리는 대신, 뺨이 붉고 곱슬곱슬한 머리카락이 잘 손질된 젊고 유망한 소위가 집필하고 지극히 행복한 시인의 자부심을 한껏 담아 낭독한 경악스러운 비극의 길고 더욱이 지루한 첫

번째 막을 조용히, 심지어 선량한 미소를 띠며 들어주었던 것이다. 그렇다. 앞에 말한 소위가 낭독을 마치고는 그 문학작품에 대해 어떻게 생각하느냐고 격렬하게 물었을 때, 그는 젊은 전쟁 영웅이자 시의 영웅에게 얼굴 전체에 내적 즐거움이 드러나는 지극히 온화한 표정을 띠며 이렇게 확언하는 것으로 만족했다. 견본으로 제시된 막, 탐욕스러운 미학적 미식가들에게 제공된 시식용 작품이 정말로 훌륭한 생각들을 내포하고 있으며, 그 독창적인 천재성은 예를 들어 칼데론과 셰익스피어, 현대의 실러 같은 명망 있는 위대한 시인들도 그러한 생각에 몰두했었다는 사정이 이미 말해주고 있다고 말이다. 소위는 그를 거세게 얼싸안았다. 그리고 비밀스러운 표정으로, 그가 그날 저녁에 스페인어 책을 읽고 유화를 그리는 백작부인까지 끼어 있는 지체 높은 아가씨들의 엄선된 모임 전체를 모든 첫째 막들 가운데 가장 뛰어난 첫째 막으로 기쁘게 할 생각이라고 털어놓았다. 그렇게 하면 굉장히 좋을 거라는 확언에 그는 열광에 가득차서 떠나갔다.

　나는 이해할 수가, 그때 작은 추밀고문관이 말했다. 나는 오늘 자네를 전혀 이해할 수가 없네, 친애하는 요하네스, 형언할 수 없이 온후하니 말일세!―전적으로 몰취미하고 하찮은 것을 어쩌면 그리도 조용히, 그리도 유심히 들어줄 수 있었나!―소위가 우리를, 위험을 전혀 예감하지 못하고 방심하고 있던 우리를 기습하여 그의 끝없는 시구들의 수천 겹 올가미 속으로 옴짝달싹 못하게 엮어넣었을 때, 나는 불안해지고 걱정스러워졌네!―금방이라도 자네가, 여느 때면 더 사소한 계기에도 그러듯이, 말을 가로막으리라 생각했거든. 하지만 자네는 조용히 있었지. 그래, 자네의 눈빛은 흡족함을 표현했네. 그리고 마지막에, 내가 완전히 기진맥진하고 비참해진 후에, 자네는 그 불행한 사람을 그가 이해할 능력조차 없는 아이러니로 처리해버렸어. 그리고 그에게 적어도 장래의 경우들을 위한 경고로 그 물건이 지나치게 길다고, 대폭 잘라내야 한다고 말하지도 않았지.

아아, 크라이슬러가 대꾸했다. 그런 한심스러운 조언으로 내가 대체 무엇을 달성했겠는가! ― 우리의 사랑스러운 소위 같은 의미심장한 시인이 자신의 시구에 그 어떤 쓸모 있는 절단수술을 감행할 수 있겠는가? 그것들이 몰래 다시 자라지 않겠는가? ― 우리의 젊은 시인들의 시구가, 완전히 잘라내도 꼬리가 경쾌하게 다시 튀어나오는 도마뱀의 재생 능력을 갖고 있다는 걸 자네는 대체 알지 못하는가! ― 하지만 소위가 닥치는 대로 읽어대는 것을 내가 조용히 들어주었다고 생각한다면 크게 잘못 생각한 것이네! ― 폭풍은 지나갔고 작은 정원의 모든 풀들과 꽃들이 숙인 머리를 쳐들고는 가볍게 긴 구름에서 한 방울 한 방울 떨어진 하늘의 음료를 홀짝홀짝 탐욕스레 마셨지. 나는 꽃이 피어나는 커다란 사과나무 아래로 가서 먼 산에서 점점 사라져가는 천둥의 음성에 귀를 기울였네. 그 소리는 표현할 수 없는 일들에 대한 예언처럼 내 영혼 속에 다시 울렸다. 그러고는 달아나는 구름 사이로 반짝이는 눈처럼 언뜻언뜻 비치는 하늘의 푸른빛을 쳐다보았네! ― 하지만 그때 외삼촌이 소리쳤지. 얌전히 방으로 들어오라고, 새 꽃무늬 잠옷을 온당치 않은 심한 습기로 망치지 말라고, 축축한 풀밭에서 코감기에 걸리지 말라고 말이네. 그러고 나서 다시 말한 것은 외삼촌이 아니었어. 덤불 뒤나 덤불 속, 혹은 그 밖에 어딘지 모를 곳에 있는 앵무새나 찌르레기라는 교활한 놈이 셰익스피어에 나오는 온갖 근사한 생각들을 그놈 방식대로 소리쳐 알림으로써 나를 놀리기 위해 쓸데없는 익살을 부린 것이었지. 그런데 그것은 또한 소위와 그가 쓴 비극이었다네!─추밀고문관, 나를 자네와 소위에게서 빼앗아간 것이 나의 소년 시절에 대한 기억이었다는 것을 알아채려고 노력해보게나. 나는 정말로, 많아야 열두 살인 소년으로, 외삼촌의 작은 정원에 서 있었네. 그리고 언젠가 사라사 날염공의 혼이 고안해낸 가장 아름다운 사라사를 잠옷으로 입고 있었지. 그리고 자네는 오늘 헛되이, 오, 추밀고문관, 자네의 왕실 향분香粉을 낭비했다네. 나는 꽃 피는 사과나무의 향기 말고는 아무것도 감지하지 못했기 때문일세. 시 짓는 자의 머릿기름 냄새조차 맡지 못했지. 그자는 언제고 왕관을 써서 바람과 뇌우에 맞서 머리를 보호해줄 수도 없으면서 머리에 성유를 바르더군. 왕관은커녕 규정을 통해 군모로 만든 펠트와 가죽 이외에는 아무것도 씌워서는 안 되는 자이지!─충분하네, 이 사람아! 우리 세 사람 가운데 자네가 시적 영웅의 지옥 같은 비극의 칼에 바쳐진 유일한 희생양이었네. 그도 그럴 것이, 내가, 모든 극단성에서 세심하게 벗어나면서, 조그만 잠옷 속으로 파고들어 열두 살의, 12로트*의 가벼움으로 앞서 수차례 말한 정원으로 뛰어들어갔을 때, 마이스터 아브라함은 자네도 보다시피 가위로 온갖 재미있는 환상을 만들기 위해 가장 아름다운 악보 용지 서너 장을 써버렸네. 그러니까 저분도 역시 소위에게서 달아났던 것이지!

크라이슬러의 말이 맞았다. 마이스터 아브라함은 마분지를 잘라, 뒤얽힌 절단면에서는 아무런 모양도 알아볼 수 없지만 종이 뒤에서 빛을

---

* 1로트는 반 온스, 약 14그램에 해당한다.

비추면 벽에 던져진 그림자에 갖가지 무리의 지극히 기이한 형상들이 나타나도록 만들 줄 알았다. 마이스터 아브라함은 그렇지 않아도 원래 모든 낭독에 대해 자연스러운 혐오감을 갖고 있었는데, 특히 소위의 시나부렁이 낭독은 마음속 깊이 역겨웠다. 그래서 그는 소위가 낭독을 시작하자마자, 마침 추밀고문관의 탁자 위에 놓여 있던 뻣뻣한 악보 용지를 탐욕스레 집어들고 호주머니에서 작은 가위를 꺼냈다. 그리고 그를 소위의 암살 행위에서 완전히 벗어나게 한 일을 시작했다.

들어보게, 추밀고문관이 말을 시작했다. 들어보게, 크라이슬러―그러니까 그게 자네의 영혼을 찾아온 소년 시절에 대한 기억이었단 말이지. 그러면 나는 자네가 오늘 그토록 온화하고 기분좋은 것이 그 기억 덕분이라고 해두겠네. 들어보게, 진심으로 친애하는 친구여! 자네를 존경하고 사랑하는 모든 사람이 그렇듯이 나 역시 자네의 예전 삶에 관해 전혀 모른다는 것, 자네가 그에 대한 지극히 사소한 질문이라도 몹시 퉁명스레 피하는 것, 더 나아가 자네가 의도적으로 과거 위에 베일을 던지는 것이 나를 화나게 하네. 그런데 그 베일은 이따금 너무 투명해서, 온갖 기이한 일그러짐 속에 엿보이는 모습들로 호기심을 자극하지. 자네가 이미 신뢰하는 사람들에게 솔직하게나.

크라이슬러는 깊은 잠에서 깨어나며 눈앞에 낯선 미지의 형상을 보는 사람처럼 놀라움에 가득차서 눈을 크게 뜨고 추밀고문관을 응시했다. 그러고는 매우 진지하게 말을 시작했다.

"요하네스 크리소스토무스의 날,* 즉 천칠백하고도 몇 년의 1월 24일 정오경에 한 사람이 태어났는데, 그는 얼굴과 손과 발을 가지고 있었네. 아버지는 막 완두수프를 먹고 있었는데, 기뻐서 한 숟갈을 몽땅 수염 위에 쏟았지. 그러자 산모가 그것을 보지 못했는데도 얼마나 웃었던지, 그 진동으로 갓난아이에게 그의 최신 무르키**를 연주해주던 류트 연주자의 현이 죄다 끊어져버릴 정도였네. 그 연주자는 그의 할머니의 공단 수면두건을 두고 맹세했지. 음악에 관한 한 작은 한스 하제***는 영원히, 언제까지고 가련하고 서투른 사람으로 남아 있을 것이라고 말일세. 하지만 아버지는 턱을 깨끗하게 닦고는 격정적으로 말했지. 그애가 요하네스라고 불릴 것이긴 하지만 하제여서는 안 되지. 류트 연주자는—"

부탁하네, 키 작은 추밀고문관이 악장의 말을 중단시켰네. 부탁하네, 크라이슬러! 그런 빌어먹을 유머에 빠져들지 말게나. 그런 유머는, 이렇게 말해도 될 테지, 내 숨구멍을 틀어막네. 내가 자네더러 실제적인 자서전을 달라고 요구하는가? 내가 자네의 예전의 삶, 내가 자네를 알기 전의 삶을 슬쩍 들여다볼 수 있도록 허락해주는 것 이상을 원하는가?—정말로 자네는 오로지 마음속 깊은 곳에서 우러난 진실한 애정에서 비롯된 호기심을 나쁘게 생각하지는 않겠네. 그 밖에도 자네는, 자네가 일단 충분히 이상하게 행동하는 까닭에, 모든 사람들이 이렇게 생각하는 것을 감수해야 하네. 다채로운 삶만이, 상상을 훨씬 뛰어넘는 일련의 사건만이 심리적 형태를 자네에게 일어난 것처럼 반죽

---

* 성인 요하네스 크리소스토무스의 날은 1월 24일이 아닌 1월 27일로, 모차르트 역시 이날에 태어나 요하네스 크리소스토무스 볼프강구스 테오필루스 모차르트라는 이름을 갖게 되었다. 크라이슬러의 생일로 언급된 1월 24일은 호프만의 생일이다.
** 18세기에 유행하던 악곡 형식으로 베이스에서 옥타브가 변화되는 특징이 있다.
*** 독일어 하제(Hase)는 '토끼'라는 뜻과 '풋내기'라는 뜻을 모두 가지고 있다. 한스(Hans)와 두운을 맞춘 애칭이다.

하고 형성할 수 있다고 말일세. "오, 크게 잘못 생각한 것이지." 크라이슬러가 깊은 한숨을 쉬며 말했다. "오, 크게 잘못 생각한 것일세. 내 청소년 시절은 크고 작은 꽃도 없는 메마른 황무지와 같지. 정신과 심성이 위로할 길 없는 단조로움 속에 무기력해지는 황무지 말일세!"

아니, 아닐세, 추밀고문관이 소리쳤다. 그렇지가 않아. 그도 그럴 것이 나는 적어도 그 황무지에는 나의 최고급 왕실 향분보다 향기가 짙은 꽃 피는 사과나무가 있는 예쁜 작은 정원이 있다는 것을 알기 때문일세. 자! 나는, 요하네스, 자네가 막 말한 것처럼, 오늘 자네의 영혼을 온통 사로잡은 예전 청소년 시절의 기억을 앞에 내놓을 거라 생각하네.

나도, 마이스터 아브라함이 방금 완성된 카푸친 교단 수도사의 중앙부를 둥글게 삭발한 머리를 오리며 말했다. 나도, 크라이슬러, 자네가 오늘 마침 기분이 괜찮으니 자네의 가슴이나 마음, 혹은 자네가 내면의 보물상자를 또 어떻게 명명하건 간에, 그것을 열고 거기에서 이것저것을 끄집어내는 것이 가장 좋은 일이라 생각하네. 즉, 자네가 걱정하는 외삼촌의 뜻을 거슬러 빗속으로 뛰어나갔고, 미신적인 방식으로, 죽어가는 천둥의 예언에 귀를 기울였다고 일단 털어놓았으니, 당시 모든 일이 어떻게 일어났는지 아직 더 많이 얘기할 수 있을 것이네. 하지만 요하네스, 거짓말은 하지 말게나. 적어도 자네가 처음으로 바지를 입고 머리를 땋아 내리던 시절에 대해서는 내가 잘 알고 있다는 것을 자네도 알지 않나.

크라이슬러는 뭔가 대꾸를 하려 했다. 하지만 마이스터 아브라함은 얼른 키 작은 추밀고문관에게 몸을 돌리고는 말했다. 훌륭한 이여, 당신은 우리의 요하네스가, 아주 드물게 있는 일이긴 하지만, 자신의 유넌기에 관해 얘기할 때면 거짓말의 사악한 정령에게 자신을 완전히 내맡긴다는 것을 믿지 못하실 겁니다. 바로, 아이들이 아직 빠 빠 그리고 마 마!를 말할 때, 그리고 등불에 손가락을 댈 때, 바로 그 시기에 그는 벌써 모든 것을 관찰하고 인간의 마음속을 깊이 들여다보았다는군요.

당신은 저를 부당하게 평가하시는 겁니다, 크라이슬러가 온화하게 미소 지으며 부드러운 음성으로 말했다. 당신은 저를 몹시 부당하게 평가하시는 겁니다, 마이스터! 제가 우쭐한 멍청이들이나 하듯이 조숙한 정신의 능력에 대해 당신에게 뭔가 거짓말로 꾸며대고자 하는 것이 대체 가능이나 하겠습니까?─그리고 나는 자네에게 묻겠네, 추밀고문관, 몇몇 대단히 영리한 사람들이 단순한 무의식 상태라 일컫고, 단순한 본능, 동물이 더 뛰어나다고 인정할 수밖에 없는 본능 말고는 아무것도 확정하지 않으려는 시기에서 유래하는 순간들이 자네의 영혼 앞으로 밝게 다가서는 일이 자네에게도 종종 일어나지 않는지 말일세!─내 생각에, 거기에는 그 나름의 사정이 있지!─명확한 의식으로 처음 깨어나는 일은 우리에게 영원히 불가해하게 남아 있네!─이것이 갑자기 일어나는 게 가능하다면, 이에 대한 경악이 우리를 죽이고 말 거라 생각하네. 자신을 느끼며 제정신으로 돌아와야 할 때 깊은 꿈, 의식 없는 잠에서 깨어나는 첫 순간의 불안을 느끼지 않은 자가 어디 있겠는가! 하지만, 본질에서 너무 멀리 벗어나지 않겠네만, 내 생각에 예의 성장기의 모든 강한 심리적 인상은 하나의 씨앗을 남기는 것 같네. 이 씨앗은 정신적 능력이 싹트면서 계속 자라난다네. 그리하여 아침 여명의 시간의 모든 고통, 모든 즐거움은 우리 안에 계속 살아남아 있지. 그것은 정말로 사랑하는 사람들의 달콤한 슬픔에 가득찬 음성이네. 그 음성들이 우리를 잠에서 깨웠을 때, 우리는 그것을 꿈속에서만 듣는다고 믿었는데, 아직 우리 안에서 계속 울리는 것이지!—하지만 나는 마이스터가 암시하는 것이 무엇인지 알고 있네. 다름아니라 바로, 그가 인정하지 않으려 하는, 돌아가신 이모에 관한 이야기지. 나는 그의 화를 잔뜩 돋우기 위해 바로 자네에게만, 추밀고문관, 그 이야기를 하려고 하네. 자네가 나의 다소 감상적이고 유치한 언행을 너그럽게 헤아려주겠다고 약속한다면 말일세. 내가 자네에게 완두수프와 류트 연주자에 관해—오, 추밀고문관이 악장의 말을 끊었다. 오, 조용히, 조용히 하게, 이제 잘 알겠네, 자네는 나를 놀리려는 게지, 그런데 이것은 모든 예의범절과 질서에 어긋나는 것일세.

전혀 그렇지 않네, 크라이슬러가 계속해서 말했다. 여보게, 전혀 그렇지 않아! 하지만 나는 류트 연주자에서 시작해야 하네. 그가 아이를 흔들어 달콤한 꿈속에 빠지게 한 천상의 음조를 내는 류트로 가는 가장 자연스러운 건널목이기 때문이지. 내 어머니의 여동생은 지금은 음악적 헛간으로 쫓겨난 그 악기의 대가였네. 글을 쓰고 계산할 줄 아는, 그리고 아마 그 이상의 것을 할 줄 아는 분별 있는 남자들은 작고한 조피 아가씨의 류트 연주를 생각하기만 해도 내 앞에서 눈물을 흘렸다네. 그러니 자신을 제어할 수도 없고 아직 말과 언어로 싹튼 의식도 없는 목마른 아기였던 내가, 류트를 연주하던 여인이 그녀의 가장 깊은 내면에서 흘러나오게 한 놀라운 음의 마술의 모든 슬픔을 탐욕스레 들이켰다고 해서 결코 나쁘게 해석하면 안 되네. 하지만 요람 곁의 류트 연주자는 고인의 스승이었어. 다리가 심하게 굽은데다 몸집이 작은 인물이었고, 므시외 투르텔이라 불렸으며, 붉은 외투를 걸치고 넓은 모대가 달린 아주 깨끗한 흰 가발을 쓰고 있었지. 내가 이 말을 하는 것은 단지 그 시절의 형상이 내게 얼마나 명료하게 떠오르는지 증명하기 위해서일세. 그리고 세 살이 채 되지 않았던 내가, 온화하게 쳐다보는 두 눈이 진짜 내 영혼 속을 환히 밝혀주었던 소녀의 품에 있는 것을 본다고, 내가 아직 내게 말을 건네고 노래를 불러주던 달콤한 음성을 듣는다고, 내가 그 우아한 인물에게 나의 모든 사랑과 애정을 기울였다는 것을 아직도 아주 잘 알고 있다고 주장하면, 마이스터 아브라함은 물론 다른 그 누구도 의심해서는 안 된다는 것을 증명하기 위해서일세. 그 사람이 바로 이상하게 줄여서 '퓌스헨'*이라 불렸던 조피 이모라네. 어느 날 나는 퓌스헨 이모가 보이지 않아서 몹시 칭얼댔어. 보모가 나를 퓌스헨 이모가 침대에 누워 있는 방으로 데려갔지. 하지만 그녀 옆에 앉아 있던 한 노인이 벌떡 일어나 호되게 질책하며 나를 팔에 안고 있던 보모를 데리고 나갔네. 그후 곧 사람들은 내게 옷을 입히고 두꺼운 천들에 감싸서 나를 생판 다른 집으로, 다른 사람들에게 데려가더군. 그들은 전부 나의 외삼촌들과 이모들이라고 했고, 퓌스헨 이모가 몹시 아프다고, 내가 그녀 곁에 머물러 있었다면 마찬가지로 아프게 되었을 것이라고 단언했네. 몇 주 후에 사람들은 나를 이전 거처로 도로 데려갔어. 나는 울며 소리쳤고, 퓌스헨 이모에게 가려고 했네. 그 방에 들어가자마자 나는 총총걸음으로 퓌스헨 이모가 누워 있던 침대로 다가갔지. 그러고는 커튼을 옆으로 젖혀 열었다네. 침대는 비어 있었고, 나의 또다른 이모라는 한 사람이 눈물을 쏟으며 말했지. 넌 이모

---

* 독일어로 '작은 발'을 뜻한다. 호프만에게는 실제로 조피 되르퍼라는 이모가 있었다.

를 더이상 볼 수 없단다, 요하네스야. 이모는 돌아가셨고, 땅 밑에 누워 계신단다.

나는 잘 알고 있네, 내가 그 말의 뜻을 이해할 수 없었다는 것을. 하지만 지금도 그 순간을 생각하면 당시 나를 사로잡았던 형용하기 어려운 감정 속에 전율하게 되는군. 죽음이 나를 그의 얼음갑옷 속으로 쑤셔넣었네. 그의 한기가 나의 가장 깊은 내면으로 스며들었고, 이른 소년 시절의 모든 즐거움이 그 앞에서 뻣뻣하게 굳어버렸지. 내가 무엇을 시작했는지 나는 더이상 알지 못하네. 어쩌면 그것을 결코 알지 못할 걸세. 하지만 사람들은 내게 매우 자주 얘기해주었어. 내가 천천히 커튼이 닫히게 놔두고는 아주 진지하고 조용하게 한동안 서 있었다고, 하지만 그러고 나서 깊은 생각에 잠긴 듯, 사람들이 방금 내게 한 말에 대해 곰곰이 생각하며, 막 손에 닿은 작은 등나무 의자에 앉았다고 말일세. 사람들은 이렇게 덧붙였지. 평소에는 가장 활기차게 분출하는 성향이 있던 아이의 그 말없는 슬픔에 뭔가 형용할 수 없게 감동적인 것이 있었다고, 그리고 자칫 심리적으로 부정적인 영향을 미칠까봐 우려했다고 말일세. 내가 몇 주 동안이나 똑같은 상태에 머물러 있었기 때문이지. 울지도 않고, 웃지도 않고, 어떤 장난도 치려 들지 않고, 어떤 친절한 말에도 대꾸하지 않으면서, 내 주위의 그 무엇에도 눈길을 주지 않은 채로 말일세.

그 순간에 마이스터 아브라함은 사방팔방으로 기묘하게 잘라낸 종이를 손에 들고 타오르는 촛불 앞으로 가져갔다. 그러자 벽에 기이한 악기들을 연주하는 수녀 합창단 전체가 반사되었다.

허허! 크라이슬러가 아주 얌전히 정돈된 수녀 무리를 보며 외쳤다.

허허, 마이스터, 당신이 제게 무엇을 상기시키시려는지 잘 알겠습니다. 그래도 저는 지금도 여전히 대담하게 주장하는 바입니다. 당신이 저를 몹시 꾸짖으신 것, 노래하고 연주하는 수도승 집회 전체의 음과 박자를 어리석음의 불협화음을 통해 교란시킬 수 있는 고집 세고 어리석은 젊은이라고 부르신 것은 부당한 처사였다고 말입니다. 당신이 처음으로 진정한 가톨릭 교회음악을 듣기 위해 제 고향 도시에서 이삼십 마일 떨어져 있는 클라리센 수도원으로 저를 데려가셨을 때, 들어보세요, 제가 그때, 막 악동 시대의 한가운데에 있었기 때문에 가장 탁월한 버릇없음에 대한 가장 정당한 요구를 가지고 있지 않았던가요? 그럼에도 불구하고 세 살 먹은 소년의 오래전에 상처 입은 고통이 새로운 힘으로 깨어나, 심장을 베어내는 슬픔의 모든 치명적인 황홀함으로 제 가슴을 가득 채운 망상을 낳았다는 것은 그만큼 더 아름답지 않았나요? ─제가, 트럼펫 마린*이라 불린 기묘한 악기를 연주하는 사람이, 진작 죽었는데도 다름 아닌 퓌스헨 이모라고 주장할 수밖에 없었고, 아무리 설득해도 계속 그렇게 주장할 수밖에 없지 않았을까요? ─왜 당신은 제가 장밋빛 리본이 달린 초록색 드레스를 입은 그녀를 다시 찾은 합창단으로 밀고 들어가는 것을 막으셨습니까!

이제 크라이슬러는 벽을 응시했다. 그리고 동요하는, 떨리는 음성으로 말했다. "정말로! ─퓌스헨 이모가 수녀들 가운데 우뚝 솟아나 있군! ─그녀는 까다로운 악기를 더 잘 다룰 수 있도록 발판을 딛고 있어." 하지만 추밀고문관이 그의 앞으로 다가서서 실루엣의 모습을 가

---

* 트롬바 마리나라고도 한다. 14~19세기에 유행한 어른 키만한 쐐기꼴의 현악기로, 대부분 굵은 현이 하나 달려 있다.

려버렸다. 그는 크라이슬러의 양어깨를 잡고 말했다. 정말로, 요하네스! 자네의 기이한 몽상들에 자신을 내맡기지 않는 것이, 그리고 전혀 존재하지 않는 악기들에 관해 말하지 않는 것이 더 현명할 걸세. 내 평생 트럼펫 마린에 대해 들어본 적이 없으니 말이네!

오, 마이스터 아브라함이 종이를 탁자 아래로 던져 트럼펫 마린을 든 환상적인 퓌스헨 이모와 함께 수녀들의 집회 전체를 재빨리 사라지게 하면서 소리쳤다. 오, 나의 가장 존경하는 추밀고문관, 악장은 늘 그렇듯이 지금도 분별 있고 차분한 남자입니다. 많은 사람들이 그렇게 간주하곤 하는 몽상가나 익살꾼이 아니지요. 류트를 연주하던 그 여인이 죽은 후에 그 놀라운 악기로 성공적으로 갈아탔을 수도 있지 않을까요? 어쩌면 당신이 아직도 이따금 수녀원에서 듣고 깜짝 놀랄 수도 있는 그 악기로 말입니다 — 뭐라고요! — 트럼펫 마린이 존재하지 않는다고요? — 당신도 가지고 있는 코흐의 음악사전*에서 이 항목을 좀 찾아보세요.

추밀고문관은 당장 음악사전을 찾아보았다. 그러고는 큰 소리로 읽었다.

"이 오래된 아주 단순한 현악기는 7피트 길이의 얇은 널빤지 세 개로 되어 있다. 바닥에 닿는 아래의 폭은 6 내지 7촐**이지만 위의 너비는 2촐이 채 못 되고, 트라이앵글 형태로 함께 아교로 접합되어, 위에

---

* 궁정음악가 하인리히 크리스토프 코흐의 『이론적, 실제적 음악을 백과사전식으로 편집한, 모든 신구 예술 어휘들을 설명하고 신구 악기들을 묘사하여 수록한 음악사전』을 가리킨다.
** 2.3~3센티미터에 해당하는 옛날의 길이 단위.

일종의 조이개의 줄 감는 곳이 있는 몸체는 아래에서 위로 갈수록 좁아진다. 이 세 개의 널빤지 가운데 하나가, 몇 개의 울림구멍이 있고 그 위로 단 하나의 상당히 굵은 거트현*이 놓이는 공명판을 이루고 있다. 연주할 때 사람들은 악기를 비스듬히 자기 앞에 세우고 악기의 상부를 가슴에 받친다. 연주자는 오른손으로 활을 가지고 현을 가볍게 스치는 동안 왼손 엄지로 현을, 움켜쥐는 음들이 있는 곳을 아주 부드럽게, 대략 바이올린으로 플루트 음색을 낼 때와 같이 건드린다. 울림을 완화한 트럼펫의 음과 비슷한 이 악기의 독특한 음은 아래쪽 공명판 위에 놓여 있는, 현을 지탱하는 특별한 받침대를 통해 만들어진다. 이 받침대는 흡사, 앞은 낮고 얇은 데 반해 뒤는 더 높고 두꺼운 작은 신발 같은 형태를 띤다. 받침대 뒷부분에는 현이 얹혀 있는데, 현이 가볍게 스치면 그 진동을 통해 받침대의 가벼운 앞부분이 공명판 위에서 위아래로 움직인다. 이를 통해 그르렁거리는, 그리고 울림을 완화한 트럼펫 비슷한 소리가 난다!"

그런 악기를 제게 하나 만들어주십시오, 추밀고문관이 두 눈을 빛내며 소리쳤다. 그런 악기를 제게 하나 만들어주세요, 마이스터 아브라함, 저는 저의 못 바이올린**을 구석에 던져버리겠습니다. 유포니움***도 더이상 손대지 않겠어요. 그 대신 트럼펫 마린으로 놀랍기 짝이 없는 가곡들을 연주하며 궁정과 도시를 깜짝 놀라게 하겠어요!

그렇게 하지요, 마이스터 아브라함이 대꾸했다. 그리고 친애하는 추

---

* 양의 창자로 만든 현악기의 줄.
** 1740년경에 고안된 악기로, 공명판 위에 바이올린 활로 스치는 대갈못들이 달려 있다.
*** 손가락으로 문질러 소리를 내는 유리관 악기.

밀고문관, 초록색 태피터 드레스를 입은 퓌스헨 이모의 혼이 당신에게 강림하기를, 그리고 당신을 바로 혼으로 열광시키기를!

추밀고문관은 감격해서 마이스터를 얼싸안았다. 하지만 크라이슬러는 화를 내다시피 말하며 두 사람 사이로 끼어들었다. 아아! 당신들은 내가 언젠가 그랬던 것보다 더 지독한 익살꾼들이 아닌가. 그러면서 당신들이 짐짓 사랑한다고 하는 그 사람에 대해 냉혹하지 않은가!―그 소리가 내 가슴속 가장 깊은 곳을 전율시킨, 내 뜨거운 이마 위에 얼음물을 끼얹은 악기의 묘사로 만족하세요. 그리고 류트를 연주하던 여인에 대해서는 말하지 마세요!―자! 추밀고문관 자네는 내가 유년기에 대해 말하기를 원했고, 마이스터는 그 시절의 순간들에 걸맞은 실루엣을 잘라 만드셨네. 그리하여 자네는 동판화로 장식된 아름다운 내 전기적 스케치들의 판본으로 만족할 수 있었겠지. 하지만 자네가 코흐의 음악사전에 들어 있는 항목을 읽었을 때, 내겐 그의 사전 편찬 동료인 게르버의 작곡가 사전*이 떠올랐네. 그리고 나는 긴 탁자 위에 쭉 뻗은 채 전기적 사체 해부를 위해 준비된 시체인 나를 보았지. 해부 담당 의사는 말할 수 있을 걸세. 이 젊은 남자의 내부에 수많은 크고 작은 혈관을 통해 순전히 음악적 피가 흐르고 있는 것은 전혀 놀랄 만한 일이 아닙니다. 그의 혈족 가운데 많은 이들에게도 음악적 피가 흐르고 있었기 때문입니다. 바로 그렇기 때문에 그는 그들의 혈족인 것이지요. 그러니까 내가 말하고자 하는 것은, 마이스터가 알고 있고 자네도 방금 알게 되었듯이 그 수가 적지 않았던 나의 이모들과 외삼촌들 대다

---

* 에른스트 루트비히 게르버가 쓴 『역사적-전기적 작곡가 사전』을 가리킨다.

수가 음악을 했고, 게다가 대부분 당시에도 이미 아주 드물었지만 지금은 그 일부가 사라져버린 악기들을 연주했다는 사실이야. 그래서 나는 대략 열 살, 열한 살까지 들었던, 아주 놀라운 소리로 울리는 협주곡들을 이제는 꿈속에서만 듣는다네. 그런 까닭에 나의 음악적 재능이 처음 싹틀 때 이미 나의 방식으로 기악을 편곡하는 데서 나타났는지도, 그리고 사람들이 너무 환상적이라고 비난하는 방향을 취했는지도 모르지. 추밀고문관, 자네가 대단히 오래된 악기 비올라 다모레로 썩 아름답게 연주하는 음악을 들을 때 눈물을 억제할 수 있다면, 자네의 튼튼한 체질에 대해 조물주께 감사드리게. 나로 말할 것 같으면, 리터 에서*가 비올라 다모레를 연주했을 때 몹시 흐느꼈다네. 하지만 예전에 성직자 복장이 엄청나게 잘 어울렸고 또 나의 외삼촌이기도 했던 키 크고 풍채 당당한 남자가 내게 그 악기를 연주해주었을 때는 더 많이 울었지. 다른 한 친척의 비올라 다 감바 연주도 매우 기분좋고 유혹적이었어. 나를 교육한, 혹은 더 정확히 말하자면 교육하지 않은, 그리고 스피넷**을 입이 떡 벌어질 만큼 완벽하게 다룰 줄 알았던 외삼촌이 그에게 절도가 없다고 정당하게 비난하기는 했지만 말일세. 그 가련한 사람은 또한, 그가 사라반드 음악***에 맞춰 지극히 쾌활하게 퐁파두르식 미뉴에트****를 추었다는 것이 알려졌을 때, 온 가족에게서 적지 않은 멸

---

* 카를 미하엘 리터 폰 에서. 18세기 당시 유명한 바이올린의 대가.
** 건반이 달린 발현악기의 일종으로 16, 17세기에 주로 쓰였다. 하프시코드의 작은 형태.
*** 2분의 3박자 또는 4분의 3박자의 느리고 장중한 곡조의 춤곡.
**** 4분의 3박자 춤곡인 미뉴에트의 변형 중 하나로, 명칭은 루이 15세의 정부인 퐁파두르 후작부인에서 유래했다.

시를 당하게 되었지. 나는 자네에게 내 가족들 대부분의 아마 유례가 없을 음악적 오락에 관해 많은 이야기를 해줄 수 있을 걸세. 하지만 자네가 웃고야 말 몇몇 그로테스크한 일화가 실수로 함께 나올 수도 있어. 그런데 나의 소중한 친척들을 자네의 웃음에 희생시키는 것, 이것은 *부모님에 대한 존경심*이 허락지 않는다네.

요하네스, 추밀고문관이 말을 시작했다. 요하네스! 자네 기분이 느긋하니 내가 자네 내면의 현 하나를 짚어 어쩌면 자네를 고통스럽게 하더라도 나를 나쁘게 생각하지 않겠지. 자네는 항상 외삼촌들과 이모들에 대해 말할 뿐, 자네의 아버지와 어머니는 기억 속에 떠올리지 않는군!

오, 친구여, 크라이슬러는 깊이 감동한 표정으로 대답했다. 오, 친구여, 바로 오늘 나는 떠올렸다네—하지만 아닐세, 기억이나 꿈에 관해 더는 얘기하지 않기로 하지. 이제는 모두 느끼기만 할 뿐 이해하지 못한, 나의 유년기의 아픔을 일깨운 순간에 대해 더이상 얘기하지 않기로 하겠네. 하지만 그러고는 갑작스러운 폭풍우가 지나간 숲의 예감을 품은 고요와 흡사한 평온이 나의 마음속에 찾아왔지!—그래요, 마이스터, 당신이 맞습니다. 저는 사과나무 아래 서 있었고, 스러져가는 천둥의 예언하는 음성에 귀를 기울였습니다!—이 시기에 있었던 어머니의 죽음이 내게 전혀 특별한 인상을 주지 않았다고 자네에게 말하면 자네는 퓌스헨 이모를 잃었을 때 내가 몇 년간 그 속에 빠져 살았던 먹먹한 무감각 상태를 더 분명히 이해할 수 있을 걸세. 하지만 무엇 때문에 아버지가 나를 어머니의 오빠에게 아예 맡겼는지, 혹은 맡겨야 했는지 자네에게 얘기할 필요는 없겠지. 비슷한 것을 몇몇 닳아빠진 가족소설이나 이플란트의 그 어떤 악처희극*에서 다시 읽어볼 수 있을 테니 말일세. 내가 소년 시절을, 그래, 청소년 시절의 상당 부분을 삭막한 단조로움 속에 보냈다면, 이는 바로 내게 부모가 없었다는 사정 탓으로 돌려야 하리라는 것을 자네에게 말하는 것으로 족하네. 아버지는 아무리 나쁜 아버지라도 그 어떤 좋은 교육자보다 훨씬 나은 법이지. 부모가 애정 없는 무분별함으로 자식을 자신들에게서 떼어내 이런저런 교육기관에 넘겨주면 나는 살갗에 소름이 오싹 끼치네. 그곳에서 가련한 아이들은 다른 누구도 아닌 바로 부모만이 진정으로 분명히 알아볼 수 있는 그들의 개성에 대한 배려 없이 특정한 규범에 따라 재단되고 손질되지. 바로 교육에 관해 말하자면, 지상의 어떤 사람도 내가 버릇이 없다는 것을 기이하게 여겨서는 안 되네. 그도 그럴 것이 내 외삼촌은 나를 조금이라도 양육하거나 교육한 것이 아니라, 교사들의 자의에 맡겼기 때문이네. 내가 학교에 다니지 않았던데다 행여 또래 소년이라도 알게 되어 미혼의 외삼촌이 침울한 늙은 하인만 데리고 살던 집의 호젓함을 방해하기라도 하면 안 되었기 때문에 교사들은 집으로 왔지. 하지만 나는 둔감할 정도로 냉담하고 차분한 외삼촌이 내 따귀를 때림으로써 짧은 교육적 행위를 실행한 세 가지 서로 다른 경우만을 기억하네. 그리하여 나는 소년 시절 동안 세 번의 따귀를 맞은 것이네. 나는 추밀고문관 자네에게, 때마침 퍽이나 수다를 떨 기분이니, 세 번의 따귀에 관한 이야기를 낭만적 클로버 잎으로 꺼내 놓을 수 있겠지. 하지만 가운데 것만 끄집어내겠네. 자네가 다른 그 무엇보다 나의

---

* 아우구스트 빌헬름 이플란트의 극작품들은 주로 가정생활의 혼란을 다루고 있다.

음악적 공부에 집착한다는 것, 그리고 내가 어떻게 처음으로 작곡하게 되었는지에 무관심할 수 없다는 것을 알기 때문일세. 외삼촌은 상당히 큰 규모의 서재를 갖고 계셨네. 그 안에서 나는 마음대로 샅샅이 뒤져보고 원하는 것을 읽을 수 있었지. 독일어로 번역된 루소의 『고백록』이 내 손에 들어왔네. 열두 살짜리 소년을 위해 쓰이지는 않은, 그리고 내 마음속에 몇몇 재앙의 씨앗을 뿌려놓았을 수도 있는 그 책을 나는 단숨에 읽어버렸다네. 하지만 매우 곤란한 부분이 있는 사건 전체에서 단 하나의 순간만이 나의 마음을 전적으로 가득 채워서, 그 때문에 그 밖의 모든 것은 잊어버릴 정도였지. 그러니까 소년 루소가 내면의 음악의 강력한 정신에 내몰려 어떠한 화성학이나 대위법에 대한 지식도, 어떠한 실제적 보조 수단도 없이, 오페라를 작곡하겠다고 결심하고는 방의 커튼을 내린 다음 상상력의 영감에 완전히 전념하기 위해 침대에 몸을 던지자 그에게 작품이 멋진 꿈처럼 떠올랐다는 이야기가 전기 충격같이 나를 강타했던 것이네!―소년 루소에게 지고의 축복이 찾아온 것처럼 보였던 그 순간에 대한 생각이 밤낮으로 나를 떠나지 않았네!―나도 이미 그 축복을 소유하게 된 것 같았고, 내 안의 음악의 정신이 똑같이 힘찬 날개를 달고 있기에 나 또한 그 낙원으로 날아오르는 것은 오직 나의 확고한 결심에 달린 듯한 느낌이 종종 들었네. 요컨대 나는 내가 모범으로 삼은 인물을 따라하고자 한 것이지. 즉, 어느 폭풍우가 몰아치는 가을 저녁 외삼촌이 그의 습관과 달리 집을 떠났을 때, 나는 곧장 커튼을 내리고 루소처럼 정신적으로 오페라를 맞아들이기 위해 외삼촌의 침대 위로 몸을 던진 거야. 하지만 준비가 그렇게 훌륭했는데도, 내가 시적 혼을 꾀어내기 위해 그토록 애를 썼는데도, 그것은 고집스레 변덕을 부리며 멀찌감치 떨어져 있었다네!—내게 떠올라야 할 모든 멋진 생각 대신에 그 울먹이는 가사 "나는 이스메네만을 사랑했네, 이스메네는 나만을 사랑했네"로 시작되는 빈약한 옛 노래가 온통 귓가에 윙윙거렸네. 그리고 내가 아무리 저항해도 잦아들지 않았지. "이제 숭고한 사제들의 합창이 시작된다. 높이 올림포스의 꼭대기에서" 하고 나는 내게 소리쳤네. 하지만 "나는 이스메네만을 사랑했네" 하는 가락은 계속해서, 끊임없이 윙윙거렸어. 내가 마침내 깊이 잠들어버릴 때까지 말일세. 견딜 수 없는 냄새가 내 코로 들어와 숨이 막혔고 떠들썩한 음성들이 나를 깨우더군! 방 전체가 연기로 가득찼고 자욱한 연기 속에 외삼촌이 서 있었네. 외삼촌은 옷장을 뒤덮고 있는 활활 타오르는 커튼의 남은 부분을 짓밟고 물을 가져와라—물을 가져와, 하고 소리쳤네. 늙은 하인이 물을 잔뜩 채워 와서 바닥 위로 쏟아부었고, 그렇게 해서 불을 끌 때까지 말일세. 연기는 천천히 창문을 통해 빠져나갔지. "그 사고뭉치가 어디 있다지?" 외삼촌이 방안에서 이리저리 불빛을 비추며 물었다네. 그 말이 어떤 녀석을 의미하는지 나는 잘 알고 있었지. 그리고 외삼촌이 다가와 화가 나서 "곧장 나오지 못해!" 하고 소리쳐 나를 일으켜 세울 때까지 죽은듯이 침대에 머물러 있었네. "이 악당이 내 집에 온통 불을 질렀어." 외삼촌은 계속 소리쳤네!—계속된 물음에 나는 아주 차분하게, 『고백록』의 내용에 따르면 소년 루소가 했던 것과 똑같은 방식으로 침대에서 오페라 세리아*를 작곡했노라고, 그리고 불이 어떻게 났는지 결코 알지 못한다고 확실하게

* 엄숙하고 비극적인 정가극.

말했지. "루소라고? 작곡했다고? 오페라 세리아를?—바보 같으니!"—외삼촌은 화가 나서 이렇게 더듬거리며 말하고는 거세게 나의 따귀를 때렸네. 내가 두번째로 얻어맞은 따귀였지. 그래서 나는 공포로 얼어붙은 채 말문이 막혀 서 있었네. 그런데 그 순간 타격의 여운인 듯 아주 분명하게 "나는 이스메네만을 사랑했네 운운" 하는 소리가 들렸지. 나는 그 순간부터 그 노래에 대해서도, 작곡을 향한 열광 자체에 대해서도 지독한 혐오감을 느끼게 되었다네.

하지만 대체 어떻게 불이 났다지, 하고 추밀고문관이 물었다.

여전히, 크라이슬러가 대답했다. 나는 이 순간에도 여전히 어떤 우연으로 커튼에 불이 붙게 되었는지, 그리고 외삼촌의 멋진 잠옷은 물론, 외삼촌이 전체 머리 모양에서 부분 가발로 시험 삼아 쓰곤 했던 서너 개의 멋지게 다듬어놓은 대용 모발도 함께 망가져버렸는지 이해할 수가 없네. 또한 나는 항상, 내 탓이 아닌 불 때문이 아니라 작곡을 시도했기 때문에 따귀를 얻어맞은 것같이 여겨졌네. 몹시 기이하게도 외삼촌이 내게 엄격하게 지속하도록 한 것은 오직 음악뿐이었다네. 가정교사는 내가 표현한 음악에 대한 일시적인 혐오감에 속아, 나를 음악에 전혀 재능이 없는 인물로 간주했음에도 불구하고 말일세. 그런데 내가 무엇을 배우고 싶어하고 혹은 배우고 싶어하지 않는지는 외삼촌에게 전혀 상관이 없었네. 그가 때때로 내게 음악을 하도록 가르치는 것이 참으로 어렵다고 격렬한 불만을 토로했다면, 사람들은 몇 년 후 내 안에서 음악적 혼이 그토록 강력하게 눈을 떠 다른 모든 것을 능가했을 때 그가 분명 대단히 기뻐했을 것이라고 생각할 걸세. 하지만 그게 또 전혀 그렇지가 않았네. 외삼촌은 내가 금세 몇 개의 악기를 제법 능숙한 기교로 연주하는 것을, 그래, 내가 대가들과 전문가들이 만족할 만한 몇몇 작은 작품을 만든 것을 알아차릴 때면 살짝 미소를 지었을 뿐이네. 그래, 그는 단지 살짝 미소를 지었을 뿐이고 사람들이 그에게 격찬을 해대면 교활한 표정으로, 그래요, 그 작은 조카놈은 꽤나 별스럽지요, 하고 말했지.

그렇다면, 추밀고문관이 말했다. 그렇다면 나는 전혀 이해할 수가 없네. 외삼촌이 자네의 성향에 자유를 허용하지 않고 자네를 다른 행로로 가게끔 강제한 것을 말일세. 내가 아는 한 자네의 악장직은 오래된 일이 아니지 않은가.

그리고 먼일도 아니지, 마이스터 아브라함이 웃으며 외쳤다. 그리고 기묘한 체형의 작은 남자를 벽에 투사하며 계속해서 말했다. 하지만 이제 나는 이름이 오트프리트 벤첼이었기 때문에 몇몇 못된 조카들이 오 베 삼촌*이라고 부른 착실한 삼촌을, 그래, 이제 나는 그를 편들어줘야겠네. 그리고 세상에 확신시켜야겠네, 악장 요하네스 크라이슬러가 외교참사관이 되어 그의 가장 깊은 내면의 본성에 완전히 반하는 일들 때문에 고생해야겠다는 생각을 하게 되었다면, 이에 대해 바로 그 오 베 삼촌만큼 죄가 없는 사람은 아무도 없다고 말일세. —오 그러지 마세요, 오 그런 말은 하지 마세요, 마이스터, 그리고 외삼촌을 저기 벽에서 치워주세요. 그가 정말로 굉장히 우스꽝스러운 외모를 가졌는지는 몰라도, 그래도 저는 바로 오늘 오랫동안 무덤 속에서 쉬고 있는 그

---

* 오트프리트 벤첼(Ottfried Wenzel)의 이니셜을 따서 만든 별명으로, '아, 이럴 수가 (O, weh)'라는 뜻을 연상시킨다. 호프만은 실제로 그의 외숙부 오토 빌헬름 되르퍼를 그렇게 불렀다.

노인을 비웃고 싶지 않기 때문입니다!

　자네는 오늘 상당히 섬세한 감정에 완전히 압도되어 있군, 마이스터가 대꾸했다. 하지만 크라이슬러는 그 말에 주의를 기울이지 않고 작은 추밀고문관 쪽으로 몸을 돌리며 말했다. 자네는 나로 하여금 수다를 떨게 한 것을 후회할 것이네. 어쩌면 비범한 것을 기대했을 자네에게 삶에서 수없이 반복되는 평범한 것만을 꺼내놓을 수 있으니 말일세. 그러니까 내가 가고자 하지 않았던 곳에 본의 아니게 가도록 나를 떠민 것은 교육의 강요도, 운명의 특별한 변덕도 아니었다는 것, 그게 아니라 일이 되어가는 가장 평범한 행로였다는 것 또한 확실하네. 어느 집안에나 특별한 천부적 재능을 통해서건 아니면 유리한 사건들이 운좋게 동시에 일어나서건, 일정한 고도로 비상하여 친애하는 친척들이 겸손하게 올려다보는 영웅으로 무리의 중심에 서 있는 사람, 그 명령하는 음성이 전혀 이의를 제기할 수 없는 결정적인 격언으로 들리는 사람이 있다는 것을 자네는 알아차리지 못했나?─음악적인 가족의 둥지에서 도망쳤던, 그리고 관저에서 추밀 외교참사관이자 제후의 측근으로 상당히 중요한 인물이었던 외삼촌의 남동생도 그런 경우였다네. 그의 입신출세에 가족들은 깜짝 놀라며 감탄했지. 그러한 경탄은 수그러들지 않았네. 사람들은 외교참사관을 장엄하고도 진지하게 불렀지. 그리고 추밀 외교참사관께서 쓰셨다, 추밀 외교참사관께서 이러저러한 말씀을 하셨다고 하면 모두가 말없는 경외심 속에 귀를 기울였다네. 이를 통해 아주 어린 시절부터 관저의 외삼촌을 모든 인간적 노력의 최고 지점에 도달한 남자로 간주하는 데 익숙해져서, 나는 그를 모범으로 삼고 따르는 것 말고는 달리 아무것도 할 수 없다는 것을 당연하게 생각해야만 했네. 고귀한 외삼촌의 초상이 호화로운 방에 걸려 있었는데, 나는 그림 속의 외삼촌과 같은 머리 모양을 하고 같은 옷을 차려입고 이리저리 걸어다니는 것보다 더 큰 소망은 전혀 품지 않았지. 나의 교육자는 그 소망을 들어주었네. 그리고 열 살짜리 소년으로서 나는 정말로 꽤나 우아하게 보였음이 틀림없네. 하늘 높이 단장된 가발과 작은 원형 모대를 쓰고, 가느다란 은색 자수가 놓인 검은머리방울새 빛깔의 푸른 제복을 입고, 비단 양말을 신고 작은 검을 차고 있는 모습이 말일세. 이 유치한 노력은 내가 더 나이들었을 때는 더 깊이 배어들어 자리를 잡았네. 내게 가장 건조한 학문에 대한 욕구를 불어넣기 위해서는 외삼촌처럼 언젠가 외교참사관이 되려면 이 공부가 필요하다고 말하는 것으로 족했기 때문일세. 나의 내면 가장 깊은 곳을 가득 채운 예술이 내 본성의 지향점, 내 삶의 하나뿐인 진정한 경향일지도 모른다는 생각은 좀처럼 들지 않았네. 사람들이 음악, 회화, 시에 관해 기분 전환과 오락에 도움이 될 수 있을 꽤 기분좋은 것들인 양 말하는 것을 듣는 데 익숙해져 있었기 때문일세. 단 하나의 장애물도 나타난 적 없이, 내가 획득한 지식을 통해, 그리고 관저 외삼촌의 후원을 통해, 어느 정도는 나 자신이 선택한 그런 행로에서 앞으로 나아가는 빠른 속도가 내게 사방을 둘러보고 내가 선택한 길의 방향이 그릇되었음을 알아차릴 한순간도 남겨놓지 않았네. 목표에 도달했지만, 내가 배반한 예술이 예기치 못한 한순간에 복수를 했을 때, 송두리째 잃어버린 삶에 대한 생각이 절망적인 고통이 되어 나를 사로잡았을 때, 내가 깨부수기 힘들 것 같은 사슬에 묶인 것을 보았을 때, 되돌아가는 것은 더이상 가능하지 않았지!

행복한, 추밀고문관이 외쳤다. 그러니까 자네를 사슬에서 해방시킨 파국은 행복한 것이요, 축복을 가져다주는 것이었군!

그런 말 하지 말게나, 크라이슬러가 대꾸했다. 해방은 너무 늦게 찾아왔어. 내 사정은, 마침내 해방되었을 때 세상의 혼잡이, 그렇지, 낮의 빛이 하도 낯설어, 황금빛 자유를 향유하지 못하고 감옥으로 다시 돌아가기를 갈망했던 죄수와도 같다네.

이것은, 마이스터 아브라함이 말했다. 이것은 자네의 혼란스러운 생각들 가운데 하나일세, 요하네스, 그러한 생각으로 자네는 자네 자신과 다른 이들을 괴롭히지! 그만두게, 그만둬! — 운명은 항상 자네에게 호의를 보였네. 하지만 좌우간 자네가 평범한 습관 속에 머물러 있을 수 없는 것, 자네가 오른쪽 왼쪽으로 길에서 뛰쳐나오는 것, 그것은 다른 누구도 아닌 바로 자네 자신 탓이야. 하지만 자네의 소년 시절에 관해 말하자면, 자네 운명의 별이 특별히 영향을 끼쳤다는 것은 자네 말이 아마 맞을 것이네. 그리고—

제2장
청년의 삶의 경험들.
나 또한 아르카디아에 있었노라*

(무어) "몹시 우스꽝스러우면서도 엄청나게 기묘한 일일 게야" 하고 어느 날 마이스터가 혼잣말을 했다. "저기 난로 밑의 작은 회색 친구가 정말로 교수가 그에게 덮어씌우려고 하는 특성을 지녔다면 말이지!— 흠! 그렇다면 그는 나의 보이지 않는 소녀가 그랬던 것 이상으로 나를 부유하게 만들 수 있겠군. 나는 그를 우리에 가둘 것이고 그는 세상 사람들 앞에서 그의 기예를 보여줘야 할 게야. 사람들은 그에 대해 충분한 보수를 지불할 테지. 학문적 교양을 쌓은 수고양이는 주입식으로

---

* "나 또한 아르카디아에 있었노라(Et in Arcadia ego)"는 독일 고전주의에서 고대를 향한 동경의 표현이었다. 일찍이 시인 베르길리우스는 아르카디아를 음악을 창조하는 목동들이 가득한 풍요의 땅이자 시와 노래가 끊임없이 흘러나오는 장소로 묘사한 바 있다.

억지로 연습시킨 조숙한 사내아이보다 항상 더 대단한 법이지. 게다가 나는 서기를 쓰지 않아도 되겠군!—이 일을 더 자세히 알아봐야겠다!"

마이스터가 하는 위험한 말을 들었을 때, 나는 잊을 수 없는 어머니 미나의 경고를 떠올렸다. 그리고 마이스터의 말을 알아들었다는 기미를 조금이라도 드러내지 않도록 잘 경계하며 아주 주의깊게 나의 교양을 숨기기로 단단히 결심했다. 그래서 밤에만 글을 읽고 썼다. 그러는 가운데 나는 또한 경멸당하는 우리 종족에게, 왜 그러는지는 아무도 모르지만 스스로를 만물의 영장이라 부르는 다리 둘 달린 피조물보다 나은 몇 가지 장점을 부여한 섭리의 자비로움을 깨닫고 감사하게 되었다. 즉, 나는 칠흑같이 어두운 밤에도 공부할 때 두 눈의 인광燐光이 밝게 빛났기에 양초 만드는 사람도 기름 제조업자도 필요 없었다고 장담할 수 있다. 그런 까닭에 나의 작품들은 옛 세계의 어떤 작가에게 쏟아졌던 비난, 즉 그의 정신적 산물들에서 램프 냄새가 난다는 비난에서 초연하다는 것도 확실하다.

하지만 자연이 내게 부여한 높은 우수함에 진심으로 확신을 가진 채, 나는 지상의 모든 것이 자신 안에 어느 정도의 결함을 지니고 있다는 것을 고백해야겠다. 그러한 결함은 다시 어느 정도의 종속적인 관계를 보여준다. 내게는 꽤 자연스럽다고 생각되는데도 의사들은 자연스럽지 않다고 말하는 육체적인 것들에 대해 말하고자 하는 것이 결코 아니다. 그보다는 오직 우리의 정신적 구조물을 고려하여 그 안에서도 예의 종속성이 상당히 뚜렷하게 나타난다는 사실을 언급하고자 한다. 그것이 무엇인지, 어디에서 유래하는지, 누가 그것을 우리에게 매달아놓았는지 모르는 낚싯봉들이 종종 우리의 비상을 저지하는 것은 영원히 사실이지 않은가?

하지만 내가 모든 해악은 나쁜 본보기에서 비롯된다고, 우리 본성의 약점은 오로지 우리가 나쁜 본보기를 따르도록 강요받는 데 있다고 주장한다면 그것이 더 낫고 더 맞을 것이다. 나는 또한 인간 종족이 본래 이 나쁜 본보기가 되도록 정해져 있다고 확신한다.

이 글을 읽는 그대, 친애하는 수고양이 청년이여, 그대는 사는 동안 그대 자신도 왜 그런지 알 수 없지만, 도처에서 쓰디쓴 비난을 받거나 동료들에게 몇 차례 심하게 물리는 상황에 빠진 적이 한 번도 없는가? 그대는 태만했고, 싸우기 좋아했고, 버릇이 없었고, 식탐이 많았고, 아무것도 마음에 들어하지 않았고, 언제나 있지 말아야 할 곳에 있었고, 모두에게 짐이 되었고, 한마디로 말해 참을 수 없는 녀석이었다!—오 수고양이여, 스스로의 마음을 위로하라! 그대 삶의 이 구제할 길 없는 시기는 그대의 본래적인, 깊은 내면으로부터 형성된 것이 아니다. 아니, 그것은 그대 또한 이 일시적인 상태를 도입한 인간들의 나쁜 본보기를 따름으로써 그대가 우리를 지배하는 원칙에 바친 통행세였다. 오 수고양이여, 스스로의 마음을 위로하라! 내게 일어난 일이라고 더 낫지는 않았기 때문이다!

한창 밤공부*를 하던 중에 어떤 불쾌감이—마치 소화하기 어려운 것들을 포식한 듯한 불쾌감이 나를 엄습했다. 그리하여 나는 당장 읽고 있던 책과 쓰고 있던 원고 위에 몸을 구부리고는 잠이 들어버렸다. 이

---

* Lukubrationen. 라틴어로 '밤일'을 뜻하는 lucubratio를 변형한 단어.

나태함은 점점 더 심해져서 나는 결국 더는 쓰고 싶지도, 더는 읽고 싶지도, 더는 뛰어오르고 싶지도, 더는 달리고 싶지도, 더는 친구들과 지하실이나 지붕 위에서 이야기를 나누고 싶지도 않게 되었다. 그 대신 나는 마이스터나 친구들에게 결코 기분좋지 않을 일, 그들을 틀림없이 곤란하게 할 모든 일을 하고자 하는 저항할 수 없는 욕구를 느꼈다. 마이스터로 말할 것 같으면, 그는 오랫동안 줄곧, 그가 허용하지 않은 곳들을 내가 잠자리로 선택할 때면 항상 나를 쫓아내는 것으로 만족했다. 마침내 나를 조금 때릴 수밖에 없게 되었을 때까지 말이다. 무슨 말인가 하면, 나는 마이스터의 책상으로 뛰어올라가 내 꼬리 끝이 커다란 잉크병에 빠질 때까지 이리저리 꼬리를 흔들었고, 그것으로 바닥과 긴 안락의자에 더할 나위 없이 아름다운 회화작품들을 완성하곤 했던 것이다. 이러한 행동은 이 예술 분야에 대한 감각이 없어 보이는 마이스터를 화나게 했다. 나는 마당으로 도망쳤다. 하지만 마당에서는 더 지독한 일이 일어났다. 경외심을 불러일으키는 외모의 한 커다란 수고양이가 진작부터 나의 처신에 대해 불만을 표하곤 했다. 이제, 내가 물론 바보같이 그가 막 먹으려던 좋은 음식 한입을 주둥이 앞에서 낚아채려고 했을 때, 그가 주저 없이 내 양쪽 뺨에 어찌나 여러 번 따귀를 날렸던지, 나는 완전히 멍해졌고 두 귀에서는 피가 났다. 내가 잘못 생각한 게 아니라면 그 기품 있는 신사는 나의 외삼촌이었다. 그도 그럴 것이 미나의 특징이 그의 용모에서 빛을 발했고, 수염에서 나타나는 가족 간의 유사성은 부인할 수 없었기 때문이다. 요컨대, 고백하거니와, 내가 이 시기에 나쁜 짓을 하도 뻔질나게 일삼아서 마이스터가 이렇게 말할 정도였다. 네게 무슨 일이 생긴 건지 도통 모르겠다,

무어야! 아무래도 네가 지금 악동 시대에 접어들었다고 생각해야겠구나! 마이스터 말이 맞았다. 이미 말했듯이 그것은 인간들의 가장 깊은 본성을 통해 고정된 것이며 이 구제할 길 없는 상태를 도입한 인간들의 나쁜 본보기를 따라 내가 극복해야 했던 나의 불행한 악동 시절이었다. 그들은 이 시기를 악동 시대라 일컫는다. 몇몇은 일생 동안 벗어나지 못하는데도 말이다. 우리네 고양이는 악동 주간이라고만 말할 수 있겠다. 나로 말할 것 같으면 다리 하나 혹은 갈비 몇 대로 대가를 치렀을 수도 있는 강력한 충격을 통해 갑자기 그 시절에서 벗어났다. 실은 나는 몇 주간의 악동 시대로부터 격렬하게 뛰쳐나왔던 것이다.

이것이 어떻게 된 일인지 말해야겠다.

마이스터의 집 마당에는 안쪽에 쿠션을 가득 채운 기계가 네 개의 바퀴 위에 놓여 있었다. 나중에 배워 알게 되었지만, 이것은 영국식 반개마차였다. 당시의 내 기분으로 보아 애써 위로 기어올라가 이 기계 안으로 들어가려는 욕구가 생긴 것보다 더 자연스러운 것은 없었다. 그 안에 있는 쿠션이 어찌나 기분좋고 유혹적으로 여겨지던지 나는 그때 대부분의 시간을 마차의 쿠션들 속에서 잠자고 꿈꾸며 보냈다.

토끼구이라든가 하는 것의 달콤한 모습이 막 내 영혼 앞에 어른거릴 때 어떤 강한 충격, 뒤이은 덜컹거림, 삐걱거림, 윙윙거림, 혼란한 소음이 나를 깨웠다. 기계 전체가 귀를 먹먹하게 하는 굉음을 내며, 쿠션들 위의 나를 이리저리 내던지면서 앞으로 나아가는 것을 알아챘을 때, 급작스레 나를 엄습한 공포를 누가 묘사할 수 있을까. 점점 더 커지고 또 커진 불안은 절망이 되었다. 나는 기계에서 밖으로 끔찍한 도약을 감행했고, 지옥 같은 악령들이 껄껄 비웃는 소리를 들었으며, 그

들의 야만적인 음성이 고양이야 ─고양이, 휘이휘이! 하고 내 뒤에서
날카롭게 외치는 소리를 들었다. 나는 공포에 가득차서 정신없이 그곳
을 떠나 달렸다. 뒤에서 돌멩이들이 날아왔다. 나는 마침내 한 어두운
궁륭 안으로 들어가 실신하여 쓰러졌다.

　마침내 머리 위에서 이리저리 걸어가는 소리가 들린 듯했다. 그리고
발걸음 소리에서, 이미 비슷한 체험을 해서인지, 내가 어느 계단 밑에
있음이 틀림없다고 추론했다. 내 추론은 들어맞았다! ─

　하지만 내가 거기서 기어나왔을 때, 맙소사! 도처에 끝없는 거리들
이 내 앞에 펼쳐졌다. 그리고 내가 전혀 모르는 수많은 사람들이 물결
치며 지나갔다. 그뿐만이 아니었다. 마차들이 딸가닥거렸고, 개들이
큰 소리로 짖었으며, 그렇다, 마지막에는 햇빛에 번쩍거리는 무기를
든 군대 전체가 거리를 가득 메웠다. 바로 내 옆에서 돌연 어떤 사람이
커다란 북을 어찌나 지독하게 쳤던지, 나도 모르게 3엘레*나 되는 높이
로 펄쩍 뛰어올랐을 정도였다. 그렇다, 그래서 이상한 두려움이 내 가
슴을 가득 채우지 않을 수 없었다! ─나는 이제 내가 세상 속에 있다는
것을 잘 알 수 있었다 ─멀찍이 나의 지붕에서 종종 일말의 동경을 가
지고, 일말의 호기심을 가지고 보았던 세상 속에. 그렇다, 나는 지금
바로 그 세상 한가운데에 서 있었던 것이다. 경험이 없는 이방인으로
서. 나는 조심스레 집에 바짝 붙은 채로 거리를 따라 거닐었고 마침내
내 종족의 몇몇 청년과 마주쳤다. 나는 멈춰 서서 그들과 대화하려고
했다. 하지만 그들은 번쩍이는 눈으로 나를 빤히 바라보기만 하더니

---

* 옛날의 길이 단위. 1엘레는 약 55~85센티미터.

계속 뛰어가버렸다. '경박한 젊은이들 같으니' 하고 나는 생각했다. '너희가 가는 길을 막아선 자가 누구였는지 너희는 모른다!―그렇게 위대한 정신들은 세계를 가로질러간다. 알려지지 않은 채, 주의를 끌지 못한 채. 이것이 죽을 운명에 처해 있는 지혜의 숙명이다!'―나는 인간들은 더 큰 관심을 보이리라 예상하고 튀어나와 있는 한 지하실 입구로 뛰어올라가 쾌활한, 내 생각에는 유혹적인 야옹 소리를 몇 번 내뱉었다. 하지만 모두들 관심 없이 차갑게, 내 쪽을 거의 돌아보지도 않고 지나쳐 갔다. 드디어 나는 나를 다정하게 바라보다가 마침내 손가락으로 딱 소리를 내며 나비야―나비야! 하고 부르는 예쁜 금발 고수머리의 소년을 보았다. 아름다운 영혼이여, 그대는 나를 이해하는구나, 하고 생각한 나는 뛰어내려가 기분좋게 그르렁거리며 그에게 다가갔다. 그는 나를 쓰다듬기 시작했다. 하지만 내가 그 다정한 마음에 나를 완전히 내맡길 수 있겠다고 생각하던 참에 그가 내 꼬리를 어찌나 지독하게 꼬집었던지 나는 미친듯이 아파 소리를 질렀다. 바로 이것이 음험한 악한에게 제대로 된 즐거움을 주는 듯했다. 그도 그럴 것이 그가 큰 소리로 웃었고 나를 꽉 붙들고는 지옥 같은 책략을 반복하려고 했기 때문이다. 그러자 가장 깊은 분노가 나를 사로잡았다. 복수심이 활활 타올라 나는 내 발톱을 그의 양손에, 그의 얼굴에 깊숙이 박아넣었다. 그가 소리지르며 나를 놓아버릴 정도로 말이다. 하지만 바로 그 순간 나는 또한 튀라스―카르투시―쉭 쉭! 하고 외치는 소리를 들었다. 개 두 마리가 큰 소리로 짖으며 내 뒤를 성큼성큼 쫓아왔다. 나는 숨이 넘어갈 때까지 달렸다. 그들은 내 뒤를 바싹 따라붙었다―구조될 길은 없었다. 무서움에 눈이 멀어 나는 어느 일층 창문 안으로 재빨리 들어갔다. 유리창들이 일제히 덜커덩거렸고, 창턱에 있던 화분 몇 개가 쿵 소리를 내며 작은 방 안으로 떨어졌다. 탁자에 앉아 일하던 한 여자가 깜짝 놀라 펄쩍 뛰어 일어났다. 그러고는 역겨운 짐승 보게, 하고 소리치고는 지팡이를 하나 움켜쥐고 내게 달려들었다. 하지만 분노로 이글거리는 나의 두 눈, 내뻗은 발톱들, 내가 내뱉은 절망의 울부짖음이 그녀를 제지했다. 예의 비극에서 말하듯, 때리려고 들어올린 지팡이가 공중에서 저지된 듯 보였고, 그녀는 그려놓은 광포한 자처럼 거기 서 있었다. 힘과 의지 사이에서 어디에도 속하지 못한 채로!* 그 순간 문이 열렸다. 나는 재빨리 결심을 하고, 들어서는 남자의 양다리 사이로 빠져나갔다. 그리고 집에서 거리로 나온 것을 깨닫자 기쁨이 몰려왔다.

완전히 지치고 힘이 빠진 채 나는 마침내 어느 고적하고 좁은 장소에 도달했다. 그곳에서 잠시 자리를 잡고 앉아 있을 수 있었다. 하지만 그때 아주 광포한 허기가 나를 괴롭히기 시작했다. 나는 그제야 깊은 고통을 느끼며 선량한 마이스터 아브라함을 생각했다. 가혹한 운명이 나를 그에게서 떼어놓았던 것이다. 하지만 어떻게 그를 다시 찾는단 말인가!―나는 비애에 차서 사방을 둘러보았다. 돌아갈 길을 찾을 가능성이 보이지 않자 내 눈에는 영롱한 눈물이 맺혔다.

그러나 거리의 모퉁이에서 엄청나게 맛있어 보이는 빵들과 소시지들이 놓인 작은 탁자 앞에 앉아 있는 상냥한 어린 소녀를 보았을 때, 내게는 새로운 희망이 싹텄다. 나는 천천히 다가갔고, 그녀는 내게 미

---

* 셰익스피어의 『햄릿』 2막 2장. "그렇게 그는 그려놓은 광포한 자처럼 거기 서 있었다. / 힘과 의지 사이에서 어디에도 속하지 못한 듯 / 아무것도 하지 않았다."

소를 지었다. 나는 즉시 그녀에게 교육을 잘 받은, 정중한 예의범절을 갖춘 젊은이라는 것을 보여주기 위해 그 어느 때보다 더 높고 더 멋진 고양이등을 만들었다. 미소 짓던 그녀는 큰 소리로 웃었다. '마침내 한 아름다운 영혼을, 공감하는 마음을 찾았구나!─오 하늘이여, 이것은 상처 입은 가슴을 얼마나 기쁘게 하는가!' 나는 그렇게 생각하고는 손을 뻗어 소시지 하나를 아래로 가져왔다. 하지만 바로 그 순간 소녀도 크게 소리쳤다. 그녀가 던진 거친 나무 토막이 나를 맞혔더라면, 정말이지 나는 신의를 믿고 소녀의 인도적인 미덕을 신뢰하며 탁자에서 가져온 소시지는 물론, 그 어떤 다른 소시지도 언제고 더이상 먹지 못했으리라. 나는 나를 쫓아오는 마녀에게서 벗어나는 데 마지막 남은 힘을 모두 썼다. 나는 마녀에게서 벗어나는 데 성공했고 마침내 소시지를 차분히 먹을 수 있는 장소에 도달했다.

간소한 식사를 하고 나자 내 마음은 무척 쾌활해졌다. 그리고 마침 햇볕이 내 털가죽 위로 따뜻하게 내리쬐었기에 나는 이 지상에 있는 것이 그래도 아름답다고 강렬하게 느꼈다. 하지만 그러고 나서 차갑고 축축한 밤이 닥쳐왔을 때, 선량한 마이스터의 집에서와 같은 부드러운 잠자리를 찾지 못했을 때, 이튿날 아침 추워서 뻣뻣해진 채 또다시 허기에 괴롭힘을 당하며 깨어났을 때, 그때는 절망에 가까운 황량함이 나를 엄습했다. "이것이 (이렇게 나는 큰 소리로 탄식을 터뜨렸다) 그러니까 이것이 네가 고향의 지붕에서 들어가고자 갈망했던 세계란 말인가?─네가 미덕을 찾기를 희구했던, 그리고 지혜를, 그리고 더 높은 교육의 도덕성을 찾기를 희망했던 세계란 말인가!─오 이 냉혹한 야만인들이여!─그들의 힘은 때리는 것 말고 어디에 있단 말인가? 그들의 지성은 조롱하는 것 이외에 어디에 있단 말인가? 그들의 모든 활동은 깊이 느끼는 심성들을 시기하여 쫓아내는 것 이외에 어디에 있단 말인가?—오 떠나가자—위선과 기만에 가득찬 이 세계에서 떠나가자!—나를 너의 시원한 그늘 속으로 받아들여다오, 달콤한 고향의 지하실이여!—오 다락방이여!—난로여—오 나를 기쁘게 하는 고독이여,* 내 마음은 고통스레 너를 그리워하누나!—"

나의 비참함, 절망적인 상태에 대한 생각이 나를 엄습했다. 나는 눈을 꼭 감고 몹시 울었다.

낯익은 음성이 내 귀를 두드렸다. "무어—무어!—친애하는 친구, 어디에서 오는 길인가? 무슨 일이 있었나?"

나는 눈을 떴다. 젊은 폰토가 내 앞에 서 있었다! 폰토가 그토록 심하게 나를 괴롭히긴 했지만 예기치 못한 그의 출현은 내게 위로가 되었다. 나는 그가 내게 행한 부당한 짓을 잊어버린 채 내게 일어난 모든 일을 얘기해주었고, 눈물을 펑펑 흘리면서 나의 의지할 데 없는 슬픈 처지를 알렸으며, 죽을 것 같은 허기가 나를 괴롭힌다는 한탄으로 말을 마쳤다.

젊은 폰토는 내가 생각했던 것처럼 내게 동정을 나타내는 대신에 요란한 웃음을 터뜨렸다. "자네는" 그러고 나서 그는 말했다. "친애하는 무어, 자네는 완전히 어리석은 바보가 아닌가?—처음에는 이 겁쟁이가 들어가서는 안 될 반개사륜마차 안에 들어가 앉더니 잠이 들어버리고, 마차가 출발하자 경악하여 세계 속으로 뛰쳐나오고, 자기 집 문밖

---

* 티크의 희곡 『금발의 에크베르트』에 나오는 유명한 시구 참조. "나를 기쁘게 하는 / 숲의 고독이여."

을 내다보자마자 아무도 자신을 모른다는 것, 자신이 어리석고 건방진 짓으로 도처에서 나쁜 반응을 얻는 것을 몹시 의아하게 생각하고, 그러고는 주인에게 돌아가는 길조차도 찾지 못할 만큼 멍청하다니. 여보게, 친구 무어, 자네는 항상 자네의 학문과 교양을 뽐냈고 항상 내게 고상한 척했지. 그런데 이제 자네는 버려진 채, 절망적으로 거기 앉아 있군. 자네 정신의 그 모든 위대한 특성은 자네의 허기를 잠재우고 마이스터에게로, 집으로 돌아가기 위해 어떻게 해야 할지 자네에게 가르쳐주기에도 족하지 않군! ─ 그리고 이제 자네보다 훨씬 아래에 있다고 여겼던 자가 자네를 돌보지 않는다면 자네는 결국 비참한 죽음을 맞겠지. 그리고 어떤 인간 영혼도 자네의 지식, 자네의 재능에 대해 무언가 묻지 않을 것이며, 자네가 친하다고 생각했던 시인들 가운데 누구도 자네가 순전히 근시안적 시각 때문에 배고픔에 허덕이며 죽어간 곳에 친절하게 여기 *그가 누워 있도다!*라는 문구를 새겨놓지 않을 것이네! ─ 자네도 알겠는가, 나 역시 학교를 곧잘 뛰어다녔다는 것을, 그리고 아무개 못지않게 라틴어깨나 섞어 쓸 줄 안다는 것을? ─ 하지만 자네는 굶주려 있지, 가련한 수고양이여, 그리고 이 욕구가 우선 충족되어야 하네. 나와 함께 가세나."

젊은 폰토는 쾌활하게 앞장서 껑충껑충 뛰어갔다. 나는 허기진 기분임에도 상당히 일리가 있다고 여겨진 그의 언사에 의기소침하여, 완전히 회오에 가득찬 채 따라갔다. 하지만 나는 얼마나 깜짝 놀랐던가 ─

(파지) ─ 이 책의 편자에게는 크라이슬러가 키 작은 추밀고문관과 나눈 기이한 대화 전체를 따끈따끈한 상태로 다시 듣게 된 것이 세상에서 가장 기분좋은 사건이었다. 이를 통해 편자는, 친애하는 독자여,

그대에게 적어도 이 비범한 남자의 이른 청소년기의 몇몇 그림을 ―편
자는 그의 전기를 기록하도록 어느 정도 강요받았거니와 ―눈앞에 보
여줄 수 있는 상태가 되었다. 그리고 편자는, 스케치와 채색에 관한
한, 이 그림들이 충분히 특징적이고 의미심장하게 간주되리라 믿는다.
적어도 크라이슬러가 퓌스헨 이모와 그녀의 류트에 관해 이야기하는
것으로 봐서 음악이 그 모든 놀라운 비애, 그 모든 천국의 황홀과 함께
진정 소년의 가슴속에서 수많은 혈관과 합해져 자라났다는 데는 의심
의 여지가 없다. 그런 까닭에 바로 이 가슴에서, 조금이라도 상처를 입
으면, 곧장 뜨거운 심장의 피가 솟아나온다는 것도 놀라운 일이 아닐
것이다. 본 편자는 특히 친애하는 악장의 삶에서 두 가지 요인을 알고
자 열망하는 바이다. 그렇다. 사람들이 말하곤 하듯이, 편자는 그 두
가지에 완전히 몰입해 있다. 즉, 마이스터 아브라함이 어떤 방식으로
가족에 얽혀들어 어린 요하네스에게 영향을 주었는지, 그리고 어떤 파
국이 명망 있는 크라이슬러를 제후의 관저에서 내쫓아 그가 본래 되어
야 했을 악장으로 탈바꿈시켰는지다. 누구든지 적절한 때에 적절한 자
리에 갖다놓는 영원한 힘을 신뢰해도 될 테지만 말이다. 이에 관해 몇
가지 사실은 알아냈으니, 이것을 그대는, 오 독자여! 즉시 알아야 하리
라.

　우선 크라이슬러가 태어나 양육된 괴니외네스뮐에 존재 자체와 모
든 행동거지가 기이하고 독특해 보이는 한 남자가 있었다는 것은 의심
의 여지가 없다. 조그만 도시 괴니외네스뮐은 그전부터 모든 괴짜들의
진정한 낙원이었다. 크라이슬러는 적어도 소년 시절 동안 제 또래의
아이들과 전혀 교유하지 못했기에 그만큼 더 그에게 강한 인상을 주었

음이 틀림없는 기이하기 짝이 없는 인물들에 둘러싸인 채 자라났다. 하지만 예의 남자는 잘 알려진 해학가*와 같은 성을 지니고 있었다. 그는 아브라함 리스코프라고 불렸고 파이프오르간 제작자였다. 그는 그 직업을 이따금 깊이 경멸했지만 다른 때에는 하늘 높이 추어올려 사람들은 그가 도대체 뭘 원하는지 제대로 알 수 없었다.

크라이슬러의 말에 따르면 그의 가족들은 리스코프 씨에 관해 항상 대단한 존경심을 가지고 이야기했다. 사람들은 리스코프 씨를 이 세상에서 가장 솜씨 좋은 예술가라 일컬었고, 그의 미친 듯한 기발한 생각과 자유분방한 착상이 그를 모든 이로부터 멀리 떨어져 있게 하는 것을 애석해할 뿐이었다. 몇몇 사람은 리스코프 씨가 실제로 와서 자신의 그랜드피아노에 새로 스프링을 달고 그것을 조율했다는 것을 특별한 행운으로 기렸다. 그리고 바로 리스코프 씨의 환상적인 장난들에 관한 이야기도 몇 가지 있었다. 이러한 이야기는 어린 요하네스에게 아주 특별한 영향을 주어, 그는 리스코프 씨를 알지 못한 채로 그 남자에 관해 특정한 모습을 그려보았고 그를 동경했다. 외삼촌이 어쩌면 리스코프 씨가 와서 손상된 그랜드피아노를 고칠 것이라고 말했을 때는 매일 아침 리스코프 씨가 드디어 나타나지 않았는지 물어보았을 정도였다. 미지의 리스코프 씨에 대한 소년의 이러한 관심은, 그가 외삼촌이 평소에는 방문하지 않던 중앙교회에 갔다가 처음으로 크고 아름다운 파이프오르간의 강력한 음들을 들었을 때, 그리고 다름 아닌 아브라함 리스코프 씨가 이 훌륭한 작품을 만들었노라고 외삼촌이 그에

---

* 풍자작가 크리스티안 루트비히 리스코프를 가리킨다.

게 말했을 때 경탄해 마지않는 경외심으로까지 고조되었다. 그 순간부터 요하네스가 리스코프 씨에 관해 그려보았던 모습도 사라져버렸다. 그리고 완전히 다른 모습이 그 자리에 들어섰다. 소년의 생각에 리스코프 씨는 크고 아름다운 남자임이 틀림없었다. 위풍당당한 외모에, 낭랑하고 힘차게 말할 것이며, 무엇보다도 대부代父 상업고문관처럼 넓은 황금빛 장식테가 달린 자두색 상의를 입고 있을 것이었다. 어린 요하네스는 그렇게 차려입고 다녔던 대부의 화려한 복장 앞에 가장 깊은 존경심을 품었다.

어느 날 외삼촌이 요하네스와 열린 창가에 서 있었을 때, 작고 깡마른 남자가 거리를 쏜살같이 달려 내려왔다. 그는 연녹색 베르칸*을 입고 있었는데, 벌어진 소맷부리가 바람에 기이하게 위아래로 나부꼈다. 게다가 작은 삼각 모자를 하얗게 분칠한 머리에 전투적으로 눌러썼고, 너무 길게 땋아 내린 머리가 등 위로 구불구불 흘러내렸다. 그는 거리의 포석이 울릴 정도로 세차게 발을 내디뎠고, 걸음을 옮길 때마다 손에 든 긴 등나무 지팡이를 바닥에 거세게 내리꽂았다. 창문 앞을 지나갈 때 그 남자는 번쩍거리는 새까만 눈으로 외삼촌을 날카롭게 흘끗쳐다보았다. 외삼촌의 인사에 화답하지도 않고 말이다. 어린 요하네스는 사지를 모두 관통하는 얼음처럼 차가운 전율에 휩싸였다. 동시에 그는 그 남자에 대해 지독하게 웃어야 할 것 같은, 그러나 가슴이 잔뜩 조여와서 그렇게 하지 못할 뿐인 듯한 기분이 들었다. "저 사람이 리스코프 씨다." 외삼촌이 말했다. "알고 있었는걸요." 요하네스가 대꾸했

---

* 양모로 짠 로클로르. 로클로르는 작은 케이프 칼라가 달리고 발목까지 오는 남성용 여행 외투로, 로클로르 공작의 이름을 따서 명명됐다.

다. 그리고 그 말이 맞았을 것이다. 리스코프 씨는 크고 위풍당당한 남자도 아니었고, 상업고문관인 대부처럼 황금빛 장식테가 달린 자두색 상의를 입고 있지도 않았다. 하지만 이상한, 대단히 놀라운 일이 있었는데, 리스코프 씨는 소년이 예전에, 오르간 곡을 듣기 전에 생각했던 것과 완전히 똑같은 모습을 하고 있었던 것이다. 리스코프 씨가 갑자기 멈춰 서더니 몸을 돌려 거리를 따라 쿵쿵거리며 창문 앞까지 올라와 외삼촌에게 깊숙이 절을 하고는 큰 소리로 웃으며 달려가버렸을 때, 요하네스는 갑작스러운 경악에 빗댈 수 있는 기분에서 아직 회복되지 못하고 있었다.

이것이, 외삼촌이 말했다. 이것이 그래, 공부에 경험이 없는 것도 아니고, 특권을 가진 파이프오르간 제작자로서 예술가라고 할 수 있는, 그리고 나라의 법이 검을 차도록 허용하는 분별 있는 남자가 취할 태도란 말인가? 그가 이른 아침에 벌써 술을 너무 많이 마셨다고, 혹은 정신병원에서 뛰쳐나왔다고 생각해야 하지 않겠는가? 하지만 나는 그가 곧 이리로 와서 그랜드피아노를 고치리라는 것을 알고 있다.

외삼촌의 말이 맞았다. 이튿날 바로 리스코프 씨가 왔다. 하지만 그는 그랜드피아노를 수리하는 게 아니라, 어린 요하네스에게 자기 앞에서 피아노를 연주해보라고 했다. 요하네스는 책을 쌓아올린 의자 위에 앉았고, 리스코프 씨는 맞은편, 그랜드피아노의 좁은 끝부분에서 두 팔을 악기 위에 괴고 어린 요하네스의 얼굴을 뚫어지게 쳐다보았다. 그것이 그를 어찌나 당황하게 했던지 소년이 오래된 악보를 보고 연주한 미뉴에트와 아리아는 굉장히 서툴렀다. 리스코프 씨는 진지한 모습 그대로였다. 하지만 소년은 갑자기 아래로 미끄러져 그랜드피아노의 받침대 밑으로 쓰러졌다. 소년 발밑의 발판을 빼내버린 파이프오르간 제작자는 그 모습을 보고 엄청난 웃음을 터뜨렸다. 부끄러움을 느끼며 소년은 가까스로 일어났다. 그러나 그 순간 리스코프 씨는 벌써 그랜드피아노 앞에 앉아 망치 하나를 꺼내놓고 있었다. 그러고는 모든 것을 수천 조각으로 때려부수기라도 하려는 것처럼 불쌍한 악기를 망치로 무자비하게 두드리기 시작했다. "리스코프 씨, 당신 정신 나갔소!" 외삼촌이 소리쳤다. 하지만 어린 요하네스는 파이프오르간 제작자가 시작한 일에 대해 몹시 격분하고 흥분하여 악기의 뚜껑을 향해 온 힘을 다해서 몸을 부딪쳤다. 뚜껑이 쾅하고 큰 소리를 내며 닫혔고 리스코프 씨는 맞지 않으려고 재빨리 머리를 뒤로 당겨야 했다. 그러고 나서 소년은 소리쳤다. 대체, 친애하는 외삼촌, 이 사람은 아름다운 파이프오르간을 만든 솜씨 있는 예술가가 아니에요. 그 사람일 리 없어요. 여기 이자는 버릇없는 악동같이 구는 어리석은 사람이니까요!

외삼촌은 소년의 불손한 태도에 놀랐다. 하지만 리스코프 씨는 그를 오랫동안 빤히 쳐다보다가 "그 녀석 특이한 므시외인 모양일세!" 하고 말하고는 조용히 그리고 조심스레 그랜드피아노를 열고 도구들을 꺼내 일을 시작했다. 그는 말 한마디 하지 않았고 몇 시간 지나지 않아 일을 끝냈다.

그 순간부터 파이프오르간 제작자는 소년에 대해 확연한 총애를 나타냈다. 그는 거의 날마다 집으로 왔고 곧 소년에게 새롭고 다채로운 세계 전체를 열어줌으로써 소년의 마음을 얻었다. 그 세계 속에서 소년의 활발한 정신은 더 용감하고 자유롭게 움직일 수 있었다. 리스코프가, 특히 요하네스가 몇 살 더 먹은 후에, 종종 외삼촌을 겨냥해 지극히 이상야릇한 허튼소리를 하게 부추긴 것은 어쨌든 칭찬할 만한 일은 아니었다. 물론 외삼촌이 편협한 오성을 지닌데다 우스꽝스럽기 짝이 없는 특성을 잔뜩 지니고 있어서 풍부한 놀림거리를 제공하긴 했지만 말이다. 하지만 확실한 것은, 크라이슬러가 소년 시절의 달랠 길 없는 쓸쓸함에 대해 한탄한다면, 그를 종종 그의 가장 내밀한 천성 속에서 혼란시키는 분열된 본성을 예의 시기 탓으로 돌린다면, 외삼촌과의 관계를 고려해야 하리라는 것이다. 그는 아버지의 자리를 대신할 사명을 맡은, 그러나 행동거지와 본성상 그에게 우스꽝스럽게 보일 수밖에 없었던 남자를 존경할 수 없었다.

리스코프는 요하네스를 완전히 자신에게 끌어당기고자 했다. 그리고 소년의 더 고상한 천성이 그에 맞서 저항하지 않았다면 그렇게 하는 데 성공했을 것이다. 꿰뚫는 오성, 깊은 심성, 비범하게 민감한 정신, 이 모든 것이 오르간 제작자의 인정받은 장점이었다. 하지만 사람들이 유머라 부르곤 한 것은 그 모든 조건 속에 삶을 더 깊숙이 들여다보는 데서, 가장 적대적인 원칙들의 투쟁에서 생겨나는 드물고 놀라운 마음 상태가 아니었다. 그게 아니라 그러한 감정을 만들어내는 재능과 결합된 부적당한 것의 단호한 감정, 진기하고 기괴한 현상이 필연적이라는 단호한 감정일 따름이었다. 이것이 리스코프가 도처에서 내뿜은 조롱의 토대였고, 악의적인 즐거움의 토대였다. 그는 이 악의적인 즐거움으로 그가 인식한 모든 것을 가장 비밀스러운 구석 안까지 쉬지 않고 추적해 들어갔다. 남의 불행을 고소해하는 이 조롱은 소년의 민감한 마음에 상처를 입혔고, 진정한 내적 성향에서 아버지 같은 친구가 만들어냈을지도 모를 아주 친밀한 관계와 대립하고 있었다. 하지만 기이한 오르간 제작자가 소년의 내면에 들어 있던 더 깊은 유머의 싹을 각별한 애정을 가지고 돌보는 데는 꽤 적합했다는 것 역시 부인할 수 없다. 그 싹은 충분히 잘 자라났고 크게 성장했던 것이다.

청년 시절에 요하네스 아버지의 가장 친한 친구였던 리스코프 씨는 그에 관해 많은 이야기를 하곤 했다. 그의 매형이 밝은 햇빛 속에 나타날 때면 눈에 띄게 그늘에 가려졌던, 양육하는 외삼촌에게 불리하게 말이다. 그리하여 어느 날 오르간 제작자는 역시 아버지의 깊은 음악적 감각을 칭찬하고 외삼촌이 소년에게 음악의 첫번째 요소들을 가르친 잘못된 방식을 조롱했다. 그에게 가장 가까운 이였으며 그가 결코 알지 못했던 남자에 대한 생각에 온 영혼이 사로잡혀 있던 요하네스는 여전히 더 많은 이야기를 듣고자 했다. 하지만 그때 리스코프는 갑자기 말을 멈췄다. 그리고 어떤 삶을 파악하는 생각이 영혼 앞에 찾아온 사람처럼 땅바닥을 빤히 내려다보았다.

무슨 일이에요, 마이스터, 요하네스가 물었다. 무엇이 당신을 그토록 감동시키는 건가요?─

리스코프는 꿈이라도 꾼 것처럼 화들짝 깨어났다. 그리고 미소 지으며 말했다. 아직 기억하고 있니, 요하네스야! 네가 내 앞에서 외삼촌의 역겨운 무르키와 미뉴에트를 연주했을 때 내가 다리 밑의 발판을 빼내어 네가 그랜드피아노 아래로 떨어졌던 것을?

아아, 요하네스가 대답했다. 내가 당신을 맨 처음 보았을 때의 일은 전혀 생각하고 싶지 않아요. 한 아이를 슬프게 하는 것이 당신에게 즐거움을 주었지요.

그리고 그 아이는, 리스코프가 말했다. 그 대신 매우 거칠었지. 하지만 나는 당시 네 안에 그토록 대단한 음악가가 숨겨져 있다고 결코 생각하지 못했을 게다. 그러니 얘야, 부탁이니 내 앞에서 종이로 된 소형 실내 오르간으로 제대로 된 성가를 연주해주렴. 나는 풍구를 밟으마.

─여기서 뒤늦게 밝혀둘 것은, 리스코프가 기괴한 장난질을 굉장히 좋아했고, 그것으로 요하네스를 몹시 즐겁게 했다는 사실이다. 요하네스가 아직 아이였을 때 이미 리스코프는 방문할 때마다 그에게 어떤 이상한 것을 갖다주곤 했다.

어린아이가 때로는 껍질을 벗기면 수백 개의 조각으로 부서져버리는 사과를 받거나 그 어떤 이상한 형태로 만들어진 과자를 받았다면, 성장한 소년은 때에 따라 자연의 마술에서 유래하는 이런저런 놀라운 재주를 통해 즐거움을 선사받았다. 그리고 젊은이는 광학기계들을 제작하는 일, 은현隱現잉크를 끓이는 일 등을 도왔다. 하지만 오르간 제작자가 요하네스를 위해 제작한 기계적 인공물의 정점에는 발이 여덟 개이고 뚜껑으로 덮은 파이프들이 달린 오르간 음전音栓을 가진 소형 실내 오르간이 있었다. 이 오르간의 파이프들은 종이로 만들어져서, 빈의 황제미술관에서 볼 수 있는 17세기의 오이게니우스 카스파리니*라 불린 옛 오르간 제작자의 작품과 비슷했다. 리스코프의 이상한 악기는 강력하고 우아하여 저항할 수 없게 매혹시키는 소리를 가지고 있었다. 요하네스는 아주 깊은 감동에 빠지지 않고는 결코 그 악기를 연주할 수 없노라고, 그러면서 참으로 경건한 몇몇 성가 멜로디가 환하게 떠올랐노라고 확언했다.

---

* 요한 오이겐 카스파. 신성로마제국 황제 레오폴트 1세를 위해 종이 파이프들이 달린 실내 오르간을 제작했던 유명한 오르간 제작자다.

이제 요하네스는 이 소형 실내 오르간 건반으로 오르간 제작자에게 연주를 들려주어야 했다. 그는 리스코프가 요구한 대로 몇 개의 성가를 연주한 후 며칠 전에 식자植字한 찬미가 〈나는 주의 자비에 대해 노래하려네〉를 연주하기 시작했다. 요하네스가 연주를 끝냈을 때, 리스코프는 펄쩍 뛰어 일어나 그를 격렬하게 가슴에 안고 큰 소리로 웃으며 외쳤다. 풋내기야, 네가 서글픈 곡조로 나를 놀리는구나? 내가 노상 너의 오르간 풍구를 밟아주지 않았다면 너는 언제고 제대로 된 것은 아무것도 만들어내지 못했을 것이다. 하지만 이제 나는 너를 매우 어려운 처지에 남겨두고 떠나겠다. 너는 세상에서 나만큼 네게 마음을 쓰고 오르간 풍구를 밟아주는 다른 사람을 찾을지도 모르지!―그의 눈에는 영롱한 눈물이 맺혔다. 그는 문으로 뛰쳐나갔고, 문을 쾅하고 거세게 닫았다. 하지만 그러고 나서 그는 다시 한번 고개를 들이밀고 아주 부드럽게 말했다. 그렇게 할 수밖에 없단다. 안녕, 요하네스!― 외삼촌이 붉은 꽃무늬가 있는 그로 드 투르 조끼*를 찾으시거든 내가 그것을 훔쳤다고, 그리고 대 술탄을 찾아뵙기 위해 그것으로 터번을 하나 만들게 했다고 말하렴!―안녕, 요하네스! 리스코프 씨가 왜 그렇게 갑자기 쾌적한 도시 괴니외네스뮐을 떠났는지, 어디로 가려고 결심했는지를 왜 누구에게도 털어놓지 않았는지는 아무도 이해할 수 없었다.

외삼촌이 말했다. 나는 진작부터 그 불안한 사람이 떠나갈 거라고 추측했다. 그는 멋진 파이프오르간을 제작하기는 하지만 고향에 남아 성실하게 살라는 격언을 지키지는 않기 때문이지!―우리 그랜드피아

---

* 투르에서 나는 비단류의 직물로 만든 조끼.

노가 잘 작동하니 그것으로 됐어. 그 별난 사람은 크게 개의치 않는다!

그러나 요하네스는 다르게 생각했다. 그는 어디서나 리스코프를 그리워했고, 그에게는 이제 괴니외네스뮐 전체가 죽어버린, 우울한 감옥같이 여겨졌던 것이다.

그리하여 그는 오르간 제작자의 충고를 따라 세상에서 오르간 풍구를 밟아줄 다른 사람을 찾아보려 했다. 외삼촌은 그가 공부를 끝냈으니 관저에서 추밀 외교참사관의 날개 아래 들어가 완전히 부화할 수 있겠다고 생각했다. 일은 그렇게 되었다!

—이 순간 여기 이 전기 작가는 엄청나게 화가 난다. 그도 그럴 것이 크라이슬러의 삶에서, 친애하는 독자여, 그대에게 이야기하기로 약속한 두번째 요인, 즉 요하네스 크라이슬러가 훌륭하게 획득한 외교참사관이라는 직위를 어떻게 잃어버렸는지, 그리고 관저에서, 말하자면, 쫓겨났는지 하는 대목에 이르렀는데, 그것에 관해 참고할 수 있는 모든 소식이 변변찮고 빈약하고 피상적이며 서로 연관되어 있지 않다는 것을 알게 되었기 때문이다.

그런데 결국 다음과 같은 사실을 말하는 것으로 충분할 것이다. 크라이슬러가 그의 작고한 외삼촌의 자리에 들어가 외교참사관이 된 후 곧, 생각했던 것보다 빨리, 강력한 황제의 관을 쓴 한 거인*이 관저에 찾아들어 제후를 그의 가장 좋은 친구로서 어찌나 친밀하게 그리고 충심으로 그의 강철 팔에 안았던지, 그 때문에 제후는 삶의 숨결의 가장

---

* 나폴레옹 보나파르트를 뜻한다. 호프만은 크라이슬러와 비슷하게 바르샤바에서 참사관을 지냈는데 1806년 나폴레옹의 진군 때 관직을 잃었고, 이후 예술가로서 일자리를 찾았다.

좋은 부분을 잃어버렸다는 사실 말이다. 그 강력한 남자는 행동과 본성에 무언가 매우 거역할 수 없는 것을 가지고 있었다. 그리하여 그의 바람들은 충족되어야 했다. 그 때문에 모든 것이 궁지와 혼란에 빠진다 하더라도 말이다. 정말 그렇게 되어버렸지만. 몇몇 사람들은 그 강력한 남자의 우정을 좀 곤란하게 여겼고, 심지어 그에 반항하려고까지 하다가 스스로 곤란한 딜레마에 빠지고 말았다. 예의 우정의 훌륭함을 인정하거나, 혹은 그 막강한 남자를 더 올바른 빛 속에서 바라볼 수 있도록 나라 밖에서 다른 입지를 찾아야 했던 것이다.

크라이슬러는 후자에 속했다.

외교관의 특성을 지녔음에도 불구하고 크라이슬러는 상당한 천진함을 간직하고 있었다. 그리고 바로 그렇기 때문에 그가 무엇을 결심해야 할지 알지 못하는 순간들이 있었다. 바로 그러한 순간에 그는 깊은 애도에 잠겨 있는 어여쁜 부인에게 물어보았다. 당신은 도대체 외교참사관들에 대해 어떻게 생각하시는지? 그녀는 사랑스럽고 정중한 말로 많은 것을 대답해주었다. 하지만 결국 밝혀진 생각은 이러했다. 그녀는 외교참사관이 예술에 완전히 종사하지는 않으면서 열광적으로 예술에 몰두하는 즉시 그를 전혀 대단치 않게 여길 수밖에 없노라는 것이었다.

그러자 크라이슬러가 말했다. "미망인 가운데 가장 훌륭한 이여, 나는 도망치렵니다!"

그가 벌써 여행 장화를 신고서 손에 모자를 들고, 감동과 적절한 이별의 고통을 품은 채 작별을 고하고 떠나려 했을 때, 미망인은 제후 이레네우스의 작은 땅덩어리를 즐겁게 먹어치운 대공의 궁정에 악장직으로 초빙하는 문서를 그의 호주머니에 집어넣어주었다.

상중喪中이었던 부인이 다름 아닌 고문관 부인 벤촌이었다는 사실을 덧붙일 필요는 아마 없을 것이다. 남편이 사망했기 때문에 그녀는 막 고문관을 잃은 참이었다.

이상하게도 이런 일이 생겼다. 벤촌 부인이 바로 그 무렵―

(무어) ―폰토가 빵과 소시지를 팔려고 내놓은, 내가 상냥하게 그녀의 음식에 손을 댔다고 나를 때려죽이다시피 했던 소녀에게 바로 껑충껑충 뛰어가기 시작했을 때 말이다. "폰토야, 나의 푸들 폰토야, 뭘 하는 것이냐, 주의하게, 냉혹한 야만인 여자를, 무서운 복수를 부르는 소시지의 원칙을 조심해!"―나는 폰토 뒤에다 대고 이렇게 소리쳤다. 하지만 그가 나의 만류에도 아랑곳없이 가던 길을 계속 가자, 나는 그가 위험에 빠지면 곧장 슬쩍 자취를 감출 수 있도록 멀리서 따라갔다. 탁자 앞에 도착하자 폰토는 뒷발로 몸을 일으켜세워 귀엽기 짝이 없는 도약으로 소녀의 주위를 춤추듯 껑충껑충 뛰어다녔다. 소녀는 그것을 보고 몹시 즐거워했다. 그녀가 폰토를 자기한테 오라고 부르자 그는 가서 그녀의 품에 머리를 놓았다가 다시 뛰어 일어났고, 즐겁게 짖었고, 다시 탁자 주위를 껑충껑충 뛰어다녔고, 겸손하게 킁킁 냄새를 맡았고, 소녀의 눈을 상냥하게 들여다보았다.

"조그만 소시지 하나 먹고 싶니, 귀여운 푸들아?" 소녀는 이렇게 물었다. 폰토가 우아하게 꼬리를 흔들며 크게 환성을 지르자, 나로서는 적잖이 놀랍게도 그녀는 가장 크고 좋은 소시지 하나를 집어 폰토에게 내밀었다. 폰토는 고맙다는 인사라도 하듯이 짧은 발레를 더 추더니 소시지를 가지고 내게로 급히 달려와 친절한 말과 함께 내놓았다. "자,

먹게, 기운을 차리게, 친구여!" 내가 소시지를 다 먹어치우자 폰토는 나에게 자신을 따라오라고 했다. 나를 마이스터 아브라함에게 도로 데려다주겠다는 것이었다.

우리는 천천히 나란히 걸어갔다. 그리하여 우리는 거닐면서 어렵지 않게 이성적인 대화를 나눌 수 있었다.

"나는 깨달았다네."(이렇게 나는 대화를 시작했다.) "자네가, 친애하는 폰토, 자네가 나보다 세상에서 처세하는 법을 훨씬 잘 이해한다는 것을 말일세. 나는 결코 저 야만인 여자의 마음을 감동시키는 데 성공하지 못했을 것이네. 자넨 그토록 쉽게 성공했지만 말일세. 하지만 용서하게!—소시지 파는 여자에 대한 자네의 모든 행동에는 나의 내적인 타고난 감각에 반하는 무언가가 있었다네. 모종의 굴종적인 아첨, 자의식의, 더 고상한 천성의 부인—아니! 선량한 푸들, 나는 자네가 그랬던 것처럼 그토록 친절한 척하려고, 숨이 가쁠 만큼 공격적인 작전을 쓰려고, 그토록 비굴하게 구걸하려고 결심할 수 없을 걸세. 지독하게 배가 고플 때면 혹은 뭔가 특별한 것을 먹고 싶은 욕구가 생길 때면 나는 마이스터의 뒤에 있는 의자로 뛰어올라가 나의 소망을 부드러운 으르렁거림으로 암시하는 것으로 만족하지. 그리고 이것조차도 선행을 청한다기보다는 나의 욕구를 보살핀다는, 그가 맡은 책무를 상기시키는 것이지."

내가 이렇게 말하자 폰토는 큰 소리로 웃음을 터뜨렸다. 그리고 말을 시작했다. 오 무어, 나의 선량한 수고양이, 자네가 대단한 문필가이며 내가 전혀 알지 못하는 것들을 착실하게 이해할지는 모르겠네. 하지만 자네는 실제의 삶에 대해서는 아무것도 모르며, 처세술이 완전히 결여된 까닭에 몰락할 것이네. 우선 자네는 소시지를 먹기 전이었다면 아마도 다르게 판단했을 게야. 배고픈 이들은 배부른 이들보다 훨씬 더 정중하고 온순하기 때문일세. 또한 자네는 나의 이른바 비굴함에 관해서도 크게 잘못 생각하고 있네. 자네도 알지 않나, 내가 춤추고 껑충껑충 뛰는 것을 얼마나 좋아하는지. 그래서 나는 종종 혼자서도 춤추고 껑충껑충 뛸 정도라네. 그런데 내가 인간들 앞에서 솜씨를 발휘하면, 실은 단지 나의 운동을 위해서인데도, 어리석은 자들은 내가 그들을 특히 좋아해서, 오로지 그들에게 즐거움과 기쁨을 주기 위해 그런다고 생각하는데, 그것은 나를 대단히 즐겁게 하지. 그래, 그들은 다른 의도가 아주 명백하다 하더라도 그렇게 믿는 것이네. 친애하는 이여! 자네는 방금 그 생생한 예를 경험했지. 내가 원하는 것이 단지 소시지 하나라는 것을 소녀는 즉시 알아차릴 수밖에 없지 않았나. 그런데도 그녀는 내가 모르는 여자에게, 그러한 것을 높이 평가할 줄 아는 인물인 그녀에게 나의 솜씨를 보여주자 완전한 기쁨에 빠졌지. 그리고 바로 그 기쁨 속에 그녀는 내가 목적한 바를 행했다네. 처세에 능한 자는 오로지 자신을 위해 하는 모든 것에 다른 이를 위해 하는 것 같은 외관을 부여할 줄 알아야 하네. 그러면 다른 이는 막중한 의무를 지고 있다고 생각하고 우리가 목적했던 모든 것을 기꺼이 행하지. 대부분의 사람들은 친절하게 남의 일을 잘 돌봐주며 겸손하게 다른 사람들의 소망에 따라서만 사는 것처럼 보이네. 그런데 그들의 안중에는 자신의 사랑하는 자아 말고는 아무것도 없어. 다른 이들은 부지중에 그 자아에 봉사할 따름이지. 자네가, 그러니까 비굴한 아첨이라 일컫기 좋아하는 것은 다름 아닌 처세에 능한 처신이네. 그러한 처신의 가장 본래적인 토대는 다른 이들의 어리석음을 인식하고 놀리며 이용하는 데 있지.

오 폰토, 나는 대꾸했다. 자네는 처세에 능한 남자일세. 그것은 확실해. 그리고 나는 자네가 나보다 인생을 훨씬 더 잘 이해한다고 다시 말하는 바이네. 하지만 그럼에도 불구하고 나는 자네의 기이한 솜씨가 자네 자신에게 즐거움을 준다는 것을 거의 믿을 수가 없구먼. 적어도 내겐 그 경악스러운 재주가 아주 충격적이었다네. 자네가 나의 면전에서 주인이 갖다준 훌륭한 고기구이 한 조각을 깔끔하게 이빨 사이에 물고서, 자네의 주인이 허락하는 손짓을 할 때까지 한 입도 먹지 않았을 때 말일세.

말해보게, 폰토가 물었다. 선량한 무어, 그다음에 무슨 일이 생겼는지 내게 말해보게나!

두 사람은, 내가 대답했다. 자네의 주인과 마이스터 아브라함은 자네를 굉장히 칭찬했지. 그리고 고기구이가 담긴 접시 하나를 몽땅 자네에게 놓아주었네. 자네는 그것을 놀라운 식욕으로 먹어치웠지.

자, 폰토가 말을 이었다. 자, 그러니까 친애하는 수고양이여, 자네는 내가 작은 고기구이 조각을 물어 가져가는 동안 그것을 먹어버렸더라면 그렇게 풍부한 양을, 도대체 고기구이를 얻기나 했을 것이라 생각하는가? 오, 미숙한 젊은이여! 큰 것을 획득하기 위해서는 작은 희생을 마다하면 안 된다는 것을 배우게나. 자네가 그렇게 많은 책을 읽었는데도 소시지를 주고 베이컨을 얻는다*는 말이 무슨 뜻인지도 모르다니 놀라울 따름이군. 가슴에 앞발을 얹고 나는 자네에게 고백해야겠

---

* 되로 주고 말로 받는다는 뜻.

네. 구석에서 홀로 아주 훌륭한 고기구이를 만난다면 나는 분명히 내 주인의 허락을 기다리지 않고 그것을 먹어치울 터라는 것을. 들키지 않고 그렇게 할 수 있다면 말일세. 구석에서는 탁 트인 거리에서와 전혀 다르게 행동하는 것이 어쩔 수 없는 우리의 본성 아닌가. 그런데 사소한 일에서는 정직한 게 더 유리하다는 것 역시 세상 물정에 대한 깊은 식견에서 길어낸 원칙이지.

나는 잠시 폰토가 언급한 원칙들에 대해 곰곰이 생각하며 침묵했다. 누구나 자신의 행동 방식이 보편적인 원칙으로 통용될 수 있도록, 혹은 모든 이들이 자신을 배려하여 행동하기를 바라는 대로 행동해야 한다는 것을 어디선가 읽었던 것이 문득 떠올랐다.* 그 원칙을 폰토의 처세술과 일치시키기 위해 노력했지만 허사였다. 그 순간 폰토가 내게 보여준 모든 우정 역시 어쩌면 내게 불리하게, 그 자신의 이익만을 목적으로 할 수도 있다는 생각이 들었다. 나는 그러한 견해를 숨김없이 피력했다.

작은 익살꾼 같으니, 폰토는 웃으며 소리쳤다. 자네 얘기가 전혀 아닐세!—자네는 내게 아무런 이익도 보장할 수 없고 아무런 손해도 입힐 수 없네. 자네가 생명 없는 학문을 하는 것도 부럽지 않아. 자네의 활동은 나의 활동과는 다르지. 그리고 자네가 혹 나에 대해 적대적인 의향을 드러낼 생각을 한다 해도 나는 힘과 기민함에서 자네보다 우월해. 내가 한 번만 펄쩍 뛰어도, 날카로운 이빨로 한 번만 제대로 물어도 자네를 당장 요절낼 수 있지.

---

* 독일 철학자 이마누엘 칸트의 정언명령.

친구에 대한 커다란 공포가 나를 사로잡았다. 웬 크고 검은 푸들이 폰토에게 평소 하는 식으로 상냥하게 인사를 하고, 둘이서 나를 이글거리는 눈으로 바라보며 나지막이 서로 이야기를 나눴을 때, 공포는 더 커졌다.

귀를 딱 눌러 붙인 채 나는 옆으로 살짝 피했다. 하지만 곧 검은 푸들이 떠나고 혼자 남은 폰토가 다시 내게로 뛰어와, 이리 오게, 이 친구야! 하고 소리쳤다.

"아이고 맙소사," 나는 깜짝 놀라 물었다. "자네와 똑같이 처세에 능한 듯한 그 진지한 남자는 대체 누구인가?"

"아니" 폰토가 대답했다. "자네 나의 선량한 숙부, 푸들 스카라무츠를 무서워하는 건 아니겠지? 자네는 이미 수고양이인데, 이제 심지어 토끼가 되려 하는군."

"하지만" 내가 말했다. "숙부가 내게 왜 그렇게 불타는 시선을 던졌나? 그리고 자네들은 무엇을 그토록 은밀하게, 그토록 의심스럽게 서로 속삭인 건가?─""자네에게" 폰토가 대답했다. "자네에게, 나의 선량한 무어여, 감추지 않으려네. 내 나이든 숙부가 약간 퉁명스럽다는 것, 그리고 나이든 사람들이 보통 그렇듯이 케케묵은 선입견에 매달려 있다는 것을 말일세. 그는 우리가 함께 있는 것을 의아하게 여겼네. 우리의 신분 차이가 모든 접근을 금한다고 생각하기 때문일세. 나는 자네가, 이따금 나를 몹시 즐겁게 하는, 많은 교양을 쌓았고 기분좋은 본성을 지닌 젊은이라고 단언했지. 그러자 그는 그렇다면 내가 이따금 자네와 단둘이 이야기를 나눌 수는 있노라고, 단 자네를 푸들 아상블레*에 데리고 올 생각일랑 하지도 말라고 했네. 자네가 지금도 그리고 앞으로도 결코 아상블레에 참석할 수 없기 때문이라는 것이었네. 자네의 비천한 출신을 너무도 심하게 드러내는, 큰 귀를 가진 유능한 푸들들이 단연 점잖지 못한 것으로 여기는 자네의 작은 귀 때문에도 벌써 그렇다고. 나는 그러마고 약속했네."

그 당시 이미 고틀리프 왕의 막역한 친구로서 관직과 위신을 획득한 나의 위대한 선조 장화 신은 고양이에 관해 뭔가 알고 있었더라면, 나는 친구 폰토에게 모든 푸들 아상블레는 지극히 저명한 집안의 자손이 그 자리에 참석하는 것을 영광으로 생각해야 할 것임을 아주 쉽게 증명했을 것이다. 그런데 암흑에서 아직 벗어나지 못했던 나는 그 둘, 스카라무츠와 폰토가 나보다 우월하다는 망상을 지니고 있는 것을 감내해야 했다. 우리는 계속해서 걸어갔다. 우리 바로 앞에 한 젊은 남자가 걸어가고 있었다. 그런데 그가 기쁨의 환성을 지르며 어찌나 빨리 뒤돌아왔던지, 내가 재빨리 옆으로 껑충 뛰지 않았다면 심한 상처를 입었을 것이다. 거리 아래로 그를 향해 온 다른 젊은 남자도 마찬가지로 크게 소리쳤다. 그리고 두 사람은 오랫동안 서로 보지 못한 친구들처럼 격렬하게 얼싸안았다. 그러고 나서 우리 앞에서 한 구간을 손에 손을 잡고 걸어갔다. 마침내 그들은 멈춰 서더니 마찬가지로 애틋하게 서로 작별을 고하며 헤어졌다. 우리 앞에 걸어가던 남자는 친구를 오랫동안 눈으로 배웅하고는 어느 집 안으로 재빨리 미끄러지듯 들어갔다. 폰토는 멈춰 섰고, 나도 그렇게 했다. 그러자 그 젊은 남자가 들어간 집 삼층에서 창문 하나가 열렸다. 그림처럼 예쁜 한 소녀가 밖을 내

---

* 푸들 회합. 아상블레는 프랑스어로 '회합'을 뜻한다.

다보았는데, 그녀 뒤에 젊은 남자가 서 있었다. 두 사람은 방금 그와 헤어진 친구를 눈으로 좇으며 몹시 웃었다. 폰토는 올려다보았고, 이빨 사이로 내가 알아듣지 못한 뭔가를 중얼거렸다.

왜 여기 머물러 있는가, 친애하는 폰토, 계속해서 가지 않으려나? 내가 이렇게 물었지만 폰토는 개의치 않았다. 그리고 잠시 후 격렬하게 고개를 흔들고는 말없이 계속해서 걸어갔다.

우리, 나무에 둘러싸이고 조각상들로 장식된 어느 우아한 장소에 이르렀을 때 그가 말했다. 우리 여기에 잠시 머물도록 하세, 선량한 무어. 거리에서 그토록 충심으로 얼싸안았던 두 젊은 남자가 머릿속에서 떠나지 않네. 그들은 다몬과 필라데스 같은 친구지.

다몬과 피티아스지, 내가 바로잡아주었다. 필라데스는 오레스테스의 친구였네.* 그는 복수의 여신들과 악령들이 가련한 오레스테스를 너무 가혹하게 괴롭힐 때마다 충실하게 잠옷 차림으로 그를 침대로 데려갔고 카밀레차 시중을 들었지. 선량한 폰토, 자네가 역사에 그다지 조예가 깊지 않다는 것을 알겠네.

아무러면 어떤가, 푸들은 말을 이었다. 아무러면 어때. 하지만 두 친구의 이야기는 내가 아주 정확히 알고 있다네. 그리고 내 주인이 이야기하는 것을 스무 번씩이나 들었던 대로 모든 사정과 함께 자네에게 그 이야기를 해주려 하네. 자네는 어쩌면 다몬과 피티아스, 오레스테스와 필라데스 이외에 세번째 짝으로 발터와 포르모주스라는 이름을 들어야 할 것이네. 그러니까 포르모주스는 그의 사랑하는 발터를 다시

---

* 다몬과 피티아스는 프리드리히 실러의 담시 「보증」으로 유명한 고대 그리스 시라쿠사의 철학자이며, 필라데스와 오레스테스는 그리스신화에 나오는 사촌 형제다.

만난 기쁨에 하마터면 자네를 밟아 땅바닥에 쓰러뜨릴 뻔했던 바로 그 젊은 남자일세. 저기 거울처럼 밝게 빛나는 창문들이 달린 멋진 집에는 굉장히 부유한 늙은 의장이 살고 있는데, 포르모주스는 빛나는 지성, 노련함, 뛰어난 지식으로 어찌나 잘 아첨하여 호감을 살 줄 알았던지, 노인에게 곧 친아들 같은 존재가 되었다네. 그런데 이런 일이 생겼네. 포르모주스가 갑자기 모든 쾌활함을 잃어버렸고, 창백해지고 병든 것처럼 보였지. 그는 마치 자신의 생명을 토해내기라도 하듯 십오 분 동안에 열 번이나 깊은 가슴에서 한숨을 내쉬었고, 골똘히 생각에 잠긴 채, 완전히 자신 안에 침잠한 채 세상의 그 무엇에도 더이상 그의 감각을 열 수 없을 것 같아 보였다네. ─노인은 오랜 시간 내내 은밀한 근심의 원인을 털어놓으라고 젊은이를 채근했지만 허사였네. 하지만 마침내 그가 의장의 외동딸을 죽도록 사랑하고 있다는 사실이 드러났지. 작은 딸을 두고 지위도 관직도 없는 포르모주스와 결혼시키는 것과는 전혀 다른 일들을 계획했던 듯한 노인은 처음에는 경악했네. 하지만 그 불쌍한 젊은이가 점점 더 시들어가는 것을 보자, 그는 용기를 내어 울리케에게 젊은 포르모주스가 마음에 드는지, 그리고 그가 벌써 그의 사랑에 관해 뭔가 말했는지 물어보았지. 울리케는 눈을 내리깔고 말했다네. 젊은 포르모주스는 지극히 조심스럽고 겸손하여 사랑을 고백하지는 않았다, 하지만 진작부터 그가 자신을 사랑하는 것을 분명히 알아차리고 있었노라, 그런 것은 잘 알아차릴 수 있는 법이기 때문이라고 말이네. 말이 나왔으니 말인데 젊은 포르모주스는 썩 마음에 든다, 그리고 그 밖에 장애가 되는 것이 없다면, 그리고 사랑하는 아버지가 아무런 반대도 하지 않는다면, 그리고─요컨대, 울리케는 더이상

한창 꽃피는 첫 절정기에 있지 않은, 그리고 자신을 데려갈 남자는 누구일까 하고 부지런히 생각하는 소녀들이 그러한 기회에 말하곤 하는 모든 것을 말했다네. 그후 의장은 포르모주스에게 말했네. 고개를 똑바로 들거라, 내 아들아! ―기뻐하고 행복해하거라, 너는 그녀를, 나의 울리케를 아내로 맞이할지어다! 그리하여 울리케는 젊은 포르모주스 씨의 신부가 되었지. 온 세상이 인상 좋고 겸손한 젊은이에게 행복을 기꺼이 허락해주었다네. 오직 한 사람만이 그 때문에 근심과 절망에 빠져들었는데, 이 사람은 바로 포르모주스와 한마음 한뜻으로 자란 발터였지. 발터는 울리케를 몇 차례 보았고, 아마 그녀와 말을 나누기도 했을 테고, 그리고 사랑에 빠진 터였네. 어쩌면 포르모주스보다 훨씬 더 심하게 말일세! ―하지만 나는 항상 사랑, 사랑에 빠지는 것에 관해 얘기하네만, 모르겠군, 자네가, 나의 수고양이여, 이미 언젠가 사랑에 빠져본 적이 있는지, 그러니까 이 감정을 알고 있는지? 나에 관해 말하자면, 나는 대답했다. 나에 관해 말하자면, 친애하는 폰토, 내가 아직 여러 시인이 묘사하는 상태에 빠지지 않았다는 것을 분명히 의식하고 있으므로 내가 이미 사랑했거나 사랑하고 있다고 생각하지 않네. 시인들을 언제나 완전히 신뢰할 수는 없지만 내가 사랑에 관해 아는 바와 읽은 바에 따르면 그것은 실은 정신적 병의 상태에 다름 아닐 것이네. 그 상태는 인간 종에서 부분적 광기로, 그 어떤 대상을 원래와는 전혀 다른 무언가로, 예컨대 양말을 짜깁는 작고 뚱뚱한 계집아이를 여신으로 여기는 데서 나타나지. 하지만 계속하게나, 사랑하는 푸들, 두 친구 포르모주스와 발터의 이야기를 계속해보게.

발터는 (폰토가 계속 얘기했다) 포르모주스의 목을 얼싸안고 눈물

을 펑펑 흘리며 말했다네. 자네는 내게서 인생의 행복을 빼앗아가는
군. 하지만 그렇게 하는 것이 자네라는 것, 자네가 행복해진다는 것, 이
것이 나의 위안일세. 사랑하는 친구여, 안녕히, 영원토록 안녕히!─그
후 발터는 울창한 숲으로 달려가 총으로 자살하려 했네. 하지만 그것
은 불발에 그쳤지. 그가 절망한 나머지 권총에 장전하는 것을 잊어버
렸기 때문이네. 그래서 그는 날마다 반복되는 몇 차례의 광기의 발작
으로 만족했다네. 어느 날, 그가 몇 주 동안이나 보지 못했던 포르모주
스가 전혀 예기치 않게 그의 집에 들어섰네. 발터는 막 유리 액자에 끼
워져 벽에 걸려 있던 울리케의 파스텔화 앞에서 무릎을 꿇고 큰 소리
로 끔찍하게 한탄하던 참이었지. "아니" 발터를 가슴에 안으며 포르모
주스가 외쳤네. "아니, 나는 자네의 고통과 절망을 견딜 수 없네, 자네
에게 기꺼이 나의 행복을 희생으로 바치겠어. 나는 자진해서 울리케를
포기했고 늙은 아버지가 자네를 사위로 받아들이도록 설득했네!─울
리케는 자네를 사랑해, 어쩌면 스스로는 그것을 모르는 채로 말일세.
그녀에게 구혼하게, 나는 떠날 거야!─안녕히!"─그는 떠나려 했고,
발터는 그를 꽉 붙들었네. 발터로서는 자신이 꿈속에 있는 것처럼 여
겨졌지. 그는 포르모주스가 늙은 의장이 손수 쓴 짧은 서한을 꺼내기
전까지는 모든 것을 믿지 않았네. 그 서한에는 대략 이런 말이 쓰여 있
었지. "고결한 젊은이! 자네가 이겼네. 나는 마지못해 자네를 떠나보내
네만, 옛 작가들의 책에서 읽을 수 있는 영웅주의와 비슷한 자네의 우
정에는 경의를 표하네. 칭찬할 만한 특성들을 지닌 남자이며 벌이가
좋은 훌륭한 관직을 가지고 있는 발터 씨가 내 딸 울리케에게 구혼하
고 싶다면, 그애가 그와 결혼하고자 한다면, 그렇다면 나로서는 반대

할 이유가 아무것도 없네." 포르모주스는 정말로 여행을 떠났고, 발터는 울리케에게 구혼했으며, 울리케는 정말로 발터의 부인이 되었다네. 늙은 의장은 다시 한번 포르모주스에게 편지를 썼는데, 그에게 거듭해서 찬사를 보냈지. 그리고, 그런 경우에 보상은 존재하지 않는다는 것을 잘 알기에 결코 보상으로서가 아니라 단지 진심에서 우러난 애정의 작은 표시로서 3천 탈러를 받는 것이 그에게 어쩌면 즐거움을 주지 않겠느냐고 물었다네. 포르모주스는 노인이 그의 욕구의 미미함을 알고 있지 않느냐고, 돈은 그를 행복하게 하지도 않고 행복하게 할 수도 없으며 소중한 친구의 가슴속에 울리케에 대한 사랑을 불타오르게 한 운명 이외에 누구도 죄가 없는 상실에 대해서는 시간만이 그를 위로해줄 수 있다고, 그리고 그는 단지 운명 앞에 굴복했을 따름이며, 그러므로 그 무슨 고귀한 행동에 대해 말할 것이 전혀 아니라고 대답했네. 그런데 그는 노인이 어딘가에서 덕성 있는 딸과 함께 절망적인 불행 속에서 살고 있는 불쌍한 미망인에게 그것을 준다는 조건하에 선물을 받겠다고 했어. 사람들은 미망인을 어렵사리 찾아냈고 그녀는 포르모주스가 받기로 되어 있던 3천 탈러를 받았지. 그후 곧 발터는 포르모주스에게 편지를 썼네. "자네 없이는 더이상 살 수가 없어. 내 품으로 돌아오게!" 포르모주스는 그렇게 했고, 돌아온 그는 발터가 벌이가 좋은 자신의 훌륭한 자리를 포기했다는 것을 알게 되었네. 진작부터 비슷한 자리를 원했던 포르모주스에게 내어준다는 조건하에 말일세. 포르모주스는 그 자리를 정말로 얻었고, 울리케와의 결혼과 관련된 기만당한 희망을 제외한다면 지극히 안락한 상황에 처했다네. 도시와 지방 사람들은 두 친구의 고결한 마음의 경쟁에 탄복했지. 그들의 행동은 오래

전에 지나가버린 좋은 시절의 여운으로 여겨졌고, 높은 정신만이 할 수 있는 영웅적 행동의 모범으로 내세워졌어.

정말로, 폰토가 침묵하자 내가 말을 시작했다. 정말로, 내가 읽은 모든 것에 따르면 발터와 포르모주스는 서로를 위해 충실하게 희생할 뿐, 자네가 예찬한 처세술에 대해서는 아무것도 모르는 고결하고 강한 인간들임이 틀림없군.

흠, 폰토는 심술궂게 미소 지으며 대꾸했다. 경우에 따라 다르지! — 도시 사람들이 주의를 기울이지 않은, 그리고 내가 일부는 주인에게서 들었고 일부는 몸소 엿들은 몇 가지 사정이 아직 남아 있거든. 포르모주스 씨의 부유한 의장의 딸에 대한 사랑은 노인이 생각했던 것만큼 지독하지 않았던 게 분명하네. 이 치명적인 열정의 가장 높은 단계에서도 젊은 남자는 낮 동안 내내 절망한 후에 저녁마다 예쁘고 귀여운 어느 모자 만드는 여자를 방문하는 것을 중단하지 않았기 때문일세. 하지만 울리케가 자신의 신부가 되자, 그는 얼마 지나지 않아 천사처럼 온화한 아가씨가 적당한 기회에 갑자기 작은 악마로 변신하는 독특한 재능을 소유하고 있음을 알게 되었지. 그 밖에도 확실한 소식통에게서 울리케 아가씨가 관저에서, 사랑과 사랑의 행복에 관한 한, 아주 특별한 경험들을 했다는 불쾌한 소식이 그에게 전달되었네. 그러자 갑자기, 저항할 수 없는 고결한 마음이 그를 사로잡았지. 그것에 힘입어 부유한 신부를 친구에게 넘겨줄 수 있었다네. 발터는 기이한 혼란 속에, 그가 공적인 장소들에서 온갖 화장술의 드높은 광채 속에 보았던 울리케를 정말로 사랑하고 있었다네. 그리고 울리케로서는 두 사람, 포르모주스나 발터 중에 누가 남편이 되건 아무래도 좋은 일이었고 말이야. 발터는 아닌 게 아니라 정말로 벌이가 좋은 훌륭한 관직을 가지고 있었다네. 하지만 관직을 수행하며 하도 뒤죽박죽 장난질을 쳐놓아서 짧은 시간 내에 면직을 당할 처지에 놓여 있었지. 그는 그렇게 되기 전에 차라리 친구를 위해 작별을 고하고, 그렇듯 고결한 성향의 모든 표지를 달고 있는 행동을 통해 자신의 명예를 구하기로 했네. 3천 탈러는 좋은 종이에 싸인 채 예의 모자 만드는 예쁜 여자의 때로는 어머니, 때로는 아주머니, 때로는 시중드는 여자 역할을 했던 아주 점잖은 노파에게 건네졌다네. 이 용무에서 그녀는 이중적 형상으로 나타났지. 먼저 돈을 수령할 때는 어머니로, 나중에 돈을 건네주고 사례를 받을 때는 아가씨의 시중드는 여자로 말일세. 그 아가씨는, 친애하는 무어, 자네도 알고 있네. 그녀가 방금 전에 포르모주스 씨와 함께 창밖을 내다보고 있었으니까. 그건 그렇고 두 사람, 포르모주스와 발터는 진작부터 그들이 어떤 방식으로 서로 고결한 성향을 더 많이 내보였는지 알고 있다네. 그들은 상호간의 과찬을 피하기 위해 오랫동안 서로를 피했지. 그래서 오늘 우연이 그들을 거리에서 만나게 했을 때, 그들의 인사가 그토록 다정했던 걸세.

그 순간 끔찍한 소음이 일었다. 사람들이 우왕좌왕 뛰어다녔고 불이야!─불이야! 하고 외쳤다. 말 탄 사람들이 거리를 가로지르며 질주했고─마차들이 덜그럭거리며 달렸다. 우리가 있는 곳에서 멀지 않은 한 집의 창문에서 연기 구름과 불꽃이 솟구쳐나왔다. 폰토는 재빨리 앞으로 뛰어갔다. 하지만 나는 무서워서 어느 집에 기대어 있던 높은 사다리를 기어올라갔다. 그리고 곧 지붕 위에서, 완전히 안전한 상태에 있었다. 갑자기 내게는─

(파지) ─아주 예기치 않게 갑자기, 제후 이레네우스가 말했다. 의전관이 내게 묻지도 않았고, 직무를 수행하는 시종이 소개해주지도 않았지만, 거의─우리 둘 사이니까 그대에게 이런 말을 하는 것이오, 마이스터 아브라함, 혹시라도 사람들한테 퍼뜨리지 마시오─거의 예고 없이─대기실에는 하인들도 없었소. 멍청이들이 입구의 홀에서 브라우제바르트 놀이*를 했다오. 도박은 큰 악덕이지. 그가 이미 문으로 들어섰을 때, 다행히 막 지나가던 연회 담당자가 그의 옷자락을 붙잡았소. 그리고 그에게 신사분은 누구신지, 제후에게 어떻게 소개해드려야 할는지 물었소. 그는 내 마음에 썩 들었소. 아주 점잖은 사람이더군. 그가 전에는 그저 단순한 악사는 결코 아니었다고, 심지어 어느 정도의 신분을 갖추었다고 그대가 말하지 않았소?

마이스터 아브라함은 크라이슬러가 물론 전에는 전혀 다른, 심지어 제후의 연회석에서 식사를 하는 것이 허용되는 상황 속에 살았다고, 단지 모든 것을 황폐화시키는 시대의 폭풍이 그를 그러한 상황에서 쫓아냈다고 확언했다. 그런데 그는 자신이 과거 위로 던진 베일이 움직이지 않고 놓여 있기를 바란다는 것이었다.

그러니까, 제후가 말했다. 그러니까 귀족 출신, 어쩌면 남작 ─백작 ─어쩌면 심지어 ─꿈같은 희망 속에 너무 멀리 갈 필요는 없겠지!─나는 그와 같은 신비를 특별히 좋아한다오! 프랑스대혁명 직후는 좋은 시대였소. 그 시대에는 후작이 봉랍을 제조했고 백작이 그물천으로 수면모자를 짰으며, 다른 무엇이 아니라 평범한 므시외가 되고

─────────────

* 카드놀이. 가장 높은 카드에서 이름을 따왔다.

자 했소. 사람들은 거대한 가장무도회를 즐겼지. 그래, 폰 크라이슬러 씨*에 관한 한!—벤촌 부인은 그러한 것에 식견이 있소. 그녀는 그를 칭찬했고 내게 추천했는데, 그녀가 옳더군. 모자를 팔 밑에 들고 있는 거동을 보고 나는 즉시 교양 있는, 세련되고 순화된 예법을 따르는 남자임을 알아보았소.

제후는 크라이슬러의 겉모습에 대한 몇 가지 칭찬을 더 덧붙였다. 그리하여 마이스터 아브라함은 자신의 계획이 틀림없이 성공할 것이라고 확신했다. 즉, 그는 막역한 친구를 망상에 빠진 제후의 수행원 무리에 악장으로 밀어넣으려고, 그렇게 해서 그를 지크하르츠바일러에 잡아두려고 마음을 먹고 있었던 것이다. 하지만 그가 다시 한번 그에 관해 말했을 때, 제후는 아주 단호히, 그 계획은 결코 이루어질 수 없다고 대답했다.

스스로 말해보시오, 그리고 나서 그는 말을 계속했다. 스스로 말해보시오, 마이스터 아브라함, 내가 그를 악장으로, 그리고 그렇게 해서 나의 하급관리로 만든다면 그 기분좋은 남자를 나의 더 친밀한 가족범위 안으로 끌어들이는 것이 가능할 것인지?—나는 그에게 궁정 고위 관직을 부여할 수 있을 것이오. 그리고 그를 축제행사 주관자 혹은 오락연극 주관자로 만들 수 있을 것이오. 하지만 그 남자는 음악을 근본부터 이해하고 있고, 또한 그대가 말하듯 연극 전반에 관해서도 경험을 잘 갖추고 있소. 자, 하지만 나는 나의 지극히 복된 작고하신 부친의 원칙에서 벗어나지 않겠소. 그분은 항상, 앞서 말한 주관자는 반드

---

* 제후는 크라이슬러가 귀족 출신이라고 생각한 후 "크라이슬러 씨"가 아니라 "폰 크라이슬러 씨"라고 일관되게 지칭하고 있다.

시 자신이 맡은 일을 이해하지 못해야 한다고 주장하셨소. 그렇지 않으면 그가 너무 과하게 직무를 보살피고 연극배우, 악사 등등 그 일에 고용된 사람들에게 지나친 관심을 갖기 때문이라는 거요. 그러니까 폰 크라이슬러 씨는 그 대신에 낯선 악장의 가면을 간직할 것이며 그것을 가지고 궁정 내부의 방들로 들어갈 것이오. 얼마 전에 한 비열한 고대 로마 배우의 물론 부도덕한 가면을 쓰고 가장 정선된 집단을 우아하기 짝이 없는 익살로 즐겁게 해주었던, 충분히 고상한 남자*의 본보기에 따라서 말이오.

그리고, 제후가 떠나가려던 마이스터 아브라함에게 소리쳤다. 그리고, 그대가 폰 크라이슬러 씨의 *대리 공사* 역을 하는 모양이니 그와 관련해, 어쩌면 실제적인 것이라기보다는 습관일지도 모를 단 두 가지가 내 마음에 썩 들지 않는다는 것을 그대에게 감추지 않겠소. 내가 무슨 뜻으로 하는 말인지 그대는 벌써 알 것이오. 무엇보다도 먼저, 내가 그와 말을 나눌 때면 그는 내 얼굴을 똑바로 응시하오. 나는 그러잖아도 주목할 만한 눈을 가지고 있소. 그 눈으로 전에 프리드리히 대왕이 그랬듯이 무시무시하게 빛을 발할 수 있지. 내가 그 끔찍한 눈빛으로 쏘아보며 그 *나쁜 녀석*이 벌써 또 빚을 졌느냐, 혹은 마르치판을 전부 먹어치웠느냐고 물으면 어떤 시종도, 어떤 시동도 감히 올려다볼 엄두를 내지 못하오. 하지만 그 폰 크라이슬러 씨는, 내가 아무리 그를 마음껏 쏘아보아도 전혀 개의치 않고 내게 미소를 짓는다오. 어떤 식으로 그러느냐 하면—나 자신이 눈을 내리깔아야만 하는 식으로 말이오. 그

_____

* 18세기 이탈리아의 여행가이자 사기꾼, 신비주의자이자 연금술사였던 주세페 발사모를 가리키는 듯하다. 자칭 칼리오스트로 백작으로 유명하다.

다음에 그 남자는 말하고 대답하고 대화를 이어가는 방식이 어찌나 특별하던지, 사람들은 이따금 자신이 말한 것이 별것 아니었다고 정말 믿을 정도라오. 사람들은 어느 정도 베―* 성 야누아**에게 맹세코, 마이스터, 그것은 아주 참을 수 없는 일이오. 그대는 폰 크라이슬러 씨가 그러한 것들 혹은 습관들을 버리도록 신경을 써야 할 것이오.***

마이스터 아브라함은 제후 이레네우스의 분부대로 하겠다고 약속했다. 그리고 또다시 떠나려고 했다. 그때 제후는 헤드비가 공주가 크라이슬러에 대해 나타낸 특별한 반감을 언급했다. 그리고 공주가 얼마 전부터 이상한 꿈과 망상에 시달리고 있다고, 그래서 시의侍醫가 내년 연초에 유청요법乳淸療法****을 권고했다고 말했다. 즉 헤드비가는 지금, 크라이슬러가 정신병원에서 뛰쳐나왔고 다음 기회에 갖가지 재앙을 야기할 것이라는 이상야릇한 생각에 빠져 있다는 것이었다.

말해보시오, 제후가 말했다. 말해보시오, 마이스터 아브라함, 그 분별 있는 남자에게 정신착란의 기미가 조금이라도 있는지? 아브라함은 크라이슬러가 자신만큼이나 멀쩡하다고, 그렇긴 하지만 때때로 조금 이상한 거동을 보이며, 햄릿 왕자의 그것과 비교할 수 있는 상태에 빠진다고, 하지만 이로써 그만큼 더 흥미로워진다고 대답했다. 내가 알고 있는 한, 제후가 말했다. 젊은 햄릿은 오래되고 명망 있는 군주 가

* 프랑스어로 '얼간이'를 뜻하는 '베트'의 첫 음절.
** 나폴리의 수호성인 성 야누아리우스.
*** 제후가 수시로 사용하는 프랑스어 낱말과 표현은 당시 독일 궁정에서 통용되던 프랑스어의 위력과 함께 유명무실한 소국 제후의 허위의식을 엿보게 한다.
**** 당시 유청은 석회분 및 인산염 함량 때문에 치료제로 사용되었다.

문 출신의 훌륭한 왕자였소. 단지 이따금 모든 궁신들이 플루트를 불 줄 알아야 한다*는 기묘한 생각을 지니고 다녔을 뿐이지. 지위 높은 인물들에게는 이상한 것에 빠지는 것이 잘 어울리오. 그것은 존경심을 증대시키지. 지위와 신분이 낮은 남자일 경우 사리에 어긋난 언행이라 일컬어야 할 것이 그들의 경우에는 놀라움과 감탄을 불러일으킬 수밖에 없는 비범한 정신의 기분좋은 변덕일 따름이라오. 폰 크라이슬러 씨는 반듯한 길에 곱게 머물러 있어야 할 것이오. 하지만 그가 결단코 햄릿 왕자를 모방하려 한다면, 그것은, 어쩌면 주로 음악적 연구에 몰두하고자 하는 성향에서 야기되었을지도 모를, 더 높은 것을 향한 훌륭한 노력이오. 그러니 그가 때때로 이상하게 행동하려 하더라도 그를 용서해줘도 좋을 것이오.

보아하니 마이스터 아브라함은 좌우간 오늘 제후의 방에서 나가면 안 되는 것 같았다. 그럴 것이 그가 문을 열고 나가려던 참에 또다시 제후가 그를 불러들였고 크라이슬러에 대한 헤드비가 공주의 기이한 반감이 어디에서 연유한 것인지 알고자 했기 때문이다. 마이스터 아브라함은 크라이슬러가 처음으로 지크하르츠호프의 정원에서 공주와 율리아 앞에 어떻게 나타났는지 이야기했다. 그리고 악장이 당시 처해 있던 격앙된 정서가 섬세한 신경을 지닌 한 숙녀에게 아마도 적대적인 인상을 주었음이 틀림없다고 말했다.

제후는 약간 격하게, 폰 크라이슬러 씨가 정말로 걸어서 지크하르츠바일러로 온 것이 아니라 마차가 정원의 넓은 마찻길 어딘가에 멈춰

---

* 셰익스피어의 『햄릿』 3막 2장에서 햄릿은 길든스턴에게 플루트 연주를 청한다.

섰기를 바라 마지않는다고 말했다. 오로지 신분이 낮은 모험가들만이 걸어서 여행하곤 하기 때문이라는 것이었다.

마이스터 아브라함은, 단 한 번도 장화 밑창을 새것으로 갈지 않고 라이프치히에서 시라쿠사로 걸어온 용감한 장교의 예*가 있긴 하지만, 크라이슬러에 관해 말하자면, 마차 한 대가 정말로 정원에 멈춰 섰다고 확신하노라고 말했다. 제후는 만족했다.

이러한 일이 제후의 방에서 일어나고 있는 동안 요하네스는 고문관 부인 벤촌의 집에서 언젠가 솜씨 좋은 나네테 슈트라이허**가 제작한 더할 나위 없이 아름다운 그랜드피아노 앞에 앉아 글루크의 〈아울리스의 이피게네이아〉에 나오는 클리타임네스트라의 위대하고 열정적인 서창을 부르는 율리아에게 반주를 해주고 있었다.

본 전기 작가는 주인공의 초상이 정확해야 한다면, 유감스럽게도 그를 유별난 사람으로 묘사할 수밖에 없다. 특히 음악적 열광에 관한 한 그는 차분한 관찰자에게 종종 거의 광인처럼 보인다. 전기 작가는 이미 그의 과장된 어투를 받아써야 했다. "당신이 노래했을 때 애타는 사랑의 고통과 달콤한 꿈의 환희가, 희망과 갈망이 숲 사이로 물결쳤습니다. 그리고 향기나는 꽃받침 속으로, 귀기울이는 밤꾀꼬리의 가슴속으로 생기를 주는 이슬처럼 내려앉았지요!"라고 말이다. 이에 따르면 율리아의 노래에 대한 크라이슬러의 평가는 여하튼 특별한 가치가 없는 듯하다. 하지만 본 전기 작가는 이 기회에 너그러운 독자에게, 그가 애석하게도 한 번도 직접 들어본 적이 없는 율리아의 노래에 뭔가 신

---

* 요한 고트프리트 조이메의 『시라쿠사로의 산책』에 나오는 이야기다.
** 당대의 유명한 여성 피아노 제작자.

비스러운 것, 뭔가 아주 경이로운 것이 담겨 있었음이 틀림없다고 장담할 수 있다. 얼마 전에야 비로소 땋아 내린 머리를 자른 굉장히 견실한 사람들, 커다란 소송사건, 심술 사납고 진기한 병, 혹은 갓 나온 슈트라스부르크 고기만두를 실컷 맛본 후에 극장에서 글루크, 모차르트, 베토벤, 스폰티니*의 음악에 몰두해도 예의바른 마음의 평온을 전혀 잃지 않는 사람들, 그렇다, 그런 사람들이 종종, 율리아 벤촌 양이 노래할 때면 아주 특이한 기분이 든다고, 그런데 어떤 기분인지 말할 수는 없노라고 확언했다. 그럼에도 그들에게 형용할 수 없는 만족감을 불러일으키는 모종의 답답함이 그들을 완전히 사로잡으며, 그들은 종종 방자한 장난을 하고 젊은 몽상가와 시인처럼 행동하는 지점까지 오게 된다는 것이었다. 더 나아가 또한 언급할 것은, 언젠가 율리아가 궁정에서 노래했을 때, 제후 이레네우스가 또렷이 들릴 정도로 신음했고, 노래가 끝나자 바로 율리아에게 걸어가 그녀의 손에 입을 맞추는 동시에 몹시 울먹이며, 더없이 훌륭한 아가씨! 하고 말했다는 사실이다. 의전관은 제후 이레네우스가 작은 율리아의 손에 정말로 입을 맞췄으며, 그때 그의 눈에서 눈물 몇 방울이 떨어졌다고 감히 주장했다. 하지만 여자 상궁내교육관의 지시로 이 주장은 적절하지 않은 것으로, 그리고 궁정의 안녕에 반하는 것으로 억압되었다.

충만하고 울림이 풍부하며 종소리처럼 맑은 음성을 낼 수 있는 율리아는 감정을 가지고, 가장 깊은 내면에서 감동된 마음으로부터 흘러나오는 열광을 가지고 노래했다. 그리고 어쩌면 거기에 그녀가 오늘도

---

* 이탈리아 작곡가 가스파레 스폰티니.

행한 저항할 수 없는 놀라운 마술이 들어 있는지도 몰랐다. 그녀가 노래할 때 모든 청중의 호흡은 멎었다. 누구나 달콤한, 형용할 수 없는 아픔에 가슴이 조여오는 것을 느꼈다. 그녀가 노래를 끝낸 후 몇 순간이 지나고서야 우레와 같은 엄청난 갈채가 터져나왔다. 오직 크라이슬러만이 거기 말없이 그리고 꼼짝하지 않고 안락의자에 등을 기댄 채 앉아 있었다. 그러고 나서 그는 조용히 그리고 천천히 일어섰다. 율리아는 노래가 괜찮았는지요? 하고 분명히 묻는 시선으로 그에게 몸을 돌렸다. 하지만 그녀는 크라이슬러가 가슴에 손을 얹으며 떨리는 음성으로 율리아! 하고 속삭이고는 고개를 숙인 채 둥그렇게 모여 있는 숙녀들 뒤로 걸어갔다기보다는 살금살금 다가갔을 때, 얼굴을 붉히며 눈을 내리깔았다.

고문관 부인 벤촌은 어렵사리 헤드비가 공주가 저녁 사교모임에 나타나도록 할 수 있었다. 공주는 거기서 분명 악장 크라이슬러를 만나게 될 것이었다. 공주는 고문관 부인이, 한 남자가 단지 동전처럼 하나의 유형과 방식으로 주조된 사람들에 속하지 않고 이따금 기이한 특성을 나타낸다고 해서 그를 피하는 것이 얼마나 유치한 일일지를 매우 진지하게 타일러주었을 때에야 양보했다. 벤촌 부인은 또한 크라이슬러를 제후도 받아들였다고, 그러니 이상한 고집을 실행에 옮기는 것은 불가능할 것이라고 했다.

헤드비가 공주가 저녁 내내 어찌나 노련하게 방향을 바꾸고 몸을 돌릴 줄 알았던지, 악의 없고 순종적이어서 진정으로 헤드비가 공주와 화해하고자 했던 크라이슬러는 온갖 노력을 했음에도 그녀에게 다가갈 수 없었다. 가장 노련한 작전에도 그녀는 영리한 전술로 대응할 줄 알았다. 이 모든 것을 알아차린 벤촌 부인에게는 공주가 갑자기 숙녀들의 무리를 뚫고 나와 곧장 악장에게 걸어갔을 때 그것이 그만큼 더 눈에 띌 수밖에 없었다. 크라이슬러는 아주 깊이 생각에 잠긴 채 거기서 있었다. 그래서 그는 율리아가 얻어낸 박수갈채에 대해 대체 혼자만 아무런 표시도, 아무런 말도 하지 않을 작정이냐는 공주의 말에 비로소 꿈에서 깨어났다.

"공주님," 크라이슬러가 마음의 동요를 드러내는 어조로 대답했다. "유명한 작가의 믿을 만한 견해에 따르면 구원받은 이들은 말 대신에 생각과 시선을 가지고 있답니다. 제 생각에 저는 천국에 있었습니다!"

"그렇다면," 공주가 미소 지으며 대꾸했다. "우리의 율리아는 당신에게 낙원을 열어줄 수 있었으니 빛의 천사군요. 하지만 이제 나는 당신에게 잠시 천국을 떠나 가련한 지상의 한 아이에게, 어쩔 수 없이 제가 그런 존재이니, 귀를 기울여주실 것을 부탁드립니다."

공주는 크라이슬러가 뭔가 말하기를 바라는 듯 말을 멈추었다. 하지만 그가 말없이 그녀를 번쩍이는 눈빛으로 응시했기에 그녀는 눈을 내리깔고 급히 몸을 돌렸다. 그리하여 가볍게 걸친 숄이 나부끼며 어깨에서 흘러내렸다. 크라이슬러가 떨어지는 숄을 붙잡았다. 공주는 멈춰섰다. "이렇게 하지요." 그러고 나서 그녀는 그 어떤 결심과 싸우는 듯, 마음속으로 결심한 것을 발설하기가 힘들다는 듯 불확실하고 동요하는 어조로 말했다. "시적인 것들에 관해 우리 아주 산문적으로 말하도록 해요. 당신이 율리아에게 성악을 가르친다는 것을 알고 있어요. 그리고 그 이후부터 그녀는 발성과 표현력이 굉장히 좋아졌어요. 이것은 당신이 나처럼 평범한 재능을 가진 사람조차도 더 나아지게 할 수 있을 것이라는 희망을 줍니다. 내 말은 ─"

공주는 몹시 낯을 붉히며 말을 멈추었다. 벤촌 부인이 다가왔다. 그리고 공주가 자신의 음악적 재능을 평범하다고 일컫는다면 스스로를 몹시 부당하게 평가하는 것이라고 확언했다. 그녀가 피아노를 탁월하게 연주하며 대단히 감정이 풍부하게 노래하기 때문이라는 것이었다. 크라이슬러에게는 당황한 공주가 갑자기 더할 나위 없이 사랑스럽게 여겨졌다. 그래서 그는 상냥한 상투어를 잔뜩 쏟아놓았다. 그리고 공주가 음악 공부에서 조언과 행동으로 그녀를 돕도록 허락한다면 그보다 더 행복한 일은 그에게 일어날 수 없을 것이라며 말을 마쳤다.

공주는 만족한 기색이 완연한 채 악장의 말을 경청했다. 그가 말을 마쳤을 때, 그리고 벤촌 부인의 시선이 점잖은 남자에 대한 그녀의 이상한 두려움을 비난했을 때, 그녀는 목소리를 반쯤 낮춰 말했다. 그래요, 그래, 벤촌, 당신이 옳아요. 나는 종종 유치한 아이 같지요! ─바로 그 순간 그녀는 크라이슬러가 아직도 손에 쥐고 있다가 그녀에게 건네준 숄을, 그쪽을 쳐다보지 않은 채 잡았다. 그는 그러면서 어떻게 공주의 손을 건드리게 되었는지 자신도 알지 못했다. 하지만 격렬한 맥박이 그의 온 신경을 통해 진동했고 의식은 마치 사라지려는 것 같았다.

어두운 구름들 사이로 뚫고 나오는 빛줄기처럼, 크라이슬러는 율리아의 목소리를 들었다. "저는," 그녀가 말했다. "저는 아직 더 노래해야 한답니다, 친애하는 크라이슬러! 사람들이 저를 가만 놔두지 않네요. 당신이 최근에 가르쳐준 아름다운 이중창곡을 시도해볼까 해요." "당신은," 벤촌 부인이 말했다. "당신은 나의 율리아의 청을 거절하면 안 됩니다. 친애하는 악장 ─그랜드피아노 앞으로 가세요! ─"

크라이슬러는 아무 말도 하지 못한 채 그랜드피아노 앞에 앉았고, 이상한 도취에 매혹되고 사로잡힌 듯이 이중창곡의 첫번째 화음을 짚었다. 율리아가 노래를 시작했다. *오 어떻게 내 의식이 사라지는지 그토록 운명적인 순간에**—이 이중창곡의 가사는 통상적인 이탈리아의 방식에 따라 아주 단순히 한 연인의 이별을 표현하고 있었다는 것, 물론 순간momento에는 느낌sento과 고통tormento으로 운을 맞췄다는 것, 그리고 비슷한 유의 수백 가지 다른 이중창에서처럼, *동정하시라 오 하늘이여, 그리고 죽음의 고통*이라는 노랫말이 빠지지 않았다는 것을 말해두어야겠다. 그러나 크라이슬러는 마음의 흥분이 한껏 고조된 상태로, 노래로 표현될 때 하늘이 괜찮은 귀를 준 사람이라면 누구나 저항할 수 없게 매혹시킬 수밖에 없는 열정을 가지고 이 가사에 곡을 붙였다. 그 이중창곡은 이러한 양식의 가장 열정적인 것들에 견줄 수 있었으며, 크라이슬러가 순간의 최고의 표현을 위해 노력했을 뿐 여가수가 아주 차분하고 편안하게 파악할 수 있게 하려고 노력하지는 않았으므로, 발성하기가 상당히 어렵게 만들어졌다. 그리하여 율리아는 조심스럽게, 자신 없는 음성으로 노래를 시작했고, 크라이슬러 역시 그리 나을 것 없이 시작하게 되었다. 하지만 곧 두 음성은 노래의 물결 위에 희미하게 반짝이는 백조들처럼 날아올랐고, 때로는 살랑거리는 날갯짓으로 황금빛으로 환하게 빛나는 뭉게구름으로 날아오르려 하기도 하고, 때로는 달콤한 사랑의 포옹 속에 잦아들며 화음들의 **쏴쏴** 소리 나는 물결 속에 가라앉으려 하기도 했다. 깊이 내쉬는 한숨들이 가까

---

* 작사자는 미상. 1812년 호프만은 이 가사에 곡을 붙여 이중창곡을 작곡했다.

운 죽음을 알리고 마지막 작별 인사가 지독한 고통의 절규로, 갈기갈기 찢긴 가슴에서 피투성이의 샘물처럼 솟구쳐나올 때까지.

모인 이들 가운데 이중창에 마음 깊이 사로잡히지 않은 사람은 아무도 없었다. 많은 사람들 눈에는 영롱한 눈물이 맺혀 있었다. 벤촌 부인조차 극장에서 그 어떤 잘 표현된 이별의 장면에서도 여태 그와 비슷한 것을 느껴본 적이 없노라고 고백했다. 사람들은 율리아와 악장에게 거듭 찬사를 보냈다. 사람들은 두 사람을 가득 채운 진정한 열광에 대해 말했고, 악곡을 원래의 가치보다 더 높게 평가하는 것 같았다.

사람들은 노래가 진행되는 동안 헤드비가 공주의 내적 동요를 잘 알아차렸다. 그녀가 평온하게 보이려고, 그렇다, 모든 관심을 숨기려고 노력했음에도 말이다. 그녀 옆에는 울고 싶은 동시에 웃고 싶기도 한 기색으로 뺨이 붉은 어린 궁녀가 앉아 있었다. 공주는 궁정의 예법에 맞지 않을까 우려하여 내뱉은 몇 마디 말 이외에 그 어떤 다른 대답도 얻지 못하면서도, 궁녀의 귀에 대고 온갖 것을 속삭였다. 다른 편에 앉아 있던 벤촌 부인에게도 그녀는 마치 이중창을 전혀 경청하지 않는 것처럼 아무래도 좋은 것들을 속삭였다. 하지만 벤촌 부인은 그녀의 엄격한 예법대로, 공주에게 이중창이 끝날 때까지 대화를 아껴두도록 부탁했다. 하지만 이제 공주가 얼굴이 온통 벌겋게 달아오른 채 번쩍이는 눈으로 어찌나 크게 말했던지, 거기 모인 모든 사람들의 찬사를 압도할 정도였다. "이제 내 견해를 말해도 되겠지요. 이중창이 악곡으로서 가치가 있을지도 모른다는 것, 나의 율리아가 훌륭하게 노래했다는 것을 인정하겠어요. 하지만 친절한 대화가 최상의 가치여야 할, 상호 간의 자극과 담화와 노래가 꽃밭 사이로 부드럽게 졸졸거리는 시냇물처럼 흘러가야 할 기분좋은 모임에서, 마음을 찢어놓는, 그 폭력적으로 파괴하는 인상을 극복할 수 없는, 상궤를 벗어난 것을 내놓는 것이 올바른가요, 그것이 적절한가요? 나는 크라이슬러가 우리의 쉽게 상처 입을 수 있는 마음을 조소하는 재주로 음조에 담아낸, 저승의 격렬한 고통에 귀와 가슴을 닫아걸기 위해 노력했어요. 하지만 아무도 나를 돌볼 만큼 관대하지 않더군요. 나는 나의 약점을 기꺼이 당신의 아이러니에 희생시키겠어요, 악장, 나는 당신의 이중창곡이 나를 아주 괴롭게 만들었다는 것을 기꺼이 고백하겠어요. 정말 회합에 적합한 곡을 쓴 치마로사가, 파이시엘로가 도대체 한 사람도 없단 말인가요?"*

이런, 내면에서 유머가 솟아오를 때면 언제나 그러곤 했듯이 경련하듯 몹시 실룩거리는 얼굴로 크라이슬러가 소리쳤다. 이런, 존경해마지 않는 공주님!―가련하기 짝이 없는 악장인 제 생각이 당신의 선량하고 관대하신 견해와 얼마나 완벽하게 일치하는지요!―그 모든 비애, 그 모든 고통, 그 모든 매혹이 감춰져 있는 가슴을 훌륭한 점잖음과 온당함의 커다란 삼각 숄로 두껍게 감싸지 않고 사교모임에 가져오는 것은 모든 예의범절과 복장 규칙에 반하는 것이 아닌가요? 기품 있는 예법이 도처에 준비해놓은 모든 소방시설이, 여기저기에서 불타오르려 하는 나프타불꽃을 약화시키는 데 대체 무슨 쓸모가 있을까요. 그것들이 충분할까요? 사람들이 아무리 많은 차를, 아무리 많은 설탕물을, 아무리 많은 품위 있는 대화를, 그래요, 아무리 많은 기분좋고 단조로운 음악을 삼켜보라지요. 그래도 이런저런 무도한 살인 방화범은 콩그리

---

* 도메니코 치마로사와 조반니 파이시엘로는 18세기 이탈리아의 오페라 작곡가다.

브 로켓*을 내면에 던져넣는 데 성공할 겁니다. 그리고 불꽃은 번쩍거리며 솟아오를 겁니다. 빛을 발하고 심지어 타오르기까지 할 겁니다. 순수한 달빛에게는 결코 일어나지 않는 일이지요!―그렇습니다! 존경해 마지않는 공주님!―그렇습니다, 제가!―지상의 모든 악장들 가운데 가장 불행한 악장인 제가 끔찍한 이중창으로 파렴치하게 모독했습니다. 그것은 온갖 조명탄, 꼬리로켓, 폭죽과 폭발 불꽃이 동원된 지옥의 불꽃놀이처럼 여기 모인 모든 사람들 사이로 재빨리 스쳐갔고, 유감스럽게도 저는 그것을 알아챕니다만, 거의 어디에나 불을 붙였습니다!―저런!― 불이야― 불이야―사람 죽이네!― 불타네! 소화펌프 창고를 열어라!― 물을 ―물을 ―사람 살려, 살려주시오!

크라이슬러는 악보함을 향해 돌진하더니 그랜드피아노 밑에서 그것을 끄집어냈다. 악보함을 열고는―악보들을 이리저리 던져 어질러 놓더니―악보 하나를 꺼냈다. 그것은 파이시엘로의 〈물레방앗간 아가씨〉였다. 그는 악기 앞에 앉아 잘 알려진 귀여운 아리에타**의 리토르넬***을 시작했다. 작은 *물레방앗간 아가씨 라켈리나*, 아리에타를 부르며 물레방앗간 처녀가 등장하는―

아니, 친애하는 크라이슬러! 율리아가 깜짝 놀라 몹시 조심스럽게 말했다.

하지만 크라이슬러는 율리아 앞에 무릎을 꿇고 간청했다. "더없이 소중하고 우아한 율리아! 여기 모이신 존경해 마지않는 분들을 불쌍히

---

* 영국의 윌리엄 콩그리브 대령이 제작한 소이탄 로켓.
** 소규모의 아리아.
*** 합주와 독주가 되풀이되는 악곡 형식.

여기세요, 희망이 없는 마음들 속에 위안을 쏟아부어주세요, 라켈리나를 불러주세요!—당신이 노래하지 않으면 제게는 달리 남은 방도가 없습니다. 저는 여기 당신이 두 눈으로 보는 앞에서, 제가 이미 그 언저리에 있는, 절망 속으로 뛰어내릴 것입니다. 그러면 당신이 잃어버린 *악장*의 옷자락을 잡아 붙들어도 허사일 겁니다. 맘씨 좋게 우리 곁에 머물러 있어요, 오 요하네스! 하고 당신이 외쳐도 그는 벌써 아케론*으로 내려가 악마와 같은 숄 춤을 추며 더없이 멋진 도약을 감행하고 있을 테니까요. 그러니 소중한 이여, 노래해주세요!"

율리아는 약간 거부감을 가진 듯 보였지만 크라이슬러가 부탁한 대로 했다.

아리에타가 끝나자마자 크라이슬러는 곧장 공중인과 방앗간 처녀의 희극적인 이중창을 시작했다.

율리아의 노래는 음성과 창법이 완전히 진지한 쪽, 비장한 쪽으로 기울었다. 그럼에도 그녀는 희극적인 것들을 불러 보일 때면 더없이 매혹적인 사랑스러움 자체인 기분을 자유자재로 사용할 수 있었다. 크라이슬러는 이탈리아 희가극 가수들의 기이하면서도 저항할 수 없이 매혹적인 연기를 습득한 터였다. 그런데 이 연기가 오늘은 과장이라 할 만큼 고조되었다. 크라이슬러의 음성이 수많은 뉘앙스를 지닌 최고의 극적 표현에 들어맞던 때의 음성과 똑같지는 않은 듯했지만 그래도 그가 노래하며 어찌나 기묘하게 얼굴을 찡그렸던지 카토**까지 웃게 만들었을 터였기 때문이다.

---

* 그리스신화에 나오는 명부의 강.

** 고대 로마의 정치가이자 문인인 카토는 도덕적 엄격성으로 유명했다.

아닌 게 아니라 모두들 크게 환성을 질렀고, 요란한 폭소를 터뜨렸다.

크라이슬러는 넋을 잃고 율리아의 손에 입을 맞췄다. 그녀는 아주 불만스레 급히 손을 빼냈다. "아아." 율리아가 말했다. "아아, 악장님, 저는 아무래도 당신의 이상한 변덕―저는 그것을 기괴하다 일컫고 싶군요, 저는 아무래도 그것에 전혀 적응할 수가 없어요!―하나의 극단에서 다른 극단으로의 이 죽음의 도약은 제 가슴을 찢어놓습니다!―당신에게 부탁합니다, 친애하는 크라이슬러, 깊이 감동한 마음으로, 더없이 깊은 비애의 음조가 아직 제 마음속에 메아리치고 있을 때, 뒤이어 희극적인 것을 노래하라고 더이상 제게 요구하지 마세요. 그것이 아무리 귀엽고 예쁜 것이라 해도 말입니다. 저는 그것을 알고―그것을 할 수 있으며, 그것을 끝까지 해냅니다. 하지만 그런 일은 저를 지쳐서 힘없고 괴롭게 만듭니다. 더이상 이런 일을 요구하지 마세요!―그렇지요, 이것을 약속해주시겠지요, 친애하는 크라이슬러?"

악장은 대답하려 했다. 하지만 그 순간 공주가 그 어느 여자 상궁내 교육관이 온당하다고 간주하거나 책임질 수 있는 것보다 더 거세게, 더 거리낌없이 웃으며 율리아를 껴안았다.

"내 품으로 오렴." 그녀는 외쳤다. "너 모든 방앗간 아가씨들 가운데 가장 귀엽고, 가장 음색이 풍부하고, 가장 변덕스러운 방앗간 아가씨야!―너는 온 세상의 모든 남작, 고관의 직무 대행자, 공증인을 현혹시키는구나. 그리고 아마도 게다가 심지어―"그녀가 더 이야기하려 했던 나머지 것은 그녀가 또다시 터뜨린 진동하는 듯한 웃음 속에 묻혀버렸다.

그리고 그녀는 급히 악장에게 몸을 돌리며 말했다. "당신은 나를 완전히 당신과 화해시켰어요, 친애하는 크라이슬러! ─오, 이제 나는 당신의 껑충껑충 뛰는 유머를 이해하겠어요. 그것은 근사합니다, 정말로 근사해요! ─오로지 지극히 상이한 감각들, 지극히 적대적인 감정들의 갈등 속에서만 더 높은 삶이 열리는 것이지요! ─감사합니다, 충심으로 감사해요─자! ─당신에게 내 손에 입을 맞추도록 허락하겠어요!"

　크라이슬러는 공주가 내민 손을 잡았다. 그러자 다시금, 어쩌면 그 전만큼 격렬하지는 않을지 몰라도, 맥박이 뛰는 소리가 온몸을 쿵쿵 울렸다. 그래서 그는 자신이 여전히 외교참사관이기라도 한 것처럼 몹시 예의바르게 절을 하며 장갑을 벗은 부드러운 손가락에 입을 맞추기 전에 한순간 망설이지 않을 수 없었다. 그 자신도 어쩌된 일인지 알 수 없었지만 공주의 손을 건드릴 때의 육체적 감각이 그에게 굉장히 우스꽝스럽게 여겨지려 했다. 결국, 공주가 그를 떠났을 때 그는 혼잣말을 했다. 결국 공주님은 일종의 레이덴 병甁*이어서, 공주의 뜻대로 전기충격으로 점잖은 사람들을 실컷 때리는 것이다! ─

　공주는 홀 안을 이리저리 껑충껑충 뛰고 춤추듯 가벼운 걸음으로 돌아다니며 웃었고, 그사이에 작은 물레방앗간 아가씨 라켈리나, 하고 흥얼거렸으며, 귀부인들을 번갈아가며 가슴에 껴안고 입을 맞췄다. 그녀는 자신의 인생에서 지금처럼 즐거운 때는 결코 없었노라고, 그리고 이는 용감한 악장 덕분이라고 단언했다. 진지한 벤촌 부인에게는 이 모든 것이 아주 불쾌했다. 그녀는 마침내 공주를 옆으로 끌어당겨 그

---

* 축전기의 이전 형태. 안드레아스 쿠노이스가 레이덴에서 발명해서 이런 이름이 붙었다.

녀의 귀에 "헤드비가, 이건 곤란합니다. 이 무슨 거동입니까!" 하고 속삭이지 않을 수 없었다.

제 생각엔, 공주는 번쩍이는 눈으로 대꾸했다. 제 생각엔, 친애하는 벤촌, 우리 오늘 훈계는 관두고 모두 잠자리에 드는 것이 좋겠어요!―그래요!―잠자리로―잠자리로! 이 말과 함께 그녀는 마차를 불렀다.

공주가 경련과 같은 쾌활함 속에 방자한 거동을 보였다면, 율리아는 그사이에 조용하고 침울해졌다. 그녀는 머리를 손으로 받치고 그랜드 피아노 앞에 앉아 있었다. 눈에 띄게 창백해진 피부와 흐려진 눈은 그녀의 불쾌감이 육체적인 고통으로까지 고조되었음을 증명했다.

크라이슬러에게도 다이아몬드처럼 빛나던 유머의 불이 꺼져버렸다. 그는 모든 대화를 피하며 조용한 발걸음으로 문을 향해 더듬더듬 나아갔다. 벤촌 부인이 길을 막아섰다. 나는 모르겠어요, 그녀가 말했다. 그 어떤 기이한 불쾌함이 오늘 나에게――

(무어) 모든 것이 아주 낯익고 퍽 친숙하게 여겨졌다. 나 자신도 어떤 훌륭한 고기구이 냄새인지 몰랐지만, 달콤한 향기가 푸르스름한 구름이 되어 지붕 위로 물결쳐 왔다. 그리고 아득히―아득히 먼 곳에서인 듯, 저녁 바람의 살랑거림 속에 귀여운 음성이 속삭였다. 나의 연인 무어! 그대는 그토록 오래 어디에 머물렀는가.

옥죄인 가슴을 환희의 전율로
그토록 떨게 하는,
정신을 하늘 높이 고양시키는, 이것은 무엇인가,
그것은 높은 신들의 쾌락의 예감인가?

그렇다―뛰어올라라, 너 가련한 마음이여,
담대한 행동으로 너를 독려하라,
위로할 길 없이 쓴 죽음의 고통은
즐거움과 농담으로 바뀌었도다,
희망은 살아 있다―나는 구운 고기 냄새를 맡는다!

  나는 이렇게 노래했고, 끔찍한 화재의 소음에 신경쓰지 않고 더없이
기분좋은 꿈으로 빠져들었다! 하지만 여기 지붕 위에서도 여전히, 내
가 뛰어들었던 기괴한 세상살이의 무시무시한 현상들이 나를 쫓아오
고야 말았다. 그도 그럴 것이, 내가 생각했던 것보다 빨리, 사람들이
굴뚝청소부라 부르는 이상한 괴물들 가운데 하나가 연통에서 올라왔
던 것이다. 그 시커먼 장난꾸러기는 나를 보자마자 썩 꺼져, 고양이야!
하고 소리치고는 내게 빗자루를 던졌다. 그것을 피하면서 나는 바로
다음 지붕 위로 뛰어넘어가 추녀의 홈통으로 뛰어내렸다. 하지만 내가
나의 착실한 주인의 집 위에 있다는 것을 알아챘을 때 느낀 기쁜 놀라
움을, 그렇다, 그 즐거운 경악을 누가 묘사하겠는가. 나는 재빨리 지붕
의 채광창에서 또다른 채광창으로 기어올라갔다. 하지만 창문은 모두
잠겨 있었다. 목소리를 높여보았지만 허사였다. 아무도 내 목소리를
듣지 못했다. 그사이에 연기 구름은 불타고 있는 집에서 높이 회오리
쳐 일어났고, 물줄기들이 그사이로 쉿 소리를 내며 움직였고, 수많은
음성이 뒤죽박죽 소리쳤으며 불은 더 위협적으로 변해가는 듯했다. 그
때 채광창이 열리더니 마이스터 아브라함이 노란 실내용 가운을 입고
내다보았다. "무어야, 나의 착한 수고양이 무어야, 너 왔구나―들어오

럼, 들어와, 작은 회색 털가죽아!" 마이스터는 나를 보자 기쁘게 소리
쳤다. 나는 할 수 있는 모든 표현을 통해 그에게 나의 기쁨도 알리는 것
을 게을리하지 않았다. 그것은 우리가 축하한 아름답고 멋진 재회의
순간이었다. 내가 다락방 안 그에게 뛰어들어가자 마이스터는 나를 쓰
다듬어주었다. 그래서 나는 기분이 좋아, 사람들이 비웃고 조롱하며
"그르렁거리다"라는 말로 칭하는 부드럽고 달콤한 으르렁거림을 토해
냈다. "하하," 마이스터가 웃으며 말했다. "하하, 이 녀석아, 너는 아마
도 먼 방랑에서 고향으로 돌아와 기분이 좋은 모양이다. 너는 우리가
처해 있는 위험을 알아보지 못하는구나. 나도 너처럼 행복하고 순진한
수고양이이고 싶을 지경이다. 불이니 소방감消防監 따위에 전혀 개의치
않고, 그의 불멸의 정신이 가질 수 있는 재산이라곤 그 자신뿐이니 불
타버릴 가구도 있을 턱이 없는 고양이 말이다."

이 말과 함께 마이스터는 나를 품에 안고 그의 방으로 내려갔다.

우리가 들어서자마자 로타리오 교수가 우리에게 황급히 달려왔고,
그 뒤로 두 남자가 더 따라왔다.

이건 곤란합니다, 교수가 소리쳤다. 맙소사, 이러면 안 됩니다, 마이
스터! 당신은 화급한 위험에 처해 있습니다. 불길이 벌써 당신의 지붕
위로 치솟고 있어요. 우리가 당신 물건들을 밖으로 나르도록 허락해주
십시오.

마이스터는 그러한 위험 속에서는 친구들의 갑작스러운 열성이 위
험 자체보다 훨씬 더 악영향을 끼친다고, 불에서 건져낸 것이 보통, 더
좋은 방식으로이긴 하지만, 사라져버리기 때문이라고 아주 건조하게
단언했다. 그는 예전에 화재로 위협받고 있던 한 친구에 대한 대단히

호의적인 열의에 차서, 상당히 귀한 중국 도자기를 오직 불에 타지 않게 하기 위해서 창문을 통해 던졌다는 것이었다. 그는 그들이 아주 차분하게 수면모자 세 개, 회색 웃옷 몇 가지와 다른 옷가지들을, 그 가운데 비단 바지 하나를 특히 주의해야 하는데, 몇몇 속옷과 함께 트렁크에 싸고 책과 원고는 몇 개의 바구니에 싸준다면, 하지만 그의 기계들은 전혀 손대지 말았으면 좋겠다고 했다. 그러고 나서 지붕이 불길에 활활 타오른다면 그는 가구들과 함께 그곳을 빠져나가겠노라는 것이었다.

"하지만 우선"(그는 다음과 같이 말을 끝맺었다) "하지만 우선, 내가 지금 막 먼 여행에서 지치고 피로한 상태로 돌아온 내 동거자이자 동숙자에게 음식과 음료로 원기를 북돋우도록 허락해주게. 그후에 자네들은 살림을 돌봐도 좋네!"

바로 나를 두고 하는 말이라는 걸 알아채고는 모두들 껄껄 웃었다.

음식은 무척 맛있었다. 내가 지붕에서 그리움에 가득찬 달콤한 어조로 표현한 아름다운 희망은 완전히 실현되었다.

내가 기운을 차리자 마이스터는 나를 바구니 안에 넣었다. 내 옆에는 그럴 만한 자리가 있어서, 우유가 든 작은 사발을 놓았다. 그리고 바구니를 꼼꼼하게 덮었다.

차분히 기다려보렴, 마이스터가 말했다. 어두운 숙소에서 차분히 기다려보렴, 내 수고양이야! 우리가 어떻게 될지. 심심풀이로 네가 가장 좋아하는 음료를 홀짝홀짝 마시렴. 네가 여기 방안에서 이리저리 뛰어다니거나 느릿느릿 걸어다니면 저들이 물건을 구해내는 혼란 속에 네 꼬리나 다리를 밟아 두 동강 내고 말 테니까. 피해야 할 때가 되면 내가 몸소 너를 데려갈 것이다. 벌써 한 번 그랬듯이 네가 또다시 길을 잘못 들지 않도록 말이다. 자네들은 믿지 못할 걸세, 마이스터는 이제 다른 사람들에게 몸을 돌리고 말했다. 매우 존경하는 신사이자 위기 속의 원조자인 자네들, 바구니 속의 작은 회색 친구가, 이자가 얼마나 훌륭하고 대단히 영리한 수고양이인지 자네들은 믿지 못할 게야. 발생학의 갈*들은 살의, 도벽, 장난기 등 가장 훌륭한 감각을 갖춘, 어지간한 교육을 받은 수고양이에게도 방향감각만은 완전히 결여되어 있다고, 한번 길을 잘못 들면 고향을 결코 다시 찾지 못한다고 주장하지. 하지만 나의 착한 무어는 그에 대한 굉장한 예외를 만들고 있어. 며칠 전부터 나는 그가 없어 아쉬워하고 있었다네. 그리고 그를 잃어버린 것을 진심으로 애도했지. 그런데 오늘, 방금 전에 그가 돌아왔네. 게다가, 내 짐작이 맞겠지만, 쾌적한 인공도로로서 지붕을 사용했지. 이 좋은 영혼은 영리함과 오성뿐만 아니라 주인에 대한 지극히 신의 있는 충직함 역시 증명했어. 그래서 나는 이제 그를 이전보다 훨씬 더 많이 사랑한다네. 마이스터의 칭찬은 나를 굉장히 기쁘게 했다. 나는 흐뭇한 마음으로 나의 전 종족에 대한, 방향감각 없는 길 잃은 수고양이 무리 전체에 대한 나의 우월성을 느꼈다. 그리고 나 자신은 내 오성이 아주 비상함을 충분히 깨닫지 못했던 것을 의아하게 생각했다. 실은 젊은 폰토가 나를 올바른 길로, 그리고 굴뚝청소부의 빗자루 투척이 올바른 지붕으로 데려다주었다는 생각을 하긴 했지만, 나는 나의 명민함과 마이스터가 내게 해준 칭찬의 진실을 추호도 의심해서는 안 된다고

---

* 프란츠 요제프 갈은 골상학의 창시자로, 두개골의 형상에서 정신적·심리적 성향을 추론할 수 있다는 학설을 제기했다.

믿었다. 이미 말했듯이, 나는 나의 내적 힘을 느꼈다. 그리고 이 느낌은 내게 그 진실을 보증했다. 내가 언젠가 읽었듯이, 혹은 누군가 주장하는 것을 들었듯이, 받을 자격이 없는 칭찬은 받을 자격이 있는 칭찬보다 훨씬 더 많은 기쁨을 주고 칭찬받은 사람을 훨씬 더 우쭐거리게 한다는데 이는 아마 인간들에게만 해당하는 말일 것이다. 영리한 수고양이들은 그러한 어리석음에서 벗어나 있다. 나는 내가 어쩌면 폰토와 굴뚝청소부 없이도 집으로 돌아오는 길을 찾았을 것이라고, 그리고 그 둘은 심지어 내 내면에 있는 올바른 사상의 길을 혼란시켰을 뿐이라고 분명히 믿는다. 젊은 폰토가 그토록 자랑하던 얼마 되지도 않는 처세술은 나도 아마 다른 방식으로 터득했을 것이다. 내가 그 상냥한 푸들—*상냥한 탕아*와 함께 경험했던 여러 가지 사건은 내게 우정 어린 편지들을 위한 좋은 소재를 주긴 했지만. 나는 나의 여행기를 그러한 편지글로 표현했다. 이 편지들은 모든 조간 및 석간신문에, 모든 우아하고 솔직한 신문에* 효과적으로 게재될 수 있을 것이다. 그 안에는 내 자아의 가장 뛰어난 면들이 정신과 오성으로 부각되어 있기 때문이다. 나의 자아야말로 모든 독자에게 가장 흥미로운 것임이 틀림없지 않은가. 하지만 나는 벌써 알고 있다. 편집자와 출판자 양반들은 이 무어가 누구야? 하고 물을 것이다. 그리고 그들은 내가, 지상에서 가장 탁월한 수고양이긴 하지만, 수고양이라는 것을 알게 된다면 경멸적으로 말할 것이다. 수고양이인데 글을 쓰려 한다고!—그리고 내가 리히텐베

---

* 호프만이 살던 시대에는 〈교양 계층을 위한 조간신문〉〈석간신문〉〈우아한 계층을 위한 신문〉〈솔직한 자 혹은 교양 있는 자유분방한 독자들을 위한 오락신문〉 등이 발행되었다.

르크의 유머와 하만의 깊이를 가지고 있다 할지라도*— 두 사람에 대해 나는 많은 좋은 평을 들었는데, 인간치고는 그리 나쁘지 않게 글을 썼지만 죽었다고 한다. 글을 어지간히 쓴다는 것은 살고자 하는 모든 작가와 시인에게는 위험한 일이다—그리고 나는 다시 한번 말하노니, 내가 리히텐베르크의 유머와 하만의 깊이를 가지고 있다 할지라도 나는 원고를 되돌려받을 것이다. 사람들은 나의 발톱 때문에 내가 재미있는 문체를 구사할 재능을 가졌다고 믿지 않을 것이기 때문이다. 그런 것은 마음을 상하게 한다!—오 편견이여, 잔인무도한 편견이여! 너는 얼마나 인간들을, 그리고 특히 편집자라 불리는 자들을 사로잡느냐!

교수 그리고 그와 함께 온 사람들은 이제 내 주위에서, 내 생각에 적어도 수면모자들과 회색 웃옷들을 싸는 데는 필요하지 않을 성싶은, 지독한 야단법석을 떨었다.

갑자기 바깥에서 탁한 목소리가 집이 불탄다! 하고 외쳤다. "허허," 마이스터 아브라함이 말했다. "나도 가봐야겠는걸, 신사 여러분, 그저 차분하게 머물러 있으시오! 위험이 닥치면 다시 이리 오겠소. 그러면 시작하십시다!"—이 말과 함께 그는 급히 방을 떠났다.

나는 바구니 속에서 정말로 불안해졌다. 요란한 소음—이제 방안으로 밀려들어오기 시작한 연기, 모든 것이 나의 불안을 키웠다!—온갖 불길한 생각이 마음속에 떠올랐다!—마이스터가 나를 잊어버린다면, 내가 불길 속에서 치욕스럽게 죽어가야 한다면 어쩔 것인가!—끔찍한

---

* 게오르크 크리스토프 리히텐베르크는 반어적인 경구를 즐겨 쓴 풍자작가다. 요한 게오르크 하만은 철학자이자 시인이며, 난해한 문체로 유명했다.

두려움 탓이었는지도 모르지만 나는 몸속에서 유난히 불쾌한 통증을 느꼈다. 하! 나는 생각했다. 마이스터가 거짓된 마음으로, 나를 학문 때문에 시기하여, 나로부터 벗어나려고, 모든 걱정에서 해방되려고, 이제 나를 이 바구니에 가둬버렸다면. 이 순결하게 흰 음료조차—그가 내게 죽음을 주기 위해 교활한 솜씨로 여기 마련해놓은 독이라면 어쩔 것인가?*— 훌륭한 무어야, 죽음의 공포 속에서조차 너는 약강격의 운각으로 생각하는구나! 네가 셰익스피어의 책에서, 슐레겔**의 책에서 언젠가 읽었던 것을 도외시하지 않는구나!

그때 마이스터 아브라함이 문으로 고개를 들이밀고는 말했다. 위험은 지나갔소, 신사 여러분! 그저 차분히 저 탁자로 가서 앉으시게. 그리고 그대들이 붙박이장에서 찾은 와인 몇 병을 다 마셔버리시게. 나는 잠시 지붕 위로 가서 충분히 물을 뿌리려고 하네. 하지만 잠깐, 우선 내 착한 수고양이가 무얼 하고 있는지 살펴봐야겠군.

마이스터는 완전히 방안으로 들어와 내가 앉아 있는 바구니의 뚜껑을 열고는 내게 친절한 말들을 건넸다. 내가 잘 있는지 물어보았고, 혹시 구운 새 한 마리를 먹고 싶은지 물었다. 이 모든 질문에 나는 몇 차례의 달콤한 야옹 소리로 화답했다. 그리고 아주 편안하게 기지개를 켰다. 마이스터는 이것을 내가 배가 부르며 아직 바구니 속에 머물러 있기를 원한다는 의미심장한 표시로 옳게 받아들이고는 뚜껑을 다시 덮었다.

---

* 셰익스피어의 『로미오와 줄리엣』 4막 3장에 나오는 대사 "그것이 수도승이 내게 죽음을 주기 위해 / 교활한 솜씨로 마련해놓은 독이라면 어쩔 것인가?"를 변형한 것.
** 아우구스트 빌헬름 폰 슐레겔은 당대에 셰익스피어 희곡의 번역자로도 유명했다.

그때 나는 마이스터 아브라함이 나를 위해 마음속에 품은 선량하고 친절한 생각을 얼마나 확신하게 되었던가. 나는 나의 비열한 불신을 부끄러워해야 했을 것이다. 부끄러워하는 것이 지성을 가진 남자에게 온당한 것이라면 말이다. 결국 끔찍한 불안, 불행을 예감하는 모든 불신도 젊은 천재적인 열광자들 특유의 시적 열광에 다름 아니라고 나는 생각했다. 그들은 그러한 것을 종종 도취시키는 아편으로서 정말로 필요로 하는 것이다. 이러한 생각은 나를 완전히 진정시켰다.

마이스터가 방에서 나가자마자 교수는, 나는 그 사실을 바구니의 째진 작은 틈을 통해 알아볼 수 있었거니와, 의심스러운 눈빛으로 바구니 쪽을 돌아보았고, 그러고 나서 다른 사람들에게 뭔가 중요한 것을 털어놓기라도 하려는 양 손짓을 했다. 그러고는 하늘이 나의 뾰족한 귓속에 엄청나게 예민한 청각을 넣어주지 않았다면 한마디도 알아듣지 못했을 만큼 낮은 목소리로 말했다. 자네들, 내가 지금 막 무엇을 하고 싶은지 아는가?―자네들 아는가, 내가 저 바구니로 가서 그것을 열고 그 안에 앉아 있는, 그리고 어쩌면 지금 우리 모두를 오만한 자만심으로 비웃고 있을지도 모를 망할 놈의 수고양이 목에 이 날카로운 칼을 찔러넣고 싶다는 것을?

무슨 생각을 하는 건가, 다른 한 사람이 말했다. 로타리오, 무슨 생각을 하는 건가, 그 예쁜 수고양이를, 우리의 착실한 마이스터의 총아를 죽이려 들다니?―그리고 자네 왜 그렇게 목소리를 낮춰 말하나?

교수는 방금 전처럼 계속해서 소리를 죽여 내가 모든 것을 알아들으며, 책을 읽고 글을 쓸 줄 안다고 설명했다. 마이스터 아브라함이 내게, 물론 비밀스럽고 불가해한 방식으로, 학문을 가르쳤고, 그리하여 내가 지금 벌써, 푸들 폰토가 그에게 고자질한 대로, 저술 활동을 하고 시를 쓴다는 것이었다. 그리고 이 모든 것은 익살스러운 마이스터가 오로지 더없이 훌륭한 학자들과 시인들을 조롱하기 위해 벌이는 일이라고 했다.

오, 로타리오는 분노를 억누르며 말했다. 오, 나는 그렇지 않아도 대공의 전적인 신임을 받고 있는 마이스터 아브라함이 불운한 수고양이를 가지고 그가 원하는 것은 무엇이든 관철시키게 되리라는 것을 알고 있네. 그 짐승은 강의할 권리가 있는 석사가 될 것이고, 박사학위를 취득할 것이며, 종국에는 미학 교수로서 공개강의를 할 것이네, 아이스킬로스―코르네유―셰익스피어에 대해!―미치겠군!―그 수고양이는 내 내장을 파헤칠 걸세. 아주 지독한 발톱을 가지고 있지!

모두들 미학 교수인 로타리오의 그 말에 깜짝 놀라고 말았다. 한 사람은 수고양이가 읽고 쓰기를 배운다는 것은 전혀 불가능하다고 말했다. 모든 학문의 그런 요소들은 인간만이 가능한 능숙한 솜씨 이외에도 모종의 숙고, 말하자면 오성을 필요로 하기 때문이라는 것이었다. 그런데 이 오성은 심지어 창조주의 명작인 인간에게서도 항상 볼 수 있는 것이 아니며, 비천한 짐승에게서는 훨씬 더 보기 힘든 것 아닌가!

이 친구, 바구니 속에 있는 나에게 아주 진지해 보이는 다른 남자가 말했다. 이 친구, 무엇을 비천한 짐승이라고 일컫는 건가?―비천한 짐승이라는 것은 전혀 없네. 나는 종종 조용한 자아성찰에 빠져든 채 당나귀와 다른 유용한 동물들에 대해 마음속 깊이 경의를 느낀다네. 나는 이해할 수가 없군, 왜 이롭고 선천적인 재능을 지닌 기분좋은 집짐승에게 읽고 쓰기를 가르치면 안 되는지, 그래, 왜 그런 작은 동물이

학자와 시인으로 비상할 수 있으면 안 되는지? — 그것이 대체 그렇게 유례없는 일인가? — 실제적인 신빙성으로 가득한 최상의 역사적 전거로서 『천일야화』*를 떠올리지는 않겠네. 그게 아니라 친애하는 친구여! 단지 장화 신은 고양이만을 당신에게 상기시키겠네. 고결한 마음, 꿰뚫는 오성, 그리고 심오한 학문으로 가득했던 고양이 말이네.

내 마음속에서 어떤 분명한 목소리가 내게 말해주었듯 나의 기품 있는 선조임이 틀림없는 수고양이에 대한 이러한 찬사를 듣고 기쁜 나머지 나는 두세 번 상당히 세게 재채기를 하지 않을 수 없었다. 말하던 남자는 말을 멈췄고 모두들 아주 위축된 채로 바구니를 돌아보았다.

조용히 하게, 이 친구야, 마침내 방금 말했던 진지한 남자가 소리쳤다. 그러고는 계속해서 말했다. 내가 틀리지 않다면 소중한 미학자여, 자네는 아까 자네에게 수고양이의 시적, 문학적 활동을 고해바친 폰토라는 한 푸들을 언급했네. 이것은 내게 세르반테스의 뛰어난 베르간사를 생각나게 하는군. 그의 최근의 운명에 관해 모종의 대단히 모험적인 새 책에서 소식이 전해지고 있네.** 이 개 역시 동물들의 본성과 교육능력에 대한 결정적인 본보기가 되고 있다네.

하지만, 다른 남자가 말했다. 하지만 친애하는, 소중한 친구여, 자네는 대체 거기 어떤 예들을 드는 건가? 잘 알려져 있듯이 개 베르간사에 대해 말한 세르반테스는 소설가이고, 장화 신은 수고양이 이야기는 동화가 아닌가? 물론 티크 씨는 그 동화를 사람들이 정말로 그것을 믿는

---

* 이 유명한 아랍 동화 모음집은 유럽에서 18세기 초부터 널리 퍼져 있었다.
** 호프만은 스페인 소설가 미겔 데 세르반테스의 『스키피오와 베르간사』의 영향을 받아 단편소설 「개 베르간사의 최근 운명에 관한 소식」을 썼다.

바보짓을 저지를 수도 있을 만큼 생생하게 보여주기는 했지만. 한데 자네는 두 작가를 진지한 자연과학자와 심리학자라도 되는 듯이 인용하는군. 자, 하지만 작가들은 결코 자연과학자나 심리학자가 아니라 순전히 공상적인 것들을 품고 앉아 있다 내놓는 대단한 몽상가들일세. 말해보시게, 그런데 대체 어떻게 자네처럼 이성적인 남자가 의미와 이성에 반하는 것을 진실이라 하기 위해 작가들을 증거로 끌어낼 수 있는지? 로타리오는 미학 교수일세. 그리고 그가 미학 교수로서 때때로 통상적인 규범을 벗어나는 과감한 행동을 하는 것은 정당하네. 하지만 당신은—

그만두게, 진지한 남자가 말했다. 그만두게, 친애하는 친구여, 흥분하지 말게나. 그저 잘 생각해보게. 믿을 수 없는 것에 관해 말하자면 당연히 작가들을 인용해도 된다는 것을. 단순한 역사가들은 그것에 관해 아무것도 이해하지 못하기 때문일세. 그래, 놀라운 것이 질서와 형태를 갖춰 순수한 학문으로서 진술되어야 한다면, 그 어떤 경험 명제의 증거는 우리가 그들의 말을 신뢰해도 되는 유명한 작가들에게서 따오는 것이 최상일세. 내 자네에게, 자네 스스로도 학식 있는 의사이니 이것에 만족할 것이네만—그럼! 그렇고말고, 내 자네에게 한 유명한 의사의 예를 들지.* 그는 동물적 자기磁氣치료법의 학문적 서술에서 우리의 세계정신과의 접촉을, 놀라운 예감 능력의 현존을 부정할 수 없게 조명하기 위해 실러와 그의 발렌슈타인을 인용했다네.** 발렌슈타인

---

* 카를 알렉산더 페르디난트 클루게의 저서 『치료법으로서의 동물적 자기의 서술 시도』를 가리킨다.
** 프리드리히 실러의 『발렌슈타인의 죽음』 2막 3장과 5막 3장을 인용하고 있다.

은 "인간의 삶에는 순간들이 있다" 그리고 "바로 그러한 음성들이 있다─의심의 여지가 없다"─그리고 그런 말들을 계속하지. 나머지는 그 비극에서 자네가 직접 읽어볼 수 있고. ─허, 이런! 의사가 대꾸했다. 자네는 비약을 하는군. 자네는 자기치료법에 빠져들어 종국에는 자기치료법 시술사가 온갖 기적을 행할 수 있을 뿐만 아니라 재능 있는 수고양이들을 위한 선생 노릇도 할 수 있을 것이라 주장하겠구먼.

글쎄, 진지한 남자가 말했다. 최면술이 동물들에게 어떤 영향을 주는지 누가 알겠나. 자네도 곧 납득할 수 있겠지만, 이미 몸속에 전기 기운을 지니고 있는 수고양이들에게 말이야.

갑자기 자신에게 시도되었던 바로 그러한 실험들에 대해 쓰라리게 탄식했던 미나를 생각하며, 나는 어찌나 심하게 놀랐던지 크게 야옹 소리를 내뱉고 말았다!

명부에 맹세코, 교수가 깜짝 놀라 소리쳤다. 명부와 그 모든 경악에 맹세코, 사악한 수고양이가 우리가 말하는 것을 듣고 있네, 알아듣네─결심했네─이 두 손으로 나는 저놈을 목 졸라 죽일 것이네.

자네는 현명하지 않군, 진지한 남자가 말했다. 자네는 정말이지 현명하지 않네, 교수. 나는 내가 저 수고양이를 더 잘 아는 행운을 누리지 않고도 이미 지금 진심으로 좋아하게 된 그에게 자네가 조금이라도 고통을 주는 것을 결코 허용하지 않겠네. 결국 나는 그가 시를 짓기 때문에 자네가 그를 시기한다고 생각할 수밖에 없는걸. 그 작은 회색 친구는 결코 미학 교수는 될 수 없네. 그에 대해서는 그저 마음을 푹 놓게나. 아주 오래된 대학의 정관에, 악용되는 경우가 격증한 탓에 당나귀는 더이상 교수가 되어서는 안 된다고 분명히 쓰여 있지 않나? 그리고 이 규정은 모든 종과 속의 동물들에게도, 따라서 수고양이에게도 적용될 수 있지 않나?

그럴지도 모르지, 교수가 불만스레 말했다. 수고양이는 결코 강의할 권리가 있는 석사도, 미학 교수도 되지 않을지도 모르지. 하지만 작가로서 그는 조만간 등장할 것이고, 그 새로움 때문에 출판자와 독자를 찾을 것이며 우리가 받을 좋은 보수를 덥석 물어가버릴 걸세—

나는, 진지한 남자가 대꾸했다. 나는 어째서 우리 마이스터의 상냥한 총아인 그 착한 수고양이에게는, 그토록 많은 이들이 힘과 처신을 고려하지 않고 이리저리 날뛰는 궤도에 들어서는 것이 허용되지 않아야 하는지 아무런 이유도 찾지 못하겠네. 여기서 취해야 할 유일한 조처는 강제로 그의 날카로운 발톱을 가지런히 자르는 일일 걸세. 그리고 그것은 어쩌면 그가 작가가 되었을 때 우리에게 결코 상처를 입히지 않는다고 확신하기 위해 우리가 지금 당장 할 수 있는 유일한 일일 테지.

모두들 일어섰다. 미학자는 가위를 잡았다. 누구나 나의 처지를 상상할 수 있을 것이다. 나는 사람들이 내게 가하려는 보복에 맞서 사자처럼 용맹하게 싸우기로, 내게 다가올 첫 남자에게 영원히 남을 표시를 해주기로 결심했다. 나는 바구니가 열리기가 무섭게 도약할 채비를 했다.

바로 그 순간 마이스터 아브라함이 안으로 들어섰다. 그리고 이미 절망으로까지 고조되려 했던 나의 불안은 끝났다. 그가 바구니를 열자 나는 여전히 완전히 정신이 나간 채로 단번에 밖으로 뛰쳐나갔다. 그리고 미친듯이 마이스터를 쏜살같이 지나쳐 난로 밑으로 들어갔다.

그 동물이 무슨 일을 당했는가, 마이스터가 다른 사람들을 의심스럽게 바라보며 소리쳤다. 그들은 아주 당황한 채로 양심의 가책을 받으며 거기 서서 전혀 대답하지 못했다. 감옥에서의 나의 처지가 그토록 위협적이긴 했지만, 그래도 나는 교수가 나의 행로를 추측해 말한 것에 대해 대단한 만족감을 느꼈다. 아울러 그가 분명히 표명한 시기심 역시 나를 몹시 기쁘게 했다. 내 머리 위에는 벌써 작은 박사모가 씌워진 듯했고, 나는 벌써 강단 위에 서 있는 내 모습을 보는 듯했다!─지식욕에 불타는 청년들이 내 강의를 가장 자주 듣지 않겠는가?─행실이 온화한 청년이라면 누구건 교수가 강의에 개를 데려오지 말라고 청한다고 해서 그것을 나쁘게 해석할 수 있겠는가?─모든 푸들이 나의 폰토처럼 그렇게 우호적인 뜻을 품고 있는 것은 아니다. 그리고 길고 축 늘어진 귀를 가진 사냥꾼 족속은 털끝만큼도 믿을 수 없다. 그들이 도처에서 내 종족의 가장 학식 있는 이들과 쓸데없는 싸움을 시작하고, 폭력을 써서 그들로 하여금 가쁜 숨 내뿜기─할퀴기─덥석 물기 등등 가장 무례한 분노 표현을 하게 만들기 때문이다.

하지만 얼마나 심히 난처하겠는가─

(파지) ─크라이슬러가 벤촌 부인 곁에서 보았던 작고 뺨이 붉은 궁정 시녀에게만 해당되었다. 나를 위해, 공주가 말했다. 나를 위해 그렇게 좀 해줘요, 나네테, 직접 내려가서 사람들이 패랭이꽃 포기들을 내 정자로 나르도록 해줘요. 사람들은 하도 게을러서 아무것도 제대로 하지 않는답니다. 시녀는 벌떡 일어나 아주 격식을 차려 절을 했다. 하지만 그러고 나서는 새장에서 풀려난 한 마리 새처럼 재빨리 방밖으로 달려나가버렸다.

나는, 공주가 크라이슬러 쪽으로 몸을 돌렸다. 나는 그저, 사람들이 두려움 없이 모든 죄를 털어놓을 수 있는 고해신부를 의미하는 선생님과 단둘이 있지 않으면 아무 말도 할 수 없어요. 도대체가 당신은, 친애하는 크라이슬러, 우리 궁정의 경직된 예의범절을 기이하게 여기고, 제가 스페인의 여왕처럼 어디에서나 시녀들에 둘러싸여 보호받는 것을 성가시게 여길 겁니다. 사람들은 적어도 여기 아름다운 지크하르츠호프에서는 더 많은 자유를 누려야 해요. 아버지가 성에 계셨다면 저는 나네테를 보내버려서는 안 되었을 겁니다. 우리가 음악 공부를 할 때 그녀가 저를 방해하는 것과 마찬가지로 그녀 자신도 몹시 지루해하긴 해도 말이죠. 다시 한번 시작합시다, 이제 더 잘될 거예요. 수업할 때는 인내심 그 자체인 크라이슬러는 공주가 습득하려던 성악곡을 다시 시작했다. 하지만 헤드비가가 그토록 눈에 띄게 노력을 했어도, 크라이슬러가 그토록 많이 알려주었어도, 그녀는 박자와 음조를 놓쳤고 실수에 실수를 연발했다. 마침내 그녀는 얼굴이 온통 새빨개진 채 벌떡 일어나 창가로 달려가서 정원을 내다보았다. 크라이슬러는 공주가 격렬히 우는 것을 얼핏 알아차렸고 그의 첫 수업, 그 장면 전체를 약간 난처하게 여겼다. 공주를 혼란스럽게 한 듯한 적대적인 비음악적 정신을 바로 음악이 쫓아낼 수 있는지 시도하는 것보다 나은 어떤 것을 그가 할 수 있었겠는가. 그래서 그는 온갖 기분좋은 가락들이 계속 흐르게 했고 가장 잘 알려지고 사랑받는 노래들을 대위법적 전환 속에 그리고 소용돌이치는 장식음을 넣어 변주했다. 그리하여 그는 마지막에는 자신이 어떻게 그렇게 매혹적으로 그랜드피아노를 연주할 줄 아는지 스스로 놀라워했고 공주의 아리아, 그녀의 무분별한 조급함과 함께 그녀 자체를 잊어버렸을 정도였다.

"가이어슈타인이 빛나는 석양 속에 얼마나 멋지게 서 있는지." 공주가 몸을 돌리지 않은 채 말했다.

크라이슬러는 막 불협화음을 치던 참이었고, 이것을 당연히 협화음으로 이행시켜야 했다. 그래서 그는 공주와 함께 가이어슈타인과 석양에 감탄할 수 없었다. "이 주변 전체에서 우리 지크하르츠호프보다 더 매력적인 체류지가 있겠어요?" 헤드비가는 아까보다 더 크고 힘차게 말했다!—이제 크라이슬러는 제대로 된 종지화음을 짚은 후 대화 요구에 정중하게 응하며 공주가 서 있는 창가로 다가가야 할 모양이었다.

정말로, 악장은 말했다. 정말로, 공주님, 정원은 멋집니다. 특히 제 마음에 드는 것은 나무들이 전부 푸른 잎을 달고 있다는 것입니다. 저는 모든 나무, 관목과 풀에 달린 푸른 잎을 무척 찬미하고 숭배합니다. 그리고 봄마다 잎이 빨갛게 되지 않고 다시 푸르러지는 것을 신께 감사드립니다. 어떤 풍경화에서건 빨간 잎은 흠이 됩니다. 그리고 그런 것은 예컨대 클로드 로랭*이나 베르헴** 같은 최고의 풍경화가들의 그림에서는 전혀 찾아볼 수 없습니다. 심지어 하케르트***의 그림에서조차 전혀 찾아볼 수 없어요. 그는 단지 그의 골짜기의 풀밭에만 약간 붉게 분을 뿌리지요.

크라이슬러는 말을 계속하려고 했다. 하지만 창문 곁에 걸린 작은 거울에서 죽은 사람처럼 창백한, 이상하게 혼란스러운 공주의 얼굴을

---

* 프랑스 풍경화가. 클로드 겔레라는 본명으로도 알려져 있다.
** 네덜란드 풍경화가 니콜라스 베르헴.
*** 독일 풍경화가 필리프 하케르트.

보았을 때, 그의 내면을 완전히 얼어붙게 한 공포에 말문이 막히고 말았다.

공주가 마침내 침묵을 깨뜨렸다. 그녀는 몸을 돌리지 않은 채 계속해서 창밖을 내다보며 깊디깊은 비애가 담긴 감동적인 어조로 말했다. 크라이슬러, 내가 도처에서 기이한 망상에 시달리고 있는 것처럼—흥분해서, 말하자면 바보 같은 모습으로 당신에게 나타나는 것, 당신의 날카로운 유머를 구사할 빌미를 만들어드리고 마는 것이 어쩔 수 없는 운명의 뜻인가봅니다. 모습만 봐도 나를 심한 고열과 신경을 뒤흔드는 발작에 빗댈 수 있는 상태에 빠뜨리는 사람이 당신이라는 것, 그리고 왜 그 사람이 당신인지 설명할 때가 되었어요. 모든 것을 들려드릴게요. 숨김없는 고백이 내 마음을 가볍게 할 것이며, 내게 당신의 모습, 당신의 현존을 견딜 수 있는 가능성을 마련해줄 것입니다. 내가 맨 처음 저기 정원에서 당신을 만났을 때, 그때 당신은, 당신의 모든 행동은 나를, 나 자신도 왜 그런지 모르지만 극심한 경악으로 가득 채웠습니다!—하지만 갑자기 그 모든 경악과 함께 내 마음속에 떠오른 것은, 그리고 나중에야 기이한 꿈으로 분명하게 모습을 나타낸 것은 나의 가장 이른 유년기의 한 기억이었어요. 우리 궁정에 에틀링거라는 이름의 한 화가가 있었답니다. 그의 재능이 놀랍다 할 만한 것이었으므로 제후와 제후 부인은 그를 높이 평가했지요. 회랑에서 그가 그린 탁월한 그림들을 볼 수 있어요. 모든 그림에서 당신은 역사적인 인물들 속에 배치되어 이런저런 형상으로 묘사된 제후 부인을 볼 겁니다. 하지만 모든 전문가의 가장 큰 경탄을 불러일으키는 가장 아름다운 그림은 제후의 집무실에 걸려 있지요. 그것은 제후 부인의 초상화입니다. 그는 젊음이 한창 꽃피어나던 시절의 그녀를, 그녀가 한 번도 초상화 모델이 되어주지 않았는데도 그 모습을 거울에서 훔쳐내기라도 한 듯이 아주 흡사하게 그렸답니다. 레온하르트는, 화가는 궁정에서 그렇게 불렸는데 온화하고 선량한 사람이었음이 틀림없어요. 당시 나는 세 살이 채 되지 않았을 터인데, 어린애의 가슴이 할 수 있는 모든 사랑을 그에게 주었지요. 나는 그가 나를 결코 떠나지 않기를 바랐어요. 그 역시 지칠 줄 모르고 나와 놀아주었고, 알록달록한 작은 그림들을 그려주었으며, 온갖 형상들을 가위로 잘라내어 만들어주었어요. 갑자기, 아마 일 년쯤 지났을 거예요, 그가 오지 않았어요. 나의 첫 보육을 맡았던 여자가 눈에 눈물이 맺힌 채 레온하르트 씨가 죽었다고 내게 말했어요. 나는 이루 말할 수 없이 슬펐어요. 더이상 레온하르트와 함께 놀던 방에 머물러 있고 싶지 않았죠. 할 수만 있으면 나는 보모와 시녀들에게서 살그머니 빠져나와 성에서 이리저리 걸어다녔고 큰 소리로 레온하르트라는 이름을 외쳐 불렀답니다! 나는 항상 그가 죽었다는 것이 사실이 아니며, 그는 성안 어딘가에 숨어 있다고 생각했기 때문이지요. 그리하여 나는 어느 날 저녁에도 보모가 아주 잠깐 자리를 떴을 때 제후 부인을 방문하기 위해 방에서 슬쩍 빠져나왔어요. 그녀는 레온하르트 씨가 어디에 있는지 말해주어야 하고, 그를 내게 다시 돌려줘야만 할 터였어요. 복도의 문들은 열려 있었고 그래서 나는 중앙계단에 도달해서 계단을 올라가, 운을 하늘에 맡기고, 문이 열려 있는 첫번째 방으로 들어섰죠. 내가 둘러보았을 때, 내가 생각하기에 분명 제후 부인의 방들로 나 있는, 그리고 내가 막 두드리려던 문이 거세게 열어젖혀지더니 갈기갈기 찢긴 옷가지를 걸치고 머리는 마구 헝클어진 한 남자가 돌진해 들어왔어요. 그것은 레온하르트였어요. 그는 무시무시하게 번쩍이는 눈빛으로 나를 응시했죠. 그의 얼굴은 죽은 사람처럼 창백하고 뺨이 움푹 패어 거의 다시 알아보지 못할 지경이었어요. "아아, 레온하르트!" 하고 나는 외쳤어요. "꼴이 그게 뭐야, 왜 그렇게 창백하지, 왜 그렇게 불타는 눈을 하고 있어, 왜 나를 그렇게 빤히 쳐다보는 거야?ㅡ난 네가 무서워!ㅡ언제나처럼 상냥해져봐ㅡ내게 다시 알록달록한 예쁜 그림들을 그려줘!"ㅡ그러자 레온하르트는 거칠게 껄껄 웃으며 내게로 뛰어오더니ㅡ몸에 고정되어 있는 듯 보이는 사슬 하나가 그의 뒤에서 철거덕거렸어요ㅡ바닥에 쪼그리고 앉아 쉰 목소리로 말했어요. "하하, 작은 공주ㅡ알록달록한 그림들?ㅡ그럼, 내가 제대로 그려줄 수 있지, 그려줄 수 있고말고ㅡ내 이제 네게 그림을 하나, 너의 아름다운 엄마를 그려주마! 그렇지 않니, 네겐 아름다운 엄마가 있지?ㅡ하지만 그녀에게 나를 또다시 변신시키지 말라고 부탁하렴. 나는 가련한 인간 레온하르트 에틀링거이고 싶지 않다ㅡ그는 진작 죽어버렸어. 나는 붉은 독수리이고 색채의 빛줄기를 먹으면 그림을 그릴 수 있지!ㅡ그래, 나는 니스칠을 할 뜨거운 심장의 피가 있으면 그림을 그릴 수 있지ㅡ그리고 나는 너의 심장의 피가 필요하단다. 작은 공주!"ㅡ이 말과 함께 그는 나를 붙들어 바싹 잡아당기더니 목의 옷깃을 열어젖혔답니다. 나는 그의 손에서 작은 칼 하나가 번쩍이는 것을 본 것 같았어요. 내가 고막을 찢는 듯한 비명을 내뱉자 하인들이 돌진해 들어와 미친 남자 위로 몸을 던졌어요. 하지만 그는 엄청난 힘으로 그들을 바닥에 쓰러뜨렸죠. 바로 그 순간 누군가 쿵쿵거리고 철거덕거리며 계단을 올라오는 소리가 들리더니, 크고 건장한 남자가 크게 소리

치며 안으로 뛰어들어왔어요. 하느님 맙소사, 그가 내 손에서 도망쳐
버렸어! 하느님 맙소사, 이 불행을 어쩌지!―기다려라, 기다려, 악마
같은 놈!―그 남자를 보자, 광인의 몸에서 갑자기 모든 힘이 빠져나가
는 듯했어요. 그는 격하게 울면서 바닥에 쓰러졌지요. 사람들은 그에
게 그 남자가 가져온 사슬을 채워 데려갔어요. 끌려가면서 그는 사슬
에 묶인 한 마리 야생동물처럼 끔찍한 소리를 내뱉었어요.

　당신은 상상할 수 있을 거예요. 이 경악스러운 사건이 네 살짜리 아
이를 얼마나 혼란스럽게 하는 위력으로 사로잡았을지 말이에요. 사람
들은 나를 위로하려 했고, 미쳤다는 것이 무엇인지 이해시키려고 했어
요. 그걸 완전히 이해하지는 못했지만 이름 모를 깊은 공포의 전율이
내 마음속을 관통했어요. 이것은 아직도 내가 광인을 보면, 그래요, 끊
임없이 계속되는 죽음의 고통과 비교할 수 있는 무시무시한 상태를 생
각하기만 해도 반복됩니다. 그 불행한 남자와 당신은, 크라이슬러, 당
신이 그의 형제라도 되는 듯이 닮았답니다. 특히 내가 종종 기이하다
고 일컫고 싶은 당신의 눈빛이 너무도 생생하게 레온하르트를 상기시
킵니다. 그리고 이것이 당신을 맨 처음 보았을 때 나를 당황하게 한
것, 당신의 면전에서 지금도 나를 불안하게 하는―두렵게 하는 것입
니다!

　크라이슬러는 깊이 충격을 받고 아무 말도 못한 채로 거기 서 있었
다. 그전부터 그는 광기가 먹이를 갈망하는 맹수처럼 숨어서 그를 기
다리고 있으며, 언젠가 갑자기 그를 갈기갈기 찢어놓을 것이라는 생각
에 줄곧 사로잡혀 있었다. 그는 이제 자신의 모습을 볼 때 공주를 사로
잡는 바로 그 공포의 전율 속에 자기 자신을 두려워하며 떨었고, 광기

속에 공주를 살해하려던 자가 바로 자신이었다는 무시무시한 생각과 싸우고 있었다.

침묵의 몇 순간이 지나고 공주가 말을 이었다. 불행한 레온하르트는 남몰래 나의 어머니를 사랑했어요. 그리고 그 사랑이, 사랑 자체가 벌써 광기지만, 결국 분노와 광란으로 터져나왔죠.

그러니까, 크라이슬러가 마음속에서 폭풍이 지나가고 나면 늘 그러곤 했듯이 아주 부드럽고 온화하게 말했다. 그러니까 레온하르트의 가슴속에 예술가의 사랑이 싹트지 않았군요.

무슨 말을 하려는 겁니까, 크라이슬러, 급히 몸을 돌리며 공주가 물었다.

크라이슬러가 부드럽게 미소 지으며 대답했다. 언젠가 지독히 우스운 연극에서 한 익살꾼 하인이 음유시인들에게 "그대들 선량한 사람들이자 형편없는 악사들이여"*라는 달콤한 호칭으로 경의를 표하는 것을 들었을 때, 저는 당장 세계의 심판자처럼 모든 인간 족속을 두 가지 서로 다른 무리로 나눴지요. 한 무리는 형편없는 악사거나 아예 악사가 아닌 선량한 사람들로 이루어졌고, 다른 한 무리는 진정한 악사들로 이루어졌지요. 하지만 아무도 저주받지 않아야 하고, 상이한 방식으로라도 모두 복되어야 했어요. 선량한 사람들은 한 쌍의 아름다운 눈에 쉽게 반하고, 얼굴 위의 두 눈이 아름답게 빛나는 기분좋은 인물을 향해 두 팔을 내뻗으며, 그 아리따운 여자를 둥근 원들 속에 가둬넣지요.

---

* 클레멘스 브렌타노의 희곡 『퐁세 드 레옹』 5막 2장. "이 형편없는 악사들이자 선량한 사람들"이라는 문장의 앞뒤를 바꿨다. 이로써 선량한 사람들은 항상 악사로서는 형편없다는 의미가 더 명확해졌다.

그 원들은 점점 더 좁아지고 좁아지다가 결국 그들이 *전체를 대표하는 부분*으로서―공주님, 당신은 라틴어를 좀 이해하시지요―전체를 대표하는 부분으로서라고 저는 말하는 바입니다만, 사슬의 고리로서 애인의 손가락에 끼워주는 결혼반지로 줄어들고 맙니다. 그들은 사랑으로 사로잡은 여자를 그 사슬에 묶어 집으로, 즉 결혼 생활의 감옥으로 데려가지요. 오, 신이여―혹은 오, 하늘이여, 혹은 그들이 점성술에 몰입해 있다면, 오 그대들 별들이여! 혹은 그들이 이교에 경도되어 있다면, 오 그대들 모든 신들이여, 가장 아름다운 여자, 그녀는 내 것이다, 내가 갈망하는 모든 희망은 실현되었다!―이렇게 떠들어대며, 선량한 사람들은 악사들을 모방하려고 하지요. 하지만 헛일이에요. 악사들의 사랑은 사정이 다르기 때문이지요. 이러한 일이 생길 수 있습니다. 앞서 말한 악사들의 눈을 가리고 있던 검은 베일을 보이지 않는 손들이 갑작스레 치워버리는 일, 그리고 그들이, 지상을 거닐며, 풀이되지 않은 달콤한 비밀로서 그들의 가슴속에 말없이 머물러 있던 천사의 모습을 보게 되는 일 말입니다. 그러면 이제, 파괴적인 불꽃으로 절멸시키지 않고 오로지 빛을 비추고 따뜻하게 하는 순수한 천상의 불 속에 더 높은, 마음속 가장 깊은 곳에서 싹터오는 삶의 모든 황홀, 모든 이름 없는 희열이 불타오릅니다. 그리고 정신은 열렬한 갈망 속에 수천의 촉수를 내뻗고, 자신이 본 그녀를 그물로 뒤덮으며, 그녀를 가지고, 그리고 그녀를 결코 갖지 못합니다. 동경은 영원히 목말라하며 계속 살아남기 때문이지요!―그리고 예술가의 영혼에서 노래―그림―시로서 번쩍이며 솟아나는 것은 삶으로 형상화된 예감인 그 훌륭한 여자, 그녀, 그녀 자신입니다!―아아, 공주님, 제 말을 믿으세요, 확신하세요. 그들 육신의 팔과 거기에 자라난 두 손으로, 펜으로건 붓으로건 혹은 다른 것으로건 그럴듯하게 연주하는 것 말고는 아무것도 하지 않는 진정한 악사들은 정말로 진정한 연인을 향해 정신적 촉수 이외에는 아무것도 내뻗지 않는다는 것을요. 그 촉수에는 손도, 적절한 우아함으로 결혼반지를 붙잡아 사모하는 여자의 작은 손가락에 끼울 수 있을 손가락도 없답니다. 그러므로 신분상 어울리지 않는 비열한 결혼은 전혀 두려워하지 않아도 되고, 예술가의 마음속에 사는 연인이 제후 부인이건 제빵장이의 딸이건, 후자가 부엉이만 아니라면 별 상관이 없는 것 같습니다.* 앞서 말한 악사들은 사랑에 빠지게 되면 천국의 열광을 가지고 멋진 작품을 만들어냅니다. 그리고 폐결핵으로 비참하게 죽지도 않고 미치지도 않지요. 그런 까닭에 저는 레온하르트 에틀링거 씨가 약간의 광란 상태로 빠져든 것을 부정적으로 해석합니다. 그는, 진정한 악사들의 방식대로, 제후비 마마를 모든 불리한 점 없이 그가 하고 싶은 만큼 사랑할 수 있었을 겁니다!―

악장이 취한 유머가 두드러진 어조는 공주의 귓가를 지나쳐 가버렸다. 그 어조는 들리지 않았거나 혹은 그가 건드린, 여성적인 가슴속에 더 날카롭게 당겨져 나머지 모든 것보다 더 강하게 진동했음이 분명한 현의 여운에 묻혀버렸던 것이다.

"예술가의 사랑," 그녀는 등받이 의자에 푹 파묻히며, 그리고 심사숙고하듯 머리를 손으로 받치며 말했다. "예술가의 사랑!―그렇게 사랑받는다는 것!―오 그것은 아름답고 멋진 천국의 꿈이에요―한낱

---

* 셰익스피어의 『햄릿』 4막 5장. "그들은 부엉이가 한 제빵장이의 딸이었다고 말합니다."

꿈일 뿐이지요, 텅 빈 꿈."

당신은, 크라이슬러가 말했다. 당신은, 공주님, 꿈에 그다지 적합하지 않으신 모양이군요. 그렇지만 오로지 꿈속에서만 우리에게 정말로 나비의 날개가 자라납니다. 그리하여 우리는 가장 좁고 단단한 감옥에서 도망칠 수 있고, 알록달록 반짝이며, 높은, 가장 높은 공중으로 날아오를 수 있지요. 모든 인간에게는 결국 날고자 하는 타고난 성벽이 있답니다. 그리고 저는 밤에 기구氣球인 동시에 기구에 탄 승객이며 날아오르기 위해 늦은 저녁에 오직 유용한 가스로서 샴페인으로만 자신을 가득 채운 진지하고 예의바른 사람들을 알고 있었지요.

자신이 그토록 사랑받고 있음을 아는 것, 공주는 조금 전보다 더 감동하여 반복했다.

그리고, 공주가 말이 없자 크라이슬러는 계속해서 말했다. 그리고 제가 묘사하려고 애쓴 예술가의 사랑에 관해 말하자면, 당신은, 공주님! 물론 레온하르트 에틀링거 씨의 좋지 않은 예를 눈앞에 두고 있습니다. 그는 악사이면서 선량한 사람들처럼 사랑하려 했고, 그래서 그의 아름다운 지성이 물론 약간 위태로워질 수 있었지요. 하지만 바로 그 때문에 저는 레온하르트 씨가 진정한 악사가 아니었다고 생각합니다. 악사들은 선택된 귀부인을 마음속에 품고 있으며, 그녀의 명예를 위해 노래하고 시를 짓고 그림을 그리는 것 이외에 아무것도 하려 하지 않습니다. 그들은 더없이 훌륭한 정중함으로 보아 예의바르고 친절한 기사에 견줄 수 있지요. 그래요, 순수한 성향에 관한 한 기사보다 낫다고 볼 수 있지요. 그들은 예전에 기사들이 하듯이 처신하지 않으니까요. 기사들은 피에 굶주린 방식으로, 거인이나 용이 수중에 있지 않으면 지극히 훌륭한 사람들을 먼지 속에 때려눕혔지요! 마음에 품은 여인에게 경의를 표하기 위해서 말이죠.

아니, 공주는 꿈에서 깨어나듯이 외쳤다. 아니, 남자의 가슴속에서 그렇게 순수한 베스타*의 불이 붙는 것은 불가능해요!—남자의 사랑이 그 자신을 행복하게 하지 않으면서 여자를 파멸시키는 승리를 만끽하기 위해 그가 사용하는 배신적인 무기와 다를 것이 무엇입니까.

크라이슬러는 열일고여덟 살 된 공주의 그러한 특이한 생각에 대해 대단히 놀라던 참이었다. 그때 문이 열리고 이그나티우스 왕자가 들어왔다.

악장은 공주와의 대화를 끝내는 것이 기뻤다. 그는 이 대화를 각 성부聲部가 그 특유의 성격에 충실히 머물러 있어야 하는 잘 구성된 이중창에 빗대었는데, 이는 딱 들어맞는 비유였다. 공주가, 그렇게 그는 주장했거니와, 비애에 찬 아다지오에 완강하게 머물러 있었고 단지 산발적으로 음을 2도 높이거나 낮추는 꾸밈음을 배치한 반면, 그는 뛰어난 *희가극 가수*이자 익살스럽기 짝이 없는 *가수*로서 헤아릴 수 없이 많은 짧은 음부音符들을 사용하여 *서창*으로 개입했다. 그리하여 그는 이 이중창 전체가 작곡과 실연實演의 진정한 명작이라 할 수 있었으므로, 그 어떤 칸막이 좌석이나 적절한 특별석에서 공주와 자신의 노래를 경청할 수 있기만을 바랐을 정도였다.

앞서 말했듯이, 그때 이그나티우스 왕자가 깨진 잔을 손에 들고 흐느끼면서 들어왔다.

---

* 로마신화에 나오는 화덕불의 여신.

스무 살이 훨씬 넘은 나이인데도 왕자가 여전히 유년기에 좋아하던 놀이들과 결별할 수 없었다는 말을 해두어야겠다. 왕자는 특히 아름다운 잔들을 좋아했는데, 그것을 가지고 몇 시간이고 놀 수 있었다. 어떤 식이냐 하면, 자기 앞 탁자 위에 잔들을 일렬로 세워놓고 이 열을 번갈아가며 계속 다르게 정돈하여 한번은 노란 잔이 빨간 잔 옆에, 그다음엔 녹색 잔이 빨간 잔 옆에 등등, 그렇게 놓이는 자리를 바꿔가며 놀았다. 그러면서 그는 기쁘고 만족한 아이처럼 진심으로, 마음속 깊이 즐거워했다.

그가 지금 큰 소리로 한탄한 불행은 이러했다. 작은 퍼그가 돌연 탁자 위로 뛰어올라와 잔들 가운데 가장 아름다운 것들을 확 떨어뜨렸던 것이다.

공주는 그가 파리에서 온 최신 유행의 잔을 받도록 배려하겠다고 약속했다. 그러자 그는 만족해서 얼굴 가득 미소를 지었다. 그제야 그는 악장을 알아보는 것 같았다. 그는 악장 역시 아름다운 잔을 많이 가지고 있느냐고 물으며 그에게 몸을 돌렸다. 크라이슬러는 그 질문에 어떻게 대답해야 하는지 마이스터 아브라함에게 들어서 벌써 알고 있었다. 즉, 그는 왕자님처럼 그렇게 아름다운 잔은 전혀 가지고 있지 않으며, 왕자님처럼 그렇게 많은 돈을 잔에 쓰는 것도 그로서는 아주 불가능하다고 확언한 것이다.

잘 알겠지요, 이그나츠는 아주 만족해서 대꾸했다. 잘 알겠지요, 나는 왕자이고 그래서 내가 좋아하는 만큼 아름다운 잔들을 가질 수 있어요. 하지만 당신은 그렇게 할 수 없지요. 당신은 왕자가 아니니까요. 왜냐하면 내가 일단 아주 확실히 왕자니까, 그러니까 아름다운 잔들은—잔들과 왕자들, 그리고 왕자들과 잔들은 이제 점점 더 혼란스러운 말들 속에 뒤죽박죽이 되었다. 그러면서 이그나티우스는 웃고 깡충 깡충 뛰었고 기쁨에 가득찬 만족감으로 박수를 쳤다!—헤드비가는 얼굴을 붉히며 눈을 내리깔았다. 그녀는 정신박약인 오빠를 부끄러워했고, 부당하게도 크라이슬러의 조소를 두려워했다. 크라이슬러에게는, 그의 가장 깊숙한 마음 상태에 따르면, 실제적 광기의 상태인 왕자의 바보 같은 행동이 기분좋을 수 없었고 오히려 순간의 긴장을 고조시킬 수밖에 없는 동정심만을 불러일으켰다. 불쌍한 왕자를 오직 불행한 잔들에서 떼어놓기 위해 공주는 그에게 우아한 붙박이장 안에 세워져 있는 작은 참고도서들을 정리해달라고 부탁했다. 아주 만족해서, 큰 소리로 즐겁게 웃으며 왕자는 곧장 깨끗하게 제본된 책들을 꺼내기 시작했다. 그리고 그것들을 크기에 따라 꼼꼼하게 정돈하며, 금빛 측면이 바깥을 향해 놓으며 매끄러운 열이 형성되도록 세우기 시작했다. 잘 맞춰진 줄을 보고 그는 무한히 기뻐했다.

나네테 양이 허겁지겁 뛰어들어와 큰 소리로 외쳤다. 제후께서, 제후께서 왕자님과 함께 오십니다!—맙소사, 공주가 말했다. 몸치장을 해야 하는데, 정말로, 크라이슬러, 우리는 그 일은 생각하지 않고 그 시간을 잡담으로 보내버렸어요. 나는 나를 완전히 잊어버렸어요!—나와 제후 전하와 왕자를. 그녀는 나네테와 함께 옆방으로 사라졌다. 이그나츠 왕자는 전혀 개의치 않고 하던 일을 계속했다.

크라이슬러가 아래 중앙계단에 있을 때, 벌써 제후의 화려한 마차가 굴러 다가왔다. 화려한 하인 제복을 입은 두 주자走者가 막 소시지*에서 내렸다. 이에 대해 더 자세히 설명해야겠다.

제후 이레네우스는 옛 관습을 포기하지 않았다. 그래서 그는 알록달록한 웃옷을 걸친 발 빠른 어릿광대가 말들 앞에서 쫓기는 짐승처럼 달려가도록 강요받지 않는 바로 그 시대에, 온갖 무기로 무장한 수많은 하인 일동 속에 아직 두 명의 주자까지 두고 있었다. 분별 있는 나이의 점잖고 귀여운 사람들이었는데, 잘 먹어 양호한 상태였고, 단지 좌식 생활방식 때문에 이따금 아랫배의 통증에 시달릴 따름이었다. 왜냐하면 제후가 어떤 하인에게 때때로 한 마리 그레이하운드로, 혹은 다른 유쾌한 개로 변하라고 부당한 요구를 하기에는 너무도 인도적이었기 때문이다. 그렇긴 하지만 합당한 예법이 위신 있게 유지되도록, 제후가 예복을 입고 마차를 타고 나갈 때면 두 주자가 괜찮은 소시지를 타고 앞서가야 했고, 적절한 곳, 예컨대 몇몇 구경꾼이 모여 있는 곳에서는 실제적인 달리기의 암시로서 다리를 약간 움직여야 했다. 이는 제법 볼만한 구경거리였다.

그러니까, 그 주자들이 막 내렸고, 시종들이 정면 입구로 들어섰으며, 제후 이레네우스가 그들 뒤를 따랐다. 그의 곁에서는 나폴리 근위대의 화려한 제복을 입고 가슴에 별들과 십자가들을 달고 있는 위풍당당한 외모의 젊은 남자가 걸어갔다. 크라이슬러를 보자 제후는 "폰 크뢰젤 씨, 인사드리오"하고 말했다. 그는 축제나 잔치 때 프랑스어를 할 때면, 그래서 독일 이름을 제대로 생각해낼 수 없을 때면 크라이슬러 대신 크뢰젤이라고 말하곤 했다. 낯선 왕자는 —나네테 양이 제후

---

* 궁정 의례에 따라 고위층 인물이 마차로 이동할 때는 이를 미리 알리고 길을 트기 위해 주자들이 앞서 달렸다. 소시지는 특히 군대에서 사병들을 수송할 때 쓰던, 앞과 뒤가 낮은 마차를 뜻한다.

가 왕자와 함께 온다고 소리친 것은 그 젊고 위풍당당한 남자를 두고 한 말이었을 테니까—지나가면서 크라이슬러에게 건성으로 살짝 고개를 끄덕였다. 아무리 신분이 높은 사람이라 해도 크라이슬러로서는 참으로 견딜 수 없는 인사법이었다. 그래서 그는 머리가 땅에 닿도록 깊숙이 허리를 굽혔다. 어찌나 익살스럽게 허리를 굽혔던지, 크라이슬러를 완전한 익살꾼으로, 그리고 모든 것을 농담으로 여긴 뚱뚱한 의전관은 조금 킥킥거리지 않을 수 없었다. 젊은 왕자는 어두운 두 눈으로 크라이슬러에게 불타는 눈빛을 던졌고, 잇새로 겁쟁이, 하고 중얼거렸다. 그러고 나서 온화하고도 장중하게 그를 돌아본 제후를 재빨리 뒤쫓아갔다. 이탈리아 근위병치고는, 크라이슬러는 큰 소리로 웃으며 의전관에게 소리쳤다. 왕자님께옵서 괜찮은 독일어를 하시네요. 친애하는 나리, 제가 그 답례로 그에게 지극히 정선된 나폴리 말로 헌신하겠노라고, 그리고 그때 점잖은 로만어*는 전혀, 무엇보다 고치의 가면** 으로서 베네치아 말은 결코 몰래 들여오려 하지 않겠다고, 요컨대 그를 기만하려 하지 않겠다고 그에게 말해주세요. 친애하는 나리, 그에게 말해주세요—하지만 의전관은 벌써, 두 귀의 요새요 방어 보루로서 어깨를 높이 추켜올린 채 계단을 올라가버렸다.

크라이슬러가 평소에 지크하르츠호프로 타고 가곤 했던 제후의 마차가 멈춰 섰다. 늙은 사냥꾼이 마차 문을 열고 타시겠느냐고 물었다. 하지만 바로 그 순간 주방의 시동이 엉엉 울고 소리치며 달려 지나갔

---

* 북이탈리아, 예컨대 베르가모 등지의 사투리를 말한다.
** 이탈리아 작가 카를로 고치의 희극에서 가면을 쓴 인물들은 베네치아 사투리로 말한다.

다. 아아, 이 불행을―아아, 이 재난을 어쩌나!―무슨 일이 일어났느냐, 크라이슬러가 그의 뒤에 대고 외쳤다. 아아, 이 불행을, 주방 시동은 더 격렬하게 울면서 대답했다. 저 안에 상주방장님께서 절망 속에, 순전한 광란 속에 누워 계십니다.* 그리고 기어코 스튜용 칼을 자기 몸속에 찔러넣으려고 하십니다. 전하께서 갑자기 만찬을 준비하라고 명하셨는데 이탈리아 샐러드를 위한 조개가 없기 때문이랍니다. 그는 몸소 도시로 가려고 합니다. 그런데 상마구간감독님이 전하의 명령이 없으니 마차를 준비시키는 것을 거부하십니다―그런 문제라면 방법이 있겠군, 크라이슬러가 말했다. 상주방장님이 여기 이 마차를 타고 가시도록, 그리고 지크하르츠바일러에서 가장 좋은 조개를 마련하시도록 하게. 그동안 나는 산책 삼아 그 도시로 걸어갈 테니―이 말과 함께 그는 정원으로 달려가버렸다.

위대한 영혼―고결한 심성―멋진 신사분! 늙은 사냥꾼이 눈에 눈물이 맺힌 채 그의 등에다 대고 외쳤다.

저녁노을의 불길 속에 먼산들이 서 있었다. 금빛으로 타오르는 반사된 노을빛이 살랑거리며 일어난 저녁 바람에 내몰린 듯 유희하며 풀밭 위로, 나무들 사이로, 덤불들 사이로 미끄러져갔다.

크라이슬러는 호수의 넓은 지류 위로 어부의 작은 집을 향해 나 있는 다리 한가운데에 멈춰 서 있었다. 그리고 물속을 내려다보았다. 거기에는 놀라운 수목군樹木群을 가진 정원, 그 위로 높이 치솟은, 하얗게 반짝이는 폐허를 기이한 왕관처럼 머리 위에 쓰고 있는 가이어슈타인

---

* 이 장면은 루이 14세의 유명한 주방장인 프랑수아 바텔을 암시한다. 바텔은 연회 음식을 위한 생선들이 제때 도착하지 않았다는 이유로 자살하고 말았다.

이 마술 같은 어슴푸레한 빛 속에 비쳐 있었다. 블랑시라 불리는 순한 백조가 호수에서 찰싹거리며, 아름다운 목을 당당하게 높이 쳐들고 반짝이는 날개를 살랑거리며 다가왔다. "블랑시, 블랑시," 크라이슬러는 두 팔을 멀리 내뻗으며 큰 소리로 외쳤다. "너의 가장 아름다운 노래를 부르렴. 그러고 나서 죽어야 한다고 생각지는 마라! 너는 그저 노래하며 내 가슴에 꼭 안기기만 하면 된다. 그러면 너의 훌륭한 음성이 나의 것이 되고, 오직 나만이 열렬한 동경 속에 몰락할 것이야. 네가 사랑과 삶 속에 애무하는 물결 위를 이리저리 떠다니는 동안에 말이다!—" 크라이슬러는 스스로도 무엇이 그를 갑자기 그토록 깊이 감동시키는지 알지 못했다. 그는 난간으로 급히 다가서서 자기도 모르게 눈을 감았다. 그때 그는 율리아의 노래를 들었다. 그러자 형언할 수 없이 달콤한 고통이 그의 내면을 전율케 했다.

어두운 구름이 몰려와 산과 숲 위로 검은 베일처럼 넓은 그림자를 던졌다. 둔탁한 천둥소리가 동쪽에서 울려퍼졌고, 밤바람이 더 세게 휘몰아쳤다. 시냇물이 졸졸 흘렀고, 그사이로 풍향하프 소리가 멀리서 들려오는 파이프오르간 소리처럼 몇 차례 울렸다. 밤의 날짐승이 놀라 공중으로 날아오르더니 우거진 숲 사이로 날카로운 소리를 지르며 배회했다.

크라이슬러는 꿈에서 깨어났다. 그리고 물에 비친 자신의 어두운 형상을 보았다. 그러자 미친 화가 에틀링거가 깊은 곳에서 그를 쳐다보는 것 같았다. "허허," 그는 아래를 향해 소리쳤다. "허허, 거기 자네가 친애하는 도플갱어인가, 착실한 동무여?—내 말을 들어보게, 정직한 젊은 친구. 약간 방자한 행동을 했고 오만불손하게도 니스 대신 제후

가문의 심장의 피를 소모하려 했던 화가치고는 꽤나 괜찮게 생겼군. 착한 에틀링거, 나는 결국, 자네가 미친 짓으로 고귀한 가문을 우롱했다고 생각하네!―그대를 더 오래 바라볼수록 나는 그만큼 자네에게서 지극히 고상한 예의범절을 더 많이 알아볼 수 있네. 그리고 자네가 좋다면 제후 부인 마리아에게 확실히 말하려 하네. 물속에서의 신분과 처지에 관한 한, 자네는 가장 중요한 지위의 남자이며, 그녀가 자네를 주저 없이 사랑할 수 있다고 말일세. 하지만 자네가, 동무여, 제후 부인이 아직도 자네의 그림을 닮았기를 바란다면, 자네는 그림의 대상이 되는 인물들을 솜씨 좋게 색칠함으로써 그의 초상화와 대상 인물들의 차이를 없앤 딜레탕트인 제후를 따라해야 하네. 자!―그들이 언젠가 부당하게도 자네를 명부로 내려보냈다면, 내가 이제 자네에게 온갖 새 소식을 전해주지! 존경하는 정신병원 이주민이여, 알아두게, 자네가 그 가련한 아이에게, 아름다운 공주 헤드비가에게 입힌 상처는 아직도 제대로 치유되지 않았다는 것을, 그래서 그녀가 고통 때문에 때때로 갖가지 익살스러운 짓을 한다는 것을. 자네는 그녀의 심장을 그토록 세차게, 그토록 고통스럽게 쏘아 맞혔는가? 살인자가 다가서면 시체들이 피를 흘리듯이, 자네의 가면을 보면 그녀에게서 아직도 뜨거운 피가 솟아나올 만큼? 좋은 친구여, 그녀가 나를 유령으로, 그것도 자네의 유령으로 여기는 것을 내 책임이라 하지 말게. 하지만, 내가 하찮은 망령이 아니라 악장 크라이슬러라는 것을 그녀에게 한창 증명하려던 차에 이그나티우스 왕자가 나의 계획을 방해했네. 왕자는 보아하니 편집병으로, *멍청함*과 *우둔함*으로 고생하고 있는데, 이것은 클루게*에 따르면 실제 저능의 아주 쾌적한 종류지. 화가여, 진지하게 자네와 얘기할 때 내가 하는 몸짓을 모두 따라하지 말게!─벌써 또 그러나? 감기 들까 무섭지 않다면 아래로 뛰어들어 자네를 실컷 패줄 텐데. 악당 같은 흉내쟁이, 악마한테나 가버려!"

크라이슬러는 빨리 뛰어가버렸다.

이제 아주 깜깜해졌다. 번개가 검은 구름 사이로 번쩍였고, 천둥이 우르릉 소리를 냈다. 그리고 굵은 빗방울이 떨어지기 시작했다. 어부의 작은 집에서 밝고 눈부신 빛이 흘러나왔다. 크라이슬러는 그 빛을 향해 서둘러 갔다.

문에서 멀지 않은 곳에서, 빛의 충만한 반짝임 속에서 크라이슬러는 그의 옆에서 걸어가는 그를 꼭 닮은 사람, 자신의 자아를 보았다. 지극히 깊은 경악에 사로잡힌 채, 크라이슬러는 급히 작은 집으로 뛰어들어가 숨이 차서 죽을 것처럼 창백해진 채 소파에 주저앉았다.

기름 램프가 눈부신 빛살을 사방에 던지고 있는 작은 탁자 앞에 앉아 커다란 서적을 읽고 있던 마이스터 아브라함이 깜짝 놀라 펄쩍 뛰어 일어나더니 크라이슬러에게 다가와 소리쳤다. 맙소사, 요하네스, 자네 무슨 일인가, 저녁 늦게 어디서 오는 길인가. 무엇이 자네를 그렇게 깜짝 놀라게 했나!

크라이슬러는 애써 용기를 냈다. 그러고는 둔탁한 음성으로 말했다. 무슨 일인가 하면, 저희는 둘이에요─저, 그리고 호수에서 뛰어나와

---

* 호프만은 여기서 요한 크리스티안 라일과 클루게를 혼동한 듯하다. 라일은 저서 『정신착란에 대한 심리적 요법의 사용에 대한 랩소디』의 「저능」장에서 선천적인 증상들을 열거하고 있다. "파라노이아, 파투이타스, 스톨리디타스는 저능에 근접한 정신 상태의 명칭인 듯하다."

이리로 저를 뒤쫓아온 제 도플갱어를 말하는 겁니다. 가엾게 여겨주세요, 마이스터, 당신의 지팡이칼을 가지고 그 악한을 찔러 넘어뜨리세요. 그는 미쳤어요, 제 말을 믿어주세요, 그는 우리 두 사람을 파멸시킬 수 있습니다. 그는 밖에서 폭풍우를 불러일으켰어요. 유령들이 공중에서 움직이고, 그들의 찬송가가 인간의 가슴을 갈기갈기 찢어놓습니다! 마이스터─마이스터, 백조를 이리로 꾀어내세요. 백조가 노래를 해야 합니다. 제 노래는 뻣뻣하게 굳어버렸어요. 그 나란 놈이 죽은 사람 같은 희고 차가운 손을 제 가슴에 얹었기 때문입니다. 백조가 노래하면 그가 그 손을 거둬들여야 해요─그리고 다시 호수 속으로 가라앉아야 해요. 마이스터 아브라함은 크라이슬러가 더이상 말하지 못하게 했다. 마이스터는 그에게 친절한 말을 건넸고, 마침 옆에 있던 새빨간 이탈리아 와인 몇 잔을 마시도록 권했다. 그러고는 모든 일이 어떻게 일어났는지 그에게 차차 물어서 알아냈다.

하지만 크라이슬러가 대답을 마치자마자 마이스터 아브라함은 큰소리로 웃으며 외쳤다. 여기 철저한 몽상가, 유령 보는 능력을 가진 사람을 보게! 자네에게 바깥 정원에서 무시무시한 찬송가를 연주해준 파이프오르간 연주자에 관해 말하자면, 그것은 다름 아닌 대기 사이로 윙윙거리며 불어온 밤바람이었네. 그 바람에 풍향하프의 현들이 울린 것이지. 그렇고말고, 크라이슬러, 자네는 정원 끝 두 정자 사이에 펼쳐져 있는 풍향하프를 잊어버린 것이네.* 그리고 내 기름 램프의 희미한 빛 속에 자네 옆에서 걸어가던 자네의 도플갱어에 관해 말하자면, 내가 문 앞으로 나가자마자 나의 도플갱어도 거기 있다는 것, 그래, 내 집에 들어서는 사람은 누구나 그러한 자신의 *명예기사*가 옆에 있음을 감내해야 한다는 것을 자네에게 즉시 증명하려 하네.

마이스터 아브라함이 문 앞으로 나갔다. 그러자 즉시 희미한 빛 속에 제2의 마이스터 아브라함이 그의 곁에 서 있었다.

크라이슬러는 감춰진 오목거울의 영향을 알아차렸다. 그리고 믿었던 놀라운 것이 물거품이 되어버리면 누구나 그렇듯이 화가 났다. 인간에게는 자신에게 유령처럼 보였던 것이 있는 그대로 해명되는 것보다, 지독한 경악이 더 마음에 드는 법이다. 인간은 결코 이 세계에 만족하고자 하지 않는다. 그는 그에게 나타나기 위해 육체를 필요로 하지 않는 다른 세계에서 무언가를 보기를 원한다.

저는, 크라이슬러가 말했다. 저는 좌우간, 마이스터, 그러한 허튼 장난에 기우는 당신의 이상한 성벽을 이해할 수 없어요. 당신은 솜씨 좋은 시종요리사처럼 갖가지 매운 첨가물로 놀라운 것을 준비하고, 미식가의 위장이 약해지듯이 상상력이 약해진 사람들이 그러한 행패를 통해 분명 혼란에 빠질 것이라고 생각하지요. 가슴을 짓누르는 그러한 저주받을 재주들에서 모든 것이 자연히 이루어졌다는 것을 알아차리는 것보다 더 김빠지는 것은 없습니다.

자연히!—자연히, 마이스터 아브라함이 외쳤다. 상당한 지성을 갖춘 남자로서 자네는 세상에서 그 무엇도, 무엇도 결코 자연히 이루어지지 않는다는 것을 깨달아야 할 걸세!—아니면 자네는, 경애하는 악장, 우

---

* 밀라노의 수도원장 가토니는 한 탑에서 다른 탑으로 열다섯 개의 철제 현을 펼쳐 그것들이 전 음계를 표시하도록 조율하게 했다. 이 현들은 대기의 변화 정도에 따라 더 강하게 혹은 더 약하게 울렸다. 사람들은 이 아이올로스의 하프를 대형하프, 거대하프 혹은 풍향하프라고 불렀다. (원주)

리가 사용할 수 있는 수단으로 특정한 효과를 불러일으킬 수 있으니 신비스러운 구조물에서 흘러나오는 효과의 원인이 명백하게 우리 눈앞에 놓여 있다고 믿는가?—자네는 평소에 나의 재주들에 대해 대단한 존경심을 가지고 있지 않았나, 그 정점은 한 번도 보지 않았지만 말일세—당신은 '보이지 않는 소녀'를 말씀하시는군요, 크라이슬러가 말했다.

물론이네, 마이스터가 계속해서 말했다. 바로 그 재주가—그것은 아마 한낱 재주 이상일 터인데—가장 평범한, 가장 쉽게 계산해낼 수 있는 기제가 종종 가장 신비스러운 자연의 경이와 관계를 맺으며, 그러면 해명할 수 없게, 이 말조차 통상적인 의미에서 사용하더라도, 남아 있을 것이 분명한 효과를 불러일으킬 수 있다는 것을 자네에게 증명했을 걸세. 흠, 크라이슬러가 말했다. 당신이 잘 알려진 음향 이론에 따라 처리했다면, 기구를 솜씨 좋게 감출 줄 알았다면, 그리고 영리하고 노련한 존재를 손에 넣고 있었다면 말이죠.

오 키아라! 눈에 눈물이 방울방울 맺히면서 마이스터 아브라함이 외쳤다. 오 키아라, 나의 귀엽고 사랑스러운 아이!

크라이슬러는 그 노인이 그토록 격한 감정에 사로잡힌 것을 아직 한 번도 보지 못했다. 그는 그전부터 그 어떤 비애에 찬 감정도 허락하려 들지 않았고 그러한 것을 조소로 날려버리곤 하지 않았던가.

키아라의 일은 어찌된 것인가요? 악장이 물었다.

달갑지 않은 일이네, 마이스터가 미소 지으며 말했다. 내가 오늘 자네에게 울기 좋아하는 늙은 멍청이같이 보여야 하는 것은 달갑지 않은 일이네. 하지만 성좌들이 내가 그토록 오랫동안 침묵했던 내 삶의 한 순간에 대해 자네와 얘기하기를 원하니 어쩌겠나. 이리 오게, 크라이슬러, 이 큰 책을 보게. 이것은 내가 소유하고 있는 가장 진기한 책이라네. 세베리노라는 이름을 가진 다재다능한 사람의 오래된 상속물이지. 내가 막 여기 앉아 지극히 놀라운 것들을 읽고 거기 묘사되어 있는 작은 키아라를 바라보고 있는데 그때 자네가 정신이 나간 채로 뛰어들어왔네. 그러더니 내 삶의 전성기에 나의 것이었던 그 가장 멋진 경이에 대한 기억에 도취해 있는 바로 그 순간에 나의 마술을 멸시하는군!

자, 어서 이야기해보세요, 크라이슬러가 소리쳤다. 제가 곧바로 당신과 함께 격렬히 울 수 있도록 말이에요―

그것은, 마이스터 아브라함이 말을 시작했다. 그것은 그런데 그리 유별난 일이 아니네. 이전에 아주 준수한 외모를 가진 젊고 힘센 남자였던 내가, 과장된 열성과 큰 명예욕에서 괴니외네스필의 중앙교회에 있는 거대한 파이프오르간을 제작하느라 지치고 아프도록 일했던 것 말일세. 의사는 말했지. 경애하는 파이프오르간 제작자여, 산과 계곡 너머로 가시오, 멀리 세상 속으로 들어가시오. 그래서 나는 도처에서 기계공으로 나서서 사람들에게 아주 점잖은 재주들을 보여줌으로써 정말로 그렇게 했지. 이것은 제법 잘되었고, 내게 많은 돈을 벌게 해주었네. 세베리노라고 불리는 남자를 만났을 때까지 말일세. 그는 나의 재주와 함께 나를 거칠게 조소했네. 나는 여러 이유에서 하마터면 사람들과 마찬가지로 그가 악마 혹은 적어도 더 점잖은 다른 정령들과 결탁하고 있다고 믿을 뻔했지. 가장 이목을 끈 그의 재주는 여자의 예언, 바로 나중에 보이지 않는 소녀라는 이름하에 유명해진 재주였네. 방 한가운데에, 천장에서 아래로, 지극히 섬세하고 투명한 유리로 된

구球가 자유롭게 매달려 있었다네. 그리고 이 구에서 보이지 않는 존재를 향한 질문에 대한 대답이 부드러운 숨결처럼 흘러나왔지. 이 현상의 불가해함뿐만 아니라 마음속으로 파고드는, 가장 깊은 내면을 사로잡는 보이지 않는 여자의 유령 목소리, 그녀가 내놓는 대답의 정확함, 더 나아가 그녀의 진정한 예언 재능 또한 그 예술가에게 손님이 끝없이 몰려들게 해주었지. 나는 그에게 달려가 나의 기계적 재주에 관해 많은 이야기를 했네. 그러나 그는 크라이슬러, 자네가 하는 것과는 다른 의미에서이긴 하지만, 나의 모든 지식을 멸시했고, 내가 그에게 가정에서 쓸 수압식 파이프오르간을 제작해주어야 한다고 주장했네. 작고한 괴팅겐의 마이스터 추밀고문관님도 그의 논문 「고대인들의 수압식 파이프오르간에 대하여」에서 확실히 언급하듯이, 그러한 수압식 파이프오르간에는 전혀 대수로울 것이 없으며 사람들이 다행스럽게도 공짜로 가질 수 있는 몇 파운드의 공기 이외에는 아무것도 절약되지 않는다는 것을 내가 그에게 증명했음에도 불구하고 말일세. 마침내 세베리노는 이렇게 단언했네. 그는 보이지 않는 여자를 돕기 위해 그러한 악기의 더 부드러운 음들을 필요로 한다고, 그리고 내가 그것을 스스로 사용하지도 않고 다른 사람들에게 발설하지도 않겠다고 성체를 두고 맹세한다면 내게 비밀을 털어놓겠노라고, 어차피 그것 없이는 그의 예술품을 쉽게 모방하지 못할 것이라 생각하긴 하지만—이 대목에서 그는 말을 멈추었네. 그리고 이전에 칼리오스트로가 여자들에 대한 매혹적인 열광에 관해 말할 때면 그랬듯이 비밀스럽게 달콤한 표정을 지었다네. 보이지 않는 여자를 보고자 하는 욕망에 가득찬 채 나는 최선을 다해 수압식 파이프오르간을 제작하겠다고 약속했지. 그러자 그는 나를 신뢰해주었고―내가 그의 일을 기꺼이 돕자 나를 좋아하게까지 되었네. 어느 날, 막 세베리노에게 가려던 참이었는데, 거리에 사람들이 모여들었네. 사람들은 단정한 차림새의 한 남자가 실신하여 바닥에 쓰러졌다고 내게 말해주었지. 나는 사람들 사이를 비집고 들어가, 쓰러진 남자가 세베리노라는 것을 알아보았네. 사람들은 막 그를 들어올려 가장 가까운 집으로 데려가던 참이었지. 길 가던 한 의사가 그를 돌봐주었네. 여러 가지 방법이 쓰인 후 세베리노는 깊은 한숨과 함께 눈을 떴지. 경련하듯 찌푸린 눈썹 아래로 나를 응시하던 그의 눈빛은 무시무시했다네. 그 안에는 단말마의 고통의 모든 경악이 어두운 불길로 타고 있었지. 그의 입술은 떨렸고, 말을 하려 했지만 그렇게 할 수 없었네. 마침내 그는 손으로 몇 번 조끼 주머니를 세게 쳤네. 나는 손을 집어넣어 열쇠 몇 개를 끄집어냈네. "이것은 당신 집의 열쇠들이 아니오?" 하고 내가 말하자 그는 고개를 끄덕였어. 이것은, 나는 열쇠들 가운데 하나를 그의 눈앞에 들고서 계속해서 말했지. 이것은 당신이 나를 결코 들여놓으려 하지 않았던 골방 열쇠지요. 그는 또다시 고개를 끄덕였네. 그러나 내가 계속해서 질문하려 했을 때, 그는 무시무시한 두려움에 사로잡힌 듯 신음하고 끙끙거리기 시작했네. 그의 이마에는 차가운 땀방울이 맺혀 있었지. 그는 두 팔을 벌렸다가 무엇을 껴안는 듯 둥글게 모으고는 나를 가리켰네. "그는," 의사가 말했네. "당신이 그의 물건들과 기구들을 안전하게 간수하고, 어쩌면, 그가 죽으면, 간직해야 한다는 것 아닐까요?" 세베리노는 더 세게 머리를 끄덕이더니 마침내 *달려가시오!* 하고 소리치고는 또다시 정신을 잃고 뒤로 쓰러졌네. 나는 서둘러 세베리노의 집으로 갔다네. 호기심과 기대에 차서 몸을 떨며 나는 신비스러운 보이지 않는 여자가 갇혀 있음이 틀림 없는 골방문을 열었지. 그런데 방이 완전히 텅 비어 있는 것을 보고 적 잖이 놀랐다네. 단 하나의 창문은 어슴푸레한 불빛만이 들어오도록 촘 촘하게 가려져 있었고, 방문 맞은편 벽에는 큰 거울이 하나 걸려 있었 네. 내가 우연히 이 거울 앞으로 다가서서 어렴풋한 빛 속에서 나의 형 상을 보았을 때, 마치 내가 기전기起電機의 절연의자에 앉아 있는 듯한 이상한 느낌이 온몸을 관류했네. 바로 그 순간 보이지 않는 소녀의 목 소리가 이탈리아어로 말했다네. 오늘만은 저를 해치지 말아주세요, 아 버지!—저를 그렇게 잔혹하게 채찍질하지 마세요. 당신은 이제 죽었 잖아요!—나는 급히 방문을 열었다네. 그래서 빛이 온통 흘러들어왔 지. 하지만 사람이라곤 전혀 볼 수 없었네. "이건 좋군요," 목소리는 말했네. "아버지, 당신이 리스코프 씨를 보낸 것 말이에요. 하지만 그 는 당신이 저를 채찍질하는 것을 더이상 허용하지 않아요. 그는 자석 을 깨버릴 거예요. 그리고 당신은 하고 싶은 대로 아무리 반항해도 더 이상 그가 당신을 눕힐 무덤에서 나올 수 없어요. 당신은 이제 죽은 사 람이니까요. 그리고 더이상 삶에 속하지 않으니까요." 크라이슬러, 자 네는 아마 깊은 공포가 나를 전율케 했음을 생각할 수 있을 걸세. 아무 도 보지 못했는데 목소리가 바로 내 귓전에서 떠돌았기 때문이네. "악 마야," 나는 용기를 내기 위해 큰 소리로 말했네. "어디에선가 형편없 는 작은 병을 보기만 하면 그것을 박살내버릴 테다. 그러면 *절름발이 악마**가 감옥에서 빠져나와 몸소 내 앞에 서 있을 게다. 하지만 그렇게

---

* 알랭 르네 르사주의 소설 『절름발이 악마』 1장에서 주인공은 악마를 목이 긴 병에서 해방시킨다. 호프만은 이미 이전 작품들에서 이 소설을 언급한 바 있다.

는." 갑자기 골방 사이로 들려온 낮은 탄식 소리가 구석에 놓여 있는 나무 궤에서 나온 것처럼 여겨졌네. 그것은 사람이 들어가 있기에는 너무도 작아 보였지. 하지만 내가 그리로 뛰어가 빗장을 열자 그 안에는 한 소녀가 벌레처럼 웅크린 채 누워 있었네. 그녀는 매우 아름다운 큰 눈으로 나를 응시했고. 이리 나오렴 나의 어린 양아, 이리 나오렴 나의 보이지 않는 소녀야! 하고 내가 외치자 마침내 나를 향해 팔을 뻗었네. 나는 마침내 그녀가 위로 쳐든 손을 잡았지. 그러자 전기 충격이 나의 온몸을 관류했네. ─잠깐만요, 크라이슬러가 외쳤다. 잠깐만요, 마이스터 아브라함, 이것이 무엇인가요. 제가 처음으로 우연히 헤드비가 공주의 손을 건드렸을 때 저도 마찬가지로 그랬답니다. 그리고 여전히, 더 약하기는 하지만, 그녀가 내게 아주 관대하게 손을 내밀 때면 똑같은 효과를 느낍니다. 허허, 마이스터 아브라함이 대꾸했다. 허허, 결국 우리 작은 공주님이 일종의 *전기뱀장어* 혹은 *전기메기* 혹은 *갈치*인 모양일세. 내 귀여운 키아라도 어떤 의미에서는 그랬지. 아니면 착실한 코투그노 씨*가 해부하려고 등을 붙잡았을 때 그에게 매서운 따귀를 날렸던 집쥐와 같은 쾌활한 집쥐일 뿐일지도 모르지. 자네는 물론 공주를 두고 그럴 생각을 하지는 못했겠지만 말일세! ─하지만 공주에 대해서는 다음 기회에 말하기로 하고 지금은 보이지 않는 소녀 얘기를 계속하세! ─내가 작은 전기메기의 예기치 못한 타격에 놀라 뒤로 물러섰을 때, 소녀는 매우 우아한 음성으로, 독일어로 말했네. 아아, 나쁘게 여기지는 말아주세요, 리스코프 씨. 하지만 저는 달리 어쩔 도리

---

* 도메니코 코투그노는 나폴리의 의사로, 클루게는 『실험』에서 코투그노의 집쥐 해부 장면에 관해 서술하고 있다.

가 없답니다. 고통이 너무도 큰걸요. 마냥 놀라고만 있지 않고 나는 부드럽게 소녀의 어깨를 잡아 그녀를 역겨운 감옥에서 끌어냈지. 그러자 신체적 발육으로 보아 키는 열두 살 소녀만하지만 적어도 열여섯 살은 되어 보이는 연약한 체격의 사랑스러운 소녀가 내 앞에 서 있었네. 저기 있는 책을 들여다보게나. 그 그림과 비슷하네. 자네는 그보다 더 사랑스럽고 표정이 풍부한 얼굴은 있을 수 없다는 것을 인정해야 할 걸세. 하지만 자네는 여기에 덧붙여, 내면 깊숙이 불을 붙이는 경이롭고 더할 나위 없이 아름다운 두 눈의 불은 어떤 그림에도 담아낼 수 없다는 것을 감안해야 할 것이네. 눈처럼 흰 피부와 밝은 금발에 집착하지 않는 사람이라면 누구나 그 작은 얼굴을 완벽하게 아름다운 것으로 인정할 수밖에 없었다네. 물론 키아라의 피부가 좀 지나치게 갈색이었고 그녀의 머리카락이 불타는 검은색으로 반짝였기 때문일세. 키아라—자네는 이것이 그 보이지 않는 소녀의 이름이었다는 것을 이미 알고 있지—키아라는 내 앞에 엎드렸네. 완전히 비애와 고통 그 자체였지. 눈에서는 눈물이 주르륵 쏟아졌네. 그리고 그녀는 형용할 수 없는 표정으로, *저는 구원받았어요*라고 말했다네. 나는 지극히 깊은 연민이 속속들이 스며드는 것을 느꼈고, 끔찍한 것들을 예감했지!—사람들이 세베리노의 시신을 가져왔네. 그는 내가 떠난 직후 두번째 뇌졸중 발작으로 죽었다네. 키아라는 시신을 보자마자 눈물이 말라버렸지. 그녀는 죽은 세베리노를 진지한 눈빛으로 쳐다보았네. 그러고는 함께 온 사람들이 그녀를 호기심 어린 눈으로 쳐다보고 웃으며 이것이 결국 골방 속의 보이지 않는 소녀인 모양이라고 말했을 때 자리를 떴네. 나는 소녀를 시신 곁에 혼자 놔둘 수는 없다고 생각했는데, 맘씨 좋은 여관집 주인 내외가 그녀를 자기네 집에 받아들일 용의가 있다고 밝혔네. 하지만 사람들이 모두 떠난 후에 내가 골방으로 들어섰을 때, 키아라는 거울 앞에 지극히 기이한 상태로 앉아 있었네. 눈은 확고부동하게 거울을 향했지만, 몽유병자같이 아무것도 알아보지 못하는 것처럼 보였네. 그녀는 알아들을 수 없는 말들을 중얼거렸지. 하지만 그 말들은 점점 더 명확해져갔고, 그녀는 마침내 독일어로, 프랑스어로, 이탈리아어로, 스페인어로 바꿔가며 멀리 떨어진 사람들과 연관된 듯한 것들에 대해 말하게 되었지. 적잖이 놀랍게도 나는 막 세베리노가 여자의 예언을 말하게 하곤 했던 시간이 되었다는 것을 알아챘다네. 마침내 키아라는 눈을 감았고 깊은 잠에 빠지는 것 같았네. 나는 가련한 아이를 팔에 안고 아래층의 여관집 주인 내외에게 데려다주었네. 이튿날 아침 나는 소녀가 명랑하고 차분한 것을 보았네. 그제야 그녀는 자유를 완전히 이해하는 듯했네. 그리고 내가 알고자 하는 모든 것을 얘기해주었네. 악장, 자네가 평소에 좋은 출생을 어떻게 여기건 간에, 내 작은 키아라가 다름 아닌 집시 소녀였다는 것이 자네를 화나게 하지는 않겠지. 그녀가 더러운 집시 패거리와 함께 어떤 큰 도시의 시장에서 추적자들의 감시를 받으며 햇볕에 그을리고 있었는데, 그때 마침 세베리노가 지나갔다네. "흰 피부의 멋진 형제여, 앞날을 말해줄까?" 하고 여덟 살 먹은 소녀가 그를 불렀지. 세베리노는 오랫동안 소녀의 눈을 들여다보았네. 그러고는 정말로 그의 손바닥 형상을 해독하게 했네. 그리고 특별한 놀라움을 나타냈지. 그는 무언가 아주 특별한 것을 소녀에게서 발견한 것이 분명하네. 그도 그럴 것이 그는 체포된 집시들의 행렬을 이끌던 경찰 소위에게 곧장 다가가 집시 소녀를 데려가게 해준다면 상당한 대가를 치르겠노라고 말했기 때문일세. 경찰 소위는 여기는 노예시장이 아니라고 거칠게 단언했지만, 소녀는 실은 진짜 인간이라 할 수 없고 감옥은 학대하기만 하므로, 신사분께서 10두카텐*을 시빈민구제기금으로 내겠다면 그녀를 원하는 대로 하실 수 있다는 말을 덧붙였네. 세베리노는 당장 돈주머니를 끄집어내어 두카텐을 세어서 주었지. 키아라와 그녀의 늙은 할머니, 두 사람은 흥정하는 것을 모두 듣고는 엉엉 울며 소리치기 시작했고 서로 떨어지지 않으려 했네. 하지만 그때 추적자들이 그리로 다가가 출발할 준비가 되어 있던, 양쪽에 사다리 모양의 틀이 달린 마차에 노파를 처넣었고, 바로 그 순간 자신의 돈주머니를 시빈민구제기금으로 여겼을 법한 경찰 소위는 반짝이는 두카텐을 집어넣었으며, 세베리노는 작은 키아라를 끌고 갔네. 그는 그녀를 발견한 바로 그 시장에서 그녀에게 작고 예쁜 새 치마를 사주고 그 밖에도 사탕과자를 먹여 그녀를 가능한 한 안심시키려 했지. 세베리노가 당시 보이지 않는 소녀를 데리고 펼치는 재주를 염두에 두었고, 집시 소녀에게서 보이지 않는 소녀 역할을 떠맡을 모든 소질을 발견한 것은 확실하네. 주의깊게 교육하는 것 이외에도 그는 고양된 상태에 특히 적합한 그녀의 유기체에 영향을 주려고 했네. 그는 소녀 안의 예언적 정신이 빨갛게 타오르는 고조된 상태를 인위적 수단으로 만들어냈고—메스머**와 그의 무시무시한 처치들을 생각해보게—그녀가 예언을 해야 할 때면 언제나 그녀를 그 상태로 옮겨놓았지. 불행한 우연이 그로 하여금 소녀가 고통을 느낀 후에 특히 자극에

---

* 옛 유럽 금화의 이름.
** 의사인 프란츠 안톤 메스머는 폭력적 최면 치료로 유명했다.

예민하며, 그러면 낯선 자아를 꿰뚫어보는 재능이 경이로운 수준으로까지 고조되어 그녀가 완전히 정신화되는 듯 보일 정도라는 사실을 알아차리게 했네. 그래서 그 끔찍한 인간은 그녀를 더 높은 앎의 상태로 옮겨놓는 처치를 하기 전에 매번 그녀를 더없이 잔혹한 방식으로 채찍질했다네. 이 고통 이외에도 가련하기 짝이 없는 키아라는 세베리노가 없을 때면 종종 며칠이고, 누군가가 골방으로 밀고 들어오더라도 자신이 거기 있다는 비밀이 탄로나지 않도록 예의 나무 궤 속에 웅크리고 있어야 했네. 그녀는 세베리노와 여행할 때도 마찬가지로 그 궤 속에 있었네. 키아라의 운명은 유명한 켐펠렌*이 데리고 다녔던, 터키인 안에 숨어 체스를 두어야 했던 난쟁이보다 더 불행하고 끔찍했지. 나는 세베리노의 사면斜面 책상에서 상당한 금액의 금과 어음을 발견했다네. 그렇게 해서 나는 작은 키아라에게 좋은 수입을 보장해줄 수 있었네. 예언에 쓰는 기구, 즉 방과 골방 안의 청각적 장치는 없애버렸지. 운반할 수 없는 여러 가지 다른 기술적 물건들도 마찬가지로 없애버렸고. 하지만 나는 세베리노가 명확히 진술한 유언에 따라 그의 유산에 들어 있는 상당수의 비밀은 내 것으로 만들었지. 이 모든 일을 마치고 나는 여관집 주인 내외가 그들의 사랑스러운 아이처럼 데리고 있고자 했던 작은 키아라에게 몹시도 슬픈 작별을 고하고 그곳을 떠났다네. 일 년이 지나고 나는 괴니외네스뮐로 돌아가려 했네. 매우 존경할 만한 시 행정당국이 나에게 시 파이프오르간의 수리를 요구했지. 하지만 하늘은 나를 마술사로서 사람들 앞에 세우는 것을 특별히 좋아했네. 그래

---

* 볼프강 폰 켐펠렌은 자동인형을 발명했다. 그가 만든 인형 가운데는 유명한 체스 두는 터키인도 있었다.

서 어떤 빌어먹을 도둑놈에게 내 전 재산이 들어 있는 돈지갑을 훔치게 한 것이네. 나는 여행에 필요한 식량을 마련하기 위해 많은 증명서와 허가서를 갖춘 유명한 기계공으로서 재주를 부릴 수밖에 없었다네. 이 일이 일어난 것은 지크하르츠바일러에서 멀지 않은 작은 곳이었네. 어느 날 저녁 내가 앉아서 작은 마술상자에 망치질을 하고 줄질을 하고 있는데 문이 열리고 한 여자가 들어서더니, 아니요, 저는 더이상 견딜 수 없었어요. 당신을 쫓아와야 했어요. 리스코프 씨—저는 그리움으로 죽어버렸을 거예요!—당신은 제 주인이세요, 저를 당신 마음대로 하세요!—하고 외치며 내게 달려와 나의 발 아래 엎드리려 했네. 나는 그녀를 팔에 안아 붙잡았지—그녀는 키아라였네! 나는 소녀를 거의 알아보지 못했네. 아마 1피트는 더 자랐고 더 튼튼해졌는데, 이것이 그녀 몸매의 지극히 부드러운 형상을 해치지는 않았네!—사랑스러운, 귀여운 키아라! 하고 나는 깊이 감동하여 외쳤네. 그리고 그녀를 가슴에 안았지! 그렇지요, 이제 키아라가 말했네. 당신은 저를 당신 곁에 있게 해주시겠지요, 리스코프 씨, 당신은 당신 덕분에 자유와 생명을 얻은 가련한 키아라를 쫓아내지는 않으시겠지요?—이 말과 함께 그녀는 우편물을 나르는 일꾼이 막 밀어넣고 있는 상자로 재빨리 뛰어가더니, 일꾼 녀석이 껑충 뛰어오르는 큰 걸음으로 문을 나서며, 아이고 이게 웬일이냐, 사랑스러운 무어인 아이야, 하고 큰 소리로 외칠 만큼 많은 돈을 그 일꾼 녀석의 손에 쥐어주고는 상자에서 이 책을 꺼내어 이렇게 말하며 내게 주었네. 자요, 리스코프 씨, 당신이 잊어버린, 세베리노의 유산 가운데 최고의 것을 받으세요. 내가 책을 펼치는 동안 그녀는 아주 안심하고 짐을 풀고 옷가지와 속옷들을 꺼내놓기 시작했네. 크라이슬러, 자네는 작은 키아라가 나를 적잖이 당황하게 했다는 것을 짐작할 수 있을 걸세. 하지만—이 사람아! 이제 자네는 나를 좀 존중하는 법을 배울 때가 되었네. 자네가 외삼촌의 잘 익은 배들을 나무에서 따먹고 나무토막에 깔끔하게 채색해 만든 배들을 매달아놓도록, 혹은 물뿌리개 안에 거름을 섞은 등자즙을 채워놓아 외삼촌이 표백하려고 잔디밭에 펼쳐놓은, 흰 캔버스 직물 바지들에 뿌리게 하도록, 그리고 아름다운 대리석 하나를 힘들이지 않고 밖으로 내오도록 내가 도와주었기 때문에 자네는—요컨대 내가 자네를 미친 방자한 장난으로 이끌었기 때문에, 내 말하지만, 평소에 자네는 나 자신을 다름 아닌, 아예 심장이 없거나, 혹은 적어도 그 박동을 전혀 감지하지 못하도록 심장 위에 어릿광대 저고리를 두텁게 두른 순전한 어릿광대로 만들었기 때문일세!—이 사람아, 자네의 섬세한 감정을, 자네의 눈물을 뽐내지 말게나. 그도 그럴 것이, 보게나, 나는 벌써 또다시, 자네가 너무도 자주 그렇게 하듯이, 지독하게 엉엉 울어야 하기 때문이네. 하지만 모두 악마한테나 가라지, 나이가 많이 들어서 젊은 사람들에게 내면을 *가구 딸린 셋방*처럼 열어 보여야 한다면 말이야. 마이스터 아브라함은 창가로 다가가 밤 속을 내다보았다. 뇌우는 지나갔고 숲의 살랑거림 속에 밤바람이 흔들어 떨어뜨린 물방울이 떨어지는 소리가 간간이 들렸다. 멀리 성으로부터 유쾌한 무도곡이 울려퍼졌다. 헥토르 왕자, 마이스터 아브라함이 말했다. 헥토르 왕자가 몇 차례 펄쩍 뛰어 *사냥식* 소풍을 시작하는 모양이군—

그런데 키아라는요? 크라이슬러가 물었다.

잘했네, 지쳐서 등받이 의자에 털썩 주저앉으며 마이스터 아브라함은 말을 이었다. 잘했네, 젊은 친구, 자네가 키아라를 상기시킨 것 말일세. 그도 그럴 것이 나는 이 불행한 밤에 쓰디쓴 기억의 잔을 마지막 한 방울까지 다 마셔버려야 하기 때문일세. 아아! 키아라가 분주히 이리저리 뛰어다니던 순간, 그녀의 시선에서 가장 순수한 기쁨이 환하게 빛나던 순간, 그때 나는 언젠가 그녀와 헤어지는 것은 내게 아주 불가능하리라는 것, 그녀가 나의 아내가 되어야 한다는 것을 확실히 느꼈네. 그런데도 나는 이렇게 말했네. 하지만 키아라, 네가 이제 여기 머물러 있으면 내가 너를 데리고 무엇을 해야겠느냐? 키아라는 내 앞으로 다가와 아주 진지하게 말했네. 마이스터, 당신은 제가 당신께 가져온 책에서 예언에 대한 자세한 묘사를 찾아볼 수 있어요. 그렇지 않아도 당신은 그것을 위한 장치를 보셨잖아요. 저는 당신의 보이지 않는 소녀가 되겠어요! 키아라, 나는 아주 당황해서 소리쳤네. 키아라, 무슨 말을 하는 것이냐?―나를 세베리노 같은 사람으로 간주하다니! "오, 세베리노에 관해서는 말하지 마세요." 키아라가 대꾸했지. 그런데 자네에게 모든 것을 번거롭게 얘기해서 뭐하겠나, 크라이슬러. 자네는 내가 보이지 않는 소녀를 가지고 온 세상을 깜짝 놀라게 한 것을 벌써 알고 있지 않나. 그리고 자네는 내가 그 어떤 인위적 수단으로라도 나의 사랑스러운 키아라를 자극하거나 그 어떤 방식으로 그녀의 자유를 제한하는 걸 싫어했다는 것을 믿을 수 있을 걸세. 그녀는 보이지 않는 소녀 역할을 할 수 있다고 느낄 때, 그보다는 느끼려 할 때면 내게 스스로 때와 시간을 암시했네. 그리고 그런 다음에만 예언을 말했네. 그 밖에 나의 소녀에게는 예의 역할이 욕구가 되어버렸네. 자네가 장차 듣게 될 모종의 사정으로 나는 지크하르츠바일러로 오게 되었다네. 나는 아주 은밀하게 등장할 계획이었네. 나는 제후의 시종요리사 미망인 집의 외딴 숙소에 거처를 정했고 미망인을 통해 금세 나의 놀라운 재주에 대한 소문이 궁정에 닿게 했지. 일은 내가 기대했던 대로 되었네. 제후가―이레네우스 제후의 부친을 말하는 것이네, 나를 찾아왔고, 나의 예언하는 키아라는 마술사였네. 그녀가 초지상적인 힘에 충만한 듯 그에게 종종 그 자신의 내면을 열어 보이자 그는 평소에는 그에게 감춰져 있던 많은 것을 분명하게 꿰뚫어보게 되었네. 나의 아내가 된 키아라는 지크하르츠호프의 내가 잘 아는 한 남자의 집에 기거했고 밤의 어둠 속에 내게로 왔네. 그래서 그녀의 존재는 비밀로 남아 있었지. 그도 그럴 것이, 보게나, 크라이슬러, 사람들은 어찌나 기적을 탐하는지, 인간적 존재의 협력 없이는 보이지 않는 소녀를 데리고 펼치는 재주가 달리 가능하지 않은데도, 그들은 보이지 않는 소녀가 살과 뼈가 있는 존재라는 것을 알게 되자마자 이 모든 것을 어리석은 희롱이라고 여겼을 것이네. 예의 도시에서 세베리노가 죽은 후에 모든 사람들이 유리구에서 음성이 나오게 했던 인위적인 청각적 장치에는 조금도 유의하지 않은 채, 작은 집시 소녀가 골방에서 말했다는 것이 밝혀졌다는 이유로 그를 사기꾼이라고 질타했던 것처럼 말일세. 늙은 제후는 죽었고, 나는 그 재주들과 키아라와의 은밀한 행각에 정말이지 싫증이 났네. 나는 사랑스러운 아내와 괴니외네스뮐로 가서 다시 파이프오르간을 제작하려 했지. 그런데 어느 날 밤 마지막으로 보이지 않는 소녀역할을 해야 했던 키아라가 오지 않았네. 나는 호기심에 찬 사람들을 불만스레 떠나보내야 했지. 내 심장은 두려운 예감으로 고동쳤네. 아침에 나는 지크하르츠호프로 달려갔네. 키아라는 평소와 같은 시간에 떠났었네. 그런데 이 사람! 나를 왜 그리 빤히 쳐다보나? 바보 같은 질문은 하지 않기를 바라네!─자네도 알지 않나─키아라는 흔적도 없이 사라져버렸네. 결코─결코─나는 그녀를 다시 보지 못했어!

마이스터 아브라함은 벌떡 일어나 창가로 달려갔다. 깊은 한숨이 열어젖혀진 마음의 상처에서 솟아나온 핏방울들에 숨통을 터주었다. 크라이슬러는 침묵함으로써 노인의 깊은 고통에 경의를 표했다.

자네는, 마침내 마이스터 아브라함이 말을 시작했다. 자네는 이제 더이상 그 도시로 돌아갈 수 없네, 악장. 자정이 다가와 있고 저 밖에는 자네도 알다시피 사악한 도플갱어가 돌아다니고 있네. 그리고 온갖 다른 위협적인 것이 우리 일을 망쳐놓을 수 있을 것이네. 내 곁에 머물러 있게!─그것은 분명 미친 듯, 아주 미친 듯한─

(무어) 그러한 불손한 행동이 신성한 장소에서 일어난다면─강의실에서 말이다─내 가슴이 몹시도 비좁고 답답해진다─지극히 고상한 생각들이 온몸에 넘쳐흘러 계속해서 쓰지 못하겠다─중단해야겠다, 산책을 조금 해야겠다!

나는 다시 책상으로 돌아왔다. 기분이 나아졌다─하지만 무엇으로 가슴이 가득차 있는지, 그것에 관해서는 입이 다 담아내지 못하며,* 아마 시인의 펜대도 그러하리라!─나는 언젠가 마이스터 아브라함이 이야기하는 것을 들었다. 어느 오래된 책에 한 특이한 사람에 관해 무언가가 쓰여 있는데, 그의 몸에는 손가락을 통해서가 아니고는 달리 떨어지지 않는 특별한 *부정한 물질*이 꿈틀거리고 있었다. 하지만 그는

---

* 「마태오의 복음서」 12장 34절. "결국 마음에 가득찬 것이 입으로 나오는 법이다."

예쁜 흰 종이를 손 밑에 갖다놓았고 그렇게 해서 그 나쁜 꿈틀거리는 존재에서 떨어지려는 것은 모두 받아 모았으며 이 보잘것없는 배출을 그가 내면으로부터 창조한 시라고 일컬었다. 나는 이 모든 것을 악의 있는 풍자라고 여긴다. 그러나 이따금 어떤 야릇한 느낌이, 나는 그것을 거의 정신적인 몸의 통증이라 일컫고 싶거니와, 앞발 속까지 스며드는 것이 사실이다. 그러면 앞발은 내가 생각하는 모든 것을 쓸 수밖에 없다. 바로 지금 내 상태가 그러하다―그것은 내게 해를 끼칠 수 있다. 매혹된 수고양이들이 눈이 멀어 흉악해질 수도 있고 심지어 나에게 그들의 발톱맛을 보여줄 수도 있다. 하지만 그것은 발설되어야 한다!―

　마이스터는 오늘 오전 내내 돼지가죽으로 된 4절판 책을 읽었다. 마침내 여느 때와 같은 시간에 자리를 떴을 때 그는 책상 위에 책을 편 채로 놔두었다. 나는 호기심에 차서, 내가 원래 그렇게 생겨먹었듯이 학문에 집착하여, 마이스터가 그렇게 많은 노력을 기울여 공부하는 책이 대체 어떤 책인지 냄새 맡기 위해 재빨리 뛰어올라갔다. 그것은 천체, 행성들과 십이성좌의 선천적 영향에 관한 옛 요하네스 쿠니스페르거*의 훌륭하고 멋진 책이었다. 그렇다, 나는 이 책을 훌륭하고 멋지다고 정당하게 말할 수 있다. 그도 그럴 것이, 이 책을 읽으며 나는 내 존재의 기적, 지상에서의 내 행적의 기적을 명료하게 깨닫게 되지 않았는가?―하! 이것을 쓰는 동안 나의 머리 위에서 충실하고 친근하게 내 영혼 안팎으로 빛을 비추는 멋진 천체가 이글이글 타오르고 있다―그

---

* 요하네스 쿠니스페르거 혹은 레기오몬타누스라 불린 요하네스 뮐러는 15세기의 유명한 수학자이자 천문학자다. 무어가 보고 있는 것은 그의 책 『시간적으로 자연적인 천문학의 기술―천체의 선천적 영향에 관한 짤막한 생각』이다.

렇다. 나는 내 이마 위에 꼬리가 긴 혜성의 작열하는, 불타는 광선을 느낀다―그렇다, 나 자신이 높이 뜬 광륜 속에 예언자처럼 위협하며 세계를 통해 나아가는 반짝이는 꼬리별, 하늘의 혜성이다. 혜성이 모든 별들보다 밝게 빛나는 것처럼, 너희도, 내가 나의 재능을 숨기지 않고 나의 빛을 제대로 반짝이게 하기만 하면,* 그리고 이것은 완전히 내게 달려 있거니와―그렇다, 그러면 너희는 모두 어두운 밤 속으로 사라지고 말 것이다, 너희 수고양이들, 다른 동물들과 인간들이여!―하지만 꼬리 달린 빛의 정신인 내게서 비쳐 나오는 신적인 천성에도 불구하고, 나는 모든 죽을 운명을 가진 인간들과 같은 운명을 가지고 있지 않은가?―나의 마음은 너무 선량하다. 나는 너무 다정다감한 수고양이이며, 기꺼이 약자들에게 푸근하게 동조하고자 하고 그 때문에 슬픔과 번민에 빠진다. 그도 그럴 것이 나에 대해 제대로 감탄할 줄 아는 영혼이 하나도 없는 까닭에, 내가 지금의 시대가 아니라 앞으로 다가올 더 높은 교육의 시대에 속하는 까닭에 나는 내가 가장 깊은 황야에 혼자 서 있다는 것을 도처에서 인지해야만 하지 않는가? 그런데 충분한 경탄을 받으면 나는 몹시 기쁘다. 심지어 배우지 못한 평범한 젊은 수고양이들의 찬사에도 형용할 수 없이 기분이 좋아진다. 나는 그들이 깜짝 놀라 제정신을 잃게 만들 줄 안다. 하지만 그것이 무슨 소용이랴, 그들은 아무리 노력해도, 그토록 지독하게 야옹―야옹 하고 외칠지라도, 적절한 칭찬 나팔의 음조를 맞출 줄 모르지 않는가!―나는 나의

---

* 「마태오의 복음서」 5장 15절을 연상시킨다. "등불을 켜서 됫박으로 덮어두는 사람은 없다. 누구나 등경 위에 얹어둔다. 그래야 집안에 있는 사람들을 다 밝게 비출 수 있지 않겠느냐?"

진가를 인정하게 될 후세를 생각해야 한다. 내가 지금 철학책을 쓴다면 내 정신의 깊이를 관통할 자는 누구인가? 내가 극작품을 지으려 나자신을 낮추면 그것을 상연할 능력이 있는 배우들은 어디에 있는가? 내가 다른 문학적 작업들을 감행한다면, 예컨대 내가 비평을 쓴다면, 내가 시인, 작가, 예술가라 불리는 모든 것 위에 군림하며 곧장 도처에서 나 스스로를, 물론 도달할 수 없는 모범이긴 하지만 모범으로, 완전성의 이상으로 내세울 수 있고 그래서 또한 나만이 전문성 있는 판단을 내놓을 수 있기 때문에 이미 그러한 작업이 내게 어울리거니와, 내가 비평을 쓴다면 나의 견지로 뛰어올라 나와 견해를 함께할 자가 누구인가? ― 받아 마땅한 월계관을 내 이마에 눌러씌워줄 수 있을 앞발이나 손이 대체 있기나 한가? ― 하지만 이를 위해서는 좋은 방책이 있다. 이것을 나는 몸소 행할 것이다. 그리하여 어쩌다 감히 왕관을 살짝잡아당기려 드는 자가 있으면 내 발톱맛을 보여주겠다 ― 아마도 그런 시샘하는 야수들이 존재할 것이다. 나는 종종 그들에게 공격받는 꿈을 꾸기만 해도, 나를 방어해야 한다는 망상 속에 나의 날카로운 무기로 내 얼굴을 할퀴어 우아한 얼굴에 가련하게 상처를 입힌다 ― 우리는 또한 고상한 자부심 속에 약간 의심하는 경향을 띠기도 한다. 하지만 그럴 수밖에 없다. 최근에 젊은 폰토가 몇몇 푸들 젊은이와 거리에서, 내가 그에게서 여섯 발짝도 떨어지지 않은 우리집의 지하실 채광구멍가에 앉아 있었는데도 나를 언급하지 않은 채, 가장 최근의 시사 현상들에 대해 얘기했을 때, 나는 그것을 나의 덕성과 훌륭함에 대한 은밀한 공격으로 간주했지 않은가. 내가 그에게 이에 관해 비난하자 그 멍청이가 나를 정말로 전혀 알아차리지 못했다고 주장하려 해서 나는 몹시 화가 났다.

하지만 이제 때가 되었다. 내가 너희, 더 좋은 후세의 나를 닮은 영혼들에게—오, 나는 그 후세가 이미 현재의 한가운데에 있으면 좋겠다, 그리고 무어의 위대함에 대한 영특한 생각을 가졌으면, 그리고 그 생각을 매우 밝은 음성으로 크게 발설하여 큰 외침 소리에 사람들이 다른 아무것도 들을 수 없으면 좋겠다—그렇다, 너희가 청년 시절 너희의 무어에게 생긴 일에 관해 뭔가 더 상세한 얘기를 들을 때가 되었다. 주목하시라, 좋은 영혼들이여, 놀랄 만한 삶의 시점이 시작된다.

3월 15일*이 밝았다. 아름답고 온화한 봄 햇살이 지붕 위에 쏟아졌다. 그리고 부드러운 불이 나의 내면을 빨갛게 타오르게 했다. 벌써 며칠째 형언할 수 없는 불안이, 미지의 놀라운 그리움이 나를 괴롭혔다. 이제 나는 더 차분해졌다. 하지만 곧 내가 전혀 예감하지 못한 상태에 빠지고 말았다!

내게서 멀지 않은 한 지붕 채광창에서 한 형상이 조용하고 부드럽게 밖으로 내려왔다. 오, 내가 더할 나위 없이 사랑스러운 그녀를 그릴 수 있다면! 그녀는 온통 하얀 옷을 입고 있었다. 단지 조그만 검은 벨벳 모자가 귀여운 이마를 덮고 있을 뿐이었다. 또한 가녀린 다리에도 조그만 검은 양말을 신고 있었다. 가장 아름다운 두 눈의 더없이 사랑스러운 풀빛에서 달콤한 불이 번쩍였다. 섬세하게 쫑긋 선 두 귀의 부드러운 움직임은 그녀 안에 덕성과 지성이 깃들어 있음을 예감하게 했고, 꼬리를 물결 모양으로 돌돌 마는 것은 드높은 우아함과 여성적 민

---

* 율리우스력에 따른 3월 15일. 카이사르가 살해당한 날로 유명하다.

감함을 나타냈다!

사랑스러운 아이는 나를 바라보지 않는 듯했다. 그 아이는 해를 쳐다보았고, 눈을 깜빡였으며, 재채기를 했다. 오, 그 소리는 달콤한 전율로 나의 가장 깊은 내면을 떨게 했다. 나의 맥박이 고동쳤다―피가 들끓으며 모든 혈관을 통해 물결쳤다―심장은 터질 것 같았다. 나로 하여금 제정신을 잃게 한 모든 말할 수 없이 고통스러운 환희가 내가 토해낸, 오래 지속된 야옹! 소리 속에 쏟아져나왔다. 작은 그녀는 재빨리 머리를 내 쪽으로 돌려 나를 쳐다보았다. 경악, 천진하고 달콤한 두려움을 눈에 담은 채. 보이지 않는 앞발들이 거역할 수 없는 힘으로 나를 그녀에게 끌어당겼다―하지만 내가 그녀를 붙잡기 위해 우아한 그녀에게 뛰어나가자마자 그녀는 생각처럼 빠르게 굴뚝 뒤로 사라져버렸다!― 온통 분노와 절망에 사로잡혀 나는 지붕 위에서 이리저리 뛰어다녔고 더없이 가련한 소리를 내뱉었다. 모든 것이 허사였다―그녀는 다시 오지 않았다!― 하, 어떤 상태인가!―어떤 음식도 맛이 없었고, 학문은 나를 구역질나게 했다. 나는 책을 읽을 수도 글을 쓸 수도 없었다. 맙소사! 이튿날 내가 우아한 그녀를 도처에서, 지붕 위에서, 다락에서, 지하실에서, 집의 모든 통로에서 찾아다니다가 절망적으로 집으로 돌아왔을 때, 작은 그녀를 끊임없이 생각하며, 마이스터가 내게 갖다놓아준 구운 생선조차 주발에서 그녀의 두 눈으로 나를 빤히 쳐다보았기에 내가 환희의 광기 속에, 네가 오랫동안 그리워한 그녀인가, 하고 큰 소리로 외치고는 그것을 한입에 먹어치웠을 때, 그렇다, 그때 나는 맙소사, 오, 맙소사! 이것이 사랑일까? 하고 소리쳤다. 나는 더 차분해졌고, 학식 있는 젊은이로서 나의 상태에 대해 완전히 명확하게 파악하기로 결심했다. 그리고 즉시, 힘들기는 했지만, 오비디우스의 『사랑의 기술에 대하여』를, 또한 만조의 『사랑의 기술』도 철저히 연구하기 시작했다. 하지만 이 작품들에서 언급된 사랑하는 자의 특징들 가운데 어떤 것도 나에게 제대로 들어맞는 것 같지 않았다. 마침내 어느 희곡*에서 읽었던 것이 갑자기 머릿속에 퍼뜩 떠올랐다. 무관심한 감각과 거칠게 자란 수염이 사랑에 빠진 자의 특징이라는 것이었다! — 나는 거울을 들여다보았다. 맙소사, 내 수염은 거칠게 자라 있었다! — 맙소사, 내 감각은 무관심했다!**

　내가 사랑에 빠진 것이 사실임을 이제 알게 되었기에 내 영혼에 위안이 찾아왔다. 나는 음식과 음료로 충분히 기운을 돋우고 나서 내 온 마음이 향해 있던 작은 그녀를 만나러 가기로 결정했다. 달콤한 예감이 그녀가 집 문 앞에 앉아 있다고 내게 말했다. 나는 계단을 내려갔다. 그리고 나는 정말로 그녀를 발견했다! — 오, 이 어떤 재회인가! — 내 가슴속에는 환희가, 사랑의 감정의 형언할 수 없는 희열이 얼마나 물결쳤던가. 미스미스, 나중에 그녀에게 들어 알게 되었지만, 작은 그녀는 이렇게 불렸다, 미스미스는 뒷발로 우아하게 앉아 있었다. 그리고 조그만 앞발로 몇 차례 뺨과 귀 위를 훑어 얼굴을 닦았다. 얼마나 형용할 수 없는 우아함으로 그녀는 내 눈앞에서 정결함과 단아함을 요하는 행위를 했던가! 그녀는 자연이 그녀에게 부여한 매력을 높이기

---

* 셰익스피어의 『뜻대로 하세요』 3막 2장. (원주)
** 이 장면에서 로절린드는 사랑에 빠진 상태의 일련의 징후를 열거한다. 그중에는 "무관심한 감각"과 "거칠게 자란 수염"도 있다. 하지만 그가 사랑에 빠지지 않았다는 것을 그에게 증명하려는 의도에서 그렇게 하고 있다.

위해 보잘것없는 화장술을 필요로 하지 않았다! 나는 처음 만났을 때
보다 더 겸손하게 그녀에게 다가가 그녀 곁에 앉았다! —그녀는 도망
치지 않았다. 그녀는 탐색하는 눈빛으로 나를 쳐다보고 나서 눈을 내
리깔았다. 더없이 사랑스러운 여인이여, 나는 조용히 말을 시작했다.
나의 여인이 되어주오! —"대담한 수고양이여," 그녀는 혼란스러워하
며 대꾸했다. "그대는 누구인가? 대체 나를 아는가? —그대가 나처럼
정직하고 참되다면 나를 정말로 사랑한다고 말하고 내게 맹세해주
오."* 오, 나는 열광하여 소리쳤다. 그렇소, 저승의 공포를 두고, 신성
한 달을 두고, 하늘이 맑으면 앞으로 올 밤에 빛나게 될 다른 모든 별
들과 행성들을 두고 그대에게 맹세하오, 그대를 사랑한다고! 나도 그
대를 사랑해, 작은 그녀가 속삭였다. 그리고 귀엽게 부끄러워하며 머
리를 내게 기울였다. 나는 정열에 가득차서 그녀를 앞발로 안으려 했
다. 하지만 그때 두 마리의 거대한 수고양이가 악마같이 으르렁거리며
내게 달려들어 비참하게 물어뜯고 할퀴었다. 게다가 그럴 필요까진 없
었는데도 나를 하수구에 굴려넣어 더러운 개숫물이 내 위로 쏟아졌다.
나의 신분을 개의치 않는 살기등등한 짐승들의 발톱에서 벗어나자마
자 나는 온통 비명을 지르며 계단을 달려올라갔다. 나를 보자 마이스
터는 큰 소리로 웃으며 소리쳤다. 무어, 무어, 행색이 왜 그 모양이냐?
하하! 무슨 일이 있었는지 벌써 알겠다. 넌 사랑의 미궁에서 헤매는 기
사**처럼 장난을 치려 했구나. 그러다 혼쭐이 난 게로구나!—마이스터

* 장 파울의 소설 『티탄』에서 알바노와 린다가 나눈 대화를 패러디한 것이다. "'대담한
인간이여,' (그녀는 당황해서 말했다) '그대는 누구인가? 나를 아는가? —그대가 나와
같다면 그대가 항상 참되었는지 맹세하고 말하오!'"

는 이렇게 말하며 나로선 적잖이 불쾌하게도 또다시 요란한 웃음을 터뜨렸다. 마이스터는 통에 미지근한 물을 채우고는 주저 없이 나를 그 속에 몇 차례 집어넣었다. 그래서 나는 연신 재채기를 하고 푸푸 숨을 내뿜느라 들을 수도 볼 수도 없었다. 그런 다음 그는 나를 플란넬에 단단히 감싸 바구니에 넣었다. 나는 분노와 고통으로 거의 제정신이 아니었다. 꼼짝도 할 수 없었다. 마침내 온기가 내게 좋은 영향을 주었다. 나는 생각이 정돈되는 것을 느꼈다. "하" 하고 나는 한탄했다. "이무슨 삶의 새로운, 쓰디쓴 기만인가!—이것이 그러니까 내가 벌써 그토록 멋지게 읊었던, 지고의 것이라는, 이루 말할 수 없는 희열로 우리를 가득 채운다는, 우리를 천국으로 데려간다는 바로 그 사랑이로구나!—하!—그것은 나를 하수구에 던져버렸다!—나는 나로 하여금 물어뜯게 하고 역겨운 물이나 뒤집어쓰게 한데다 보잘것없는 플란넬에 비열하게 감싸이는 결과만을 초래한 감정을 기꺼이 단념하련다!" 하지만 다시 자유로워지고 건강이 회복되자마자 또다시 미스미스가 끊임없이 내 눈앞에 어른거렸고, 나는, 견뎌낸 저 치욕을 뚜렷이 기억하고 있던 나로선 경악스럽게도, 내가 아직 사랑에 빠져 있음을 알아차렸다. 나는 억지로 정신을 차렸고 이성적이고 학식 있는 수고양이로서 오비디우스를 다시 읽었다. 『사랑의 기술에 대하여』에서 사랑에 대한 처방도 발견했던 기억이 또렷했기 때문이다.

나는 이러한 시구를 읽었다.

** 요한 고트프리트 슈나벨의 사랑의 체험에 관련된 소설 『사랑의 미궁에서 헤매는 기사』에 대한 암시.

그리하여 비너스는 무위無爲를 사랑하네. 사랑의 끝을 염두에 둔 그대여, 아시라.

사랑은 활동 앞에 굴복하느니. 활동하라, 그러면 그대는 안전하리니!*

나는 이 지시에 맞게 새로운 열성을 가지고 학문에 몰두하려고 했다. 하지만 펼치는 장마다 미스미스가 내 눈앞에서 뛰어다녔다. 나는 미스미스를 생각하고—읽고—썼다!—저자는, 하고 나는 생각했다. 다른 일을 뜻하는 것이 틀림없다. 그리고 다른 수고양이들로부터 생쥐 사냥이 대단히 쾌적하고 기분좋은 즐거움이라는 말을 들었으니까 활동 가운데 생쥐 사냥도 포함되어 있을지 몰랐다. 그래서 나는 어두워지자마자 지하실로 갔다. 그리고 노래를 부르며 어두운 통로들을 돌아다녔다. 숲속에서 나는 조용하고 거칠게 살금살금 걸었네, 총신을 당긴 채—**

하!—하지만 나는 사냥하려던 야생동물 대신에 정말로 그녀의 고운 모습을 보았다. 밑바닥 깊은 곳으로부터 그것은 정말로 도처에서 나타났다! 그리고 그때 쓰디쓴 사랑의 고통이 나의 너무도 상처받기 쉬운 마음을 갈기갈기 찢어놓았다! 그러자 나는 이렇게 말했다. 고운 눈빛, 순결한 서광을 내게 돌리면, 무어와 미스미스는 신랑신부로서 행복하

---

* 실제로는 오비디우스의 『사랑의 치료약』에서 인용했다.
** 괴테의 「사냥꾼의 저녁 노래」. "들판에서 나는 조용하고 거칠게 살금살금 걷네 / 총신을 당긴 채 / 그때 그토록 밝게 너의 고운 모습이 / 너의 귀여운 모습이 눈앞에 어른거리네." 티크의 장화 신은 고양이도 이 노래를 부른다.

게 집으로 걸어가네. 기쁨에 넘치는 수고양이인 나는 승리의 대가를 기대하며 이렇게 말했다. 가련한 자! 수줍은 암고양이인 그녀는 눈을 내리떠 감춘 채 지붕 안으로 도망쳤도다!

그렇듯 가엾은 자인 나는 적대적인 운명의 별이 나를 망쳐놓으려 내 가슴속에 불붙여놓은 듯한 사랑에 점점 더 빠져들었다. 미쳐 날뛰며, 나의 운명에 반항하며, 나는 또다시 오비디우스에 덤벼들어 다음과 같은 시구를 읽었다.

소녀가 좋은 음성을 가지고 있지 않거든 노래할 것을 요구하라,

그리고 현을 다루는 법을 배우지 않았거든 칠현금을 타도록 요구하라.*

하, 나는 외쳤다. 그녀를 향해 지붕 위로 올라가자!─하, 나는 어여 쁘고 우아한 여인인 그녀를, 내가 처음으로 보았던 그곳에서 다시 찾을 것이다. 하지만 그녀는 노래를 해야 하리라. 그렇다, 노래를. 그리고 그녀가 단 하나의 잘못된 음이라도 낸다면 모든 것은 끝날 것이다. 그러면 나는 치유되고, 구원될 것이다. 하늘은 맑았다. 그리고 달이, 내가 고운 미스미스에게 사랑을 맹세한 달이 정말로 빛났다. 숨어서 그녀를 기다리려고 지붕 위로 올라갔을 때 말이다. 오랫동안 나는 그녀를 보지 못했다. 그리고 나의 한숨은 큰 소리로 토해낸 사랑의 한탄

* 오비디우스의 『사랑의 치료약』에서 인용. 요한 크리스티안 라일도 『정신착란에 대한 심리적 요법의 사용에 대한 랩소디』에서 이 시구를 인용한다.

이 되었다.

마침내 나는 더없이 슬픈 음조의 작은 노래를 하나 부르기 시작했는데, 대략 다음과 같다.

> 살랑거리는 숲이여, 속삭이는 샘물이여
> 솟구쳐나오는 예감의 찰랑이는 물결이여
> 나와 함께 오, 탄식하라!
> 말하라 오, 말하라!
> 귀여운 여인 미스미스, 그녀는 어디로 갔는가,
> 사랑에 빠진 젊은이, 그 젊은이는 어디에서
> 어여쁘고 우아한 여인 미스미스를 껴안았는가?
> 불안한 자를 위로하라,
> 상심으로 거칠어진 수고양이를 위로하라!
> 달빛이여 오, 달빛이여,
> 내게 말해다오, 나의 얌전한 아이,
> 사랑스러운 존재는 어디에서 군림하고 있는가!
> 광포한 고통은 결코 치유될 수 없다네!
> 위로할 길 없이 사랑하는 이들의 현명한 조언자여
> 서둘러 그를 구하라
> 사랑의 사슬로부터,
> 그를 도우라, 오, 절망하는 수고양이를 도우라

친애하는 독자여, 깨달으시라, 훌륭한 시인은 살랑거리는 숲속에 있거나 속삭이는 샘물가에 앉아 있지 않아도 된다는 것을. 예감의 찰랑이는 물결이 그에게로 솟구쳐 흘러가며, 그는 이 물결 속에서 그가 원하는 것은 모두 보고, 그가 원하는 대로 그것에 관해 노래할 수 있지 않은가. 누군가가 앞의 시구들의 드높은 탁월함에 대해 너무 심하게 놀란다면 나는 겸손하게 그로 하여금 내가 황홀경에, 사랑의 열광에 빠져 있었다는 점에 주목하게 하고자 한다. 그런데 모두들 알고 있듯이 사랑의 열기에 사로잡힌 자라면 누구나, 평소에는 희열Wonne을 태양Sonne과, 그리고 충동Triebe을 사랑Liebe과 운을 맞출 줄도 몰랐을지라도, 내 말하거니와, 이 그리 비범하지도 않은 운을 아무리 노력해도 결코 생각해낼 수 없었다고 하더라도, 갑자기 시심이 일어 코감기에 걸린 자가 억제할 수 없이 지독한 재채기를 터뜨리듯 더없이 탁월한 시구들을 급히 내쏟을 수밖에 없다. 우리는 산문적 천성을 지닌 이들의 이 황홀경 덕분에 이미 탁월한 것을 많이 얻었다. 그리고 종종 이를 통해 특별히 아름답지 않은 인간 미스미스들이 한동안 굉장한 명성을 얻은 것은 좋은 일이다. 이것이 마른 나무에서 일어난 일일진대, 하물며 생나무에서는 어떤 일이 일어나겠는가?*—내 말인즉슨, 저속한 산문가조차 오직 사랑만으로 시인이 된다면, 정작 진짜 시인들에게는 삶의 이 단계에 어떤 일이 일어나고 말겠는가 하는 것이다. 그런데! 나는 살랑거리는 숲속에도, 속삭이는 샘물가에도 앉아 있지 않았다. 나는 삭막한 높은 지붕 위에 앉아 있었다. 달빛이 조금이나마 비춰지기를 기대하기도 힘들었다. 그런데도 나는 예의 대가다운 시구들로 숲과 샘물

---

* 「루가의 복음서」 23장 31절의 변용. "생나무가 이런 일을 당하거든 마른 나무야 오죽하겠느냐?"

과 물결에게, 그리고 마지막으로 내 친구 오비디우스에게 나를 도와달라고, 사랑의 곤궁에 빠진 나를 도와달라고 간청했다. 내 종족의 이름에 맞는 운을 찾는 것이 약간 어려웠다. 나는 아무리 열광한 상태라도 진부한 아버지라는 단어는 갖다 쓰지 않았다.* 하지만 내가 정말 운을 찾았다는 사실은 인간 종족에 대한 내 종족의 우월함을 내게 또다시 증명해주었다. 그도 그럴 것이 인간이라는 낱말에는 주지하다시피 아무것도 운이 맞지 않으며, 따라서, 어느 익살스러운 극작가**가 이미 언급했듯이, 인간은 운이 없는 동물이기 때문이다.*** 그에 반해 나는 운이 있는 동물이다. 내가 고통스러운 그리움의 음조를 짚은 것은 헛수고가 아니었다. 내가 생각하는 여인을 내게 인도해달라고 숲과 샘물, 달빛에게 간청한 것은 헛수고가 아니었다. 굴뚝 뒤에서 사랑스러운 그녀가 가볍고 우아한 걸음으로 사뿐사뿐 걸어왔던 것이다. "친애하는 무어, 그토록 아름답게 노래하는 이가 그대인가?" 미스미스는 나를 향해 이렇게 외쳤다. 아니, 나는 기뻐서 깜짝 놀라며 대답했다. 아니, 사랑스러운 존재여, 그대는 나를 아는가? "아아" 그녀가 말했다. "아아, 물론이지, 그대는 첫눈에 바로 내 마음에 들었어. 그래서 마음이 몹시 아팠지, 나의 무례한 두 사촌이 그대를 그토록 무자비하게 하수구에—" 말하지 맙시다. 나는 그녀의 말을 중단시켰다. 하수구에 대해서는 말하

---

* 고양이(Kater)라는 낱말에 맞는 운을 찾을 때 아버지(Vater)라는 낱말은 운은 맞지만 너무 흔하고 진부해 피하는 센스를 발휘했노라고 짐짓 위대한 시인의 자긍심을 가지고 말하고 있다. 무어는 앞의 시에서 조언자(Berater)로 운을 맞췄다.
** 일막극 『가난한 시인』을 쓴 아우구스트 폰 코체부를 가리킨다.
*** 독일어로 '인간'을 뜻하는 Mensch는 각운을 맞추기 힘든 단어다. 한편 독일어 ungereimt는 '운이 없는'이라는 뜻과 '불합리한'이라는 뜻을 함께 가지고 있다.

지 맙시다, 친애하는 이여―오 내게 말해주오, 내게 말해주오, 그대가 나를 사랑하는지? "나는," 미스미스가 계속해서 말했다. "그대의 상황을 문의해보았지, 그리고 그대 이름이 무어라는 것, 아주 선량한 남자 집에서 넉넉한 생계를 꾸려가고 있을뿐더러 삶의 모든 쾌적함을 누리고 있다는 것, 더 나아가 그러한 쾌적함을 다정한 부인과 함께 나눌 수도 있으리라는 것을 알게 되었지!―오, 나는 그대를 몹시 사랑해, 착한 무어!" 맙소사 하느님, 나는 더없는 환희 속에 소리쳤다. 맙소사, 이것이 가능한 일인가, 이것이 꿈인가, 이것이 진실인가?―오, 버텨내라―버텨내라 이성이여, 돌아버리지 말라!―하! 내가 아직 지상에 있다니!―아직 지붕 위에 앉아 있는가?―구름 속에 떠 있지 않은가?―내가 아직 수고양이 무어라니! 달에 있는 남자가 아닌가?―연인이여 내 가슴으로 오라―하지만 더없이 아름다운 이여, 먼저, 먼저 내게 그대의 이름을 말해다오. 나는 미스미스라고 해, 작은 그녀가 달콤하게 속삭이며, 귀엽게 수줍어하며 대답했다. 그러고는 친밀하게 내 곁에 앉았다. 그녀는 얼마나 아름답던지! 그녀의 흰 털은 달빛을 받아 은빛으로 반짝였고, 작은 초록빛 눈은 부드러운, 갈망하는 빛으로 번쩍였다. 그대는―

(파지) ―친애하는 독자여, 그대는 물론 이것을 좀더 일찍 들어 알수도 있었을 것이다. 하지만 하늘이여, 내가 지금까지 이미 그랬던 것보다 더 많이 들판을 가로질러 뛰어야만 하지 않도록 해주시길. 그러니까, 이미 말했듯이, 헥토르 왕자의 부친에게는 제후 이레네우스에게 일어난 일과 똑같은 일이 일어났다. 그는, 그 자신은 어떻게 그렇게 되었는지 몰랐거니와, 그의 작은 나라를 주머니에서 잃어버렸던 것이다.

그러나 결코 조용하고 평화로운 삶을 살 수는 없는 헥토르 왕자는 자신의 다리 밑에서 군주의 의자가 치워졌다 해도 기꺼이 똑바로 서 있고자 했고, 통치할 수 없다면 대신 적어도 지휘라도 하고자 했기에 프랑스군에 복무했다. 그는 굉장히 용감했다. 하지만, 어느 날 치터를 연주하는 한 소녀*가 그에게 그대는 아는가, 레몬꽃 불타는** 나라를, 하고 울부짖었을 때, 그는 즉시 그런 레몬꽃들이 정말로 불타는 나라로, 즉 나폴리로 갔다. 그리고 프랑스 제복 대신 나폴리 제복을 입었다. 그는 그 어떤 왕자든 그럴 수 있을 만큼 신속하게 장군이 되었던 것이다. 헥토르 왕자의 부친이 죽었을 때, 제후 이레네우스는 유럽을 지배하는 제후 모두를 손수 기록해놓은 큰 책을 펼쳤다. 그리고 그의 제후 친구이자 불행 속의 동반자가 죽은 사실을 기록했다. 그 일이 끝나자 그는 오랫동안 헥토르 왕자의 이름을 쳐다보았다. 그러고 나서 아주 큰 소리로 헥토르 왕자! 하고 외치고는 커다란 책을 어찌나 세게 덮었던지 의전관이 깜짝 놀라 세 발짝이나 뒤로 물러섰을 정도였다. 제후는 이제 일어나 방에서 천천히 왔다갔다했다. 그리고 생각의 전 세계를 정돈하기 위해 필요한 만큼 많은 코담배를 들이마셨다. 의전관은 많은 재산 이외에도 사랑스러운 마음을 가졌던 고인이 된 군주에 대해, 나폴리에서 군주들과 국민이 신처럼 숭배하는 젊은 왕자 등에 대해 많은

---

* 원문은 Zittermädel인데, 현악기 치터는 Zither로 표기해야 옳다. 이는 단순한 오자일 수 있으나, Zittermädel은 '전율하는 소녀'로 해석될 수 있어 이중적인 의미를 가진다. 괴테의 『빌헬름 마이스터의 수업시대』에서 치터를 연주하는 소녀로 묘사된 미뇽을 일부러 틀리게 인용한 것으로 보인다.
** 괴테의 『빌헬름 마이스터의 수업시대』 3권 1장에 나오는 미뇽의 노래 중 "레몬꽃 피는"을 패러디한 것.

얘기를 했다. 제후 이레네우스는 이 모든 것에 주의하지 않는 듯했다. 그는 갑자기 의전관 바로 앞에 멈춰 서더니 프리드리히 대왕의 끔찍한 눈빛으로 그를 응시했다. 그리고 아주 강하게 *어쩌면* 하고 말하고는 옆 집무실로 사라져버렸다. 맙소사, 의전관이 말했다. 전하께서는 분명 가장 주목할 만한 생각을, 어쩌면 심지어 계획들을 갖고 계신 게야.

사실이 그랬다. 제후 이레네우스는 왕자의 부에 대해, 힘있는 지배자들과의 친척 관계에 대해 생각했다. 그는 장차 헥토르 왕자가 분명 검을 왕홀과 바꾸게 되리라 확신했던 것을 기억 속에 떠올렸다. 그러자 헤드비가 공주와 왕자의 결혼이 더없이 유익한 결과를 가져올 수 있으리라는 생각이 들었다. 제후가 부친의 죽음에 대해 심심한 조의를 표하기 위해 즉시 왕자에게 보낸 시종은 아주 극비리에 공주의 모습을 피부색에 이르기까지 잘 나타낸 세밀화를 주머니에 집어넣어야 했다. 여기에서 언급해둬야 할 것은 공주는 피부가 약간 노르스름한 빛을 띠지만 않았다면 정말로 완벽한 미인이라 할 수 있다는 점이다. 그런 까닭에 그녀에게 촛불 조명은 유리하게 작용했다.

시종은 제후의 은밀한 지시를—제후는 누구에게도, 부인에게조차 그의 의도를 눈곱만큼도 털어놓지 않았다—아주 노련하게 이행했다. 왕자가 그림을 보았을 때, 그는 〈마술피리〉에 나오는 그의 왕자 동료가 그랬던 것과 똑같은 황홀경에 빠져들다시피 했다. 그는 타미노처럼 노래하지는 않았지만 "이 초상은 매혹하듯 아름답구나." 그리고 계속해서 "이 감정이 사랑이라는 것일까, 그렇다, 그렇다, 그것은 오직 사랑일 수밖에 없다!" 하고 외칠 뻔했다.* 보통은 왕자들로 하여금 가장 아름다운 여인들을 얻으려 애쓰게 만드는 것이 오직 사랑만은 아니다. 그러나 자리에 앉아 제후 이레네우스에게 헤드비가 공주의 마음과 손을 구하는 것이 허락되기를 바라노라고 편지를 썼을 때, 헥토르 왕자는 다른 사정은 생각하지 않았다.

제후 이레네우스는 작고한 제후 친구 때문에라도 마음속 깊이 원하는 결혼을 기쁘게 승낙하기에, 그 이외의 구혼은 실은 필요치 않다고 답변했다. 하지만 격식은 지켜져야 하므로 왕자는 혼례를 치르기 위해, 그리고 오래된 좋은 관례에 따라 만반의 준비를 끝내고 침대에 뛰어오르기 위해, 합당한 신분의 점잖은 남자를 지크하르츠바일러로 보내라고 했다. 왕자는 답장을 썼다. 제가 몸소 가겠습니다, 제후님!

이것은 제후에게 달갑지 않았다. 그는 전권을 위임받은 사절을 통한 혼례가 더 멋지고, 고상하고, 군주답다고 생각했고, 다가올 축제를 마음속 깊이 기뻐했었다. 동침의식 전에 성대한 기사단축제를 열 수 있으리라는 생각만이 그의 마음을 가라앉혔다. 그는 어떤 기사도 더이상 달지 않으며, 달아서는 안 되는, 그의 부친이 창설한 왕족기사단의 대십자 훈장을 지극히 장엄하게 왕자에게 걸어주고자 했던 것이다.

그리하여 헥토르 왕자는 헤드비가 공주를 부인으로 맞아들이기 위해, 그리고 그 김에 한 사라진 왕족기사단의 대십자 훈장을 받기 위해 지크하르츠바일러로 왔다. 제후가 그의 의도를 비밀로 한 것이 왕자에게는 바라던 바인 듯했다. 그는 특히 헤드비가를 고려하여 이 침묵을 지킬 것을 청했다. 그가 구혼하러 나서기 전에 우선 헤드비가의 완전

---

* 타미노는 모차르트의 오페라 〈마술피리〉에 나오는 인물이며, 인용된 아리아는 1막 4장에 등장한다.

한 사랑을 확신할 수 있어야 하기 때문이라는 것이었다.

제후는 왕자가 무슨 말을 하려는 건지 잘 이해하지 못했다. 그리고 그가 알고 기억하는 한 이러한 형식은, 그러니까 동침의식 전의 사랑의 확언에 관해 말하자면, 군주 가문들에서는 결코 통례였던 적이 없다고 말했다. 하지만 왕자의 말이 다름 아닌 어느 정도의 애정 표현을 뜻할 뿐이라면, 이는 특히 약혼 기간에는 일어나서는 안 되는 일이지만, 경솔한 젊음은 예의범절이 명하는 모든 것을 뛰어넘는 경향이 있으므로, 짧은 시간 내에, 반지 교환 삼 분 전에 합의될 수 있다는 것이었다. 물론 군주 가문의 신랑신부가 이 순간에 서로에 대해 어느 정도의 혐오감을 표명하는 것은 훌륭하고 기품 있을 터이지만, 유감스럽게도 이러한 드높은 예의범절의 규율이 최근에는 허무맹랑한 꿈이 되어버렸다는 것이었다.

왕자가 헤드비가 공주를 처음 보았을 때, 그는 부관에게 다른 사람들은 알아들을 수 없는 나폴리 방언으로 속삭였다. 모든 성인들에게 맹세코! 그녀는 아름답군. 하지만 베수비오 화산 근처에서 태어났어. 그래서 그 불이 그녀의 두 눈에서 번쩍이는군.

이그나츠 왕자는 벌써 나폴리에 아름다운 잔들이 있는지, 그리고 헥토르 왕자는 그 가운데 얼마나 소유하고 있는지를 무척 자세히 물어보았다. 그리하여 헥토르 왕자가 환영 인사의 전 음계를 거쳐 올라간 후 다시 헤드비가에게 몸을 돌리려던 참이었다. 그때 문이 열리고, 제후가 조금이라도 궁정에 드나들 자격이 있는 것을 자신 안팎에 지닌 인물이라면 죄다 화려한 홀에 불러모음으로써 준비한 휘황찬란한 장면으로 왕자를 초대했다. 그는 이번에는 참석자를 선발할 때 평소보다 덜 엄격했다. 그도 그럴 것이 지크하르츠호프의 모임이 실은 시골 소풍으로나 여겨야 할 정도였기 때문이다. 벤촌 부인도 율리아와 함께 그 자리에 있었다.

헤드비가 공주는 말이 없었고 생각에 잠겨 있었으며 무관심했다. 그녀는 남쪽에서 온 아름다운 이방인을 더도 덜도 아니고 꼭 궁정에서의 모든 다른 새로운 현상들만큼만 유의하는 듯했다. 그리고 시녀인 뺨이 붉은 나네테가 이방의 왕자가 너무도 멋지다고, 평생 동안 그보다 아름다운 제복은 보지 못했노라고 그녀의 귀에 속삭이자 정신이 나갔느냐고 상당히 언짢게 물었다.

헥토르 왕자는 이제 공주 앞에서 정중하게 친절을 표하는 다채롭고 허풍스러운 공작 꽁지깃을 펼쳤다. 그러나 그녀는 그의 달착지근한 황홀의 격정적 태도에 되레 감정이 좀 상한 채 이탈리아에 대해, 나폴리에 대해 물었다. 왕자는 그녀가 지배하는 여신으로서 거니는 낙원을 묘사해주었다. 그는 자신이 정말이지 어떤 것이든 숙녀의 아름다움과 우아함을 찬미하는 찬가가 되도록 말하는 솜씨의 대가임을 입증했다. 하지만 공주는 이 찬가의 한가운데에서 뛰쳐나와 가까이에 있는 율리아를 알아보고 그녀에게 뛰어갔다. 공주는 그녀를 껴안고 수많은 애정 어린 이름으로 부르고는 왕자가 헤드비가의 도주에 약간 당황하여 그리로 다가가자, 이 사람은 제가 정말 좋아하는 여동생, 저의 멋지고 사랑스러운 율리아랍니다! 하고 외쳤다. 왕자는 야릇한 시선으로 오랫동안 율리아를 응시했다. 그녀가 온통 빨개진 얼굴로 눈을 내리뜨고 수줍어하며 뒤에 서 있는 어머니에게 몸을 돌렸을 정도였다. 하지만 공주는 그녀를 또다시 포옹하고, 사랑하는, 사랑하는 나의 율리아, 하고 외쳤는데, 그때 그녀의 눈에는 눈물이 맺혔다. 공주님, 벤촌 부인이 나직이 말했다. 공주님, 왜 이런 발작적인 거동을? 공주는 벤촌 부인에게 관심을 두지 않은 채, 정말로 이 모든 것 때문에 언변의 물줄기가 말라붙어버린 왕자에게 몸을 돌렸다. 그녀가 처음에는 조용하고 진지하고 기분이 언짢았다면, 지금은 기이하고 발작적으로 쾌활한 상태였고, 거의 방종하다 할 지경이었다. 마침내 너무 세게 당겨진 현들이 느슨해졌고, 이제 그녀의 내면에서 울려나온 선율은 더 부드럽고 온화하고 처녀답게 다정했다. 그녀는 그 어느 때보다 더 사랑스러웠고, 왕자는 완전히 매혹된 듯했다. 마침내 춤이 시작되었다. 몇 가지 춤이 교체된 후 왕자는 나폴리의 한 민속춤을 선도하겠다고 자청했다. 그리고 머지않아 춤추는 사람들에게 그 춤의 본질이 무엇인지 알려주는 데 성공했다. 그리하여 모든 것이 매우 점잖게 들어맞았고 열정적 애정이 듬뿍 담긴 그 춤의 성격도 잘 부각되었다.

　하지만 그 춤의 바로 그러한 성격을 왕자와 함께 춤추었던 헤드비가처럼 완전히 파악한 사람은 아무도 없었다. 그녀는 반복하기를 요구했다. 그리고 두번째로 춤이 끝났을 때, 그녀는 그녀의 뺨에서 벌써 의심스러운 창백함을 감지한 벤촌 부인의 경고를 유의하지 않은 채, 세번째로 춤을 추자고 고집을 부렸다. 이제야 그 춤을 제대로 잘 추게 되리라는 것이었다. 왕자는 매료되었다. 그는 모든 움직임마다 우아함 그 자체로 보이는 헤드비가와 함께 떠다녔다. 춤이 강요하는 많은 얽힘 가운데 하나에서 왕자는 사랑스러운 공주를 격정적으로 가슴에 안았다. 하지만 바로 그 순간, 헤드비가 또한 죽은듯 그의 품속에 쓰러졌다.

제후는 궁정무도회가 이보다 더 부적절하게 방해받을 수는 없을 테지만 이 나라는 많은 것을 용서한다고 말했다.

헥토르 왕자는 실신한 공주를 몸소 안아 인접한 방의 소파 위로 데려갔다. 그곳에서 벤촌 부인은 시의가 예비해둔 어떤 강한 휘발성 액체를 공주의 이마에 문질렀다. 시의는 공주의 실신은 춤으로 흥분한 탓에 일어난, 아주 금방 지나갈 신경발작이라고 단언했다.

의사 말이 맞았다. 잠시 후 공주는 깊은 한숨을 쉬며 눈을 떴다. 왕자는 공주가 회복했다는 말을 듣자마자 그녀를 겹겹이 둘러싸고 있던 숙녀들의 무리를 뚫고 들어가 소파 옆에 무릎을 꿇고는 그런 일이 일어난 것은 오로지 그의 탓이라고, 그것이 그의 마음을 찢어놓는다고 몹시 탄식했다. 그러나 공주는 그를 보자마자 극심한 혐오감을 나타내며 가세요, 가요! 하고 소리치고는 또다시 실신해버렸다.

이리 오시오, 제후는 왕자의 손을 잡으며 말했다. 이리 오시오, 친애하는 왕자, 당신은 모르오, 공주가 종종 지극히 기이한 망상들에 시달린다는 것을. 이 순간 당신이 그녀에게 얼마나 기묘하게 보였는지 누가 알겠소!―생각해보시오, 친애하는 왕자, 어린아이였을 때 벌써―*우리끼리 하는 말이지만*―어린아이였을 때 벌써 공주는 한번은 온종일 나를 무굴제국 황제로 여기며 내가 벨벳 슬리퍼를 신고 말을 타고 나가야 한다고 주장했소. 나 역시 결국, 정원에서뿐이긴 했지만, 그렇게 하기로 결심했다오.

헥토르 왕자는 거리낌없이 비웃으며 제후를 쳐다보았다. 그리고 마차를 불렀다.

벤촌 부인은 율리아와 함께 성에 머물러 있어야 했다. 제후 부인이 헤드비가를 염려하여 그렇게 하기를 원했다. 그녀는 평소에 벤촌 부인이 공주에게 어떠한 심리적 영향력을 행사했는지 알고 있었다. 그리고 그 심리적 영향력에 그러한 종류의 병의 발작도 굴복하곤 했다는 것도 알고 있었다. 실제로 이번에도 그런 일이 일어났다. 벤촌 부인이 그녀에게 부드러운 말로 지칠 줄 모르고 타이르자 헤드비가는 자신의 방에서 곧 회복했던 것이다. 공주는 다름아니라 춤추던 도중에 왕자가 용 같은 괴물로 변신하여 날카로운 불타는 혀로 그녀의 심장에 일침을 가했다고 주장했다. "맙소사," 벤촌 부인이 외쳤다. "결국 헥토르 왕자가 심지어 고치의 우화에 나오는 *푸른 괴물*이로군요!—이 무슨 망상인가, 종국에는 공주님이 위협적인 광인으로 여겼던 크라이슬러와 있었던 것과 같은 일이 일어날 거예요!"—"결코 그렇지 않아요." 공주가 격하게 소리쳤다. 그러고는 웃으면서 덧붙였다. "정말이지, 나는 나의 선량한 크라이슬러가 헥토르 왕자처럼 그토록 갑자기 푸른 괴물로 변신하는 것을 원치 않아요!"

공주 곁을 지킨 벤촌 부인이 아침 일찍 율리아의 방에 들어섰을 때, 율리아가 그녀를 향해 다가왔다. 얼굴은 창백해져 있었고, 밤을 지새워 피로한 기색이었으며, 병든 비둘기처럼 작은 고개를 축 늘어뜨린 채였다. "율리아, 무슨 일이니!" 그러한 상태의 딸을 보는 데 익숙하지 않은 벤촌 부인이 깜짝 놀라 그녀를 향해 소리쳤다. "아, 어머니," 율리아가 몹시 절망적으로 말했다. "아, 어머니, 다시는 이런 환경에 저를 두지 마세요. 어젯밤을 생각하면 심장이 떨려요. 그 왕자 안에는 뭔가 끔찍한 것이 있어요. 그가 저를 바라보았을 때, 저의 마음속에서 무슨 일이 생겼는지 묘사할 수가 없어요. 그 어둡고 무시무시한 두 눈에서 섬광이 죽일 듯 튀어나왔어요. 그것에 맞았다면 더없이 가련한 저는 파괴되었을 거예요. 저를 비웃지 마세요, 어머니. 하지만 그것은 제물을 선택한 살인자의 눈빛이었어요. 비수를 뽑기도 전에 죽음에 대한 공포로 살해되는 제물 말이에요!─되풀이해 말하지만, 아주 낯선 감정이, 그것을 명명하지는 못하겠어요. 몸의 모든 부분을 통해 경련하듯 진동했어요!─바실리스크의 눈빛은 독이 있는 섬광이어서, 감히 쳐다보는 사람은 즉시 죽이고 만다고 해요. 왕자는 그런 위협적인 괴물과 비슷할지도 몰라요."

"이제," 벤촌 부인이 큰 소리로 웃으며 외쳤다. "이제 정말로 푸른 괴물과 연관된 이야기가 옳다는 것을 믿어야겠구나. 그도 그럴 것이 왕자가 가장 멋지고 사랑스러운 남자일지라도 두 소녀에게 용으로, 바실리스크로 보였으니까. 나는 공주가 아주 지독한 망상에 사로잡힐 수 있다고 생각한다. 하지만 나의 차분하고 온화한 율리아, 나의 사랑스러운 아이가 바보 같은 몽상에 빠져들 줄이야.""그런데 헤드비가는," 율리아가 벤촌 부인의 말을 끊었다. "그런데 헤드비가는, 그 어떤 사악하고 적대적인 힘이 그녀를 제 마음에서 떼어내려고, 그래요, 그녀의 내면에서 미쳐 날뛰는 끔찍스러운 병의 투쟁 속으로 저를 떨어뜨리려고 하는지 모르겠어요!─그래요, 공주의 상태를 저는 병이라 부르겠어요. 몹시도 가련한 그녀는 그것에 맞서 아무것도 할 수 없지요. 그녀가 어제 왕자에게서 재빨리 몸을 돌렸을 때, 그녀가 저를 쓰다듬고 포옹했을 때, 그때 저는 그녀가 얼마나 고열로 달아올라 있는지 느꼈어요. 그러고 나서 그 춤, 그 경악스러운 춤! 어머니는 아시잖아요, 우리를 껴안는 것이 남자들에게 허용되는 춤을 제가 얼마나 싫어하는지.

우리 여자들은 그 순간 관습과 예의범절이 요구하는 모든 것을 포기하고 남자들에게 우위를 허락해야 할 것만 같아요. 그러한 우위는 남자들 가운데 적어도 감수성이 예민한 이들에게는 달갑지 않을 거예요. 그런데 더 오래 지속될수록 제겐 그만큼 더 역겹게 보이던 남국의 춤을 추는 것을 멈출 수 없었던 헤드비가. 왕자의 눈에서 번쩍이던 것은 진짜 악마 같은, 남의 불행을 기뻐하는 마음이었어요—"

"바보 같으니." 벤촌 부인이 말했다. "도대체 무슨 당치않은 생각을 하는 것이냐!—그렇지만!—이 모든 것에 대한 너의 생각을 나무랄 수는 없구나. 그 생각을 충실히 간직하렴. 하지만 헤드비가에 대해선 부당하게 생각하지 마라. 계속해서 곰곰이 생각하지 마라. 공주에게, 그리고 왕자에게 무슨 일이 있는 것인지, 그것은 생각에서 지워버리렴!—네가 원한다면 한동안 헤드비가도, 왕자도 보지 않도록 해주마. 아무렴, 너의 안정이 방해받아선 안 되지, 착하고 사랑스러운 내 아이야! 내 품으로 오렴!"—이렇게 말하며 벤촌 부인은 어머니의 애정을 한껏 품고 율리아를 껴안았다.

"그리고," 율리아가 달아오른 얼굴을 어머니의 가슴에 묻으며 말을 이었다. "그리고 아마 제가 느낀 끔찍한 불안감 때문에 이상한 꿈들도 꾸게 되는 걸 거예요. 그 꿈들은 저를 완전히 혼란스럽게 했어요."

"대체 무슨 꿈을 꾸었느냐." 벤촌 부인이 물었다.

"제가 어느," 율리아가 계속해서 말했다. "제가 어느 멋진 정원에서 거니는 것 같았어요. 그곳에는 빽빽한 어두운 덤불 아래 노란 장대꽃과 장미꽃이 뒤섞여 피어 있었고 그 달콤한 향기를 공기 속에 흩뿌리고 있었죠. 달빛처럼 놀라운 희미한 빛이 소리와 노래로 떠올랐어요.

그리고 황금색 빛줄기가 나무들과 꽃들을 건드리자 그것들은 황홀해서 전율했어요. 덤불은 살랑거렸고 샘물은 애타는 한숨으로 나지막이 속삭였지요. 하지만 그때 저는 알아챘어요. 저 자신이 정원을 통해 지나가는 노래라는 것을, 음들의 광채가 사라지자마자 저도 쓰라린 비애 속에 사라져야 한다는 것을!—하지만 그때 부드러운 한 음성이 말했어요. 아니! 소리는 축복이지 절멸이 아니랍니다. 그리고 내가 그대를 강한 팔로 단단히 붙들겠어요. 그대의 본질 속에 나의 노래가 깃들어 있고, 그 노래는 그리움처럼 영원하지요!—그것은 크라이슬러였어요, 그가 제 앞에 서서 이 말을 한 것이죠. 위로와 희망의 천국 같은 느낌이 저의 마음속을 관통했고, 저 자신도 몰랐어요—모두 얘기할게요, 어머니!—그래요, 저 자신도 몰랐어요, 어떻게 된 일인지, 제가 크라이슬러의 품에 안겼어요. 그때 저는 갑자기, 강력한 두 팔이 저를 꽉 껴안는 것을 느꼈고, 끔찍하고 조소하는 어떤 목소리가 소리쳤어요. 가련한 여자여, 뭘 그리 반항하는가, 그대는 벌써 살해되었고, 이제 나의 것이어야 하거늘. 저를 꽉 붙든 것은 왕자였어요. 무서워서 크게 비명을 지르며 저는 잠에서 화다닥 깨어났어요. 저는 잠옷을 급히 걸치고 창가로 달려가 창문을 열었어요. 방안 공기가 후덥지근하고 혼탁했기 때문이죠. 멀리서 저는 한 남자를 알아보았는데, 그는 망원경으로 성의 창문을 바라보았어요. 하지만 그러고는 이상한, 저는 바보 같다고 말하고 싶은데, 이상한 방식으로, 양발로 온갖 앙트르샤*와 다른 무용 동작을 취하며 양팔로는 허공을 이리저리 휘저었어요. 그리고, 저

---

* 발레에서 공중으로 뛰어올라 두 발을 교차하는 춤 동작.

는 분명히 들은 것 같은데, 그러면서 큰 소리로 노래를 불렀어요. 저는 크라이슬러를 알아보았어요. 저는 그의 행동에 대해 진심으로 웃을 수밖에 없었지요. 그런데도 그는 왕자로부터 저를 보호해줄 착한 정령처럼 여겨졌어요. 그래요, 그제야 크라이슬러의 내적 본질이 제게 꽤 명확해진 듯했어요. 그리고 저는 그제야, 그의 심술궂어 보이는 유머가, 어떤 이들은 종종 그것으로 상처를 입었다고 느끼지만 실은 더없이 충실하고 훌륭한 심성에서 나온다는 것을 깨달았어요. 저는 정원으로 뛰어내려가고 싶었어요! 크라이슬러에게 끔찍한 꿈의 모든 두려움을 하소연하고 싶었어요!"

"그것은," 벤촌 부인이 진지하게 말했다. "그것은 바보스러운 꿈이구나. 그리고 그 결말은 더 바보스럽구나! ― 율리아, 네겐 안정이 필요하다. 가벼운 아침잠이 네게 도움이 될 거야. 나도 몇 시간이라도 잘 생각이다."

이 말과 함께 벤촌 부인은 방을 떠났고 율리아는 어머니가 지시한 대로 했다.

그녀가 깨어났을 때, 정오의 햇빛이 창문 안으로 쏟아져 들어왔다. 그리고 장대꽃과 장미꽃의 강렬한 향기가 방안 가득 흘러다니고 있었다. "이게 뭐지!" 율리아는 깜짝 놀라 소리쳤다. "이게 뭐지!―꿈인가!―하지만 그녀가 둘러보았을 때, 그녀 위, 그녀가 잤던 소파의 등받이 위에 그 꽃들로 된 아름다운 꽃다발이 놓여 있었다!

"크라이슬러, 나의 사랑스러운 크라이슬러." 율리아는 부드럽게 말하고 꽃다발을 들었다. 그리고 꿈 같은 생각에 빠져들었다.

이그나츠 왕자가 전갈을 보내 율리아를 한 시간 정도 볼 수 있는지 물어왔다. 율리아는 서둘러 옷을 입고 이그나츠가 벌써 도자기 잔들과 중국 인형들이 가득 담긴 바구니를 가지고 그녀를 고대하고 있는 방으로 급히 갔다. 착한 아이 율리아는 그녀에게 깊은 동정심을 불러일으키는 왕자와 몇 시간이고 놀아주는 것을 감수했다. 그녀의 입에서는 경멸의 말은커녕 조롱의 말도 전혀 새어나오지 않았다. 다른 사람들은, 특히 헤드비가 공주는 이따금 그런 말을 할 테지만 말이다. 그런 까닭에 왕자는 율리아가 벗해주는 것을 가장 좋아했고 그녀를 종종 그의 작은 신부라고 부르기까지 했다. 잔들은 정렬되어 있었고, 인형들도 가지런히 정돈되어 있었다. 율리아는 막 작은 어릿광대를 대신하여 일본의 황제에게—작은 두 인형은 서로 마주보고 서 있었다—연설을 하던 참이었다. 그때 벤촌 부인이 들어왔다.

한동안 놀이를 지켜본 후 그녀는 율리아의 이마에 키스를 하고 말했다. "너는 정말이지 나의 사랑스럽고 착한 아이야!"

늦은 황혼이 닥쳐왔다. 원했던 대로 오찬에 참석하지 않아도 되었던 율리아는 자신의 방에 홀로 앉아 어머니를 기다렸다. 그때 나지막한 발걸음 소리가 살금살금 기어올라오더니, 문이 열리고, 죽은 사람처럼 창백하게, 멍한 눈으로, 흰 드레스를 입고, 유령처럼, 공주가 들어섰다. "율리아!" 그녀는 낮고 희미하게 말했다. "율리아!—나를 어리석다고, 지나치게 쾌활하다고—미쳤다고 하렴. 하지만 내게서 너의 마음을 가져가버리진 마. 내겐 너의 동정이, 너의 위로가 필요해!—나를 병들게 한 것은 다름 아닌 과도한 흥분, 역겨운 춤으로 인한 심각한 기력 소진이었어. 하지만 그것은 지나갔어. 난 더 나아졌어!—왕자는 지크하르츠바일러로 떠났지!—난 바람을 쐬러 가야겠어. 우리 정원으로 내려가자!"

두 사람, 율리아와 공주가 가로수 길의 끝에 이르렀을 때, 아주 깊은 덤불에서 밝은 빛 하나가 그들을 향해 반짝였다. 그리고 그들은 경건한 노랫소리를 들었다. "성모예배당에서 저녁 연도連禱를 드리는구나." 율리아가 외쳤다.

"그래," 공주가 말했다. "우리 그리로 가자, 기도하자꾸나! ─ 너도 나를 위해 기도하렴, 율리아!"

"그렇게 하자." 친구의 상태에 대한 더없이 깊은 고통에 사로잡힌 채 율리아가 대꾸했다. "우리 기도하자, 사악한 정령이 결코 우리를 지배하지 않도록, 우리의 순수하고 경건한 심성이 적의 유혹으로 혼란스러워지지 않도록 우리 기도하자."

두 소녀가 정원의 맨 끝에 있는 예배당에 도착했을 때, 꽃으로 장식되고 많은 램프가 비추고 있는 성모상 앞에서 연도를 읊은 시골 사람들이 그곳을 막 떠나고 있었다. 소녀들은 기도의자에 무릎을 꿇었다. 그때 제단 측면에 설치된 작은 성가대석에서 성가대가 크라이슬러가 최근에 작곡한 〈바다의 별이여, 네게 인사하노라〉를 부르기 시작했다.

나지막이 시작된 성가는 *자비로운 성모*를 노래하는 대목에서 더 강하고 힘차게 부풀어올랐고, 음들은 마침내 *기쁨이 넘치는 천국의 문*에서 스러지며, 저녁 바람의 날개를 타고 날아가버렸다.

아직도 두 소녀는 열렬한 기도에 깊이 빠져든 채 무릎을 꿇고 있었다. 신부는 기도문을 읊조렸고, 아득히 멀리서, 베일로 가려진 밤하늘에서 들려오는 천사들의 합창처럼, 집으로 돌아가는 성가대가 부르기 시작한 찬미가 〈오 더없이 성스러운 이여〉*가 울려퍼졌다.

마침내 신부가 그들에게 축복을 나누어주었다. 그러자 그들은 일어섰고 서로를 껴안았다. 황홀함과 고통으로 엮인 형용하기 어려운 아픔이 그들의 가슴에서 억지로 몸을 뒤틀며 빠져나가려는 듯했다. 그들의 눈에서 솟구쳐나온 뜨거운 눈물은 상처난 마음에서 솟아난 핏방울들이었다. "그건 그였어." 공주가 나지막이 속삭였다. "바로 그였어." 율리아가 대꾸했다. 그들은 서로 이해했다.

숲은 예감 가득한 침묵 속에 쟁반 같은 보름달이 떠올라 희미하게 반짝이는 금빛을 흩뿌려주기를 기다리고 있었다. 밤의 고요 속에 아직도 들려오는 성가대의 찬미가는, 작열하며 활활 타올라 산 위에 쌓인 적운積雲을 향해 나아가는 듯했다. 적운은 별빛도 창백해질 만큼 환히 빛나는 성좌의 궤도를 표시하고 있었다.

"아," 율리아가 말했다. "우리를 그토록 사로잡는 것, 그토록 수천의 고통으로 우리의 내면을 찢어놓는 것은 대체 무엇일까?─귀기울여보렴, 먼 곳의 노래가 그토록 위로하며 우리에게 울려오는 것을. 우리는 기도했지. 그러자 금빛 구름에서 경건한 정령들이 아래에 있는 우리에게 천국의 축복에 대해 말하는구나." "그래, 나의 율리아," 공주가 진지하고 확고하게 대꾸했다. "그래, 나의 율리아, 구름 위에는 행복과 축복이 있어. 그래서 나는 천국의 한 천사가 나를 저 위 별들에게 데려가주었으면 좋겠어, 어두운 힘이 나를 잡아채가기 전에. 나는 아마 죽고 싶은가봐. 하지만 나는 알고 있어. 그러면 그들은 나를 우리 가문의 납골실로 데려갈 거야. 그곳에 묻혀 있는 조상들은 내가 죽었다는 것

─────────────

* 호프만도 이 텍스트로 곡을 썼다. 〈칸초니〉의 5번 곡이다.

을 믿지 않을 것이고, 사자死者의 경직에서 끔찍한 삶으로 깨어나서 나를 밖으로 내몰 거야. 그러면 나는 죽은 사람들에도, 산 사람들에도 속하지 않고 어디에서도 피난처를 찾지 못할 거야."

"무슨 말을 하는 거니, 헤드비가, 맙소사, 무슨 말을 하는 거니." 율리아가 깜짝 놀라 소리쳤다.

"나는," 공주가 똑같이 확고한, 냉담하다시피 한 어조를 고수하며 말을 이었다. "나는 언젠가 그런 꿈을 꾼 적이 있어. 하지만 위협적인 조상이 무덤 속에서 이제 내 피를 빨아 마시는 흡혈귀가 된 것일 수도 있어. 내가 자주 실신하는 것도 그 때문일지 몰라."

"넌 병들어 있어." 율리아가 외쳤다. "넌 몹시 병들어 있어, 헤드비가. 밤공기가 네게 해로워. 서둘러 떠나자."

이 말과 함께 그녀는 공주를 팔로 감싸안았다. 공주는 말없이 자신을 다른 곳으로 데려가게 했다.

달은 이제 가이어슈타인 위로 높이 떠올라 있었다. 그리고 마법의 조명 속에 덤불들과 나무들이 서 있었고, 밤바람과 애무하며 수천의 사랑스러운 멜로디로 속삭이고 살랑거렸다.

"아름답구나." 율리아가 말했다. "오, 지상에 있는 것은 아름다워. 자연은 우리에게 더할 나위 없이 훌륭한 기적을 제공하지 않니, 선량한 어머니가 사랑스러운 아이들에게 하듯이?" "그렇게 생각하니?" 공주가 대꾸했다. 그러고는 잠시 후에 말을 이었다. 나는 네가 나를 완전히 이해했으면 하고 바라지 않아. 그리고 모든 것을 나쁜 기분의 분출로 여겨주었으면 해. 너는 삶의 파괴적인 고통을 아직 몰라. 자연은 잔인해. 자연은 건강한 자식들만 애정을 쏟아 돌보지. 병든 자식들은 버릴 뿐 아니라 그들의 존재를 향해 위협적인 무기를 겨누기까지 해. 하!
평소에 자연이 내게 다름 아닌, 정신과 손의 힘을 익히기 위해 세워진
화랑이었던 것을 너는 알고 있지. 하지만 지금은 달라졌어. 내가 자연
의 경악 이외에 아무것도 느끼지 않고, 아무것도 예감하지 않기 때문
이지. 나는 이 달 밝은 밤에 너와 함께 외로이 거닐기보다는 환하게 불
밝힌 홀 안에서 다채로운 사람들의 무리 사이에서 거닐고 싶어.

율리아는 적잖이 걱정스러워졌다. 그녀는 헤드비가가 점점 더 약해
지고 지친 것을 알아차렸다. 가련한 그녀가 걸어가면서 헤드비가를 지
탱하기 위해 미약한 힘을 모두 써야 할 정도였다.

마침내 그들은 성에 다다랐다. 성에서 멀지 않은 곳에, 라일락 덤불
아래 놓인 돌로 된 벤치 위에 온몸을 덮어 감춘 한 어두운 형상이 앉아
있었다. 그 형상을 알아보자마자 헤드비가는 떨듯이 기뻐하며 소리쳤
다. 성모와 모든 성인들 덕택으로, 그녀가 왔어! 그녀는 갑자기 기운을
차려 율리아를 뿌리치고는 그 형상에게 다가갔다. 그 형상은 자리에서
일어났고, 둔중한 음성으로 헤드비가, 가련한 내 아이! 하고 말했다.
율리아는 그 형상이 머리부터 발까지 갈색 옷으로 감싼 한 여자라는
것을 알아보았다. 그림자가 짙게 드리워 그녀의 얼굴 생김새는 알아볼
수 없었다. 내적 공포에 전율하며, 율리아는 멈춰 섰다.

두 사람, 그 여자와 공주는 벤치 위에 앉았다. 그 여자는 공주의 고
수머리를 이마에서 부드럽게 쓸어올려주고는 양손을 그 위에 올려놓
고, 천천히 그리고 조용히, 율리아가 언젠가 들어본 적이 있는지 기억
할 수 없는 언어로 말했다. 몇 분 그러고 있더니 여자는 율리아에게 소
리쳤다. 아이야, 서둘러 성으로 가서 시녀들을 불러와 공주를 데리고

들어가게 하렴. 그녀는 온화한 잠에 빠졌단다. 그 잠에서 건강하고 기쁘게 깨어날 거야.

율리아는 놀랄 겨를도 없이, 신속히 지시받은 대로 했다.

율리아가 시녀들과 함께 도착했을 때, 사람들은 공주가 그녀의 숄에 세심하게 감싸인 채, 정말로 온화한 잠에 빠져 있는 것을 발견했다. 그 여자는 사라지고 없었다.

말해주렴, 이튿날 아침에 율리아가 말했다. 완전히 회복된 채 깨어난 공주에게서는 율리아가 우려했던 내적 혼란의 흔적이 완전히 사라진 참이었다. 제발 말해주렴, 그 놀라운 여자는 누구였니?

"나도 몰라." 공주가 대답했다. "내 생애에 단 한 번 그녀를 본 적이 있어. 언젠가 아직 아이였을 때, 내가 치명적인 병에 걸려 의사들이 나를 포기했던 것을 넌 기억하지. 그때 어느 날 밤 그녀가 갑자기 내 침대가에 앉아 있었어. 그리고 오늘처럼 자장가를 불러 단잠에 빠지게 했어. 나는 완전히 회복된 채 그 잠에서 깨어났지. 어젯밤에 그 여자의 모습이 처음으로 다시 눈앞에 나타났어. 그녀가 다시 나타나 나를 구해줘야만 할 것 같았는데 정말로 그런 일이 일어난 거야. 나를 위해 그녀가 나타난 것에 대해 완전히 입을 다물어주렴. 우리에게 뭔가 놀라운 일이 일어났다는 사실을 말하지도, 내색하지도 말아주렴. 햄릿을 생각하고 나의 사랑하는 호레이쇼가 되어주렴!*—그 여자에게 분명 비밀스러운 사정이 있는 것이 확실해. 하지만 그 비밀이 나와 너에게 수수께끼로 남게 되더라도, 더이상의 탐색은 위험하다는 생각이 들어.

---

* 셰익스피어의 『햄릿』 1막 2장에서 호레이쇼는 햄릿에게 그의 아버지의 유령이 나타난 일에 대해 침묵을 지킬 것을 맹세한다.

내가 회복되었다는 것, 그리고 나를 뒤쫓던 모든 유령들로부터 벗어나 기쁘다는 것으로 족하지 않니?" 모두들 공주가 그렇게 갑자기 건강을 되찾은 것에 대해 놀라워했다. 시의는 밤에 성모예배당으로 산책을 나간 것이 모든 신경을 동요시켜 그토록 현저한 효과를 나타냈으며, 자신은 밤에 산책을 나가도록 명확하게 처방하는 것을 잊어버렸을 뿐이라고 주장했다. 그러나 벤촌 부인은 속으로 이렇게 말했다. 흠! ― 그 노파가 그녀 곁에 있었어 ― 이번에는 그냥 눈감아주도록 하지! ― 이제 전기 작가의 저 숙명적인 질문을 할 때가 되었다. 너는 ―

(무어) 그러니까 나를 사랑한다고, 어여쁜 미스미스여? 오 내게 그 말을 되풀이해다오. 수천 번 그 말을 되풀이해다오. 내가 더 깊은 황홀경에 빠져 가장 훌륭한 소설가에 의해 창조된 사랑의 주인공에게 걸맞을 만큼 허튼소리를 잔뜩 늘어놓을 수 있도록! ― 하지만 최고의 여인이여, 그대는 노래에 대한 나의 놀라운 애착을, 또한 나의 뛰어난 노래 솜씨를 벌써 알아차렸지. 소중한 이여! 나를 위해 작은 노래 한 곡을 불러줄 수 있는지? "아아," 미스미스가 대답했다. "아아, 사랑하는 무어, 나 역시 노래 솜씨가 부족하진 않아요. 하지만 젊은 여가수들이 처음으로 대가와 전문가 앞에서 노래해야 한다면 어떤 상태에 놓이는지 그대는 알지요! 두려움과 당혹스러움이 그들의 목을 조르고, 가장 아름다운 음들, 전음顫音과 장식음은 아주 고약하게 목구멍 속에 처박혀 있지요. 생선가시처럼 말이죠. 그러면 아리아를 부르는 것은 전적으로 불가능해요. 그래서 통례에 따라 이중창으로 시작하지요. 우리 작은 이중창을 시도해보아요, 소중한 이여! 그게 마음에 든다면!" ― 그 제안은 내 마음에 들었다. 우리는 곧장 애정이 듬뿍 담긴 이중창을 부르

기 시작했다. 〈첫눈에, 내 마음은 너를 향해 날아갔네〉* 등등. 미스미스는 두려워하며 시작했다. 하지만 곧 나의 강력한 가성이 그녀를 고무했다. 그녀의 음성은 더없이 사랑스러웠으며, 그녀의 노래는 원숙하고 부드럽고 섬세했다. 요컨대 그녀는 자신이 훌륭한 여가수임을 보여주었다. 나는 매혹되었다. 친구인 오비디우스가 또다시 나를 곤경에 내맡겨버렸다는 것을 알아차리긴 했지만 말이다. 미스미스가 노래하기를 그토록 멋지게 해냈기 때문에 현을 켜는 것은 전혀 필요가 없었다. 그래서 나는 기타를 청할 필요도 없었다.

미스미스는 이제 보기 드문 능숙함, 굉장한 표현력, 최고의 우아함을 가지고 유명한 〈오 얼마나 심장이 뛰는가〉** 등을 불렀다. 그녀는 서창의 영웅적 힘으로부터 안단테의 정말로 암고양이다운 감미로움 속으로 멋지게 올라갔다. 아리아는 완전히 그녀를 위해 쓰인 것 같았다. 내 마음도 넘쳐흘러 나는 큰 환호성을 터뜨렸다. 하!―미스미스는 이 아리아로 감정이 있는 수고양이들의 영혼의 세계를 열광시킬 수밖에 없었다!―이제 우리는 최신 오페라에 나오는 이중창을 시작했는데, 이것도 마찬가지로 훌륭하게 잘되었다. 그것이 전적으로 우리를 위해 쓰인 듯했기 때문이다. 매혹적인, 장식적으로 오르내리는 빠른 연속음들이 우리의 내면에서 화려하게 터져나왔다. 그도 그럴 것이 그것들은 대부분 반음의 진행으로 이루어져 있었기 때문이다. 전반적으로 나는 이 기회에 우리 종족이 반음적이라는 것, 그런고로 우리를 위해 작곡하고자 하는 모든 작곡가는 멜로디와 여타의 모든 것을 반음으로 배치

---

* 니콜라스 달라이라크의 오페레타 〈아체미아 혹은 야만인들〉에 나오는 이중창.
** 조아키노 안토니오 로시니의 오페라 〈탄크레디〉에 나오는 아리아.

하면 아주 좋겠다는 것을 언급해두고자 한다. 유감스럽게도 나는 그 이중창을 작곡한 뛰어난 대가의 이름을 잊어버렸다. 그는 훌륭하고 사랑스러운 남자, 내 감각에 맞는 작곡가다.

이렇게 노래하는 동안 검은 수고양이 한 마리가 올라와 불타는 눈을 번뜩이며 우리를 노려보았다. "여보게 친구, 멀찌감치 좀 떨어져 있게." 나는 그를 향해 소리쳤다. "그러지 않으면 내가 당신 눈을 할퀴어 지붕 아래로 던져버릴 테니. 하지만 당신이 우리와 함께 노래 한가락 하겠다면 그건 괜찮지." 나는 그 검은 옷을 입은 젊은 남자가 뛰어난 베이스 가수임을 알고 있었다. 그래서 평소에는 별로 좋아하지 않지만 임박한 미스미스와의 이별에 아주 잘 어울리는 악곡을 부르자고 제안했다. 우리는 〈소중한 그대를 더이상 보지 못하다니!〉*를 노래했다. 그러나 내가 검은 남자와 함께 신들이 나를 지켜줄 것이라고 확신하자마자 거대한 기와 조각 하나가 우리 사이로 지나갔다. 그리고 한 경악스러운 목소리가, 빌어먹을 고양이들, 주둥이 닥치지 못할까! 하고 소리쳤다. 우리는 죽음의 공포에 쫓겨 황급히 흩어져 다락 안으로 들어갔다. 오, 형언할 수 없는 사랑의 비애의 더없이 감동적인 탄식에도 무감각하며, 오직 복수와 죽음만을, 그리고 불행만을 꾀하는, 예술 감각이라곤 없는 냉혹한 야만인들이여!

이미 말했듯이, 사랑의 곤궁에서 나를 해방시켜야 했을 것이 나를 더 깊숙이 그 속으로 밀어 떨어뜨렸다. 미스미스는 음악적 재능이 어찌나 많았던지 우리 둘은 더할 나위 없이 우아하게 함께 즉흥적으로

---

* 모차르트의 〈마술피리〉 2막에 나오는 삼중창.

노래할 수 있었다. 결국 그녀는 나의 멜로디를 훌륭하게 따라 불렀다. 그래서 나는 완전히 바보처럼 되어갔다. 그리고 사랑의 고통 속에 스스로를 지독하게 괴롭혔다. 그리하여 나는 아주 창백해지고, 비쩍 마르고, 비참해졌다. 마침내, 마침내, 스스로를 충분히 오래 걱정으로 여위게 한 후, 나의 사랑에서 나를 치유할, 절망적이긴 하지만 최후의 수단이 내게 떠올랐다. 나는 나의 미스미스에게 마음과 앞발을 내주기로 결심했다. 그녀는 그것을 받아들였다. 그리고 우리가 한 쌍이 되자마자 나는 나의 사랑의 고통이 완전히 사라진 것 역시 즉시 알아차렸다. 우유죽과 고기구이는 무척 맛있었고, 호탕한 기분이 되돌아왔으며 수염은 다시 정상 상태가 되었고, 털은 다시 예전의 아름다운 광택을 되찾았다. 내가 이전보다 더 단장에 유의했기 때문이다. 그 반대로 나의 미스미스는 더이상 전혀 치장하려 하지 않았다. 그럼에도 나는 이전에 했듯이 미스미스를 위해 몇몇 시구를 더 지었는데, 그것들은 내가 열광적인 애정의 표현을 가장 높은 정점에 이르렀다고 여겨질 때까지 점점 더 고조시킨 만큼 더 훌륭하고 진실하게 느껴졌다. 나는 마침내 그 착한 여자에게 두꺼운 책 한 권도 헌정했다. 그리하여 문학적 미적 관점에서도 충실히 사랑에 빠진 점잖은 수고양이에게 요구될 수 있는 것은 모두 해치웠다. 그건 그렇고 우리, 나와 미스미스는 마이스터의 문 앞에 놓인 멍석 위에서 가정적으로 조용하고 행복한 삶을 영위했다. 허나 어떤 행복이 지상에서 잠시나마 지속된단 말인가!―나는 곧 미스미스가 종종 내 곁에서 방심해 있는 것, 대화할 때면 두서없는 대답을 늘어놓는 것, 깊은 한숨을 짓는 것, 애타는 사랑의 노래만 부르려고 하는 것, 더 나아가 결국 지쳐 힘 빠지고 아픈 척하는 것을 알아차렸다. 어디가 아프냐고 내가 물으면 그녀는 내 뺨을 쓰다듬으며 "아무데도, 전혀 아무데도, 나의 사랑스럽고 착한 작은 아빠"하고 대꾸하긴 했지만, 그래도 이건 전혀 마음에 들지 않았다. 나는 자주 그녀를 멍석 위에서 헛되이 기다렸고, 지하실과 다락에서 헛되이 찾았으며, 마침내 그녀를 찾아 애정 어린 비난을 하면, 그녀는 자신의 건강이 먼 곳으로의 산책을 요하며 한 의사 수고양이는 심지어 온천 여행을 권하기까지 했다고 변명했다. 이것 또한 마음에 들지 않았다. 그녀는 아마도 나의 숨겨진 언짢음을 알아차린 듯했다. 그리고 내게 애무를 퍼붓는 데 마음을 썼다. 하지만 이 애무에도 뭔가 기묘한 것이 들어 있었다. 나는 나를 따뜻하게 하는 대신 차갑게 한 그것을 어떻게 불러야 할지 모르겠다. 그리고 이것 역시 마음에 들지 않았다. 미스미스가 이렇게 처신하는 데는 특별한 이유가 있을 것이라 추측하지 않고, 나는 더없이 아름다운 그녀에 대한 사랑의 마지막 작은 불꽃도 점차 꺼져버렸다는 것, 그리고 그녀의 곁에서 지극히 치명적인 지루함이 나를 사로잡았다는 것을 인식하게 되었다. 그래서 나는 나의 길을 갔고 그녀는 그녀의 길을 갔다. 하지만 어쩌다 우연히 멍석 위에서 만나면, 우리는 서로에게 더없이 애정 어린 비난을 했다. 그러고 나면 우리는 가장 다정한 부부가 되었고, 우리의 평화로운 가정적 삶을 노래로 찬미했다.

한번은 검은 베이스 가수가 마이스터의 방으로 나를 찾아왔다. 그는 뚝뚝 끊기는 은밀한 말로 얘기했다. 그러고는 내가 나의 미스미스와 어떻게 살고 있느냐고 저돌적으로 물었다. 요컨대, 나는 그 검은 남자가 내게 털어놓고자 하는 뭔가를 마음에 두고 있음을 알아차린 것이다. 마침내 그것이 무엇인지 밝혀졌다. 전장에서 복무했던 한 젊은이가 돌아와 이웃에 사는 음식점 주인이 생선뼈와 음식물 찌꺼기에서 던져준 작은 연금으로 살고 있었다. 아름다운 자태, 헤라클레스 같은 체격, 게다가 흑색 회색 그리고 황색으로 된 화려한 이방의 제복을 입고 있는 것,* 그리고 그가 소수의 전우들과 함께 헛간 전체를 생쥐들로부터 정화하고자 했을 때 보여준 용맹함 때문에 구운 베이컨이라는 명예 훈장을 가슴에 달고 있는 것이 더해져, 그는 그 지역의 모든 소녀들과 여자들의 눈에 띄었다. 그가 머리를 높이 치켜들고 불타는 눈빛을 주변에 던지며 용감하고 대담하게 등장할 때면, 모든 심장이 그를 향해 고동쳤다. 그자가, 검은 남자가 확신했듯이, 나의 미스미스에게 반했고, 그녀도 마찬가지로 그에게 사랑으로 화답했으며, 그들이 밤마다 굴뚝 뒤나 지하실에서 은밀한 사랑의 만남을 가졌다는 것은 너무도 확실했다.

"내가 의아하게 생각하는 것은," 검은 남자가 말했다. "내가 의아하게 생각하는 것은, 더없이 좋은 친구여! 자네가 평소의 명민함에도 이것을 진작 알아채지 못했다는 것이네. 하지만 사랑하는 남편들은 눈이 먼 경우가 많지. 그리고 친구의 의리 탓에 자네가 현실에 눈을 뜨게 하지 않을 수 없었던 것이 유감스럽네. 자네가 자네의 훌륭한 부인에게 완전히 빠져 있다는 것을 내가 알고 있으니 말일세."

오 무치우스, 이것이 검은 남자의 이름이었는데, 오 무치우스, 나는 외쳤다. 내가 바보냐고? 그녀를 사랑하느냐고? 그 귀여운 배신자를! 나는 그녀를 숭배하네! 나의 전 존재가 그녀의 것이네! —아니, 그녀는

---

* 독일 민족의 상징색인 흑적황색의 패러디.

내게 그런 짓을 할 리 없어, 그 충실한 영혼이! ― 무치우스, 검은 비방자, 너의 파렴치한 짓에 대한 응보를 받아라! ― 나는 발톱을 세운 앞발을 들어올렸다. 무치우스는 나를 다정하게 쳐다보며 아주 차분하게 말했다. "이 친구야, 흥분하지 말게. 자네는 많은 뛰어난 이들의 운명을 함께하고 있는 것이네. 도처에 비열한 의지박약이 깃들어 있지. 애석하게도 특히 우리 종족에게 말일세." 나는 들어올린 앞발을 다시 내려놓았고 완전한 절망에 사로잡힌 듯 몇 차례 공중으로 뛰어올랐다. 그러고 나서 나는 광포하게 소리쳤다. 그럴 수가 있을까, 그럴 수가! ― 오 천국이여 ― 대지여! ― 또 뭐가 있지? ― 지옥도 함께 부르겠어!* ― 누가 내게 이런 짓을 했는가, 흑회황색의 수고양이가? ― 그리고 그녀, 사랑스러운 아내, 평소에는 충실하고 귀여운 그녀가, 지옥 같은 기만에 가득차서, 그를 멸시할 수가 있었는가? 종종 그녀의 가슴에 파묻혀 달콤한 사랑의 꿈속에서 황홀하게 도취해 있던 그를? ― 오 너희 눈물이여 흐르거라, 배은망덕한 그녀에게 흘러가거라! ― 이런 망할 놈의 것, 그럴 순 없어, 굴뚝가의 알록달록한 녀석은 악마가 물어가야 해!

"진정하게," 무치우스가 말했다. "진정 좀 하시게. 자네는 갑작스러운 고통으로 인한 분노에 너무 자신을 내맡기고 있네. 자네의 진정한 친구로서 나는 자네를 이제 더이상 기분좋은 절망에서 방해하지 않으려네. 자네가 위로할 길 없는 상태에서 자살하려 한다면 나는 쓸모 있는 쥐약으로 자네 시중을 들 수 있긴 하겠지만, 그러지 않겠네. 자네가 평소에 사랑스럽고 매력적인 수고양이이며 자네의 젊은 삶이 정말 애석

---

* 셰익스피어의 『햄릿』 1막 5장. "오 천국의 군대여 ― 대지여! ― 또 뭐가 있나? / 지옥도 함께 부를까?" 티크 역시 『장화 신은 고양이』에서 이 구절을 패러디한다.

할 테니 말일세. 스스로의 마음을 위로하게. 미스미스가 가게 내버려두게. 세상에는 우아한 암고양이들이 아직 많다네—*안녕, 친구여!*"—이 말과 함께 무치우스는 열린 문을 통해 뛰어가버렸다.

조용히 난로 밑에 누워 수고양이 무치우스가 내게 털어놓은 것들에 대해 더 곰곰이 생각해보자마자 나는 내 안에서 분명 은밀한 기쁨 같은 무언가가 꿈틀거리는 것을 느꼈다. 나는 이제 내가 미스미스와 어떤 상태인지 알았다. 그리고 불확실한 존재로 괴로워하는 것은 끝났다. 그러나 내가 체면상 처음에 적절한 절망을 표했으니, 바로 그 체면이 흑회황색 남자에게 몸으로 부닥치는 것을 요구한다고 생각했다.

나는 밤시간에 굴뚝 뒤에서 짝을 지은 두 연인의 이야기를 은밀히 엿들었다. 그리고 사악하고 야수 같은 배신자, 하고 말하며 나의 연적을 향해 무섭게 돌진했다. 하지만, 힘에서, 내가 유감스럽게도 너무 늦게 깨달은 바지만, 나보다 훨씬 우월한 그자는 나를 붙잡아 털이 적잖이 빠질 정도로 끔찍하게 내 따귀를 때리고는 재빨리 뛰어가버렸다. 미스미스는 기절해 있었다. 그러나 내가 그녀에게 다가가자 그녀의 정부만큼이나 재빨리 일어나 그를 뒤쫓아 다락으로 들어가버렸다.

부실한 허리로, 귀는 피투성이인 채 나는 마이스터에게 살금살금 기어내려갔다. 그리고 나의 명예를 지키려던 생각을 저주했으며, 미스미스를 흑회황색 남자에게 전적으로 맡겨버리는 것 역시 전혀 치욕으로 여기지 않았다.

이 무슨 적대적인 운명인가, 나는 생각했다. 멋지고 낭만적인 사랑 때문에 하수구에 던져지더니, 가정적 행복은 다름 아닌 끔찍한 구타만 얻게 해주는구나.

이튿날 아침 마이스터의 방에서 나오면서 미스미스가 멍석에 있는 것을 보았을 때, 나는 적잖이 놀랐다. "착한 무어" 하고 그녀는 부드럽고 차분하게 말했다. "나는 그대를 더이상 예전만큼 사랑하지 않는 것 같아. 이게 나를 몹시 고통스럽게 해."

오 소중한 미스미스, 나는 다정하게 대꾸했다. 그것이 내 마음을 찢어놓는군. 하지만, 모종의 일이 일어난 때부터 그대도 내게 아무래도 좋게 되어버렸음을 고백해야겠어.

"나쁘게 받아들이지 마." 미스미스가 말을 이었다. "나쁘게 받아들이지 마, 사랑스러운 친구. 하지만 나는 그대를 벌써 오래전부터 아주 견딜 수 없었던 것 같아."

맙소사 하느님! 나는 열광해서 외쳤다. 이 무슨 영혼의 공감인가. 나도 그대와 마찬가지야.

이렇듯 서로를 아주 견딜 수 없게 되었으며 필연적으로 영원히 헤어져야 할 것이라는 데 의견의 일치를 본 후에 우리는 더없이 다정하게 앞발로 서로 얼싸안았고 기쁨과 황홀의 뜨거운 눈물을 흘렸다!

나 또한 아르카디아에 있었노라, 하고 나는 외쳤다. 그리고 아름다운 예술과 학문에 그 어느 때보다 더 열성적으로 전념했다.

————

(파지) ―당신에게, 크라이슬러가 말했다. 그래요, 당신에게 저는 깊은 영혼으로부터 말하겠어요. 이 평온함은 제게 가장 광포한 폭풍우보다 더 위협적으로 보입니다. 제후 이레네우스가 측면에 금박을 입힌 12절판 연감처럼 세상에 내놓은 궁정에서 모든 것이 지금, 파괴적인 뇌우가 닥치기 전의 먹먹하고 무감각한 후덥지근함 속에서 움직이고

있습니다. 제후 전하는 헛되이 제2의 프랭클린으로서 끊임없이 번쩍이는 축제들을 피뢰침처럼 꽂아놓습니다.* 그래도 벼락은 떨어질 것이고 어쩌면 전하의 예복을 좀 태워버릴지도 모릅니다. 그것은 정말입니다. 헤드비가 공주는 전에 그녀의 상처 입은 가슴에서 거칠고 불안한 화음들이 뒤죽박죽 터져나왔던 것과 달리, 지금은 온통 밝고 맑게 흘러가는 곡조와도 같습니다. 하지만―어쨌든! 그리고 헤드비가는 지금 변용된 친절한 자부심을 가지고 씩씩한 나폴리인의 팔을 잡고 걷습니다. 그리고 율리아는 그녀의 우아한 방식으로 그에게 미소를 짓고 그의 정중한 찬사를 감수하는데, 왕자는 정해진 신부에게서 한눈도 떼지 않은 채 율리아에게 어찌나 노련하게 친절을 보일 줄 알던지, 그것은 어리고 경험이 없는 마음을, 튀어 날아가는 탄환처럼, 똑바로 조준된 위협적인 대포보다 더 강력하게 맞힐 수밖에 없답니다!―그런데도, 벤촌 부인이 제게 얘기해주었듯이, 처음에는 헤드비가가 자신이 푸른 괴물에게 압살당했다고 생각했고, 온화하고 차분한 율리아, 천국의 아이에게는 그 멋진 *지휘관*이 비열한 바실리스크가 되었지요!―오 너희 예감하는 영혼들이여, 너희는 옳았던 것이다!―제기랄, 나는 바움가르텐의 세계사에서, 우리에게 낙원을 잃게 했던 뱀이 금빛으로 번쩍거리는 비늘조끼를 입고 으스대며 걸었다는 것을 읽지 않았던가?**―저는 금빛 장식을 단 헥토르를 보면 그 생각이 납니다. 그런데 헥토르는 옛날에 아주 기품 있던, 저에 대해 형용할 수 없는 사랑과 충성심을 품고 있던 불도그의 이름이랍니다. 그 개가 내 곁에 있으면 좋겠네요. 그러

---

* 벤저민 프랭클린은 피뢰침을 발명한 사람이다.

면 저는 같은 이름을 가진 왕자가 우아한 두 소녀 사이에서 그렇게 꽤나 거드름을 피울 때면 그 개를 그의 옷자락으로 덤벼들게 할 수 있을 텐데요! 아니면 말해보세요, 마이스터. 당신은 그토록 많은 재주를 부릴 줄 아니까 제게 말해보세요. 제가 적절한 기회에 말벌로 변신해 왕가의 개가 빌어먹을 얘기의 실마리를 잃을 정도로 불안하게 하려면 어떻게 해야 할지 말입니다!

나는, 마이스터 아브라함이 말했다. 나는 자네가 말을 끝내도록 놔두었네, 크라이슬러. 그러니 이제 자네에게 묻겠네. 내가 자네의 예감이 정당함을 보여주는 모종의 것들을 털어놓는다면 내 말을 차분하게 귀기울여 들으려는가?

제가, 크라이슬러가 대답했다. 제가 분별 있는 악장이 아닌가요—저는 제가 저의 자아를 악장으로 규정했다는 철학적인 의미로 이 말을 하는 것이 아닙니다. 그게 아니라 단지 벼룩이 나를 물더라도 점잖은 자리에서 차분하게 머물러 있을 수 있는 정신적 능력이 있다는 말씀입니다.

자 그렇다면, 마이스터 아브라함이 말을 이었다. 크라이슬러, 기이한 우연이 내게 왕자의 삶을 깊이 들여다보도록 허락했다는 것을 알아두게. 자네가 그를 낙원 속의 뱀에 비유하는 것은 옳네. 아름다운 외피 아래—자네는 그 아름다움을 부인하지 않을 걸세—독이 든 타락이, 차라리 사악함이라 말하고 싶네만, 감춰져 있네. 그는 나쁜 일을

** 지크문트 야코프 바움가르텐의 『영국에서 학자들의 모임을 통해 완성된 일반 세계사의 번역』. 악마가 자신의 목적을 위해 도구로서 사용하는 날개 달린 번쩍거리는 뱀들에 대해 언급한 대목이다.

은밀히 계획하고 있네—그는, 일어난 많은 일들로 미루어 나는 그것을 알고 있네만, 그는 사랑스러운 율리아를 손에 넣으려고 노리고 있다네.

허허, 방안에서 이리저리 뛰어다니며 크라이슬러가 소리쳤다. 허허, 반지르르한 녀석, 이것이 너의 달콤한 노래들이냐?—맙소사, 맙소사, 왕자는 유능한 녀석이군. 그는 움켜쥐는군, 두 발톱으로 동시에, 허용된 열매와 금지된 열매를!—어럽쇼, 감미로운 나폴리인, 너는 모른다, 율리아 곁에는 용감한 악장이 몸안에 충분한 음악을 가지고 서 있다는 것을. 네가 그녀에게 접근하자마자 그는 너를 협화음으로 이행되어야 하는 망할 놈의 4·5도 화음*으로 간주할 것이다. 그리고 악장은 자신의 직무를 수행할 것이다. 즉, 그는 총알 하나를 너의 뇌 사이로 쑤셔박거나 혹은 지금 이 지팡이칼을 너의 몸속에 푹 찔러서 너를 없애버릴 것이다!—이 말과 함께 크라이슬러는 지팡이칼을 뽑았고, 칼싸움 자세를 취했으며, 마이스터에게 자신이 지체 높은 개를 찔러 꿰뚫을 위신을 충분히 갖추었는지 물었다. "진정하게." 마이스터 아브라함이 대꾸했다. "진정하게나, 크라이슬러. 왕자의 장난을 망쳐놓기 위해 그러한 영웅적 행위는 전혀 필요하지 않네. 그를 위해서는 다른 무기들이 있네. 그리고 그것들은 내가 자네의 손에 쥐여주겠네. 어제 나는 어부의 작은 집에 있었네. 왕자가 그의 부관과 함께 지나갔지. 그들은 나를 알아채지 못했네. '공주는 아름다워.' 왕자가 말했네. '하지만 작은 벤

---

* 3화음의 3도 음정 대신에 그 위에 있는 4도 음정이 걸림음으로 등장하는 불협화음. 그러한 걸림음은 협화음으로 이행되어야 한다. 즉, 4도 음정에 3화음의 3도 음정이 뒤따라야 한다.

촌은 여신 같아! 그녀를 보았을 때 나의 온 피가 펄펄 끓어올랐어―
하, 내가 공주와 결혼하기 전에 그녀는 내 것이 되어야 해. 그녀가 내
뜻을 순순히 따르지 않을 것이라 생각하나?' 왕자님, 어떤 여자가 당신
께 저항했습니까. 부관이 응답했네. '하지만 빌어먹을.' 왕자가 말을
이었지. '그녀는 신앙심 깊은 아이인 것 같아'―그리고 천진하고요, 부
관이 웃으며 그의 말을 끊었네. 그리고 승리에 익숙한 남자의 공격에
놀라 견뎌내며 굴복하고, 그러고는 모든 것을 신의 섭리로 여기며, 어
쩌면 승자에 대한 엄청난 사랑에 빠질지도 모르는 것이 바로 신앙심
깊고 천진한 어린아이들이지요!―당신께도 마찬가지로 그렇게 될 수
있습니다, 왕자님. '그건 굉장히 멋진 일일 거야.' 왕자가 외쳤지. '하
지만, 내가 그녀를 혼자서 볼 수만 있다면―어떻게 그렇게 한다지?'
부관이 대답했네. 이보다 더 쉬운 일은 없습니다. 저는 그 작은 아이가
자주 혼자 이 정원에서 산책한다는 것을 알아챘습니다. 만약 이제―
그 음성들은 이제 멀리서 점점 사라졌네. 나는 더이상 아무 말도 알아
들을 수 없었지!―아마 그 어떤 사악한 계획이 오늘 이행될 걸세. 그
계획은 수포로 돌아가야 하네. 내가 이 일을 몸소 할 수도 있겠지. 하
지만 모종의 이유에서 나는 현재 왕자에게 나타나고 싶지 않네. 그러
니 크라이슬러 자네가 즉시 지크하르츠호프로 가야 하네. 그리고 율리
아가 가령 어스름에, 언제나처럼, 순한 백조에게 먹이를 주기 위해 호
수로 산책을 가면 주의해야 하네. 그 행보를 아마 이탈리아의 악한이
엿들었을 걸세. 하지만, 무기를 받게, 크라이슬러, 그리고 꼭 필요한
지시를 받게. 자네가 위협적인 왕자에 대항한 싸움에서 훌륭한 총사령
관임을 보여줄 수 있도록 말일세!"

전기 작가는 현재의 이야기를 만들기 위해 주워 모은 소식들이 완전히 두서없다는 점에 대해 또 한번 깜짝 놀란다. 여기에 마이스터 아브라함이 악장에게 어떤 지시를 했는지 삽입하는 게 적절하지 않았을까. 그도 그럴 것이 나중에 무기 자체가 나타나더라도, 친애하는 독자여! 그대는 그것에 어떤 사정이 있는지 전혀 이해할 수 없을 것이기 때문이다. 그러나 불행한 전기 작가는 현재 그 지시 가운데 단 한마디도 알지 못한다. 용감한 크라이슬러는 그 지시를 통해―그것까지는 확실한 듯하다―아주 특별한 비밀을 전수받게 된다. 그렇지만! 호의적인 독자여, 아직 조금만 더 인내하시라. 본 전기 작가는 책이 다 끝나기 전에 이 비밀 역시 밝혀질 것임을 글쓰는 엄지를 담보로 단언하는 바이다. ―이제, 해가 기울기 시작하자 율리아가 흰 빵이 든 작은 바구니를 팔에 끼고 노래를 부르며 정원을 가로질러 호수로 산책을 나갔고, 어부의 작은 집에서 멀지 않은 다리 한가운데에 섰다는 얘기를 해야겠다. 하지만 크라이슬러가 덤불 속에 매복해 있었다. 그리고 쓸 만한 돌런드 망원경을 눈앞에 갖다대고 몸을 숨긴 덤불들 틈으로 날카롭게 건너다보고 있었다. 백조는 찰싹찰싹 소리를 내며 다가와 율리아가 빵조각을 던져주자 탐욕스레 먹어치웠다. 율리아는 계속해서 큰 소리로 노래를 불렀다. 그래서 헥토르 왕자가 급히 다가오는 것을 알아채지 못했다. 그가 갑자기 그녀 곁에 섰을 때, 그녀는 지독한 공포에 사로잡힌 듯 움찔했다. 왕자는 그녀의 손을 잡고 가슴에, 입술에 갖다댔다. 그러고는 다리 난간 위로 율리아 옆에 바싹 다가섰다. 왕자가 열심히 말하는 동안 율리아는 호수를 내려다보며 백조에게 먹이를 주었다. "그렇게 파렴치하고 달콤한 표정을 짓지 마라, 권력자여! 내가 난간 위, 바로 네 앞에 앉아 있고 너의 따귀를 충분히 때려줄 수 있다는 것을 대체 알아채지 못하겠나?―오 맙소사, 왜 그대의 뺨이 점점 더 짙은 다홍색으로 물드는가, 그대 사랑스러운 천국의 아이여?―왜 그대는 지금 악마를 그렇게 이상하게 쳐다보는가?―그대는 미소 짓는가?―그래, 그것은 불타는 독의 숨결이다. 그 앞에서 그대의 가슴은 열릴 수밖에 없지. 뜨겁게 내리쬐는 햇볕을 받아 꽃봉오리들이 더없이 아름다운 잎들 속에서 피어나듯 말이다. 하지만 그 꽃봉오리들은 그만큼 더 갑작스레 시들어버리지!"―훌륭한 돌런드 망원경이 그에게 바싹 당겨준 두 남녀를 관찰하며 크라이슬러가 말했다. 왕자도 빵조각을 던져주었다. 하지만 백조는 그것들을 거들떠보지도 않고 크고 역겨운 비명을 질렀다. 이제 왕자는 율리아에게 팔을 둘렀다. 그리고 백조가 먹이를 주는 것이 율리아라고 생각해야 한다는 듯이 그 자세로 빵조각을 던졌다. 그러면서 그의 뺨이 거의 율리아의 뺨에 닿았다. "그렇지," 크라이슬러가 말했다. "그렇지 무뢰한 나리, 발톱으로 너의 먹이를 제법 단단히 움켜잡아라, 위엄 있는 맹금이여. 하지만 여기 덤불 속에는 벌써 너를 겨누고 있고 당장 너의 반짝이는 날개를 쏘아 뻣뻣하게 만들어줄 사람이 있다. 그러면 너와 너의 노천 사냥은 비참한 형편에 놓이게 될 것이다!"

이제 왕자는 율리아의 팔을 잡았다. 그리고 두 사람은 어부의 작은 집 쪽으로 걸어갔다. 그러나 집 바로 앞에서 크라이슬러가 덤불에서 나와 두 남녀를 향해 다가갔고 왕자에게 깊이 머리를 조아리며 말했다. 멋진 저녁입니다. 공기는 대단히 맑고 그 속에서 상쾌한 향기가 납니다. 왕자님, 당신은 이곳을 분명 아름다운 나폴리처럼 느끼시나봅니다. "신사분, 당신은 누구요?" 왕자가 무뚝뚝하게 호통치듯 대꾸했다. 하지만 바로 그 순간 율리아도 그의 팔에서 벗어나 친절하게 크라이슬러에게 다가가 그에게 손을 내밀고 말했다. 오, 친애하는 크라이슬러, 당신이 다시 돌아오시니 얼마나 좋은지요. 제가 아주 진심으로 당신을 그리워한 것을 어쩌면 아실지요?—정말로, 어머니께서는 당신이 단 하루라도 오지 않으시면 제가 버릇없는 울보 아이처럼 행동한다고 야단치세요. 당신이 저를, 저의 노래를 도외시한다고 생각하면 저는 불만으로 병이 날 수도 있을 거예요. "하," 악의에 찬 눈빛으로 율리아를, 크라이슬러를 쏘아보며 왕자가 소리쳤다. "하, 당신이 므시외 드 크라이젤이로군. 제후께서 당신에 대해 아주 호의적으로 말씀하셨지!" 축복받으시기를, 온 얼굴이 수백 개의 주름과 잔주름으로 기묘하게 진동하는 가운데 크라이슬러가 말했다. 그 보답으로 선량한 제후께서 축복받으시기를. 그도 그럴 것이 그렇게 해서 제가 어쩌면 왕자님께 간청하려 했던 것, 즉 당신의 기분좋은 후원을 얻는 데 성공할지도 모르기 때문이지요. 저는 당신이 첫눈에 제게 호의를 베풀어주셨다고 감히 생각하는 바입니다. 당신이 지나가면서, 몹시 이상한 동요로 인해, 황송하게도 저를 겁쟁이로 만들어주셨기 때문입니다. 그런데 겁쟁이들은 생각해낼 수 있는 모든 것에 쓸모가 있으므로, 그래서—"당신은," 왕자가 그의 말을 끊었다. "당신은 재미난 남자로군—"전혀 그렇지 않습니다, 크라이슬러가 계속해서 말했다. 제가 농담을 좋아하긴 합니다. 하지만 나쁜 농담만을 좋아하지요. 그런데 그건 또 재미있지가 않아요. 현재로선 저는 기꺼이 나폴리로 갔으면 합니다. 그리고 *방파제* 옆에서 *황태자용으로* ad usum delphini* 좋은 어부들의 노래와 강도들의 노래 몇 개를 기록하고 싶습니다. 훌륭한 왕자님, 당신은 관대하고 예술을 사랑하는 분이십니다. 당신께서 제게 어쩌면 몇 가지 추천을 통해—"당신은," 왕자가 그의 말을 또다시 중단시켰다. "당신은 재미난 남자요, 므시외 드 크뢰젤. 나는 그런 것을 좋아하오. 나는 그런 것을 정말로 좋아하오. 하지만 지금은 산책중인 당신을 방해하고 싶지 않소이다. 안녕히!" "아니요, 전하." 크라이슬러가 외쳤다. "저는 당신에게 저를 가장 빛나는 모습으로 보여드리지 않고 이 기회를 지나가게 놔둘 수 없습니다. 당신은 어부의 작은 집에 들어가시려 했지요. 그곳에는 작은 피아노가 한 대 놓여 있습니다. 율리아 양은 분명 저와 함께 이중창을 노래할 만큼 관대하겠지요!" 아주 기꺼이 그렇게 하겠어요, 율리아가 외쳤다. 그리고 크라이슬러의 팔에 매달렸다. 왕자는 이를 악물었고 오만하게 앞서 걸었다. 걸어가면서 율리아가 크라이슬러의 귀에, 크라이슬러! 이 무슨 이상한 기분인가요, 하고 속삭였다. 오, 맙소사, 크라이슬러가 마찬가지로 나지막이 대꾸했다. 맙소사, 독이 든 이빨로 너를 물어 죽이려 뱀이 다가오는데 너는 우롱하는 꿈속에 잠겨 누워 있는가?—율리아는 몹시 놀라 그를 쳐다보았다. 오직 단 한 번, 최고의 음악적 열광의 순간에 크라이슬러는 그녀를 너라고 불렀었다.

이중창이 끝났을 때, 노래 도중에 이미 여러 번 *훌륭해요, 아주 훌륭해*를 외치던 왕자는 열렬한 박수갈채를 보냈다. 그는 율리아의 양손을 불 같은 입맞춤으로 뒤덮었다. 그는 지금껏 어떤 노래도 그토록 그의 전 존재를 사로잡지 않았다고 맹세했다. 그리고 낙원의 소리들이 넥타

---

* 학생용(in usum delphini)이라는 표현을 변형한 것.

르* 강물처럼 흘러넘친 천상의 입술에 입맞춤을 한 번 하도록 허락해달라고 율리아에게 청했다.

율리아는 수줍어하며 물러났다. 크라이슬러가 왕자 앞으로 다가가 말했다. "당신이 제게는, 왕자님! 제가 작곡가이자 착실한 가수로서 율리아 양과 마찬가지로 받을 만하다고 생각하는 칭찬의 말을 단 한마디도 주려 하지 않으시니, 저의 빈약한 음악적 지식으로 충분히 강한 영향을 끼치지 못한다는 것은 벌써 알아차리겠습니다. 하지만 저는 회화에도 경험이 있습니다. 그리고 당신께 작은 초상화를 보여드리는 영광을 갖고자 합니다. 이 초상화는 한 인물을 표현하고 있는데, 그 기이한 삶과 이상한 종말을 제가 잘 알고 있기에 저는 듣고자 하기만 한다면 누구에게나 모든 것을 이야기해줄 수 있답니다." "지독하게 성가신 인간이로군!" 하고 왕자는 중얼거렸다. 크라이슬러는 주머니에서 조그만 상자를 끄집어내어 작은 초상화를 꺼냈다. 그리고 그것을 왕자에게 내밀었다. 그는 그것을 쳐다보더니 얼굴에서 모든 핏기가 사라졌다. 그의 눈은 뻣뻣이 굳어버렸고 입술은 떨렸다. 잇새로 *저주받을 자!* 하고 중얼거리며 그는 허둥지둥 떠나버렸다.

"이게 무엇이죠?" 율리아가 소스라치게 놀라 소리쳤다. "맙소사, 이게 무엇인가요, 크라이슬러—제게 모든 것을 말해주세요!"

"미친 짓거리죠." 크라이슬러가 대꾸했다. "재미난 장난, 악마 쫓아내기랍니다! 소중한 아가씨, 선량한 왕자가 지체 높으신 다리가 할 수 있는 가장 큰 걸음으로 다리 위로 뛰어가는 것을 보세요. 맙소사! 그는

---

* 그리스신화에서 신들이 마시는 신비로운 술.

그의 달콤한 목가적인 천성을 완전히 부인하네요. 그는 호수를 들여다보지도 않고 더이상 백조에게 먹이 주기를 갈망하지도 않는군요. 사랑스러운 착한―악마!"

"크라이슬러," 율리아가 말했다. "당신의 말투는 얼음처럼 차갑게 제 마음속을 관통하네요. 저는 재앙을 예감해요. 당신은 왕자와 무슨 일이 있는 거죠?"

악장은 서 있던 창가에서 물러섰고, 선한 정령에게 율리아의 눈에서 눈물을 자아낸 불안을 없애달라고 간청이라도 하려는 듯 두 손을 포갠 채 앞에 서 있는 그녀를 깊이 감동하여 쳐다보았다. "아니," 크라이슬러가 말했다. "어떤 적대적인 불협화음도 네 마음에 깃든 천상의 화음을 혼란시켜서는 안 된다, 너 경건한 아이야!―지옥의 정령들은 위선적인 변장을 한 채 세상을 돌아다니지. 하지만 그들은 네게는 아무런 힘도 쓰지 못한다. 그리고 너는 사악한 행위와 활동을 하고 있는 그들을 알아봐서는 안 된다!―진정하세요, 율리아! 제가 침묵하게 하세요. 이제 모든 것이 끝났어요!"

바로 그 순간 벤촌 부인이 크게 동요한 채 들어섰다. "무슨 일이 있었느냐!" 그녀가 외쳤다. "무슨 일이 있었지?―왕자가 미쳐 날뛰듯 나를 보지 않은 채 내 옆을 급히 지나갔다. 성 바로 근처에서 부관이 그를 향해 다가갔고, 그 두 사람은 격하게 서로 말을 나눴지. 그러고 나서 보아하니 왕자는 부관에게 무슨 중요한 임무를 준 것 같았어. 왕자가 성으로 들어가는 동안 부관은 황급히 그가 거처하고 있는 정자로 달려갔으니까 말이야. 정원사가 네가 왕자와 함께 다리 위에 서 있었다고 내게 말하더구나. 그러자, 나도 왜인지 모르겠다만, 그 어떤 경악스러운 일이 일어났다는 끔찍한 예감이 나를 엄습했단다―나는 급히 이리로 왔지. 말들 해보게, 무슨 일이 있었지?"율리아가 모든 것을 이 야기했다. "비밀이라도 있나요?" 벤촌 부인이 꿰뚫는 시선을 크라이슬 러에게 던지며 날카롭게 물었다. "친애하는 고문관 부인." 크라이슬러 가 대답했다. "사람이 전적으로 입을 다물어야만 하는 순간들이―상 태들이―차라리 상황들이 있습니다. 그가 입을 열자마자 이성적인 사 람들을 혼란케 하는 뒤죽박죽인 소리만 내놓기 때문이지요!―"

벤촌 부인은 크라이슬러의 침묵으로 감정이 상한 것처럼 보였지만 그는 끝내 입을 다물었다.

악장은 고문관 부인과 율리아를 성까지 바래다주었다. 그리고 나서 그는 지크하르츠바일러로 돌아가는 길에 올랐다. 그가 정원의 활엽수 길로 사라지자마자 왕자의 부관이 정자에서 나와 크라이슬러가 간 바 로 그 길을 뒤쫓아갔다. 그리고 곧 숲속 깊은 곳에서 총알 한 발이 발 사되었다!

바로 그날 밤 왕자는 지크하르츠바일러를 떠났다. 그는 제후에게 서 면으로 하직 인사를 하고 곧 돌아오겠다고 약속했다. 이튿날 아침 정 원사가 일꾼들과 함께 정원을 샅샅이 수색했을 때, 그는 핏자국이 있 는 크라이슬러의 모자를 발견했다. 그 자신은 사라져버렸고 사라진 채 로 있었다. 사람들은―

제 2 권

.

제3장
수개월의 수업시대.
우연의 변덕스러운 장난

(무어) 동경, 뜨거운 갈망이 가슴을 가득 채운다. 하지만 수많은 고난과 근심으로 얻으려 분투했던 것을 마침내 획득하면 저 갈망은 금세 지독히 차가운 무관심으로 굳어버리고 만다. 그러면 우리는 획득한 자산을 닳아빠진 장난감처럼 내던져버린다. 그렇게 하자마자 성급한 행동에 쓰디쓴 후회가 뒤따른다. 우리는 또다시 얻어내려 전력을 다하고, 삶은 갈망과 역겨움 속에 빨리 지나가버린다―고양이는 원래 그렇다―이 표현은 나의 종족을 올바르게 지칭하는데, 오만한 사자도 나의 종족에 속한다. 그래서 티크의 『옥타비아누스』에 나오는 유명한 호른빌라 역시 사자를 커다란 고양이라고 부른다.* 그렇다, 되풀이하거니

---

* 티크의 『옥타비아누스 황제』에서 농부 호른빌라는 사자 한 마리를 보고 묻는다. "그러면 여기 이 커다란 고양이도 함께 성묘(聖墓)로 가나요?"

와, 고양이는 원래 그런 존재다. 그리고 고양이의 마음은 아주 변덕이 심하다.

충실한 전기 작가의 첫번째 책무는 정직할 것, 그리고 자신에게도 결코 관대하지 않을 것이다. 그래서 나는 아주 정직하게, 앞발을 가슴에 얹고, 예술과 학문에 전념하게 한 이루 형언할 수 없는 열성에도 불구하고 종종 아름다운 미스미스에 대한 생각이 갑자기 마음속에 솟아올라 공부를 완전히 중단시켰다는 것을 고백하고자 한다.

그녀를 떠나보내지 말았어야 했을까 하는 생각, 그릇된 망상에 의해 순간적으로 현혹되었을 뿐인 충실히 사랑하는 마음을 물리쳐버린 듯한 생각이 들었다. 아아! 위대한 피타고라스에게서 활기를 찾으려 할 때면 (그 무렵 나는 수학 공부를 많이 했다) 종종, 갑자기 검은 양말을 신은 연약하고 작은 앞발이 모든 직각삼각형의 직각을 끼고 있는 변과 빗변을 밀쳐버렸다. 그리고 그녀, 사랑스러운 미스미스가 내 앞에 서 있었다. 머리에 아주 어여쁘고 작은 벨벳 모자를 쓰고 더없이 아름다운 눈의 우아한 초록빛에서 쏟아진 몹시 애정 어린 비난의 번쩍이는 눈빛이 나를 쏘아 맞혔다. 얼마나 귀여운 옆으로 뛰기인가, 얼마나 사랑스러운 꼬리의 선회요 굽이침인가. 새롭게 타오른 사랑의 황홀함으로 나는 그녀를 앞발로 껴안으려 했다. 하지만 나를 조롱하는 환상은 사라져버리고 없었다.

사랑의 아르카디아에서의 그러한 몽상은 시인이자 학자로 선택된 경로에 해로울 수밖에 없는 모종의 우울로 나를 가라앉히지 않을 수 없었다. 특히 우울이 곧 내가 저항할 수 없었던 태만으로 변질되었기 때문이다. 나는 억지로 이 언짢은 상태에서 벗어나려 했고, 미스미스

를 다시 찾아가기로 재빨리 결심했다. 하지만 사랑스러운 그녀를 찾으
리라 기대할 수 있는 상부 지역으로 올라가기 위해 앞발을 첫번째 계
단 위에 놓았을 때, 수치심과 두려움이 엄습했다. 그리하여 나는 앞발
을 다시 거둬들이고 슬퍼하며 난로 밑으로 갔다.

이러한 심리적 곤경에도 불구하고 나는 그동안 대단한 육체적 건강
을 누렸다. 나는 학문에서는 아니더라도 체력적으로는 눈에 띄게 성장
했다. 그리고 거울 속의 나를 쳐다볼 때면 뺨이 통통한 나의 얼굴이,
젊은이다운 생기와 함께 뭔가 경외심을 불러일으키는 것을 얻기 시작
했음을 기분좋게 알아차렸다.

마이스터까지 나의 변화된 기분을 감지했다. 그렇다. 여느 때엔 그
가 맛있는 음식을 건네주면 나는 으르렁거리고 쾌활하게 몇 번씩 펄쩍
뛰어올랐다. 여느 때엔 그가 아침에 일어나 잘 잤니, 무어야! 하고 소
리치면 나는 그의 발치에서 이리저리 굴렀고, 재주를 넘었고, 또한 그
의 품으로 펄쩍 뛰어올랐다. 그러나 이제 나는 이 모든 것을 중단했고,
친절하게 한 번 야옹! 하는 것과, 친애하는 독자에게 고양이등이라는
이름으로 알려져 있을, 저 우아하게 오만한 등 구부리기를 하는 것으
로 만족했다. 그렇다. 나는 이제 심지어 평소에 그토록 좋아하던 새놀
이조차 경멸했다. 내 종족의 젊은 체조 선수들과 체조인들이 큰 가르
침을 얻도록 이 놀이가 어떻게 이루어져 있었는지 말해주겠다. 나의
마이스터는 그러니까 하나 혹은 몇 개의 깃펜을 긴 실에 매달아 그것
들이 공중에서 오르락내리락하게, 정말 날아다니게 했다. 그러면 나는
구석에서 기회를 엿보다 알맞은 속도를 감지하며, 펜을 붙잡아 용감하
게 찢어발길 때까지 계속 그것들을 향해 뛰어올랐다. 이 놀이는 나를

완전히 사로잡을 때가 많았는데, 나는 펜을 정말 새로 간주했고, 전적으로 열광에 빠졌다. 그래서 정신과 육체가 동시에 사용되었고, 형성되고 강화되었다. 그렇다, 나는 이제 이 놀이조차 경멸했다. 그리고 마이스터가 그의 펜들을 아무리 날아다니게 해도 나는 쿠션에 조용히 누워 있었다. "수고양이야," 어느 날 펜들이 내 코를 스치며 쿠션으로 직접 날아들자 내가 거의 눈도 깜박이지 않고 앞발만 그쪽으로 내뻗었을 때, 마이스터가 내게 말했다. "수고양이야, 너는 도무지 여느 때 같지 않구나. 날마다 더 나태해지고 게을러지는구나. 내 생각에 넌 너무 많이 먹고 너무 많이 자는 것 같다."

마이스터의 이 말에서 한줄기 빛이 내 영혼으로 스며들었다! 나는 나의 태만한 슬픔을 오로지 미스미스에 대한, 경솔하게 잃어버리고 만 사랑의 낙원에 대한 추억 탓으로만 돌렸다. 하지만 나는 이제야 어떻게 지상의 삶이 나를 상승하려 노력하는 나의 연구와 갈라놓았고 자신의 요구들을 관철시켰는지 알게 되었다. 자연에는 속박된 마음이 육체라 불리는 폭군에게 그 자유를 희생해야만 함을 분명히 인식하게 하는 것들이 있다. 그런데 나는 그러한 것들에 다른 무엇보다도, 맛있는 밀가루죽, 달콤한 우유와 버터, 또한 말털로 채운 넓은 쿠션을 포함시킨다. 예의 달콤한 죽은 마이스터의 가정부가 아주 훌륭하게 준비할 줄 알았다. 그래서 나는 아침마다 조반으로 두 개의 커다란 접시 가득 담긴 죽을 엄청난 식욕으로 먹어치웠다. 그러나 그처럼 아침식사를 하고 나면 학문이 도무지 입에 맞지 않았다. 그것들은 말라빠진 음식처럼 여겨졌고, 내가 학문을 그만두고 급히 포에지로 몸을 내던져도 전혀 도움이 되지 않았다. 최신 작가들의 가장 찬사를 많이 받은 작품들, 인구에 회자되는 시인들의 칭찬이 자자한 비극들도 나의 정신을 꽉 붙들 수 없었다. 나는 방종한 사고의 유희에 빠졌고, 본의 아니게 마이스터의 솜씨 좋은 가정부는 그 작품들의 저자와 충돌하게 되었다. 그리고 내게는 그녀가 그 저자들보다 기름기, 달콤함과 농도의 적절한 단계와 배합을 훨씬 더 잘 이해한다는 생각마저 들었다. 정신적 향유와 육체적 향유의 불행한 꿈 같은 혼동이여!―그렇다, 나는 이것, 이 혼동을 꿈 같다고 일컬을 수 있다. 그도 그럴 것이 꿈들이 솟아올라 나로 하여금 저 두번째 위험한 것, 말털로 채운 넓은 쿠션을 찾게 했기 때문이다. 그 위에서 부드럽게 잠들기 위해서 말이다. 그러면 내게 사랑스러운 미스미스의 달콤한 모습이 나타났다!―맙소사, 그리하여 모든 것이 연관되는 모양이었다. 우유죽, 학문에 대한 경멸, 멜랑콜리, 쿠션, 비서정적 천성, 사랑의 추억, 그 모든 것이!―마이스터 말이 맞았다. 나는 너무 많이 먹고, 너무 많이 잤다!―스토아적 진지함으로 나는 더 절제하려고 작정하지 않았던가. 하지만 수고양이의 천성은 연약한 것―참으로 훌륭하고 멋진 결심들도 우유죽의 달콤한 냄새에, 유혹적으로 부풀어오른 쿠션에 좌초하고 말았다. 어느 날 나는 마이스터가 방에서 나갔을 때, 복도에서 누군가에게 말하는 소리를 들었다. 그럴지도 모르지, 난 아무래도 좋아, 어쩌면 함께 어울리는 게 그의 기분을 풀어줄지 모르지. 하지만 너희가 내게 어리석은 장난을 치면, 너희가 탁자에 뛰어오르면, 잉크병을 뒤엎거나 그 밖에 무엇이건 밑으로 내동댕이치면, 내 너희 두 놈 다 내쫓아버릴 테다.

그렇게 말하고 나서 마이스터는 문을 조금 열고는 누군가를 들여보냈다. 이 누군가는 다름 아닌 친구 무치우스였다. 하마터면 나는 그를 다시 알아보지 못할 뻔했다. 평소에 미끈하고 광택이 나던 털은 초라하게 헝클어져 있었고, 눈은 움푹 꺼져 있었으며, 평소에 좀 거칠긴 했지만 그래도 꽤 참을 만하던 그의 본성에는 뭔가 거만하고 난폭한 기색이 더해졌다. "자," 그는 내게 푸 하고 숨을 내뿜었다. "자, 자네를 한번 찾기는 하는군! 빌어먹을 난로 뒤로 자네를 만나러 와야 하는 건가?—한데, 실례하겠네!" 그는 접시로 다가가 내가 저녁식사로 아껴둔 생선구이들을 먹어치웠다. "말해보게." 그는 먹으면서 말했다. "제기랄, 내게 말해보게, 자네가 어디에 처박혀 있는지, 왜 이제 어떤 지붕에도 오지 않는지, 왜 즐거운 일이 있는 어디에도 더이상 나타나지 않는지?"

나는 사랑스러운 미스미스에 대한 사랑을 단념한 후 완전히 학문에 전념했다고, 그래서 산책은 생각할 수 없었노라고 설명했다. 또한 다른 이들과 함께하는 것을 조금도 갈망하지 않노라고, 마이스터의 집에서 우유죽, 고기, 생선, 부드러운 잠자리 등 나의 마음이 바랄 수 있는 모든 것을 가지고 있노라고 말했다. 조용하고 근심 없는 삶, 이것이 나 같은 성향과 기질의 수고양이에게는 가장 유익한 자산이라고, 그리고 그런 만큼 외출을 하면 이런 삶이 혼란스러워질까봐 더 두렵다고 했다. 내가 유감스럽게도 알아차렸듯이, 작은 미스미스에 대한 나의 애착이 아직 완전히 사라지지 않았기 때문이며, 그녀를 다시 만나면 내가 어쩌면 나중에 아주 크게 후회하게 될 성급한 짓을 저지르기 십상일 것이기 때문이라고.

"자네는 나중에 내게 생선구이 하나를 더 대접해도 좋네!" 무치우스는 이렇게 말하고 구부린 앞발로 주둥이와 수염과 귀를 순 건성으로 대충 닦고는 쿠션 위 내 바로 곁에 앉았다.

만족의 표시로 잠시 그르렁거린 후에 무치우스는 부드러운 음성과 몸짓으로 말을 시작했다. "나의 착한 형제 무어여! 내가 은자의 거소로 자네를 방문하겠다는 생각을 하게 된 것, 그리고 마이스터가 반대하지 않고 나를 자네에게 들여보낸 것을 행운이라 생각하게. 자네는 머릿속에는 지혜를, 사지에는 힘을 지닌 유능한 수고양이 청년이 빠져들 수 있는 가장 큰 위험에 빠져 있네. 즉, 자네는 지독한, 역겨운 속물*이 될 위험에 빠져 있는 것이네. 자네는 너무 엄격하게 학문에 전념하느라 수고양이들 사이에서 주위를 둘러볼 시간이 없다고 말하네. 용서하게, 형제여, 그것은 사실이 아닐세. 내가 눈앞에 보듯 잘 먹어 통통하게 살찌고 거울처럼 매끈한 모습인 자네는 전혀 책벌레처럼, 밤공부하는 사람처럼 보이지 않아. 내 말을 믿게. 자네를 게으르고 태만하게 만드는 것은 빌어먹을 편안한 삶이네. 자네가 우리네처럼 어쩌다 생선 뼈 몇 개를 손에 넣거나 작은 새 한 마리를 잡을 때까지 혹독한 고생을 해야 한다면 전혀 다른 기분이 들 걸세."

나는 친구의 말을 끊었다. 나는 당신의 상태가 좋고 행복하다 할 수 있다고 생각했소. 당신은 전에는―

"그것에 대해서는," 무치우스는 화가 나서 내게 호통쳤다. "그것에 대해서는 다음 기회에 얘기하기로 하지. 하지만 나를 당신이 아니라,

---

* 『구약성경』에서 셈족이 아닌 종족, 즉 비유대계를 가리키는 단어인 '속물(Philister)' 이라는 명칭은 17세기 이래 대학생들이 쓰던 언어에서 대학생이 아닌 사람, 또한 편협하고 고루한 인간을 지칭하는 말이었다. 이어지는 무어의 체험들은 호프만이 대학생학우회 생활에 대해 잘 알고 있었음을 보여준다.

나는 이것을 거절하겠네, 우리가 우애의 술잔을 나눌 때까지는 자네라고 부르게. 그렇지만 자네는 속물이고 관례*를 잘 모르잖나."

나는 화가 난 친구에게 사과를 하려고 애썼다. 그러자 그는 더 부드럽게 말을 이었다. 그러니까 이미 말했듯이, 자네의 생활 방식은 전혀 쓸모가 없네, 형제 무어여. 자네는 나와야 하네, 자네는 세상 속으로 나와야 해.

맙소사, 나는 경악에 가득차서 외쳤다. 자네는 무슨 말을 하는 건가, 형제 무치우스여! 내가 세상 속으로 나가야 한다고?─자네는 몇 달 전에 지하실에서 내가 언젠가 영국식 반개마차에서 어떻게 세상 속으로 뛰어나갔는지 얘기해준 것을 잊어버렸나? 어떠한 위험들이 사방에서 나를 위협했는지, 마침내 착한 폰토가 어떻게 나를 구해서 마이스터에게 돌려보내주었는지도? 무치우스는 심술궂게 웃었다. 그래, 그러고 나서 그는 말했다. 그래, 바로 그걸세, 그게 바로 문제일세, 착한 폰토!─멋부리는, 세상에 저 혼자 똑똑한 척하는, 바보 같은, 오만한 위선자. 마침 더 나은 할 일을 아무것도 알지 못했기 때문에, 마침 그 일이 그를 즐겁게 했기 때문에 자네를 보살펴준 자. 자네가 그의 회합과 도당으로 그를 찾아가면 자네를 전혀 다시 알아보지 못할, 더 나아가 자네가 그의 부류가 아니라는 이유로 자네를 물어 쫓아낼 그자! 자네를 진정한 세상의 삶으로 안내하는 대신 바보 같은, 인간적인 이야기들로 즐겁게 한 착한 폰토!─아니, 착한 무어여, 예의 사건은 자네가 속하는 세계와 완전히 다른 세계를 자네에게 보여주었네! 내 말을

─────────

* 관례는 대학생학우회 회원들을 위해 사교 형식과 태도를 규정했다.

무조건 믿게. 자네의 모든 외로운 연구는 아무 도움도 되지 않으며, 오히려 해롭네. 그도 그럴 것이 자네는 그래봤자 속물로 남아 있기 때문일세. 그리고 드넓은 온 지상에서 학식 있는 속물보다 더 지루하고 멍청한 것은 없지!

나는 친구 무치우스에게 속물이라는 표현을, 또한 그 원래의 뜻을 완전히 파악하지 못하겠노라고 솔직하게 고백했다. "오 나의 형제여," 무치우스가 대꾸하며 우아하게 미소를 지었다. 그 때문에 그는 그 순간 아주 귀엽게 보였고, 다시 완전히 예전의 깔끔한 무치우스 같았다. "오 나의 형제 무어여, 자네에게 이 모든 것을 설명하려는 시도는 아주 헛될 것이네. 그도 그럴 것이 자네 자신이 속물인 한 자네는 속물이란 무엇인지 결코 이해할 수 없기 때문일세. 그러나 자네가 현재 속물 고양이의 몇 가지 기본적인 특징으로 만족하겠다면, 그렇다면—

(파지) —아주 기이한 광경이었다. 방 한가운데에는 헤드비가 공주가 서 있었는데, 얼굴은 시체처럼 창백했고, 눈빛은 죽음처럼 굳어 있었다. 이그나티우스 왕자는 꼭두각시를 가지고 놀듯 그녀를 가지고 놀고 있었다. 그가 그녀의 팔을 들어올리면 그 팔은 그대로 있었고, 아래로 구부리면 내려왔다. 그가 부드럽게 앞으로 밀치면 그녀는 걸어갔고, 멈춰 세우면 섰으며, 안락의자에 앉히면 앉았다. 왕자는 얼마나 이 놀이에 몰두해 있었던지, 들어서는 사람들을 전혀 알아채지 못할 정도였다.

"게서 무얼 하십니까, 왕자!" 제후 부인이 그에게 소리쳤다. 그러자 그는 킥킥 웃고 즐겁게 손을 비비며 확언했다. 헤드비가 지금 착하고 얌전해져서 그가 원하는 것은 모두 하고 있으며, 여느 때처럼 그의 말에 그리 반대하지도 않고 그를 몹시 꾸짖지도 않는다는 것이었다. 이 말과 함께 그는 또다시 군대식으로 지휘하며 공주가 온갖 자세를 취하게 하기 시작했다. 그리고 그녀가 마술로 굳어버린 듯 자신이 취하게 한 자세로 머물러 있을 때마다 그는 큰 소리로 웃었고 기뻐서 높이 뛰어올랐다. "이건 견딜 수가 없군요." 제후 부인은 떨리는 음성으로 나지막이 말했다. 두 눈에는 눈물이 고여 빛나고 있었다. 그러나 시의는 왕자에게 다가가 엄격하게 명령하는 어조로, 그만하세요, 왕자님! 하고 소리쳤다. 그러고는 공주를 팔에 안아 방안에 있는 긴 터키식 의자에 부드럽게 내려놓고 커튼을 쳤다. "지금으로선," 그러고 나서 그는 제후 부인에게 몸을 돌렸다. "지금으로선 공주님께 절대적인 안정보다 더 필요한 것은 없습니다. 왕자님은 방을 떠나시길 청합니다."

이그나티우스 왕자는 몹시 버릇없게 행동했고, 흐느끼면서 왕자도 아니고 귀족 출신조차 아닌 온갖 사람들이 감히 자신에게 대든다고 한탄했다. 그는 이제 가장 아름다운 잔들보다 더 좋아하게 된 공주 곁에 머물러 있겠노라고, 그러니 시의 나리는 그에게 아무것도 명령할 수 없다고 했다.

"가세요, 친애하는 왕자." 제후 부인이 부드럽게 말했다. "당신 방으로 가세요, 공주는 이제 자야 합니다. 그리고 식사 후에 율리아 양이 올 거예요."

"율리아 양이!" 왕자는 천진하게 웃고 껑충껑충 뛰면서 외쳤다. "율리아 양이!—하, 이거 좋은걸, 그녀에게 새 동판화들과 내가 물의 왕 이야기에서 큰 훈장을 단 연어왕자로 그려진 것을 보여줘야지!"—이렇게 말하며 그는 제후 부인의 손에 격식을 차려 입을 맞추었다. 그리고 거만한 눈빛으로, 입맞추도록 시의에게 손을 내밀었다. 그러나 시의는 왕자의 손을 잡고 그를 문으로 데려가서 공손하게 절하며 문을 열었다. 왕자는 이러한 방식으로 추방되는 것을 감수했다.

제후 부인은 몹시 고통스러워 기진맥진한 채 등받이 의자에 푹 파묻혀서 고개를 손으로 받치고 깊디깊은 아픔이 어린 표정으로 나지막이 혼잣말을 했다. 내가 어떤 죽을죄를 지었단 말인가, 하늘이 나를 이토록 가혹하게 벌하다니. 영원히 아이로 남도록 저주받은 저 아들─그리고 이제─헤드비가─나의 헤드비가!─제후 부인은 우울하고 어두운 생각에 깊이 빠져들었다.

그동안에 시의는 공주에게 그 어떤 효험이 있는 약 몇 방울을 겨우 흘려넣고는 시녀들을 불렀다. 그녀들은 시의에게서 공주가 아주 약간이라도 발작 증세를 보이면 곧장 그를 부르라는 지시를 받은 후에 무의식 상태가 전혀 변화되지 않은 공주를 그녀의 방으로 옮겼다.

마마, 시의는 제후 부인에게 몸을 돌렸다. 공주님의 상태가 몹시 이상하고 걱정스럽게 보일지라도, 저는 그것이 전혀 위험한 결과를 남기지 않고 곧 끝날 것임을 분명히 확신할 수 있습니다. 공주님은 아주 특별하고 놀라운 종류의 강직성 경련을 앓고 계십니다. 이 병은 의사의 진료에서 어찌나 드물게 나타나는지, 아주 유명한 몇몇 의사도 평생 그러한 증상을 관찰할 기회를 전혀 갖지 못할 정도랍니다. 그러므로 저는 정말로 운이 좋다고 할 수 있지요. 시의는 말을 멈췄다─

하, 제후 부인은 쓰디쓴 어조로 말했다. 당신이 자신의 인식을 확장할 수만 있다면 무한한 고통은 신경쓰지 않는 실용적인 의사라는 것을 잘 알겠군요.

얼마 전, 시의는 제후 부인의 비난에 개의치 않고 말을 계속했다. 바로 얼마 전에 저는 한 학술서적에서 공주님이 빠져든 것과 아주 똑같은 발작의 예를 찾았습니다. 한 귀부인이(저자는 이렇게 이야기합니다) 브줄에서 브장송으로 소송을 하러 갔습니다. 일의 중요성, 소송에서 패하는 것은 자신이 당한 고통스럽기 짝이 없는 불쾌함의 마지막 최악의 단계이며 자신을 고난과 비참에 빠뜨리고 말 것이라는 생각으로 인해, 온 마음의 흥분으로까지 고조된 몹시 강렬한 불안이 그녀를 사로잡았답니다. 그녀는 뜬눈으로 밤을 지새웠고, 조금밖에 먹지 않았으며, 사람들은 그녀가 교회에서 기이하게 쓰러져 기도를 하는 것을 보았습니다. 즉, 여러 방식으로 비정상적인 상태가 나타난 것이지요. 하지만 마침내 소송의 판결이 예정되어 있던 바로 그날, 그녀는 발작을 일으켰는데, 그 자리에 있던 사람들은 그것을 뇌졸중이라 여겼습니다. 불려온 의사들은 그 귀부인이 등받이 의자에서 움직이지 않는 것을 보았습니다. 번쩍이는 눈은 하늘을 향해 있었고, 열린 눈꺼풀은 미동도 하지 않았으며, 팔은 들어올리고 두 손은 포갠 채였지요. 이전에 슬프고 창백했던 그녀의 얼굴은 여느 때보다 더 생기발랄하고 명랑하고 유쾌했고, 호흡은 원활하고 한결같았으며, 맥박은 부드럽고 완만하며 조용히 잠자는 사람이 그러하듯 상당히 완전했습니다. 그녀의 사지는 탄력 있고 가벼웠으며 온갖 자세를 취하게 해도 아무런 저항이 없었습니다. 그러나 바뀐 자세에서 사지가 스스로는 벗어나지 못한 걸 보면 그것이 어떤 속임수일 리 만무하고 병이라는 것을 알 수 있었지요. 사람들이 그녀의 턱을 아래로 누르면 입이 열리고 열린 채로 머물러 있었습니다. 사람들이 한 팔을, 그다음에 다른 팔을 들어올리면 팔들은 아래로 떨어지지 않았고, 두 팔을 등뒤로 구부리면 높이 공중으로 뻗었는데, 누구라도 오랫동안 이 자세로 버티는 것이 불가능할 정도였지요. 그런데도 그런 일이 일어난 것입니다. 사람들이 몸을 아무리 맘껏 아래로 구부려도 몸은 항상 가장 완전한 균형을 유지했습니다. 그녀는 완전히 감각이 없는 듯했어요. 사람들은 그녀를 흔들고 꼬집고 괴롭혔으며, 그녀의 두 발을 뜨거운 화로 위로 갖다놓았고, 귀에 대고 그녀가 소송에서 이길 것이라고 소리쳤어요. 모두 허사였지요. 그녀에게서는 살아 있다는 아무런 의식적 징후도 나타나지 않았습니다. 그녀는 점차 제정신으로 돌아왔습니다. 그러나 앞뒤가 맞지 않는 말들을 했어요. 마침내―

계속하세요, 시의가 말을 멈추자 제후 부인이 말했다. 계속하세요. 아무것도 내게 숨기지 마세요. 그것이 더없이 끔찍한 것일지라도!―그렇지 않아요?―귀부인은 광기에 빠진 것이지요!

시의는 계속해서 말했다. 귀부인의 아주 나쁜 상태는 단지 나흘 동안만 지속되었다는 사실, 그녀는 브줄에 돌아가 완전히 건강을 회복했고 지독하고 이상한 병의 고약한 후유증을 조금도 느끼지 않았다는 사실을 부언하는 것으로 충분합니다.

제후 부인이 또다시 우울하고 깊은 생각에 빠져든 동안 시의는 공주를 돕기 위해 그가 적용하려 하는 의술에 대해 자세한 이야기를 장황하게 늘어놓았고, 종국에는 의술 상담에서 굉장히 깊은 학식을 지닌 박사들에게 말하기라도 하는 것처럼 아주 학문적인 설명에 몰두했다.

무슨 도움이, 마침내 제후 부인이 장황한 시의의 말을 중단시켰다. 정신의 안녕, 정신의 긴강이 위험에 처했다면 사변적인 학문이 제공하는 모든 방법이 무슨 도움이 되겠어요?

시의는 잠시 침묵한 후 계속해서 말했다. 마마, 브장송에서 일어났던 저 귀부인의 놀라운 강경증의 예는 그녀의 병의 이유가 심리적인 데 있다는 것을 보여줍니다. 그녀가 얼마간 의식을 되찾았을 때, 사람들은 그녀에게 용기를 불어넣어주고 그 나쁜 소송에서 이겼다고 묘사하는 것으로 치료를 시작했습니다. 가장 경험 많은 의사들도 바로 그 어떤 갑작스럽고 심한 마음의 동요가 예의 상태를 불러일으키는 첫번째 원인이라는 데는 의견이 일치합니다. 헤드비가 공주님은 비정상적일 만큼 극도로 신경이 예민합니다. 그래요, 저는 그녀의 신경 체계의 구조를 때로는 이미 그 자체로서 비정상이라 일컫고 싶습니다. 그 어떤 격렬한 마음의 동요가 병의 상태 역시 발생시킨 것이 확실해 보입니다. 우리는 공주님의 심리에 성공적으로 영향을 미치기 위해 원인을 규명하려 노력해야만 합니다! ─헥토르 왕자의 때 이른 출발─ 자, 마마, 어머니가 어쩌면 모든 의사보다 더 깊이 볼 수 있을 것이며 유익한 치료를 위해 가장 좋은 방법을 의사에게 건네줄 수 있을 것입니다.

제후 부인은 일어나서 거만하고 차갑게 말했다. 심지어 시민계급의 여자라도 여자는 마음의 비밀을 간직하길 좋아하는 법. 군주 가문은 속마음을 교회와 그 종복들에게만 털어놓습니다. 의사도 여기에 속한다고 생각하면 안 되지요!

어떻게, 시의가 결연히 외쳤다. 누가 육체의 건강을 정신의 건강으로부터 그토록 뚜렷하게 구분할 수 있단 말입니까? 의사는 제2의 고해신부입니다. 당장이라도 실수를 저지를 위험에 빠지지 않고자 한다면 그에게는 심리적 존재의 심연을 들여다보는 것이 허용되어야 합니다.

예의 병든 왕자의 이야기를 생각해보세요, 마마—

그만 하세요! 제후 부인이 역정을 내다시피 하며 의사의 말을 중단시켰다. 그만 하세요!—나는 결코 온당치 않은 짓을 하도록 설득되지 않을 겁니다. 마찬가지로 나는 생각과 감정뿐일지라도 그 어떤 온당치 않은 것이 공주의 병을 유발했다고는 결코 믿을 수 없습니다.

이 말과 함께 제후 부인은 시의를 세워둔 채 자리를 떴다.

기묘한, 시의는 혼잣말을 했다. 기묘한 여자야, 이 제후 부인은! 그녀는 다른 이들이 스스로 납득하는 것을 좋아하지 않아. 자연이 영혼과 육체를 붙여놓는 접합제가, 군주 가문의 경우 시민계급 출신의 우리네 가련한 인간들에게 사용하는 것과 비교할 수 없는 아주 특별한 종류의 것이라고 말이지. 사람들이 공주가 마음을 가지고 있다고 생각하면 절대 안 된다는 거야. 선량한 네덜란드의 시민들이 스페인의 왕비에게 비단 양말을 선물하려 하자, 스페인의 왕비가 다른 정직한 사람들처럼 발을 가지고 있음을 상기시키는 것이 불손하다는 이유에서 물리쳤던 궁정의 스페인인처럼!—그럼에도, 모든 여성적 아픔의 실험실인 마음속에서, 공주를 엄습한, 모든 신경병 가운데 가장 가공할 만한 병의 원인을 찾을 수 있다는 것은 내기를 해도 좋은 사실이지.

시의는 헥토르 왕자의 급한 출발에 대해, 공주의 심한 병적 신경과민에 대해, 그녀가 왕자에 대해 취한 열정적인 행동(그는 그렇게 들었다)에 대해 생각했다. 그러자 어떤 갑작스러운 사랑의 불화가 갑작스레 병이 날 만큼 공주에게 상처를 입힌 것이 확실한 것 같았다. 사람들은 시의의 추측에 근거가 있는지 혹은 없는지 알게 될 것이다. 제후 부인에 관해 말하자면, 그녀도 비슷한 추측을 하는지도, 그리고 바로 그런 까닭에 의사의 모든 문의와 탐색을 불손하다고 여겼는지도 몰랐다. 궁정은 도대체가 모든 더 깊은 감정을 부적당하고 천하다고 비난하기 때문이다. 제후 부인은 전에는 감성과 마음을 가지고 있었다. 하지만 예절이라 불리는 이상하게 반은 우스꽝스럽고 반은 불쾌한 괴물이 위협적인 악몽처럼 그녀의 가슴 위에 내려앉았다. 그러자 더이상 어떠한 한숨도, 내적 삶의 어떠한 표시도 마음에서 솟아올라서는 안 되었다. 그래서 그녀는 바로 왕자와 공주에게 일어난 것과 같은 종류의 극적 사건들조차 극복하는 데, 그리고 그저 돕고자 했을 뿐인 사람을 거만하게 물리치는 데 성공할 수밖에 없었다.

성에서 이런 일이 벌어지는 동안 정원에서도 여기서 전달되어야 할 몇 가지 일들이 일어났다.

입구 근처 왼쪽 덤불 속에 뚱뚱한 의전관이 서서 작고 둥근 금빛 곽을 호주머니에서 꺼내 코담배 한 줌을 들이마신 뒤 윗옷 소매로 몇 번 그 위를 닦아내고는 그것을 제후의 시종에게 건넸다. 그리고 이렇게 말했다. 훌륭한 친구, 나는 자네가 이런 점잖은 귀중품을 아주 좋아한다는 것을 알고 있네. 여기 이 작은 곽을 자네가 언제나 신뢰할 수 있는 관대한 호의의 작은 표시로 받아주게. 그런데 말해보게나, 이 친구야! 이상하고 이례적인 산책은 어떻게 된 일인가?

공손하게 감사드리는 바입니다. 시종은 금빛 곽을 집어넣으며 대꾸했다. 그러고는 헛기침을 하고 계속해서 말했다. 지체 높으신 나리, 우리 전하께서 헤드비가 공주님께, 어찌 된 일인지는 모르지만, 모든 감각이 사라진 순간부터 매우 놀라셨다는 것을 저는 확언할 수 있습니다. 오늘 전하께서는 아마 반시간쯤 창가에 똑바로 우뚝 서 계셨습니다. 그리고 전하의 오른손 손가락으로 거울유리를 끔찍하게 두드리셨습니다. 그래서 쨍그랑거리고 덜컹거리는 소리가 났지요. 하지만 죄다 우아한 가락과 신선한 특성을 지닌 아름다운 행진곡들뿐이었습니다. 궁정 트럼펫 주자였던 작고한 저의 자형이 말하곤 했듯이 말입니다. 나리께서도 아시다시피 궁정 트럼펫 주자였던 작고한 저의 자형은 솜씨 있는 남자였지요. 그는 떨림거친음*을 기막히게 냈습니다. 거친음, 굼뜬음은 밤꾀꼬리의 노래처럼 울렸고, 저음트럼펫 불기에 관해 말씀드리자면─모든 것, 의전관은 수다쟁이의 말을 끊었다. 모든 것을 알고 있네, 이 사람아! 고인이 된 자네 자형은 뛰어난 궁정 트럼펫 주자였지. 하지만 이제 말해보게, 전하께서 손가락으로 행진곡 두드리기를 멈추셨을 때 무엇을 하셨고 무슨 말을 하셨는가?

무엇을 하셨고, 무슨 말을 하셨느냐! 시종은 계속해서 말했다. 흠!─그러니까 많이 하지 않으셨죠. 전하께서는 고개를 돌리시고 불타는 눈으로 저를 빤히 쳐다보시더니 무시무시하게 초인종을 당기시며 큰 소리로 프랑수아─프랑수아! 하고 부르셨습니다. 전하, 저는 벌써 여기 있습니다. 저는 소리쳤지요. 그러나 그때 전하께서 아주 화가 나서 말씀하셨습니다. 미련한 놈, 왜 즉시 말하지 않느냐! 그러고는 내 산책복! 하고 소리치셨지요. 저는 분부하신 대로 했습니다. 전하께서는 황공하옵게도 녹색 비단 상의를 입고 별 모양 훈장도 달지 않은 채 정원으로 가셨습니다. 전하께서는 제게 뒤따르는 것을 금하셨습니다.

---

* 트럼펫 주자들은 트럼펫의 몇 가지 음에 특별한 이름을 붙인다. 트럼펫의 가장 낮은 음을 떨림거친음이라 하고, 다장조의 두번째 음을 거친음이라고 하며, 다장조의 다섯째 음은 굼뜬음이라고 부른다.

하지만—지체 높으신 나리, 사람들은 전하께서 어디에 계신지 알아야 하지 않습니까. 어쩌다 사고라도 나면—좌우간!—저는 아주 멀리서 전하의 뒤를 따랐고 전하께서 어부의 작은 집으로 가신 것을 알아보았습니다.

마이스터 아브라함에게!—의전관은 깜짝 놀라서 외쳤다. "그렇습니다." 시종이 말하고는 아주 의미심장하고 은밀한 표정을 지었다.

어부의 작은 집으로, 의전관이 되풀이했다. 어부의 작은 집으로 마이스터 아브라함에게!—전하는 한 번도 어부의 작은 집으로 마이스터를 찾아가지 않았네!

불안한 예감을 품은 침묵이 뒤를 이었다. 그러고 나서 의전관이 계속해서 말했다. 그리고 그 밖에는 전하께서 전혀 아무 말씀도 없으셨나? "아무 말씀도요." 시종이 의미심장하게 대답했다. 그렇지만, 그는 교활하게 미소 지으며 말을 이었다. 어부의 작은 집 창문 하나가 빽빽한 덤불숲 쪽으로 나 있고, 그곳에는 푹 파인 곳이 있는데, 거기서 사람들은 집안에서 하는 이야기를 낱낱이 들을 수 있지요—제가 어쩌면—이 사람아, 자네가 그렇게 하겠다면, 의전관이 기뻐하며 외쳤다! "그렇게 하겠습니다." 시종이 말하고는 조용히 살금살금 빠져나갔다. 그러나 시종이 덤불에서 걸어나왔을 때, 방금 성으로 돌아온 제후가 바로 그의 앞에 서 있었다. 그래서 그는 제후와 하마터면 스칠 뻔했다. 경외심 속에 그는 소스라치게 놀라 뒤로 물러섰다. *자네는 지독한 명청이군!* 제후가 시종에게 큰 소리로 호통을 치고, 의전관에게 차갑게 *잘 자시오!* 하고 소리치고는 그를 따르는 시종과 함께 성안으로 사라졌다.

의전관은 몹시 당황해서 그대로 서 있었고, 어부의 작은 집―마이스터 아브라함―잘 자시오―하고 중얼거렸다. 그리고 이례적인 사건에 대해 상의하고, 가능하다면 이 사건으로 인해 생겨날 수 있는 상황을 알아내기 위해 즉시 마차를 타고 제국의 궁내관에게 가기로 결정했다.

마이스터 아브라함은 제후를 의전관과 시종이 있었던 덤불께까지 바래다주고 되돌아갔다. 사람들이 성의 창문을 내다보고 그가 마이스터와 함께 있다는 걸 알아채길 원하지 않았던 제후의 분부에 따른 것이었다. 친애하는 독자는 제후가 혼자서 은밀하게 어부의 작은 집으로 마이스터 아브라함을 방문한 것을 얼마나 잘 숨길 수 있었는지 알고 있다. 그러나 시종 이외에 또 한 사람이, 제후는 전혀 알지 못했지만, 제후의 말을 엿들었다.

마이스터 아브라함이 집에 거의 도착했을 때, 벌써 어두워지기 시작한 길에서 고문관 부인 벤촌이 그에게 다가왔다.

이런, 벤촌 부인이 쓰디쓰게 웃으며 외쳤다. 제후께서 자네에게 조언을 구하셨군, 마이스터 아브라함. 정말이지 자네는 제후 가문의 진정한 버팀목일세. 자네는 아버지와 아들에게 자네의 지혜와 경험이 흘러들어가게 하는군. 그리고 좋은 조언이 귀하거나 전혀 얻을 수 없는 것이라면―그렇다면, 마이스터 아브라함이 벤촌 부인의 말에 끼어들었다. 그렇다면 원래 빛나는 성좌인 고문관 부인이 계십니다. 그 성좌는 여기에서 모든 것을 비춰줍니다. 한낱 가련한 늙은 파이프오르간 제작자일지라도 그 영향력 아래 존재하며, 그의 소박한 삶을 방해받지 않고 끝까지 이어나갈 수 있지요.

"농담하지 마시게." 벤촌 부인이 말했다. "그렇게 씁쓸하게 농담하지 마시게, 마이스터 아브라함. 환하게 빛을 발한 성좌는 우리의 시야에서 벗어나며 빨리 희미해지고, 마침내 완전히 져버릴 수 있네. 기이하기 짝이 없는 사건들이 서로 방해하고자 하는 듯하군. 작은 도시와 바로 그 도시에 거주하는 이들보다 고작 몇 줌 더 되는 사람들이 관례적으로 궁정이라 부르는 이 외로운 가족권 안에서 말일세. 간절히 기다린 신랑의 때 이른 출발—헤드비가의 위험한 상태!—실제로 이것은 제후를 깊이 낙담시킬 수밖에 없었네. 그가 아주 감정 없는 남자가 아니라면 말일세."

항상, 마이스터 아브라함이 벤촌 부인의 말을 중단시켰다. 당신은 항상 그러한 견해였던 것은 아닙니다, 고문관 부인.

무슨 말을 하는지 모르겠군, 벤촌 부인은 마이스터를 쏘아보며 경멸적인 어조로 말했다. 그러고는 재빨리 얼굴을 다른 쪽으로 돌렸다.

제후 이레네우스는 마이스터 아브라함을 신뢰했고 더 나아가 그의 정신적 우위를 인정할 수밖에 없다고 느꼈기에 모든 의심을 제쳐두었다. 그래서 어부의 작은 집에서 그의 온 마음을 털어놓았다. 그러나 제후는 낮에 있었던 당황스러운 사건들에 대해 벤촌 부인이 한 말은 전혀 언급하지 않았다. 마이스터는 이것을 알고 있었다. 그런 만큼 그에게 벤촌 부인의 민감한 반응이 눈에 띄면 안 되었다. 원래 차갑고 속마음을 내보이지 않는 그녀인지라 이 민감한 기색을 더 잘 숨기지 못한 것이 그로서는 의아하긴 했다.

그러나 자신이 독점한 제후에 대한 후견 역할이 또다시, 그것도 위급하고 불행한 순간에 위험에 처한 것을 보는 일이 고문관 부인에게 깊은 고통을 줄 수밖에 없었을 것이다.

어쩌면 나중에 뚜렷하게 밝혀질 이유에서 헤드비가 공주와 헥토르 왕자의 결합은 고문관 부인의 가장 열렬한 소망이었다. 이 결합이 무산될 위험에 처해 있었다. 그녀는 그렇게 생각할 수밖에 없었다. 그리고 이 문제에 대한 제삼자의 관여는 죄다 그녀에게 위험해 보였다. 그밖에도 그녀는 처음으로 자신이 설명할 수 없는 비밀들에 둘러싸여 있는 것을 보았다. 처음으로 제후가 입을 다물었다. 환상적인 궁정의 움직임 전체를 지배하는 데 익숙해 있던 그녀가 그보다 더 깊은 마음의 상처를 입을 수 있었을까?

마이스터 아브라함은 흥분한 여자에게 대응하는 가장 좋은 방법은 견뎌내기 힘든 침묵이라는 것을 알고 있었다. 그래서 그는 한마디도 하지 않았다. 그 대신 깊은 생각에 잠긴 채 친애하는 독자가 이미 알고 있는 다리 쪽으로 방향을 돌린 벤촌 부인 옆에서 묵묵히 걸어갔다. 고문관 부인은 난간 위에 몸을 괴고, 지는 해가 작별을 고하듯 아직 황금빛으로 빛나는 시선을 던지고 있는 먼 덤불숲을 들여다보았다.

"아름다운 저녁이군." 고문관 부인이 몸을 돌리지 않은 채로 말했다. 정말 그렇군요, 마이스터 아브라함이 대꾸했다. 정말 그렇군요, 거리낌없는, 혼란스럽지 않은 마음처럼 고요하고 차분하고 쾌활합니다.

"당신은," 평소에 마이스터에게 말을 걸 때 쓰던 더 친밀한 '자네'를 포기하며* 고문관 부인이 말을 이었다. "친애하는 마이스터, 당신은 제후께서 실제로 세상 경험이 많은 여자가 더 잘 조언하고 판단할 줄 아

---

* 벤촌 부인은 이 대목에서 평소와 다르게 경칭을 쓰며 마이스터와 거리를 두고 있다.

는 일에 갑자기 당신만을 그의 친한 친구로 삼는다면, 당신에게만 조언을 청한다면, 내가 고통스러운 느낌을 받을 수밖에 없다는 것을 나쁘게 생각하면 안 됩니다. 내가 감출 수 없었던 속 좁은 예민함은 지나갔습니다, 완전히 지나갔어요. 나는 완전히 안심했습니다. 손상된 것은 형식뿐이기 때문이지요. 내가 지금 다른 방식으로 들어 알게 된 이 모든 것을 제후 전하께서 내게 말해주었어야 했습니다. 그리고 나는 실제로 당신이, 친애하는 마이스터, 그에게 대답한 모든 것에 십분 동의할 따름입니다. 나는 여하튼 칭찬할 만하지 않은 어떤 짓을 했음을 스스로 고백하고자 합니다. 여자의 호기심뿐만 아니라 제후의 집안에서 일어나는 모든 일에 대한 지극히 깊은 관심 때문이었다 해도 용서받을 수 없을지도 모르지만. 뭔지 알려주겠어요, 마이스터. 나는 당신의 이야기를 엿들었습니다. 당신이 제후와 나눈 이야기를 모두 귀기울여 들었어요. 낱말 하나하나를 모두 알아들었지요—"

벤촌 부인의 이 말을 듣자 경멸적인 아이러니와 깊은 쓸쓸함이 뒤섞인 기이한 느낌이 마이스터 아브라함을 사로잡았다. 마이스터 아브라함은 사람들이 덤불로 덮인 푹 파인 곳에서, 어부의 작은 집의 한 창문 바로 앞에 숨은 채, 집안에서 하는 말을 낱낱이 들을 수 있다는 것을 제후의 저 시종만큼이나 잘 알고 있었다. 그러나 그는 교묘한 청각적 장치를 통해 작은 집 내부에서의 모든 대화가 바깥에 서 있는 이들에게는 알아들을 수 없게 뒤섞인 소음처럼 들리는, 그리고 철자 하나라도 전혀 구분할 수 없게 만드는 효과를 내는 데 성공했다. 그런 까닭에 벤촌 부인이 자신은 어렴풋이 짐작할지 몰라도 제후는 짐작하지 못했고, 그래서 아마 마이스터 아브라함에게 털어놓을 수도 없었던 비밀을 알아내기 위해 거짓말이라는 최후의 수단을 강구했다면, 이는 마이스터에게 가련해 보일 수밖에 없었다. 제후가 마이스터와 어부의 작은 집에서 무엇을 상의했는지는 나중에 얘기하기로 하자.

오, 마이스터가 소리쳤다. 오, 경애하는 부인, 당신을 어부의 작은 집으로 이끈 것은 삶의 지혜를 꾀하는 부인의 활발한 정신이었습니다. 불쌍하고 늙은, 그러나 경험 없는 남자인 제가 이러한 모든 일에서 당신의 도움 없이 어떻게 올바른 길을 찾아낼 수 있겠습니까. 방금 저는 제후께서 제게 털어놓으신 모든 것을 상세히 말씀드리려고 했습니다. 하지만 당신이 이미 모든 것을 알고 계시니 그 이상의 해명은 필요치 않겠군요. 경애하는 부인, 당신께서 저를 어쩌면 실제보다 더 나빠 보이는지도 모를 모든 것에 대해 진심으로 툭 터놓고 의견을 개진할 만한 가치가 있는 사람이라고 여기실는지요.

마이스터 아브라함이 충직하면서도 친밀한 어조를 어찌나 잘 취했던지 벤촌 부인은 아무리 예리한 눈초리로 살펴보아도 여기에 현혹하려는 노림수가 있는지 아닌지 즉시 판단할 수 없을 정도였다. 이에 대한 당혹스러움 때문에 그녀가 붙잡아 마이스터에게 씌울 난처한 올가미를 엮을 모든 끈이 끊어져버렸다. 그리하여 그녀는 헛되이 합당한 말을 찾으려 고전하며 마력으로 꼼짝 못하게 된 것처럼 다리 위에 멈춰 서서 호수를 내려다보게 되었던 것이다.

마이스터는 잠시 그녀가 고통스러워하는 모습을 보고 즐거워했다. 그러나 그러고 나서 그의 생각은 낮에 일어난 일들로 향했다. 그는 크라이슬러가 바로 이 사건들의 중심에 있다는 것을 잘 알고 있었다. 더없이 소중한 친구의 상실에 대한 깊은 고통이 그를 사로잡았고 자기도 모르게 불쌍한 요하네스! 하는 외침이 새어나왔다.

그러자 벤촌 부인은 급히 마이스터에게 몸을 돌리고 갑자기 격한 감정을 분출하며 말했다. 뭐라고, 마이스터 아브라함, 자네는 하지만 크라이슬러의 파멸을 믿을 만큼 어리석지는 않겠지? 피 묻은 모자 하나가 무엇을 증명할 수 있겠나?―또한 무엇이 그로 하여금 그토록 갑자기 자살이라는 끔찍한 결심을 하게 했겠나―사람들은 또한 그를 찾아냈을 테지.

한 가지 전혀 다른 의혹이 고개를 드는 것 같은 터에 벤촌 부인이 자살에 대해 말하는 것을 듣자 마이스터는 적잖이 놀랐다. 그러나 그가 대답할 말을 찾기도 전에 고문관 부인이 말을 계속했다. 우리에겐 다행이네, 그가 가버린 것이 우리에겐 다행이야. 나타나는 곳마다 혼란스러운 재앙만을 야기하는 불행한 자 말일세. 그의 정열적인 본성과 씁쓸함은, 나는 사람들이 찬미하는 그의 유머를 달리 부를 수 없거니와, 모든 민감한 마음에 전염되지. 그러면 그는 그것을 가지고 잔혹한 유희를 해. 모든 관습적인 상황을 조소하는 경멸, 나아가 모든 통상적인 형식에 대한 반항이 사유 능력의 우위를 증명한다면, 우리 모두는 이 악장 앞에 무릎을 꿇어야 하네. 하지만 그는 우리를 내버려두고, 실제 삶의 올바른 견해를 통해 전제되고 우리 만족의 바탕이 된다고 인정되는 모든 것에 저항하지 말아야 하네. 그렇기 때문에!―그가 가버린 것이 천만다행일세. 나는 그를 결코 다시 만나지 않기를 바라네.

그럼에도, 마이스터가 부드럽게 말했다. 그럼에도 당신은 전에 나의 요하네스의 친구셨지 않습니까, 고문관 부인. 그럼에도 당신은 나쁜 위기의 시간에 그를 보살펴주지 않으셨습니까. 그리고 다름 아닌 당신이 그토록 열성적으로 옹호하는 관습적인 상황이 그를 유혹하여 벗어나게 했던 길로 그를 몸소 이끌어주지 않으셨습니까?—어떤 비난이 이제 그토록 갑자기 선량한 나의 크라이슬러에게 떨어지는 것입니까?—그의 내면에서 무슨 사악한 것이 나타났단 말입니까? 우연이 그를 새로운 지역으로 던져넣었던 첫 순간에 삶이 적대적으로 그에게 다가갔기 때문에 사람들이 그를 증오하고자 하는 것입니까? 범죄가 그를 위협했기 때문에—한 이탈리아의 강도가 몰래 그의 뒤를 밟았기 때문에?

고문관 부인은 이 말에 눈에 띄게 움찔했다. 어떤 생각을, 그러고 나서 그녀는 떨리는 목소리로 말했다. 지옥의 어떤 생각을 자네는 가슴에 품고 있는가, 마이스터 아브라함?—하지만 그렇다면, 크라이슬러가 정말로 죽었다면 그 순간에 그가 망쳐놓은 신부를 위한 복수가 이루어진 것이네. 마음속의 한 음성이 오직 크라이슬러만이 공주의 끔찍한 상태에 죄가 있다고 내게 말하네. 그는 병든 공주의 마음속 민감한 현들을 사정없이 팽팽히 당겼네, 그것들이 끊어져버릴 때까지. 그렇다면, 마이스터 아브라함이 악의에 차 대꾸했다. 그렇다면 이탈리아의 나리는 범죄가 저질러지기도 전에 복수부터 한 결심이 빠른 남자로군요. 당신은, 경애하는 부인, 제가 어부의 작은 집에서 제후와 나눈 말을 모두 들으셨잖습니까. 그러니까 당신은 헤드비가 공주가 숲에서 총성이 났던 바로 그 순간 죽은 듯 굳어버린 것도 알고 계시지요.

정말로, 벤촌 부인이 말했다. 지금 우리에게 제시되는 모든 허깨비 같은 것을 믿고 싶군, 심리적 일치니 뭐니 하는 그런 것 말일세!—그렇지만! 한번 더 말하지만, 그가 가버린 것이 우리에겐 다행일세. 공주의 상태는 달라질 수 있고 달라질 것이네—숙명이 우리 평안의 훼방꾼을 쫓아버렸네. 그리고—직접 말해보시게, 마이스터 아브라함, 우리의 친구는 삶이 그에게 더이상 아무런 평화도 줄 수 없을 만큼 마음속 깊이 분열되어 있지 않은가?—그러니까 정말로 이런 것을 전제한다면—

고문관 부인은 말을 끝마치지 않았다. 하지만 마이스터 아브라함은 애써 억눌렀던 분노가 활활 타오르는 것을 느꼈다.

무슨, 그는 목소리를 높여 외쳤다. 그대들은 모두 요하네스에게 무슨 반감이 있는 것인가? 그가 그대들에게 무슨 나쁜 짓을 저질렀는가, 그에게 이 지상에서 어떠한 피난처도, 어떠한 작은 자리도 허락하지 않으니? 그대들은 그것을 모르는가?—그럼 내가 그대들에게 말해주겠노라. 보라, 크라이슬러, 그는 그대들의 색깔을 띠고 있지 않다. 그는 그대들의 상투어를 이해하지 못한다. 그가 그대들 가운데 앉도록 그대들이 갖다놓는 의자는 그에게는 너무 작고, 너무 좁다. 그대들은 그가 그대들과 같은 사람이라고 전혀 생각할 수 없다. 그리고 이것이 그대들을 화나게 한다. 그는 그대들이 삶의 형성에 대해 체결한 계약들의 영원성을 인정하려 하지 않는다. 나아가 그는 그대들이 사로잡혀 있는 지독한 망상이 그대들로 하여금 실제의 삶을 결코 간취(看取)하게 하지 않으며, 그대들이 이해하지도 못하는 제국을 지배한다고 믿는 장엄함이 우스꽝스럽기 짝이 없다고 생각한다. 그리고 이 모든 것을 그대들은 쓸쓸함이라 부른다. 그는 인간 존재의 깊은 관조에서 생기는, 그리고 자연이 그 본질의 가장 순수한 원천에서 길어내는, 자연의 가장 아름다운 선물이라 부를 수 있는 농담을 그 무엇보다도 사랑한다.

그러나 그대들은 고상하고 진지한 사람들이고, 농담하려 하지 않는다. 그의 안에는 진정한 사랑의 정신이 깃들어 있다. 그러나 이 정신이 죽어버린 듯 영원히 마비되어 있는 마음을 따뜻하게 할 수 있는가? 그 안에 예의 정신이 입김을 불어넣어 활활 타오르게 할 불꽃이 있어본 적이 결코 없는 마음을 말이다. 그대들은 그 크라이슬러를 좋아하지 않는다. 그대들이 인정하지 않을 수 없는 그가 가진 우월한 감정이 그대들에게 불쾌하기 때문이다. 그대들이 그대들의 좁은 범위 안에 겨우 맞는 것보다 더 높은 것들과 교류하는 그를 두려워하기 때문이다.

마이스터, 벤촌 부인이 둔탁한 목소리로 말했다. 마이스터 아브라함, 친구를 두둔하며 열성적으로 말하느라 자네, 도가 지나치군. 자네는 내게 상처를 입히고자 했나?─그래, 자네는 그렇게 하는 데 성공했네. 자네는 아주 오랫동안 잠자고 있던 내 안의 생각들을 깨웠기 때문이지!─자네는 내 마음을 죽음처럼 굳어 있다고 말하는가?─자네는 대체 알고 있나, 언젠가 사랑의 정신이 친절하게 내 마음에게 말한 적이 있는지, 내가 극단적인 크라이슬러가 경멸적으로 생각할지도 모를 삶의 관습적 상황에서만 위로와 안정을 찾지 않았는지?─도대체 자네는, 역시 이런저런 고통을 경험했을 노인이여, 예의 상황에서 벗어나 자기 존재의 신비화 속에서 세계정신에 더 가까이 다가가려는 것이 위험한 장난이라고 생각하지 않나? 크라이슬러가 나를 삶의 가장 차갑고 움직임 없는 산문 자체라고 질책했다는 것을 나는 알고 있네. 그리고 자네가 나를 죽음처럼 굳어 있다고 말한다면, 자네의 판결 속에서 말하는 것은 그의 판결이지. 하지만 자네들은 이미 오래전부터 나의 가슴을 보호해주는 갑옷이었던 이 얼음을 꿰뚫어볼 수 있었던 적이 있는가?—남자들에게는 사랑이 삶을 이루는 것이 아니라 삶을 하나의 정점에 올려놓는 것일지도 모르지. 그곳에서는 아래로 안전한 길들이 이어지니까. 우리의 전 존재를 비로소 만들어내고 형성하는 우리 최고의 광점光點은 첫사랑의 순간이라네. 적대적인 운명이 이 순간을 그르치기를 원하면, 연약한 여자는 삶 전체를 그르치게 되지. 그녀는 위로할 길 없는 무의미 속에 몰락하네. 반면 더 강한 정신력을 갖춘 여자는 억지로 자신을 일으켜세우지. 그리고 바로 통상적인 삶의 상황 속에서 그녀에게 안정과 평화를 주는 형상을 얻어낸다네. 자네에게 말하지, 노인이여—여기, 신뢰를 베일로 가리는 밤의 어둠 속에서 자네에게 말하겠네!—그 순간이 내 삶으로 들어섰을 때, 내가 여자의 가슴이 바칠 수 있는 가장 진심 어린 사랑의 모든 열정을 내 안에서 불타오르게 한 그를 보았을 때—그때 나는 다른 누구보다도 좋은 남편이었던 벤촌과 혼례식 제단 앞에 서 있었다네. 벤촌의 완전한 범상함은 내게 평화로운 삶을 영위하기 위해 바랄 수 있는 모든 것을 주었지. 한탄이나 비난의 말은 한 번도 내 입술에서 새어나온 적이 없었다네. 나는 평범한 것의 영역만을 요구했어. 그런데 그후 이 영역에서조차 은연중에 나를 그릇된 길로 이끈 몇몇 일이 일어났다면, 죄가 되는 듯 보이는 몇몇 일을 당시 상황의 압박 때문이라고밖에 변명할 수 없다면, 그렇다면 나처럼 모든 더 높은 행복에 대한—이 또한 달콤한 꿈 같은 망상에 불과하다 할지라도— 완전한 단념으로 이끄는 힘든 싸움을 중단 없이 치러낸 그 여자가 내게 맨 먼저 유죄판결을 내려야 하네. 제후 이레네우스가 나를 알게 되었지. 그러나 나는 진작 지나가버린 것에 대해 침묵하려네. 아직은 현재에 대해서만 얘기되어야 해. 나는 자네에게 나의 가장 깊은 속마음을 들여다보도록 허락했네, 마이스터 아브라함. 내가 왜 여기서 사건들이 전개되자마자, 낯선 이방의 원칙이 조금이라도 끼어드는 것을 위험하다 여기고 두려워할 수밖에 없는지 자네는 이제 알게 되었네. 예의 불행한 시간 속의 내 운명이 끔찍하게 경고하는 유령처럼 히죽 웃으며 나를 본다네. 나는 내게 소중한 이들을 구해야 해. 나는 계획을 세웠네. 마이스터 아브라함, 나를 거스르지 마시게. 그렇지 않으면, 그대가 나와 싸우려 든다면, 그렇다면 내가 그대의 가장 훌륭한 마술쟁이의 재간들을 망쳐버리지 않도록 조심하시게!

불행한 여인, 마이스터 아브라함이 외쳤다.

자네는 나를 불행하다 하는가, 벤촌 부인이 대꾸했다. 적대적인 운명에 맞서 싸울 줄 알았고, 모든 것이 상실된 것처럼 보였을 때 안정과 만족을 쟁취해낸 나를?

불행한 여인, 마이스터 아브라함이 마음의 동요를 증명하는 어조로 다시 한번 말했다. 가련하고 불행한 여인! 안정, 만족을 그대는 쟁취했다고 믿는다. 그리고 예감하지 못한다. 그것이 하나의 화산, 모든 불꽃을 튀기며 작열하는 불들을 그대의 내면에서 흘러나가게 한 절망이었다는 것을, 그리고 그대가 이제 더이상 단 한 송이의 꽃도 싹틔우지 못하는 생명이 없는 재를 경직된 기만 속에서 아직 열매를 선사해줄 삶의 풍요로운 들판으로 여긴다는 것을. 그대는 번개가 으스러뜨린 주춧돌 위에 인위적인 건물을 쌓아올리려고 하는가. 그리고 그것이 건축기술자의 승리를 알려야 할 화관에서 알록달록한 리본들이 쾌활하게 나부끼는 순간에 무너지게 될 것을 두려워하지 않는가?— 율리아—헤드비가—그들을 위해 예의 계획이 인위적으로 짜였다는 것을 나는 알고 있다!—불행한 여인아, 그대가 몹시 부당하게 나의 요하네스를 두고 비난하는 저 재앙을 가져오는 감정, 저 본래의 씁쓸함이 그대 자신의 가장 깊은 내면에서 나타나지 않도록, 그래서 그대의 현명한 구상이 그대가 결코 향유하지 못했고 이제 그대의 사랑하는 이들에게조차 시샘하여 허락하지 않는 행복에 대한 적대적인 반항에 불과하지 않도록 조심하라. 나는 그대의 계획들에 관해 어쩌면 그대가 생각하는 것보다 더 많이 알고 있다. 그대에게 안정을 가져다주어야 했던, 그리고—죄가 되는 치욕으로 그대를 유혹했던, 그대의 칭송받는 삶의 상황에 관해 더 많이 알고 있다!

마이스터의 이 마지막 말에 벤촌 부인이 토해낸 둔중하고 발음이 불명료한 외침은 그녀의 깊은 충격을 드러냈다. 마이스터는 말을 중단했다. 그러나 벤촌 부인이 그 자리에서 꼼짝하지 않고 마찬가지로 침묵했기 때문에 그는 태연하게 말을 계속했다. 당신과 그 어떤 싸움을 시작할 마음은 털끝만큼도 없답니다, 경애하는 부인! 하지만 나의 이른바 마술쟁이의 재간들에 관해 말하자면, 당신은 아주 잘 알고 있지 않습니까, 경애하는 고문관 부인, 나의 보이지 않는 소녀가 나를 떠난 때부터—바로 그 순간 잃어버린 키아라에 대한 생각이 오래전부터 더이상 그러지 않았던 힘으로 마이스터를 사로잡았다. 멀리서 희미하게 그녀의 형상이 보이는 듯했고, 그녀의 달콤한 목소리가 들리는 듯했다. 오 키아라!—나의 키아라! 그렇게 그는 더없이 고통스러운 슬픔 속에서 소리쳤다!

무슨 일인가, 벤촌 부인이 급히 그를 향해 몸을 돌리며 말했다. 무슨 일인가, 마이스터 아브라함! 자네는 어떤 이름을 불렀는가?—그러나 한번 더 말하네만, 지나가버린 모든 것은 그대로 놔두게. 자네가 크라이슬러와 공유하는 삶에 대한 이상한 견해에 따라 나를 판결하지 마시게. 제후 이레네우스가 자네에게 준 신뢰를 오용하지 않겠다고 내게 약속하게. 나의 행동과 활동과 관련해 나를 거스르지 않겠다고 약속하게.

마이스터 아브라함은 키아라에 대한 고통스러운 추억 속에 완전히 빠져들어 있었다. 그래서 벤촌 부인이 한 말을 거의 듣지 못했고 알아들을 수 없는 말들로만 대꾸했다.

거스르지 마시게, 고문관 부인이 말을 계속했다. 내 뜻을 거스르지 마시게, 마이스터 아브라함. 자네는, 그렇게 보이거니와, 실제로 많은 일을, 내가 짐작할 수 있었던 것보다 더 많이 알고 있네. 그러나 나 역시 그대에게 전해주면 아주 많은 가치가 있을 비밀들을 더 간직하고 있을 수도 있으며, 나아가 그대에게 어쩌면 그대가 전혀 생각하지 못하는 친절을 베풀 수 있을지도 몰라. 우리 함께, 실제로 조종이 필요한 이 작은 궁정을 지배하세. 고통스러운 표정으로 자네는 키아라를 불렀지. 그 표정은—성에서 들려온 커다란 소음이 벤촌 부인의 말을 중단시켰다. 마이스터 아브라함은 꿈에서 깨어났다. 그 소음은—

(무어) —나는 다음과 같은 것을 가르쳐줄 수 있네. 속물 고양이는 아무리 목이 마르다 해도 사발의 우유를 가장자리부터 빙 둘러 핥아먹기 시작한다네. 주둥이와 수염에 우유를 묻히지 않고 단정하게 있기 위해서인데, 그에게는 갈증보다 단정한 몸가짐이 더 중요하기 때문이지. 자네가 속물 고양이를 방문하면 그는 자네에게 온갖 음식을 권할걸세. 자네가 떠날 때면 자네에게 오로지 우정만을 맹세할 테고. 그리

고 나중에 자네에게 권했던 맛있는 것들을 혼자서 몰래 먹을 거야. 속물 고양이는 확실하고 분명한 예절 덕에 도처에서, 다락방과 지하실 같은 곳에서 최대한 만족스럽고 편안하게 사지를 뻗고 누울 수 있는 최상의 자리를 찾을 줄 알지. 그는 자신의 좋은 특성들에 대해 많은 이야기를 하며, 천만다행이지만, 운명이 이 좋은 특성들을 간과했다고 한탄할 수 없노라고 이야기한다네. 그는 어떻게 해서 자신이 굳건히 지키고 있는 좋은 자리로 오게 되었는지, 그리고 자신의 상황을 개선하기 위해 무엇을 더 할 것인지를 자네에게 아주 장황하게 설명할 걸세. 그러나 자네가 마침내 자네와 자네의 덜 호의적인 운명에 대해서도 뭔가를 얘기하고자 하면 속물 고양이는 즉시 눈을 감고 귀를 바싹 붙여버리지. 또한 자거나 골똘히 생각이라도 하는 척할 걸세. 속물 고양이는 털가죽을 깨끗하고 윤기 있게 부지런히 핥아. 심지어 생쥐 사냥을 하는 중에도 걸음을 뗄 때마다 앞발을 털지 않고는 축축한 곳을 지나가지 않네. 그 때문에 야생동물 사냥감을 잃어버린다 해도, 삶의 모든 상황에서 고상하고, 단정하고, 옷을 잘 차려입은 남자로 남아 있기 위해서라네. 속물 고양이는 지극히 작은 위험도 두려워하고 피하지. 그리고 자네가 그러한 위험에 처해 그의 도움을 청한다면, 그는 우정 어린 동정을 더없이 엄숙하게 맹세하며 하필 그 순간에 그의 상황이, 그가 고려해야 하는 사항들이 자네를 돕는 것을 그에게 허락하지 않음을 유감스러워할 것이네. 도대체가 속물 고양이의 모든 행동과 활동은 무슨 일에 있어서건 오만 가지 고려에 달려 있단 말이야. 예컨대 그의 꼬리를 지독하게 문 작은 퍼그에게조차 그는 점잖고 정중하네. 그를 후원하는 궁정 개와의 관계를 망치지 않기 위해서지. 그리고 그는 예의 퍼그의 눈 하나를 할퀴기 위해 밤의 매복처만을 이용하네. 이튿날 그는 소중한 친구 퍼그를 아주 진심으로 동정하며 교활한 적들의 음흉함에 대해 비난하지. 그런데 이 고려들은 속물 고양이에게 어디서건 사람들이 그를 붙잡는다고 생각하는 순간에 재빨리 빠져나갈 기회를 주는, 잘 지어진 여우굴과도 같다네. 속물 고양이는 그가 안전하다고 느끼는 집의 난로 밑에 머물러 있는 것을 가장 좋아하지. 탁 트인 지붕은 그에게 현기증을 일으킨다네. 그리고 이제 잘 보게, 친구 무어여, 이것이 자네의 경우일세. 내 이제 자네에게 고양이 대학생학우회원이 개방적이고 정직하고 사욕이 없고 대담하고 항상 친구를 도울 준비가 되어 있다고, 그가 명예와 성실한 마음이 명하는 것 이외에 다른 그 무엇도 고려하지 않는다고, 요컨대, 고양이 학우회원*이 단연코 속물 고양이와 정반대되는 존재라고 말한다면, 자네는 착실하고 유능한 고양이 대학생학우회원이 되기 위해 속물근성에서 벗어나는 데 주저하지 않을 걸세.

나는 무치우스의 말에 담긴 진실을 강렬하게 느꼈다. 내가 속물이라는 말만 몰랐을 뿐이지 그 성격은 알고 있었다는 사실을 깨달았다. 내가 진심으로 경멸했던 몇몇 속물, 즉 나쁜 수고양이놈들이 내 앞에 이미 나타났었기 때문이다. 그래서 나는 내가 사로잡혀 예의 경멸할 만한 자들의 범주에 들어갈 수도 있었을 오류를 그만큼 더 고통스럽게 느꼈다. 그리고 모든 면에서 무치우스의 조언을 따르기로 결심했다. 그렇게 하면 유능한 고양이 대학생학우회원이 될 수 있을 것 같아서였

* 독일어 Bursche는 대학생연맹(부르셴샤프트)의 정회원을 가리킨다. 또한 '젊은이, 청년'이라는 뜻도 있다.

다. 한 젊은 사람이 언젠가 나의 마이스터에게 신의 없는 한 친구에 대해 말했고 그를 아주 기이한, 내가 이해할 수 없는 표현으로 명명했다. 젊은이는 그를 포마드를 바른 녀석이라고 불렀다. 내게는 이 수식어가 속물이라는 명사에 아주 딱 들어맞는 것처럼 여겨졌다. 그리고 나는 친구 무치우스에게 그에 대해 물어보았다. 하지만 내가 포마드를 바른, 이라는 말을 발음하자마자 무치우스는 큰 소리로 환호하며 펄쩍 뛰어오르더니 내 목을 세차게 끌어안으며 외쳤다. 사랑해 마지않는 친구여, 이제 나는 자네가 나를 완전히 이해한 것을 알겠네. 그래, 포마드를 바른 속물! 이것이 고결한 학우회 정신에 맞서 싸우는, 그리고 우리가 그를 찾는 곳 어디에서나 막다른 길로 몰아서 죽이고 싶은 그 경멸할 만한 피조물일세. 그래, 친구 무어, 자네는 이제 이미 모든 고결한 것과 위대한 것을 위한 자네의 내적인 진실한 감정을 증명했네. 자네를 충실한 독일의 심장이 뛰고 있는 이 가슴에 한번 더 안게 해주게. 이 말과 함께 친구 무치우스는 또다시 나의 목을 껴안았다. 그리고 이튿날 밤 학우회 정신으로 나를 입문시킬 생각이라고 설명했다. 나는 한밤중에 지붕 위로 가기만 하면 되며, 그가 그곳에서 나를 마중해서 한 고양이학우회 회장, 즉 수고양이 푸프가 개최하는 축제에 데려가겠다는 것이었다.

마이스터가 방으로 들어섰다. 나는 여느 때처럼 그에게 뛰어가 바싹 달라붙었고 그에게 나의 기쁨을 보여주기 위해 바닥 위에서 이리저리 뒹굴었다. 무치우스도 만족한 눈빛으로 그를 응시했다. 마이스터는 내 머리와 목을 조금 쓰다듬어준 후에 방안을 둘러보고 모든 것이 합당하게 제대로 되어 있는 것을 보고는 이렇게 말했다. 자, 좋아! 너희의 담소는 예의바르고 교육을 잘 받은 이들에게 걸맞게 조용하고 평화로웠구나. 이건 보상을 받을 만하다.

마이스터는 부엌으로 이어지는 문으로 나갔고 우리, 무치우스와 나는 그의 좋은 의도를 짐작하며 즐거운 냐옹―냐옹―냐옹 소리와 함께 그의 뒤를 따라갔다! 아닌 게 아니라 마이스터는 정말로 찬장을 열었고 어제 그가 살을 발라먹은 어린 닭 몇 마리의 뼈대와 잔뼈를 꺼냈다. 우리 종족이 닭뼈를 가장 훌륭한 진미로 손꼽는다는 것은 잘 알려져 있다. 그래서 마이스터가 사발을 바닥 위 우리 앞에 놓아주었을 때, 무치우스의 두 눈은 번쩍이는 열기 속에 환하게 빛났다. 그는 꼬리를 더없이 우아한 나선형으로 굽이쳤으며, 큰 소리로 목을 그르렁그르렁 울렸다. 포마드 바른 속물을 잘 기억하며 나는 친구 무치우스에게 가장 좋은 부위, 즉 목, 배, 엉덩이를 밀어주고, 더 거친 넓적다리뼈와 날개뼈로 만족했다. 우리가 닭을 다 먹어치웠을 때, 나는 친구 무치우스에게 물어보려고 했다. 어쩌면 달콤한 우유 한 잔이 그에게 도움이 될는지? 하지만 포마드 바른 속물을 끊임없이 눈앞에 떠올리며 물어보기를 그만두었다. 그 대신 내가 장 밑에 있다는 걸 알고 있던 잔을 밀어 꺼내었고, 무치우스에게 친절하게 건배하도록 권하고 그의 축배에 답례했다. 무치우스는 잔을 깨끗이 비우고 나서 내 앞발을 꽉 누르고 눈에 눈물이 그렁그렁한 채 말했다. 친구 무어, 자네는 호사스럽게 살고 있네. 하지만 자네는 내게 신의 있고 우직하며 고결한 마음을 보여주었네. 그러니 세상의 공허한 쾌락은 자네를 경멸해야 할 속물근성으로 유혹하지 못할 걸세! 고맙네, 진심으로 고맙네!

조상의 관습에 따른 우직한 독일적 앞발 악수로 우리는 작별했다.

무치우스는 분명 그에게서 눈물을 짜낸 깊은 감동을 감추기 위해 모험적인 도약으로 재빨리 열린 창문 밖으로 나가 가장 가까이 맞닿아 있는 지붕으로 올라가버렸다. 이 대담한 도약은 자연이 탁월한 비약의 힘을 부여한 나조차 깜짝 놀라게 했다. 그리고 나는 도약봉도 등반봉도 필요로 하지 않는 타고난 체조 선수들로 이루어져 있는 내 종족을 새로이 찬미할 기회를 얻었다.

그 밖에도 친구 무치우스는 깜짝 놀라 물러서게 하는 거친 외관 뒤에 부드럽고 깊이 느끼는 심성이 숨어 있는 경우가 많다는 것을 증명해주었다.

나는 마이스터의 방으로 되돌아가서 난로 밑에 누웠다. 여기 고독 속에서 지금까지의 내 존재의 형성에 대해 깊이 생각하며, 나의 최근의 기분, 나의 전 생활 방식을 숙고하며, 내가 얼마나 심연에 가까이 있었는가 하는 생각에 소스라치게 놀랐다. 그리고 친구 무치우스는 내게 그의 헝클어진 털가죽에도 불구하고 아름다운 구원의 천사처럼 여겨졌다. 나는 새로운 세계로 들어서야 했다. 마음속의 공허는 채워져야 했고, 나는 다른 수고양이가 되어야 했다. 불안하고 즐거운 기대로 내 심장은 고동쳤다.

내가 마이스터에게 냐─옹 하는 평소의 어법으로 밖으로 내보내달라고 청했을 때는 아직 자정이 되기 한참 전이었다. 그렇게 해주고말고, 그는 문을 열면서 대꾸했다. 그렇게 해주고말고, 무어야. 한없이 난로 밑에 누워 있거나 자기만 해서는 전혀 아무것도 나오지 않는다. 자 어서─어서, 다시 세상 속으로 수고양이들 사이로 가렴. 아마 너는 진지한 일에나 익살스러운 일에나 너와 함께 즐거워하는, 마음이 비슷한 수고양이 청년들을 찾을 게다.

아아!—마이스터는 내게 새로운 삶이 임박해 있다는 것을 예감한 모양이었다!—자정까지 기다리자 마침내 친구 무치우스가 왔다. 그리고 나를 여러 개의 지붕 너머로 데려갔다. 마침내 거의 평평한 이탈리아식 지붕 위에서 열 명의 위풍당당한, 무치우스와 똑같이 옷차림이 단정치 못하고 기이한 수고양이 청년들이 큰 환호성과 함께 우리를 맞이했다. 무치우스는 친구들에게 나를 소개했고, 나의 특성들, 신의 있는 우직한 마음을 칭찬했으며, 내가 손님인 그를 생선구이, 닭뼈와 달콤한 우유로 후하게 대접한 것을 특히 부각시켰다. 그리고 내가 유능한 고양이 대학생학우회원으로 받아들여지기를 바란다는 말로 끝을 맺었다. 모두들 동의했다.

이제 모종의 축제행사가 이어졌다. 그러나 나는 그에 관해서는 말하지 않겠다. 내 종족의 친애하는 독자들이 어쩌면 내가 금지된 결사에 가입했다고 의심할지도 모르며, 지금까지도 이에 대해 나에게 해명과 변명을 요구할지도 모르기 때문이다. 하지만 나는 양심을 걸고 맹세하겠다. 결사와 그 조건들, 예컨대 규약이나 은밀한 표지 등의 문제가 전혀 아니었다는 것, 그게 아니라 그 협회는 오로지 신념의 평등에 근거를 두고 있었다는 것을 말이다. 그도 그럴 것이 우리 가운데 누구나 물보다 우유를, 빵보다 구운 고기를 더 즐겨 먹는다는 것이 곧 밝혀졌기 때문이다.

축제행사가 끝난 후에 나는 모두에게서 형제 같은 입맞춤과 앞발 악수를 받았다. 그리고 그들은 나를 친근하게 '너'라고 불렀다!—그러고 나서 우리는 소박하지만 즐거운 식사를 했고 이어서 맹렬한 술판이 벌어졌다. 무치우스는 훌륭한 고양이펀치를 준비해놓았다. 탐욕스러운 수고양이 청년이 이 맛 좋은 음료의 제조법을 탐한다면, 나는 유감스럽게도 이에 대해 충분한 정보를 줄 수 없다. 그 맛의 높은 만족도, 또한 압도적인 힘이 특히 청어절임 소금물이라는 거친 첨가물을 통해 산출된다는 것만큼은 확실하다.

저멀리 많은 지붕들 너머 우레같이 울리는 목소리로 이제 학우회 회장 푸프가 〈그러니 우리 기뻐하자〉*라는 아름다운 노래를 선창했다!― 나는 기쁨에 젖어 안팎으로 아주 훌륭한 *젊은이*가 되었다고 느꼈다. 어두운 숙명이 우리 종족에게 좀처럼 허락하지 않는 조용하고 평화로운 땅속 *무덤*은 전혀 생각하고 싶지 않았다. 예컨대 〈정치가들에게 다만 이야기하게 하라〉** 같은 여러 가지 멋진 노래들을 더 불렀다. 학우회 회장 푸프가 육중한 앞발로 식탁을 치고 이제 진정 신성한 노래, 즉 〈이다지도 좋을까〉***를 불러야 한다고 선언했다. 그리고 계속해서 이다지도 운운, 하고 합창을 선창했다.

나는 그때까지 이 노래를 들어본 적이 없었다. 그 구성은 놀랍고 신비스러우면서도 또한 심오하고 조화로우며 멜로디가 적절하다 해야 할 노래였다. 작곡가는 내가 아는 한 알려지지 않았다. 하지만 많은 이들이 이 노래를 위대한 헨델의 작품으로 간주한다. 반면 다른 이들은 그것이 헨델의 시대 훨씬 이전에 이미 존재했다고 주장한다. 비텐베르크의 연대기에 따르면 햄릿 왕자가 아직 학우회 신입생이었을 때 그것

---

* 유명한 옛 대학생 노래의 서두.
** 레오폴트 폰 괴킹크의 노래, '식사 때 부르는 노래'라는 제목으로도 알려져 있다.
*** 자주 불린 대학생의 주연(酒宴) 노래. 후렴이자 제목은 「시편」 133장의 서두.

이 이미 불렸기 때문이다.* 하지만 누가 만들었건 그것은 위대한 불후의 작품이며, 특히 합창에 삽입된 독창들이 노래하는 이들에게 더없이 우아하고 무한한 변형을 위한 자유로운 활동의 여지를 주는 것은 감탄할 만하다. 이날 밤 들었던 이러한 변형 가운데 몇 가지를 나는 충실히 기억 속에 간직해두었다.

합창이 끝났을 때, 흑백 얼룩이 있는 젊은이가 끼어들었다.

> 너무도 날카롭게 큰 소리로 짖어대네 스피츠가
> 너무도 거칠게 푸들이.
> 스피츠에겐 앉을 엉덩이를 허하라
> 푸들에겐 빈둥거릴 주둥이를.
> (합창) 이다지도 운운.

이어서 회색 젊은이가 노래했다.

> 정중히 모자를 머리에서 들어올리라,
> 속물이 걸어오면.
> 즐거운 거동이네, 멍청이
> 그 무엇도 두려워하는 낌새가 없네.
> (합창) 이다지도 운운.

---

* 셰익스피어의 『햄릿』에서 햄릿은 비텐베르크 대학에서 유학한 것으로 묘사된다.

이어서 노란색 젊은이가 노래했다.

쾌활한 물고기는 헤엄쳐야 하네,
새들은 날아야 하네.
지느러미와 깃털들은 새로 자라나네,
그것들을 결코 잡지 못하리.
(합창) 이다지도 운운.

이어서 흰색 젊은이가 노래했다.

야옹 울고 으르렁거리고 으르렁거리고 야옹 울어라,
절대로 할퀴지만 마라.
예의바르거라, 사람들이 너희를 신뢰하도록,
너희의 앞발을 조심하라.
(합창) 이다지도 운운.

이어서 친구 무치우스가 노래했다.

원숭이 씨가 그의 척도에 따라
우리 모두를 재려고 생각하네!
주둥이를 뾰족하게 하고, 우쭐거리지,
그러나 우리를 먹어치우지 않을 것이네.
(합창) 이다지도 운운.

나는 무치우스 옆에 앉아 있었다. 따라서 이제 내가 독창으로 끼어들 차례였다. 지금까지 불린 모든 독창은 내가 평소에 지은 시구들과는 너무나 달라서 나는 전체의 음조나 기조를 그르칠까봐 불안과 두려움에 빠졌을 정도였다. 그런 까닭에 나는 합창이 끝났을 때 아직 입을 열지 못한 채였다. 벌써 몇몇은 유리잔을 들어올리고, 그 벌로서*라고 소리쳤다. 나는 있는 힘을 다해 정신을 차리고 바로 노래를 불렀다.

> 앞발과 앞발 맞잡고 가슴에 가슴 맞대고
> 그 무엇도 우리를 침울하게 하지 못하네.
> 고양이 대학생학우회원인 것이 우리의 즐거움,
> 속물 고양이들에 맞서는 것이!
> (합창) 이다지도 운운.

나의 변형이 가장 크고 엄청난 박수갈채를 받았다. 고귀한 젊은 친구들이 환호하며 내게 몰려들었고, 나를 앞발로 껴안았으며, 그들의 고동치는 가슴에 얼싸안았다. 그러니까 이곳에도 나의 내면의 드높은 창조적 정신을 알아보는 이들이 있었던 것이다. 그것은 내 삶의 가장 아름다운 순간 가운데 하나였다. 끝으로 몇몇 위대하고 유명한 수고양이, 특히 그들의 위대함과 명성에도 불구하고 그 어떤 속물근성에서도 멀리 떨어져 있으며 말과 행동으로 그것을 증명한 수고양이들에게 불

---

* pro poena. 벌주를 마시라는 뜻.

같은 만세!를 외치고 나서 우리는 서로 헤어졌다.

펀치가 나를 제법 취하게 한 모양이었다. 지붕들이 빙빙 도는 것 같았고, 균형 잡는 장대로 이용한 긴 꼬리에 의지해도 몸을 제대로 가눌 수 없었다. 내 상태를 알아챈 충실한 무치우스가 나를 보살펴주었고, 지붕 채광창을 통해 집으로 잘 데려다주었다.

아직 한 번도 느껴보지 않은 것처럼 머릿속이 몹시 혼란하여 나는 오랫동안 ―

(파지) ―예리한 벤촌 부인과 마찬가지로 잘 알고 있었다. 하지만 나는 바로 오늘, 지금 막 네게서 소식을 들을 줄은, 너 충실한 영혼이여, 그것은 나의 마음이 예감하지 못했구나." 마이스터 아브라함은 이렇게 말하고 그가 받은, 겉봉의 주소에서 크라이슬러의 필적을 알아보고 깜짝 놀라며 반겼던 편지를 뜯지 않은 채 책상 서랍 속에 넣어 잠그고 정원으로 나갔다. 마이스터 아브라함에게는 벌써 여러 해 전부터 받은 편지들을 몇 시간, 나아가 종종 며칠 동안이나 열어보지 않고 놓아두는 습관이 있었다. 내용이 중요하지 않으면 지체되어도 상관이 없고, 편지에 나쁜 소식이 담겨 있으면 즐겁거나 적어도 우울해지지 않은 몇 시간을 더 얻는다. 그 안에 기쁜 전갈이 들어 있으면 침착한 남자는 기쁨이 갑자기 찾아오기를 기다릴 수 있을 것이다. 마이스터의 이러한 습관은 비난받을 만했다. 그도 그럴 것이 우선 편지를 놓아두는 사람은 상인으로도, 정치적이거나 문학적인 신문 글쟁이로도 완전히 부적격이며, 그 밖에 상인도 신문 글쟁이도 아닌 사람들에게도 그 때문에 여러 재앙이 초래될 수 있다는 것 역시 분명하기 때문이다. 여기 이 전기 작가에 관해 말하자면, 그는 아브라함의 스토아적인 태연함을 전혀

믿지 않으며, 예의 습관을 오히려 닫혀 있는 편지의 비밀을 펼치는 데 대한 모종의 두려운 망설임 탓으로 돌린다. 편지를 받는다는 것은 아주 특별한 즐거움이다. 그래서 우리는, 벌써 어디선가 재기 발랄한 작가가 언급했듯이, 맨 먼저 우리에게 이 즐거움을 만들어주는 사람들, 즉 우체부를 특히 반긴다. 이것은 우아한 자기기만이라 할 수 있을 것이다. 본 전기 작가는 언젠가 대학에서 더없이 간절하고 고통스럽게 오랫동안 헛되이 사랑하는 사람의 편지를 기다렸을 때, 눈물을 글썽이며 우체부에게, 그 대가로 상당한 사례금을 줄 터이니, 어서 빨리 고향 도시로부터 편지를 갖다달라고 부탁했던 것을 기억한다. 그 녀석은 교활한 표정으로 요구받은 것을 약속했고, 실제로 며칠 후에 도착한 편지를 가져왔다. 약속을 지키는 것이 오직 그에게 달려 있다는 듯이 득의양양하게 말이다. 그리고 약속된 사례금을 주머니에 쓸어넣었다. 하지만 전기 작가는, 방금 어쩌면 스스로가 모종의 자기기만에 너무 많은 여지를 주고 있거니와—하지만 그는 그대, 친애하는 독자가 그와 같은 생각인지, 그대가 받은 편지를 열려고 할 때, 예의 즐거움과 함께 그대의 심장을 고동치게 하는 기이한 불안을 느끼는지 모르겠다. 편지에 그대의 삶에 중요한 것이 들어 있을 리가 거의 없을지라도 말이다. 우리가 미래의 밤을 들여다볼 때와 똑같은 가슴 조이는 느낌이 여기서도 생기는지 모른다. 그리고 손가락으로 살짝 누르기만 해도 숨겨져 있는 것을 드러내기에 충분하다는 바로 그 점 때문에 그 순간이 우리를 불안하게 하는 정점에 있는지도 모른다. 그리고!—벌써 얼마나 많은 아름다운 희망이 그 숙명적인 봉인과 함께 부서졌던가. 그리고 우리의 내면에서 형성된, 우리의 열렬한 갈망 그 자체로 보인 사랑스러운 꿈의 형상들은 무無로 녹아내렸다. 작은 종이 한 장이 우리가 거닐고자 했던 화원을 바싹 말라버리게 한 마법의 저주였다. 그리고 삶은 일굴 수 없는 황량한 불모지처럼 우리 앞에 놓여 있었다. 앞서 말했듯이 손가락으로 살짝 눌러 숨겨진 것을 열기 전에 정신을 가다듬는 것이 좋겠다고 생각한다면, 어쩌면 마이스터 아브라함의 비난할 만한 습관도 용서할 수 있을 것이다. 말이 나왔으니 말이지만 이 습관은 여기 이 전기 작가에게도 꽉 달라붙어 있는데, 이는 그가 받은 거의 모든 편지가 열리기만 하면 거기에서 수많은 재앙과 불행이 삶으로 솟아오른 판도라의 상자와 같았던 모종의 숙명적인 시대에서 비롯한 것이다. 하지만 이제 마이스터 아브라함이 악장의 편지를 그의 필기대나 책상 서랍에 넣어 잠갔을지라도, 그리고 정원으로 산책을 갔을지라도 친애하는 독자는 그 내용을 즉시, 글자 그대로 알아야 한다. 요하네스 크라이슬러는 다음과 같이 썼다.

나의 친애하는 마이스터!
"*결말이 작품들의 절정을 장식한다!*"* 하고 저는 외칠 수 있었을 겁니다. 셰익스피어의 『헨리 6세』에서 매우 고귀한 요크 공작이 치명적인 일격을 가했을 때 클리퍼드 경이 그랬듯이 말이지요. 그도 그럴 것이 맙소사, 제 모자가 심한 상처를 입고 덤불 속으로 떨어졌고, 저도 모자를 따라 뒤로 쓰러졌기 때문입니다. 그런 경우 사람들은 전사한다 혹은 전사했다고 말하곤 하지요.** 하지만 그러한 사람들은 다시 일어

---

* 셰익스피어의 『헨리 6세』 제2부, 5막 2장에서 죽어가는 클리퍼드 경의 말.
** 독일어 fallen은 '떨어지다' '쓰러지다' '전사하다'라는 뜻이다.

서는 경우가 드뭅니다. 반면 당신의 요하네스는, 친애하는 마이스터, 다시 일어섰고, 그것도 당장 그렇게 했지요. 제 곁에서라기보다는 제 머리 위에서 혹은 제 머리로부터 전사한 심하게 상처 입은 전우를* 저는 전혀 돌볼 수 없었습니다. 누군가가 약 세 걸음 떨어진 곳에서 제게 겨누고 있던 권총의 총구를 세찬 옆으로 뛰기(저는 여기서 뛰기Satz라는 말을 철학적 의미나 음악적 의미가 아니라 순전히 체조의 의미에서 사용합니다)**를 통해 피하느라 몹시 바빴기 때문이지요. 하지만 저는 그보다 더 많은 것을 했답니다. 갑자기 방어에서 공격으로 넘어가 권총을 쏜 자에게 덤벼들어 주저 없이 제 지팡이칼을 그의 몸속에 찔러 넣은 것이지요. 당신은 항상 저를 비난했지요, 마이스터! 제가 역사적 어법을 구사하지 못한다고, 그리고 쓸데없는 상투어와 주제를 벗어나는 소리를 늘어놓지 않고는 뭔가를 이야기하지 못한다고 말입니다. 한 대범한 제후가 즐거운 기분 전환을 위해 강도들까지 허용할 정도로 온화하게 지배하는 지크하르츠호프의 정원에서 겪은 저의 이탈리아식 모험에 대한 간결한 묘사를 당신은 어떻게 생각하시는지요?

친애하는 마이스터, 지금까지 말한 것은 제가 — 물론 저의 조급함이, 그리고 수도원장님이 허락해야 가능하겠지만 — 평범한 편지 대신 당신을 위해 기록하고자 하는 역사적 장을 예고하는 개요로만 받아들여주세요. 숲에서의 실제 모험에 대해 덧붙일 것은 많지 않습니다. 총

---

* 요한 루트비히 울란트가 쓴 유명한 노래 〈좋은 전우〉의 가사를 패러디해 모자를 전우로 의인화했다.
** '뛰기' '도약'을 의미하는 독일어 Satz에는 철학적 '명제', 음악적 '악곡'이라는 의미도 있다.

알이 발사되자마자 제가 그것에서 이득을 얻으리라는 것이 확실했어요. 그도 그럴 것이 땅에 쓰러지며 저는 머리 왼쪽에, 괴니외네스뮐의 교감 선생이 딱 들어맞게 끈질긴 고통이라 일컬었던, 타는 듯한 고통을 느꼈기 때문입니다. 그러니까 비열한 탄환에 맞서 용감한 골격이 끈질긴 저항을 했던 것이지요. 찰과상이 그리 대수롭지 않을 정도로요. 하지만 제게 말해주세요, 친애하는 마이스터, 당장 혹은 오늘 저녁에 아니면 적어도 내일 아침 일찍 제게 말해주세요, 저의 지팡이칼이 누구의 몸속으로 들어갔는지. 실은 제가 평범한 인간의 피를 흘리게 한 것이 아니라 왕자의 이코르* 몇 방울을 흘리게 했을 따름이라는 말을 들으면 기분좋을 것 같습니다. 그리고 사정이 그러한 것 같은 예감이 어렴풋이 듭니다. 마이스터!—그렇게 우연이 저를, 당신이 머물던 어부의 작은 집에서 어두운 정령이 제게 예고했던 행동으로 이끌었을 것입니다!—어쩌면 그 작은 지팡이칼이 제가 그것을 살인자에 대한 정당방위를 위해 사용한 순간에 살인죄를 복수하는 네메시스**의 무시무시한 칼이었던 걸까요?—제게 모든 것을 써 보내주세요, 마이스터. 그리고 다른 무엇보다도 당신이 제 손에 쥐여준 무기인 작은 그림에 어떤 사정이 있는지 써주세요. 하지만 아니—아닙니다. 그것에 대해 제게 아무 말도 하지 마세요. 그 모습 앞에서 위협적인 모독 행위가 뻣뻣하게 굳어버리는 이 메두사의 그림을 저 자신에게 해명할 수 없는 비밀로 간직하게 하세요. 이 부적이, 어떠한 상황이 그것을 강력한 마법의 무기로 만들었는지 제가 알게 된다면 즉시 그 힘을 잃을 것 같은 생각

---

* 호메로스의 작품에 나오는 단어로, 신들의 피를 뜻한다.
** 그리스신화에 나오는 정의와 복수의 여신.

이 듭니다!—제가 지금까지 당신의 작은 그림을 아직 한 번도 제대로 쳐다보지 않았다는 것을, 마이스터, 당신은 믿어주시겠어요?—때가 되면 당신은 제가 알아야 할 모든 것을 말해주시겠지요. 그러고 나서 저는 그 부적을 당신의 손에 돌려드리겠어요. 그러니까 지금은 그것에 대해 한마디도 더 하지 않겠습니다!—하지만 이제 저는 저의 역사적 장을 계속 써가렵니다.

제가 앞서 말한 누군가의, 앞서 말한 권총을 쏜 자의 몸에 저의 지팡이칼을 찔러넣어 그가 소리 없이 땅에 고꾸라졌을 때, 저는 아이아스* 같은 빠른 걸음으로 달아났습니다. 정원에서 사람들의 목소리가 들린다고, 제가 아직 위험에 처해 있다고 생각했기 때문이지요. 저는 지크하르츠바일러로 달려가려 했지만 밤의 어둠 탓에 길을 잘못 들고 말았습니다. 여전히 옳은 길을 찾아내기를 바라면서 점점 더 빠르게 달아났지요. 저는 들판의 도랑을 걸어서 건넜고 가파른 언덕을 애써 기어올랐으며 마침내 지쳐서 어느 덤불 속에 쓰러지고 말았습니다. 눈 바로 앞에서 번개가 치는 듯했고, 머리에서는 찌르는 듯한 통증이 느껴졌습니다. 그리고 죽음처럼 깊은 잠에서 깨어났지요. 상처는 출혈이 심했어요. 저는 손수건을 사용해 전장에서 지극히 노련한 중대 외과의사가 써도 손색이 없을 붕대를 만들었습니다. 그리고 이제 아주 기쁘고 즐겁게 사방을 둘러보았지요. 얼마 떨어지지 않은 곳에 한 성의 거대한 폐허가 솟아올라 있었어요. 당신은 알아채셨지요, 마이스터. 저는 적잖이 놀랍게도 가이어슈타인에 도달하고 말았던 것입니다.

---

* 호메로스는 트로이전쟁의 영웅인 아이아스를 매우 발이 빠른 자로 묘사했다.

상처는 더이상 아프지 않았고, 신선하고 유쾌한 기분이었어요. 저는 제게 침실이 되어준 덤불에서 나왔습니다. 해가 떠올라 숲과 평야에 반짝이는 빛줄기들을 던지더군요. 즐거운 아침 인사처럼 말이지요. 덤불 속에서 새들이 깨어나 지저귀며 서늘한 아침 이슬에 목욕을 하고는 공중으로 날아올랐지요. 지크하르츠호프는 아직 밤안개에 감싸인 채 저 아래 깊숙이 놓여 있었습니다. 하지만 곧 뿌연 안개가 스러졌고 불타는 황금빛 속에 나무들과 덤불들이 서 있었어요. 정원의 호수는 눈부시게 반짝이는 거울과도 같았습니다. 저는 작고 흰 점처럼 보이는 어부의 작은 집을 식별해냈어요. 다리조차 분명하게 보이는 듯했죠. 전날 일이 떠올랐지만 오래전에 지나간 시대의 일인 것만 같았습니다. 가슴을 찢어놓는 동시에 달콤한 환희로 채우는, 영원히 잃어버린 것에 대한 기억의 아픔 이외에는 제게 아무것도 남아 있지 않았으니까요. "익살꾼 같으니, 자네는 대체 무슨 말을 하려는 건가? 오래전에 지나가버린 과거에서 무엇을 영원히 잃어버렸다는 건가?" 당신은 제게 이렇게 소리치시겠지요, 마이스터, 그 말이 제게 들리는 듯합니다. 아아, 마이스터, 저는 다시 한번 가이어슈타인의 저 우뚝 솟아오른 꼭대기에 서봅니다. 저는 다시 한번, 달콤한 마법이 지배한 곳, 공간과 시간에 제한되지 않고, 세계정신처럼 영원한 사랑이 제게 목마른 갈망 자체이며 열망인 예감 가득한 천상의 소리들 속에 싹튼 곳으로 날아가기 위해 두 팔을 독수리의 날개처럼 펼쳐봅니다!—저는 알고 있습니다. 제 코 바로 앞에 고작 지상의 보리빵을 위해 논박하는 굶주린 논적인 악마라는 놈이 앉아 조롱하듯 제게 묻습니다. 소리가 암청색 눈을 가지고 있다는 것이 가능한지? 저는 소리가 실은 빛의 세계에서 찢어진 구름의 베일 사이로 환하게 내리비치는 시선이기도 하다는 가장 간결한 증거를 댑니다. 하지만 논적은 더 나아가 이마, 머리카락, 입과 입술, 팔, 손, 발에 대해 묻지요. 그리고 심술궂게 미소 지으며 다름 아닌 순전한 소리가 이 모든 것을 지니고 있을 수 있는지 전적으로 의심합니다. 이런, 저는 그 장난꾸러기가 무슨 말을 하는지 압니다. 즉, 다름 아닌 바로 이것이지요. 제가 그와 여타의 사람들처럼 *땅에 예속된 자**인 한, 우리 모두가 오직 햇빛만 먹지 않는 한, 그리고 때로는 교수敎授 의자 말고 다른 의자**에도 앉아야 하는 한, 오직 그 자체만을 원할 뿐 그밖에는 아무것도 원하지 않고 그것에 대해 모든 바보가 떠벌릴 줄 아는 저 영원한 사랑, 저 영원한 갈망은―마이스터! 저는 당신이 굶주린 논적의 편에 서기를 바라지 않습니다―그러면 제 기분이 좋지 않을 것입니다. 그리고 직접 말씀해보세요, 당신이 그렇게 하지 않으면 안 될 합리적인 이유가 하나라도 있을까요?―제가 언젠가 김나지움 학생 같은 한심한 어리석음에 기우는 성향을 보인 적이 있나요?―그래요, 성숙한 나이가 되어서 저는 항상 이성적이지 않았습니까? 가령 제가 언젠가 사촌 로미오처럼 오로지 율리아의 뺨에 입맞추기 위해 장갑이기를 바란 적이 있나요?***―믿어주세요, 마이스터, 사람들은 마음대로 말하라지요. 저는 머릿속에 음표들만을 지니고 있습니다. 그리고 마음과 심장에는 그것을 위한 소리들을 지니고 있지요. 그도 그럴 것이 제

---

* 경작지나 토지에 묶인 농노를 가리킨다.

** 변기를 에둘러 표현한 것이다.

*** 셰익스피어 『로미오와 줄리엣』 2막 2장. "오, 내가 그녀의 뺨에 입맞출 수 있는 장갑이라면." 율리아는 줄리엣의 독일식 이름이다.

기랄! 그렇지 않고서 제가 어떻게 저기 방금 완성되어 사면 책상에 놓여 있는 점잖고 간결한 교회 악곡들을 쓸 수 있었겠습니까. 하지만—벌써 다시 이야기가 두서없어지고 말았네요—계속해서 이야기하지요.

멀리서 저는 힘찬 남자의 노랫소리를 들었는데, 노랫소리는 점점 더 가까이 다가왔습니다. 곧 저는 작은 길에서 아래쪽으로 걸어가며 라틴어 성가를 부르는 베네딕트 교단의 사제를 알아보았어요. 제 자리에서 얼마 떨어지지 않은 곳에서 그는 멈춰 섰고, 노래를 중단했지요. 그리고 챙이 넓은 여행모자를 벗고 수건으로 이마의 땀을 닦아내며 주위를 둘러보고 나서 덤불 속으로 사라졌어요. 저는 그와 어울리고 싶은 마음이 생겼습니다. 그 남자는 꽤 뚱뚱했는데, 해는 점점 더 강하게 내리쬐더군요. 그래서 저는 그가 그늘 속에서 작은 휴식처를 찾았을 거라고 생각할 수 있었죠. 제 생각이 틀리지 않았습니다. 덤불 속으로 들어가며 이끼가 두껍게 낀 돌 위에 앉은 신부님을 보았기 때문이죠. 바로 곁의 더 높은 바윗덩어리가 탁자로 쓰였는데, 그는 흰 보자기를 그 위에 펼쳐놓고 여행배낭에서 빵과 구운 새고기를 꺼내 왕성한 식욕으로 먹기 시작했습니다. 그러다 *무엇보다 뭔가 마실 것* 하고 큰 소리로 혼잣말을 하고는 호주머니에서 꺼낸 작은 은잔에다 버들가지를 엮어 싼 병에 든 와인을 따랐지요. 제가 "예수 그리스도여 찬미받으소서!" 하고 말하며 그에게 다가갔을 때 그는 막 와인을 마시려던 참이었습니다. 입술에 잔을 댄 채 그는 저를 올려다보았는데, 저는 당장 칸츠하임의 베네딕트 대수도원에서의 정겨운 옛친구, 정직한 신부요 *성가대 지휘자*인 힐라리우스를 알아보았습니다. 영원토록! 힐라리우스 신부는 눈을 크게 뜨고 저를 빤히 쳐다보며 더듬더듬 말했어요. 저는 즉시 저의 겉모습을 낯설게 만들었을지도 모를 머리 장식을 생각했지요. 그리고 말을 시작했어요. 오 나의 대단히 친애하는 위엄 있는 친구 힐라리우스, 나를 길 잃고 방랑하는 힌두교인으로 여기지 말고 갑자기 나타난 시골 사람으로도 여기지 말게. 나는 바로 자네의 절친한 친구, 악장 요하네스 크라이슬러 이외에 다른 누구도 아니고 다른 누구이고 싶지도 않기 때문일세!

성 베네딕트에 맹세코, 힐라리우스 신부는 기쁘게 소리쳤어요. 나는 자네를 바로 알아보았네, 탁월한 작곡가이자 기분좋은 친구, 하지만 낮 동안 내내per diem,* 내게 말해주게, 자네는 어디에서 오는 길인가, 자네에게 무슨 일이 생겼나, 내가 대공의 궁정에서 전성기를 누리고 있다고 생각했던 자네에게?

저는 주저하지 않고 신부에게 짤막하게 모든 것을 이야기했습니다. 내게 무슨 일이 일어났는지, 어떻게 내가, 꽂아놓은 표적을 맞히듯 내게 시험 사격을 하고 싶어했던 자의 몸속에 내 지팡이칼을 찔러넣어야만 했는지, 그리고 앞서 말한 표적을 쏜 자가 아마도 몇몇 품위 있는 사냥개처럼 헥토르라 불리는 이탈리아 왕자였으리라는 것을 말이죠. "이제 무엇을 해야 할까, 지크하르츠바일러로 돌아가거나 아니면—내게 조언을 주게나, 힐라리우스 신부!"

그렇게 저는 제 이야기를 마쳤습니다. 사이사이에 이런저런—흠!—그래!—아이고!—성 베네딕트여—감탄사를 던져넣던 힐리우스 신부

---

* 문맥상 '신에게 맹세코(per deum)'를 써야 하지만 신을 함부로 부르는 것을 피하기 위해 이렇게 표현했다.

는 이제 자기 앞을 내려다보며 *마시세!** 하고 중얼거리고는 은잔을 단숨에 비우더군요.

그러고 나서 그는 웃으며 이렇게 소리쳤습니다. 정말이지, 악장, 내가 자네에게 우선 줄 수 있는 최상의 조언은 곱게 내 쪽으로 와 앉아 나와 함께 아침식사를 하자는 것이네. 나는 자네에게 이 자고새들을 권할 수 있네. 자네도 아마 잘 기억하겠지만 응창**의 음표들 말고는 뭐든지 쏘아 맞히는 우리의 위엄 있는 수도사 마카리우스가 어제 막 그것들을 쏘아 잡았지. 그리고 자네가 그것을 맛보고 거기 적혀진 약초식초 맛을 알아낸다면, 그건 나를 위해 그것들을 몸소 구워준 수도사 에우제비우스의 섬세함 덕분일세. 하지만 와인에 관해 말하자면, 그것은 제 나라에서 도망친 악장의 혀를 적실 만하네. 진짜 프랑켄 와인이지, *친애하는* 요하네스, 주님의 값어치 없는 종복인 우리가 최상의 품질로 받은, 뷔르츠부르크의 성 요하니스 요양원에서 나온 진짜 프랑켄 와인일세. *그러니 마시세!*

그 말과 함께 그는 잔을 가득 채워 제게 건넸습니다. 저는 그가 여러 번 권하게 하지 않고, 그런 원기 보강이 필요한 사람처럼 마시고 먹었지요.

힐라리우스 신부는 아침식사를 하기에 가장 우아한 장소를 골랐답니다. 빽빽한 자작나무 덤불이 땅바닥의 꽃향기 나는 잔디밭에 그늘을 드리웠고 우뚝 솟은 바위 위로 졸졸 흐르는 수정처럼 맑은 숲속 시냇

---

* 힐라리우스는 이후 특히 술과 관련된 말인 "마시세" "뭔가 마실 것"을 라틴어로 되풀이한다.
** 레스폰소리움. 독창이 합창과 교대되는 그레고리우스 시편 성가의 형식.

물은 원기를 주는 서늘함을 더해주었죠. 그 장소의 은자와 같은 은밀함은 쾌적함과 평온함으로 저를 가득 채웠습니다. 그래서 저는, 힐라리우스 신부가 평소의 익살과 귀엽고 서투른 라틴어를 섞어 넣는 것을 잊지 않으며 제가 떠난 이후로 대수도원에서 일어난 일을 모두 이야기하는 동안, 위로하는 가락들로 제게 말하는 숲의 음성, 하천의 음성에 귀를 기울였습니다.

힐라리우스 신부는 저의 침묵을 그간 벌어진 일이 제게 불러일으킨 큰 걱정 탓으로 돌리는 듯했어요.

그는 새로 채운 잔을 제게 내밀면서 말하기 시작했습니다. 기운 내게, 악장! 자네는 피를 흘렸네. 이것은 사실이고 피를 흘리는 것은 죄악일세. 하지만, *서로 다른 경우를 구분해야 하네*/distiguendum* est inter et inter—누구나 자신의 삶을 가장 사랑하는 법. 누구나 삶을 단 한 번밖에 갖지 못하지. 자네는 자네의 삶을 방어했네. 충분히 증명할 수 있듯이 교회는 그것을 결코 금지하지 않네. 자네가 부지중에 군주의 내장을 건드렸을지라도 우리의 존경해 마지않는 수도원장님도, 다른 주님의 종복도 자네에게 면죄를 거부하지 않을 걸세. *그러니 마시세!*—현*명한 남자는 당신 앞에서 놀라 물러나지 않을 것입니다, 주님!*—하지만 더없이 소중한 크라이슬러, 자네가 지크하르츠바일러로 돌아가면 사람들이 자네에게 *왜, 어떻게, 언제, 어디서*를 뻔뻔스럽게 물어볼 것이네. 그리고 자네가 왕자의 살인적인 공격을 질책하고자 한다면 사람들이 자네를 믿겠나? 거기에 *토끼가 후추 속에 누워 있지!***—하지만

---

* distinguendum으로 써야 맞다.
** '바로 그곳이 어려운 부분이다' '문제는 거기에 있다'라는 뜻의 관용구.

보게나, 악장, 어떻게—허나, *뭔가 마실 것*—그는 가득 따른 잔을 비우고 나서 말을 이었어요. 그래, 보게나, 악장, 어떻게 프랑켄 와인과 함께 좋은 타개책이 오는지. 들어보게, 나는 막 제성諸聖 수도원으로 가서 성가대 지휘자에게서 다음 축제를 위한 음악을 받아오려던 참이었네. 악보 상자를 벌써 두세 번이나 뒤집었다네. 죄다 오래되고 닳아빠졌어. 그리고 자네가 대수도원에 체류하던 동안 우리에게 작곡해주었던 음악에 관해 말하자면, 그래, 그것은 아주 아름답고 새롭지. 하지만—내 말을 나쁘게 여기지 말아주게, 악장, 어찌나 특이한 방식으로 되어 있던지 사람들은 악보에서 잠시도 눈을 뗄 수가 없었네. 조금이라도 격자를 통해 저 아래 본당에 있는 이런저런 예쁜 소녀 쪽을 곁눈으로 보려 하면 즉시 멈추는 곳이나 그 밖의 뭔가를 놓치게 되고, 박자를 잘못 맞추고, 전체를 망쳐버리지—쾅 거기서 멈췄다가, 디—디—디델 디델 야코프 수사, 파이프오르간을 치게!—*저들을 십자가로*—나는 그러니까—허나, *마시세!*—

우리 두 사람이 와인을 마신 후에 말의 흐름은 이렇게 계속 이어졌습니다. 없는 것들은 *없는 것*이며 없는 것들은 물어볼 수 없네. 그래서 나는 자네가 즉시 나와 함께 대수도원으로 돌아갔으면 하네. 지름길로 가면 여기서 채 두 시간도 걸리지 않지. 대수도원에서 자네는 모든 추적으로부터, *적들의 추적으로부터* 안전해. 나는 자네를 살아 있는 음악으로서 거기로 데려가겠네. 그리고 자네는 자네가 있고 싶은 만큼 혹은 자네가 그것이 상책이라고 생각하는 만큼 거기 머물러 있으면 되네. 대수도원장님이 자네에게 필요한 모든 것을 주실 걸세. 자네는 아주 좋은 속옷을 입고 그 위에 자네에게 잘 어울릴 베네딕트 수도사 옷

356

을 걸치겠지. 하지만 가는 도중에 자네가 동정심 있는 사마리아인을 그린 그림에 나오는, 상처가 나게 맞은 자처럼 보이지 않도록 내 여행 모자를 쓰게. 나는 민머리 위에 수도사 두건을 쓰겠네. *뭔가 마실 것,* 친구여!

이 말과 함께 그는 잔을 한번 더 비우고 가까운 숲속 시냇물에 헹군 다음, 모든 것을 신속히 여행배낭에 싸고 제 이마에 모자를 눌러씌우고는 아주 즐겁게 외쳤습니다. 악장, 우리는 아주 천천히 그리고 편안하게 꾸준히 걷기만 하면 되네. 그래도 그들이 *집회, 집회 구성원을 위해* 종을 칠 때, 즉 대수도원장님이 식탁에 앉으실 때에 맞춰 도착할 것이네.

친애하는 마이스터, 당신은 제가 쾌활한 힐라리우스 신부의 제안에 이의를 제기할 까닭이 조금도 없었다는 것, 제게 여러 측면에서 고마운 피난처가 될 수 있는 곳으로 가는 것이 오히려 반가울 수밖에 없었다는 것을 충분히 짐작하시겠지요.

우리는 온갖 이야기를 나누며 여유 있게 걸어가 힐라리우스 신부가 원한 대로 막 식사 종이 울릴 때 대수도원에 당도했습니다.

선수를 쳐서 모든 질문을 사전에 막기 위해 힐라리우스 신부는 대수도원장에게 제가 지크하르츠바일러에 체류하고 있다는 것을 우연히 알게 되어 제성 수도원에서 음악을 받아오기보다 차라리 무진장한 음악의 저장소 전체를 안에 지니고 있는 작곡가를 데려오기로 했노라고 말했습니다.

대수도원장 크리소스토무스는 (제 생각에 저는 당신께 벌써 그에 관해 많이 이야기한 것 같습니다) 참으로 선한 성향의 인물만이 지니고 있는 상냥한 기쁨으로 저를 맞아주었고 힐라리우스 신부의 결정을 칭찬했습니다.

마이스터 아브라함, 이제 제가 괜찮은 베네딕트 수도사로 변신하여 대수도원 본관의 높고 널찍한 방에 앉아 부지런히 저녁 예배곡과 성가를 완성하는 것, 그래요, 제가 벌써 이따금 엄숙한 대미사를 위한 착상들을 기록하는 것, 노래하고 연주하는 수도사들과 소년 성가대원들이 모이는 것, 제가 부지런히 예행연습을 하는 것, 성가대의 격자 뒤에서 지휘하는 것을 보세요! 정말이지 저는 어찌나 이 고독 속에 파묻혀 있다고 느끼는지, 저를 추기경 코르나로의 복수를 두려워하며 아시시의 프란체스코 수도원으로 도망친 타르티니*와 비교하고 싶을 정도입니다. 그곳에서 몇 년이 지난 후에 마침내 한 파도바인이 그를 발견했지요. 돌풍이 휙 불어 오케스트라를 가리고 있던 장막을 잠깐 들어올렸을 때, 교회에 있던 그가 잃어버린 친구를 성가대에서 본 것입니다. 마이스터! 저 파도바인에게 일어난 일이 저를 두고 당신에게도 일어날 수 있었을 겁니다. 하지만 저는 당신에게 제가 어디에 머물러 있는지 분명코 말해야만 했습니다. 그러지 않으면 당신은 제가 어떻게 되었는지 의아해했을 테니까요. 사람들이 혹 저의 모자를 찾았고 그 속의 머리가 없어져버린 데 대해 이상하게 생각하던가요? ─마이스터! 특별하고 고마운 평온이 제 마음속에 찾아왔습니다. 어쩌면 제가 여기에서 정박 지점에 도착한 것일까요? 최근에 대수도원의 광대한 정원 한가운

---

* 이탈리아의 바이올린 대가이자 작곡가인 주세페 타르티니는 제자인 엘리자베타와 비밀리에 결혼했으나 이 일로 그녀의 보호자였던 추기경 조르조 코르나로의 노여움을 샀고, 그의 추적을 피해 아시시의 프란체스코 수도원으로 도망쳤다.

데에 있는 작은 호숫가를 거닐다가 제 곁에서 거니는 제 형상을 호수에서 보았을 때, 저는 이렇게 말했습니다. 저 아래 내 곁에서 걷고 있는 사람, 그 사람은 우뚝 솟아오른 무한한 공간들을 더이상 거칠게 이리저리 싸돌아다니지 않으며, 찾은 궤도를 고수하는 차분하고 신중한 사람이구나. 그리고 그 사람이 바로 나 자신이라는 것은 내게 행운이다. 언젠가 다른 호수에서는 한 고약한 도플갱어가 나를 쳐다보았지― 하지만 조용―그 모든 것에 대해서는 말하지 않겠어요. 마이스터, 제게 아무 이름도 말하지 마세요―아무 얘기도 하지 마세요―제가 누구를 찔렀는지조차 말하지 마세요―하지만 당신에 대해서는 제게 많이 써주세요. 수도사들이 예행연습을 하러 옵니다. 저는 저의 역사적 장을 끝마치는 동시에 저의 편지를 끝마칩니다. 안녕히, 선한 마이스터, 그리고 저를 기억해주세요! 기타 등등, 기타 등등.

―멀리 무성하게 잡초로 뒤덮인 정원의 길들을 외로이 거닐며 마이스터 아브라함은 사랑하는 친구의 운명에 대해, 그리고 그를 다시 얻자마자 또다시 잃어버린 것에 대해 곰곰이 생각했다. 그는 괴니외네스 뮐에서 늙은 외삼촌의 그랜드피아노 앞에 있던 소년 요하네스와 자기 자신을 보았다. 작은 아이는 당당한 눈빛으로 제바스티안 바흐의 몹시 어려운 소나타들을 남자다운 주먹으로 내려쳤고, 그는 그 보상으로 사탕과자 한 봉지를 몰래 호주머니에 집어넣어주었다. 그에게는 이것이 겨우 며칠 전의 일처럼 느껴졌다. 그리고 그는 소년이 바로 신비스러운 상황의 기묘하고 변덕스러운 장난에 얽히든 것처럼 보이는 크라이슬러라는 데 놀랄 수밖에 없었다. 그러나 저 지난 시절, 재앙 가득한 현

재에 대한 생각과 함께 그 자신의 삶의 형상이 그 앞에 떠올랐다.

엄격하고 완고한 남자였던 그의 아버지는 그에게 거의 강제로 파이프오르간 제작 기술을 배우도록 했는데, 아버지 자신은 평범하고 거친 수공업에 종사하듯 그 일에 종사해왔다. 그는 파이프오르간 제작자인 자신 이외에 다른 누군가가 작품에 손대는 것을 허용하지 않았다. 그래서 도제들은 내부 기계장치에 도달하기 전에 숙련된 소목장이, 주석 주조공 등이 되어야 했다. 노인은 작품의 정밀성, 내구성, 좋은 형태를 모든 것으로 간주했다. 영혼, 음조에 대한 감수성은 갖고 있지 않았다. 그리고 이러한 점은 몹시 기이하게도 그가 제작한 파이프오르간들에서 드러났는데, 거세고 날카로운 소리가 난다는 사람들의 비난은 정당한 것이었다. 그다음에 노인은 아주 케케묵은 시대의 유치한 인위적 기교에 완전히 몰두해 있었다. 그리하여 그는 한 파이프오르간에 연주를 하는 동안 경탄하듯 고개를 돌리는 다윗 왕과 솔로몬 왕을 설치했다. 그리하여 그의 작품들 가운데 어떤 것에도 팀파니를 치고 나팔을 불고 박자를 맞추는 천사들, 날개를 치며 우는 수탉들 따위가 빠지지 않았다. 아브라함은 자신의 발명 재능으로 어떤 새로운 인위적 기교, 예컨대 다음 파이프오르간에 설치할 수탉을 위해 더 날카로운 꼬끼오 소리를 만들어내지 않고서는 종종 마땅히 맞아야 하거나 맞지 않아도 될 매를 달리 피할 수 없었고, 노인에게서 아버지다운 기쁨의 표현을 이끌어낼 수 없었다. 두려움에 찬 갈망을 품고 아브라함은 수공업의 관습에 따라 편력에 나서야 할 시기가 오기를 바랐다. 마침내 그 시기가 다가왔고 아브라함은 다시는 돌아오지 않을 작정으로 아버지의 집을 떠났다.

대부분 조야하고 거친 젊은이인 다른 직인들과 함께한 도보여행에서 그는 언젠가 슈바르츠발트에 있는 성 블라지우스 대수도원에 들렀다. 그리고 그곳에서 노老 요한 안드레아스 질버만이 제작한 유명한 파이프오르간 소리를 들었다. 이 제작품의 충만하고 멋진 소리로 인해 그의 마음속에 처음으로 화음의 마술이 싹텄다. 그는 다른 세계로 옮겨간 듯 느꼈고, 그 순간부터 평소에 반감을 품고 행했던 기술을 열렬히 사랑하게 되었다. 이제 그에게는 지금까지 살아온 주위환경 속에서의 삶 전체도 몹시 하찮게 여겨졌다. 그래서 그는 자신이 빠져 있다고 생각한 진창에서 벗어나기 위해 전력을 다했다. 타고난 지성과 이해력이 그로 하여금 학문적 교양에서 장족의 발전을 하게 했다. 그런데도—그는 종종 예전의 교육이, 비천함 속에서의 표류가 그에게 매달아놓은 낚싯봉들을 감지했다. 키아라, 이 기이한 신비스러운 존재와의 관계, 이것이 그의 삶에서 두번째 광점光點이었다. 그리하여 저 두 가지, 화음의 깨어남과 키아라의 사랑이 그의 거칠지만 힘찬 천성에 고마운 영향을 미친 시적 존재의 이원성을 이루었다. 숙박소에서, 자욱한 담배 연기 속에 외설스러운 노래들이 울리던 술집에서 벗어나자마자 우연이, 혹은 더 정확히 말하자면 그가 신비스러운 색채를 부여할 줄 알았던 기계적 조작과 관련한 능숙함이(친애하는 독자가 이미 들어 알고 있듯이) 젊은 아브라함을 그에게 새로운 세계임이 틀림없는 환경으로 데려온 것이다. 그 환경 속에서 그는 영원히 이방인으로 머무르며 내적 천성이 그에게 정해준 확고한 음조를 고수함으로써만 스스로를 지탱했다. 이 확고한 음조는 시간이 흐르면서 점점 더 확고해졌다. 그리고 그것이 결코 단순하고 조야한 자의 음조가 아니라 명료하고 건강한 인간 이성, 올바른 인생관, 그리고 거기서 산출되는 정곡을 찌르는 조소에 기초하고 있었기 때문에, 청년 시절의 아브라함은 단지 스스로를 지탱하고 남들에게 그저 관대히 받아들여졌을 뿐이지만, 장성한 남자가 된 후에는 두려워해야 할 원칙으로서 커다란 존경심을 불러일으킬 수밖에 없었다. 사람들이 무엇이라 여기건, 기대에 훨씬 못 미치는 모종의 고귀한 사람들에게 강한 인상을 주는 것보다 더 쉬운 일은 없다. 산책을 하다가 다시 어부의 작은 집으로 온 바로 그 순간에 마이스터 아브라함은 그 생각을 하고는 마음속으로부터 큰 소리로 웃음을 터뜨렸는데, 그 웃음은 그의 짓눌린 가슴을 틔워주었다.

성 블라지우스 대수도원에서의 순간과 잃어버린 키아라에 대한 생생한 기억이 마이스터에게 평소에는 전혀 그의 특징이 아닌 마음속 깊은 슬픔을 느끼게 했던 것이다. "왜," 그는 스스로에게 말했다. "오래전에 딱지가 생겨 아물었다고 생각했던 상처가 왜 지금 이토록 자주 피를 흘리는가. 나쁜 정령이 잘못 작동시키는 것 같은 기계장치에 내가 행동으로 개입해야만 하는 것처럼 보이는데도 왜 나는 지금 공허한 몽상을 뒤쫓고 있는가!"—마이스터는, 스스로도 무엇 때문인지는 몰랐지만, 자신이 그의 가장 독특한 행동과 활동에서 위협받고 있다는 생각으로 불안해한다고 느꼈다. 그리고 이미 말했듯이, 이런저런 생각을 하다가 고귀한 사람들에 생각이 이르자 그들을 비웃었고 곧바로 크나큰 위안을 느꼈던 것이다.

그는 이제 크라이슬러의 편지를 읽기 위해 어부의 작은 집으로 들어갔다.

제후의 성에서는 진기한 일이 일어났다. 시의가 말했다. 놀랍군요!—모든 실제, 모든 경험을 넘어서는걸요!—제후 부인: 그렇게 되어야 했어요. 그리고 공주의 체면은 깎이지 않았어요! 제후: 내가 그것을 분명히 금하지 않았던가. 하지만 시중드는 멍청이들의 한심한 *떼거리*는 전혀 들으려 하지 않지—자—산림감독관은 왕자가 더이상 화약을 손에 넣지 못하도록 해야 하오!—고문관 부인 벤촌: 하늘이 도왔어요, 그녀는 구원되었어요!—그러는 동안 헤드비가 공주는 때때로, 크라이슬러가 불만에 차서 내던져버렸다가 율리아의 손에서 그가 말했듯 신성해진 채 돌려받았던 바로 그 기타로 이따금 중단되는 화음을 짚으며 침실 창문을 내다보고 있었다. 이그나티우스 왕자는 소파에 앉아 울면서 아파, 아파 하고 탄식하고 있었다. 그의 앞에서는 율리아가 작은 은주발에 부지런히—날감자 껍질을 벗겨 넣고 있었다.

이 모든 것은 시의가 지당하게도 놀랍다고, 그리고 모든 실제를 넘어선다고 일컫은 사건과 관련되어 있었다. 이그나티우스 왕자는 친애하는 독자도 이미 여러 번 들어 알고 있듯이 천진하게 장난하는 감각, 여섯 살배기 소년의 행복한 자유분방함을 간직하고 있었고 그래서 그 또래의 소년처럼 노는 것을 좋아했다. 장난감들 가운데 그는 금속으로 주조된 대포도 가지고 있었는데, 그것은 그가 가장 좋아하는 놀이에 사용하는 것이었지만 그 놀이를 즐길 수 있는 경우는 극히 드물었다. 그도 그럴 것이 그 놀이에는 즉시 준비할 수 없는 여러 가지 것, 즉 화약 알갱이 몇 개, 쓸 만한 산탄 알갱이 하나와 작은 새 한 마리가 필요했기 때문이다. 이 모든 것을 손에 넣으면 그는 자기 군대를 집결시켰고, 제후인 아버지의 잃어버린 나라에서 반역을 모의한 작은 새에 대해 군사재판을 했으며, 대포를 장전해 그가 가슴에 검은 심장을 표시하여 촛대에 묶어놓은 새를 쏴 죽였다. 때로 죽이지 못하면 그는 대역죄인에 대한 정당한 벌을 집행하기 위해 주머니칼로 뒷마무리를 해야 했다.

정원사의 열 살배기 아들 프리츠가 왕자에게 아주 예쁘고 알록달록한 홍방울새를 마련해주었다. 그리고 그 대가로 여느 때처럼 1크로네를 받았다. 왕자는 당장 사냥꾼들 방으로 살금살금 들어가 사냥꾼들이 없던 참에 정말로 산탄 자루와 뿔 모양 화약통을 찾아냈다. 그것으로 필요한 탄약을 갖추었다. 벌써 그는 신속하게 집행해야 하는 듯한 처형을 시작하려는 참이었다. 알록달록한 지저귀는 반역자가 도망치기 위해 가능한 모든 방법을 시도했기 때문이다. 그때 그에게 지금은 그토록 얌전해진 헤드비가 공주에게 작은 대역죄인의 처형에 참석하는 즐거움을 누리게 해줘야 한다는 생각이 떠올랐다. 그래서 그는 그의 군대가 들어 있는 상자를 한 팔에, 대포는 다른 팔 아래 끼고, 새는 오목하게 오므린 손에 들고, 제후가 그에게 공주를 보는 것을 금했으므로 아주 조용히 헤드비가의 침실로 살금살금 들어갔다. 거기서 그는 계속된 강경증 상태로 휴식용 긴 소파에 옷을 입은 채 누워 있는 그녀를 발견했다. 시녀가 방금 공주 곁을 떠난 것은 나쁜 일이었다. 그런데 사람들이 곧 알게 되겠지만 동시에 좋은 일이기도 했다.

이제 왕자는 지체 없이 새를 촛대에 묶고 군대를 질서정연하게 정렬시켰다. 그리고 대포를 장전하고 나서 긴 소파에서 공주를 일으켜 탁자로 다가서게 하더니, 그녀는 지금 지휘하는 장군이라고, 그로 말할 것 같으면 통치하는 제후이며 아울러 반역자를 죽일 포를 발사할 것이라고 설명했다. 필요 이상으로 많은 탄약이 왕자를 유혹했다. 그리하여 그는 대포를 과도하게 장전했을 뿐만 아니라 화약을 탁자 위에 사방으로 흩뿌렸다. 그가 대포를 견인차에서 떼자마자 엄청난 폭음이 일었을 뿐만 아니라 사방으로 흩뿌려진 화약 또한 폭발했고, 그는 손에 심한 화상을 입었다. 그래서 그는 크게 소리를 질렀고 공주가 폭발 순간에 바닥에 쿵 하고 쓰러진 것조차 알지 못했다. 폭음이 복도를 통해 울렸고 모두가 참사를 예감하며 허둥지둥 달려왔다. 제후와 제후 부인조차 갑작스러운 경악 속에 모든 예의범절을 잊은 채 하인 일동과 함께 문을 통해 밀고 들어왔다. 사람들이 시의에게, 외과의사에게 달려간 동안 시녀들은 공주를 바닥에서 들어올려 긴 소파에 눕혔다. 제후는 탁자 위의 장비들을 보고 금세 무슨 일이 일어났는지 알아채고는 한탄하는 왕자에게 노여움에 불타는 눈으로 크게 소리쳤다. 알겠느냐, 이그나츠! 이것은 그대의 어리석고 유치한 바보짓에서 비롯된 일이다. 화상용 연고를 바르고, 길거리 아이처럼 격하게 울지 말라!―자작나무 잔가지로―맞아야 할―엉덩―떨리는 입술 탓에 말이 명확하게 나오지 않아 제후의 말은 알아듣기 어려웠다. 그는 엄숙하게 방을 떠났다. 하인 일동은 깊은 경악에 사로잡혔다. 그도 그럴 것이 제후가 왕자를 그대 그리고 이그나츠라는 호칭으로 부른 것은 겨우 세번째였는데 그때마다 그것은 대단히 격렬한, 속죄하기 힘든 노여움을 의미했기 때문이다.

시의가 위험한 고비가 시작되었다고, 공주의 위험한 상태가 빨리 지나가고 그녀가 완전히 치유되기를 바라노라고 설명했을 때, 제후 부인은 사람들이 생각한 것보다는 관심을 덜 보이며 말했다. *신이여 찬미받으소서,** 소식이 더 있거든 내게 알리도록 하시오. 그녀는 울고 있는 왕자를 다정하게 팔로 감싸 안고 달콤한 말로 위로한 다음 제후를 뒤따라갔다.

그사이에 율리아와 함께 불행한 헤드비가를 보려고 마음먹은 벤촌 부인이 성에 도착했다. 벤촌 부인은 무슨 일이 있었는지 듣자마자 공주의 방으로 서둘러 올라가서는 긴 소파로 급히 다가가 무릎을 꿇더니 헤드비가의 손을 잡은 채 그녀의 눈을 꼼짝 않고 들여다보았다. 그러는 동안 율리아는 죽음의 잠이 단짝 친구에게 올 것이라 잘못 생각하며 뜨거운 눈물을 흘렸다. 그때 헤드비가가 깊이 숨을 들이마시고 거의 알아들을 수 없는 희미한 목소리로, 그는 죽었어? 하고 말했다. 이그나티우스 왕자는 아픈데도 즉시 울음을 뚝 그치고 성공한 처형에 대한 기쁨에 가득차서 웃고 킥킥거리며 대답했다. 그렇고말고—공주, 완전히 죽었어, 바로 심장을 관통시켰어. "그래," 공주가 부릅떴던 눈을 다시 감으며 계속해서 말했다. "그래, 알아. 나는 심장에서 솟아나는 핏방울을 보았어. 하지만 그는 나의 가슴에 쓰러졌고 나는 수정처럼 굳어졌어. 그리고 그만이 시체 속에 살아 있었지!" "헤드비가," 고문관 부인이 나직이 그리고 다정하게 말하기 시작했다. "헤드비가, 불행한 나쁜 꿈에서 깨어나요. 헤드비가, 나를 알아보겠어요?" 공주는 혼자 있고 싶다는 듯이 부드럽게 손짓했다. 헤드비가, 벤촌 부인이 말을 이었다. 율리아가 여기 있어요. 어렴풋한 미소가 헤드비가의 뺨에 비쳤다. 율리아가 그녀 위로 몸을 굽히고 친구의 창백해진 입술에 살며시 입을 맞췄다. 그러자 헤드비가는 거의 알아들을 수 없을 만한 소

---

* Dieu soit loué. '천만다행'이라는 뜻으로도 쓰인다.

리로 말했다. 이제 모든 것이 지나갔어, 몇 분 후면 완전히 기운을 차릴 거야, 나는 그걸 느껴.

지금까지 아무도 가슴이 갈기갈기 찢긴 채 탁자 위에 놓여 있던 작은 대역죄인에게 관심을 두지 않았다. 이제 그가 율리아의 눈에 띄었는데, 그 순간 비로소 그녀는 이그나티우스 왕자가 또 그 역겨운, 그녀가 아주 싫어하는 놀이를 했다는 것을 알아차렸다. 왕자님, 뺨을 몹시 붉히며 그녀가 말했다. 왕자님, 그 불쌍한 새가 왕자님에게 무슨 짓을 했나요, 여기 이 방에서 무자비하게 죽이셨으니 말이에요?—그건 정말 아둔하고 잔인한 놀이예요—진작 그 놀이를 그만두겠다고 제게 약속하셨지요. 그런데도 약속을 지키지 않으셨어요—세상에! 왕자님이 그 놀이를 한 번만 더 하신다면 저는 결코 더이상 왕자님의 잔들을 정돈하거나 인형들이 말하도록 가르치거나 물의 왕 이야기를 들려드리지 않을 거예요! "화내지 마," 왕자가 흐느꼈다. "화내지 마, 율리아양! 하지만 그건 알록달록한 대악한이었어. 그는 모든 병사들의 상의 옷자락을 몰래 잘라버렸고, 게다가 반역을 모의했어. 아아, 아파—아파!" 벤촌 부인은 묘한 미소를 지으며 왕자를, 그다음에 율리아를 쳐다보고 나서 외쳤다. 손가락 몇 개 데었다고 얼마나 탄식이 심하신지! 그러나 정말이지, 외과의사는 화상용 연고를 영원히 마련하지 못할 모양이군요. 하지만 평범하지 않은 사람들에게도 평민의 가정처방이 효과가 있을 거예요. 날감자 몇 개를 가져오시오! 그녀는 문 쪽으로 걸어가다가 문득 무슨 생각이 떠오른 듯 멈춰 서더니 돌아와 율리아를 팔로 감싸 안고 이마에 입을 맞추고는 말했다. 너는 나의 착하고 사랑스러운 아이야. 그리고 항상 그런 아이로 온전히 남아 있어야 해!—극단적이고 광기 어린 바보들을 조심하렴. 그리고 그들의 유혹하는 언사의 사악한 마술에 너의 마음을 닫아걸어라!—이 말과 함께 그녀는 평온하고 달콤하게 잠자고 있는 것 같은 공주에게 탐색하는 눈빛을 한번 더 던지고는 방을 나섰다.

외과의사가 거대한 반창고를 손에 들고 들어왔다. 벌써 한참 전부터 왕자님의 방에서 기다렸노라고 몇 번씩이나 확언하고 맹세하면서 말이다. 그러니까 그는 짐작조차 못했다는 것이었다. 공주님의 침실에서—그는 반창고를 가지고 왕자에게 가려고 했다. 그러나 근사한 감자 몇 개를 은주발에 담아 가져온 시녀가 그의 길을 가로막고 화상에는 껍질을 벗긴 감자가 가장 좋은 약이라고 장담했다. 그럼 제가, 율리아가 시녀에게서 은주발을 받아들며 시녀의 말에 끼어들었다. 그럼 제가 몸소, 꼬마 왕자님, 왕자님을 위해 반창고를 아주 곱게 준비해드릴게요.

"왕자님," 외과의사가 깜짝 놀라 말했다. "잘 생각하십시오! 높으신 군주 가문 혈통의 화상 입은 손가락에 가정처방약이라니요!—의술—의술만이 여기에서—효과가 있을 것이며—그래야만 합니다!" 그는 또다시 왕자에게 다가가려고 했다. 하지만 왕자는 놀라서 뒤로 물러서며 소리쳤다. 저리 가, 저리 가! 율리아 양이 내게 반창고를 준비해줘야 해, 의술은 방에서 꺼져버려!

의술은 시녀에게 악의에 찬 눈빛을 던지며 잘 준비된 반창고와 함께 작별을 고하고 물러갔다.

율리아는 공주가 점점 더 세게 숨쉬는 소리를 들었다. 하지만 그녀는 얼마나 놀랐던가, 그때—

(무어) ─잠들 수 없었다. 나는 잠자리에서 이리저리 뒤척였고, 가능한 모든 자세를 취해보았다. 몸을 길게 뻗어보기도 하고, 둥글게 오므려보기도 하고, 부드러운 앞발에 머리를 얹고 꼬리로 우아하게 몸을 휘감아 꼬리가 눈을 덮게도 해보았으며, 옆으로 누워 앞발을 몸에서 멀리 뻗고 꼬리는 생기 없는 무관심 속에 잠자리에서 아래로 축 늘어져 있게 하기도 했다. 모든 것─모든 것이 허사였다!─상상들, 생각들이 점점 더 혼란스러워졌다. 마침내 나는 잠이 아니라, 잠과 꿈에 대해 썼던, 내가 읽지 않은 모리츠, 다비드존, 누도브, 티데만, 빈홀트, 라일, 슈베르트, 클루게와 다른 심리학 작가들이 정당하게 주장했듯이,* 잠자는 것과 깨어 있는 것 사이의 투쟁이라 일컬어야 할, 정신이 몽롱한 상태에 빠졌다.

정신이 몽롱한 상태에서, 잠자는 것과 깨어 있는 것 사이의 이 투쟁에서 정말로 명확한 의식으로 깨어났을 때, 밝은 햇빛이 마이스터의 방안으로 비쳐들었다. 그러나 그 어떤 의식인가, 그 어떤 깨어남인가. 오, 이것을 읽는 수고양이 청년이여, 귀를 쫑긋 세우고 그대에게서 교훈이 재빨리 달아나버리지 않도록 주의깊게 읽으라!─그 상태에 대해 내가 말하는 것을 명심하라. 나는 그 상태의 이루 형언할 수 없는 황량함을 그대에게 희미한 색채로만 묘사할 수 있을 따름이다. 그 상태를, 거듭 말하지만, 명심하라, 그리고 그대가 처음으로 고양이 학우회원

─────────

* 작가 카를 필리프 모리츠, 의사 볼프 다비드존과 하인리히 누도브, 철학교수 디트리히 티데만, 자기(磁氣)최면술 이론가 아르놀트 빈홀트, 심리이론가 요한 크리스티안 라일, 의사이자 자연철학자 고트힐프 하인리히 슈베르트, 의사 카를 알렉산더 페르디난트 클루게는 모두 잠과 꿈에 대한 글이나 책을 썼다.

회합에서 고양이펀치를 마신다면 그대 자신을 될 수 있는 대로 조심하라. 적당히 홀짝홀짝 마시라. 그들이 허용하지 않으려 하거든 나와 나의 경험을 근거로 내세우라. 수고양이 무어가 그대의 권위라고 말이다. 바라건대, 누구나 이 권위를 승인하고 인정할 것이다.

자, 무슨 말인가 하면!—우선 육체적 상태에 관해 말하자면, 나는 지쳐 힘이 빠지고 쇠약하다고 느꼈을 뿐만 아니라, 모종의 대담하고 비정상적인 위장의 요구 때문에 아주 특별한 고통을 느꼈는데 그 요구는 바로 그 비정상성 때문에 관철될 수 없었고 내면에 쓸데없는 소란만을 야기했다. 이 소란에는 심지어 자극된 신경절까지 참여했다. 자극된 신경절은 무한한 육체적 갈망과 무력함 탓에 병적으로 전율하고 진동했던 것이다. 그것은 구제할 길 없는 상태였다!

하지만 더 혹독한 것은 심리적 질환이었다. 내가 실은 전혀 비난할 만하다 여길 수 없었던 어제의 일 때문에 쓰디쓴 후회와 회한과 함께 모든 지상의 복락에 대한 절망적인 냉담함이 내 영혼으로 밀려들었다! 나는 지상의 모든 자산, 지혜, 오성, 위트 등 자연이 선사한 모든 것을 경멸했다. 가장 위대한 철학자들, 가장 재기 발랄한 시인들이 내겐 낡은 헝겊인형, 소위 바보 한스 같은 사내들보다 더 높은 가치가 있다고 여겨지지 않았다. 가장 기분 나쁜 것은, 이러한 경멸이 나 자신에게까지 확장되어 내가 아주 평범하고 보잘것없는 생쥐 잡는 고양이에 불과함을 깨달았다고 생각했다는 사실이다!—이보다 더 의기소침해지는 것은 없다! 내가 더없이 비참한 상태에 빠져 있다는 생각, 도대체가 지상의 세계 전체가 비탄의 골짜기라는 생각이 나를 이루 말할 수 없는 고통으로 완전히 파괴하고 말았다. 나는 눈을 꼭 감고 몹시 울었다!

"열광했었구나, 무어야, 그리고 이젠 비참한 기분이 드는 게지?―아무렴, 그렇구나!―이제 실컷 자기나 하렴, 이 녀석아, 그러면 한결 나아질 거야!"―내가 아침식사를 그대로 놔두고 신음 소리를 몇 번 내자 마이스터가 내게 이렇게 소리쳤다. 마이스터 그 양반!―맙소사, 그는 몰랐다, 그는 나의 고통을 알지 못했다!―그는 대학생학우회 정신과 고양이펀치가 민감한 심성에 어떤 영향을 주는지 짐작하지 못했다!

정오쯤 되었을 것이다. 나는 아직 잠자리에서 움직이지 않고 있었다. 그때 갑자기, 어떻게 안으로 슬그머니 들어올 수 있었는지 전혀 모르겠지만, 형제 무치우스가 내 앞에 서 있었다. 나는 그에게 나의 불행한 상태에 대해 하소연했다. 그러나 그는 내가 바랐던 것처럼 나를 동정하고 위로하는 대신 커다란 웃음을 터뜨리더니 이렇게 외쳤다. "허허, 형제 무어여, 자네가 병들고 비참하다고 생각하게 하는 것은 넘겨야 할 고비, 즉 품위 없는 속물적 소년성에서 기품 있는 대학생학우회 정신으로의 이행 이외에 아무것도 아닐세. 자네는 고귀한 술잔치에 참여하는 데 아직 익숙하지 않네!―하지만 부탁이니 주둥이를 다물고 예컨대 마이스터에게 자네의 고통을 한탄하지 말게. 우리네 종족은 그렇지 않아도 이 가짜 질병 때문에 이미 충분히 평판이 나쁘다네. 헐뜯기 좋아하는 인간은 그것에 우리와 연관되는, 내가 반복하고 싶지 않은 이름*을 붙여주었지. 하지만 기운을 내고 정신을 차리게. 나와 함께 가세, 신선한 공기가 자네에게 도움이 될 걸세. 그러고 나서 자네는 무

---

* '수고양이'를 뜻하는 독일어 Kater에는 '숙취'라는 의미도 있다.

엇보다 털을 붙여야 하네.* 어서 오게, 자네는 이게 무슨 말인지 실제로 알게 될 걸세."

형제 무치우스는 나를 속물근성에서 벗어나게 했을 때부터 내게 무조건적인 지배력을 행사하고 있었다. 나는 그가 원하는 것을 해야 했다. 그래서 힘들게 잠자리에서 일어나 느슨해진 사지로 할 수 있는 한 한껏 기지개를 켰고 충실한 형제를 따라 지붕 위로 올라갔다. 우리는 몇 차례 위아래로 산책을 했는데 아닌 게 아니라 나는 기분이 좀더 나아지고 상쾌해졌다. 그러고 나서 형제 무치우스는 굴뚝 뒤로 나를 데려갔다. 그곳에서 나는, 반항하려 하긴 했지만, 순純 청어절임 소금물 소주 두세 잔을 마셔야 했다. 이것이 무치우스가 말하는 털을 붙이는 것이었다. 오, 이 약제의 강력한 효과는 놀라움 이상이었다! 뭐라고 말해야 할까? ─ 위장의 병적인 요구들은 침묵했고, 소란은 가라앉았으며, 신경절 체계는 진정되었고, 삶은 다시 아름다워졌다. 나는 지상의 복락, 학문, 지혜, 오성, 위트 등을 높이 평가했고, 다시 나 자신으로 돌아왔으며, 다시 멋진, 지극히 뛰어난 수고양이 무어였다! ─ 오, 자연, 자연이여! 경솔한 수고양이가 길들일 수 없는 자유분방함으로 마시는 몇 방울이 그대에 대한, 그대가 어머니의 사랑으로 그의 가슴속에 심어놓은 그대의 자비로운 원칙에 대한 반란을 일깨우는 일이 대체 일어날 수 있단 말인가? 그 원칙에 따르면 그는, 구운 생선, 닭뼈, 우유죽 등의 즐거움을 지닌 세계가 최상의 세계이고** 이 즐거움들이 오로지

---

* 광견병에 걸린 개에게 물렸을 때 그 개의 털을 상처에 붙이면 낫는다고 생각한 미신에서 따온 표현으로, 어떤 증상이나 상황을 같은 것으로 치료한다는 의미. 즉 숙취는 해장술로 풀어야 한다는 뜻으로 사용했다.

그를 위해, 그 때문에 창조되었기에 그가 이 세계에서 최고의 존재라고 확신할 수밖에 없는데 말이다. 하지만 — 철학적인 수고양이는 이것을 인식한다. 거기에는 깊은 지혜가 들어 있다 — 저 절망적이고 엄청난 비참은 존재의 조건 속에 계속 존속하기 위해 필요한 반응을 불러일으키는 평형추일 뿐이다. 그러므로 그와 같은 것(즉 비참)은 영원한 우주의 생각에 근거한다!*— 털을 붙이라, 수고양이 젊은이들이여! 그러고 나서 너희의 박학다식하고 통찰력 있는 신분상의 동지의 이 철학적 경험명제로 스스로를 위로하라.

내가 이제 오랜 시간 동안 사방의 지붕들에서 무치우스와 다른 지극히 정직한, 우직하고 쾌활한, 희고 노랗고 알록달록한 젊은이들과 어울려 신선하고 즐거운 학우회원 생활을 영위했다고 말하는 것으로 족하다. 나는 상당한 파장을 몰고 온 내 삶의 더 중요한 한 사건에 대해 이야기하겠다.

즉, 언젠가 밤이 시작될 무렵 밝은 달빛의 희미한 광채 속에 형제 무치우스와 학우회원들이 마련한 술잔치에 가려고 했을 때, 나는 미스미스를 내게서 빼앗아간 그 흑회황색의 배신자와 마주쳤다. 증오스러운 연적, 게다가 치욕스러운 방식으로 굴복하기까지 해야 했던 연적을 보고 나는 놀라서 좀 멈칫했을 것이다. 그러나 그는 나에게 인사도 하지 않고 나를 바짝 지나쳐 갔다. 내 생각에 그는 조롱하며 내게 미소를 짓는 것 같았다. 그가 내게 획득한 우위의 감정에서 말이다. 나는 잃어버린 미스미스를, 얻어맞은 매를 생각했다. 혈관 속에서 피가 끓었다! 무치

** 우리의 세계가 모든 가능한 세계 가운데 최상의 세계라는 철학자 고트프리트 빌헬름 라이프니츠의 견해.

우스는 내가 몹시 흥분한 것을 알아챘다. 그리고 내가 알아챘다고 생각한 것을 그에게 이야기하자 이렇게 말했다. 자네가 맞네, 형제 무어. 그녀석은 그렇게 삐딱한 표정을 지었고 그러면서 그토록 뻔뻔스럽게 행동했지. 결국 그는 자네를 정말로 모욕하려 한 것이네. 이제 그에 대해 곧 알아보세. 내가 틀리지 않다면 그 알록달록한 속물은 이 근처에서 새로운 연애 관계를 맺었어. 그는 저녁마다 여기 이 지붕 위에서 이리저리 기어 돌아다닌다네. 조금 기다려보세, 어쩌면 그 므시외가 곧 돌아올지도 모르네. 그러면 아마 나머지도 밝혀질 거야.

실제로 얼마 지나지 않아 그 알록달록한 녀석은 반항적인 태도로 다시 돌아왔고 멀리서부터 벌써 경멸적인 눈빛으로 나를 훑어보았다. 나는 단호하고 대담하게 그를 향해 다가갔다. 우리는 서로를 어찌나 바짝 지나쳐 갔던지 서로 꼬리가 거칠게 스칠 정도였다. 나는 즉시 멈춰섰고 머리를 뒤로 돌리고는 확고한 음성으로 말했다. 야옹!―그도 마찬가지로 멈춰 서서 머리를 뒤로 돌리고 고집스레 대꾸했다. 야옹!―그러고는 각자 자신의 길을 갔다.

"이건 모욕이었어." 무치우스는 몹시 화가 나서 외쳤다. "나는 그 알록달록하고 반항적인 녀석에게 내일 따져 물을 걸세."

무치우스는 이튿날 아침 그에게 가서 나를 대신하여 물었다. 그가 내 꼬리를 건드렸는지? 그는 내게 대답을 전하게 했다. 내 꼬리를 건드렸다는 것이다. 그러자 나는 그가 내 꼬리를 건드렸다면 그것을 모욕으로 간주할 수밖에 없다고 했다. 그러자 그는 마음대로 생각해도 좋다고 했다. 그러자 나는 그것을 모욕으로 간주하노라고 했다. 그러자 그는 내가 모욕이 무엇인지 판단할 만한 능력이 전혀 없다고 했다. 그러자 나는 그것을 잘 알고 있으며 그보다 더 잘 안다고 했다. 그러자 그는 내가 그가 모욕할 만한 남자가 아니라고 했다. 그러자 나는 다시 한번, 하지만 내가 그것을 모욕으로 간주하노라고 했다. 그러자 그는 내가 멍청한 녀석이라고 했다. 그러자 나는 아방타주를 점하기 위해, 내가 멍청한 녀석이라면 그는 비열한 스피츠라고 했다! ─그러고는 결투 신청이 왔다.*

　(편자의 난외주석. 오, 무어! 나의 수고양이여. 명예의 논점이 셰익스피어의 시대부터 바뀌지 않았거나 아니면 내가 작가의 거짓말을 하는 너를 포착하고 있는 것이다. 즉, 네가 이야기하는 사건에 더 많은 광채와 열기를 부여하기 위한 거짓말 말이다! ─알록달록한 연금생활자와 결투에 이르게 된 방식이 『뜻대로 하세요』에서 프롭슈타인의 일곱 번 뒤로 미뤄놓은 거짓말**을 그대로 패러디해 표현한 것이 아닌가? 내가 너의 이른바 결투 과정에서 정중한 항의, 고상한 비꼼, 거친 응답, 대담한 퇴짜에서 고집스러운 이의 제기에 이르기까지 전 단계를 발견하지 않는가? 그리고 제한적이고 명백한 거짓말 대신 몇몇 비방 연설로 끝맺는 것이 어쩌면 너를 어느 정도 구할 수 있지 않겠는가? ─무어! 나의 수고양이여! 비평가들은 네게 덤벼들 것이다. 허나 너는 적어도

---

* 당시 대학생학우회의 관례상 결투는 다음과 같은 절차로 진행되었다. 모욕을 당했다고 느끼는 사람이 상대방에게 대리인을 보내 행동의 의미를 따져 묻고, 상대방이 '원하는 대로 받아들일 수 있다'고 답하면, 모욕당한 쪽에서 결투를 신청하고 무기를 선택했다. 프랑스어로 '우위' '우세'를 뜻하는 아방타주는 모욕당한 쪽이 더 큰 모욕을 함으로써 얻을 수 있다. "멍청한 녀석"이라는 모욕에 대해 무어는 "비열한 스피츠"라는 더 큰 모욕으로 아방타주를 얻었다.
** 셰익스피어의 『뜻대로 하세요』 5막 4장에 나오는 프롭슈타인(터치스톤)의 대사를 가리킨다.

네가 셰익스피어를 이해하며 유익하게 읽었다는 것을 증명했다. 그리고 이는 많은 것을 용서해준다.)

정직하게 고백하자면, 할퀴기를 내용으로 하는 결투 신청을 받았을 때 나는 그래도 약간 사지가 부르르 떨렸다. 질투심과 복수심에 내몰려 내가 그를 공격했을 때 그 알록달록한 배신자가 얼마나 지독하게 나를 해쳤던지 생각했다. 그리고 친구 무치우스가 나를 도와 얻게 한 아방타주가 사라지기를 바랐다. 무치우스는 내가 피를 요구하는 쪽지를 읽으며 창백해지는 것을 알아보았고, 나의 심적 분위기 전체를 알아차린 모양이었다. "형제 무어여." 그가 말했다. "내가 보기에 자네가 극복해야 할 첫번째 결투가 약간 사지를 부르르 떨게 하는 듯한데?"— 나는 아무런 망설임 없이 친구에게 나의 속마음을 열어 보였고, 무엇이 나의 용기를 뒤흔들어놓았는지 말했다.

"오 나의 형제," 무치우스는 말했다. "오 나의 친애하는 형제 무어여! 자네는 그 오만한 무법자가 비열한 방식으로 자네를 흠씬 두들겨팼을 때, 자네가 아직 새파란 풋내기였고 지금처럼 용감하고 쓸모 있는 학우회 청년이 아니었다는 것을 잊고 있네. 또한 그 알록달록한 자와의 싸움은 규칙과 법규에 따른 정식 결투가 아니었네. 그래, 하다못해 대결이라 일컬을 수도 없는 것이었고 모든 고양이학우회 청년에게는 점잖지 못한, 속물스러운 싸움질에 불과했지. 명심해두게, 형제 무어여, 우리의 특별한 재능을 시기하는 인간이 우리에게 명예에 어긋나는 모욕적인 방식으로 치고받고 싸우는 성향이 있다고 비난하고, 그의 종족 가운데 그런 일이 생기면 그것을 고양이싸움질*이라는 헐뜯고 비웃는 투의 별칭으로 일컫는다는 것을 말일세. 그 때문에라도 몸속에 명예심을 지니고 있고 훌륭한 예의범절을 지키는 단정한 수고양이는 그러한 종류의 모든 나쁜 대결을 피할 것이고 또 그래야만 하네. 그는 특정한 상황에 치고받고 싸우는 경향이 심한 인간을 부끄럽게 만들지. 그러니, 친애하는 형제여, 모든 두려움과 망설임을 떨쳐버리게. 자네의 용감한 마음을 간직하게. 그리고 정식 결투에서는 자네가 겪은 모든 부당한 짓에 대해 충분한 복수를 할 수 있고 그 알록달록한 멍청이를 잔뜩 할퀴어놓을 수 있다는 확신을 갖게. 그가 아마도 멍청한 연애질과 바보같이 뻐기고 다니는 짓을 한동안 그만두게 될 정도로 말일세. 그러나 잠깐!─내게는 지금 막, 자네들 사이에 일어났던 일로 보아 할퀴기로 하는 결투로는 충분한 결정을 내릴 수 없다는 생각, 자네들이 오히려 더 결정적인 방식으로, 즉 물기로 싸워야 한다는 생각이 드네.** 학우회 청년들의 견해를 들어보세!"

무치우스는 아주 잘 정돈된 연설로 나와 알록달록한 자 사이에 일어났던 사건을 학우회원 집회에 알렸다. 모두들 연사의 말에 동조했다. 그래서 나는 무치우스를 통해 알록달록한 자에게 말하게 했다. 결투 신청을 받아들이긴 하겠지만 내가 당한 모욕의 중함을 두고 볼 때 물기 이외에 다른 방법으로는 싸울 수도 없고 싸우지도 않겠노라고. 알록달록한 자는 자기 이빨이 무디다는 등 둘러대며 이의를 제기하려 했다. 하지만 무치우스가 진지하고 확고한 그의 성향대로 여기서는 결단

---

* 독일어로 '드잡이'를 뜻하는 단어 Katzbalgerei는 고양이(Katze)와 싸움(Balgerei)이라는 단어로 이루어져 있다.

** 상대방이 '할퀴기' 방식의 결투를 신청했으므로 무어는 '물기' 방식을 택할 수밖에 없는 상황에 내몰린 셈이다. 대학생학우회 관례를 보면 이는 가격하는 결투와 찌르는 결투 및 파리식 검 에페와 가볍고 가느다랗고 끝이 뾰족한 장검 라피에에 상응한다.

코 물기로 하는 더 결정적인 결투만이 거론될 수 있다고, 그가 이를 받아들이지 않으려 한다면 비열한 스피츠라는 비난을 면치 못할 것이라고 단언했기 때문에 그는 물기 방식의 이 결투를 하기로 결심했다. 결투가 벌어져야 할 밤이 다가왔다. 나는 무치우스와 함께 정해진 시각에 구역 경계에 있는 집의 지붕 위에 도착했다. 나의 적수도 곧 그 자신보다 더 알록달록한 얼룩이 있고 훨씬 더 반항적이고 대담한 표정을 지니고 있는 위풍당당한 수고양이와 함께 왔다. 우리가 짐작한 대로 그는 그의 입회인이었다. 둘은 동지로서 여러 전장에 나가 함께 싸웠고 알록달록한 자에게 구운 베이컨 훈장을 얻게 해준 창고 정복 때도 함께 있었다. 그 밖에도, 나중에 듣고 알았지만, 신중하고 주의깊은 무치우스의 주선으로 작은 연회색 암고양이가 나왔다. 아주 뛰어난 외과술을 지녔고 가장 지독하고 위험한 상처도 적절히 치료하며 짧은 시간 내에 치유한다는 고양이였다. 결투가 시작되기 전에 구두로 약정이 되었다. 결투가 세 번의 도약으로 행해진다는 것, 그리고 세번째 도약에서 아무런 결정적인 일도 일어나지 않는다면 새로운 도약으로 결투를 계속해야 할지 아니면 일이 처리된 것으로 간주해야 할지 결정되어야 한다는 것이었다. 입회인들은 걸음을 재었고 우리는 마주보고 응전 자세를 취했다. 관례에 따라 입회인들은 큰 소리로 고함을 질렀고 우리는 서로에게 달려들었다.

당장 나의 적수는, 내가 그를 붙잡으려 하는 찰나 내 오른쪽 귀를 잡아 어찌나 지독하게 물어뜯었던지 나는 본의 아니게 크게 소리를 지르고 말았다. "떨어지시오!" 무치우스가 소리쳤다. 알록달록한 자는 물어뜯기를 그만두었고 우리는 정해진 위치로 돌아갔다.

입회인들의 새로운 고함소리, 두번째 도약. 이제 나는 나의 적수를 더 잘 붙잡는다고 생각했다. 하지만 그 배신자는 몸을 구부렸고 내 왼쪽 앞발을 물었다. 굵은 핏방울들이 솟구쳐나왔다. 떨어지시오! 무치우스가 두번째로 소리쳤다. "사실상," 내 적수의 입회인이 내게 몸을 돌리며 말했다. "사실상 이제 이 사안은 결정된 것이오, 친구여, 그대가 앞발의 심각한 상처로 인해 *전투불능의* 상태가 되었으니 말이오." 하지만 분노와 깊은 원한이 나로 하여금 아무런 고통도 느끼지 못하게 했다. 그래서 나는 내게 힘이 얼마나 부족한지 그리고 일이 처리된 것으로 간주해야 하는지는 세번째 도약에서 판가름날 것이라고 대꾸했다. "자," 입회인은 경멸하듯 웃으며 말했다. "자, 그대가 그대보다 우월한 적수의 앞발에 의해 기필코 쓰러지고자 한다면, 그렇다면 그대의 뜻이 이루어지길!"─하지만 무치우스는 내 어깨를 두드리고 이렇게 외쳤다. 좋네, 좋아, 내 형제 무어여, 진짜 학우회 청년은 그런 생채기 따윈 아랑곳하지 않지!─용감하게 버티게!

입회인들의 세번째 고함소리, 세번째 도약!─몹시 분노한 상태였지만 나는 내 적수의 술책을 알아챘다. 그는 항상 약간 옆으로 뛰어올랐는데, 그래서 그가 나를 분명히 잡은 반면 나는 그를 놓쳤던 것이다. 이번에 나는 조심했고 똑같이 옆으로 뛰어올랐다. 그리고 그가 나를 잡는다고 생각했을 때 내가 이미 어찌나 세게 그의 목을 물었던지 그는 비명은커녕 신음 소리밖에 내지 못할 정도였다. "떨어지시오!" 이제 내 적수의 입회인이 소리쳤다. 나는 곧장 뒤로 뛰어 물러섰지만 알록달록한 자는 깊은 상처에서 피를 콸콸 쏟으며 실신하여 쓰러졌다. 연회색 암고양이가 즉시 그에게 달려갔다. 그리고 붕대를 감기 전에

피를 어느 정도 멎게 하려고, 무치우스가 장담했듯이, 그녀가 항상 지니고 다녔기 때문에 언제고 사용할 수 있었던 가정처방약을 사용했다. 즉, 어떤 액체를 즉시 상처에 끼얹고 그것을 실신한 자에게 온통 뿌려 댄 것이다. 나는 맵고 독한 냄새 때문에 그 액체가 강력하고 단호한 효과를 지녔다고 간주할 수밖에 없었다. 그것은 테덴의 아르크뷔자드*도 오드콜로뉴도 아니었다. 무치우스는 나를 열렬히 가슴에 안고는 말했다. 형제 무어, 자네는 심장이 올바른 자리에 있는 수고양이답게 자네의 명예 문제가 결판날 때까지 싸웠네. 무어, 자네는 학우회 정신의 정점으로 날아오를 것이고, 어떠한 오점도 용납하지 않을 것이며, 우리의 명예를 지키는 것이 문제가 된다면 언제나 채비가 되어 있을 것이네. 줄곧 연회색 외과의를 돕던 내 적수의 입회인이 이제 반항적으로 등장하여 내가 세번째 진행에서 관례에 위배되게 싸웠다고 주장했다. 그러나 그때 형제 무치우스가 응전 자세를 취하고는 눈을 번쩍이고 발톱을 내뻗으며 단언했다. 그런 것을 주장하는 자는 그와 상대해야 할 것이며 그 문제는 바로 당장 판가름날 수 있다는 것이었다. 입회인은 더이상 아무런 대꾸도 하지 않는 것이 상책이라 여기고 조금 정신을 차린 상처 입은 친구의 등을 말없이 물고는 그와 함께 지붕의 채광창을 통해 퇴각했다. 회색 외과의는 내 상처 때문에 내게도 가정처방약을 써야 할지 물었다. 하지만 나는 귀와 앞발이 몹시 아프긴 했지만 이를 거절하고, 승리를 쟁취한 데, 그리고 미스미스를 빼앗긴 것과 얻어맞은 것에 대한 복수욕을 달랬다는 데 감격한 채 귀갓길에 올랐다.

---

* 요한 크리스티안 안톤 테덴이 발명한 상처 치료용 액체.

그대를 위해, 오, 수고양이 청년이여! 나는 매우 사려 깊게 내 첫 결투 이야기를 그토록 자세히 기록한 것이다. 명예의 문제에 대한 이 이상한 이야기가 그대를 철저하게 가르쳤을 테고 그외에도 그대는 여기에서 또한 삶을 위해 꼭 필요하고 유용한 여러 교훈을 길어낼 수 있으리라. 예컨대 용기와 용맹은 속임수에 대항해서 전혀 아무런 성과도 낼 수 없다는 것, 따라서 바닥으로 짓밟히지 않고 똑바로 서 있기 위해서는 속임수에 대한 정확한 연구가 필수적이라는 것 같은 교훈 말이다. *스스로 돕지 않는 자는, 스스로를 부정하네* 하고 고치의 『행복한 걸인』에서 브리겔라는 말하는데, 그 남자 말이 맞다, 딱 맞도다. 이것을 통찰하라, 수고양이 청년이여. 그리고 속임수를 결코 경멸하지 말라. 그도 그럴 것이 그 안에, 풍부한 수직갱도 안처럼 진정한 삶의 지혜가 숨어 있기 때문이다.

—아래로 내려왔을 때, 나는 마이스터의 문이 닫혀 있는 것을 알았다. 그래서 하는 수 없이 문 앞에 놓여 있던 명석을 잠자리로 삼아야 했다. 상처로 인해 출혈이 심했고 정말로 의식이 좀 혼미해진 기분이 들었다. 나는 누군가가 나를 부드럽게 들어 옮기는 것을 느꼈다. 그것은 문 앞에서 내 소리를 듣고(아마 나도 모르게 약간 끙끙거린 모양이었다) 문을 열고 내 상처를 알아본 나의 선량한 마이스터였다. "불쌍한 무어야!" 그가 소리쳤다. "그들이 너에게 무슨 짓을 한 것이냐? 지독하게 물린 상처구나—자, 나는 네가 너의 적수에게 아무것도 선사하지 않았기를 바란다!" '마이스터,' 나는 생각했다. '무슨 일이 있었는지 그대가 안다면!' 새삼 나는 완전히 쟁취한 승리, 내가 획득한 명예에 대한 생각으로 엄청나게 고양된 느낌이었다. 선량한 마이스터는

나를 내 잠자리에 눕혀놓고 장에서 연고가 들어 있는 작은 통을 꺼내더니 두 개의 반창고를 만들어 내 귀와 앞발에 붙여주었다. 나는 조용히 참을성 있게 모든 것을 하도록 놔두었고 첫번째 반창고가 나를 좀 아프게 했을 때 작고 낮은 으르르! 소리만 내뱉었다! "너는," 마이스터가 말했다. "영리한 수고양이다. 무어야! 너는 네 종족의 다른 으르렁대는 개구쟁이들처럼 네 주인의 좋은 의도를 오인하지 않는구나. 조용히 있으렴. 네가 앞발의 상처를 핥아 낫게 할 때가 되면 너 스스로 반창고를 뗄 것이다. 하지만 상처 입은 귀에 관해 말하자면, 불쌍한 녀석, 너는 그것을 위해 아무것도 할 수 없고 반창고를 참아내야 한단다."

나는 마이스터에게 그렇게 하겠다고 약속했고 나의 만족감과 그의 도움에 대한 고마움의 표시로 그에게 앞발을 내밀었다. 그는 언제나처럼 그것을 잡고 조금도 누르지 않은 채 살짝 흔들었다. 마이스터는 교양 있는 수고양이를 대하는 법을 잘 알고 있었다.

나는 곧 반창고의 기분좋은 효과를 감지했다. 그리고 작은 회색 외과의의 고약한 가정처방약을 받아들이지 않은 것이 기뻤다. 나를 방문한 무치우스는 쾌활하고 힘찬 내 모습을 목도했다. 나는 곧 그를 따라 대학생학우회 술잔치에 갈 수 있었다. 내가 말로 표현할 수 없는 환호로 얼마나 환영받았는지 짐작이 갈 것이다. 모두에게 나는 갑절로 사랑스러운 존재가 되었다.

그때부터 나는 멋진 학우회원의 삶을 영위했다. 그리고 그러면서 내가 털가죽에서 가장 좋은 털들을 잃어버렸다는 것을 기꺼이 간과했다. 하지만 지상에 지속될 수 있는 행복이 있을까? 사람들이 향유하는 기뽐마다 벌써—

(파지) —평지에서는 산으로 간주되었을 만한 높고 가파른 언덕에 위치해 있었다. 향내 나는 덤불로 에워싸인 넓고 편안한 길이 위쪽으로 나 있었는데, 길 양쪽에는 돌로 된 의자와 정자가 곳곳에 마련되어 방랑하는 순례자들을 위한 친절한 배려심을 보여주었다. 언덕 위에 도착해서야 비로소 멀리에서 홀로 서 있는 교회라고 여겼던 건물의 크기와 화려함을 알아볼 수 있었다. 문 위에 돌로 새겨진 문장, 주교관主敎冠, 주교장主敎杖과 십자가는 여기가 옛날에 주교의 관저였다는 것을 나타냈고, *주의 이름으로 오는 자는 축복받을지어다*라는 명銘은 경건한 손님들이 입장하도록 초대했다. 하지만 들어선 사람은 누구나 아마도 깜짝 놀라, 팔라디오* 양식으로 건축된 화려한 전면, 하늘로 치솟은 두 개의 높은 탑과 함께 양쪽에 익랑翼廊을 거느린 본관으로 중앙에 우뚝 선 교회의 모습에 사로잡힌 채 자기도 모르게 멈춰 서게 될 것이다. 본관에는 또 대수도원장의 방들이 있었다. 반면 양쪽 익랑에는 수도사들의 거처, 수도원 식당, 다른 집회실 들이 있었고, 아울러 찾아오는 이방인을 영접하기 위한 방도 있었다. 수도원에서 멀지 않은 곳에 농사農舍, 농장, 관리인의 집이 있었다. 하지만 더 아래 계곡에는 아름다운 마을 칸츠하임이 대수도원이 있는 언덕을 다채롭고 풍성한 화환처럼 둘러싸고 있었다.

이 계곡은 먼 산맥의 기슭까지 펼쳐져 있었다. 수많은 가축떼가 거울처럼 맑은 시냇물들이 가로질러 흐르는 골짜기의 목초지에서 풀을

---

* 일 팔라디오라 불린 안드레아 디 피에트로는 르네상스 시대의 중요한 건축가다.

뜯었다. 여기저기 흩뿌려져 있는 여러 마을에 사는 시골 사람들은 풍성한 전답 사이를 즐겁게 지나다녔고, 새들의 환호하는 노랫소리가 우아한 덤불에서 울려퍼졌다. 그리움 가득한 뿔피리 소리는 멀고 어두운 큰 숲에서 이쪽으로 울려왔고, 계곡을 흘러 지나가는 넓은 강물 위의 짐을 가득 실은 거룻배들은 흰 돛의 날개를 달고 재빨리 미끄러지듯 지나갔는데, 뱃사공들의 즐거운 인사 소리를 들을 수 있었다. 어디에나 넘치는 풍요, 풍부하게 베풀어진 자연의 축복이 있었고, 어디에나 영원히 계속되는 활기찬 삶이 있었다. 대수도원의 창에서 내다보이는 언덕 아래 밝고 정감 있는 풍경의 전망은 마음을 고양시키는 동시에 진정한 만족감으로 가득 채웠다.

사람들은 교회의 내부 장식을, 고상하고 장엄한 기본 구조에도 불구하고, 많은 수의 다채로운 도금된 조각품과 너무 세심한 그림들 때문에 지나친 치장이요 수도사풍의 미적 무감각이라 정당하게 비난할 수 있을지도 모른다. 그 대신 대수도원장의 방들을 건축하고 장식한 순수한 양식은 그만큼 더 눈에 띄었다. 교회의 제단실에서 사람들은 사제들의 집회를 위해 그리고 동시에 악기와 악보의 보관을 위해 쓰이는 널찍한 회당으로 바로 들어갈 수 있었다. 이 회당에서 이오니아식 원주가 세워진 긴 회랑이 대수도원장의 방들로 이어졌다. 비단 벽지들, 서로 다른 유파의 최고 대가들의 정선된 그림, 교회의 위대한 인물들의 입상, 양탄자들, 곱게 깔린 바닥, 값비싼 도구, 이곳에서는 모든 것이 재원이 많은 수도원의 부富를 가리키고 있었다. 전체에서 넘쳐나는 이 부는 눈을 현혹시킬 뿐 기쁘게 하지는 않는, 놀라움을 불러일으킬지언정 만족감을 불러일으키지는 않는 번쩍이는 화려함이 아니었다.

모든 것이 꼭 맞는 자리에 비치되어 있었고, 혼자서만 뽐내며 주의를 사로잡고 다른 것의 효과를 파괴하려 드는 것은 아무것도 없었다. 그 래서 사람들은 이런저런 개별 장식의 값어치를 생각하지 않고 전체에 서 기분좋은 자극을 받는다고 느꼈다. 배치상의 절대적 적절함이 이러 한 기분좋은 인상을 불러일으켰고, 무엇이 적절한지를 올바르게 결정 하는 바로 이 느낌이 아마도 좋은 미적 감각이라 일컬어지곤 하는 것 이리라. 대수도원장의 방들의 이 편안함과 아늑함은 실제로 넘쳐흐르 지는 않으면서도 넘쳐흐를 정도의 풍요로움에 가까웠다. 그래서 한 사 제가 이 모든 것을 손수 배치하고 만들어냈다는 사실이 전혀 불쾌감을 주지 않을 것이었다. 대수도원장 크리소스토무스는 몇 해 전 칸츠하임 으로 왔을 때 대수도원의 거처를 지금의 모습대로 설비하게 했는데, 그의 성격과 존재 방식 전체가, 사람들이 그를 보고 곧 그의 정신적 교 양의 높은 단계를 알아채기 전에, 이 설비에서 이미 생생하게 표현되 었다. 아직 사십대의 나이에 키가 크고 체격이 좋으며, 남자다운 아름 다운 얼굴에는 정신성이 풍부한 표정이, 거동 전체에는 우아함과 위엄 이 담겨 있는 대수도원장은 그에게 접근하는 모든 이에게 그의 지위가 요구하는 경외심을 불러일으켰다. 그는 교회를 위한 열성적인 투사요, 교단과 수도원 권리의 부단한 옹호자이면서도 유연하고 관대했다. 하 지만 바로 이러한 표면적 관대함이 그가 잘 다룰 줄 알고 그것으로 모 든 반대, 최고 권력의 반대마저도 이겨낼 수 있었던 무기였다. 그러니 가장 충실한 마음에서 우러나는 듯한 단순하고 점잖 빼는 말들 뒤에 수도사다운 노회함이 숨어 있다는 것을 짐작한다고 하더라도, 사람들 은 교회의 더 깊숙한 상황으로 파고든 탁월한 정신의 노련함만을 알아보았다. 대수도원장은 로마의 신앙전파성성聖省 신학교* 출신이었다. 그 스스로가 성직자의 예법과 질서와 어울리는 한 삶의 요구들을 단념하는 경향이 전혀 없었기에, 그는 수많은 아랫사람들에게 그들이 각자의 지위에 따라서만 요구할 수 있었던 모든 자유를 허용했다. 그리하여 이런저런 학문에 몰입한 몇몇은 외로운 독방에서 연구하는 반면 다른 이들은 대수도원의 정원에서 유쾌하게 이리저리 몰려다니고 쾌활한 대화를 나누며 즐겁게 지냈고, 열광적인 믿음을 지닌 몇몇은 금식하고 끊임없는 기도 속에 시간을 보내는 반면 다른 이들은 풍성하게 차려진 식탁에서 맛있게 먹고 종교적 훈련은 수도회 규율에 국한했으며, 몇몇은 대수도원을 떠나지 않으려 하는 반면 다른 이들은 더 먼 길에 올라때가 되면 긴 사제복을 짧은 사냥복 상의로 갈아입고 용감한 진짜 사냥꾼으로서 이리저리 뛰어다니는 일이 일어났던 것이다. 수도사들의 견해가 서로 다르고 누구나 원하는 대로 자신의 견해에 골몰해도 되었지만, 음악에 대한 열광적인 사랑에서는 그들 모두가 일치했다. 그들 대부분은 교육받은 음악가였고 그 가운데는 최고의 궁정악단의 명망을 높여주었을 대가들이 있었다. 풍부한 악보 모음, 가장 훌륭한 악기의 선택은 모두가 자신이 원하는 대로 솜씨를 발휘할 수 있게 해주었고 정선된 작품들의 빈번한 연주는 모두가 실제적 연습을 지속하게 했다.

　대수도원에 크라이슬러가 도착한 것이 바로 이러한 음악적 활동에 새로운 활기를 불어넣었다. 학자들은 책을 덮었고, 경건한 이들은 기

---

* 로마교황 그레고리우스 15세가 설립한, 신앙을 널리 보급하기 위한 신성한 수도원 연합회인 로마의 사크라 콘그레가티오네 데 프로파간다 피데 신학교를 의미한다. 로마 포교성성이라고도 하고 로마 선교성성이라고도 한다.

도 시간을 단축했으며, 모두들 그들이 사랑하는 크라이슬러 주위로 모여들었다. 그들은 그의 작품을 다른 어떤 이들보다 높이 평가했다. 대수도원장은 친밀한 우정으로 크라이슬러에게 애착을 가졌고 대수도원장을 비롯해 다른 모든 이들이 최대한 그에게 관심과 사랑을 표현하려 열성적으로 노력했다. 대수도원이 있는 지역을 낙원이라 일컬을 수 있다면, 수도원에서의 삶은, 맛있는 식사와 힐라리우스 신부가 마련한 양질의 와인도 일조한 셈이지만, 더없이 편안한 쾌적함을 주었고, 수도사들 사이에는 대수도원장에게서 풍겨나오는 기분좋은 쾌활함이 가득했다. 더욱이 예술에 완전히 몰두해 있는 크라이슬러가 물 만난 고기처럼 헤엄쳤으므로, 그의 동요하는 마음이 참으로 오랜만에 차분해진 것은 필연적인 일이었다. 그의 유머에 담긴 분노조차 완화되었고, 그는 어린아이처럼 부드럽고 연약해졌다. 하지만 이 모든 것 이상으로, 그는 자기 자신을 믿었으며, 분열된 가슴의 핏방울에서 싹터 솟구쳐나오는 저 유령 같은 도플갱어는 사라져버렸다.

어디엔가* 악장 요하네스 크라이슬러에 관해 쓰여 있는데, 그의 친구들은 그로 하여금 악곡을 쓰게 할 수 없었다고 한다. 그리고 어쩌다 한번 악곡을 썼다 해도 그는, 작품이 잘된 데 대해 그토록 많은 기쁨을 표명했을지라도, 그것을 곧장 불 속에 던져버렸다는 것이었다. 그렇다면 그런 일은 가련한 요하네스가 구원할 길 없이 몰락할 우려가 있던, 본 전기 작가가 지금까지 별로 많이 알고 있지 못한 아주 불행한 시기에 일어났을 것이다. 적어도 당시 칸츠하임 대수도원에서 크라이슬러

---

* 『칼로풍의 환상작품집』에서 「크라이슬러리아나」 참조. 신판 제1부 32쪽. (원주)

는 진정 그의 마음속 깊은 곳에서 솟아나온 악곡들을 없애버리는 것을 잘 경계했다. 그리고 그가 평소에는 너무도 자주 화성의 심연에서 위력적인 마술로 인간의 가슴속에 공포, 경악, 가망 없는 동경의 모든 고통을 불러일으키는 강력한 유령들을 불러냈다면, 이제 그의 기분은 그의 작품들이 띠는 달콤하고 기분좋은 비애의 특성 속에 표현되었다.

어느 날 저녁 교회의 제단실에서 크라이슬러가 완성한, 이튿날 아침 연주하기로 되어 있던 대미사곡의 마지막 예행연습을 한 후였다. 수도사들은 그들의 독방으로 돌아갔고 크라이슬러 혼자 주랑에 머물러 지는 해의 마지막 햇살의 희미한 빛을 받으며 그 앞에 놓여 있는 지역을 내다보았다. 그때 그에게는 저멀리서 방금 수도사들이 생생하게 표현한 그의 작품이 다시 한번 들려오는 듯했다. 하지만 아그누스 데이* 차례가 오자 이 아그누스 데이가 그에게 떠올랐던 그 순간의 형용하기 힘든 환희가 또다시 그리고 더 강하게 그를 사로잡았다. "아니," 뜨거운 눈물이 그렁그렁한 채 그가 외쳤다. "아니!─이건 내가 아니야, 오직 너야! 너, 나의 유일한 생각. 너, 나의 유일한 그리움!"

대수도원장과 수도사들은 이 악곡에서 가장 열렬한 경건함의 표현, 천상의 사랑 자체의 표현을 발견했다. 크라이슬러가 이 악곡을 창작하게 된 경로는 놀랄 만한 것이었다. 어느 날 밤 그는 작곡하기 시작했지만 아직 완성하려면 멀었던 대미사곡에 완전히 열중한 채 꿈을 꾸었는

---

* 아그누스 데이는 라틴어로 '하느님의 어린 양'을 뜻한다. 가톨릭의 통상 미사곡은 미사에서 항상 같은 예배가사를 사용하는 부분으로, 키리에, 글로리아, 크레도, 상투스, 아그누스 데이로 구성된다. 호프만도 1805년 라단조 미사곡 내에서 아그누스 데이를 작곡한 바 있다.

데, 악곡이 쓰이기로 한 성인의 날이 왔다는 것이었다. 대미사곡이 시작되고, 그는 완성된 총보總譜를 앞에 두고 지휘대에 서 있다. 대수도원장이 몸소 미사를 올리며 선창하고 그의 키리에가 시작된다.

악절에서 악절로 연주가 견실하고 힘차게 이어지고, 그를 놀라게 하고, 아그누스 데이에 이르기까지 그의 마음을 빼앗는다. 그때 그는 경악스럽게도 총보 속에서 음표가 전혀 쓰여 있지 않은 백지들을 발견한다. 수도사들은 갑자기 지휘봉을 내려놓은 그를 쳐다본다. 그가 마침내 시작하기를, 중단이 마침내 끝나기를 기다리며. 그러나 당황스러움과 불안이 그를 납처럼 무겁게 짓눌러, 그는 완성된 아그누스 데이 전체를 가슴속에 간직하고 있는데도 그것을 다만 악보 속으로 꺼내놓을 수가 없다. 그러나 그때 갑자기 우아한 천사의 형상이 나타나 지휘대로 다가와 천상의 소리로 아그누스 데이를 부르는데, 이 천사의 형상이 율리아인 것이다!─크라이슬러는 높은 열광의 환희 속에 깨어났고 황홀한 꿈속에서 그에게 떠오른 아그누스 데이를 악보에 적었다─그리고 크라이슬러는 지금 이 꿈을 한번 더 꾸었다. 그는 율리아의 목소리를 들었다. *우리에게 평화를 주소서* 하고 합창이 끼어들었을 때 노래의 물결은 점점 더 높이 쳤다. 그는 그를 집어삼킨 수많은 황홀한 기쁨의 바닷속에서 침몰하려 했다.

누군가 어깨를 살짝 두드려 그가 빠져든 황홀경에서 크라이슬러를 깨웠다. 그의 앞에 서서 호감을 가지고 그를 바라보던 대수도원장이었다.

"그렇지 않소," 하고 대수도원장이 말을 시작했다. "그렇지 않소, 젊은 친구 요하네스! 그대가 마음속 깊이 느낀 것, 그대가 멋지고 힘차게 삶으로 불러내는 데 성공한 것, 이것이 지금 그대의 온 영혼을 기쁘게 하는 것이지요?—그대는, 내가 그대가 이제껏 만들어낸 최고의 작품들 중 하나로 꼽는 대미사곡을 생각했다는 말이오."

크라이슬러는 말없이 수도원장을 응시했다. 그는 아직 아무 말도 할 수가 없었다.

"자, 자," 대수도원장은 미소 지으며 말을 계속했다. "그대가 훌쩍 날아오른 꿈의 세계에서 내려오시오!—나는 심지어, 그대가 생각 속에서도 작곡을 하고 그대에게 분명 즐거움인 작업을 그만두지 않는다고 생각하오. 그 작업이 결국 그대의 힘을 모두 소모시키니 위험한 즐거움이긴 하지만 말이오. 이제 모든 창작에 대한 생각에서 벗어나시오. 우리 이 서늘한 통로에서 이리저리 거닐며 거리낌없이 서로 이야기를 나눠봅시다."

대수도원장은 이제 수도원의 설비에 관해, 수도사들의 생활 방식에 관해 이야기했고, 모두가 자신 안에 지니고 있는 참으로 맑고 경건한 심성을 칭찬했으며, 마지막으로 악장에게, 대수도원에 머무는 수개월 동안 그가 더 차분하고 활발해졌으며, 교회의 복무를 기리는 고귀한 예술을 활발히 계속하는 데 더 애착을 갖게 된 것을 자신이 알아챘다고 생각한다면 잘못이 아닐지 물었다.

크라이슬러는 이를 시인하지 않을 수 없었고, 그 밖에도 대수도원이 그가 도망쳐 들어온 피난처처럼 그를 받아들여주었다고, 그는 자신이 정말로 교단의 수도사인 양 친숙한 생각이 들며, 수도원을 결코 떠나지 않겠노라고 확언하지 않을 수 없었다.

"허락해주십시오." 이렇게 크라이슬러는 말을 마쳤다. "이 옷이 부추기는 착각을 제게 허락해주십시오, 수도원장님! 위협적인 폭풍에 휩쓸린 저를 부드러운 운명의 호의가 한 섬의 해안에 표착하게 했다고 생각하게 해주십시오. 그 섬은 제가 보호받는 곳이며, 예술 자체의 열광에 다름 아닌 아름다운 꿈이 더이상 결코 파괴될 수 없는 곳이지요."

실제로, 특별한 친절함으로 얼굴을 환히 빛내며 수도원장이 대꾸했다. 실제로, 젊은 친구 요하네스, 그대가 우리 수도사로 나타나기 위해 입은 옷은 그대에게 잘 어울린다오. 나는 그대가 그 옷을 다시는 벗지 말았으면 하오. 그대만큼 베네딕트 교단 수도사로 적합한 인물은 찾아보기 힘들 거요.

그럼, 잠시 침묵한 후 수도원장은 크라이슬러의 손을 잡으며 말을 이었다. 그렇고말고, 이건 농담할 일이 아니오. 그대는 알고 있소, 나의 요하네스! 내가 그대를 알게 된 순간부터 그대가 내게 얼마나 사랑스러운 존재였는지, 나의 친밀한 우정이 그대의 뛰어난 재능에 대한 높은 존경심과 결합되며 얼마나 점점 더 높이 상승했는지 말이오. 사랑하는 사람에 대해서는 걱정을 하게 되는 법인데, 바로 이 걱정으로 인해 나는 그대가 수도원에 머물게 된 이래 그대를 세심할 정도로까지 관찰하게 되었다오. 이 관찰의 결과 나는 포기해서는 안 되는 확신에 이르렀소! ―진작부터 나는 이러한 관점에서 그대에게 나의 온 마음을 터놓고자 했소. 나는 적절한 순간을 기다렸고 그 순간은 찾아왔지! ― 크라이슬러! 세상을 단념하고 우리 교단에 들어오시오! ―

대수도원에 있는 것이 아무리 크라이슬러의 마음에 들었다 해도, 활발한 예술적 활동을 요구하면서도 안식과 평화를 주는 체류를 연장할 수 있는 것이 그에게 아무리 반가운 일이었을지라도, 대수도원장의 제의는 그를 불쾌하리만큼 놀라게 했다. 그도 그럴 것이, 그는 자유를 포기하며 영원히 수도사들 사이에 박혀 있는 것을 정말 진지하게는 전혀 생각하지 않았기 때문이다. 이따금 그러한 기괴한 생각이 떠오르기도 했고 이것을 대수도원장이 알아챘을지도 모르지만 말이다. 몹시 놀란 채 그는 대수도원장을 바라보았다. 그러나 그는 크라이슬러가 말하게 놔두지 않고 계속해서 말했다. 대답하기 전에 우선 조용히 내 말을 들어보시오. 크라이슬러. 교회에 쓸모 있는 종복을 얻는 것에 나는 관심을 가질 수밖에 없소. 하지만 교회 자체는 모든 인위적 설득을 비난하고, 진정한 인식의 내면의 불꽃이 자극되기를 바랄 뿐이라오. 그 불꽃이 밝게 타오르는 신앙의 불길로 빛을 발하고 모든 현혹을 절멸시키도록 말이오. 그러니 나는 어쩌면 그대 자신의 가슴속에 어둡고 혼란스럽게 놓여 있는 것만을 발현시키고자, 그것을 그대 자신이 분명히 인식하게 하고자 하오. 내가 그대에게, 나의 요하네스! 세상 사람들이 수도원 생활에 대해 품고 있는 말도 안 되는 선입견들에 관해 말해도 되겠소?—언제나 그 어떤 엄청난 운명이 수도사를 수사의 방으로 몰아넣었음이 틀림없으며, 그곳에서 그는 세상의 모든 즐거움을 단념한 채 끊임없는 고통 속에서 위로할 길 없는 삶을 비탄하며 보낸다는 것이오. 수도원은 영원히 잃어버린 자산에 대한 더없이 절망적인 슬픔, 절망, 기발한 자학의 광기가 스스로를 가둬놓은, 걱정으로 여윈 창백한 죽음의 형상들이 비참한 삶을 간신히 이어가고 마음을 짓이기는 불안을 둔중하게 웅얼거리는 기도 속에 토해놓는 어두운 감옥일 테지!

크라이슬러는 미소 짓지 않을 수 없었다. 대수도원장이 걱정으로 여원 창백한 죽음의 형상들에 관해 말했을 때, 그는 몇몇 살찐 베네딕트 교단의 수도사를, 특히 질 나쁜 와인을 마시는 것보다 더 큰 고통을 알지 못하는, 그리고 바로 이해하지 못한 새로운 악보가 불러일으키는 불안만을 알고 있는, 뺨이 붉은 착실한 힐라리우스를 떠올렸기 때문이었다.

그대는 미소 짓고 있구려, 대수도원장이 말을 계속했다. 그대는 내가 내놓은 상像과 그대가 여기서 알게 된 수도원 생활의 대조 때문에 미소 짓고 있는데 그대에겐 분명 그럴 이유가 있소. 몇몇 사람들은 지상의 고뇌로 분열된 채 세상의 모든 행복, 모든 안녕을 영원히 포기하며 수도원으로 도망치는지도 모르오. 그렇다면 교회에 받아들여져 그 품안에서 평화를 찾는 자는 복될지어다. 그 평화만이 그동안 겪은 모든 불행에 대한 위로를 주고 세상의 분망함 속 구제불능의 운명 위로 그를 끌어올릴 수 있소. 하지만 경건하고 관조적인 삶을 지향하는 진정한 내적 성향이 수도원으로 이끄는 이들이 얼마나 많은가. 세상에 순응하지 않고, 매 순간, 삶에서 생겨나는 모든 자잘한 상황의 쇄도 때문에 혼란에 빠진 채, 스스로 선택한 고독 속에서만 잘 지내는 사람들 말이오. 그리고 수도원의 삶에 걸맞은 뚜렷한 성향은 없지만 사실은 수도원 이외의 다른 어느 곳에도 속하지 않는 다른 이들이 있다오. 더 높은 존재에 속하고 이 더 높은 존재의 요구들을 삶의 전제조건으로 여기기 때문에 세상에서 이방인이고, 이방인으로 남아 있는 이들을 말하는 것이오. 하지만 그래서 지상에서 찾을 수 없는 것을 쉼 없이 뒤쫓으며, 결코 충족될 수 없는 동경 속에 갈망하며, 이리저리 흔들리고 헛되이 안식과 평화를 찾는 사람들, 활시위를 벗어난 모든 화살이 그들의 열린 가슴을 맞히지만 그들의 상처를 어루만져줄 향유라고는 언제나 그들에 맞서 무장을 하고 있는 적의 쓰디쓴 조롱밖에 없는 사람들 말이오. 고독, 적대적 방해가 없는 단조로운 삶과 특히 그들이 속하는 빛의 세계를 언제나 자유롭게 쳐다보는 것만이 균형을 만들어내고 그들로 하여금 혼란한 세상의 분망함 속에서는 얻어낼 수 없는 초지상적인 만족을 마음속에서 느끼게 할 수 있소. 그런데 그대―나의 요하네스, 그대는 영원한 힘이 지상의 것의 압박에서 천상의 것으로 높이 끌어올리는 이러한 사람들에 속하오. 그대를 진부한 지상의 활동과 영원히 갈라놓을, 갈라놓을 수밖에 없는 더 높은 존재의 활발한 감정이 예술에서 힘차게 환한 빛을 발한다오. 다른 세계에 속하고, 천상의 사랑의 신성한 비밀을 동경과 함께 가슴속에 감추고 있는 예술에서 말이오. 이러한 예술은 더없이 열렬한 경건함 자체이며 그것에 완전히 몰두한 채 그대는, 청년으로 성숙한 소년이 닳아빠진 장난감을 내던지듯 그대가 경멸과 함께 내던지는 현란한 세상의 장난질과 더이상 아무런 관계가 없소. 나의 가련한 요하네스, 그대를 극도로 괴롭혔던, 경멸의 미소를 짓는 바보들의 어처구니없는 조롱으로부터 영원히 도망치시오!―친구가 그대를 맞이하여 어떠한 폭풍우도 위협하지 않는 안전한 항구로 인도하기 위해 팔을 벌리고 있소이다!―

깊이, 대수도원장이 침묵하자 요하네스는 진지하고 침울하게 말했다. 저는 당신이 하시는 말씀의 진실을 깊이 느낍니다, 존경하옵는 친구여! 제가 실제로, 제게는 영원히 불가사의한 오해와 같은 모양을 하고 있는 세계에 쓸모가 없다는 것을 말이지요. 그럼에도 불구하고―터놓고 고백하건대, 제가 어머니 젖과 함께 빨아먹은 여러 신념을 희생시키며 다시는 벗어날 수 없는 감옥과 같은 이 옷을 입는다는 생각은 제게 두려움을 불러일으킵니다. 악장 요하네스가 그래도 향긋한 꽃들로 가득한 몇몇 작고 예쁜 정원을 찾을 수 있었던 바로 그 세계가 수도사 요하네스에게는 갑자기 삭막하고 황폐한 사막일 것이라는 생각이 듭니다. 활기찬 삶에 한번 체념이 얽혀들고 만 것처럼 말이지요.

체념, 대수도원장이 목소리를 높여 악장의 말을 끊었다. 체념이라고?—요하네스, 그대에게 체념이 있는가. 예술의 정신이 그대 안에서 점점 더 강력해진다면, 그대가 강력한 날개로 빛나는 구름 속으로 날아오른다면?—그대를 매혹할 수 있는 어떠한 삶의 즐거움이 더 있단 말인가?—하지만(대수도원장은 더 부드러운 목소리로 이렇게 말을 이었다) 하지만 영원한 힘이 정복될 수 없는 위력으로 우리의 전 존재를 뒤흔드는 감정을 우리의 가슴에 심어두었소. 그것은 정신과 육체를 연결시키는 비밀스러운 끈이지. 정신은 환상적이고 충만한 행복이라는 최고의 이상을 향해 노력한다고 잘못 생각하지만 그저 육체가 꼭 필요한 욕구로서 요구하는 것을 원할 뿐이고 그리하여 인간 종족의 존속에 전제되어 있는 상호작용이 생겨나기 때문이오. 내가 남성과 여성의 사랑에 대해 말하고 있다는 것, 그리고 물론 그것을 완전히 체념하는 일을 전혀 사소하게 여기지 않는다는 말을 덧붙이지 않아도 되겠지. 하지만 요하네스! 그대가 체념한다면 불행으로부터 자신을 구할 수 있소. 결코, 결코 그대는 지상의 사랑이라는 망상에 빠진 행복을 향유할 수도 없고, 향유하지도 못할 것이오.

대수도원장은 마지막 말을 마치 운명의 책이 앞에 펼쳐져 있어 그가 그것을 보고 크라이슬러에게 모든 위협적인 고통을 예고하기라도 하는 양 엄숙하고 장중하게 말했다. 그가 그것에서 벗어나기 위해서는 수도원으로 피신해야 한다는 것이었다.

그러나 그때 크라이슬러의 얼굴에서 그를 사로잡은 아이러니의 정신을 예고하곤 하던 저 기이한 근육의 움직임이 시작되었다. 이런, 그가 말했다. 이런! 수도원장님께서 틀리셨습니다, 완전히 틀리셨어요. 수도원장님께서는 저라는 사람을 잘못 생각하고 계십니다. 제가 *가면*을 쓰고 한동안 계속 사람들을 놀리기 위해, 그리고 저 자신은 드러내지 않은 채 사람들이 누구를 상대하고 있는지 알도록 이런저런 이름을 손에 써주기 위해 입고 있는 옷으로 인해 혼란스러우신 겁니다!─저는 그런대로 괜찮은 사람이지 않습니까? 아직 한창때이고, 상당히 멋진 외모와 충분한 교양을 지녔고 점잖지 않습니까?─제가 가장 멋진 검은 연미복을 솔질해 입고 하의에 관해 말하자면 완전히 비단으로 빼입고, 모든 뺨이 붉은 교수의 딸, 모든 푸른 혹은 갈색 눈의 추밀고문관의 딸 앞에 대담하게 다가가서, 거동이며 얼굴과 말투에 더없이 우아한 *연인*의 온갖 달콤함을 띠고서 거리낌없이, 더없이 아름다운 이여, 제게 당신의 손을, 그리고 덧붙여 당신이라는 귀중한 인물을 그 부속물로서 주시겠습니까, 하고 물을 수 있지 않습니까? 그러면 교수의 딸은 눈을 내리깔고 아주 나지막이, 아빠와 말씀하세요! 하고 속삭일 것입니다. 혹은 추밀고문관의 딸은 제게 심지어 열광적인 시선을 던지고 나서, 벌써 오래전부터 남몰래 제가 이제야 말로 표현한 사랑을 알아챘노라고 확언하고 덧붙여 결혼 의상의 레이스 장식에 대해 말할 것입니다. 그리고 아아! 각각의 부친들, 그들은 얼마나 기꺼이 딸들을 대공의 전前 악장 같은 존경할 만한 인물의 요구에 헐값으로 처분하겠습

니까!—하지만 저는 또한 더 높고 낭만적인 데까지 밀고 나아가 목가
적 생활을 시작하고, 소작인의 영리한 딸에게, 그녀가 막 염소젖 치즈
를 준비한다면, 저의 마음과 손을 내놓을 수도 있을 것입니다. 혹은 제
2의 공증인 피스토폴루스*로서 방앗간으로 달려가 밀가루 먼지로 이
루어진 천상의 구름 속에서 저의 여신을 찾을 수도 있을 것입니다!—
어디에서 결혼—결혼—결혼 이외에 아무것도 원하지 않고 아무것도
요구하지 않는 충실하고 정직한 마음이 오인되겠습니까!—사랑에서
아무런 행복도 얻지 못한다고요?—수도원장님께서는 제가 실은 그 사
랑에서 지독하게 행복하기에 꼭 알맞은 남자라는 사실을 전혀 고려하
지 않으십니다. 그 단순한 주제가 '네가 나를 원한다면 나는 너를 취하
리라!'에 다름아닌, 그 주제의 또다른 변주들이 결혼식의 알레그로 브
릴란테**에 따라 연주되는, 그러고는 결혼 생활에서 계속해서 연주되는
사랑 말입니다. 수도원장님께서는 그 밖에도 제가 벌써 한참 전에 아
주 진지하게 결혼할 생각을 했다는 것을 모르고 계십니다. 물론 당시
저는 아직 경험이 적고 교육을 조금밖에 받지 못한 어린 사람, 즉 겨우
일곱 살이긴 했습니다만 제가 신부로 선택한 서른세 살의 아가씨는 그
래도 제게 손과 입으로 저 말고 어떤 다른 사람도 남편으로 삼지 않겠
노라고 약속했습니다. 그런데 그 일이 나중에 왜 깨어지게 되었는지는
저 자신도 모르겠어요. 수도원장님께서는 사랑의 행운이 어릴 때부터
제게 웃어주었다는 것을 부디 아셔야 합니다. 그리고 이제—비단 양
말을—비단 양말을 가져오라—신을 가져오라, 곧장 구혼자의 두 발을

---

* 이탈리아 작곡가 조반니 파이시엘로의 오페라 〈방앗간 아가씨〉의 주인공.
** '빠르게, 화려한 표현으로'라는 뜻.

재빨리 쑤셔넣고 쏜살같이 그녀에게 뛰어가게. 그녀는 즉각 반지를 끼워달라고 더없이 귀여운 집게손가락을 벌써 내밀고 있고, 존경할 만한 베네딕트 교단의 수도사에게 토끼처럼 즐겁게 껑충껑충 뛰는 것이 점잖지 못한 태도가 아니라면 저는 곧바로 여기 수도원장님 눈앞에서 당장, 신부와 결혼식을 생각하기만 해도 저를 완전히 사로잡는 순전한 기쁨에서 마틀로 혹은 가보트 혹은 홉서*를 출 것입니다. 허허!─사랑의 행복과 결혼에 관해 말하자면, 그 점에서 저는 믿을 수 있는 유능한 사람입니다!─수도원장님께서 이것을 깨달으셨으면 합니다─나는, 크라이슬러가 마침내 말을 멈추자 대수도원장이 대꾸했다. 나는 바로 내가 주장하는 바를 증명하는 그대의 기이하고 익살스러운 연설을 중단시키고 싶지 않았소, 악장. 나는 내게 상처를 입혀야 했지만 상처를 입히지 못한 가시 역시 잘 감지하고 있다오!─내가 형체 없이 허공에 떠 있고 인간적 원칙의 조건과는 아무런 관계가 없는 저 환상적인 사랑을 결코 믿지 않은 것은 얼마나 잘한 짓인가!─그것이 어떻게 가능한가, 그대가, 정신의 이러한 병적 긴장에서─하지만 이에 대해서는 그만 말하겠소!─그대를 뒤쫓고 있는 위협적인 적에게 더 가까이 다가갈 때가 되었소─그대는 지크하르츠호프에서 체류하는 동안 저 불행한 화가, 저 레온하르트 에틀링거의 운명에 대해 듣지 않았소?─수도원장이 이 이름을 언급했을 때 섬뜩한 공포의 전율이 갑자기 크라이슬러를 엄습했다. 방금 전에 그를 사로잡았던 날카로운 아이러니의 모든 흔적이 얼굴에서 지워져버렸고 그는 둔탁한 목소리로 물었다. 에틀

---

* 마틀로, 가보트, 홉서는 모두 4분의 2박자 춤이다.

링거?―에틀링거? 그 사람이 제게 무슨 상관이란 말입니까?―제가 그 사람과 무슨 관계가 있지요?―저는 결코 그를 알았던 적이 없어요. 제가 언젠가 그가 물속에서 위에 있는 제게 말한다고 잘못 생각한 것은 가열된 환상의 유희였을 뿐입니다.

진정하시오. 대수도원장은 크라이슬러의 손을 잡으며 부드럽고 온화하게 말했다. 진정하시오, 젊은 친구 요하네스!―그대는 너무 강력해진 열정의 탈선으로 인해 가장 깊은 불행으로 추락한 저 불행한 사람과 아무런 관계도 없다오. 하지만 그의 끔찍한 운명이 그대에게 위험을 알려주는 선례가 될 수 있을 테지. 젊은 친구 요하네스!―그대는 아직 그 사람보다 더 미끄러지기 쉬운 길에 있소. 그러니 도망치시오―도망쳐!―헤드비가!―요하네스! 나쁜 꿈이 공주를 사슬로 단단히 옭아매고 있소. 그 사슬은 자유로운 정신이 끊어버리지 않는 한 풀리지 않을 것 같소!―그런데 그대는?

대수도원장의 이 말에 크라이슬러의 마음속에 수천 가지 생각이 떠올랐다. 그는 대수도원장이 지크하르츠호프의 제후 가문의 모든 사건뿐만 아니라 그가 머무는 동안 그곳에서 일어난 일도 알고 있다는 것을 알아챘다. 공주의 병적인 신경과민이 그가 접근하는 데서 전혀 생각지 못한 위험을 두려워하게 만들었으리라는 것이 분명해졌다. 그리고 바로 이 두려움, 벤촌 부인 이외에 다른 누가 이 두려움을 마음속에 품고 있으며, 따라서 다른 누가 그가 무대에서 퇴장하기를 바랄 수 있었겠는가?―바로 이 벤촌 부인이 대수도원장과 관련되어 있고 그가 대수도원에 머무는 것을 알고 있음이 틀림없었다. 그러니 그녀가 대수도원장이 시작한 모든 일의 동기였다. 크라이슬러는 공주가 정말로 마음속에서 싹트는 열정에 사로잡힌 것처럼 보였던 모든 순간을 생생하게 떠올려보았다. 그도 왜 그런지 알 수 없었지만 자신이 저 열정의 대상일 수 있다고 생각하자 유령에 대한 공포 같은 것이 그를 사로잡았다. 낯선 정신적 힘이 강제로 그의 내부로 뚫고 들어와 그에게서 사고의 자유를 빼앗으려는 것 같았다. 헤드비가 공주가 갑자기 그의 앞에 서 있었고, 그녀 특유의 이상한 눈빛으로 그를 응시했다. 그러나 바로 그 순간, 그가 맨 처음 공주의 손을 건드렸던 그때처럼 맥박이 그의 모든 신경을 통해 진동했다. 하지만 이제 저 섬뜩한 두려움도 사라졌다. 그는 전기의 온기가 기분좋게 그의 내부를 미끄러져 통과하는 것을 느꼈다. 그는 꿈속에서처럼 나직이 말했다. 심술궂은 작은 전기가오리야, 벌써 또 나를 놀리는 것이냐? 그런데 내가 너에 대한 순수한 사랑에서 베네딕트 교단의 수도사가 되었으니 네가 상처를 입히면 벌을 받는다는 것을 알지 않느냐?

대수도원장은 그의 자아를 꿰뚫어보려는 듯이 날카로운 시선으로 악장을 주시했다. 그리고 나서 진지하고 엄숙하게 말했다. 젊은 친구 요하네스, 그대는 누구와 말을 하는가?

크라이슬러는 꿈에서 깨어났다. 그리고 대수도원장이 지크하르츠호프에서 일어난 일을 모두 알고 있다면 무엇보다 그를 쫓아낸 파국 이후의 경과를 틀림없이 알고 있으리라는 생각이 떠올랐다. 그에게는 이에 관해 더 많은 것을 들어 아는 것이 중요했다.

그는 기이하게 미소 지으며 대수도원장에게 대꾸했다. 대수도원장님, 당신이 들으신 것처럼 다름아닌 심술궂은 전기가오리와 얘기했답니다. 그놈이 아무런 자격도 없이 우리의 이성적인 대화에 끼어들어 이미 정말로 혼란스러운 저를 더 혼란스럽게 만들려고 했지요. 하지만 모든 것에서 저는 무척 고통스럽게도 몇몇 사람들이 저를 바로 작고한 궁정초상화가 레오나르두스 에틀링거만큼이나 큰 바보로 간주한다는 것을 알아채야 했습니다. 그는 당연히 그를 대단치 않게 생각한 고귀한 사람을 단지 그리려고만 하지 않고 사랑하고자, 그것도 한스가 그의 그레테를 사랑하듯 아주 평범하게 사랑하고자 했지요. 아아! 제가 보잘것없는 허튼 노랫소리에 가장 아름다운 화음을 짚을 때 대체 언제고 경의가 부족하게 했습니까!—작은 공주의 고집이 온갖 놀라운 마음의 여흥 속에 기이한 거동을 보이고 정직한 사람들을 자기적磁氣的 환상들을 가지고 희롱하려 했을 때, 제가 언제고 부적절하고 이상한 소재들을 감히 거론하려고 했습니까? 환희와 고통에 대해, 사랑과 증오에 대해 말입니다?—제가 그러한 짓을 언제고 한 적이 있습니까? 말하지—

그렇지만, 대수도원장이 그의 말을 끊었다. 그렇지만 나의 요하네스! 그대는 언젠가 예술가의 사랑에 대해 말한 적이 있소—

크라이슬러는 대수도원장을 응시하더니 양손을 합장하고 시선을 위쪽으로 향하며 소리쳤다. 오, 하늘이여! 그러니까 이것이로군!—훌륭한 사람들이여, 그는 저 기이한 미소가 다시 얼굴 가득 번진 채 내적 비애로 꽉 잠긴 목소리로 말을 계속했다. 모두 다 훌륭한 사람들이여, 그대들은 대체 언젠가 어디선가, 천박한 무대 위에서일지라도, 햄릿 왕자가 길든스턴이라는 이름의 정직한 남자에게 그대는 나라는 악기의 음이 맞지 않게 할 수는 있겠지만 나를 가지고 연주할 수는 없을 거라고 말하는 것을 들어본 적이 없는가?*—맙소사!—이는 꼭 내 경우가 아닌가!―그의 가슴속에 감춰져 있는 사랑의 아름다운 소리가 그대들 귀에 거슬릴 뿐이라면 그대들은 왜 악의 없는 크라이슬러의 말을 은밀히 엿듣는가?―오, 율리아!

크라이슬러가 그의 앞에 서서 저녁 하늘의 파도가 높이 인 불바다를 아주 황홀하게 쳐다보는 동안 대수도원장은 갑자기 전혀 예기치 못한 무언가에 깜짝 놀라 헛되이 할말을 찾는 듯했다.

그때 대수도원의 탑들에서 종소리가 일더니 놀라운 천상의 목소리처럼 금빛으로 반짝이는 저녁 적운積雲 사이로 지나갔다.

너희와, 크라이슬러는 양팔을 넓게 벌리며 외쳤다. 너희 화음들이여, 나는 너희와 함께 가겠노라! 모든 위로할 길 없는 고통이 너희에게 실려 나에게 솟구쳐올라 나 자신의 가슴속에서 스스로를 절멸시켜야 하며, 너희의 음성은 천상의 평화의 사신처럼 고통이 희망 속에, 영원한 사랑의 동경 속에 사라졌음을 알려야 한다.

대수도원장이 말했다. 저녁 시도時禱를 알리는 종이 울리고 있소. 수도사들이 오는 소리가 들리는군. 내일, 나의 친애하는 친구! 지크하르츠호프에서의 여러 사건에 관해 더 얘기해봅시다.

아아, 그제야 대수도원장에게서 알고자 했던 것이 다시 생각난 크라이슬러가 소리쳤다. 아아, 수도원장님, 저는 즐거운 결혼식이라든가

---

*『햄릿』 3막 2장 참조. 햄릿은 왕의 첩자인 길든스턴이 자신을 염탐하는 것을 알고 그에게 플루트를 불어보라고 한 다음 그가 간단한 화음도 불지 못하자 묻는다. "무엇 때문에 그대는 내 주위를 돌아다니는가, 나의 냄새를 맡기 위해서인가, 마치 그대가 나를 올가미 속으로 몰아넣으려는 것처럼? (…) 어떠한 악기가 되었건 그대가 원하는 대로 나를 부르게. 그대는 나라는 악기의 음이 맞지 않게 할 수는 있겠지만 나를 가지고 연주할 수는 없을 걸세."

그런 것에 관해 많이 듣고 싶습니다! — 헥토르 왕자는 자신이 멀리서 부터 잡으려 했던 그 손을 잡기를 주저하지 않겠지요? 훌륭한 신랑에 게 무슨 나쁜 일이 일어나진 않았겠지요?

그때 대수도원장의 얼굴에서 모든 장엄함이 사라졌고 그는 평소처 럼 특유의 기분좋은 유머를 가지고 말했다. 훌륭한 신랑에게는 아무 일도 일어나지 않았다오, 나의 정직한 요하네스. 하지만 그의 부관을 숲에서 말벌이 쏘았다고 하오. 이런, 크라이슬러가 대꾸했다. 이런! 그 가 불과 연기로 몰아내려고 했던 말벌이!

수도사들이 회랑으로 들어섰다. 그리고—

(무어)—악한 적이 매복하고 있지 않은가, 그리하여 정직하고 순진 한 수고양이의 주둥이 바로 앞에서 좋은 음식을 가로채려 하지 않는 가?—그도 그럴 것이 얼마 지나지 않아 우리의 아늑한 지붕 위 협회는 타격을 받아 완전히 붕괴될 만큼 뒤흔들렸다. 즉, 저 나쁜, 고양이의 모든 쾌적함을 혼란시키는 적이 우리에게 아킬레스라는 이름의 강력 하고 광포한 속물의 형상으로 나타났던 것이다.* 호메로스의 동명 인물 과 소소한 관점에서 그를 비교할 수 있었다. 그도 그럴 것이 사람들은 호메로스의 작품에 나오는 아킬레스의 영웅성이 무엇보다도 역시 모 종의 둔한 서투름에, 그리고 거칠고 공허한 어투에 있었다고 추측해야 하기 때문이다. 아킬레스는 실은 천한 푸줏간 개였지만 집 지키는 개 로 근무하고 있었는데, 그를 고용한 집주인은 집에 대한 충성심을 굳 히기 위해 그를 쇠사슬로 묶어놓았다. 그래서 그는 밤에만 자유롭게

---

* 이하의 내용은 1819년 8월의 이른바 카를스바트 결의에 따른 민중선동가와 대학생 학우회(부르셴샤프트)의 박해에 대한 풍자다.

돌아다닐 수 있었다. 우리 가운데 몇몇은 그의 참아내기 힘든 본성에도 불구하고 그를 몹시 불쌍히 여겼다. 하지만 그는 자유의 상실을 전혀 개의치 않았다. 그도 그럴 것이 그는 무겁게 내리누르는 쇠사슬이 자신에게 명예와 장식이 된다고 믿을 만큼 매우 어리석었기 때문이다. 아킬레스는 우리의 밤의 향연들로 인해 이리저리 돌아다니며 모든 불법에 대해 집을 보호해야 할 때면, 자신이 적잖이 불쾌하게도 잠을 방해받는다고 생각했다. 그리고 평화 파괴자인 우리를 죽이고 파멸시키겠다고 위협했다. 하지만 그가 둔해서 지붕 위는커녕 다락방에조차 올 수 없었기 때문에 우리는 그의 위협을 눈곱만큼도 개의치 않고 언제나처럼 소동을 벌였다. 아킬레스는 다른 조치를 취했다. 여러 번 전투를 치른 훌륭한 장군처럼 은밀한 공격으로, 그러고 나서 공공연한 소규모 전투로 우리에 대한 공격을 시작했다.

즉, 아킬레스가 이따금 그의 서툰 앞발로 조종함으로써 함께 노는 영광을 베풀어준 여러 스피츠들이 우리가 노래를 시작하자마자 그의 지시에 따라 제대로 된 노랫가락 하나 알아들을 수 없을 정도로 야수처럼 짖어댔던 것이다!―그것만이 아니었다!―이 속물 졸개들 가운데 몇몇은 다락방까지 밀고 들어와, 우리가 그들에게 발톱을 보여줄 때면 우리와 그 어떤 공개적이고 정직한 싸움을 하려고는 하지 않은 채 어찌나 소리치고 짖어대며 끔찍한 소동을 벌였던지, 처음에는 집 지키는 개만이 잠을 설쳤다면 이제 집주인도 전혀 눈을 붙일 수 없을 지경이었다. 고함치는 야단법석이 도무지 끝날 줄 몰랐기 때문에 집주인은 머리 위의 폭도들을 쫓아내기 위해 사냥 채찍을 움켜쥐었다.

오, 이 글을 읽는 수고양이여, 그대가 가슴속에 진정한 남자다운 감각을, 머릿속에는 밝은 이성을 지니고 있다면, 그대가 까다로운 귀를 가지고 있지 않다면, 그대에게 내 말하노니, 언젠가 화난 스피츠의 날카롭게 외치는, 째지는, 모든 조성調性으로 불협화음을 내는 짖어대는 소리보다 더 지독하고, 역겹고, 싫으면서도 가련한 소리를 들어본 적이 있는가?―그 작은, 꼬리를 흔드는, 쩝쩝대며 먹는, 귀엽게 행동하는 생물들, 그들을 경계하라, 수고양이여! 그들을 믿지 말라. 내 말을 믿으라. 스피츠의 친절함은 밖으로 내뻗은 호랑이의 발톱보다 더 위험하도다!―이러한 관점에서 우리가 유감스럽게도! 너무도 자주 했던 쓰디쓴 경험에 대해서는 침묵하자. 그리고 우리 이야기의 진행으로 돌아가도록 하자.

자, 이미 말한 것처럼, 주인은 다락방에서 폭도들을 쫓아내기 위해 채찍을 움켜쥐었다. 하지만 무슨 일이 일어났는가! 스피츠들은 화가 난 주인에게 꼬리를 흔들며 다가갔고, 그의 발을 핥았으며, 모든 시끄러운 고함소리가 오직 그의 평온을 위해 일어난 것임을 그에게 표현했다. 바로 그 때문에 주인의 모든 쾌적한 평온이 깨졌을지라도 말이다. 그들은 오로지 우리, 지붕 위에서 지나치게 높은 음조로 노래를 부르는 등 온갖 참을 수 없는 못된 짓을 하는 우리를 쫓아내기 위해 짖었다는 것이었다. 주인은 유감스럽게도 스피츠들의 수다스러운 달변 탓에, 게다가 주인에게 소동의 이유를 집요하게 추궁당한 집 지키는 개가 우리에 대해 마음속에 품고 있던 격렬한 증오심 속에 스피츠들의 말이 맞다고 하자 그만큼 더 모든 것을 믿게 되었다. 이제 우리는 박해를 당하게 되었다!―도처에서 우리는 쫓겨났다. 빗자루를 휘두르고 지붕 기왓장을 던지는 하인들에게. 그렇다! 도처에 우리가 걸려들어야 할,

그리고 유감스럽게도! 정말로 걸려든 올가미와 여우덫이 놓였다. 나의 친애하는 친구 무치우스조차 불행 속에, 즉 여우덫에 걸려들어 오른쪽 뒷발이 비참하게 으스러져버렸다!

그리하여 우리의 즐거운 공동생활은 끝장나고 말았다. 나는 깊은 고독 속에 불행한 친구들의 운명을 슬퍼하며 마이스터의 난로 밑으로 돌아갔다.

어느 날 미학 교수 로타리오 씨가 내 주인의 방에 들어섰고 그의 뒤에서—폰토가 뛰어들어왔다.

폰토의 모습이 내게 얼마나 불쾌하고 섬뜩한 느낌을 불러일으켰는지는 말로 표현할 수가 없다. 그는 집 지키는 개도, 스피츠도 아니긴 했지만 그래도 그 사악하고 적대적인 성향이 즐거운 고양이 학우회 속에서의 나의 삶을 혼란시켰던 종족에 속했다. 그 때문에 그도, 그가 내게 보여준 모든 우정도 미심쩍게 느껴졌다. 그 밖에도 폰토의 눈빛, 그의 전 존재 속에 뭔가 오만한 것, 조롱하는 것이 들어 있는 듯했다. 그래서 나는 차라리 그와 말을 하지 않기로 결심했다. 나는 조용조용 쿠션에서 살금살금 빠져나와 마침 문이 열려 있던 난로 속으로 단숨에 뛰어들어간 다음 내 뒤로 문을 당겼다.

로타리오 씨는 마이스터와 이런저런 이야기를 나눴는데, 나는 주의를 온통 젊은 폰토에게 기울였기 때문에 그 이야기에 별로 관심을 두지 않았다. 폰토는 제법 멋을 부리며 작게 노래를 흥얼거리면서 이리저리 춤추듯 돌아다니더니 창턱으로 뛰어올라 창밖을 내다보았고, *허풍선이*들이 하듯이 매 순간 지나가는 지인들에게 고개를 끄덕였으며, 또한 지나가는 그의 종족 미녀들의 시선을 끌기 위해 조금 짖기까지

했다. 그 경솔한 자는 내 생각은 전혀 하지 않는 듯했다. 그런데 나는 이미 말했듯이 그와 전혀 말하고 싶지 않았음에도 그가 나에 관해 묻지 않는 것, 내게 전혀 주의를 기울이지 않는 것이 마땅찮았다.

전혀 다른, 그리고 내가 생각하기에 훨씬 더 점잖고 이성적인 성향을 지니고 있는 것은 미학 교수 로타리오 씨였다. 그는 방안에서 나를 찾아 사방을 둘러본 후에 마이스터에게 말했다. 그런데 당신의 훌륭한 므시외 무어는 대체 어디에 있나요!

정직한 고양이학우회 청년에게 므시외라는 고약한 말보다 더 모욕적인 호칭은 없다.* 그러나 세상의 미학자들에게는 많은 것을 용인해 주어야 한다. 그래서 나는 교수의 부당한 언사를 용서했다.

마이스터 아브라함은 내가 얼마 전부터 혼자 나다녔고 특히 밤이면 집에 있는 적이 거의 없었으며 그런 연유로 피곤하고 지쳐 보였다고 확언했다. 내가 방금 전까지만 해도 쿠션 위에 누워 있었는데 금세 어디로 그렇게 빨리 사라져버렸는지 정말 모르겠다는 것이었다.

내 짐작으로는, 교수가 계속 말했다. 내 짐작으로는 아마, 마이스터, 당신의 무어가 — 하지만 그가 여기 어디엔가 숨어서 엿듣고 있지 않을까요? — 한번 좀 살펴보도록 합시다.

나는 조용히 난로 뒤편으로 갔다. 하지만 이제 나에 대한 얘기가 나올 것이기에 내가 얼마나 두 귀를 쫑긋 세웠을지는 짐작할 수 있을 것이다. 교수는 모든 구석을 샅샅이 찾아보았지만 헛수고였다. 마이스터는 적잖이 놀라 웃으며 외쳤다. 정말로, 교수, 자네는 나의 무어에게

---

* 민족주의적인 성격을 지닌 고양이학우회는 프랑스에 적대적인 입장을 고수한다.

엄청난 명예를 베풀어주는구먼!

허허, 교수가 대꾸했다. 마이스터! 제가 당신에 대해, 수고양이를 시인이자 작가로 만든 교육적 실험 때문에 품고 있는 의심이 제 마음에서 떠나지 않습니다. 저의 폰토가 무어의 앞발 아래에서 슬쩍 빼앗아갔던 소네트와 글로세를 더는 기억하지 않으십니까?―하지만 그야 어찌되었건, 저는 무어가 없는 틈을 타 당신에게 좋지 않은 추측을 전하고, 무어의 거동에 주의를 기울일 것을 아주 간절히 권하고자 합니다. 평소에 수고양이들에게 별 관심을 두지 않는데도, 저는 전에는 아주 점잖고 예의바르던 몇몇 수고양이가 요즘 갑자기 모든 관습과 질서를 거칠게 위반하는 성향을 띠는 것을 알아차리지 않을 수 없었습니다.

그들은 전처럼 겸손하게 순종하는 대신 반항적으로 뻐기고 다니고, 번쩍이는 눈빛, 화난 으르렁거림으로 원초적인 야생의 본성을 내보이는 것을 꺼리지 않으며, 또한 발톱을 보이는 것마저도 전혀 꺼리지 않는 듯합니다. 그들은 겸손하고 조용한 거동에 거의 주의를 기울이지 않는 것만큼이나, 외모에 관해 말하자면, 예의바른 사교가로 보이는 것을 그리 중요시하지 않지요. 그러니 수염을 닦는다거나, 털가죽을 반짝거리게 핥는다거나, 너무 길어진 발톱을 물어뜯는다거나 하는 것을 생각할 리 만무하지요. 그들은 헝클어진 꼬리에 덥수룩하고 거친 몰골로 뛰어다니는데, 모든 교양 있는 고양이들에게는 공포요 역겨움 자체지요. 하지만 특히 비난받아야 하고 용인되어서는 안 되는 것은 비밀스러운 회합들입니다. 그들은 밤시간에 회합을 가지며, 그때 적절한 박자, 제대로 된 가락과 화음이 완전히 결여된 불합리한 고함소리밖에 들을 수 없는데도 그들이 노래라 부르는 미친 짓을 벌이지요. 마이스터 아브라함, 저는 당신의 무어 역시 나쁜 쪽에 골몰하여 그에게 지독한 매질 말고는 아무것도 벌어들이지 않을 저 점잖지 못한 오락에 참여할까봐 두렵습니다. 당신이 그 작은 회색 수고양이에게 기울인 모든 노력이 허사라면, 그리고 그가 모든 학문에도 불구하고 비천하고 단정치 못한 수고양이들의 통상적인 방종한 행실로 자신의 격을 떨어뜨린다면 이는 제게 유감스러운 일일 것입니다. ─나, 나의 착한 무치우스, 나의 고귀한 형제들이 그토록 모욕적인 방식으로 오인된 것을 보았을 때, 나도 모르게 비탄의 소리가 새어나왔다. 이게 뭐지요, 교수가 소리쳤다. 이럴 수가, 무어가 방안에 숨어 있군요!─폰토! 자, 어서! 찾아라, 찾아!─폰토는 단숨에 창턱에서 뛰어내려 킁킁거리며 방안을 이리저리 돌아다녔다. 그는 난로 문 앞에 멈춰 서더니 으르렁거리고, 짖고, 펄쩍 뛰어올랐다. 난로 속에 있군, 틀림없어! 마이스터가 이렇게 말하고 문을 열었다. 나는 조용히 앉아 맑고 반짝이는 눈으로 마이스터를 바라보았다. 정말로, 마이스터가 소리쳤다. 정말로, 그가 저기 난로 속 아주 뒤쪽에 앉아 있군. 자?─싫어도 나와주시겠나?─냉큼 나오지 못할까!

나는 은신처를 별로 떠나고 싶지 않았지만 나에 대한 폭력을 감내하며 제압당하지 않으려면 그래도 마이스터의 명령에 따라야 할 모양이었다. 그래서 천천히 기어나왔다. 하지만 내가 밝은 곳으로 나오자마자 두 사람, 교수와 마이스터는 크게 소리쳤다. 무어!─무어! 이게 무슨 꼴이냐!─이 무슨 장난이란 말이냐!

물론 나는 온통 재를 뒤집어쓰고 있었고 게다가 정말로 얼마 전부터 겉모습이 눈에 띄게 상해서 교수가 변절한 수고양이들에 대해 묘사한 대목에서 나를 떠올릴 수밖에 없을 정도였다. 그래서 나는 물론 내가 얼마나 가련한 모습으로 보였는지 충분히 상상할 수 있었다. 이제 막 나의 가련한 모습을 위풍당당하고 반짝이는, 곱슬곱슬한 털가죽에 멋지게 감싸여 실제로 아주 예뻐 보이는 친구 폰토의 모습과 비교하자 나는 깊은 수치심에 사로잡혀 상심한 채 조용히 구석으로 기어들었다.

이것이, 교수가 외쳤다. 이것이 그 영리하고 예의바른 수고양이 무어인가? 그 우아한 작가, 소네트와 글로세를 쓰는 시인이야?─아니, 이것은 부엌에서 화덕 위를 돌아다니는, 그리고 지하실과 다락방에서 쥐를 잡는 것 외에는 아무것도 할 줄 모르는 아주 평범한 고양이지!─흠! 말해보렴, 예의바른 짐승아, 네가 곧 박사학위 취득을 요구하는지 혹은 심지어 미학 교수로서 강단에 오르기를 요구하는지?─실제로 네가 걸친 것은 그럴싸한 박사 복장이구나!

그렇게 조롱하는 말투가 계속되었다. 그런 경우에, 즉 모욕을 당할 때면 그렇게 하곤 했듯이, 두 귀를 머리에 바싹 눌러붙이는 것 말고 내가 무엇을 할 수 있었겠는가.

두 사람, 교수와 마이스터는 결국 유쾌한 웃음을 터뜨렸는데, 이것은 나의 심장을 꿰뚫어놓았다. 하지만 내 감정을 더 상하게 한 것은 폰토의 행동이었다. 그는 표정과 몸짓으로 그의 주인의 조롱을 함께하는 데서 그치지 않고 또한 온갖 옆으로 뛰기를 통해 내게 다가오기가 두려움을 공공연히 증명했던 것이다. 아마도 그는 아름답고 깨끗한 털가죽을 더럽힐까봐 두려운 모양이었다. 나처럼 탁월함을 스스로 의식하고 있는 수고양이가 멋부리는 푸들에게 그와 같은 경멸을 당해야 한다는 것은 사소한 일이 아니다.

교수는 이제 마이스터와 폭넓은 대화에 빠져들었다. 그 대화는 나나 내 종족과 연관되어 있지는 않은 듯했고, 나는 그것에 대해 실은 별로 이해하지 못했다. 하지만 흥분한 청년의 종종 혼란스럽고 자제력 없는 행동에 공권력으로 대응하는 것이 나은지, 아니면 그것을 알아챌 수 없을 만한 노련한 방식으로 제한하기만 하고 예의 행동이 곧 저절로 사라지도록 스스로의 인식에 여지를 주는 게 나은지에 관한 얘기라는 것만큼은 알아들었다. 교수는 공권력에 찬성했다. 공공의 안녕을 위해서는 모든 사람을 거센 저항에도 불구하고 가능한 한 제때, 모든 개별 부분들의 전체에 대한 관계를 전제로 하는 틀에 끼워맞춰야 하기 때문이라고 했다. 그렇지 않으면 즉시 온갖 재앙을 불러일으킬 수 있는 구제불능의 기형이 생겨난다는 것이었다. 교수는 그때 페레아트*와 창문 깨뜨리기에 관해 무슨 말인가를 했지만 나는 전혀 이해하지 못했다. 그에 반해 마이스터는 청년의 흥분한 심성의 사정은 부분적 광인들의 사정과 같다는 견해였다. 공공연한 저항은 그들을 점점 더 광적으로 만드는 데 반해, 스스로 획득한 오류의 인식은 문제를 근본적으로 치유하고 결코 재발을 우려하게 하지 않는다는 것이었다.

자, 자리에서 일어나 지팡이와 모자를 집으며 교수는 마침내 소리쳤다. 자, 마이스터, 흥분한 행동에 대응하는 공권력에 관해 말하자면, 그런 행동이 혼란을 야기하며 삶에 개입하면 공권력이 가차없이 투입되어야 하는 한, 당신은 제 말이 옳다는 것을 인정하실 겁니다. 그리하여 이제 다시 당신의 수고양이 무어에게 되돌아와야겠습니다. 그도 그

---

* '그를 타도하라'라는 뜻으로 대학생들의 모욕적 인사.

럴 것이 듣자하니 유능한 스피츠들이, 그토록 참을 수 없게 노래하면서 놀랍게도 스스로를 위대한 대가라고 여기는 저주받은 수고양이들을 해산시켰다고 하는데, 이는 꽤나 잘된 일이기 때문입니다.

생각하기 나름일세, 마이스터가 대꾸했다. 그들이 노래하게 놔뒀더라면 그들은 어쩌면 그들이 이미 그렇다고 착각하는 것, 즉 훌륭한 대가가 실제로 되었을지도 모르지. 그런데 그들은 이제 대가가 되기는커녕 아마 진정한 대가다운 재능을 완전히 의심하게 되었을 것 아닌가.

교수는 작별 인사를 하고 물러갔다. 폰토는 내게, 여느 때는 몹시 다정하게 그렇게 했건만, 작별 인사조차 하지 않고 뒤쫓아 뛰어갔다.

이제 마이스터는 내게로 몸을 돌렸다. 나 자신도 지금까지 너의 행동에 만족하지 못했다, 무어야. 그리고 네가 지금 처해 있는 것처럼 보이는 것보다 더 나은 평판에 다시 도달하기 위해, 너는 다시 착실하고 이성적인 고양이가 될 때가 되었다. 네가 나를 완전히 이해할 수 있다면 나는 네게 항상 조용하고 친절하라고, 그리고 네가 무엇을 시작하건 간에 모든 것을 소리소문 없이 실행하라고 충고할 게다. 그렇게 해야 좋은 평판을 가장 잘 얻을 수 있기 때문이다. 그래, 나는 예로서 두 사람을 너에게 보여주마. 한 사람은 날마다 조용히 혼자서 구석에 앉아 와인을 한 병씩 차례로 마신단다. 만취 상태에 빠질 때까지 말이다. 하지만 그는 오랜 실제적 연습 덕에 취했다는 것을 아무도 짐작하지 못할 정도로 잘 감출 줄 알지. 그에 반해 다른 사람은 이따금 쾌활하고 기분좋은 친구들과 어울려서만 와인 한 잔을 마신단다. 그 음료는 그의 마음과 혀를 자유롭게 만들지. 그는 기분이 좋아져 많이, 그리고 열심히 말하지만 관습과 예의범절을 해치지는 않는다. 그러나 바로 그를 세상은 지독한 술꾼이라고 부른단다. 반면 저 은밀한 술고래는 조용하고 절도 있는 남자로 간주되지. 아아, 나의 착한 수고양이 무어야! 네가 세상 돌아가는 형편을 안다면 항상 촉수를 감추는 속물의 사정이 가장 좋다는 것을 깨달을 텐데. 하지만 네가 속물이 뭔지 어떻게 알겠니. 너의 종족에도 그와 같은 것이 아마 충분히 있을 테지만 말이다.

마이스터의 이 말에 나는 착실한 무치우스의 가르침을 통해서뿐만 아니라 나 자신의 경험을 통해서도 획득한 수고양이에 대한 훌륭한 이해를 의식하며 큰 소리로 기쁘게 헐떡거리고 으르렁거리지 않을 수 없었다.

저런, 마이스터는 큰 소리로 웃으며 외쳤다. 저런, 내 수고양이 무어야! 네가 나를 이해한다는 생각이 드는구나. 그리고 네 안에서 특별한 오성을 발견했다는, 너를 미학적 경쟁자로서 두려워하기까지 하는 교수의 말이 옳다는 생각마저 들지 뭐냐?

사정이 정말로 그러하다는 것을 확인시키기 위해 나는 아주 맑은, 울림이 좋은 야옹 소리를 한 번 냈고 당장 마이스터의 품으로 뛰어올랐다. 그런데 마이스터가 마침 그의 노란, 큰 꽃무늬가 있는, 비단으로 된 화려한 실내용 가운을 입고 있다는 것을 생각지 못했다. 나는 필연적으로 그것을 더럽힐 수밖에 없었다. 마이스터가 화가 나서 저리 가지 못할까! 하고 소리치며 나를 어찌나 세게 내던졌던지, 곤두박질친 나는 몹시 놀라 두 귀를 꽉 눌러붙이고 두 눈을 꼭 감으며 바닥에 쭈그려 엎드렸다. 하지만 나의 착한 마이스터의 선량함은 찬양받을지어다! 이런, 그는 다정하게 말했다. 이런, 이런, 나의 수고양이 무어야! 그렇게 나쁜 뜻은 아니었단다!―나는 네 의도가 좋았다는 것을 알고 있단다. 너는 내게 너의 애정을 증명하려고 했지. 하지만 네 방식은 서툴렀고 이런 일이 일어나면 사람들은 물론 의도에 대해 전혀 개의치 않는단다!―자, 이리 오렴, 작은 재투성이야, 네가 다시 단정한 수고양이처럼 보이도록 너를 닦아야겠다!―

이 말과 함께 마이스터는 실내용 가운을 벗어던지고 나를 팔에 안더니 부드러운 솔로 털가죽을 깨끗하게 솔질하고 나서 작은 빗으로 털을 반짝반짝 윤이 나게 빗는 일을 마다하지 않았다.

치장이 끝나고 거울 옆을 거닐며 지나갔을 때, 내가 그토록 갑자기 완전히 다른 수고양이가 된 것에 스스로 경탄하고 말았다. 나 자신에게 기분좋게 그르렁거리는 것을 도무지 그만둘 수 없었다. 나는 내게 그토록 아름다워 보였던 것이다. 그리고 그 순간 내 마음속에 대학생 학우회의 예의바름과 유용성에 대해 커다란 의구심이 생겼다는 것을 부인하지 않으련다. 난로 속으로 기어든 것이 내게는 진정한 야만성으로 여겨졌다. 나는 그것을 일종의 거칠어짐 탓으로 돌릴 수밖에 없었다. 그런 까닭에 다시 난로 속으로 기어들어가기만 해봐라! 하고 내게 소리친 마이스터의 경고는 필요하지도 않았다.

다음날 밤 문에서 나직이 긁는 소리와 나에게 꽤 낯익은 겁 많은 야옹! 소리가 들리는 듯했다. 나는 살금살금 다가가서 거기 누구인지? 하고 물었다. 그러자 착실한 학우회 회장 푸프가(나는 목소리를 듣고 그를 즉시 알아차렸다) 나일세, 친한 형제 무어여, 자네에게 지극히 슬픈 소식을 전해야 하네! 하고 대답했다. 오, 맙소사, 무엇을―

(파지) ―아주 부당한 행동을 했어, 나의 친애하는 귀여운 친구. 아니! 너는 내게 그 이상이야, 나의 충실한 여동생! 나는 너를 충분히 사

랑하지 않았어, 너를 충분히 신뢰하지 않았어. 지금에야 나의 온 마음이 너에게 열려 있단다. 지금에야, 내가 알기에—

공주는 말을 멈추었다. 그녀의 눈에서 눈물이 콸콸 쏟아져나왔다. 그녀는 율리아를 다시 한번 정겹게 가슴에 안았다.

헤드비가, 율리아가 부드럽게 말했다. 너는 평소에는 온 마음을 다해 나를 사랑하지 않았단 말이니? 대체 언제 내게 털어놓고 싶지 않은 비밀을 마음속에 지닌 적이 있단 말이니?—네가 무엇을 알고 있단 말이니, 무엇을 지금에야 알았단 말이니! 하지만 아니, 아니야! 이 맥박이 다시 조용히 뛸 때까지, 이 눈이 더이상 그토록 침울하게 작열하지 않을 때까지 더이상 아무 말도 하지 마.

나는 모르겠어, 공주가 갑자기 신경이 날카로워져서 대꾸했다. 모두가 뭘 원하는지 모르겠어. 내가 아직 아프다는데, 나는 결코 지금보다 더 힘차고 더 건강하다고 느껴본 적이 없어. 내게 타격을 준 이상한 우연이 모두를 경악하게 했지. 그렇지만 나에게 필요한 건 살아 있는 유기적 조직체 전체를 멈추게 하는 전기 충격이고, 그것이 어리석고 빈약한 의술이 불행한 자기기만 속에 제공하는 모든 약제보다 더 유용할지도 몰라. 그는 내게 얼마나 고약한지. 인간의 본성을 먼지를 털어내고 태엽을 감아야 하는 시계의 기계장치처럼 다룰 수 있다고 생각하는 그 시의 말이야. 툭하면 물약이나 진액을 쓰는 그는 끔찍해. 그런 것들에 나의 건강이 좌우된단 말이야?—그렇다면 지상에서의 삶은 세계정신의 끔찍한 조롱일 거야.

그런데, 율리아가 공주의 말을 중단시켰다. 그런데 바로 이 과민함이 네가 아직 아프다는 증거야, 나의 헤드비가. 그리고 네가 실제로 그러는 깃보다 훨씬 더 많이 건강을 돌봐야 한다는 증거야.

너 역시 내게 고통을 주려 하는구나! 공주는 이렇게 외치고 벌떡 일어나 서둘러 창가로 가더니 창을 열고 정원을 내다보았다. 율리아는 그녀를 뒤따라가서 한 팔로 그녀를 감싸고 더없이 다정하고도 슬프게, 그녀가 적어도 거친 가을바람을 피하고 시의가 그토록 효험이 있다고 여긴 그 안정을 자신에게 베풀 것을 간청했다. 하지만 공주는 바로 창으로 밀려들어오는 차가운 바람 덕분에 상쾌해지고 기운을 차린 느낌이라고 대꾸했다.

참으로 진심 어린 마음에서 이제 율리아는 음침하고 위협적인 유령이 지배했던 최근 시기에 대해, 그리고 그녀가 말 그대로 유령에 대한 치명적 공포 이외에 다른 무엇과도 비교할 수 없는 감정을 불러일으킨 여러 가지 현상으로 인해 혼란에 빠지지 않기 위해 마음속으로 얼마나 안간힘을 써야 했는지 얘기했다. 그녀는 여기에 특히 헥토르 왕자와 크라이슬러 사이에 일어난 은밀한 갈등을 포함시켰다. 그것은 가장 경악스러운 것을 예감하게 했다. 그도 그럴 것이 가련한 요하네스가 복수심에 찬 이탈리아인의 손에 죽어야 했고, 마이스터 아브라함이 확언하듯 기적만이 그를 구원할 수 있었던 것이 너무도 분명하기 때문이라는 것이었다.

그런데, 율리아가 말했다. 그런데 그 무시무시한 남자, 그가 너의 남편이 되어야 한다고? — 아니 — 절대로 안 돼! 신께 감사를! 너는 구원되었어! 그는 결코 돌아오지 않아. 그렇지 않니, 헤드비가? 결코!

결코! 공주가 먹먹한, 거의 알아들을 수 없는 목소리로 대답했다. 그러고 나서 그녀는 깊은 가슴에서 한숨을 내쉬고 꿈속에서인 양 나지막

이 말을 계속했다. 그래, 이 순수한 천상의 불은 파괴적인 불꽃으로 절
멸시키지 않고 오로지 빛을 비추고 따뜻하게 합니다. 그리고 예술가의
영혼에서 삶으로 형상화된 예감이―그녀 자신이―그의 사랑이 번쩍
이며 솟아나온답니다! 그대는 여기 이 자리에서 그렇게 말했지.

누가, 율리아가 깜짝 놀라 외쳤다. 누가 그렇게 말했다고?―누구를
생각한 거니, 헤드비가?

공주는 멀어져 있던 현재를 의식해야 한다는 듯 손으로 이마를 쓰다
듬었다. 그러고 나서 율리아의 부축을 받아 비틀거리며 소파로 가서
완전히 기진맥진한 채 그 위에 주저앉았다. 공주를 염려한 율리아는
시녀들을 불러들이려고 했다. 그러나 헤드비가는 아니야, 친구야! 하
고 나지막이 속삭이며 그녀를 부드럽게 소파 쪽으로 끌어당겼다. 너,
너 혼자만 내 곁에 머물러 있어야 해. 혹 병이 나를 엄습한다고는 결코
생각하지 마. 아니, 그것은 너무도 강력해져서 이 가슴을 터뜨리려 한
지고의 행복에 대한 생각이었어. 그 천상의 환희가 치명적인 고통 같
은 모습을 취했지. 내 곁에 머물러 있으렴, 친구야, 네가 나에게 어떤
놀라운 마술을 부릴 수 있는지 너는 모르고 있어!―내가 나 자신을 다
시 알아보기 위해 맑고 순수한 거울을 들여다보듯 너의 영혼을 들여다
보게 해주렴!―율리아! 종종 내겐 천상의 열광이 네 위로 오는 것 같
고, 사랑의 숨결처럼 달콤한 너의 입술 위로 흘러나오는 말들은 위안
을 주는 예언 같아. 율리아!―친구야, 내 곁에 머물러 있으렴, 나를 떠
나지 마, 절대로―절대로!

이 말과 함께 공주는 율리아의 손을 꼭 잡으며 눈을 감고 소파에 다
시 주저앉았다.

율리아는 헤드비가가 정신적으로 병적인, 과도한 긴장 상태에 빠지는 순간에 꽤 익숙해 있었다. 하지만 바로 지금 나타난 발작은 그녀에게 굉장히 낯설고 수수께끼 같았다. 다른 때에 그것은 내적 감정과 삶의 형상의 불균형에서 생겨나 거의 악의적으로까지 고조되며 율리아의 천진한 마음을 상하게 한 열정적인 씁쓸함이었다. 그러나 지금 헤드비가는 여느 때와는 전혀 다르게, 고통과 형용하기 어려운 슬픔에 완전히 용해되어 있는 듯했다. 그리고 이 절망적인 상태는 사랑하는 친구에 대한 걱정이 커질수록 더욱 율리아의 마음을 뒤흔들었다.

헤드비가, 그녀는 소리쳤다. 나의 헤드비가, 나는 너를 떠나지 않아. 어떤 충실한 마음도 내 마음보다 더 네게 애착을 갖지 않아. 하지만 말해봐, 오, 말해보렴, 내게 털어놓으렴, 어떤 고통이 너의 마음속을 찢어놓는지?—나는 너와 함께 한탄할 테야, 너와 함께 울 테야!

그때 기이한 미소가 헤드비가의 얼굴 위로 퍼졌고 뺨에는 부드러운 홍조가 어른거렸다. 눈을 뜨지 않은 채로 그녀는 나직이 속삭였다. 그렇지 않니, 율리아, 너는 사랑에 빠진 것 아니니?

율리아는 공주의 이 질문에 갑작스러운 공포가 그녀를 전율케 하는 것처럼 이상하게도 정곡을 찔린 느낌이었다.

어떤 소녀의 가슴속에 자기 존재의 절대적 조건인 듯한 열정의 예감이 꿈틀거리지 않겠는가. 그도 그럴 것이, 사랑하는 여자만이 온전한 존재이기 때문이다. 하지만 순수하고 천진하며 경건한 마음은 이러한 예감들을 계속해서 탐색하지 않고, 음탕하고 경박한 호기심 속에 어두운 갈망이 약속하는 그 순간에만 명료해지는 달콤한 비밀을 드러내려 하지 않고 그대로 놔둔다. 율리아의 경우가 그랬다. 그녀는 자신이 감히 생각도 하지 못했던 것이 갑자기 표현된 것을 들었고, 사람들이 그녀 자신도 명료하게 의식하지 못하는 죄를 꾸짖기라도 하는 것처럼 불안에 떨며 자신의 마음속을 완전히 꿰뚫어보려고 애썼던 것이다.

율리아, 공주는 다시 말했다. 너는 사랑을 하지 않니?―내게 말해주렴!―솔직하게 말이야.

얼마나 이상하게, 율리아가 대꾸했다. 얼마나 기이하게 너는 내게 묻는지. 내가 너에게 무어라 대답할 수 있겠니, 무어라 대답해야겠니.

말하렴, 오, 말해주렴, 공주는 애원했다!―그때 율리아의 영혼이 태양처럼 밝아졌고 그녀는 자신의 마음속에서 분명하게 본 것을 표현할 말을 찾았다.

무슨 일이, 율리아는 아주 진지하고 침착하게 말을 시작했다. 나에게 그렇게 묻는 동안 네 마음속에 무슨 일이 벌어지는 거니, 헤드비가? 네가 말하는 사랑이 너에게는 무엇이니? 그렇지 않니, 우리는 저항할 수 없는 힘으로 연인에게 이끌린다고 느껴야겠지? 어쨌나 큰 힘으로 이끌리던지 우리는 연인에 대한 생각 속에서만 존재하고 그 속에서만 살며, 그를 위해 우리의 전 자아를 포기하고, 우리에겐 오직 그만이 모든 동경, 모든 희망, 모든 갈망이자 전 세계라고 여겨지지. 그리고 이 열정이 행복의 가장 높은 단계를 허락해주어야겠지?―이 높이에 나는 현기증을 느껴. 아래를 내려다보면 구할 길 없는 파멸의 모든 공포와 함께 끝없는 심연이 아가리를 벌리고 있지. 아니, 헤드비가, 죄악인 만큼 끔찍한 그러한 사랑은 이 마음을 사로잡지 못했어. 그리고 나는 이 마음이 영원히 순결하게, 영원히 그것에서 자유롭게 남아 있을 거라는 믿음을 고수할 테야. 하지만 다른 모든 이들보다 한 남자가 우리 안에 가장 높은 존경심을, 그래, 그의 정신이 지닌 남성적으로 탁월한 힘 때문에 진정한 경탄을 불러일으키는 일이 있을 수도 있지. 아니 그 이상으로, 그의 가까이에서 모종의 기분좋은 만족감이 신비스럽게 관류하는, 우리 자신 위로 고양되는 느낌이 들고, 우리의 정신이 그제야 제대로 깨어나는 것 같고, 삶이 우리를 그제야 제대로 비춰주는 것 같지. 그래서 우리는 그가 오면 기쁘고 그가 가면 슬퍼져. 너는 이것을 사랑이라고 하니?—자, 왜 내가 너에게 우리의 잃어버린 크라이슬러가 내게 이 감정을 일깨웠다는 것, 그리고 내가 그를 고통스럽게 그리워한다는 것을 고백하지 말아야겠니.

율리아, 공주가 갑자기 깜짝 놀라 벌떡 일어나서는 불타는 눈빛으로 율리아를 쏘아보며 외쳤다. 율리아, 너는 다른 여자의 품에 안긴 그를 생각할 때 형언하기 힘든 고통에 죽어가지 않을 수 있겠니?

율리아는 얼굴이 몹시 붉어졌고 얼마나 마음이 상했는지 보여주는 어조로 대답했다. 나는 결코 그가 내 품에 있다고 생각해본 적이 없어!

하!—너는 그를 사랑하지 않는구나—너는 그를 사랑하지 않아!—공주는 그렇게 날카로운 소리로 고함을 쳤다. 그러고는 다시 소파에 털썩 주저앉았다!

오, 율리아가 말했다. 오, 그가 돌아온다면!—내가 그 소중한 남자를 위해 이 가슴속에 품고 있는 감정은 순결하고 죄가 없어. 그리고 내가 그를 다시 보지 못한다면, 잊을 수 없는 그 사람에 대한 생각이 아름답고 밝은 별처럼 내 삶에 빛을 비춰주겠지. 하지만 확실해, 그는 돌아올 거야!—그도 그럴 것이 어떻게 그럴 수—

결코, 공주는 냉혹하고 날카로운 어조로 율리아의 말을 끊었다. 결코 그는 돌아올 수 없고 돌아와서도 안 돼. 왜냐하면 듣자하니 그는 칸츠하임 대수도원에 있고 속세를 떠나 성 베네딕트 교단에 들어간다고 하니까 말이야.

율리아의 눈에 눈물이 그렁그렁 맺혔다. 그녀는 말없이 일어나 창가로 갔다.

네 어머니가, 공주는 말을 계속했다. 네 어머니가 옳아, 정말 옳아. 그가, 사악한 정령처럼 우리 마음의 심의회에 밀고 들어온, 우리의 마음속에서 우리를 갈기갈기 찢어놓는 법을 알던 그 광인이 가버린 것이 우리에겐 다행이야. 그리고 음악은 그가 우리를 현혹시킨 마술도구였어. 나는 결코 그를 다시 보고 싶지 않아.

율리아에게 공주의 말은 비수를 꽂는 듯했다. 그녀는 모자와 숄을 집어들었다.

너는, 공주가 외쳤다. 너는 나를 떠나려는 거지, 나의 사랑스러운 친구? ─머물러 있으렴─머물러 있어─괜찮다면 나를 위로해주렴! ─ 이 홀들 사이, 정원 사이로 무시무시한 공포가 떠돌고 있어! 그도 그럴 것이, 알아두렴─이 말과 함께 헤드비가는 율리아를 창가로 데려가 헥토르 왕자의 부관이 머물렀던 정자를 가리키고는 낮은 목소리로 말을 시작했다. 저기를 보렴, 율리아. 저 담장들은 위험한 비밀을 감추고 있지. 관리인과 정원사들은 왕자가 여행을 떠난 후부터 그곳에 아무도 살고 있지 않다고, 문은 다 꼭 잠겨 있다고 단언했어. 그렇지만─오, 자세히 좀 보렴─자세히 좀 봐! ─창가에 그것이 보이지 않니?

실제로 율리아는 정자의 합각머리에 나 있는 창가에서 어두운 형상을 알아보았는데, 그 형상은 바로 그 순간 다시 재빨리 사라져버렸다.

율리아는 자신의 손안에서 헤드비가의 손이 경련하듯 떠는 것을 느끼며 말했다. 신하 가운데 누군가가 비어 있는 정자를 권한 없이 사용할 가능성이 충분하기 때문에 여기서 위험한 비밀이나 심지어 뭔가 유령 같은 것은 전혀 말도 안 된다고. 정자는 즉시 샅샅이 수색할 수 있고 그렇게 해서 당장 창가에서 보이는 형상에 어떤 사정이 있는지 밝힐 수 있다는 것이었다. 그러나 공주는 충실한 늙은 관리인이 그녀의 요청에 따라 진작 그렇게 했는데 온 정자 안에서 사람의 흔적이라곤 전혀 찾지 못했다고 확실하게 말했다.

얘기해줄게. 공주가 말했다. 사흘 전 밤에 무슨 일이 일어났는지 너에게 얘기해줄게!―내가 자주 잠을 이루지 못한다는 것, 그럴 때면 일어나서 피곤함이 밀려와 지쳐서 정말로 잠이 올 때까지 오랫동안 방들을 거닐곤 한다는 것을 너도 알고 있지. 사흘 전 밤에도 나는 잠을 이루지 못해 이 방으로 왔지. 갑자기 벽에 빛이 반사되어 흔들리며 지나갔어. 나는 창문을 통해 밖을 내다보았고 네 명의 남자를 알아보았어. 그들 가운데 한 사람은 차안등遮眼燈을 들고 있었지. 그들은 정자가 있는 곳쯤에서 사라져버렸는데, 정말로 정자 안으로 들어갔는지는 알 수 없었어. 하지만 얼마 지나지 않아 바로 그 창문이 밝아지더니 그림자들이 안에서 이리저리 스쳐갔어. 그러고 나서 다시 어두워졌지. 하지만 곧 덤불 사이로 열린 정자의 문에서 나오는 게 틀림없는 눈부신 불빛이 비쳤어. 불빛은 점점 더 가까이 다가왔고 마침내 덤불에서 한 베네딕트 수도사가 나왔지. 그는 왼손에는 횃불을, 오른손에는 십자가상을 들고 있었어. 네 명의 남자가 검은 천이 드리워진 들것을 어깨에 메고 그를 뒤따랐지. 몇 발짝 가지 않아 넓은 외투에 감싸인 한 형상이 그들에게 다가왔어. 그들은 멈춰 서서 들것을 내려놓았지. 그 형상이 천을 벗기자 시체가 보였어. 나는 의식을 잃을 것 같았어. 나는 남자들이 들것을 들어올리고 곧 정원을 벗어나 칸츠하임 대수도원을 향한 길로 이어지는 넓은 옆길로 수도사를 급히 쫓아가는 것을 겨우 알아보았지. 그때부터 예의 형상이 창가에서 보이는데 어쩌면 그것은 나를 두렵게 하는, 살해된 자의 유령인지도 몰라.

율리아는 헤드비가가 이야기한 모든 과정을 꿈으로 간주하거나, 혹 그녀가 정말로 깨어난 채 창가에 서 있었다면 흥분한 의식의 기만적인 유희로 간주하는 쪽으로 기울었다. 사람들이 그토록 은밀한 상황 속에 정자에서 날라간 죽은 자는 누구이며, 누구일 수 있단 말인가? 아무도 실종되지 않았으니 말이다. 그리고 이 미지의 죽은 자가 사람들이 그를 날라간 거처에 아직 유령으로 출몰한다는 것을 누가 믿겠는가? 율리아는 이 모든 것을 공주에게 말했고, 예의 창가의 현상은 어쩌면 시각적 착각에 기인한 것일 수 있으며 심지어 늙은 마술사 마이스터 아브라함의 장난일 수도 있다고 덧붙였다. 그는 자주 그러한 유희를 가지고 소동을 벌이지 않느냐, 어쩌면 텅 빈 정자에 유령 같은 거주자를 두었는지도 모를 일이라고 말이다.

얼마나 성급하게, 마음의 평정을 완전히 되찾은 공주는 부드럽게 미소 지으며 말했다. 놀라운 일, 초자연적인 일이 일어나면 사람들은 얼마나 성급하게 곧장 설명하려 드는지!—죽은 자에 관해 말하자면, 너는 크라이슬러가 우리를 떠나기 전에 정원에서 벌어진 일을 잊고 있어. 맙소사, 율리아가 외쳤다. 정말로 끔찍한 행위가 저질러졌을까?—누가?—누구에 의해?

너도 알고 있지, 헤드비가가 말을 계속했다. 크라이슬러가 살아 있다는 것을 너도 알지, 얘야. 하지만 너를 사랑하고 있는 그 역시 살아 있어—그렇게 깜짝 놀라 나를 쳐다보지 마!—너도 진작부터 예감하고 있지 않았니? 네가 분명히 의식할 수 있도록 내가 너에게 말해야 하는 것, 더 오래 감춰져 있으면 너를 파멸시킬 수도 있을 것을?—헥토르 왕자는 그의 민족 특유의 모든 격렬한 열정을 가지고 너를, 율리아 너를 사랑해. 나는 그의 신부였고, 신부야. 하지만 율리아, 너는 그의 연인이야. 마지막 낱말들을 공주는 특유의 날카로운 방식으로 강조했다. 하지만 내적 모욕의 감정에 따라오기 마련인 저 특별한 악센트는 넣지 않은 채였다.

오, 신이여, 눈에서 눈물을 왈칵 쏟으며 율리아가 격하게 외쳤다. 헤드비가, 내 마음을 갈기갈기 찢어놓을 셈이니?—어떤 어두운 정령이 네 안에서 말하는 것인지!—아니, 아니, 나는 너를 혼란스럽게 한 모든 나쁜 꿈 때문에 네가 불쌍한 나에게 복수하는 것을 기꺼이 견디겠어. 하지만 결코 그 위협적인 환영의 진실을 믿지는 않을 거야!—헤드비가!—제발 정신 차리렴, 너는 더이상 파멸 자체처럼 우리에게 나타난 끔찍한 남자의 신부가 아니야! 그는 결코 돌아오지 않아, 너는 결코 그의 것이 되지 않아!

아니, 공주가 대꾸했다. 그렇게 될 거야!—정신 차리렴, 애야! 교회가 나를 왕자와 결합시키면 그제야 어쩌면 나를 불행하게 만드는 삶의 엄청난 오해가 풀릴지도 몰라!—하늘의 놀라운 섭리가 너를 구할 거야. 우리는 헤어지고, 나는 남편을 따라갈 거야. 너는 머물러 있지!—공주는 마음의 동요로 인해 말을 그쳤고 율리아 또한 아무 말도 할 수 없었다. 두 사람은 온통 눈물로 범벅이 된 채 말없이 서로를 껴안았다!

사람들이 차가 준비되었다고 알려왔다. 율리아는 침착하고 차분한 심성에 걸맞지 않게 흥분해 있었다. 그녀는 사람들 속에 머물러 있을 수 없었다. 어머니는 그녀가 집에 가는 것을 기꺼이 허락했다. 공주도 마찬가지로 휴식을 취하고자 했기 때문이다.

제후 부인의 물음에 나네테 양은 공주가 오후와 저녁에 건강 상태가 아주 좋았다고, 그런데 율리아와 꼭 단둘이 있기를 원했다고 확언했다. 그녀가 옆방에서 관찰할 수 있었던 바로는 두 사람, 공주와 율리아는 서로 온갖 이야기를 했고 희극도 했으며 금세 웃다가 금세 울기도 했다는 것이다.

사랑스러운 소녀들, 의전관이 나직하게 말했다. *사랑스러운* 공주, 사랑스러운 소녀! 제후가 의전관을 큰 눈으로 노려보며 말을 고쳐주었다. 의전관은 끔찍한 실수에 경악하여 차에 흠뻑 적신 상당히 큰 비스킷 조각을 갑자기 삼켜버리려 했다. 그러나 그것은 목구멍에 걸려버렸고 그는 지독한 기침을 터뜨렸다. 그리하여 그는 급히 홀을 떠나야 했고 오로지 그 휘하의 궁정하인이 앞방에서 노련한 주먹으로 그의 등에 적절한 팀파니 독주곡을 연주함으로써 모욕적인 질식사를 면할 수 있었다.

그런데 의전관은 두 가지 불손한 언행을 저지른 후에 세번째 불손한 짓을 저지를까봐 두려워했다. 그래서 그는 감히 홀로 돌아가지 못하고 갑자기 병이 났다고 제후에게 전하게 했다.

의전관의 부재로 인해 제후가 평소에 하곤 했던 휘스트 카드놀이 판은 깨지고 말았다.

카드놀이 탁자가 정돈되었을 때, 제후가 이런 위태로운 경우에 무엇을 할지 모두들 긴장된 기대에 휩싸여 있었다. 하지만 그는 아무것도 하지 않았다. 그의 손짓에 따라 다른 이들이 카드놀이를 하러 앉자 고문관 부인 벤촌의 손을 잡아 그녀를 긴 안락의자로 데려가 앉게 하고 그 자신도 그녀 옆에 앉았을 뿐이었다.

반갑지 않은 일이었을 것이오, 그러고 나서 그는 벤촌 부인에게 항상 그랬듯이 부드럽고 나직하게 말했다. 의전관이 비스킷에 질식했다면 그건 내게 반갑지 않은 일이었을 것이오. 하지만 그는 헤드비가 공주를 소녀라고 불렀을 때, 내가 벌써 자주 알아챘던 바지만, 정신이 나간 상태인 듯했고 그래서 휘스트 놀이에서도 형편없었겠지. 어쨌든, 친애하는 벤촌 부인, 나는 오늘 카드놀이 대신 당신과 여기서 호젓이 예전처럼 친밀하게 몇 마디 얘기를 나누기를 정말 바랐으니 기분이 좋소. 아아―예전처럼! 자, 당신은 당신에 대한 나의 *애정*을 알고 있지요, 사랑하는 부인! 이는 결코 멈추지 않소. 제후의 마음은 매번 충실한 것이오. 불가피한 사정이 다른 것을 강요하지 않는 한 말이오.

이 말을 하며 제후는 벤촌 부인의 손에 지위, 나이, 주위 환경이 허락하는 듯 보이는 것보다 훨씬 더 다정하게 키스했다. 벤촌 부인은 기뻐서 눈을 반짝이며 진작부터 제후와 친밀하게 이야기할 순간을 고대했노라고 확언했다. 그에게 기분 나쁘지 않을 몇 가지 전할 말이 있기 때문이라는 것이었다.

들어보세요, 벤촌 부인이 말했다. 들어보세요, 전하, 비밀 외교참사관이 우리의 사안이 갑자기 더 유리하게 전환되었다고 또다시 편지를 썼답니다. 또한―

조용히, 제후가 그녀의 말을 중단시켰다. 조용히, 친애하는 부인, 통치 업무에 대해서는 아무 말도 하지 마시오! 통치의 부담에 짓눌린 제후도 잠자리에 들 때면 역시 잠옷을 입고 수면모자를 쓴다오. 물론 프로이센의 왕인 프리드리히 대왕은 예외였소. 박식한 부인인 당신도 알고 있겠지만 그는 침대에서도 펠트 모자를 썼지. 자, 내 말은, 제후도 항상 그것, 무엇인가 하면一자! 바로, 사람들이 말하듯이 소위 시민적 관계, 결혼, 아버지의 기쁨 등의 바탕이 되는 것을 자신 안에 너무 많이 지니고 있다는 것이오. 이러한 감정에서 완전히 벗어나기에는 말이오. 그리고 국가가, 궁정과 나라에서의 적절한 예의범절을 위한 대비책이 그의 전 자아를 요구하지 않는 순간에 그가 그러한 감정에 자신을 내맡긴다면 그것은 적어도 *용서할 만하오*pardonabel*. 선량한 벤촌 부인! 지금이 그런 순간이오. 내 집무실에는 일곱 개의 서명이 완료되어 놓여 있소. 그러니 이제 내가 제후임을 완전히 잊게 해주시오. 여기서 차를 마시는 동안 완전히 가장이 되게 해주시오. 폰 게밍겐 남작의 독일 가장** 말이오. 나로 하여금 나의一그렇소, 나의 아이들에 대해 얘기하게 하시오. 아이들이 어찌나 큰 걱정을 하게 하던지 나는 종종 아주 부적절한 마음의 불안에 빠져들곤 한다오. 당신의, 벤촌 부인이 날카로운 어조로 말했다. 당신의 아이들에 관해 이야기하신다고요, 전하? 그러니까 이그나츠 왕자와 헤드비가 공주 말씀이군요!一말씀하세요, 전하, 말씀하세요. 어쩌면 저는 마이스터 아브라함처럼 조언과 위로를 드릴 수 있겠지요. 그렇소, 제후가 계속해서 말했다. 그렇소,

---

* 정확한 프랑스어는 pardonnable.
** 오토 하인리히 프라이헤어 폰 게밍겐의 시민극 〈독일 가장〉.

조언과 위로, 그것이 내겐 이따금 절대적으로 필요한 것 같소. 보시오, 선량한 벤촌 부인, 우선 왕자에 관해 말하자면, 그에게 물론, 보통 그들의 신분 때문에 몽매하고 둔감하게 머물러 있을 이들에게 자연이 부여하곤 하는 특별한 지적 재능은 필요하지 않았소. 그래도 조금만 더 총명했더라면 좋았을 것이오. 그는 지금도 그렇고 앞으로도 그럴 것이오—바보란 말이오!—자, 보시오. 저기 앉아 발을 흔들거리며 연달아 잘못된 카드를 내고 일곱 살짜리 소년처럼 킥킥거리며 웃고 있소!—벤촌 부인! *우리끼리 하는 말이지만* 그에게는 필요한 만큼의 쓰기 기술조차 가르칠 수 없소. 그의 고귀한 이름은 부엉이 발톱처럼 보인다오. 오, 맙소사, 그러니 장차 무엇이 되겠소! 최근에 나는 내 창문 앞에서 짖어대는 역겨운 소리 때문에 일하는 데 방해를 받았소. 불쾌한 스피츠를 쫓아버리게 하려고 창밖을 내다보는데, 내가 무엇을 보아야 했던가! 내 말을 믿으시오, 선량한 부인! 그것은 미친 듯 큰 소리로 짖으며 정원사 청년들 뒤를 쫓아 뛰어가는 왕자였다오. 그들은 함께 토끼와 개 놀이를 하고 있더군!—거기에 약간의 오성이라도 들어 있소? 그것이 군주의 도락이오?—왕자가 언젠가 최소한의 자립 상태에라도 이를 수 있겠소?

그런 까닭에, 벤촌 부인이 대답했다. 그런 까닭에 왕자를 곧 혼인시켜 부인을 얻게 하는 것이 필요합니다. 우아함, 사랑스러움, 명료한 오성이 그의 잠들어 있는 감각을 깨우고, 그에게 맞춰 자신을 완전히 낮추었다가 이후 그를 점차 자신의 수준으로 끌어올릴 수 있을 정도로 충분히 선량한 부인을 말입니다. 그를 그러한 정신 상태에서, 고통스럽게 이 말을 입 밖에 내놓는 바입니다, 전하! 결국 실제의 광기로 악화될 수 있는 정신 상태에서 구해내기 위해서는 왕자비가 될 여인이 그런 자질을 꼭 갖추고 있어야 합니다. 바로 그렇기 때문에 역시 그런 드문 특성들만이 기준이 되어야 하며 신분은 너무 엄격하게 고려되어서는 안 됩니다.

결코, 제후가 이마를 찌푸리며 말했다. 결코 우리 가문에 신분에 맞지 않는 결혼은 없었소. 내가 허용할 수 없는 생각은 그만두시오. 그 밖에는 나는 항상 당신의 소망을 충족시킬 채비가 되어 있었고 지금도 그러하오!

그건, 벤촌 부인은 날카로운 어조로 대꾸했다. 알 수 없는걸요, 전하!─얼마나 자주 정당한 소망이 헛된 고려 때문에 침묵해야 하는지요. 하지만 모든 상황을 무시하는 요구들도 있는 법입니다.

그만둡시다, 제후는 헛기침을 하고 담배를 집으며 벤촌 부인의 말을 끊었다. 잠시 침묵한 후 그는 말을 계속했다. 내게 왕자보다 더 많은 걱정을 하게 하는 것은 공주요. 말해보시오, 벤촌 부인, 나에게 이러한 기이한 기질을 지닌, 더욱이 시의까지 당혹스럽게 하는 이러한 특이한 병적 성향을 지닌 딸이 태어나는 것이 어떻게 가능했단 말이오? 공주의 어머니는 항상 생기 가득한 건강을 누리지 않았소? 그녀에게 불가사의한 신경발작의 경향이 있었소? 나 자신이, 심신에 관한 한, 튼튼한 제후가 아니었소? 어찌하여 우리가, 아주 유감스럽게도 그것을 고백해야 하오만, 내게 자주─완전히 미친 것으로, 모든 군주 가문의 예의범절에서 완전히 벗어난 것으로 보이는 아이를 얻었단 말이오?─저도, 벤촌 부인이 대꾸했다. 저도 공주의 유기적 구조는 이해할 수 없습니다. 어머니는 항상 명확하고, 사려 깊고, 모든 격렬한 파괴적 열정에서

벗어나 있었지요. 벤촌 부인은 마지막 말들을 시선을 내리깔며 둔중하고 나직하게 혼자서 중얼거렸다. 당신은 제후비를 말하는 거겠지요, 제후는 강조하여 말했다. 그에게는 제후비라는 호칭을 덧붙이지 않고 어머니라고만 하는 것은 예의바르지 않은 것처럼 여겨졌기 때문이다.

그렇지 않으면 누구를, 벤촌 부인은 긴장한 채 대답했다. 그렇지 않으면 제가 누구를 말하겠습니까.

제후는 말을 계속했다. 지난번에 공주가 치명적 발작을 일으킨 것이 내 노력의 성과와 내가 바라던 대로 곧 성사될 공주의 혼인이라는 기쁨을 앗아가버리지 않았소?—그도 그럴 것이 선량한 벤촌 부인, *우리끼리 하는 말이지만*, 헥토르 왕자는 다른 연유에서가 아니라, 내가 그저 독감 탓이라 여기는 공주의 갑작스러운 강경증으로 인해 갑자기 여행을 떠났을 것이기 때문이오. 그는 혼인을 파기하고자 하오. 그리고—*맙소사 하느님!* 나 스스로 고백해야 하겠소만, 나는 그의 행동을 아주 나쁘게 생각할 수 없다오. 예의범절을 생각해서라도 그 이상의 접근은 할 수 없겠지만, 그게 아니더라도 이것이 제후인 나로 하여금 소망을 실현하기 위한 조치를 취하지 못하게 하는구려. 물론 아주 마지못해, 어쩔 수 없이 포기하는 소망이오만. 즉 당신은, 사랑하는 부인, 그러한 이상한 발작에 시달리는 아내를 두면 항상 뭔가 불안한 구석이 있다는 내 말에 수긍할 것이오. 군주 가문의 일원이자 강경증을 앓고 있는 부인이라면 가장 훌륭한 궁정 한가운데에서 발작에 사로잡혀 무의식 상태로 서 있을 수 있고, 그러면 그 자리에 있는 모든 품위 있는 사람들도 그녀를 따라 미동도 없이 굳어 있을 수밖에 없지 않겠소?—물론 우리는 모든 사람이 강경증에 걸린 궁정도 세상에 있을 수 있는 가장 장엄하고 숭고한 궁정이라 생각할 수 있을 것이오. 가장 경박한 자라 할지라도 꼭 필요한 품위를 조금도 손상시킬 수 없기 때문이오. 하지만 바로 여기 카드놀이 곁의 지금 이 순간처럼 가장으로서 느끼는 순간에 나를 엄습하는 감정은 나로 하여금 신부의 그러한 상태는 군주 가문의 신랑에게 얼마간 오싹한 공포를 불러일으킬 수 있다는 것을 깨닫게 하오. 그러니ㅡ벤촌! 당신은 사랑스럽고 사려 깊은 부인이오. 당신이 어쩌면 왕자와 관련된 일을 바로잡을 수 있는 가능성을, 그 어떤 수단을 찾아낸다면ㅡ

그럴 필요가, 벤촌 부인이 활기차게 제후의 말을 중단시켰다. 그럴 필요가 전혀 없습니다, 전하! 공주의 병이 왕자를 그토록 빨리 쫓아낸 것이 아닙니다. 다른 비밀이 여기 작용하고 있어요. 그리고 이 비밀에 악장 크라이슬러가 얽혀들어 있습니다.

뭐라, 제후는 몹시 놀라며 소리쳤다. 뭐라, 무슨 말을 하는 게요, 벤촌? 악장 크라이슬러가? 그렇다면 그것이 사실이란 말인가, 그가ㅡ

그래요, 벤촌 부인이 말을 계속했다. 그렇습니다, 전하, 어쩌면 너무 영웅적인 방식으로 조정되어야 했던 그와 헥토르 왕자 사이의 갈등이 왕자를 떠나게 한 것이었습니다.

갈등이라, 제후가 벤촌 부인의 말을 끊었다. 갈등ㅡ조정되었다ㅡ영웅적인 방식!ㅡ정원에서의 총소리ㅡ피투성이 모자!ㅡ벤촌! 그것은 불가능하오ㅡ왕자가ㅡ악장이!ㅡ결투ㅡ대적, 둘 다 생각할 수 없소!ㅡ

그것만큼은, 벤촌 부인이 말을 이었다. 전하, 크라이슬러가 공주의 마음에 너무도 강력하게 영향을 끼쳤다는 것, 그녀가 처음으로 크라이슬러가 있는 자리에서 느낀 저 이상한 불안과 경악이 파괴적인 열정으로 발전하려 했다는 것만큼은 확실합니다. 왕자는 이를 알아챌 정도로 충분히 날카롭게 보았고, 처음부터 적대적인 경멸조의 아이러니로 그에게 맞섰던 크라이슬러를 털어내버려야 할 성가신 적대자로 보았으며, 여기에서 물론 오직 상처 입은 명예심으로 인한 지독한 증오와 질투 탓일 경우에만 용서될 수 있는, 다행히 성공하지 못한 행위가 생겨났을 것입니다. 저는 이 모든 것이 왕자가 빨리 떠난 것을 설명하지는 못하며, 이미 언급했듯이 아직 어두운 비밀이 존재한다는 것을 고백합니다. 왕자는, 율리아가 제게 이야기한 것처럼, 크라이슬러가 지니고 있다가 꺼내 보여준 초상화에 경악하여 도망쳤습니다. 자, 그게 어찌된 일이건 간에 크라이슬러는 떠났고 공주의 위기는 지나갔습니다!ー 저를 믿어주세요, 전하! 크라이슬러가 머물러 있었다면 그에 대한 더없이 격한 열정이 공주의 가슴속에 타올랐을 것입니다. 그리고 그녀는 왕자의 청혼을 받아들이느니 차라리 죽어버렸을 것입니다. 이제 모든 일이 다르게 전개되었어요. 헥토르 왕자는 곧 돌아올 것이고, 공주와의 결혼이 모든 우려를 잠재울 것입니다.

보시오, 제후가 화가 나서 외쳤다. 보시오, 벤촌, 비열한 악사의 파렴치함이라니!ー공주가 그에 대한 사랑에 빠지려 한다, 그 때문에 더없이 사랑스러운 왕자의 청혼을 거절하려 한다!ー*아, 무뢰한 같으니!*ー이제야 나는 그대와 마이스터 아브라함을 완전히 이해하겠소!ー그대는 그 고약한 인간을 털어내주어야 하오, 그가 다시는 돌아오지 않도록.

모든, 고문관 부인이 말했다. 현명한 마이스터 아브라함이 그 때문에 제안할 모든 조처는 불필요할 것입니다. 필요한 조처는 이미 취해 졌으니까요. 크라이슬러는 칸츠하임 대수도원에 있습니다. 그리고 대 수도원장 크리소스토무스가 제게 썼듯이 그는 아마도 세상을 단념하 고 교단에 들어갈 결심을 할 것입니다. 공주는 제게서 적절한 시기에 이 사실을 이미 듣고 알았습니다. 그때 공주의 특별한 마음의 동요를 전혀 알아챌 수 없었다는 점이 위험한 고비가, 이미 말씀드렸듯이, 이 미 지나갔다는 것을 제게 보증해줍니다.

훌륭한, 제후가 말했다. 훌륭하고 사랑스러운 부인! 당신은 나와 나 의 아이들에게 어떤 애착을 보여주는지요! 당신은 나의 집안의 안녕, 최선의 것을 위해 얼마나 애쓰는지요!

정말로, 벤촌 부인이 쓰라린 어조로 말했다. 정말로요? 제가 그렇게 합니까? 제가 항상 당신 아이들의 안녕을 위해 애쓸 수 있었나요, 그렇 게 해도 되었나요!

벤촌 부인은 마지막 말들을 특히 힘주어 말했다. 제후는 말없이 자 기 앞을 내려다보았고 포갠 양손의 엄지를 만지작거렸다. 마침내 그는 나직이 중얼거렸다. 앙겔라! —여전히 아무런 흔적도 없소? —아주 사 라져버렸소?

그렇습니다, 벤촌 부인이 대답했다. 그리고 저는 그 불행한 아이가 그 어떤 파렴치한 행위의 제물이 되었을까 두렵습니다. 사람들은 그녀 를 베네치아에서 보았다고 하지만 그것은 분명 착오였어요. 솔직히 인 정하세요, 전하! 당신이 당신의 아이를 어머니의 가슴에서 떼어내서 절망적인 망명지로 추방하신 것은 잔인했습니다 —끔찍했어요! —당 신의 엄격함이 제게 입힌 이 상처의 고통을 저는 결코 이겨내지 못할 것입니다!

벤촌, 제후가 말했다. 내가 당신에게, 아이에게 매년 상당한 돈을 내어주지 않았소?—내가 그 이상을 할 수 있었소? 앙겔라가 우리 곁에 머물러 있었다면 나는 매 순간 우리의 *약점*들이 드러나 불쾌한 방식으로 우리 궁정의 예의바른 평온을 파괴할 수 있다는 것을 두려워해야 하지 않았겠소?—당신은 공주의 어머니를 알지 않소, 선량한 벤촌! 그녀가 때때로 특별한 변덕을 부린다는 것을 알고 있지 않소.

그러니까, 벤촌 부인이 말했다. 그러니까 돈, 매년 지급되는 돈이 어머니에게 잃어버린 아이에 대한 모든 고통과 슬픔, 모든 쓰라린 한탄을 보상해준단 말이지요?—실제로, 전하! 모든 황금보다 어머니를 더 잘 만족시키는, 자기 아이를 위해 배려하는 다른 방식이 있습니다!—

벤촌 부인은 제후를 조금 당혹스럽게 하는 눈빛과 어조로 이렇게 말했다.

훌륭한 부인, 그는 당황하여 말을 시작했다. 어찌하여 그러한 이상한 생각을!—우리의 사랑스러운 앙겔라가 흔적도 없이 사라져버린 것이 내게도 마찬가지로 몹시 언짢고 고약하다는 것을 대체 믿지 않으시오? 그 아이는 분명 얌전하고 아름다운 처녀가 되었을 것이오. 어여쁘고 매력적인 부모에게서 태어났으니 말이오. 제후는 또다시 벤촌 부인의 손에 아주 다정하게 입을 맞췄다. 하지만 그녀는 급히 손을 빼며 꿰뚫어보는 듯한 번쩍이는 눈빛으로 제후의 귀에 속삭였다. 고백하세요, 전하, 아이를 멀리 떠나보내야 한다고 고집했을 때 당신은 부당하고 잔인했다고. 제 소망을 거절하지 않는 것이 당신의 책무가 아닌가요? 제가 대단히 선량하게도 그 실현을 정말로 제 모든 고통의 얼마간의 보상으로 여기고자 하는 소망 말입니다. 벤촌, 제후는 전보다 더 소심하게 말했다. 선량하고 훌륭한 벤촌, 우리의 앙겔라를 다시 찾을 수 있지 않겠소? 나는 당신의 소망을 위해 영웅적인 일을 하고자 하오, 소중한 부인! 나는 마이스터 아브라함에게 속내를 털어놓고 그와 의논하겠소. 그는 이성적이고 경험 많은 남자요. 어쩌면 그가 도울 수 있을 것이오.

오, 벤촌 부인이 제후의 말을 중단시켰다. 오, 그 현명하신 마이스터 아브라함! 도대체, 전하, 마이스터 아브라함이 정말로 당신을 위해 뭔가를 하고 싶은 기분일 거라고, 그가 당신을, 당신 가문을 충실하게 추종한다고 생각하시나요? 그리고 베네치아에서, 피렌체에서, 모든 추적이 헛수고로 남았는데, 그리고, 이것이 가장 나쁜 일이지만, 그가 예전에 미지의 것을 탐색하기 위해 사용했던 신비스러운 수단을 빼앗겼는데, 어떻게 그가 앙겔라의 운명에 대해 뭔가를 알아낼 수 있겠어요?

당신은, 제후가 말했다. 당신은 그의 처, 사악한 마술사 키아라를 말하는구려.

대단히, 벤촌 부인이 대꾸했다. 그 여자가 그렇게 불릴 자격이 있는지는 대단히 의심스러운 듯합니다. 그 여자는 어쩌면 단지 자극을 받았거나 더 높은 놀라운 힘을 부여받았을 뿐인지도 모르지요. 어쨌거나 마이스터에게서 그가 온 영혼으로 의존하던, 온전히 그의 자아의 한 부분이었던 사랑하는 존재를 빼앗은 것은 부당하고 비인간적이었습니다.

벤촌, 제후가 깜짝 놀라 소리쳤다. 벤촌, 나는 오늘 당신을 이해하지 못하겠소!—머릿속이 어지럽소! 마이스터가 곧 우리의 모든 상황을 지배하기 위해 이용하려던 그 위험한 존재를 멀리 떠나보내야 한다는 데 당신도 찬성하지 않았소? 당신이, 모든 마술이 나라 안에서 진작부터 금지되었으니 이러한 유의 특성을 지니고 이리저리 돌아다니는 사람들은 허용되지 말아야 하며 안전을 위해 얼마간 감금되어야 한다고 설명한, 대공에게 보내는 나의 서한에 동의하지 않았소? 신비한 키아라에게 공개재판이 벌어지지 않은 것, 그 대신 그녀를 아주 은밀히 체포하여, 더이상 관심을 두지 않았기에 어디로 보내졌는지조차 모르오만, 떠나보낸 것은, 마이스터 아브라함에 대한 순전한 관용에서 행해진 일이 아니오?—여기에 어떤 비난이 나를 겨냥할 수 있겠소?

용서하세요, 벤촌 부인이 대답했다. 용서하세요, 전하, 하지만 실제로 적어도 너무 성급한 조처를 취했다는 비난은 아마 피하기 힘드실 것입니다. 하지만!—들어보세요, 전하! 마이스터 아브라함은 당신의 지시로 그의 키아라를 떠나보냈다는 것을 알고 있습니다. 그는 조용하고 친절합니다. 그러나 전하, 그가 지상에서 가장 사랑하는 것을 빼앗은 자에 대한 증오와 복수를 마음속에서 꾀하고 있다고 생각하지 않으세요! 그런데 그 사람을 당신은 신뢰하고자 하시나요? 그에게 당신의 속마음을 털어놓으려 하시나요?—벤촌, 제후가 이마에서 땀방울을 닦아내며 말했다. 벤촌! 당신은 나를 몹시—아주 형언할 수 없이, 라고 나는 말하고 싶소만, 흥분하게 하는구려!—맙소사! 제후라는 자를 이토록 당혹스럽게 할 수 있소? 꼭, 빌어먹을—맙소사, 내가 여기서 차를 마시며 경기병처럼 저주를 하고 있다는 생각마저 드는군!—벤촌! 왜 더 일찍 말하지 않았소!—그는 벌써 모든 것을 알고 있소!—어부의 작은 집에서, 내가 공주의 상태로 인해 완전히 정신이 나갔을 때, 바로 그때 내 마음이, 내 입이 넘쳐흘렀소. 나는 앙겔라에 대해 말했

436

소, 그에게 털어놓았소―벤촌, 끔찍하군!―*나는 그거였소―멍청이!―이게 다요!*

그래서 그는 뭐라고 대답했나요? 벤촌 부인은 긴장하여 물었다.

어렴풋이, 제후가 계속해서 말했다. 어렴풋이 내게는 마이스터 아브라함이 먼저 우리의 이전의 애정에 대해 말하기 시작한 것 같은, 그리고 내가 지금처럼 불행한 아버지인 대신 얼마나 행복한 아버지가 될 수 있는지 말한 것 같은 생각이 드오. 하지만 내가 고백을 끝내자 그가 미소 지으며 이미 오래전부터 모든 것을 알고 있었으며 어쩌면 아주 짧은 시일 내에 앙겔라가 어디에 있는지 밝혀지기를 바라노라고 언명한 것만큼은 틀림없소. 그러면 몇몇 기만은 근절될 것이며 몇몇 속임수는 수포로 돌아갈 거라고 했소.

그렇게, 벤촌 부인이 떨리는 입술로 말했다. 마이스터가 그렇게 말했다고요?

나의 명예를 걸고, 제후가 대답했다. 그가 그렇게 말했소. 제기랄―용서하시오, 벤촌, 하지만 화가 나는군―그 늙은이가 그 일로 내게 원한을 품는다면?―*벤촌, 어떻게 하지?*

두 사람, 제후와 벤촌 부인은 할말을 잃고 서로를 응시했다. 전하! 시종이 제후에게 차를 건네주며 나직이 속삭였다. 그러나 제후는 벌떡 일어나느라 시종의 손에서 쟁반을 잔과 함께 내동댕이치며 *얼간이!* 하고 소리쳤다. 모두가 깜짝 놀라 카드놀이 탁자에서 후다닥 일어났다. 놀이는 끝났고, 제후는 가까스로 자신을 제어하며 경악한 사람들에게 미소 지으며 친절한 작별 인사를 하고 제후비와 함께 내실로 들어갔다. 그러나 모든 사람의 얼굴에서 아주 분명히 알아챌 수 있었다. 맙소사, 이게 뭐지, 이게 무슨 뜻이지?— 제후가 카드놀이를 하지 않았고, 그토록 오래, 그토록 자세히 고문관 부인과 이야기를 했으며, 그러고 나서 그토록 끔찍한 분노에 사로잡혔던 것이다!

벤촌 부인은 성 바로 옆의 부속 건물에 있는 그녀의 거처에서 어떤 사건이 그녀를 기다리고 있는지 조금도 예감할 수 없었다. 들어서자마자 율리아가 완전히 정신이 나간 채로 허겁지겁 그녀에게 달려왔던 것이다. 그리고—그렇다! 본 전기 작가는 이번에는 제후가 차를 마시는 동안 율리아에게 일어난 일을 적어도 약간 혼란스러운 이야기였던 지금까지의 여러 다른 실재 사실보다 훨씬 더 잘, 그리고 더 분명하게 이야기할 수 있다는 데 아주 만족한다. 자!— 우리는 율리아에게 더 일찍 집으로 돌아가는 것이 허락되었음을 알고 있다. 한 시종사냥꾼이 횃불로 그녀 앞을 비춰주었다. 그러나 성에서 몇 발짝 못 갔을 때 시종사냥꾼이 갑자기 멈춰 서더니 횃불을 높이 들어올렸다. 무슨 일이죠, 율리아가 물었다. 아이고, 시종사냥꾼이 대꾸했다. 아이고, 율리아 양, 저기 우리 앞에서 재빨리 휙 스쳐가버린 형상을 알아보셨나요? 저는 그것을 어떻게 생각해야 할지 전혀 모르겠어요. 며칠 전 저녁부터 어떤 사람이 이곳에서 살금살금 돌아다니고 있답니다. 은밀한 행태로 보아 그는 뭔가 나쁜 일을 몰래 꾸미고 있는 게 틀림없어요. 우리는 벌써 가능한 모든 방식으로 그를 추적했습니다. 하지만 그자는 우리 손아귀에서 재빨리 벗어나며, 우리 눈앞에서 유령처럼 혹은 악마처럼 눈에 보이지 않게 되더군요.

율리아는 정자의 합각머리 창의 환영을 생각했고 섬뜩한 공포로 떨리는 것을 느꼈다. 떠나요, 아아, 빨리 떠나요, 그녀는 사냥꾼에게 소리쳤다. 그러나 그는 웃으며 친애하는 아가씨는 두려워하지 마시라고 말했다. 그녀에게 무슨 일이 생기기 전에 유령은 먼저 그의 목을 비틀어야 할 것이고, 더욱이 성 부근에서 보이는 미지의 것은 아마 다른 정직한 사람들처럼 살과 뼈를 가지고 있을 것이며 빛을 싫어하는 겁쟁이일 것이라고 했다.

율리아는 두통과 오한을 호소하는 하녀를 잠자리로 보내고 그녀의 도움 없이 잠옷을 입었다.

방에 혼자 있게 되자, 그녀가 병적인 과민함 탓으로만 돌리고자 했던 상태에서 헤드비가가 말한 모든 것이 한번 더 율리아의 마음속에 떠올랐다. 그런데 바로 그 병적인 과민함의 원인이 오로지 심리적인 것임은 확실했다. 율리아처럼 구김 없고 순수한 심성의 소녀들은 그처럼 복잡한 경우에 좀처럼 올바른 추측을 할 수 없을 것이다. 율리아도 그랬다. 모든 것을 다시 한번 마음속에 떠올렸을 때 그녀는 다름아니라, 헤드비가 자신이 율리아의 영혼이 예감하는 만큼이나 섬뜩하게 묘사한 저 끔찍한 열정에 사로잡혀 있다고, 그리고 헤드비가는 바로 헥토르 왕자에게 자기 자신을 제물로 바쳤다고 생각했던 것이다. 이제, 그녀는 더 나아가 추론했다, 어떻게 된 일인지는 전혀 모르겠지만, 헤드비가의 내면에 왕자가 다른 사랑에 사로잡혔다는 망상이 떠올라, 쉼 없이 그녀를 뒤쫓는 무시무시한 유령처럼 그녀를 고통스럽게 해서 그로 인해 마음속에 치유할 수 없는 혼란이 생겨났다는 것이었다. 아아, 율리아는 자신에게 말했다. 아아, 너 선량하고 사랑스러운 헤드비가, 헥토르 왕자가 돌아온다면 너는 얼마나 빨리 너의 친구에게서 아무것도 두려워할 필요가 없다는 것을 확신하게 될 것인지!—하지만 율리아가 이 말을 하는 순간, 왕자가 자신을 사랑한다는 생각이 마음속 깊은 곳으로부터 튀어나왔다. 그리하여 그녀는 그 생각의 위력과 생생함에 경악했고, 이루 형언할 수 없는 불안에 사로잡힌 채, 공주의 생각이 사실일 수 있으며 자신의 파멸이 확실하다는 느낌이 들었다. 왕자의 눈빛, 그의 전 존재가 그녀에게 준 예의 이상하고 낯선 인상이 다시 떠올랐고, 예의 경악이 또다시 그녀의 사지를 전율케 했다. 그녀는 왕자가 자신을 팔로 감싸며 백조에게 먹이를 주던 다리 위에서의 순간을, 그가 당시 했던, 그때는 모두 그토록 무해하게 여겨졌지만 지금은 더 깊은 의미를 지닌 것처럼 보이는 모든 난처한 말을 돌이켜 생각했다. 그러나 그녀는 불행한 꿈도 돌이켜 생각했다. 그 꿈에서 그녀는 강철같이 단단한 팔에 꽉 안겨 있다고 느꼈고 그녀를 꽉 붙든 이는 왕자였다. 그리고 나서 그녀는 깨어나 정원에서 악장을 보았고 그의 전 존재가 자신에게 명확해졌으며 그가 왕자에게서 자신을 지켜주리라 생각했던 것이다.

아니, 율리아는 큰 소리로 외쳤다. 아니 그렇지 않아, 그것은 그럴 수가 없어, 그건 가능하지 않아! 그것은 더없이 가련한 내 안에 이러한 죄 많은 의심을 불러일으킨 지옥의 악령 자체야! ─아니, 그가 나를 지배해서는 안 돼!

왕자에 대한, 저 위험천만한 순간들에 대한 생각과 함께 율리아의 가장 깊은 가슴속에서 하나의 감정이 눈을 떴다. 이 감정이 얼마나 위험한 것인지는 그것이 수치심을 일깨운 데에서만 알아볼 수 있었다. 수치심은 끓는 피가 뺨에 몰리게 하고, 뜨거운 눈물이 눈에 맺히게 했다. 악령을 쫓아버릴 힘, 악령에게 굳게 발을 디딜 여지를 전혀 허락하지 않을 힘을 충분히 가진 귀엽고 경건한 율리아에게 복 있으라. 여기서 다시금 언급해두어야 할 것은 헥토르 왕자가 사람들이 볼 수 있는 가장 아름답고 사랑스러운 남자였다는 것, 환심을 사는 그의 기술은 행복한 모험으로 가득한 삶이 그에게 습득시킨, 여자들에 대한 깊은 이해에 기초하고 있었다는 것, 그리고 바로 어리고 구김 없는 소녀는 그의 시선과 그의 전 존재가 지닌 승리하는 힘에 경악하리라는 것이다.

오, 요하네스, 그녀는 부드럽게 말했다. 그대 선량하고 훌륭한 남자여, 대체 나는 그대에게서 그대가 내게 약속한 보호를 구할 수 없나요? 그대 자신은 나의 가슴속에 온전히 반향되는 천상의 음조로 나에게 위로하듯 말할 수 없나요?

이 말과 함께 율리아는 피아노를 열고는 그녀가 가장 좋아하는 크라이슬러가 작곡한 곡들을 연주하고 노래하기 시작했다. 실제로 그녀는 곧 위로를 받아, 쾌활해진 느낌이었다. 노래는 그녀를 멀리 다른 세계로 실어갔다. 왕자도, 병적인 환영들로 그녀를 혼란스럽게 했던 헤드비가도 더이상 없었다!

―이제 내가 가장 좋아하는 칸초네타 한 곡 더!―율리아는 그렇게 말하고 그토록 많은 작곡가들이 곡을 붙인 〈나는 말없이 한탄하려네〉운운하는 노래를 시작했다. 실제로 크라이슬러에게 이 노래는 나머지 모든 곡보다 성공적이었다. 그 안에는 더없이 열렬한 사랑의 갈망이 주는 달콤한 고통이 단순한 멜로디 속에, 모든 감성적인 마음을 저항할 수 없도록 사로잡을 수밖에 없는 진실과 강도로 표현되어 있었다. 율리아는 노래를 끝마쳤지만, 크라이슬러에 대한 기억에 완전히 깊이 잠긴 채 그녀 내면의 감정의 반향인 듯한 몇몇 화음을 더 짚었다. 그때

문이 열렸고 그녀는 그쪽을 쳐다보았다. 그녀가 미처 자리에서 일어서기도 전에 헥토르 왕자가 그녀의 발치에 무릎 꿇고 양손을 잡으며 그녀를 꽉 붙들었다. 그녀는 소스라치게 놀라 크게 비명을 질렀다. 그러나 왕자는 성모와 모든 성인들에 맹세코 조용히 해줄 것을, 그에게 단이 분만 그녀의 모습, 그녀의 말의 천국을 허락해줄 것을 간청했다. 그러고 나서 그는 더없이 격렬한 열정의 광기만이 불어넣을 수 있는 표현들로, 그녀를, 그녀만을 흠모하노라고, 헤드비가와의 결혼을 생각하는 것은 끔찍하고 치명적이라고 말했다. 그래서 그는 도망치려 했노라고. 그러나 곧 그가 죽어서야 끝날 수 있는 열정의 힘에 내몰려, 오직 율리아를 보고, 그녀와 얘기하고, 그녀만이 그의 삶이요 그의 모든 것임을 말하기 위해 돌아왔노라는 것이었다!

가세요, 율리아는 절망적인 크나큰 두려움에 휩싸여 소리쳤다. 가세요―당신은 저를 죽이시는 것입니다, 왕자님!

결코, 왕자는 사랑의 격정 속에 율리아의 두 손을 입술에 갖다대며 소리쳤다. 결코 가지 않을 겁니다. 내게 삶을, 아니면 죽음을 가져다줄 순간이 왔습니다!― 율리아! 천상의 아이여! 너는 나를, 자신의 전 존재와 행복이 너인 사람을 비난할 수 있느냐?―아니, 너는 나를 사랑해, 율리아, 나는 그것을 알고 있어. 오, 나를 사랑한다고 말하렴, 그러면 열광적인 환희의 모든 천국이 내게 열릴 거야!

이 말과 함께 왕자는 경악과 두려움에 반쯤 기절한 율리아를 휘감고 격렬하게 가슴에 꺼안았다.

아, 이럴 수가, 그녀는 반쯤 짓눌린 목소리로 소리쳤다. 아, 이럴 수가―아무도 나를 불쌍히 여기지 않는단 말인가?

그때 횃불의 빛이 창문을 비췄고 문 앞에서 여러 목소리가 들렸다. 율리아는 입술 위에 타는 듯이 작열하는 입맞춤을 느꼈다. 그리고 왕자는 재빨리 도망쳐버렸다.

그리하여―이미 언급한 것처럼 율리아는 완전히 정신이 나간 채로 방에 들어서는 어머니에게 허겁지겁 달려갔고 그녀는 깜짝 놀라 무슨 일이 있었는지 듣게 되었다. 그녀는 왕자가 수치를 알도록, 그가 있는 것이 틀림없는 은신처에서 끌어내겠다고 확언하며 가련한 율리아를 할 수 있는 한 위로하기 시작했다.

오, 율리아가 말했다. 오, 그러지 마세요, 어머니. 제후 전하가, 헤드비가가 알게 되면 저는 죽어야 해요―그녀는 흐느끼면서 어머니의 가슴에 얼굴을 파묻으며 안겼다.

네가 옳구나, 고문관 부인이 대꾸했다. 네가 옳다, 내 사랑스러운 착한 아이야. 왕자가 여기에 있다는 것, 그가 네 꽁무니를 쫓아다닌다는 것을 지금 아무도 알아서는, 예감해서는 안 된다. 너 사랑스럽고 경건한 율리아야!―모의에 가담한 이들은 침묵해야 해. 그도 그럴 것이 왕자와 결탁하고 있는 자들이 있다는 것은 조금도 의심의 여지가 없기 때문이야. 그렇지 않고선 그가 여기 지크하르츠호프에서 남의 눈에 띄지 않고 머물러 있을 수도, 우리의 거처에 몰래 들어올 수도 없었을 테니까. 내가 이해할 수 없는 것은 왕자가 어떻게 나와 내게 불을 비춰준 프리드리히를 마주치지 않고 집 밖으로 도망칠 수 있었을까 하는 거야. 우리는 늙은 게오르크가 부자연스러운 깊은 잠에 빠져 있는 것을 발견했단다. 하지만 나니는 어디에 있지? 아, 이럴 수가, 율리아가 속삭였다. 나니가 아파서 보내야 했다니!

어쩌면, 벤촌 부인이 말했다. 어쩌면 내가 그녀의 의사가 되어줄 수 있을 게다. 그리고 급히 옆방의 문을 열어젖혔다. 거기에 아픈 나니가 옷을 완전히 차려입은 채 서 있었다. 엿듣고 있던 그녀는 이제 경악과 공포로 인해 벤촌 부인의 발치에 쓰러졌다.

다음과 같은 사실을 알아내기 위해서는 벤촌 부인의 몇 가지 질문만으로 충분했다. 왕자는 늙은, 그토록 충직하게 여겼던 관리인을 통해―

(무어) ―나는 듣고 알아야 했던가!―나의 충실한 친구, 나의 사랑스러운 형제 무치우스가 뒷다리에 입은 지독한 상처의 후유증으로 죽었던 것이다. 사망 소식은 내게 아주 큰 충격을 주었다. 이제야 비로소 나는 무치우스가 내게 무엇이었는지 느꼈다!―푸프가 말해주었듯 장례식은 이튿날 밤, 시신을 옮겨다 놓은, 마이스터가 살고 있는 집의 지하실에서 거행된다는 것이었다. 나는 적당한 시간에 도착할 뿐만 아니라 고상한 옛 관습에 따라 장례 만찬이 행해질 수 있도록 음식과 음료도 마련하겠다고 약속했다. 나는 온종일 나의 생선, 닭뼈와 야채 등 풍성한 저장물을 차차 아래로 날라 그것들을 또한 실제로 마련했다. 모든 것에 대해 아주 정확한 설명을 원하며 따라서 아마 내가 음료를 어떻게 아래로 운반했는지도 알고 싶어할 독자들을 위해 나는 별 노고 없이 한 친절한 하녀가 나를 도와주었다는 것을 말해둔다. 그 하녀는 나와 툭하면 지하실에서 마주치곤 했고 내가 그녀의 부엌으로 찾아가기도 했던 터라, 나의 종족에게, 특히 내게 대단히 호의를 가지고 있는 것처럼 보였다. 그리하여 우리는 만날 때마다 우아한 방식으로 함께 유희를 했다. 그녀는 내게 여러 음식을 건넸는데, 그것은 마이스터에

게서 받는 음식보다 나빴지만 그래도 나는 받아먹었고 그러면서 그것이 아주 기막히게 맛있는 척했다. 순전히 여자에 대한 친절에서 말이다. 그러한 행동은 하녀의 마음을 감동시키는 모양이어서 그녀는 내가 본래 노렸던 것을 해주었다. 즉, 나는 그녀의 품으로 뛰어올랐고, 그녀는 어찌나 사랑스럽게 나의 머리와 귀를 긁어주었던지 나는 완전히 황홀과 행복 자체였고 그 손에 몹시 익숙해졌다. 어떤 손이냐 하면, 평일에는 빗자루를 들고, 일요일에는 최고로 어루만져주는 손!*—그녀가 지하실에서 달콤한 우유가 가득 담긴 큰 단지를 위층으로 나르려 하던 순간 마침 거기 있던 나는 이 친절한 인물을 향해 몸을 돌리고는, 우유를 얻고자 하는 간절한 소망을 그녀가 이해할 수 있는 방식으로 표현했다. "익살꾸러기 무어," 집안의 모든 다른 사람들처럼, 더 나아가 모든 이웃 사람들과 마찬가지로 내 이름을 잘 알고 있던 소녀가 말했다. "익살꾸러기 무어, 너는 분명 우유를 너 혼자만을 위해 원하는 게 아니구나, 분명 푸짐하게 대접하려는 게지! 자, 우유를 가지렴, 작은 회색 옷 고양이야. 나는 위에서 다른 사람들을 돌봐야 한단다!" 이 말과 함께 그녀는 우유가 든 단지를 바닥에 내려놓고, 더없이 귀여운 재주넘기로 기쁨과 고마움을 나타낸 내 등을 조금 더 쓰다듬어주고는 지하실 계단을 올라갔다. 오, 수고양이 청년이여, 이 기회에 친절한 여자 요리사와 알고 지내는 것, 더 나아가 모종의 감상적으로 정겨운 관계를 맺는 것은 우리와 같은 신분과 종족의 젊은이들에게 즐겁고도 유익하다는 것을 명심해두어라.

---

* 괴테의 『파우스트』 제1부 「성문 앞에서」. "토요일에 빗자루를 들었던 손이 / 일요일엔 자네를 최고로 어루만져줄 거야."

자정 무렵에 나는 지하실로 내려갔다. 슬픈, 가슴을 찢는 듯한 광경! 지하실 한가운데에는 물론 고인이 늘 지녔던 단순한 의식意識에 맞게, 한 다발의 밀짚으로만 이루어진 관대 위에 소중한, 사랑하는 친구의 시신이 놓여 있었다!—모든 수고양이들이 벌써 모여 있었다. 우리는 아무 말도 하지 못하고 앞발 악수를 나누고 눈에 뜨거운 눈물을 머금은 채 관대 주위로 빙 둘러앉았다. 그리고 애도의 노래를 부르기 시작했는데, 그 가슴을 에는 음조가 지하실의 반원형 천장에서 무시무시하게 메아리쳤다. 그것은 여태껏 들어본 가장 절망적인, 가장 끔찍한 비탄이었다. 어떠한 인간의 기관도 그러한 소리를 낼 수 없다.

노래가 끝나고 나서 아주 예쁜, 점잖게 흑백 옷을 입은 청년이 무리에서 걸어나와 시신의 머리맡에 서더니 다음과 같은 장례식 연설을 했다. 그는 그 연설을 즉흥적으로 했지만 내게 글로 전달했다.

추도사

철학과 역사에 열중한 자,

너무 때 이르게 스러져간 수고양이 무치우스의 무덤에서.

포에지와 웅변에 열중한 자,

그의 충실한 친구이자 형제인

수고양이 힌츠만이 읊다

———

비탄 속에 모인 소중한 형제들이여!

착실하고 고귀한 학우회 청년들이여!

수고양이란 무엇인가!—지상에 태어난 모든 것처럼 약하고 덧없는 것이외다!—가장 유명한 의사들과 생리학자들이 주장하듯 모든 피조물이 종속되어 있는 죽음의 본질이 무엇보다도 모든 호흡의 완전한 중단에 있다는 것이 사실이라면, 오, 그렇다면 우리의 충직한 친구, 우리의 착실한 형제, 이 충실하고 용감한, 고락을 함께한 동지, 오, 그렇다면 우리의 고귀한 무치우스는 분명 죽었소!—보시오, 그 고귀한 자는 저기 차가운 밀짚 위에 사지를 쭉 뻗고 누워 있소! 영원히 닫혀버린 입술에서는 가장 미약한 숨기운도 새어나오지 않소! 전에 때로는 부드러운 사랑의 불빛을, 때로는 푸르게 번쩍거리는 금빛으로 파괴적인 분노를 발하던 두 눈은 푹 꺼졌소! 송장 같은 창백함이 얼굴을 덮고 두 귀는 맥없이 늘어졌으며 꼬리는 축 처져 있소!—오, 형제 무치우스여, 이제 그대의 즐거운 도약은 어디에 있는가?* 그대의 쾌활함, 그대의 좋은 기분, 모든 마음을 기쁘게 하는 그대의 맑고 즐거운 야옹 소리는 어디 있으며, 그대의 용기, 그대의 의연함, 그대의 총명함, 그대의 위트는 어디에 있는가?—모든 것, 모든 것을 쓰디쓴 죽음이 그대에게서 빼앗아버렸고 그대는 어쩌면 이제 그대가 살았었는지조차 잘 알지 못하는가?—그런데도 그대는 건강, 힘 자체였고, 영원히 살 것처럼 모든 육체적 아픔에 맞서 무장되어 있었다! 그대의 내부를 움직이던 시계의 기계장치의 작은 톱니바퀴 하나도 손상되지 않았다. 그리고 톱니바퀴 장치가 멎어 더이상 태엽이 감길 수 없기 때문에 죽음의 천사가 그의 칼을 그대의 머리 위로 휘두르지도 않았다. 아니다! 적대적인 원칙이

---

* 셰익스피어의 『햄릿』 5막 1장. "이제 그대의 익살은 어디에 있는가? 그대의 도약은?"

유기적 구조물 안으로 폭력적으로 손을 집어넣어 아직 오랫동안 존속할 수 있었을 것을 모독하며 파괴했다. 그렇다!―아직 이 눈들은 종종 상냥하게 빛났을 것이고, 아직 재미난 착상들, 즐거운 노래들이 이 입술, 이 굳어버린 가슴에서 자주 흘러나왔을 것이며, 여전히 이 꼬리는 즐거운 기분으로 내적 힘을 알리며 물결치는 선으로 둘둘 말렸을 것이며, 여태 이 앞발들은 가장 강력하고 대담한 도약들로 힘과 노련함을 증명해 보였을 것이다―그런데 이제―오, 자연은 자신이 오래 지속되도록 애써 구성한 것이 때 이르게 파괴되는 것을 허용할 수 있을까, 아니면 폭군처럼 모독하는 자의로 모든 존재를 영원한 자연원칙에 맞게 조건 지우는 것처럼 보이는 진동에 손을 집어넣어도 되는, 우연이라는 이름의 어두운 정령이 정말로 있을까?―오, 그대 죽은 자여, 그대는 그것을 여기 상심한, 그러나 살아 있는 자들의 모임에 말해줄 수 있겠는가! 하지만 경애하는 참석자 여러분, 착실한 형제들이여, 우리 그러한 의미심장한 고찰에 골몰하지 말고 너무도 일찍 잃어버린 친구 무치우스에 대한 애도에 열중합시다. 추도사를 하는 이는 참석자들에게 완전한 전기 전체를, 찬미하는 부가적 언급 및 주석과 함께 진술하는 것이 관례이고 이러한 관례는 아주 훌륭하오. 그도 그럴 것이 그러한 진술은 가장 슬픈 청자에게도 권태의 역겨움을 불러일으킬 수밖에 없는데, 이러한 역겨움은 믿을 만한 심리학자들의 경험과 발언에 따르면 모든 비애를 가장 잘 파괴하기 때문이오. 그런 까닭에 추도사를 하는 이는 그러한 방식으로 두 가지 책무, 즉 고인에게 합당한 경의를 표할 책무, 그리고 유족들을 위로할 책무를 한꺼번에 이행하는 것이오. 가장 슬픔에 겨웠던 자가 그러한 연설 후에 아주 유쾌하고 명랑하게 떠나간 예들이 있고, 그 예들은 당연하오. 연설의 고통으로부터 구제되었다는 기쁨으로 인해 그는 고인을 잃은 고통을 이겨낸 것이오. 여기 모인 소중한 형제들이여! 나 역시 칭찬할 만한 입증된 관습을 얼마나 기꺼이 따를 것인가, 나는 그대들에게 죽은 친구요 형제의 상세한 전기 전체를 얼마나 기꺼이 진술할 것인가, 그리고 그대들을 상심한 수고양이들에서 기분좋은 수고양이들로 얼마나 기꺼이 변화시킬 것인가. 하지만 그건 안 되오, 그건 정말로 안 되오. 소중한, 친애하는 형제들이여. 출생, 교육, 그 이외의 이력에 관해서라면 나는 고인의 실제 삶에 대해 거의 아무것도 모른다고, 따라서 내가 그대들에게 순전히 꾸며낸 이야기들을 내놓을 수밖에 없을 것이라고, 그러나 그러기에는 고인의 시신 곁의 여기 이곳이 너무도 진지하고 우리의 기분이 너무도 장엄하다고 내가 그대들에게 말하더라도, 이를 이해해주시오. 언짢게 생각하지 마시오, 학우회 청년들이여, 하지만 나는 모든 그 밖의 지루한 강연 대신 얼마 안 되는 소박한 말로 여기 죽어 뻣뻣이 굳은 채 우리 앞에 누워 있는 가엾은 녀석이 얼마나 치욕스러운 종말을 맞아야 했는지, 그리고 삶에서 얼마나 착실하고 쓸모 있는 녀석이었는지 말하고자 하오! ―하지만 오, 맙소사! 웅변에 열중했는데도, 그리고 운명이 허락한다면 포에지와 웅변의 교수가 되기를 희망함에도 불구하고 나는 웅변의 어조에서 벗어나는군! ―

(힌츠만은 침묵했고, 오른쪽 앞발로 귀, 이마, 코와 수염을 닦았으며, 오랫동안 시선을 떼지 않고 시신을 바라보았고, 헛기침을 했으며, 다시 한번 앞발로 얼굴을 훑었다. 그러고 나서 목소리를 높여 계속해서 말했다.)

오, 쓰라린 숙명이여!─오, 무서운 죽음이여! 그대는 그토록 잔인한 방식으로 고인이 된 젊은이를 한창때에 낚아채 가버려야만 했는가?─ 형제들이여! 연사는 청자들이 이미 싫증이 날 만큼 들어 알고 있는 것을 다시 한번 말해도 좋소. 그러므로 나는 그대들 모두가 이미 알고 있는 것, 즉 고인이 된 형제는 속물 스피츠들의 광포한 증오의 제물로서 전사했다는 것을 되풀이하는 바이오. 한때는 우리가 평화와 기쁨 속에 즐거워했던, 유쾌한 노래들이 울려퍼졌던, 앞발에 앞발을, 가슴에 가슴을 맞대고 한마음 한뜻이 되었던 저기 저 지붕 위로, 그는 조용한 고독 속에 학우회 회장 푸프와 함께 이제는 지나가버린 아란후에스에서의 저 아름다운, 진정한 날들*의 추억을 칭송하기 위해 살금살금 올라가려 했소. 그때 어떻게 해서든 우리의 즐거운 수고양이 동맹의 모든 부흥을 방해하려 했던 속물 스피츠들이 다락방의 어두운 구석에 여우덫을 갖다놓았소. 그것들 가운데 하나에 불행한 무치우스가 걸려들어 뒷다리가 으스러졌고, 그리고─죽어야 했소!─속물들이 입히는 상처는 고통스럽고 위험하오. 그들은 언제나 무디고 날이 많이 빠진 무기를 사용하기 때문이오. 그러나 천성이 강하고 튼튼한 고인은 위협적인 부상에도 불구하고 다시 일어설 수 있었을 것이오. 하지만 회한, 보잘것없는 스피츠들에게 패한, 그의 아름답고 화려한 행로에서 완전히 파괴된 자신을 보는 깊은 회한, 우리 모두가 당한 치욕에 대한 끊임없는 생각, 이것이 그의 생명을 먹어치운 것이었소. 그는 적절한 붕대도, 약

---

* 프리드리히 실러의 『돈 카를로스』 1막 1장. "아란후에스의 아름다운 날들은 이제 지나갔네요."

도 전혀 허용하지 않았소─듣자하니 그는 죽기를 원했다 하오!*

(나는, 우리 모두는 힌츠만의 이 마지막 말에 격렬한 고통으로 가만히 있을 수 없었다. 모두들 어쩌나 거센 비탄의 울부짖음과 비명을 터뜨렸던지 바위도 녹아내릴 지경이었다. 우리가 들을 수 있을 만큼 어느 정도 진정되자 힌츠만은 격정적으로 계속해서 말했다.)

오, 무치우스! 오, 내려다보게! 우리가 그대를 위해 흘리는 눈물을 보게, 우리가 그대를 위해 높이 지르는 절망적인 한탄 소리를 들어보게, 고인이 된 수고양이여!─그래, 그대가 지금 막 할 수 있는 대로 우리를 내려다보거나 올려다보게. 정신적으로 우리 곁에 있게. 자네가 아직 정신을 쓸 능력이 있다면, 그리고 그대 안에 깃들어 있던 그 정신이 벌써 다른 곳에 소모되지 않았다면 말일세!─형제들이여! 이미 말했듯이, 나는 고인의 전기에 대해서는 주둥이를 닫겠소. 그것에 대해 아무것도 모르기 때문이오. 하지만 고인의 훌륭한 특성들이 그만큼 더 생생하게 기억 속에 남아 있소. 나는 그것들을 그대들, 나의 더없이 소중하고 친애하는 친구들의 코앞으로 갖다놓겠소. 그대들이 훌륭한 수고양이의 죽음으로 인해 입은 끔찍한 손실을 온전히 느낄 수 있도록! 들어보시오. 오, 미덕의 길에서 결코 벗어나지 않는 성향을 지닌 그대 젊은이들이여, 이 말을 들어보시오!─무치우스는, 삶에서 몇 안 되는 이들이 그러하지만, 고양이 사회의 기품 있는 일원이었고, 착하고 충실한 남편, 훌륭하고 자애로운 아버지였으며, 진리와 정의의 열렬한 옹호자였고, 지칠 줄 모르는 자선가, 가난한 이들의 지주, 곤궁 속의

* 실러의 『발렌슈타인의 죽음』 4막 10장의 내용을 패러디한 것.

충실한 친구였소! — 고양이 사회의 기품 있는 일원이었느냐고? — 그렇소! 그도 그럴 것이 그는 항상 가장 훌륭한 신조를 피력했고, 그가 원하는 일이 일어난다면 약간 희생할 채비조차 되어 있었으며, 또한 오로지 그에게 반대하는, 그의 뜻에 따르지 않는 이들만을 적대시했기 때문이오. 착하고 충실한 남편이었느냐고? 그렇소! — 그도 그럴 것이 그는 오로지 그의 부인보다 더 젊고 예쁠 때에만, 그리고 저항할 수 없는 욕구가 그를 그리로 내몰 때만 다른 작은 암고양이들의 꽁무니를 쫓아다녔기 때문이오. 훌륭하고 자애로운 아버지였느냐고? 그렇소! 그도 그럴 것이 사람들은 결코 그가, 아마 우리 종족의 거칠고 애정 없는 아버지들이 그러곤 하듯이 갑자기 특이한 식욕이 동하여 목표로 삼은 그의 아이들 가운데 하나를 먹어치웠다는 얘기를 들어본 적이 없기 때문이오. 어머니가 아이들을 몽땅 날라가고 그가 그들의 당시 거처에 대해 더이상 아무것도 알지 못하면, 그에게는 그것이 오히려 아주 만족스러웠다오. 진리와 정의의 열렬한 옹호자였느냐고? 그렇소! — 그도 그럴 것이 그는 그것을 위해 목숨을 내놓았을 것이기 때문이오. 그래서 그는, 삶은 단 한 번뿐이기에, 진리와 정의에 대해 그리 관심을 많이 두지 않았는데, 그렇다고 그를 나쁘게 생각할 수는 없지요. 지칠 줄 모르는 자선가, 가난한 이들의 지주였느냐고? 그렇소! 그도 그럴 것이 해마다 그는 새해 첫날이면 작은 청어 꼬리나 섬세한 잔뼈 몇 개를 급식이 필요한 가난한 형제들을 위해 저 아래 마당으로 날라갔기 때문이오. 그리고 그는 이러한 방식으로 기품 있는 고양이의 친구*로서

---

* 원문의 Katzenfreund는 '인도주의자'를 뜻하는 Menschenfreund와 '고양이'를 뜻하는 Katze를 결합해서 만든 단어다.

의 책무를 다했기에, 그 밖에도 뭔가를 더 요구하는 빈궁한 수고양이들을 향해 불만스레 으르렁댈 수 있었던 것이오. 곤궁 속의 충실한 친구였느냐고? 그렇소! 그도 그럴 것이 그는 곤경에 처하면, 평소에 완전히 등한시했던, 완전히 잊어버렸던 친구들조차 포기하지 않았기 때문이오. 고인이 된 자여! 모든 아름다운 것과 고상한 것에 대한 그대의 높은 정화된 감각에 대해, 그대의 학식, 그대의 예술문화에 대해, 그대 안에 결합해 있던 그 모든 수천의 미덕에 대해 내가 더 무엇을 말해야 하겠는가! 내 말하노니, 그것에 대해 내가 무엇을 말해야 하겠는가, 그대의 비참한 죽음에 대한 우리의 정당한 고통을 훨씬 더 증대시키지 않고서!─친구들, 감동받은 형제들이여!─그도 그럴 것이 실제로 몇몇 명백한 움직임을 보고 나는 적잖이 만족스럽게도 내가 그대들을 감동시키는 데 성공했다는 것을 알아채는 바이기 때문이오. 자!─감동받은 형제들이여!─우리 이 고인을 본보기로 삼으십시다. 온전히 그의 기품 있는 발자취를 따르도록 모든 노력을 경주하십시다. 온전한 이, 완성된 이가 되십시다. 그러면 우리도 이 완성된 이처럼 죽음 속에서 진실로 현명한, 모든 유와 종의 덕성을 통해 정화된 수고양이의 안식을 누릴 것이오!─직접 보시오, 그가 그토록 고요히 거기 누워 있는 것을, 그가 앞발 하나 까딱하지 않는 것을, 그의 훌륭함에 대한 나의 모든 찬사가 그에게서 만족의 미소라곤 조금도 얻어내지 못한 것을!─슬픈 자들이여! 그대들은 생각하는가, 마찬가지로 가장 혹독한 비난, 가장 거칠고 모욕적인 비방이 고인에 대한 모든 인상을 그르치게 했으리라고? 그대들은 생각하는가, 그가 전 같았으면 두 눈을 지독하게 할퀴어 파내버렸을 테지만 지금은 그를 조금도 화나게 하지 않는 악마

같은 속물 스피츠가 이 무리 속에 들어선다 한들, 그자가 그의 온화하고 달콤한 안식을 방해할 수 있으리라고?

청찬과 비난, 모든 적대감, 모든 놀림, 모든 짓궂은 조롱과 경멸, 삶의 모든 혼잡한 소동에 우리의 훌륭한 무치우스는 초연하오. 그는 친구를 위한 우아한 미소도, 불같은 포옹도, 충직한 앞발 악수도 더이상 가지고 있지 않소. 하지만 또한 적을 위한 발톱도, 이빨도 더이상 가지고 있지 않소!—그는 그의 덕성들에 의해 그가 삶에서 헛되이 추구했던 안식에 도달했소!—여기 함께 앉아 친구를 위해 격하게 울고 있는 우리 모두가 바로 그 친구와 같은 모든 덕성의 표본이 되지 못하고서도 그 안식에 이르리라는 생각, 그리고, 바로 그 안식을 향한 갈망 말고도 덕성을 갖추고자 하는 다른 동기가 분명 더 있을 것이라는 생각이 얼핏 들긴 하오. 그러나 이것은 그저 내가 그대들에게 계속 해보도록 맡기는 생각일 따름이오. 방금 나는 그대들의 삶 전체를 특히 친구 무치우스처럼 아름답게 죽는 것을 배우기 위해 사용하라고 그대들에게 간곡히 당부하려고 했소. 그러나 차라리 그러지 않는 게 낫겠소. 그대들이 내게 몇몇 미심쩍은 점에 대한 반론을 내놓을 수 있겠기 때문이오. 즉 내 말은, 그대들이 내게 고인은 때가 되기 전에 죽지 않기 위해 조심하고 여우덫을 피하는 것도 배웠어야 했다고 이의를 제기할지도 모른다는 것이오. 그다음으로 나는 또한 아주 어린 수고양이가 수고양이는 그의 삶 전체를 죽는 것을 배우는 데 써야 한다는 스승의 똑같은 훈계에 꽤나 새침하게, 하지만 누구나 단번에 죽는 데 성공하는 것을 보면 그건 그리 어려운 일이 아닐 수 있다고 대꾸했던 것을 기억하오!—몹시 상심한 젊은이들이여, 우리 이제 잠시 조용한 성찰에 전념하십시다!

(힌츠만은 침묵했고 또다시 오른쪽 앞발로 귀와 얼굴을 훑었다. 그러고 나서 그는 두 눈을 꼭 감으며 깊은 생각에 잠기는 듯했다. 그것이 너무 오래 지속되자 마침내 학우회 회장 푸프가 그를 살짝 건드리고는 나직이 말했다. 힌츠만, 나는 자네가 잠이 들었다는 생각마저 드네. 우리 모두 절망적인 허기를 느끼고 있으니 어서 강연을 끝마치도록 하게. 힌츠만은 흠칫 놀라 몸을 일으켰다. 그리고 다시 우아한 연사의 자세를 잡고 계속해서 말했다.)

더없이 소중한 형제들이여!—나는 그 밖에 몇 가지 숭고한 생각에 도달해 지금 이 추도사를 멋지게 끝마치기를 희망했소. 하지만 내게는 전혀 아무것도 떠오르지 않았소. 내가 느끼려고 애쓴 커다란 고통이 나를 약간 멍청하게 만든 것 같소. 그러니 우리, 그대들이 가장 완벽한 박수갈채를 거부할 수 없는 나의 연설을 끝마친 것으로 간주하고 이제 통례적인 〈깊은 구렁 속에서〉*를 시작하십시다!

점잖은 수고양이 청년은 그렇게 추도사를 마쳤다. 그것은 수사적 관점에서는 잘 구성되고 훌륭한 효과를 지닌 것으로 보이긴 했지만 그래도 나는 거기에 몇 가지 흠잡을 구석이 있다고 여겼다. 즉, 내게는 힌츠만이 무치우스의 슬픈 죽음 후에도 가련한 그에게 경의를 표하기 위해서라기보다는 멋진 웅변의 재능을 보여주기 위해 말했다고 여겨졌던 것이다. 그가 말한 모든 것이, 단순하고 소박하며 솔직한 수고양이였고 내가 잘 겪어보았다시피 충실하고 선량한 영혼이었던 친구 무치

---

* 「시편」 130장 1절. "깊은 구렁 속에서 당신을 부르오니."

우스에게 제대로 들어맞지 않았다. 그 밖에 힌츠만이 보낸 찬사도 두 가지 뜻으로 해석할 수 있는 종류의 것이어서 실은 그 연설이 나중에는 마음에 들지 않았고, 나는 연설하는 동안 오로지 연사의 우아함, 그리고 그의 실제로 감정이 풍부한 열변에만 매료되었다. 학우회 회장 푸프도 나와 같은 견해인 모양이었다. 우리는 힌츠만의 연설에 관한 한 우리의 의견이 일치함을 증명하는 눈빛을 교환했다.

연설의 마지막에 알맞게 우리는 〈깊은 구렁 속에서〉를 부르기 시작했다. 그것은 연설 전의 끔찍한 만가輓歌보다 어쩌면 훨씬 더 비탄스럽게. 훨씬 더 가슴을 에는 듯 들렸다. 비탄의 노래가 너무나 애타는 사랑이나 거부된 사랑 때문에 울리건 혹은 사랑하는 고인을 위해 울리건 우리 종족의 가수들은 가장 깊은 슬픔과 가장 절망적인 비참의 표현을 아주 탁월하게 제어하여, 차갑고 감정 없는 사람일지라도 그러한 종류의 노래에 사로잡히게 되고 압박된 가슴을 기이한 저주를 통해서만 터뜨려 풀 수 있다는 것은 잘 알려져 있다. 〈깊은 구렁 속에서〉가 끝나자 우리는 죽은 형제의 시신을 들어올려 지하실 한구석에 있는 깊은 무덤 속에 내려놓았다.

그러나 바로 이 순간 장례식 전체에서 가장 예기치 못한, 동시에 가장 매혹적으로 마음을 뒤흔드는 일이 벌어졌다. 대낮처럼 아름다운 세 고양이 소녀가 껑충껑충 뛰어와 그들이 지하실에서 뜯은 감자 잎과 파슬리 잎을 열려 있는 무덤 속에 흩뿌린 것이다. 그러는 동안 그들보다 좀더 나이 많은 암고양이가 단순하고 사랑스러운 노래를 불렀다. 내가 알고 있는 가락이었는데, 내가 틀리지 않다면 곡조가 붙은 노래의 원문은 이 말로 시작된다. 〈오, 전나무여! 오, 전나무여!〉* 운운. 그들은,

학우회 회장 푸프가 내게 귀엣말로 말해주었듯이, 죽은 무치우스의 딸들이었다. 그들은 이러한 방식으로 아버지의 장례식을 함께 거행한 것이었다.

나는 여가수에게서 눈을 뗄 수가 없었다. 그녀는 아주 사랑스러웠고, 달콤한 목소리의 음조, 추도의 노랫가락에 담긴 감동적이고 진심 어린 정조까지 나를 완전히 매혹시켰다. 나는 눈물을 흘리지 않을 수 없었다. 그러나 내게 눈물을 흘리게 한 고통은 아주 특별한 종류의 것이었다. 내게 더없이 달콤한 만족감을 불러일으켰기 때문이다.

솔직하게 털어놓아야겠다!—나의 온 마음이 여가수에게 기울었다. 나는 태도와 시선에 이러한 우아함, 이러한 고상함을 지닌, 요컨대 이처럼 압도적인 아름다움을 지닌 고양이 처녀를 결코 본 적이 없는 것 같았다!

가능한 한 많은 모래와 흙을 긁어 가져온 네 마리의 건장한 수고양이들이 힘들여 무덤을 메웠다. 매장은 끝났고 우리는 식탁으로 갔다. 무치우스의 아름다운 딸들은 떠나려고 했다. 하지만 우리는 그렇게 놔두지 않았다. 그들은 장례 만찬에 참석해야 했다. 나는 일을 아주 솜씨 있게 처리해서, 가장 아름다운 이를 식탁으로 데려갔고 그녀 바로 옆에 앉았다. 처음에 그녀의 아름다움이 나의 감탄을 자아냈고 그녀의 달콤한 음성이 나를 매혹했다면, 지금은 그녀의 밝고 명료한 이성, 그녀의 감정에 담긴 진실한 애정과 다정함, 그녀의 내면에서 환하게 솟아나오는 순수하게 여성적인 경건한 본질이 나를 환희의 가장 높은 하

---

* 아우구스트 차르낙이 지은 대학생 노래. 나중에 첫 연을 유지한 채 유명한 크리스마스 노래로 개작되었다. 우리나라에는 〈소나무〉로 번안되어 알려졌다.

늘로 옮겨놓았다. 그녀의 입에서, 그녀의 달콤한 말에서 모든 것이 아주 특유한 마술적 매력을 얻었다. 그녀와의 대화는 아주 사랑스럽고 부드러운 전원시였다. 그리하여 그녀는 예를 들어 아버지가 죽기 며칠 전에 그녀가 꽤 맛있게 먹었던 우유죽에 관해 따뜻하게 얘기했고, 나의 마이스터 집에서는 그러한 죽이 아주 훌륭하게, 더욱이 버터를 충분히 넣어 준비된다고 내가 말했을 때, 그녀는 경건한, 푸른빛을 발하는 비둘기 눈으로 나를 바라보더니 온 마음을 전율하게 한 어조로 물었다. 오, 그렇군요―그래요, 신사분!―당신도 우유죽을 좋아하시죠?―그러고는, 버터를 넣은! 하고 열광적인 꿈에 잠겨드는 듯 되풀이했다. 여섯 달에서 여덟 달(가장 아름다운 소녀의 나이가 그 정도 될 것 같았다) 된 한창때의 예쁜 소녀에게 약간 열광적인 면모처럼 잘 어울리는 것은 없다는 것, 더 나아가 그들이 종종 아주 저항할 수 없게 매력적이라는 것을 누가 알지 못하는가. 그리하여 나는 완전히 사랑으로 불타올라 가장 아름다운 소녀의 앞발을 격렬히 누르며 큰 소리로 외치게 되었다. 천사 같은 아이여! 나와 함께 우유죽으로 아침식사를 하오! 그러면 그 행복과 맞바꿀 삶의 지복은 없을 것이오!―그녀는 당황한 것처럼 보였고, 얼굴을 붉히며 눈을 내리깔았지만 내 앞발 안에 있는 그녀의 앞발은 그대로 두었는데, 이는 내 마음속에 가장 아름다운 희망을 불러일으켰다. 왜냐하면 나는 언젠가 마이스터의 집에서 한 늙은 신사가, 내가 틀리지 않는다면 그는 변호사였는데, 말하는 것을 들었기 때문이다. 젊은 소녀가 그녀의 손을 오랫동안 한 남자의 손안에 놔두는 것은 아주 위험한 일인데, 그 이유는 그 남자가 그것을 그녀라는 인물 전체의 *격식 없이 이루어지는* 양도로 정당하게 간주하고 그후

458

에는 그에 기초해 거부하기 매우 힘든 온갖 요구를 할 수 있기 때문이라는 것이었다. 나는 이제 그런 요구를 하고 싶은 큰 욕구를 가지고 있었고 막 그것을 시작하려 했다. 그때 죽은 이를 기리기 위한 헌작獻爵으로 인해 대화가 중단되었다. 죽은 무치우스의 더 어린 세 딸은 그동안 즐거운 기분, 장난기 있는 순진성을 펼쳐 보였는데, 그로 인해 모든 수고양이들이 매혹되어버렸다. 이미 음식 덕분에 눈에 띄게 비탄과 고통에서 벗어나, 이제 자리에 모인 이들은 점점 더 즐겁고 활발해졌다. 모두들 웃었고, 모두들 농담을 했다. 식사가 끝났다는 신호가 있자 작은 무도회를 열자고 제안한 이는 바로 진지한 학우회 회장 푸프였다. 재빨리 모든 것이 치워졌고, 세 수고양이가 목을 조율했으며, 곧 무치우스의 활기찬 딸들은 젊은이들과 함께 씩씩하게 이리저리 뛰고 빙글빙글 돌았다.

나는 가장 아름다운 이의 곁을 떠나지 않았고, 그녀에게 춤을 청했다. 그녀는 내게 앞발을 주었고, 우리는 나는 듯이 대열로 들어갔다. 하! 그녀의 숨결이 내 뺨에 얼마나 살랑거렸던지, 나의 가슴이 그녀의 가슴에 닿아 얼마나 떨렸던지! 나는 그녀의 달콤한 몸을 내 앞발로 얼마나 감싸안고 있었던지! —오, 행복한, 천국처럼 행복한 순간이여!

우리가 두 번, 어쩌면 세 번 홉서를 추었을 때, 나는 가장 아름다운 그녀를 지하실 모퉁이로 데려갔다. 그리고 숙녀에게 친절한 관습에 맞게, 예식이 원래 무도회를 예상하지 않았기에, 마침 찾은 대로 몇몇 청량음료를 가져다 그녀에게 건넸다. 이제 나는 내면의 감정을 완전히 되어가는 대로 두었다. 나는 연거푸 그녀의 앞발을 내 입술에 갖다댔고 그녀가 나를 조금 사랑하려 한다면 나는 죽을 운명을 가진 가장 행복한 자일 것이라고 확언했다.

불행한 이여, 갑자기 어떤 목소리가 바로 내 뒤에서 말했다. 그대는 뭘 하려는 것인가!—그것은 그대의 딸 미나다!

나는 몸을 부르르 떨었다. 그 목소리를 잘 알아차렸기 때문이다!—그것은 미스미스였다!—우연이 변덕스럽게 나를 가지고 장난을 쳤다. 미스미스를 완전히 잊어버렸다고 생각했던 그 순간에, 내가, 나는 예감할 수 없는 일이었지만, 사랑에, 나 자신의 아이에 대한 사랑에 빠지고 말았음을 알게 되었던 것이다!—미스미스는 깊은 슬픔에 빠져 있었고, 나는 그것을 어떻게 생각해야 할지 알 수 없었다. 미스미스, 나는 부드럽게 말했다. 미스미스, 당신이 어찌하여 여기로 왔소. 왜 슬퍼하는 것이오. 그리고—맙소사!—저 소녀들—미나의 자매들이라니?—나는 가장 기이한 말을 들었다!—나의 악질적인 연적, 흑회황색 수고양이가 저 잔인한 결투에서 나의 기사적 용맹성에 굴복한 직후에 미스미스와 헤어졌고 상처가 낫자마자 아무도 모르는 곳으로 떠났다는 것이었다. 그러자 무치우스가 그녀의 앞발을 얻으려 했고 그녀는 그것을 그에게 기꺼이 건네주었으며, 그가 내게 이 관계를 완전히 숨긴 것은 그를 명예롭게 하고 그의 섬세한 감정을 증명하는 일이라고. 그렇다면 저 명랑하고 소박한 작은 암고양이들은 나의 딸 미나의 이부 자매들이었다!

오, 무어, 모든 일이 어떻게 발생했는지 이야기한 후에 미스미스가 정겹게 말했다. 오, 무어! 당신의 아름다운 정신은 그 정신을 넘쳐흐른 감정만을 착각한 거예요. 당신이 우리의 미나를 보았을 때 당신의 가슴속에 싹튼 것은 가장 다정한 아버지의 사랑이지 갈망하는 연인의 사랑이 아니에요. 우리의 미나! 오, 얼마나 달콤한 말인가! ─ 무어! 당신은 그 말에 무감각할 수 있나요. 당신이 그토록 진심으로 사랑했던 ─ 오 하늘이여, 아직도 그토록 진심으로 사랑하는 이, 다른 자가 끼어들지 않았다면, 그리고 그녀를 보잘것없는 유혹의 기술로 꾀지 않았다면 죽을 때까지 당신에게 충실했을 이에 대한 모든 사랑이 당신의 마음속에서 꺼져버린 것인가요? ─ 오, 약한 자여, 그대 이름은 암고양이!* 당신은 이렇게 생각하지요, 난 알고 있어요, 하지만 약한 암고양이를 용서하는 것이 수고양이의 미덕 아닌가요? ─ 무어! 당신은 내가 다정한 세번째 남편을 잃고 기가 꺾이고 절망에 빠진 모습을 보고 있어요. 그러나 이 위로할 길 없는 상태 속에 예전에 나의 행복, 나의 자부심, 나의 삶이었던 사랑이 또다시 활활 타올라요! ─ 무어! 나의 고백을 들어보세요! ─ 나는 아직 당신을 사랑해요, 그리고 내 생각에 우리는 결혼 ─ 눈물이 그녀의 목소리를 막아버렸다!

그 모든 장면에서 나는 몹시 난처한 기분이 들었다. 미나는 거기 앉아 있었다. 가을에 이따금 마지막 꽃들에 입맞춤하고 바로 쓰디쓴 물로 녹아버릴 첫눈처럼 창백하고 아름답게!

(편자의 주석. 무어! ─ 무어! 벌써 또 표절이구나! ─「페터 슐레밀의 놀라운 이야기」에서 주인공 역시 미나라 불린 그의 애인을 똑같은 말로 묘사하고 있다.)**

---

* 『햄릿』 1막 2장, "약한 자여, 그대 이름은 여자"를 패러디한 것.
** 아델베르트 폰 샤미소의 단편소설. 제5장 내용이 그대로 인용됐다.

나는 말없이 그 둘, 어머니와 딸을 관찰했다. 하지만 딸이 무한히, 훨씬 더 마음에 들었다. 그리고 우리 종족에서는 근친 관계가 규범적인 혼인장애*가 아니므로— 어쩌면 나의 눈빛이 나의 의중을 드러냈는지도 모르겠다. 그도 그럴 것이 미스미스가 나의 가장 내밀한 생각을 꿰뚫어보는 것 같았기 때문이다. 야만스러운 자! 그녀는 재빨리 미나에게 덤벼들어 미나를 격렬히 앞발로 안아 가슴으로 홱 잡아당기며 소리쳤다. 야만스러운 자! 그대는 무슨 짓을 하려는 것인가?—뭐라고? 그대는 그대를 사랑하는 이 마음을 거부하고 범죄에 범죄를 덧쌓을 수 있는가!—나는 미스미스가 어떠한 요구를 내세울 수 있으며 어떤 죄에 대해 나를 비난할 수 있는지 전혀 이해하지 못했음에도 불구하고, 환호로 바뀌어버린 장례식을 방해하지 않기 위해서는 몹시 당하면서도 태연한 표정을 짓는 것이 더 권할 만한 일이라고 생각했다. 그래서 나는 완전히 제정신이 아닌 미스미스에게, 오로지 미나가 형용할 수 없을 정도로 그녀를 꼭 닮았다는 점이 나를 미혹시켰고, 아직도 여전히 아름다운 그녀를 위해 마음속에 지니고 있는 똑같은 감정이 내 마음을 불타오르게 하는 것 같았다고 단언했다. 미스미스는 즉시 눈물을 닦았고 내게 바짝 다가앉아 우리 사이에 결코 어떤 나쁜 일도 일어나지 않았던 것처럼 나와 무척 친밀한 대화를 시작했다. 더구나 젊은 힌츠만이 아름다운 미나에게 춤을 청했을 때, 내가 얼마나 불쾌하고 난처한 상황에 처했는지 사람들은 짐작할 수 있을 것이다.

학우회 회장 푸프가 마침내 미스미스를 마지막 춤으로 끌어낸 것은

---

* 교회법은 일련의 혼인장애를, 특히 친척 간의 혼인장애를 기록하고 있다.

내게 행운이었다. 그렇지 않으면 그녀가 내게 온갖 기이한 제안을 더 할 수 있었을 테니까 말이다. 나는 조용조용 지하실에서 기어올라가며 생각했다. 때가 되면 자연히 해결될 것이다!

나는 이 장례식을 나의 수개월의 수업시대가 끝나고 내가 삶의 다른 영역으로 들어간 전환점으로 간주한다.

──────────

(파지) ─크라이슬러는 아침 일찍 대수도원장의 방으로 가게 되었다. 그는 대수도원장이 막 손도끼와 끌을 손에 들고 커다란 궤짝 하나를 열어젖히는 데 몰두하고 있는 것을 보았다. 그 안에는 형태로 보아 그림 한 점이 포장되어 있음이 틀림없었다. 하! 대수도원장은 들어서는 크라이슬러를 향해 외쳤다. 그대가 오니 좋군, 악장! 그대는 어렵고 힘든 일을 하는 나를 도와줄 수 있겠지. 이 궤짝은 영원히 닫혀 있어야 하는 것처럼 수많은 못들로 망치질이 되어 있군. 이것은 나폴리에서 곧바로 왔고 안에는 그림이 하나 들어 있는데, 나는 그것을 당분간 내 방에 걸어놓고 수사들에게 보여주지 않으려 하오. 그래서 아무에게도 도움을 청하지 않았다오. 하지만 이제 그대가 나를 도와주어야 하오, 악장. 크라이슬러는 일을 도왔고 오래 걸리지 않아 도금된 화려한 액자에 든 크고 아름다운 그림을 상자에서 꺼냈다. 대수도원장의 방에서 여느 때는 성^聖가족을 묘사한 레오나르도 다빈치의 매우 우아한 그림이 걸려 있던 작은 제단 위의 자리가 텅 비어 있는 것을 발견했을 때, 크라이슬러는 적잖이 놀랐다. 대수도원장은 오래된 원화를 포함한 상당수의 소장품 중에서도 그 그림을 최고 가운데 하나로 여겼었다. 그런데도 그 걸작은 크라이슬러가 굉장한 아름다움과 더불어 분명한 새

로움도 첫눈에 알아본 그림에 자리를 내주어야 했다.

두 사람, 대수도원장과 크라이슬러는 아주 힘겹게 단단한 나사못들로 그림을 벽에 고정시켰다. 그러고 나서 대수도원장은 제대로 된 불빛 속에 서서 그림을 바라보았는데, 그러는 폼이 어찌나 흡족하고, 어찌나 기쁜 기색이 역력했던지, 회화 작품이 실제로 경탄할 만한 것이긴 했지만 그 외에도 특별한 관심이 관련되어 있는 듯 보였다. 그림의 주제는 기적이었다. 하늘의 빛나는 후광에 휩싸인 채 성모마리아가 나타나는데, 왼손에 백합 가지를 들고 있었다. 그녀는 오른손의 손가락 두 개로 한 젊은이의 벌거벗은 가슴을 만졌다. 손가락 아래 벌어진 상처에서 굵은 피가 방울져 솟아나고 있었다. 젊은이는 몸을 쭉 뻗고 누운 잠자리에서 반쯤 일어나 있었고, 죽음의 잠에서 깨어나는 듯 보였다. 그는 아직 눈을 뜨지 않았지만 그의 아름다운 얼굴 위에 번져 있는 성스러운 미소는 그가 행복한 꿈속에서 성모를 보았다는 것, 상처의 고통이 그에게서 사라졌다는 것, 죽음이 그에게 더이상 아무런 힘도 갖지 않는다는 것을 보여주었다. 회화에 정통한 사람이라면 누구나 정확한 스케치, 인물군의 솜씨 있는 배치, 빛과 그림자의 적절한 배분, 의복 주름의 장려한 묘사, 마리아의 대단히 우아한 자태, 특히 현대 예술가들은 대부분 사용하지 못하는 생기 가득한 색채에도 분명 몹시 감탄했을 것이다. 하지만 예술가의 진정한 창조적 정신이 가장 많이, 그리고 당연한 일이겠지만 또한 가장 분명히 나타나는 것은 얼굴의 형용할 수 없는 표현이었다. 마리아는 사람들이 볼 수 있는 가장 아름답고 우아한 여자였다. 그런데도 이 높은 천상의 이마에는 명령하는 위엄이 어려 있었고 이 어두운 눈에서는 온화한 광채 속에 천국의 지복이 환히 빛나고 있었다. 마찬가지로 삶으로 깨어나는 젊은이의 천상의 황홀도 예술가는 창조적 정신의 보기 드문 힘으로 파악하여 표현했다. 크라이슬러는 실제로 이 훌륭한 그림과 비교할 수 있을 근래의 그림을 단 한 점도 알지 못했다. 그는 작품의 모든 개별적인 아름다움에 대해 자세히 의견을 말하고 나서 최근에 이보다 더 견실한 것은 아마도 창작되지 못했을 거라 덧붙임으로써 이를 대수도원장에게 알렸다.

그것, 대수도원장이 미소 지으며 말했다. 그것에는 악장! 그대가 곧 듣게 될 상당한 이유가 있소. 우리의 젊은 예술가들의 사정은 특이하오. 그들은 연구하고 또 연구하고, 새로운 것을 생각해내고, 스케치하고, 굉장한 초벌 그림들을 그리지. 그런데 마지막에는, 그 자체가 살아 있지 않기 때문에 삶으로 뚫고 들어갈 수 없는, 죽은, 뻣뻣이 굳어버린 것이 나온다오. 그들은 본보기요 모범으로 선택한 옛 위대한 대가의 작품들을 꼼꼼히 모사하고 그렇게 그의 가장 독특한 정신으로 파고드는 대신에, 스스로가 곧장 대가이기를 원하고 그와 유사한 것을 그리고자 하오. 하지만 그로 인해, 위대한 남자에 필적하기 위해 그와 똑같이 기침하고, 그르렁거리고, 약간 등을 굽히고 걸으려 애쓰는 이들만큼이나 유치하고 우스꽝스럽게 보이는, 부차적인 것들을 흉내내는 데 빠져들고 말지. 우리의 젊은 화가들에게는 그림을 가장 완전한 삶의 모든 영광 속에 마음속에서 불러내어 그들의 눈앞에 보여주는 진정한 열광이 결여되어 있소. 사람들은 몇몇 화가들이 헛되이, 그것 없이는 예술의 어떠한 작품도 만들어지지 않는 저 고양된 마음 상태에 마침내 빠져들기 위해 자신을 괴롭히는 것을 본다오. 하지만 그러고 나서 지극히 가련한 자들이 옛 화가들의 쾌활하고 침착한 감각을 고양시킨 진정한 열광이라고 간주하는 것은 스스로 파악한 생각에 대한 오만한 감탄, 그리고 실행에서 옛 모범을 가장 미미하고 사소한 것조차 따라하려는 불안하고 고통스러운 걱정이 기이하게 혼합된 감정일 따름이지. 그리하여 스스로 생기를 품고서 밝고 우호적인 삶으로 들어서야 할 형상이 종종 역겹고 흉측한 낯짝이 되고 마는 거요. 우리의 젊은 화가들은 마음속에서 파악된 형상을 뚜렷이 관조하는 데 도달하지 못하오. 그리고 그들이, 그 밖에는 모든 것이 상당히 잘된다 해도, 채색을 그르치는 것은 어쩌면 오로지 그것에서 연유하는 것이 아닐지?─한마디로, 그들은 기껏해야 스케치를 할 수 있을 뿐이지 결코 그림을 그릴 수는 없소. 색채와 그 사용에 대한 지식이 없어졌다는 것, 젊은 화가들에게 부지런함이 결여되어 있다는 것은 사실이 아니라오. 그도 그럴 것이 전자에 관해 말하자면 그것은 불가능하기 때문이오. 회화 예술은 그것이 비로소 진정한 예술로 형성된 기독교 시대 이래로 결코 중단된 적 없이 대가들과 제자들이 끊임없이 이어지는 대열을 형성할 수 있었고, 시대의 변화는 점차 진정한 예술에서 벗어나는 결과를 초래하긴 했지만 기계적인 기법의 전달에는 아무런 영향도 미칠 수 없었기 때문이지. 하지만 예술가들의 부지런함에 관해 말하자면, 부족함보다 오히려 과도함을 비난해야 할 것이오. 나는 한 젊은 예술가를 알고 있는데, 그는 그림을, 시작이 상당히 좋더라도, 어찌나 오랫동안 덧칠하고 또 덧칠하던지, 결국 모든 것이 흐리고 무거운 색조로 사라져버린다오. 그렇게 해서 그 그림이 어쩌면 비로소 내면의 생각과 비슷해질지 모르지만, 그 형상들은 완성된, 생기 있는 삶으로 들어설 수 없었지─여기 이 그림을 보시오, 악장, 이 그림에서는 진실되고 훌륭한 삶이 숨을 내

쉬는데, 이는 진실되고 경건한 열광이 그것을 창조했기 때문이라오! ─
기적은 그대 눈에도 분명히 보일 거요. 저기 잠자리에서 몸을 일으키
는 젊은이는 완전히 속수무책 상태에서 살인자들의 습격을 받아 치명
상을 입었소. 전에는 타락한 모독자였던 그, 사악한 망상 속에 교회의
계명을 경멸했던 그는 큰 소리로 성모에게 도와달라고 간청했소. 그리
고 그가 살아남아서 자기 잘못을 깨닫고 경건한 헌신 속에 교회와 그
에 대한 복무에 자신을 바치도록 그를 죽음에서 소생시키는 것이 성모
의 마음에 들었다오. 신이 보낸 이가 그토록 많은 은총을 베푼 이 젊은
이가 또한 그림의 화가이기도 하지.

크라이슬러는 대수도원장의 말에 적잖은 놀라움을 나타냈고, 이러
한 방식으로 기적이 최근에 일어난 게 틀림없겠지요? 하고 말을 끝맺
었다.

그대 역시, 대수도원장이 부드럽고 온화한 어조로 말했다. 그대 역
시, 친애하는 요하네스, 그러니까, 천국의 은총의 문이 지금은 닫혀 있
다는, 그리하여 연민과 자비가, 곤궁에 빠진 인간이 파멸의 으스러뜨
리는 두려움 속에 열렬히 간청했던 성자의 형상으로 지나다니며 곤궁
한 자에게 몸소 나타나 그에게 평화와 위로를 가져다주는 것은 더이상
불가능하다는 어리석은 생각을 하시오? ─ 나를 믿으시오, 요하네스,
기적은 결코 멈춘 적이 없다오. 하지만 인간의 눈은 불경한 모독 행위
속에 둔해졌지. 그것은 천국의 초지상적인 광채를 견딜 수가 없소. 그
래서 신이 눈에 띄는 현상으로 나타나면 그것을 알아보지 못한다오.
하지만 친애하는 요하네스! 가장 장엄한, 가장 신성한 기적은 인간의
가장 깊은 마음속에서 일어난다오. 인간은 이러한 기적을 자신이 할

수 있는 한 큰 소리로 알려야 하오. 말, 소리 혹은 색깔로 말이오. 그렇게 그림을 그린 저 수도사는 그가 귀의한 기적을 훌륭하게 알렸지. 그리고 그렇게―요하네스, 나는 그대에 대해 말해야겠소. 내 마음에서 솟구쳐나오는구려―그리고 그렇게 그대는 강력한 음조들로 영원한, 가장 밝은 빛을 인식한 장엄한 기적을 그대의 가장 깊은 마음속으로부터 알리는 거요. 그리고 그대가 그렇게 할 수 있다는 것, 그것 역시 신이 그대의 구원을 위해 일으키는 은총 가득한 기적이 아니오?

크라이슬러는 대수도원장의 말에 아주 기이하게 자극되었다고 느꼈다. 그리하여, 드물게 일어나는 일이지만, 내면의 창조적 힘에 대한 완전한 믿음이 생생하게 나타났고 행복한 만족감이 그를 전율케 했다.

그동안 크라이슬러는 놀라운 그림에서 시선을 돌리지 않았다. 하지만 우리가 그림에서, 특히 여기서 그러하듯이, 강한 빛의 효과가 전경혹은 중경에 쏠려 있으면 어두운 배경에 배치된 인물들을 나중에야 발견하는 일이 곧잘 일어나곤 하듯이, 크라이슬러도 지금에야, 넓은 외투에 감싸인 채 단도를 손에 들고 문을 통해 도망치는 형상을 알아보았다. 단도 위로는 성모마리아의 후광의 한줄기 빛만 떨어지는 것처럼 보였고, 그래서 단도는 거의 알아볼 수 없게 번쩍였다. 그 인물은 보아하니 살인자 같았다. 도망치면서 그는 뒤쪽을 보았고 그의 얼굴에는 두려움과 경악의 무시무시한 표정이 떠올라 있었다.

그가 살인자의 얼굴에서 헥토르 왕자의 특징을 알아보았을 때, 그사실이 번개처럼 크라이슬러를 강타했다. 또한, 삶으로 깨어나는 젊은이를 아주 잠깐일 뿐이긴 했지만 이미 어디선가 본 듯한 느낌이 들었다. 그 자신에게도 설명할 수 없는 두려움이 그가 알아차린 것을 대수도원장에게 알리는 것을 막았다. 대신 그는 대수도원장에게, 화가가 아주 전경에, 윤곽이 뚜렷한 그림자 속이긴 하지만 현대적 복장을 한 대상들을 갖다놓고, 그가 지금에야 보는 것이지만, 깨어나는 젊은이, 그러니까 화가 자신에게도 현대적인 옷을 입힌 것이 방해가 되고 불쾌감을 주지 않는지 물었다.

실제로 그림에는, 보다 정확히 말하면 전경의 측면으로 작은 탁자 하나와 바로 그 옆에 의자가 배치되어 있었는데, 의자 등받이에는 터키식 숄이 걸려 있었고 탁자 위에는 장식깃털이 달린 장교모자와 군도가 놓여 있었다. 젊은이는 현대적인 셔츠 깃에, 단추를 모두 끄른 조끼, 그리고 어두운색의, 마찬가지로 단추를 모두 끄른, 풍성하게 주름이 잡히도록 재단된 신사용 외투를 입고 있었다. 성모마리아는 훌륭한 옛 화가들의 그림에서 익히 보아온 것과 같은 옷을 입고 있었다.

내게는, 대수도원장이 크라이슬러의 물음에 대답했다. 내게는 전경의 첨경添景이 젊은이의 신사용 외투와 마찬가지로 결코 불쾌하지 않소. 그뿐만 아니라 오히려 화가가 가장 사소한 부차적 문제에서일지라도 진실에서 벗어났더라면, 그는 신의 은총이 아니라 이 세상의 어리석음과 허영에 속속들이 물들어 있었음이 틀림없다고 생각하오. 그는 정말로 일어난 그대로, 장소, 주위 환경, 인물들의 의상 등등까지 충실하게 기적을 표현해야 했지. 그래서 또한 누구나 기적이 우리 시대에 일어났다는 것을 첫눈에 보게 되는 거요. 그리하여 경건한 수도사의 그림은 이 불신과 타락의 시대에 승리하는 교회의 아름다운 전리품이 된다오.

그런데도, 크라이슬러가 말했다. 그런데도 제겐 이 모자, 이 군도,

이 숄, 이 탁자, 이 의자—제겐 이 모든 것이, 단언컨대, 언짢습니다. 저는 화가가 이 전경의 첨경을 뺐더라면, 그리고 그 자신은 신사용 외투 대신 수도복을 걸쳤더라면 좋았을 것 같습니다. 직접 말씀해보세요, 대수도원장님! 당신은 현대적 의상을 걸친 성스러운 이야기를 생각할 수 있으신가요. 괴깔모직 상의를 입은 성 요셉, 연미복을 입은 예수그리스도, 연회복을 입고 터키식 숄을 걸친 성모를? 이것이 당신에게 가장 숭고한 것의 세속화로 보이지 않겠습니까? 그런데도 옛 화가들, 특히 독일 화가들은 모든 성경의 이야기와 성스러운 이야기를 그들 시대의 의상으로 표현했습니다. 그리고 예의 의상이 현시대의 의상보다 회화적 표현에 더 적합하다는 주장은 완전히 그릇된 것 같습니다. 물론 우리 시대의 의상이, 여자들의 몇몇 옷을 제외하고는, 충분히 바보 같고 비회화적이긴 합니다만. 하지만 옛날 옛적의 여러 유행 의상들도, 저는 말하고자 합니다만, 과장된 것으로까지, 터무니없는 것으로까지 나아갔었지요. 저 앞코를 몇 엘레씩 높이 구부려 올린 새부리 구두를, 저 불룩한 헐렁 바지를, 잘린 웃옷과 소매 등을 생각해보세요. 하지만 정말로 참을 수 없고 얼굴과 몸매를 왜곡시키는 것은 옛 그림에서 볼 수 있는 몇몇 여자들의 의상이었지요. 그 그림들에서 젊고 한창 생기발랄한, 그림같이 아름다운 소녀는 오로지 의상 때문에 늙고 언짢은 귀부인의 모습을 하고 있습니다. 그런데도 확실히 그 그림들은 누구에게도 불쾌감을 주지 않았지요.

자, 대수도원장이 대꾸했다. 자, 나는 그대에게, 친애하는 요하네스, 몇 마디 말로 경건한 옛 시대와 더 타락한 현시대의 차이를 제대로 눈앞에 보여줄 수 있소. 보시오, 당시에는 성스러운 이야기들이 그토록 사람들의 삶 속으로 배어들어, 그래, 나는 말하고 싶거니와, 그토록 삶 속에 전제되어 있었기에 눈앞에서 놀라운 일이 일어났다고. 그리고 영원하고 전능한 신이 날마다 같은 일이 일어나게 할 수 있다고 모두가 믿었다오. 그래서 경건한 화가에게 그가 마음을 기울인 성스러운 이야기가 현재에 떠올랐소. 삶에서 그를 둘러싼 사람들 사이에서 은총 가득한 일이 일어나는 것을 보았고 그는 생생하게 본 대로 화판에 옮겼지. 오늘날에는 저 이야기들이 홀로 존재하고 현재로 들어서지 않으며, 기억 속에서만 흐릿한 삶을 힘겹게 유지하는, 뭔가 아주 멀리 떨어진 것이라오. 그리고 예술가는 생생한 관조를 얻으려 헛되이 고심하오. 그가 스스로 고백하지 않더라도, 그의 내적 감각이 이 세상의 분망한 재촉을 통해 천박해져 있기 때문이지. 그러나 이것과 연관하여 옛 화가들이 의상에 대해 무지하다고 비난하고 그들이 그림에서 당대의 의상들만 내놓은 이유를 거기에서 찾는다면, 그것은 무미건조하고 우스꽝스러운 일이오. 우리의 젊은 화가들이 가장 괴상하고 가장 미적 감각에 어긋나는 중세의 의상들을 성스러운 이야기를 모사한 그림에 배치하려고 애쓰지만, 이는 그들이 모사하려고 한 것을 직접적으로 삶 속에서 관찰하지 않았고 옛 대가의 그림에서 인식한 대로 반영하는 데 만족했음을 보여주는 것과 마찬가지로 말이오. 바로 그렇기 때문에, 친애하는 요하네스, 저 경건한 성담聖譚들과 추한 모순 관계에 있지 않기에는 현재가 너무 범속하기 때문에, 아무도 저 기적을 우리 사이에서 일어난 것으로 상상할 수 없기 때문에, 바로 그렇기 때문에 물론 우리의 현대적 의상으로 표현하는 것이 우리에게 몰취미하고, 흉측하고, 더 나아가 모독적이라고 여겨질 것이오. 하지만 신이 우리 모두의 눈앞에서 정말로 기적이 일어나게 한다면, 그러면 시대의 의상을 바꾸는 것이 결코 허용되지 않을 것이오. 마찬가지로 젊은 예술가들도 이제 물론, 만약 그들이 거점을 찾으려 한다면, 옛 사건들에서 각 시대의 의상을, 탐구할 수 있는 한 정확하게 관찰하는 데 마음을 써야 할 것이오. 옳았소, 한번 더 되풀이하오만, 이 그림의 화가가 현재를 암시한 것은 옳았소. 그리고 친애하는 요하네스, 그대가 비난할 만하다고 여기는 바로 저 첨경이 경건하고 신성한 전율로 나를 채운다오. 겨우 몇 년 전에 저 젊은이가 소생하는 기적이 일어난 나폴리 집의 좁은 방으로 들어서는 듯한 착각을 하게 되니 말이오.

크라이슬러는 대수도원장의 말을 통해 여러 종류의 고찰을 하게 되었다. 그는 많은 점에서 대수도원장이 옳다는 것을 인정해야 했다. 다만 옛 시대의 높은 경건성과 현시대의 타락성에 관해서는, 표지標識, 기적, 황홀을 요구하고 정말로 그것들을 보는 수도사의 면모가 대수도원장에게서 지나치게 엿보인다고 생각했다. 도취시키는 숭배의 경련적인 황홀경이 낯설기만 한 경건하고 천진한 마음은 진정한 기독교의 덕성을 행하는 데 그것들이 필요치 않다고 생각했다. 그리고 바로 이러한 덕성은 결코 지상에서 사라지지 않았으며, 진정한 기독교의 덕성이 지상에서 사라지는 일이 정말로 일어날 수 있다면, 우리를 포기하고 어두운 악령에게 자유로운 자의를 허락한 영원한 힘이 또한 어떠한 기적으로도 우리를 올바른 길로 다시 데려오려 하지 않을 거라 생각했다.

그러나 크라이슬러는 이 모든 고찰을 혼자 간직했고 말없이 여전히 그림을 바라보았다. 하지만 자세히 바라볼수록 살인자의 용모가 점점 더 배경에서 두드러지게 나타났고 크라이슬러는 그 형상의 살아 있는 모델이 바로 헥토르 왕자임이 틀림없다고 확신했다.

저는, 크라이슬러가 말을 시작했다. 대수도원장님! 저는 저기 배경에서 가장 고귀한 동물, 즉 인간을 노린 용감한 마탄의 사수를 보는 듯합니다. 그는 다양한 방식으로 몰래 접근하여 인간을 사냥하지요. 보아하니 이번에는 잘 갈린 훌륭한 쇠덫을 손에 들고 잘 맞혔군요. 하지만 총은 제대로 쏘지 못하는 것이 확연합니다. 그가 얼마 전에 매복한 곳에서 쾌활한 수사슴 한 마리를 불쾌하게 빗맞혔기 때문이지요. 실제로, 저는 이 결연한 사냥꾼의 *인생* 행로를 굉장히 알고 싶습니다. 개략적으로 발췌한 것일 뿐이라도 말입니다. 그것만 해도 벌써 제게, 제가 대체 어디에서 저의 자리를 찾을 수 있는지, 그리고 제게 필요할 특별허가증과 통행증을 얻기 위해 바로 성모마리아에게 도움을 청하는 것이 상책인지 아닌지 보여줄 수 있을 겁니다!

놔두시오, 대수도원장이 말했다. 그저 시간이 가게 놔두시오, 악장! 지금은 아직 흐릿한 어둠 속에 놓여 있는 여러 가지 것이 머지않아 그대에게 분명해지지 않는다면 나는 의아하게 생각할 거요. 아직 많은 것이 내가 지금에야 알게 된 그대의 소망들에 아주 기쁘게 따를 수 있소. 이상하게—그래, 그만큼은 내가 그대에게 아마 말할 수 있겠구려—충분히 이상하게 보인다오, 사람들이 지크하르츠호프에서 그대에 대해 지극히 조야하게 잘못 생각하고 있다는 것이. 어쩌면 마이스터 아브라함이 그대의 내면을 꿰뚫어본 유일한 사람일 게요.

마이스터 아브라함을, 크라이슬러가 외쳤다. 당신은 그 노인을 알고 계시나요, 대수도원장님?

그대는, 대수도원장이 미소 지으며 대답했다. 그대는 우리의 멋진 파이프오르간의 새롭고 매우 효과적인 구조가 마이스터 아브라함의 능숙한 솜씨 덕분이라는 것을 까맣게 모르고 있군!—하지만 앞으로 더 얘기하도록 하지!—앞으로 다가올 일들을 참을성 있게 기다리시오.

크라이슬러는 대수도원장에게 작별 인사를 하고 자리를 떴다. 그는 머릿속을 떠돌아다니는 이런저런 생각에 골몰하기 위해 정원으로 내려가려 했다. 하지만 계단을 다 내려갔을 때 뒤에서 부르는 소리를 들었다. *악장, 악장님!—자네에게 몇 마디 말을!*—그것은 힐라리우스 신부였다. 그는 대수도원장과의 긴 논의가 끝나기를 굉장히 초조하게 기다렸노라고 확언했다. 방금 그는 와인 창고 감독의 직무를 수행했으며 몇 해 전부터 지하 창고에 있던 가장 훌륭한 라이스테 와인을 통에서 옮겨부었다고 했다. 고귀한 작물의 품질을 알아보고, 그 와인이 불과 같고 정신과 마음을 강건하게 하며, 쓸만한 작곡가이자 참된 음악가를 위해 태어난 와인이라는 것을 확신하기 위해, 크라이슬러가 즉시 한 잔을 아침식사에 곁들여 비우는 것이 절대적으로 필요하다는 것이었다.

크라이슬러는 열광해 있는 힐라리우스 신부를 피하는 것은 헛된 일임을 잘 알고 있었다. 그리고 그가 빠져 있는 기분으로 보아 좋은 와인 한 잔을 마시는 것은 그로서도 바라는 바였다. 그래서 자신의 방으로 그를 인도한 유쾌한 와인 창고 감독을 따라갔다. 거기서 그는 정갈한 냅킨으로 덮인 탁자 위에 벌써 놓여 있는 고귀한 음료 한 병과 갓 구운 흰 빵, 그리고 소금과 회향茴香을 발견했다. *그러니 마시세!* 하고 힐라 신부는 외치더니 우아한 녹색 뢰머 잔을 가득 채우고는 크라이슬러와 즐겁게 잔을 부딪쳤다. 그렇지 않나, 잔을 비우고 나서 그는 말을 시작했다. 그렇지 않나, 악장, 우리 대수도원장님은 자네를 긴 웃옷 속으로 밀어넣고 싶어하지?―그러지 말게, 크라이슬러!―나는 수도복을 입고 있는 것이 좋고 이것을 절대로 다시 벗고 싶지 않네. 그러나 *서로 다른 경우를 구분해야 하네!*―나에게는 한 잔의 좋은 와인과 쓸모 있는 찬송가가 전 세계라네. 하지만 자네―자네는! 자, 자네는 아직 아주 다른 일들을 위해 쓰이도록 남겨졌네. 자네에게는 아직 삶이 전혀 다른 방식으로 웃어주네. 자네에게는 아직 제단의 촛불과는 전혀 다른 등불들이 빛을 비춰주네!―자, 크라이슬러! 요컨대 핵심을 얘기하자면―잔을 부딪치게!―자네의 색시 *만세!* 그리고 자네가 결혼식을 올린다면, 대수도원장님은 아무리 불만스럽다 해도 나를 통해 우리의 풍성한 지하 창고에만 있는 최고의 와인을 보내야 하네!

크라이슬러는 힐라리우스의 말을 통해, 우리가 뭔가 연약한 것, 눈처럼 순결한 것이 둔하고 서투른 손에 의해 붙잡힌 모습을 보면 고통스러운 것처럼, 불쾌한 방식으로 건드려진 느낌이었다. 무엇이건, 크라이슬러가 잔을 거둬들이며 말했다. 자네의 방안에서 자네는 무엇이건 모르는 것이 없고, 들어 알지 못하는 것이 없군.

악장님, 힐라리우스 신부가 소리쳤다. *크라이슬러 악장님,* 언짢게 생각지 마시게. *나는 하나의 비밀을 보네,* 하지만 주둥이를 다물겠네! 자네는 하고자 하지 않는가, 자네의―자! 우리 아침을 먹세. 그리고 *우리에게 케루빔이 호의를 보이게 하세**―그리고 *마시세,* 주께서 우리에게 지금까지 이곳 대수도원에 깃들어 있던 평온과 쾌적함을 보존해주시기를.

---

* 케루빔이 호의를 보이게 한다는 것은 당시 대학생의 은어로 '잘 먹고 마시자'는 뜻.

대체, 크라이슬러가 호기심에 차서 물었다. 그것들이 지금은 위험에 처한 것인가!

악장님, 힐라리우스 신부가 크라이슬러에게 친밀하게 더 가까이 다가앉으며 나직하게 말했다. *더없이 소중한 악장님!* 자네는 상당히 오랫동안 우리 곁에 머물렀으니 우리가 얼마나 화목하게 살고 있는지를, 수사들의 지극히 다양한 성향이 모든 것에 의해, 우리의 주변 환경, 수도원의 관대한 규율, 생활 방식 전체에 의해 촉진되는 특정한 쾌활함 속에 일치된다는 것을 알 것이네. 어쩌면 이것은 매우 오래 지속되었을 걸세. 들어보게, 크라이슬러! 우리가 진작부터 기다리고 있던, 로마 교황청이 대수도원장에게 절박하게 추천한 키프리아누스 수사가 로마에서 이제 막 도착했네. 그는 아직 젊은 남자지만 그 바싹 마른 경직된 얼굴에서는 명랑한 마음의 일말의 흔적조차 찾아볼 수가 없더군. 오히려 음울하고 무감각해진 표정 속에는 극단적인 자학으로까지 고조된 금욕생활자를 알려주는 가차없는 엄격성이 어려 있지. 동시에 그의 전 존재는 그를 둘러싸고 있는 모든 것에 대한 어느 정도의 적대적 경멸을 보여준다네. 이러한 경멸은 어쩌면 정말로 우리 모두에 대한 성직자적 우월감에 기인할지도 모르네. 벌써 그는 뚝뚝 끊기는 말들로 수도원 규율에 대해 문의했고 우리의 생활 방식에 크게 분노하는 것처럼 보였네. 주의하게, 크라이슬러, 막 도착한 이 사람은 우리에게 그토록 좋았던 질서를 전부 뒤집어놓을 거야! 주의하게, *나는 지금 증명하네!* 엄격한 성향의 사람들은 쉽게 그를 따를 것이고 곧 대수도원장에 반대하여 한 파벌이 형성될 것이네. 그 파벌은 아마도 승리할 수밖에 없을 걸세. 왜냐하면 키프리아누스 신부가 교황 성하의 밀사이며 대수도원장도 그의 뜻을 따르지 않을 수 없다는 것이 내게 확실해 보이기 때문이네. 크라이슬러! 우리의 음악은, 수도원에서의 자네의 기분좋은 체류는 어떻게 될 것인지!―나는 우리의 잘 구성된 합창단에 대해 말했고 우리가 최고 대가들의 작품을 제법 훌륭하게 연주할 수 있다고 말했다네. 그러자 음울한 금욕생활자는 끔찍한 표정을 지었고, 그러한 음악은 세속적인 세상을 위한 것이지 교회를 위한 것이 아니라고 말하더군. 교황 마르켈루스 2세는 정당하게도 그러한 음악을 완전히 추방하려 했다는 것이었지. *낮 동안 내내,*[*] 합창단을 없애버린다면 그리고 어쩌면 와인 창고도 폐쇄해버린다면, 그렇다면―하지만 우선, *마시세!*―때가 되기 전에 걱정할 필요는 없네. *그러니*―꿀꺽꿀꺽.

크라이슬러는 새로 도착한 신부가 어쩌면 실제보다 더 엄격해 보이는 것일 뿐, 일은 더 잘되어갈 것이며, 그로서는 대수도원장이 항상 보여주었던 확고한 성격을 두고 볼 때 그렇게 쉽게 낯선 수도사의 뜻에 굴복하리라 생각할 수 없노라고, 특히 대수도원장에게도 로마에 중요하고 영향력 있는 인맥이 없지 않기 때문이라고 말했다.

바로 그 순간 종이 울렸다. 이방의 수사 키프리아누스를 성 베네딕트 교단이 장엄히 영접할 것임을 알리는 신호였다.

크라이슬러는 반쯤 겁먹은 채 *뭔가 마실 것*, 하고 말하며 아직 잔에 남은 술을 재빨리 마셔버린 힐라리우스 신부와 함께 교회를 향해 난 길로 갔다. 그들이 지나간 복도의 창문에서는 대수도원장의 방들을 들여다볼 수 있었다. 보게나, 보게나! 힐라 신부가 크라이슬러를 한 창문

---

[*] 353쪽 각주 참조.

의 귀퉁이로 잡아당기며 소리쳤다. 크라이슬러는 그쪽을 건너다보고는 대수도원장의 방에서 한 수도사를 알아보았다. 대수도원장은 붉게 달아오른 어두운 얼굴로 그 수도사와 매우 열심히 얘기하고 있었다. 마침내 대수도원장은 그에게 축복을 내리는 수도사 앞에 무릎을 꿇었다.

내가 옳았네, 힐라리우스가 나직이 말했다. 내가 옳았네, 내가 별안간 우리 수도원에 나타난 이 낯선 수도사에게서 뭔가 특별한 것, 기이한 것을 탐색하고 찾아낸 것이 말이네.

확실히, 크라이슬러가 대꾸했다. 확실히 이 키프리아누스에게는 그 나름의 사정이 있네. 그리고 모종의 관계들이 금세 밝혀지지 않는다면 나는 의아하게 생각할 걸세.

힐라리우스 신부는 수사들에게 갔다. 그들과 함께 장엄한 행렬 속에, 십자가를 앞세우고, 불붙인 초와 깃발을 든 재속수사들을 양옆에 대동하고 교회로 이동하기 위해서였다.

크라이슬러는 대수도원장이 낯선 수도사와 그의 바로 곁을 지나갈 때, 키프리아누스 수사가 바로 예의 그림에서 성모가 죽음에서 소생시킨 젊은이라는 것을 첫눈에 알아보았다. 그러나 또 한 가지 예감이 갑자기 크라이슬러를 사로잡았다. 그는 방으로 뛰어올라가 마이스터 아브라함이 주었던 작은 초상화를 꺼냈다. 의심의 여지가 없었다! 그는 똑같은 젊은이를 보았다. 단지 더 젊고, 생기 있고, 장교 제복을 입은 모습으로 그려져 있을 뿐이었다. 그리고 이제—

제4장
더 높은 문화의 유익한 결과.
수개월의 성숙한 장년기

힌츠만의 감동적인 추도사, 장례식 만찬, 아름다운 미나, 미스미스와의 재회, 춤, 이 모든 것이 내 가슴속에 지극히 모순적인 감정들의 갈등을 불러일으켰다. 그래서 나는, 사람들이 평범한 삶에서 일반적으로 말하듯, 나를 내버려둘 줄 몰랐고, 마음이 어쩐지 절망적으로 불안하여, 친구 무치우스처럼 지하실의 무덤 속에 누워 있었으면 하고 바랐다. 이것은 물론 아주 나쁜 상태였고, 진정한, 드높은 시인의 정신이 내 안에 살아 있지 않았다면 내가 어떻게 되었을지 전혀 모르겠다. 시인의 정신은 즉시 나에게 풍부한 시구들을 공급해주었고, 나는 그것들을 기록해두는 것을 게을리하지 않았다. 포에지의 신성神性은 특히 시 짓기가, 운을 맞추는 데 이따금 많은 땀방울이 필요하긴 해도, 지상의 모든 고통을 극복하는 놀라운 내적 만족감을 불러일으키는 데서 나타난다. 그것이 벌써 여러 번 배고픔과 치통조차 이겨냈다고들 하듯이 말이다. 그러한 자는 죽음이 자신에게서 아버지를, 어머니를, 부인을 앗아가버렸을 때, 상을 당할 때마다 당연히 제정신이 아니긴 했을 것이다. 하지만 그가 이제 정신 속에 받아들이고자 하는 훌륭한 추도시*에 대한 생각에 그래도 위안을 얻을 수 있었을 것이고, 오로지 또 한번 겪게 될 그런 종류의 비극적인 열광의 희망을 포기하지 않기 위해 한 번 더 결혼했을 것이다.

여기에 나의 상태를, 아울러 고통에서 기쁨으로의 이행을 서정적 힘과 진실로 묘사하고 있는 시행들이 있다.

> 무엇이 거니는지, 귀기울여 들어보라! 어두운 공간들 사이로,
> 황량한 지하실의 고독 속에서?
> 무엇이 내게 소리치는가, 더 오래 지체하지 말라고!
> 누구의 음성이 혹독한 고통을 한탄하는가?
> 저기 충실한 친구가 묻혀 있다,
> 그의 미친 듯한 망령은 나를 찾고 있다.
> 나의 위로가 죽음 속에서 그에게 원기를 주어야 하네.
> 내가 그에게 삶을 약속하는 자로다!
>
> 하지만 아니!ㅡ이것은 스쳐가는 그림자가 아니다,
> 그러한 소리를 내는 자는!

---

* 고틀리프 빌헬름 라베너의 풍자문학, 특히 『힝크마르 폰 레프코브의 가사 없는 악보』에 대한 암시.

그들은 충실한 남편을 그리며 탄식하네,
아직 그토록 사랑하는 그를 그리며!
옛사랑의 굴레에 떨어지는 것,
리날도는 그것을 원하고, 그는 돌아오네,
하지만 어떤가! ─나는 날카로운 발톱을 보지 않는가?
질투심 가득한 분노의 시선을?

그것은 그녀다 ─ 그 부인! ─ 어디로 도망쳐야 하나! ─
하! 어떤 감정이 가슴을 엄습하는가.
나는 보네, 삶의 지고한 욕구가
청춘의 순결한 눈 속에서 꽃피는 것을.
그녀는 껑충 뛰네, 그녀는 다가오네, 그리고 점점 더 밝아지네,
더없이 행복한 자인 내 주위가.
달콤한 향기가 지하실을 가득 채우니,
가슴은 가벼워지고, 마음은 무거워진다.

친구는 죽었네 ─ 그녀는 찾았네 ─
감격! ─ 환희! ─ 혹독한 고통!
부인 ─ 딸 ─ 새로운 상처들! ─
하! ─ 너는 깨어져야 하는가, 가련한 마음이여?
하지만 마음을 그토록 현혹시킬 수 있는가,
한 번의 장례식 만찬이, 한 번의 즐거운 춤이?
아니 ─ 이 야단법석을 나는 막아야 하리,

거짓 광채가 나를 눈멀게 할 뿐이라.

사라져라, 너희 덧없는 망상들아,
더 높은 노력에 기꺼이 여지를 주어라.
매우 많은 일을 암고양이는 은밀히 계획하네,
그녀는 사랑하네, 그녀는 증오하네, 그런데 그것을 거의 모르네.
아무런 소리도, 아무런 눈빛도, 너희의 눈을 내리뜨라,
오, 미나, 미스미스, 거짓된 종족!
파괴적인 독, 나는 그것을 빨아마시지 않으리,
나는 도망치네, 그리고 무치우스에게 복수가 되기를.

신성해진 자여! ─그렇다, 구운 고기를 먹을 때마다,
생선을 먹을 때마다 나는 너를 기억하리!
너의 지혜, 너의 행위들을 생각하고,
수고양이여, 꼭 너처럼 되려고 생각하리.
개의 모독적인 농담이
너를 파멸시키는 데 성공했다면, 고귀한 친구여,
그렇다면 피에 굶주린 스피츠들은 치욕을 당하리,
너를 위해 우는 자가 너의 복수를 해주리.

가슴속이 그토록 무기력하고, 그토록 비참하게
나는 느껴졌네, 왜 그런지 나는 전혀 몰랐지.
하지만 사랑스러운 뮤즈들에게 드높이 감사하네,

상상력의 대담한 비상에.
나는 이제 다시 어지간히 나아졌노라,
식욕부진을 전혀 느끼지 않지,
무치우스처럼 맹렬히 먹어대는 자라네,
그리고 완전히 포에지 속에 불타고 있도다.

그렇다, 예술이여! 그대 높은 영역에서 온 아이여,
그대 더없이 깊은 고통 속에서 위로를 주는 여인이여,
오!―작은 시구여, 내가 끊임없이 낳게 하라,
천재적 수월함으로.
그리고―"무어," 그렇게 말하네, 고귀한 여자들이,
고귀한 젊은이들이, "오, 무어,
그대 시인의 마음이여, 다정한 신뢰를,
가슴속에 일깨운다오, 그대의 달콤한 투덜거림은!"

작은 시 짓기의 효과는 너무도 유익했고, 나는 이 시에 만족할 수 없어 여러 편을 잇달아 똑같이 수월하게, 똑같이 성공적으로 지었다. 나는 이 시들을 내가 한가한 시간에 완성한, 생각만 해도 우스워죽을 것 같은 여러 경구 및 즉흥시들과 함께 『내가 열광의 시간에 낳은 것』이라는 일반적인 제목 아래 출판할 의도를 갖고 있다. 그렇지 않다면 나는 가장 성공적인 시들을 여기서 친애하는 독자에게 전달했을 것이다. 작지 않은 명성을 위해 나는 열정의 폭풍이 아직 가라앉지 않았던 청년 시절에조차 밝은 이성, 적절한 것에 대한 섬세한 분별이 모든 비정상

직인 감각의 도취보다 우위를 건지했디는 것을 말해야겠다. 그리하여 나는 갑자기 끓어오른 아름다운 미나에 대한 사랑을 완전히 억누르는 데도 성공했다. 한편으로는 조용히 생각해보면 이 열정이 나의 상황상 약간 어리석게 여겨질 수밖에 없었다. 게다가 나는 미나가 천진하고 경건해 보이는 외양에도 불구하고 특정한 기회에는 가장 겸손한 수고 양이 청년들의 빛나는 눈에 띄는 대담하고 고집 센 계집아이라는 것도 알게 되었다. 하지만 무슨 일이 또 일어나는 것을 면하기 위해 나는 미나를 보는 것을 세심하게 피했다. 미스미스의 허황한 요구들과 그녀의 기이하고 과민한 성격이 더 두려웠기 때문에 나는 둘 중에 누구도 마주치지 않으려고 혼자 방안에 머물러 있었고 지하실에도, 다락방에도, 지붕에도 가지 않았다. 마이스터는 이것이 마음에 드는 모양이었다. 그가 책상 앞에서 연구할 때면, 내가 그의 등뒤 팔걸이의자에 앉아 목을 앞으로 빼고 팔 사이로 그가 막 읽고 있는 책을 들여다봐도 된다고 허락했던 것이다. 우리, 나와 마이스터가 이러한 방식으로 함께 철저하게 연구한 책들은 예컨대 아르페의 『사람들이 부적과 액막이라 부르는 자연과 예술의 기적들에 대하여』, 베커의 『매혹된 세계』, 프란체스코 페트라르카의 『회상록』 등 꽤나 훌륭한 책들이었다. 이 독서는 나를 몹시 즐겁게 했고 정신에 새로운 활력을 주었다.

마이스터는 외출했고, 해는 몹시 다정하게 비쳤으며, 봄 향기는 무척 우아하게 창으로 실려 들어왔다. 나는 결심한 것을 잊어버리고 지붕 위로 산책을 나갔다. 하지만 위에 도착하자마자 굴뚝 뒤에서 나오는 무치우스의 미망인을 보았다. 나는 소스라치게 놀라서 미동도 하지 않고 못박힌 듯 서 있었다. 벌써 내게 쏟아지는 비난과 맹세가 들리는 듯했다―한참 빗나간 생각이었다. 그녀 바로 뒤로 젊은 힌츠만이 따라 오더니 아름다운 미망인을 달콤한 이름으로 불렀다. 그녀는 멈춰 섰고 사랑스러운 말로 그를 맞았다. 둘은 진심 어린 애정을 역력히 나타내며 서로 인사를 하더니 내게는 인사는커녕 눈길 한번 주지 않고서 재빨리 나를 지나쳐 갔다. 젊은 힌츠만은 내 앞에서 창피해하는 것이 아주 분명했다. 그는 머리를 바닥으로 숙이고 눈을 내리깔았기 때문이다. 그러나 경박하고 교태를 부리는 미망인은 나에게 비웃는 눈빛을 던졌다.

수고양이란, 심리적 본질에 관한 한, 아주 바보 같은 피조물이다. 무치우스의 미망인이 다른 곳에서 정부를 얻었으니 나는 기쁠 수 있지 않았을까, 기뻐야만 하지 않았을까. 그런데도 나는 자칫 질투라도 하는 듯이 보이는 약간의 내적 분노를 떨쳐버릴 수 없었다. 나는 지붕에서 커다란 모욕을 당했다고 생각했고, 그곳을 다시는 찾지 않으리라 맹세했다. 그 대신에 이제 열심히 창턱으로 뛰어올라 햇볕을 쬐었고, 기분 전환을 하려고 거리를 내려다보았으며, 온갖 의미심장한 고찰을 했고, 그렇게 쾌적한 것을 유용한 것과 결합시켰다.

이러한 고찰의 대상 하나는, 왜 나는 아직 한 번도 나 자신의 자유로운 동기에서 집 문 앞에 앉거나 거리에서 산책할 생각을 하지 않았을까 하는 것이었다. 우리 종족의 많은 이들이 아무 공포와 두려움 없이 그렇게 하는 것을 보았듯이. 나는 그것을 뭔가 지극히 기분좋은 것으로 상상했고, 이제 성숙한 나이가 되었고 삶의 경험을 충분히 축적했으니, 운명이 미성숙한 젊은이였던 나를 밖으로, 세상 속으로 내던졌을 때 내가 빠져들었던 저 위험은 더이상 문제되지 않는다고 확신했다. 그래서 나는 안심하고 느긋하게 계단을 걸어내려가 우선 문턱 위, 가장 밝은 햇빛 속에 앉았다. 누구나 첫눈에 교양 있고 교육을 잘 받은 수고양이임을 분명히 알아볼 수 있는 자세를 취한 것은 물론이다. 집 문 앞에 있는 것은 무척이나 마음에 들었다. 뜨거운 햇살이 털가죽을 고맙게 잘 덥히는 동안 나는 구부린 앞발로 우아하게 주둥이와 수염을 닦았는데, 그것을 보고, 커다란 자물쇠가 달린 책가방을 든 것으로 보아 학교에서 오는 것이 틀림없는 몇몇 지나가는 어린 소녀들이 큰 즐거움을 나타냈을 뿐만 아니라 내게 작은 흰 빵 한 조각을 선물했다. 나는 여느 때와 같은 정중하고 친절한 태도로 그것을 더없이 감사하게 받았다.

나는 나에게 주어진 선물을 정말로 먹으려 했다기보다는 그것을 가지고 놀았다. 하지만 갑자기 바로 내 옆에서 거세게 쾅쾅 울리는 소리가 이 놀이를 중단시키고 힘센 노인이자 폰토의 숙부인 푸들 스카라무츠가 내 앞에 섰을 때 얼마나 소스라치게 놀랐던가. 나는 단숨에 문에서 떠나려 했다. 그러나 스카라무츠가 나에게 소리쳤다. 겁쟁이처럼 굴지 말고 조용히 앉아 있게. 내가 자네를 잡아먹기라도 할 것 같은가?

나는 비굴할 정도로 공손하게 무슨 일에서 스카라무츠 씨를 나의 미약한 힘으로나마 도울 수 있을지 물었다. 그러나 그는 무뚝뚝하게 대꾸했다. 아무 일에서도, 아무 일에서도 자네는 나를 도울 수 없네, 모스예* 무어, 게다가 그것이 어떻게 가능하겠는가. 하지만 나는 자네에게 나의 단정치 못한 조카, 젊은 폰토가 어디에 박혀 있는지를 혹시 아

---

* 프랑스어로 '신사'를 뜻하는 므시외를 모욕적으로 바꾼 표현.

는지 물어보려고는 했네. 자네는 벌써 한번 그와 싸돌아다닌 적이 있고 자네들은, 내겐 상당히 화나는 일이지만, 한마음 한뜻인 것처럼 보이더군. 자—그 녀석이 어디를 싸돌아다니고 있는지 알고 있나 말해보게. 나는 벌써 며칠 전부터 그 녀석 코빼기도 보지 못했네.

투덜대는 노인의 오만하고 모욕적인 거동에 당황한 나는 나와 젊은 폰토 사이의 친밀한 우정이라는 것은 전혀 말도 안 되며 한 번도 말이 되어본 적이 없다고 냉정하게 잘라 말했다. 게다가 특히 최근에 폰토는, 내가 그를 전혀 찾아가지 않았는데도, 나와의 관계를 완전히 끊었다고도 했다.

그래, 노인이 투덜거렸다. 그래, 그건 나를 기쁘게 하는군, 그건 그 녀석이 염치가 있다는 것과 곧장 온갖 불량배들과 어울려 싸돌아다니려 들지 않는다는 것을 보여주지 않나.

이건 정말이지 참을 수가 없었다. 나는 분노에 사로잡혔고, 학우회 정신이 내 안에서 꿈틀거렸다. 나는 모든 두려움을 잊어버리고는 비열한 스카라무츠의 얼굴에 대고 늙은 무뢰한! 하고 호되게 내뱉으면서 또한 오른쪽 앞발을, 그것도 푸들의 왼쪽 눈을 향해 들어올렸다. 노인은 두 발짝 뒤로 물러났고 아까보다 조금 더 부드럽게 말했다. 자, 자, 무어! 언짢게 생각지 말게나, 자네는 평소에는 착한 수고양이 아닌가, 그러니 내 자네에게 조언하겠네만, 악마 같은 녀석, 폰토를 조심하게! 그는, 자네도 그렇게 생각할지 모르네만, 정직한 녀석일세. 하지만 경솔하지!—경솔해! 온갖 미친 장난을 하려 들고, 삶이 힘든 것도, 예의범절도 모르지!—내 말하네만, 조심하게. 곧 그는 자네가 거기 전혀 속하지 않는데다 아주 힘겹게 억지로 일종의 사회적 교제를 해야 할 온갖 모임으로 자네를 꾀어 들일 걸세. 그러한 교제는 자네의 가장 깊은 내면의 본성에 반할뿐더러, 자네의 개성, 자네가 방금 내게 보여준 것과 같은 단순하고 꾸밈없는 예의범절을 파괴한다네. 보게나, 착한 무어, 내가 이미 말했듯이 자네는 수고양이로서 높이 평가할 만하고 좋은 가르침을 기꺼이 들으려 하는 귀를 가지고 있네!―보게나!―아무리 많은 미친, 불쾌한, 나아가 외설적인 장난이 한 젊은이를 유혹한다 해도, 그 젊은이가 이따금 다혈질인 이들 특유의 유약하고 종종 달착지근한 선량함을 보이기만 하면, 즉시 프랑스어 표현을 써서 이렇게들 말하지. 근본적으로, 그는 그래도 좋은 녀석이라고. 그리고 이 점이 그가 모든 예의범절과 질서에 반해 시작하는 모든 것을 용서해준다고. 하지만 선善의 핵이 들어 있는 그 근본은 그토록 깊숙이 놓여 있고 그 위로 그토록 많은 방종한 삶의 오물이 쌓여 그것은 싹도 틔우지 못하고 질식할 수밖에 없어. 하지만 종종 번쩍이는 가면을 쓴 악의 정령을 알아보지 못한다면 악마나 물어가야 할 저 바보 같은 선량함이 진정한 선의 감정으로 제시되지. 오, 수고양이여! 세상에서 뭔가를 시도해본 늙은 푸들의 경험들을 믿게나, 그리고 그 빌어먹을, 근본적으로 그는 좋은 녀석이야, 라는 말에 현혹되지 말게나. 혹 나의 단정치 못한 조카를 보거든 내가 자네와 이야기한 모든 것을 그에게 직접 알리기를. 그리고 그와의 앞으로의 우정을 완전히 거절하게. 신의 가호가 있기를!―자넨 아마 이걸 먹지 않겠지, 착한 무어?

이 말과 함께 늙은 푸들 스카라무츠는 내 앞에 놓여 있던 작은 흰 빵 조각을 급히 주둥이에 넣었다. 그러고 나서 고개를 숙이고는 길게 털이 난 두 귀를 땅에 끌리게 한 채 꼬리를 살짝 흔들며 유유히 걸어가버렸다.

나는 생각에 잠긴 채 노인이 가는 모습을 바라보았다. 그의 삶의 지혜를 완전히 이해할 수 있을 것 같았다. 그는 갔나, 갔어? 바로 내 뒤에서 이렇게 속삭이는 소리가 들렸다. 나는 문 뒤로 살금살금 기어와 노인이 떠날 때까지 내내 기다렸던 젊은 폰토를 보고 적잖이 놀랐다. 폰토의 갑작스러운 출현은 나를 어느 정도 당황하게 했다. 내가 지금 실제로 이행해야 할 늙은 숙부의 지시가 그래도 약간 위험하게 여겨졌기 때문이다. 나는 폰토가 언젠가 내게 소리쳤던 끔찍한 말들을 생각했다. 자네가 혹 나에 대한 적대적인 의향을 드러낼 생각을 한다 해도 나는 힘과 기민함에서 자네보다 우월해. 내가 한 번만 펄쩍 뛰어도, 날카로운 이빨로 한 번만 제대로 물어도 자네를 당장 요절낼 수 있지. 나는 침묵하는 것이 훨씬 유리하다고 생각했다.

마음속의 이러한 우려들이 나의 외적 행동을 차갑고 부자연스럽게 보이게 한 모양이었다. 폰토는 날카로운 눈빛으로 나를 응시했다. 그러고 나서 큰 웃음을 터뜨리더니 이렇게 외쳤다. 벌써 알겠네, 친구 무어! 노인네가 내 행실에 대해 온갖 나쁜 소리를 그럴싸하게 꾸며댔군. 나를 단정치 못하다고, 온갖 미친 장난과 방탕에 빠져 있다고 묘사했군. 그 모든 것에서 단 한마디라도 믿을 만큼 어리석지는 말게. 첫째!―나를 주의깊게 잘 쳐다보고 내게 말해보게, 나의 외양에 대해 어떻게 생각하는지?―젊은 폰토를 관찰하면서 나는 그가 이토록 영양 상태가 좋게, 이토록 번지르르하게 보인 적이 결코 없었다고, 그의 차림새에 이러한 말쑥함과 우아함이, 그의 전 존재를 이러한 기분좋은 조화가 지배한 적이 결코 없었다고 생각했다. 나는 그에게 이를 숨김

없이 말했다.

자, 혹시, 폰토가 말했다. 자, 혹시, 착한 무어여, 나쁜 무리에 끼어 싸돌아다니는, 저열한 무절제에 빠져 있는, 정말로 많은 푸들의 경우가 그러하듯이 딱히 그러고 싶지도 않으면서 단순히 지루해서 아주 체계적으로 방종한 푸들이—자네는 혹시, 그러한 푸들이 자네가 보고 있는 나와 같은 모습을 띨 수 있다고 생각하나? 자네는 특히 나의 전 존재 속의 조화를 칭찬했지. 이것만 해도 나의 언짢은 숙부가 얼마나 크게 잘못 생각하고 있는지 자네에게 분명히 가르쳐주지 않나. 자네는 문학적인 수고양이이니, 악덕한 것에서 특히 전체 형상의 부조화를 비난한 자에게, 악덕이 통일성을 가질 수 있는가, 라고 대꾸했던 저 삶의 현자를 생각하게.[*] 친구 무어여, 한순간도 노인네의 사악한 비방을 의아하게 생각지 말게. 애초에 모든 숙부들이 그러하듯 언짢고 인색하게, 그는 소시지 상인에게서 내가 빌린 얼마 안 되는 노름빚을 자신이 *명예를 위해* 지불해야 한다는 이유로 모든 화를 내게 퍼부었네. 그 소시지 상인은 가게에서 금지된 도박을 허용하고 도박꾼들에게 종종 체르벨라트 소시지, 오트밀과 간(즉 소시지로 가공한)으로 상당한 선금을 지불해주었지. 게다가 또 그 노인네는 아직도 나의 생활 방식이 실제로 명예스럽지 않았던, 하지만 진작 지나가버렸고 더없이 훌륭한 예의범절에 자리를 내어준 특정한 시기를 생각하고 있네.

그 순간 대담한 핀셔 한 마리가 길을 걸어와 나와 같은 것은 아직 한

---

[*] 디드로의 『라모의 조카』를 인용한 것. "나: 나는 그대의 고르지 않은 음조에 대해 곰곰이 생각하네. 그대는 어떤 때는 높게, 어떤 때는 낮게 말하네. 그: 악덕한 자의 음성이 통일성을 가질 수 있는가?"

번도 보지 못한 것처럼 나를 빤히 쳐다보더니 내 귀에 대고 더없이 무례하고 파렴치한 소리를 지르고 나서 내가 길게 내뻗고 있던 꼬리를, 그것이 그의 마음에 들지 않는 모양이었는데, 덥석 물었다. 하지만 내가 높이 몸을 곧추세우고 스스로를 방어하려는 순간, 폰토 역시 벌써 그 크게 떠들어대는 예의 없는 자에게 덤벼들어 그를 바닥에 쓰러뜨리고는 두세 번 그 위를 밟고 지나갔다. 그리하여 그는 지극히 고통에 찬 비탄의 소리를 지르며 꼬리를 다리 사이로 꽉 집어넣고 쏜살같이 떠나버렸다.

이렇듯 폰토는 자신의 착한 성향과 행동으로 보여주는 우정을 내게 증명함으로써 나를 대단히 감동시켰다. 그리고 나는 여기에 숙부 스카라무츠가 나로 하여금 의심하게 만들고자 했던 그 근본적으로, 그는 좋은 녀석이야! 라는 말이 폰토에게 더 나은 의미에서 사용될 수 있고, 그를 더 많은 이유에서 여러 다른 이들보다 더 용서할 수 있다고 생각했다. 도대체가 노인이 확실히 너무 비관적으로 보았다는 생각이, 폰토는 경솔한 장난을 칠 수는 있어도 결코 나쁜 장난은 칠 수 없다는 생각이 들었다. 이 모든 것을 나는 내 친구에게 전혀 숨김없이 말했고, 동시에 그가 나의 방어를 떠맡아준 데 대해 가장 정중한 표현들로 감사의 뜻을 나타냈다.

기쁘군, 폰토는 그의 기질이 그렇듯이 쾌활하고 익살맞은 눈으로 사방을 둘러보며 대꾸했다. 착한 무어! 편협한 노인이 자네를 헷갈리게 하지 않았고 자네가 나의 착한 마음을 알아봐주니 기쁘네. 안 그런가, 무어, 내가 그 오만한 녀석을 제대로 혼내주었지?—그는 오랫동안 그 일을 생각할 걸세. 실은 나는 오늘 하루종일 숨어서 그를 지켜보았네.

그 못된 녀석은 어제 내게서 소시지를 하나 훔쳤고 그 때문에 벌을 받아야 했지. 그러면서 아울러 자네가 그에게 당한 부당한 일에 복수가 된 것, 그리고 내가 이렇게 해서 자네에게 우정을 보여줄 수 있었던 것은 내게 전혀 싫지 않은 일이네. 흔히 말하듯 나는 파리채 하나로 두 마리의 파리를 잡은 셈이지. 하지만 이제 다시 우리가 방금 나누던 대화로 돌아오자면!―착한 고양이여, 나를 다시 한번 아주 꼼꼼히 눈여겨보게. 그리고 내게 말해주게, 자네가 나의 외양에서 전혀 아무런 주의할 만한 변화를 알아차리지 못하는지?

나는 나의 젊은 친구를 주의깊게 바라보았다. 그리고―아아, 이럴 수가! 이제야 그가 걸고 있는 우아하게 세공된 은제 목걸이가 눈에 띄었다. 거기에는 이렇게 새겨져 있었다. 알치비아데스 폰 비프 남작. 마살가 46번지.

아니, 나는 놀라서 외쳤다. 아니, 폰토, 자네는 자네 주인인 미학 교수를 떠나 웬 남작에게 갔단 말인가?

실은, 폰토가 대답했다. 내가 교수를 떠난 것이 아니라 그가 나를 발로 차고 때려 내쫓아버렸다네.

어떻게 그런 일이 있을 수 있었나, 내가 말했다. 자네 주인은 어느 때고 자네에게 할 수 있는 한 모든 사랑과 호의를 내보이지 않았나?

아아, 폰토가 대답했다. 이것은 오직 짓궂은 우연의 장난으로 내게 운좋게 풀린 언짢고 화나는 이야기일세. 그 모든 사건은 오로지 나의 바보 같은 선량함 탓에 일어났지. 이 선량함에는 물론 약간의 공허한 허풍이 가미되어 있었지만. 매 순간 나는 주인에게 친절을 보이려 했고 동시에 나의 능란한 재주와 잘 훈련된 모습을 보여주려 했네. 그래서 실제로 바닥에 놓여 있는 사소한 것들을 모두 주인에게 습관적으로 물어다주곤 했지. 별다른 요구가 없어도 말일세. 자!—로타리오 교수에게 새파랗게 젊고 그림처럼 어여쁜 부인이 있다는 건 자네도 알고 있을 테지. 그녀는 그를 더없이 깊은 애정으로 사랑하고, 그는 그것을 전혀 의심할 필요가 없다네. 그도 그럴 것이 그녀가 그에게 그것을 매 순간 맹세하는데다, 하필 그가 책 속에 파묻혀 앞두고 있는 강의를 준비할 때면 그에게 거듭해서 애무를 해대기 때문이지. 그녀는 가정적인 사람 그 자체라네. 역시 반에 일어나니까 결코 열두시 이전에 집을 떠나는 적이 없지. 그리고 행실이 소박한지라 여자 요리사랑 방 청소하는 하녀와 집안일을 아주 세세한 사항까지 의논하는 것을 마다하지 않고, 한 주간 쓰는 돈이 예산에 책정되지 않은 특정한 지출 때문에 너무 일찍 주머니에서 빠져나갔는데 교수에게 졸라서는 안 될 때면 현금출납소를 이용하는 것도 마다하지 않네. 이 차입금의 이자를 그녀는 거의 입지 않은 옷들로 조금씩 갚아나갔지. 이 옷들뿐만 아니라 깃털장식 모자들도 은밀하게 어디를 다녀와 주었다거나 다른 부탁들을 들어준 데 대한 보답으로 간주될 수 있을 것이네. 하녀들의 모임은 일요일이면 방 청소하는 하녀가 그런 옷과 모자로 치장한 것을 놀라서 보곤 했지. 완벽한 면이 그토록 많으니 사랑스러운 부인에게 사소한 어리석음은(그것을 굳이 어리석음이라 일컬어야 한다면) 나쁘게 생각될 수 없을 것이네. 그 어리석음이란—그녀의 가장 열성적인 노력, 그녀의 모든 생각과 노력이 항상 최신 유행에 따라 옷을 차려입고 다니기를 목표로 하는 것, 가장 우아하고 가장 비싼 것도 그녀는 충분히 우아하고 충분히 비싸지 않다고 생각하는 것, 그녀가 드레스 하나를 세 번,

모자 하나를 네 번 착용하고 터키풍 숄을 한 달 내내 둘렀다면 그것에 대해 병적인 혐기嫌忌를 느끼고 가장 비싼 옷도 헐값에 내던져버리거나 이미 언급했듯이 하녀들에게 치장하도록 주는 것이네. 미학 교수의 부인이 아름다운 겉모습을 위한 감각을 가지고 있다는 것은 전혀 놀랄 만한 일이 아니지. 그리고 이러한 감각이, 부인이 흡족한 기색이 완연하게 불타는 눈빛으로 아름다운 젊은이들을 바라보거나 이따금 이들을 좀 뒤쫓아가기도 하는 데서 나타난다면, 그것은 남편에게 기쁜 일일 수밖에 없네. 때때로 나는 교수의 강의를 듣는 이런저런 점잖은 젊은 남자들이 강의실 문을 찾지 못해 이 문들 대신에 교수 부인의 방으로 난 문을 조용히 열고 마찬가지로 조용히 들어가는 것을 알아차렸네. 나는 이 혼동이 조금은 고의적으로 일어났다고, 아니면 적어도 아무도 그것을 유감으로 생각하지 않았다고 여길 수밖에 없었네. 그도 그럴 것이 아무도 자신의 착각을 급히 바로잡으려 하지 않았고, 안으로 들어갔던 누구나 상당한 시간이 지난 후에, 그것도 교수 부인을 방문한 것이 교수의 미학 강의만큼이나 기분좋고 유익하기라도 했던 것처럼 그토록 미소 지으며 만족한 눈빛으로 나왔기 때문이네. 아름다운 레티티아(교수 부인의 이름이 그러했네)는 내게 그다지 호의적이지 않았다네. 그녀는 내가 그녀의 방에 있는 것을 허락하지 않았는데 그녀가 옳았을 것이네. 물론 가장 세련된 푸들이라도 한 걸음 떼어놓을 때마다 얇은 옷감의 레이스를 갈기갈기 찢고 모든 의자 위에 아무렇게나 놓여 있는 옷들을 더럽힐 위험이 도사린 곳에는 어울리지 않기 때문이지. 허나 교수 부인의 사악한 수호신이 한번은 내가 그녀의 우아한 부인방 안으로까지 파고들어가는 것을 원한 거야. 교수는 어느 날 점심

식사 때 딱 이로울 만큼보다 많이 와인을 마셨고 그로 인해 몹시 열광적인 기분에 빠져들었네. 집에 도착해서 그는 습관과는 전혀 다르게 곧장 부인의 방으로 갔고, 나는, 나 자신도 어떤 특별한 욕구가 나를 그렇게 하도록 내모는지 몰랐거니와, 함께 문을 통해 잽싸게 들어갔네. 교수 부인은 갓 내린 눈만큼이나 새하얀 실내복을 입고 있었는데, 그녀의 옷은 약간의 세심함도, 단순함 뒤에 감춰져 있어 숨은 적처럼 확실하게 승리를 거두는 치장의 지극히 깊은 기술도 보여주지 않았네. 교수 부인은 정말로 아주 사랑스러웠고 반쯤 취한 교수는 이것을 평소보다 더 강하게 느꼈지. 그는 사랑과 환희에 넘쳐 사랑스러운 부인을 가장 달콤한 이름으로 불렀고 애정이 듬뿍 담긴 애무를 거듭 퍼부었는데 그러느라 모종의 산만함, 교수 부인의 전 존재에서 너무도 뚜렷하게 표명되는 모종의 불안한 불쾌감을 전혀 알아차리지 못했다네. 내게는 도취된 미학자의 고조되는 애정이 불쾌하고 부담스러웠지. 나는 나의 오래된 심심풀이를 시작했고 바닥을 이리저리 탐색했네. 교수가 막 절정의 황홀경 속에서 신과 같은, 숭고한, 천상의 여인이여, 우리—하고 큰 소리로 외쳤을 때, 나는 뒷다리로 춤추듯 그에게 다가가 우아하게, 그리고 이러한 행위에서 매번 그랬듯이 짧게 깎은 꼬리를 약간 흔들며 내가 교수 부인의 소파 밑에서 발견한 등자색 고급 남성용 장갑을 물어다주었네. 교수는 멍하니 장갑을 바라보더니 갑자기 깜짝 놀라 달콤한 꿈에서 깨어난 듯 소리쳤지. 이게 뭐지? 이 장갑은 누구 것이지! 이것이 어떻게 이 방에 온 것이지?—이 말과 함께 그는 내 주둥이에서 장갑을 받아들고 주시하더니 코에 갖다댔네. 그러고는 다시 소리쳤지. 이 장갑이 어디서 온 거야? 레티티아, 말하시오, 누가 당신 곁에 있었소?―당신은 얼마나, 사랑스럽고 충실한 레티티아는 당황해서, 애써 억누르려 했지만 허사였던 불확실한 어조로 대꾸했네. 당신은 얼마나 이상한지, 사랑하는 로타르, 장갑이 누구 것이란 말이에요, 누구 것이겠어요. 소령 부인이 여기에 있다가 떠날 때 장갑을 찾을 수 없었는데 그녀는 그것을 계단에 떨어뜨렸다고 생각했지요. 소령 부인, 교수가 완전히 제정신이 아닌 채 소리쳤네, 소령 부인이라고, 그녀의 손 전체가 이 엄지 속에 들어갈 법한 그 작고 연약한 몸매의 부인 말이오!―제기랄, 어떤 멋쟁이 놈이 여기에 있었지?―이 빌어먹을 물건에서 향수를 뿌린 비누 냄새가 나거든!―불행한 여자야, 누가 여기에 있었지! 어떤 무지막지한 지옥의 기만이 여기에서 나의 평온, 나의 행복을 파괴했지!―파렴치한, 흉악한 여자 같으니!

방 청소하는 하녀가 들어왔을 때 교수 부인은 막 실신하려던 참이었네. 그리고 나는, 내가 야기한 결혼 생활의 치명적인 말다툼에서 해방되는 것을 기뻐하며 재빨리 뛰어나갔지.

이튿날 교수는 전혀 말이 없었고 생각에 잠겨 있었네. 그는 단 한 가지 생각에 골몰해 있는 것 같았고 단 한 가지 관념에 대해 부단히 숙고하는 것 같았지. 그가 그놈일는지 몰라!―이것이 굳게 다문 입술에서 이따금 무의식적으로 새어나오는 말이었네. 저녁 무렵에 그는 모자와 지팡이를 집어들었네. 나는 기쁘게 펄쩍 뛰고 짖어댔지. 그는 나를 오랫동안 바라보았는데, 두 눈에 굵은 눈물이 맺혀 있었네. 그는 지극히 깊은, 진심에서 우러나오는 슬픔의 어조로 나의 착한 폰토!―충실하고 정직한 영혼! 하고 말했네. 그러고 나서 그는 급히 대문 앞으로 달려갔고 나는 내가 쓸 수 있는 모든 재간으로 그 불쌍한 남자를 유쾌하게 하려고 굳게 결심한 채 그를 바짝 뒤쫓아갔네. 대문 바로 앞에서 우리는 아름다운 영국 말을 타고 있는, 우리 도시에서 가장 우아한 신사 가운데 하나인 알치비아데스 폰 비프 남작을 만났네. 남작은 교수를 보자마자 일련의 율동적 도약으로 우아하게 교수에게 다가와 안부를 묻고 나서 또한 부인의 안부를 물었네. 교수는 혼란에 빠진 채 몇 가지 알아들을 수 없는 말을 더듬더듬 내뱉었네. 정말이지, 몹시 더운 날씨군요! 남작이 말하고는 웃옷 주머니에서 비단 손수건을 꺼냈네. 그러면서 장갑 한 짝을 떨어뜨렸지. 나는 늘 하던 대로 그것을 주인에게 물어다주었네. 주인은 내게서 장갑을 급히 잡아채더니 이것은 당신 장갑이지요, 남작님? 하고 소리쳤네. 물론이지요, 남작은 교수의 격렬함에 의아해하며 대답했지. 물론이지요, 제 생각에 저는 그것을 방금 웃옷 주머니에서 떨어뜨렸는데 일 잘하는 푸들이 주운 것 같군요. 그렇다면 저는, 교수는 내가 교수 부인의 방 소파 밑에서 찾아낸 장갑을 그에게 내밀며 날카로운 어조로 말했네. 그렇다면 저는 당신이 어제 잃어버린 이 장갑의 쌍둥이 형제를 당신에게 건네드릴 수 있어 기쁩니다.

당황한 기색이 완연한 남작의 대답을 기다리지도 않고 교수는 화가 잔뜩 나서 달려가버렸네.

나는 교수를 따라 그의 소중한 부인의 방으로 들어가지 않도록 조심했네. 폭풍을 예감했기 때문인데, 그것은 곧 큰 소리로 울려나와 복도에서도 들을 수 있었지. 때마침 나는 복도 한구석에서 엿듣고 있었고, 교수가 붉게 번쩍거리는 얼굴에 모든 분노의 불꽃이 가득한 채, 방 청소하는 하녀를 방문 밖으로, 그러고 나서, 그녀가 여전히 뻔뻔스럽게도 몇 가지 주제넘은 말을 하려고 하자, 집밖으로 내쫓아버리는 것을 알아챘네. 마침내 늦은 밤에 교수는 완전히 녹초가 되어 Z의 방으로 왔네. 나는 그의 슬픈 불행에 대한 진심 어린 동정을 나직한 낑낑거림으로 암시했지. 그러자 그는 나의 목을 껴안고 내가 가장 정겨운 최고의 친구라도 되는 듯 가슴에 안았네. 착하고 정직한 폰토, 그는 아주 슬픈 어조로 그렇게 말했다네. 충실한 심성, 너, 너만이 나의 치욕을 인식하지 못하게 한 기만적인 꿈에서 나를 깨워주었구나. 네가 나로 하여금 거짓된 여자가 내게 매어놓은 멍에를 내던져버리도록, 내가 다시 자유롭고 얽매이지 않은 사람이 될 수 있도록 해주었구나! 폰토, 너에게 어떻게 감사를 표해야 할지! ─결코─결코 너는 나를 떠나서는 안 된다. 나는 너를 나의 가장 충실한 최고의 친구처럼 애정으로 돌봐주겠다. 내가 나의 가혹한 불행에 대한 생각에 절망하려 할 때면 너만이 나를 위로할 거야.

한 고귀하고 감사할 줄 아는 심성의 이 감동적인 표현은 창백하고 혼란스러운 얼굴로 황급히 뛰어들어온 요리사에 의해 중단되었네. 그는 교수에게 부인이 아주 끔찍하게 경련하며 누워 있고 숨을 거두려 한다는 무서운 소식을 고했네. 교수는 쏜살같이 아래로 내려갔다네!

며칠 동안 내내 나는 교수를 전혀 보지 못하다시피 했네. 평소에는 주인이 사랑을 듬뿍 담아 먹을 것을 내게 몸소 챙겨주었는데, 그 일은 이제 여자 요리사에게 맡겨졌지. 불만스럽고 불친절한 인물인 요리사는 내게 평소의 훌륭한 음식 대신에 가장 형편없고 거의 먹을 수 없는 음식만을 마지못해 주었네. 때때로 그녀는 나를 까맣게 잊어버리기도 해서 나는 잘 아는 지인 집에서 기식해야만 했고 또한 오로지 허기를 달래기 위해 약탈하러 나가야만 했지.

어느 날 내가 배고파 기운 없이 귀를 축 늘어뜨린 채 집안을 이리저리 기어 돌아다니고 있을 때, 교수가 마침내 나에게 약간의 관심을 보여주었네. 폰토, 그는 미소 지으며 불렀지. 그렇지 않아도 그의 얼굴은 완전히 햇빛 자체였어. 폰토, 나의 오래된 정직한 개야, 너 대체 어디 박혀 있었니? 내가 너를 그토록 오랫동안 보지 못했니? 사람들이 나의 뜻과는 완전히 반대로 너를 소홀히 하고 주의깊게 먹이를 주지 않았나 보구나?―자, 어서 이리 오렴, 오늘은 내가 다시 직접 너에게 음식을 주마.

나는 선량한 주인을 따라 식당으로 갔네. 한 송이 장미꽃처럼 활짝 피어난 교수 부인이 주인 양반처럼 얼굴에 햇빛이 가득한 채 그에게 다가왔다네. 두 사람은 서로 그 어느 때보다 다정하게 대했네. 그녀는 그를 천사 같은 남편이라 불렀고 그는 그녀를 나의 작은 생쥐라 불렀지. 그러면서 그들은 한 쌍의 비둘기처럼 서로 껴안고 키스했네. 그 모습을 지켜보는 것은 참으로 기쁜 일이었지. 사랑스러운 교수 부인은 나에게도 평소와는 전혀 달리 친절했는데, 착한 무어, 자네는 내가 정중한 예절을 타고난 만큼 공손하고 우아하게 처신할 줄 알았다는 것을 짐작할 수 있을 걸세. 어떤 액운이 내게 드리워 있었는지 누가 예감할 수 있었겠나!―나의 적들이 나를 망쳐놓기 위해 행한 이 모든 음험한 장난을 자네에게 자세히 이야기하는 것은 나 자신에게도 힘들 것이고, 나아가 자네를 피로하게 할 걸세. 자네에게 나의 불행한 상황을 충실히 보여줄 몇 가지만 언급하는 것으로 만족하고자 하네. 나의 주인은 식당에서 식사를 하는 동안 내게 상당한 양의 수프와 야채와 고기를 난롯가 한구석에 놓아주곤 했네. 내가 어찌나 단정하고 정갈하게 먹었던지 널빤지를 댄 바닥에서 눈곱만큼의 기름 얼룩도 볼 수 없을 정도였지. 그러니 어느 날 점심시간에 내가 다가가자마자 접시가 산산조각이 나고 멋진 마룻바닥에 기름 국물이 쏟아졌을 때, 내가 얼마나 소스라치게 놀랐겠는가. 교수는 화가 나서 심하게 꾸짖으며 나를 향해 달려들었고, 교수 부인은 나를 변명해주려 애썼지만 그래도 그녀의 창백한 얼굴에서는 쓰라린 불쾌감이 내비쳤네. 그녀는 흉측한 얼룩이 잘 없어지지 않는다 해도 그 자리를 대패질로 매끈하게 깎아내거나 새 널빤지를 끼워넣을 수 있을 것이라고 말했네. 교수는 그러한 수리에 대해 깊은 혐오감을 품고 있었네. 그는 벌써 목수 소년들이 대패질하고 망치질하는 소리를 듣는 듯했지. 그리하여 교수 부인의 애정 어린 변명이야말로 그로 하여금 나의 이른바 서투름을 제대로 느끼게 했고, 내게 저 꾸지람 외에 따귀 몇 대를 호되게 얻어맞게 했던 것이네. 나는 나의 결백을 의식하며 아연실색한 채 거기 서 있었고, 무엇을 생각해야 할지, 무엇을 말해야 할지 전혀 알지 못했다네. 똑같은 일이 두세 번 일어났을 때에야 나는 그 음험한 책략을 알아챘지!—사람들은 내게 아주 살짝만 건드려도 산산조각이 날 수밖에 없는 반쯤 깨진 사발을 갖다놓았던 걸세. 나는 더이상 방안에 있는 것이 허락되지 않았고, 바깥에서 요리사에게서 음식을 얻었네. 그러나 어찌나 적은 양이었던지 고통스러운 굶주림에 내몰려 몇몇 빵 조각이나 뼈를 덥석 잡아채려고 애써야 했지 뭔가. 그로 인해 매번 엄청난 소란이 생겨났고, 나는 단지 더없이 절박한 자연스러운 욕구의 충족을 이야기해야 하는 데서 이기적인 도둑질에 대해 비난받아야 했네. 더 언짢은 일이 벌어졌지!—요리사가 큰 소리로 비명을 지르며, 그녀의 훌륭한 양 넓적다리

500

고기가 부엌에서 사라져버렸는데 내가 그것을 훔친 게 아주 확실하다고 탄식한 것이네. 이 사건은 집안의 중요한 용무로 교수 앞에 이르게 되었네. 교수는 여느 때는 내게서 한 번도 도둑질하는 성향을 발견하지 못했고 나의 도둑 기관은 전혀 형성되지 않았다고 말했다네. 또한 양 넓적다리 고기 전체를 아무런 흔적도 남기지 않고 먹어치웠다고는 생각할 수 없다는 것이었네. 사람들은 샅샅이 찾아보았네. 그리고─내 잠자리에서 넓적다리 고기의 나머지를 발견했지!─무어! 보게나, 가슴에 앞발을 얹고 자네에게 맹세하는 바이네, 나는 완전히 결백하며, 그 구운 고기를 훔치려는 생각은 전혀 떠올리지 않았네. 하지만 결백을 주장하는 것이 무슨 도움이 되었겠나, 증거가 나에게 불리한 것을!─내 편을 들었는데 나에 대한 호의가 기만당한 것을 보고 교수는 그만큼 더 격노했다네. 나는 호되게 얻어맞았지!─이후에도 교수가 나로 하여금 나에 대해 품고 있는 불쾌감을 느끼게 했다면, 교수 부인은 나에게 그만큼 더 친절해졌고 그전에는 한 번도 그러지 않았지만 내 등을 쓰다듬어주고 심지어 내게 때때로 좋은 음식을 주기도 했지. 이 모든 것이 단지 위선적인 기만이라는 것을 내가 어떻게 예감할 수 있었겠나. 하지만 이것은 곧 밝혀졌네. 식당의 문이 열려 있더군. 나는 빈 배로 애타게 안을 들여다보며 좋은 시절을 고통스럽게 기억했네! 구운 고기의 달콤한 향기가 퍼질 때면 나는 애원하듯 교수를 쳐다보고 흔히 말하듯 킁킁거리며 냄새를 조금 맡곤 했는데, 헛수고는 아니었지. 그때 교수 부인이 폰토, 폰토! 하고 부르더니, 훌륭한 구운 고기 한 조각을 연약한 엄지와 귀여운 검지 사이로 솜씨 있게 내밀었네. 나는 식욕이 자극되자 감격하여 딱 필요한 만큼보다 조금 더 맹렬하게 덥석 물었는지는 모르겠네. 하지만 그 연약한 백합 같은 손을 물지는 않았어. 자네는 내 말을 믿어도 좋네, 착한 무어. 그런데도 교수 부인은 이 나쁜 개가! 하고 크게 소리를 지르고는 기절한 것처럼 안락의자로 쓰러졌고, 나는 경악스럽게도 정말로 엄지에 맺힌 몇 방울의 피를 보았네. 교수는 분노에 휩싸였네. 그는 나를 때렸고, 발로 찼으며, 어찌나 무자비하게 학대했던지, 신속히 도망쳐 집밖으로 피하지 않았다면 나는, 착한 무어, 아마 자네와 여기 문 앞에서 사랑하는 햇빛을 받으며 앉아 있지 못했을 걸세. 돌아가는 것은 생각할 수 없었네. 나는 교수 부인이 남작의 장갑 때문에 순전히 격렬한 복수심에서 꾸민 사악한 음모에 맞서 아무것도 할 수 없다는 것을 깨닫고 즉시 다른 주인을 찾기로 결심했지. 그전 같았으면 이것은 관대하고 자애로운 자연이 내게 부여한 훌륭한 재능 덕에 손쉬운 일이었을 걸세. 하지만 허기와 원망이 나를 어찌나 망쳐놓았던지 나는 형편없는 외양 때문에 실제로 도처에서 퇴짜를 맞을까봐 두려워해야 했네. 슬퍼하며, 압박감을 주는 음식 걱정으로 고통을 당하며 나는 대문 앞으로 살금살금 걸어갔네. 나는 내 앞에서 걸어오는 알치비아데스 폰 비프 남작을 보았는데, 어떻게 그에게 나의 봉사를 제공하려는 생각이 떠올랐는지 나도 모르겠네. 그것은 어쩌면 내가 이렇게 해서 배은망덕한 교수에게 복수할 기회를 얻게 될 것이라는 어렴풋한 예감이었는지도 몰라. 아닌 게 아니라 나중에 정말로 그렇게 되었듯이 말일세. 나는 남작에게 춤추듯 다가가서 그를 기다렸다가 그가 약간의 호감을 가지고 나를 바라보자 주저 없이 그의 집으로 뒤따라갔네. 보게나, 남작은 하인이라곤 그 젊은이 말고는 아무도 없는데도 굳이 시종이라 부르는 젊은이에게 말했네. 보게

나, 프리드리히, 어떤 푸들이 내게 나타났는지. 이놈이 더 잘생기기만 했다면! 그에 반해 프리드리히는 내 얼굴의 표정, 또한 우아한 몸매를 칭찬하고는 내가 주인에게 나쁜 대우를 받았으며 그래서 아마도 주인을 떠났을 것이라고 말했네. 프리드리히가 그렇게 스스로 자유로운 동기에서 나타난 푸들들은 통상적으로 충실하고 정직한 동물이라는 말을 덧붙이자 남작은 나를 그냥 집에 두지 않을 수 없었지. 이제 프리드리히의 보살핌으로 외모가 제법 매끈해졌음에도 불구하고 남작은 내게 그다지 신경을 쓰지 않는 것 같았고 내가 산책길에 따라가는 것을 그저 마지못해 허락했다네. 이러한 사정은 달라져야 했지. 우리는 어느 날 산책길에 교수 부인을 만났다네. 착한 무어, 한 정직한 푸들의 푸근한 심성을—그래, 나는 그렇게 말하고자 하네—확인하게. 그 부인이 나를 무척 아프게 했음에도 그녀를 다시 보자 꾸밈없는 기쁨을 느꼈다고 내가 단언할 테니 말일세. 나는 그녀 앞에서 춤을 추었고, 즐겁게 짖어댔으며, 가능한 모든 방식으로 기쁨을 나타냈지. 이것 봐, 폰토잖아! 하고 그녀는 외치고 나를 쓰다듬더니 멈춰 선 폰 비프 남작을 의미심장하게 쳐다보았네. 나는 주인에게 펄쩍 뛰어 돌아갔는데, 그는 나를 쓰다듬었네. 그는 특별한 생각에 빠지는 것 같더군. 여러 번 잇달아 혼잣말로 폰토!—폰토, 그것이 가능하다면! 하고 중얼거렸던 것이네.

우리는 가까이에 있는 공원에 이르렀고, 교수 부인은 동행한 사람들과 자리를 잡고 앉았네. 그러나 사랑스럽고 선량한 교수는 그들 곁에 없었지. 거기서 멀지 않은 곳에 비프 남작이 앉았네. 그래서 그는 다른 이들의 별다른 주목을 받지 않은 채 부인을 줄곧 지켜볼 수 있었지. 나는 주인 앞으로 가서 그의 명령을 기다린다는 듯 꼬리를 살짝 흔들며 그를 쳐다보았네. 폰토, 그가 되풀이했네. 폰토, 그것이 가능하다면!— 자, 그는 잠시 말이 없다가 한마디 덧붙였지. 자, 시도해보는 거야!— 이 말과 함께 그는 작은 종이띠를 지갑에서 꺼내 연필로 몇 마디 말을 쓰더니 그것을 둥글게 말아 내 목걸이 밑에 꽂아넣고는 교수 부인을 가리키며 나직이 소리쳤네. 폰토—자, 어서!—바로 모든 것을 알아차리기 위해 나는 내가 실제로 그러하듯 영리하고 세상에서 가장 눈치 빠른 푸들일 필요까지는 없었을 걸세. 나는 즉시 교수 부인이 앉아 있는 탁자로 가서 탁자 위에 있는 훌륭한 케이크에 대해 굉장한 식욕을 느끼는 척했네. 교수 부인은 친절함 자체였다네. 그녀는 내게 한 손으로 케이크를 건네주면서 다른 손으로는 내 목을 쓰다듬어주더군. 나는 그녀가 종이띠를 끄집어내는 것을 느꼈지. 그후 곧 그녀는 사람들을 떠나 옆길로 갔네. 나는 그녀를 따라갔지. 그녀가 남작의 말을 열심히 읽는 것, 그녀의 작은 뜨개질 상자에서 연필 하나를 꺼내 같은 쪽지에 몇 마디를 쓰고 나서 그것을 다시 둘둘 마는 것을 보았네. 폰토, 그리고 나서 그녀는 장난스러운 눈빛으로 나를 주시하며 말했네. 폰토! 넌 아주 영리하고 분별 있는 푸들이야, 네가 제때 물어다주기만 한다면!—이 말과 함께 그녀는 작은 쪽지를 내 목걸이 밑에 꽂아넣었고 나는 신속히 나의 주인에게 뛰어가는 것을 게을리하지 않았네. 그는 즉시 내가 답신을 가져오는 거라고 짐작했는지 곧장 목걸이 밑에서 쪽지를 끄집어냈네. 교수 부인의 말은 아주 위로가 되고 기분좋은 내용임이 틀림없었어. 남작의 눈이 순전한 기쁨으로 번쩍였고 그가 황홀해하며 소리쳤기 때문이야. 폰토—폰토, 너는 멋진 개야, 나의 행운의 별이 너를 내게 데려다주었어. 나도 크게 기뻐했다는 것을 자넨 짐작할 수 있을 걸세, 착한 무어! 방금 일어난 일로 보아 나에 대한 주인의 총애가 한층 두터워질 것임을 깨달았기 때문일세.

이러한 기쁨 속에 나는 거의 자발적으로 가능한 모든 재주를 부렸네. 개처럼 말했고, 죽었고, 다시 살아났고, 유대인이 주는 흰 빵 조각을 거부하고 기독교인이 주는 것을 맛있게 먹어치운다거나 하는 등등의 행위를 했지. 대단히 영리한 개로군! 교수 부인 옆에 앉아 있던 한 늙은 귀부인이 내 쪽으로 소리쳤네. 대단히 영리하죠! 남작이 대꾸했지. 대단히 영리하죠!─교수 부인의 목소리가 메아리처럼 울려왔네. 나는 자네에게 아주 짤막하게만 말하겠네, 착한 무어! 내가 언급한 방식으로 편지 교환을 계속해서 해주었고 지금도 해주고 있다고. 때때로 교수가 부재중일 때면 작은 편지를 가지고 심지어 교수의 집으로 달려가니 말일세. 하지만 이따금 알치비아데스 폰 비프 남작이 황혼녘에 사랑스러운 레티티아에게 살금살금 들어갈 때면 나는 집 문 앞에 있다가, 교수가 먼발치에서 보이기만 하면 짖어대며 정말 지독하게 소란을 피운다네. 그러면 나의 주인은 적이 가까이에 있음을 나만큼이나 잘 냄새 맡고 그를 피하지.

나는 폰토의 행동에 딱히 동의할 수 없을 것 같은 생각이 들었다. 나는 고인이 된 무치우스를, 모든 목걸이에 대한 나 자신의 깊은 혐오감을 생각했는데, 이러한 생각만으로도 나는 정직한 수고양이가 안에 지닌 정직한 심성은 그와 같은 사랑의 중개를 거부한다는 것을 명확히 인식하게 되었다. 이 모든 것을 나는 젊은 폰토에게 아무 숨김 없이 표명했다. 그러나 그는 대놓고 나를 비웃으며 고양이들의 도덕이 그리도 엄격하냐고, 그리고 나만 해도 벌써 이따금 통상적인 규범을 벗어나는 과감한 행동을 하지 않았느냐고, 즉 좁은 도덕적 서랍에 끼워맞추기엔 폭이 너무 넓다싶은 무언가를 하지 않았느냐고 말했다. 나는 미나를 생각하고는 입을 다물었다.

첫째로, 폰토가 계속해서 말했다, 첫째로, 나의 착한 무어! 아무리 자신이 원하는 대로 해본다 해도 아무도 자신의 운명에서 벗어날 수 없다는 것은 아주 일반적인 경험명제네. 교양 있는 수고양이로서 자네는 이에 대해 그 밖의 것은 『운명론자 자크』*라는 제목의 아주 교훈적이고 아주 유쾌하게 양식화하여 표현한 책에서 다시 읽어볼 수 있을 걸세. 영원한 신의 섭리에 따라 그렇게 되도록 정해져 있었다면, 미학 교수인 로타리오 씨가 — 자, 자네는 내 말이 무슨 말인지 알겠지, 착한 고양이. 하지만 그 밖에도 교수는 그 이상한 장갑 사건에서 — 이 사건은 더 널리 알려져야 하네, 여기에 관해 뭔가 써보게, 무어 — 취했던 행동 방식을 통해 그의 아주 분명한, 천성적으로 주어진 소명을 증명했지. 그토록 많은 남자들이 부지중에 대단히 위세당당하고 품위 있게, 대단히 예의바르게 떠받치고 있는 저 큰 교단에 들어가는 소명을 말일세. 알치비아데스 폰 비프 남작이나 폰토가 없었더라도 로타리오 씨는 이 소명을 다했을 걸세. 하지만 로타리오 씨가 나와 관련하여 내가 바로 그의 적의 품으로 뛰어들어간 것과는 뭔가 다른 것, 그보다 더 나은 것을 얻을 가치가 있었겠나? — 그렇다면 남작도 분명 교수 부인과 좋은 관계를 가질 다른 방법을 찾았을 걸세. 그리고 교수는 똑같은

---

* 디드로의 『운명론자 자크와 그의 주인』.

506

손해를 입었을 거야. 나도 내가 지금 남작의 사랑스러운 레티티아와의 관계에서 감지하고 있는 이익을 얻지 못했을 테고. 우리네 푸들은 자신에게 손해되는 짓을 하고, 삶 속에서 그렇지 않아도 벌써 충분히 빠듯하게 잘린 좋은 음식을 거부할 만큼 지나치게 엄격한 도덕주의자들이 아니라네.

나는 젊은 폰토에게 알치비아데스 폰 비프 남작 곁에서 일하며 얻는 이득이 그것과 연관된 노예짓의 불쾌함과 압박감을 보상할 만큼 그토록 크고 중요한지 물었다. 그러면서 자유의 의식이 가슴속에서 결코 꺼지지 않는 수고양이에게는 바로 이 노예짓이 항상 역겹게 남아 있을 수밖에 없음을 그에게 분명히 표현했다.

자네는, 폰토가 오만하게 미소 지으며 대꾸했다. 자네는, 착한 무어, 자네가 이해하는 대로 말하는군. 아니, 자네가 삶의 더 높은 상황에 대한 경험이 전혀 없어서 그렇게 생각하고 말하는 것이지. 알치비아데스 폰 비프 남작같이 아주 정중하면서도 친절하고 교양 있는 남자의 총아라는 사실이 무엇을 뜻하는지 자네는 모르네. 내가 그토록 헌신적으로 영리하게 처신한 때부터 그의 총아가 된 것은 자네에게, 오, 자유를 사랑하는 나의 고양이여, 굳이 말하지 않아도 잘 알겠지. 우리의 생활 방식에 대한 간략한 묘사*가 자네로 하여금 지금 내 상황의 쾌적함과 유익함을 생생히 느끼게 할 걸세. 아침이면 우리는(즉 나와 나의 주인

---

* 이어지는 묘사는 루트밀라 아싱이 엮은 『헤르만 폰 퓌클러-무스카우 후작의 서신 교환』에 담긴 후작의 일과를 풍자적으로 약간 과장한 것이다. "열한시에 일어남. 한시까지 씻고 글을 썼으며, 아침식사도 함. 노래 시간. 옷을 입음. 말을 타거나 걸어서 산책. 식사를 했음."

은) 너무 이르지도 너무 늦지도 않게, 즉 열한시 정각에 일어난다네. 동시에 넓고 폭신한 내 잠자리가 남작의 침대에서 멀지 않은 곳에 깔려 있다는 것, 그리고 우리가 갑자기 깨어날 때 누가 코를 골았는지 알 수 있기에는 너무도 조화롭게 코를 곤다는 것을 말해야겠네. 남작이 종을 당기면 즉시 시종이 나타나는데, 그는 남작에게 김이 모락모락 나는 코코아 한 잔을, 나에게는 가장 훌륭하고 달콤한, 크림을 넣은 커피를 도자기사발 가득 갖다준다네. 나는 그것을 남작이 그의 잔을 비우듯 똑같이 맛있게 비운다네. 아침식사 후에 우리는 반시간 정도 함께 노는데, 몸을 움직이는 것이 우리의 건강에 이로울 뿐만 아니라 정신도 쾌활하게 하지. 날씨가 좋으면 남작은 또한 열린 창밖을 내다보고 지나가는 사람들을 망원경으로 들여다보곤 한다네. 마침 많은 이들이 지나가지 않으면 남작이 한 시간 내내 지치지 않고 계속할 수 있는 다른 즐길 거리가 더 있지. 남작의 창문 아래에는 특히 불그스름한 색으로 눈에 띄는 돌 하나가 포석으로 깔려 있는데, 이 돌 한가운데에는 부서져 옴폭 들어간 작은 구멍이 있네. 이제 아주 솜씨 있게 아래로 침을 뱉어 바로 이 작은 구멍을 맞히는 것이 관건이지. 꾸준히 연습을 많이 해서 남작은 세 번 만에 맞히기에 내기까지 할 수 있게 되었고 내기에서 벌써 몇 차례 이겼다네. 이 즐길 거리 후에 아주 중요한 옷 입기의 순간이 도래하지. 남작은 머리카락을 노련하게 빗질해서 곱슬곱슬하게 하기, 특히 목도리를 기술적으로 매듭짓기를 시종의 도움 없이 완전히 혼자서 한다네. 이 두 가지 까다로운 작업이 조금 오래 걸리기 때문에 프리드리히는 그 시간을 내게도 옷을 입히는 데 사용하지. 즉, 미지근한 물에 담가 부드럽게 한 해면으로 나의 털가죽을 닦아내고,

미용사가 온당한 곳들은 우아하게 자라도록 내버려둔 긴 털을 충분히 촘촘한 빗으로 꼼꼼하게 빗어주며, 남작이 나의 미덕들을 발견했을 때 즉시 내게 선물한 멋진 은목걸이를 둘러준다네. 다음 순간들은 문학과 아름다운 예술에 바치네. 즉, 음식점이나 카페에 가서 비프스테이크나 커틀릿을 먹고 마데이라 와인 한 잔을 마시면서 최신 잡지와 신문을 조금 들여다보네. 그러고 나서 오전 방문이 시작되지. 우리는 이런저런 이름난 여배우와 여가수, 더 나아가 여자 무용수를 방문하는데, 그날의 새로운 사건들을, 하지만 주로 전날 저녁의 그 어떤 데뷔의 경과를 알려주기 위해서지. 알치비아데스 폰 비프 남작이 숙녀들의 기분을 항상 좋게 유지시키기 위해 얼마나 능란한 솜씨로 그의 소식들을 각색할 줄 아는지, 참으로 놀랄 만하네. 그가 지금 작은 내실에 찾아들어 칭송하는 여자는 최고의 자리에 놓이고, 그녀의 적이나 경쟁자는 그녀의 명성의 일부라도 얻는 데 성공한 적이 없다네. 사람들은 그 가련한 여자를 쉬쉬하면서 야유하고—비웃었지—그리고 어떤 숙녀가 받은 굉장한 박수갈채에 대해 도저히 말하지 않고 넘어가기 힘들다면 남작은 분명코 그 숙녀에 대한 새로운 작은 추문을 꺼내놓을 줄 안다네. 사람들은 그러한 추문을 탐욕스레 듣고 그만큼 탐욕스레 퍼뜨리지. 적절한 독이 화관의 꽃들을 때가 되기 전에 죽이도록 말일세. A 백작 부인, B 남작 부인, C 공사 부인 등의 더 고상한 방문이 세시 반까지의 시간을 채운다네. 그러면 이제 남작은 그의 실제 업무를 끝마친 셈이어서, 네시경에는 안심하고 식탁에 앉을 수 있지. 이것은 보통 다시 음식점에서 이루어지네. 식사 후에 우리는 커피를 마시러 가고, 당구를 한 게임 치기도 하고, 날씨가 좋으면 잠시 산책을 하는데, 나는 언제나 걸어가지만 남작은 이따금 말을 타고 가지. 그리하여 남작이 절대로 놓치지 않는 극장 시간이 다가오네. 그는 극장에서 대단히 중요한 역할을 한다고 하네. 왜냐하면 그가 관객에게 무대와 등장하는 예술가들의 모든 상황에 대해 알려줄 뿐만 아니라 적절한 칭찬과 비난을 정돈하여 전반적으로 미적 감각을 올바른 궤도에 유지시켜야 하기 때문이라더군. 그는 이에 대해 타고난 소명을 느낀다네. 사람들이 부당하게도 우리 종족의 가장 고상한 이들에게 극장에 입장하는 것을 절대로 허락하지 않으므로, 공연 시간이 내가 나의 사랑하는 남작에게서 떨어져 혼자서 독자적으로 즐기는 유일한 시간이네. 이 시간을 어떻게 보내는지, 그리고 내가 어떻게 그레이하운드, 잉글리시 스패니얼, 퍼그와 다른 고상한 이들과의 관계를 이용하는지, 이에 관해 자네는 앞으로 듣게 될 걸세, 착한 무어!―연극 공연 후에 우리는 다시 음식점에서 식사를 하는데 남작은 쾌활한 모임 속에서 즐거운 기분에 자신을 완전히 내맡긴다네. 즉, 모두가 말하고 모두가 웃고 모든 것을 맹세코 신과 같다고 생각하는데, 아무도 자신이 무얼 말하는지, 무엇에 대해 웃는지, 그리고 무엇이 맹세코 신과 같다고 칭송되어야 하는지 모른다네. 하지만 사교적 대화의 섬세함과 나의 주인처럼 우아한 교훈을 신봉하는 사람들의 사회생활 전체의 본질이 여기에 있지. 때로 남작은 늦은 밤에 이런저런 모임에 가는 모양인데, 그곳에서 아주 탁월하다더군. 이에 관해 나는 아무것도 모른다네. 남작이 나를 아직 한 번도 데려가지 않았기 때문인데, 거기에는 아마도 그 나름의 이유가 있겠지. 내가 남작 가까이에 있는 푹신한 잠자리에서 호화롭게 잔다는 것은 자네에게 벌써 얘기했지. 하지만 이제 직접 고백하게, 착한 고양이여! 내가 여기서 상세히 묘사한 생활 방식을 두고 볼 때, 그 늙고 불만스러운 숙부가 어떻게 내가 방종하고 단정치 못한 처신을 한다고 비난할 수 있단 말인가? 내가, 자네에게 벌써 고백했네만, 얼마 전까지는 온갖 비난을 할 정당한 구실을 주었던 것이 사실이네. 나쁜 패거리와 어울려 싸돌아다녔고 도처에, 특히 결혼식 성찬에 초대받지도 않은 채 떼 지어 들어갔고 전혀 쓸데없는 소동을 벌이는 데서 특별한 쾌감을 느꼈지. 하지만 이 모든 것은 방종한 싸움질을 하려는 순전한 충동에서 일어난 일이 아니라 교수의 집에서와 같은 상황에서는 내가 얻을 수 없었던 더 높은 문화의 단순한 결핍에서 일어난 일이지. 이제는 모든 것이 달라졌다네. 한데!─이게 누구인가?─저기 알치비아데스 폰 비프 남작이 가고 있군!─나를 돌아보고 있어─휘파람을 부는걸!─안녕히A revoir[*], 친구!─

폰토는 번개처럼 빠르게 주인에게 뛰어갔다. 남작의 겉모습은 폰토의 말을 듣고 그려볼 수 있었던 이미지에 완전히 부합했다. 그는 아주 키가 컸고 날씬한 몸매도, 깡마른 체구도 아니었다. 옷, 자세, 걸음걸이, 동작, 모든 것이 최신 유행의 전형으로 간주될 만했다. 하지만 그것은 환상적인 것으로까지 과장되어, 그의 전 존재에 뭔가 기이한 것, 모험적인 것을 부여했다. 그는 강철 손잡이가 달린 가늘고 작은 지팡이를 손에 들고 있었는데, 폰토에게 그 위로 몇 번 뛰어넘게 했다. 그것이 내게는 몹시 모멸스러운 짓으로 보였지만 그래도 나는 폰토가 고도의 능숙한 솜씨 및 힘과 내가 전에는 그에게서 전혀 본 적 없는 우아

---

* '안녕히'를 뜻하는 프랑스어는 Au revoir지만 푸들 폰토가 귀동냥한 프랑스어라는 것을 나타내기 위한 의도적인 오기일 수 있다.

함을 결합시켰다는 것을 시인할 수밖에 없었다. 전반적으로 남작이 가슴을 앞으로 쭉 내밀고 몸은 안으로 당기며 다리를 쫙 벌린 기묘한 수탉 걸음으로 계속해서 거니는 모습, 그리고 폰토가 아주 우아하게 뒷다리로만 도약하는 뜀박질로 때로는 그의 앞으로 때로는 옆에서 뛰어가며 지나가는 동료들에게 아주 간단한, 부분적으로는 오만한 인사만 하는 모습, 그 안에는 내게 분명해지지는 않은 채 그런데도 깊은 인상을 주는 모종의 무언가가 표현되어 있었다. 나는 내 친구 폰토가 더 높은 문화라는 말로 무엇을 의미했는지 짐작했고 이에 대해 가능한 한 명확히 알려고 노력했다. 하지만 이것은 아주 어려웠다. 아니, 더 정확하게 말하자면, 나의 노력들은 완전히 허사가 되고 말았다.

나중에 나는 어떤 일에서는 정신 속에 형성될지도 모를 모든 문제와 모든 이론이 좌초하고 만다는 것, 그리고 인식은 생생한 실제를 통해서만 획득할 수 있다는 것을 깨달았다. 저 둘, 알치비아데스 폰 비프 남작과 푸들 폰토가 고상한 세계에서 획득한 더 높은 문화는 이 어떤 일들에 속하는 것이다.

알치비아데스 폰 비프 남작은 지나가면서 손잡이 달린 안경으로 나를 아주 날카롭게 주시했다. 나는 그의 눈빛에서 호기심과 분노를 읽은 것 같았다. 그는 어쩌면 폰토가 나와 대화를 나누는 것을 알아채고 못마땅하게 생각한 것일까? 나는 약간 불안한 기분이 들어 허둥지둥 계단을 올라갔다.

나는 이제, 제대로 된 자서전 작가의 모든 책무를 다하기 위해, 다시금 내 영혼의 상태를 묘사해야 하리라. 그런데 이는 몇몇 섬세한 시구를 통해 하는 것이 가장 좋을 것이다. 내가 얼마 전부터 그토록 잘, 사람들이 흔히 말하듯 털가죽 소매에서 털어내는* 시구들 말이다. 나는―

(파지) ―이 단순하고 빈약한 기계장치로 내 삶의 최고의 부분을 허비했다. 그리고 이제 너 늙은 바보는 탄식하고, 네가 주제넘게 반항했던 운명을 비난하는구나!―귀족들이 너와 무슨 상관이었단 말이냐, 네가 조롱했던 전 세계가 너와 무슨 상관이었단 말이냐! 너는 그것을 바보 같다고 여겼지만 스스로가 가장 바보 같았으니!―수공업에, 수공업에 너는 머물렀어야 했다. 파이프오르간을 만들었어야 했다. 그리고 마술사인 척, 예언자인 척하지 말았어야 했다. 그들은 내 아내를 내게서 훔쳐가지 않았을 것이고, 그녀는 내 곁에 있었을 것이다. 쓸모 있는 일꾼으로서 나는 작업장에 앉아 있을 것이고, 건장한 도제들이 내 주위에서 두드리고 망치질을 할 것이며, 우리는 온 사방에 다른 어떤 작품보다 들을 만하고 볼만한 훌륭한 작품을 만들어낼 것이다. 그리고 키아라!―어쩌면 명랑한 사내아이들이 내 목에 매달려 있을 것이고, 어쩌면 나는 예쁘고 작은 딸을 무릎 위에 앉히고 흔들어주고 있을 것이다. 빌어먹을, 무엇이 나를 가로막기에 당장 자리를 박차고 달려가 드넓은 온 세상에서 잃어버린 아내를 찾지 못하는가!―이렇듯 혼잣말을 하던 마이스터 아브라함은 작업을 시작한 작은 자동기계를 모든 연장과 함께 탁자 밑으로 던져버리고 벌떡 일어나 격렬하게 이리저리 걸어다녔다. 이제 그를 거의 떠나지 않는 키아라에 대한 생각은 마음속에 모든 고통스러운 슬픔을 불러일으켰고, 당시에 키아라와 함께 그의

---

* 독일어로 '소매에서 털어내다'라는 관용구는 '즉석에서 손쉽게 해내다'라는 뜻인데, 고양이 무어는 '소매'를 '털가죽 소매'로 바꿔 말하고 있다.

더 높은 삶이 시작되었듯이, 지금도 수공업을 무시하고 진짜 예술을 하고자 한 것에 대한, 상스러운 것에서 유래한 저 반항적인 불쾌감이 사라졌다. 그는 세베리노의 책을 펼치고 사랑스러운 키아라를 오랫동안 바라보았다. 그러고 나서 마이스터 아브라함은 외적 감각을 빼앗긴 채 내적 생각에 따라서만 자동적으로 행동하는 몽유병자처럼, 방 한구석에 놓여 있는 상자로 가서 그 위에 쌓여 있던 책들과 물건들을 밑으로 치우고 상자를 열더니 유리구를 비롯하여 보이지 않는 소녀를 데리고 하는 비밀스러운 실험을 위한 모든 장비를 끄집어냈고, 천장에서 아래로 늘어뜨려진 가는 비단끈에 구를 고정시켰으며, 방안의 모든 것을 은밀한 예언에 필요한 대로 만들었다. 모든 것을 끝냈을 때에야 그는 꿈 같은 마비에서 깨어났고 자신이 한 일에 대해 적잖이 놀랐다. 아아, 그러고 나서 그는 몹시 지쳐서 절망적인 심정으로 안락의자에 주저앉으며 큰 소리로 한탄했다. 아아, 키아라, 가련한 잃어버린 키아라, 나는 인간의 가장 깊은 가슴속에 감춰져 있는 것을 고지하는 너의 달콤한 목소리를 다시는 듣지 못하리라. 지상에 더이상 위로가 없구나― 무덤 외에 희망이 없구나!

그때 유리구가 이리저리 흔들리더니 바람의 숨결이 하프의 현 위로 살며시 스쳐지나듯 아름다운 음조가 들려왔다. 하지만 음조는 곧 말이 되었다.

아직 삶은 지나가버리지 않았네,
위안과 희망은 사라져버리지 않았네,

가장 경건한 감각이 무엇을 할 수 있는가,
무거운 맹세가 그것을 묶어놓고 있는 터에?
마이스터! 용기를! ─그대는 치유될 거예요,
인내하는 여인을 올려다보아요,
저기 가장 깊은 상처들을 치유하는 그녀를,
쓰디쓴 고통이 그대를 이롭게 하리니.

오, 그대 자비로운 하늘이여, 노인은 떨리는 입술로 속삭였다. 높은
하늘에서 아래로 나에게 말하는 것은 그녀다, 그녀는 더이상 살아 있
는 사람들 가운데 거닐고 있지 않다! ─그때 저 아름다운 음조가 다시
한번 들려왔고 더 나직이, 더 멀리서 말이 울려나왔다.

창백한 죽음이 붙잡지 못하네,
마음속에 사랑을 품은 이들은.
그에게는 아직 저녁노을이 빛나네,
아침에 용기를 잃을 듯하던 자에게.
곧 그대에게 시간이 다가오네,
그대를 모든 곤궁에서 구해주는 시간이.
그대는 감히 완성하려 할 수 있지,
신께서 명하신 것을.

더 커졌다가 다시 점차 사라지며 달콤한 소리들이 잠을 꾀어 들였
고, 잠은 검은 날개 속에 노인을 감쌌다. 하지만 어둠 속에서 지나간

행복의 꿈이 아름다운 별처럼 환하게 빛나며 떠올랐으니, 키아라는 다시 마이스터의 가슴에 안겨 있었고 두 사람은 다시 젊고 행복했으며 어떠한 어두운 정령도 그들의 사랑의 하늘을 흐리게 할 수 없었다.

─여기서, 편자는 친애하는 독자에게 알려야겠거니와, 수고양이가 다시 몇 장의 파지를 완전히 찢어내버렸고, 이로 인해 빈틈으로 가득한 이 이야기에 다시금 빈틈 하나가 생겨났다. 하지만 이 페이지 다음에 오직 여덟 단段만 빠져 있는데, 여기에는 특별히 중요한 내용은 들어 있지 않았을 것 같다. 다음 내용이 전체적으로 이전 것에 제법 잘 들어맞기 때문이다. 그러니까, 계속해서 이렇게 쓰여 있다.

─기대할 수 없었다. 이레네우스 제후는 이례적인 사건이라면 죄다 지독히 싫어하는 사람이었는데, 사건을 더 자세히 조사하는 데 그 자신이 나서야 할 때면 특히 그러했다. 그래서 그는, 난처한 경우에 그러곤 했듯이, 두 배의 코담배를 들이마셨고, 잘 알려진, 무자비하게 쳐서 쓰러뜨리는 프리드리히 대왕의 눈빛으로 시종사냥꾼을 응시하고는 말했다. 레브레히트, 나는 우리가 몽유병을 앓는 몽상가들이고, 유령을 보고, 전혀 필요 없는 소란을 피운다고 생각하는데?

전하, 시종사냥꾼이 아주 침착하고 태연하게 대답했다. 모든 것이 제가 이야기한 대로 사실이 아니라면 저를 천한 악당처럼 내쫓으십시오. 저는 대담하고 솔직하게 되풀이하는 바입니다. 루페르트는 완전한 사기꾼입니다.

뭐라고, 제후는 화가 잔뜩 치밀어 소리쳤다. 뭐라고, 오십 년 동안 자물쇠 하나도 녹슬어 못 쓰게 하거나 열고 채우는 데 결함이 있게 둔 적 없이 군주 가문을 위해 일한 나의 늙고 충실한 관리인 루페르트가,

그가 사기꾼이라고?—그대는 무엇에 홀렸군, 그대는 미쳤어! 제기—

제후는 모든 제후의 품격에 반하는 욕을 하고 있음을 알아차릴 때면 늘 그렇듯이 멈칫했다. 시종사냥꾼은 이 순간을 이용해 아주 재빨리 끼어들었다. 전하는 당장 그토록 화를 내시고 그토록 무섭게 욕을 하십니다. 그렇지만 사람들은 그런 것에 침묵해서는 안 되며 오직 순전한 진실만을 주장할 수 있을 따름입니다. *누가 화를 냈나*, 제후가 더 침착하게 말했다. *누가 욕을 해?—멍청이들이나 욕을 하지!—나는 그대가 사건 전체를 간략하게 줄여서 반복해주기를 원하네. 내가 비밀회의에서 자세히 상의하고 앞으로 더 취해야 할 조처들을 결정하기 위해 나의 고문관들에게 모든 것을 설명할 수 있도록 말일세. 루페르트가 정말로 사기꾼이라면, 그렇다면—자, 그 밖의 것은 밝혀지겠지.*

말씀드린 것처럼, 시종사냥꾼이 말하기 시작했다. 제가 어제 율리아 아가씨께 불빛을 비춰드렸을 때 이곳에서 벌써 오래전부터 이리저리 살금살금 돌아다니던 바로 그자가 우리 곁을 재빨리 지나쳐 갔습니다. 잠깐, 저는 마음속으로 생각했습죠, 그 달갑잖은 놈을 급습하여 붙잡아야겠다. 그래서 친애하는 아가씨를 위까지 모셔다드리고 나서 횃불을 끄고 어둠 속으로 숨었지요. 얼마 지나지 않아 그자는 덤불에서 나와 나직이 집 문을 두드렸습니다. 저는 조심스레 살금살금 다가갔습니다. 그때 문이 열렸고 한 소녀가 나왔는데 그 낯선 사람은 소녀와 함께 안으로 재빨리 들어갔습니다. 그 소녀는 나니였어요. 전하, 전하께서는 그녀를, 고문관 부인의 아름다운 나니를 알고 계시지 않습니까?

무뢰한, 제후가 소리쳤다. 높으신 군주들과는 아름다운 나니들에 대해 말하지 않는 법이네. 허나!—계속하게, *젊은 친구*. 그렇습니다, 시

종사냥꾼은 계속해서 말했다. 그래요, 아름다운 나니, 저는 그녀가 그런 바보 같은 교제를 하리라곤 생각지 못했습니다. 그러니까 단순한 연애 관계일 뿐이군, 하고 마음속으로 생각했습죠. 하지만 아직 뭔가 다른 것이 그 뒤에 숨겨져 있지 않다는 것을 납득할 수 없었습니다. 저는 집 옆에 서 있었지요. 상당한 시간이 흐른 후 고문관 부인께서 돌아오셨습니다. 그런데 그녀가 집으로 들어서자마자 위에서 창문 하나가 열렸고 믿을 수 없을 정도로 날쌔게 그 낯선 사람이 뛰쳐나와, 바로 거기 격자에 둘러싸여 서 있는, 사랑스러운 율리아 아가씨가 직접 세심하게 돌보는 아름다운 패랭이꽃과 비단향나무꽃 그루들 속으로 곧장 뛰어내렸습니다. 정원사가 지독하게 한탄하고 있습죠. 그는 깨진 화분 조각들을 가지고 밖에 있는데, 전하께 직접 불평을 늘어놓으려 했습니다. 하지만 제가 그를 들여놓지 않았습니다. 그 개구쟁이 녀석이 이른 아침부터 벌써 약간 취해 있었기 때문입죠. 레브레히트, 제후가 시종 사냥꾼의 말을 중단시켰다. 레브레히트, 이것은 하나의 모방인 것 같네. 똑같은 일이 이미 내가 프라하에서 보았던 모차르트 씨의 〈피가로의 결혼〉이라는 오페라에서 일어나기 때문일세. 사실만을 충실히 고하게, 사냥꾼!—한마디도, 레브레히트는 말을 계속했다. 저는 한마디도 제가 육체적인 맹세로 힘주어 다짐할 수 있는 것과 다르게 얘기하지 않습니다. 그 녀석이 쓰러졌으니 저는 이제 그를 붙잡을 생각이었습니다. 하지만 그 녀석은 번개처럼 빠르게 벌떡 일어났고 전속력으로 달려갔습니다—어디로? 전하, 그가 어디로 달려갔다고 생각하시는지요? 나는 아무것도 생각하지 않네, 제후가 장엄하게 말했다. 생각에 대한 귀찮은 질문으로 나를 혼란스럽게 하지 말게, 사냥꾼! 이야기가 끝날 때까지 차분히 다 얘기하게. 그러고 나서 나는 생각하겠네.

바로, 사냥꾼은 말을 계속했다. 그는 바로 사람이 살지 않는 정자로 달려갔습니다. 그렇습니다―사람이 살지 않는 곳이지요! 그가 문을 두드리자마자 안쪽이 밝아졌고 밖으로 나온 것은 다름아닌 그 깨끗하고 정직한 루페르트 씨였습니다. 낯선 남자는 그를 따라 집으로 들어갔고, 그는 다시 문을 단단히 잠갔지요. 전하, 루페르트가, 살금살금 다니는 것을 보면 분명 나쁜 일을 획책하고 있는 낯설고 위험한 손님들과 접촉한다는 것을 아시겠지요. 모든 것이 무엇을 노리는지 누가 알겠습니까, 제후 전하께서 여기 조용하고 평온한 지크하르츠호프에서 나쁜 사람들에 의해 위협을 받을 수도 있지 않겠습니까.

이레네우스 제후는 자신을 엄청나게 중요하고 제후다운 인물이라 여겼기 때문에, 때때로 갖가지 궁정의 간계와 사악한 추적에 대해 꿈꾸는 일이 없을 리 없었다. 그런 까닭에 사냥꾼의 마지막 말이 그의 마음을 무겁게 짓눌렀다. 그래서 그는 잠시 심사숙고에 빠졌다. 사냥꾼, 그러고 나서 눈을 부릅뜨고 말했다. 사냥꾼! 그대가 옳네. 여기서 살금살금 다니는 낯선 사람이라든가, 밤시간에 정자에서 보이는 불빛과 관련된 문제는 첫 순간에 보이는 것보다 더 우려스럽네. 내 목숨은 신께 맡겨져 있네! 하지만 충실한 하인들이 나를 둘러싸고 있고 누군가 나를 위해 자신을 희생한다면, 나는 분명코 그 가족을 후하게 배려해줄 걸세!―이 사실을 내 신하들에게 퍼뜨리게, 착한 레브레히트!―그대도 알다시피 제후의 마음은 모든 두려움과 인간적인 죽음의 공포로부터 자유롭다네. 그러나 그에게는 백성에 대한 책임이 있으니 백성을 위해 자신을 보존해야 하지. 더욱이 직위 계승자가 아직 미성숙하다면 말일세. 그러므로 나는 정자에서의 간계가 분쇄되기 전에는 성을 떠나지 않겠네. 산림관은 구역 사냥꾼들 그리고 나머지 모든 산림 하인들과 함께 이리로 와야 하고, 나의 모든 신하들은 무장해야 하네. 정자는 즉시 포위되어야 하고, 성은 굳게 닫혀야 하네. 그대가 이것을 이행하게, 레브레히트. 나는 사슴 사냥칼을 둘러찰 테니 그대는 내 쌍신 권총들을 장전하게. 하지만 사고가 일어나지 않게 방아쇠를 앞에 두는 것을 잊지 말게. 그리고 혹시 정자의 방들이 정복되어 모반자들에게 항복을 강요하게 된다면 내가 더 깊숙이 있는 방들로 물러날 수 있도록 소식을 주게. 그리고 포로들을 왕좌 앞으로 데려오기 전에 샅샅이 수색하도록, 아무도 혹시 절망에 사로잡혀―그런데, 그대는 왜 그러고 서 있나, 왜 나를 그렇게 바라보나, 왜 그렇게 미소를 짓나, 이게 무슨 뜻이지, 레브레히트?

아이고, 시종사냥꾼이 교활한 표정으로 대꾸했다. 아이고, 전하, 저는 산림관을 그의 하인들과 함께 이리로 오라고 명하는 것이 전혀 필요하지 않다고 생각할 뿐입니다.

왜 필요하지 않나, 제후는 화가 나서 물었다. 왜 필요하지 않아?―나는 그대가 감히 나에게 항변한다는 생각마저 드는데?―그런데 매 순간 위험은 고조되고 있네! 제기―레브레히트, 급히 말에 올라타게―산림관―그의 하인들―장전된 소총―당장 그들은 행진해 들어와야 하네.

그들은, 시종사냥꾼이 말했다. 하지만 그들은 벌써 와 있습니다, 전하!

뭐라고― 무엇이!―제후가 놀라움에 숨을 터주기 위해 입을 벌린 채로 외쳤다.

벌써, 사냥꾼이 말을 계속했다. 아침이 밝아올 때 벌써 저는 저 밖 산림관 집에 있었습니다. 벌써 정자는 사람은커녕 고양이 한 마리도 밖으로 나올 수 없도록 철저하게 포위되었습니다.

그대는, 제후는 감동해서 말했다. 그대는 탁월한 사냥꾼이군, 레브 레히트, 그리고 군주 가문의 충실한 하인일세. 그대가 이 위험에서 나를 구하면 그대는 분명히 공로 메달을 받을 수 있을 걸세. 그 메달은 내가 몸소 고안하여, 정자의 습격에서 살아남은 사람들의 수가 많고 적음에 따라 금이나 은으로 주조하게 하겠네.

허락해주십시오, 사냥꾼이 말했다. 그것을 허락해주십시오, 전하. 그러면 즉시 일을 시작하겠습니다. 즉, 저희는 정자의 문을 때려부수고 그 안에 숨어 살고 있는 불량배를 사로잡을 텐데, 그러면 모든 것이 끝납니다. 그렇습니다, 그래요, 제게서 번번이 슬쩍 빠져나간 그 녀석, 그토록 빌어먹게 잘 뛰던, 그 망할 놈의 녀석, 저기 정자 속에서 불청객으로 스스로 숙박한, 그 녀석을 저는 잡고야 말 겁니다, 율리아 아가씨를 혼란스럽게 한 악당인 그 녀석을!

어떤 악당이, 고문관 부인 벤촌이 방으로 들어서며 물었다. 어떤 악당이 율리아를 혼란스럽게 했다고? 자네 무슨 말을 하는 건가, 착한 레브레히트?—제후는 장엄하게, 의미심장하게, 정신의 모든 힘으로 감당하려고 애쓰는 위대한 것, 엄청난 것을 만난 사람처럼 벤촌 부인을 향해 걸어갔다. 그는 그녀의 손을 잡아 다정하게 꼭 쥐고 나서 아주 부드러운 목소리로 말했다. 벤촌! 가장 외딴곳, 가장 깊은 곳에 은둔하고 있어도 군주에게는 그곳까지 위험이 뒤쫓아온다오. 마음이 아무리 온화하고 선량해도 반역적인 봉신들의 가슴속에 시기심과 지배욕이 불타오르게 하는 적대적인 악령에게서 보호받지 못하는 것이 제후들의 운명이오!—벤촌, 가장 사악한 배신이 나를 향해 그 뱀 머리카락을 지닌 메두사의 머리를 쳐들었소. 당신은 급박한 위험에 처해 있는 나를 보고 있다오!—하지만 곧 파국의 순간이 오리라. 이 충성스러운 이에게 나는 어쩌면 곧 나의 목숨과 옥좌에 대해 감사하게 될 것이오!—그리고 다른 결말이 예정되어 있다면—자, 그러면 나는 나의 운명에 굴복하겠소. 벤촌, 나는 당신이 나에 대한 마음을 간직하고 있다는 것을 알고 있소. 그러니 나는, 최근에 헤드비가 공주가 언급하여 내 차맛을 망쳐버린 적이 있지만, 독일 시인의 비극에 나오는 저 왕처럼 고결하게 외치겠소. 잃은 것은 아무것도 없소, 당신이 나의 것으로 남아 있으니까!*—나에게 키스해주오, 선량한 벤촌!—소중한 말헨, 우리는 옛날 그대로이고 그대로 남아 있을 것이오!—맙소사, 내가 극도의 공포 속에서 되는대로 지껄이나보오! 침착하게 있으십시다, 내 사랑, 배신자들이 사로잡히면 나는 그들을 한 번의 눈빛으로 파멸시킬 것이오. 시종사냥꾼, 정자 공격을 개시할지어다. 시종사냥꾼은 재빨리 떠나려고 했다. 잠깐, 벤촌 부인이 외쳤다. 어떤 공격 말인가?—어떤 정자로?

시종사냥꾼은 제후의 명령으로 다시금 사건 전체에 대해 자세한 보고를 해야 했다. 벤촌 부인은 시종사냥꾼의 이야기에 점점 더 흥미진진해하는 것 같았다. 그가 이야기를 마치자 벤촌 부인은 웃으며 외쳤다. 자, 이것은 있을 수 있는 가장 우스꽝스러운 오해입니다. 전하, 부

---

* 실러의 희곡 『오를레앙의 처녀』 1막 4장. "잃은 것은 아무것도 없네, 그대가 아직 나의 것이니."

디 산림관을 하인들과 함께 즉시 집으로 보내시기 바랍니다. 반란을 문제삼을 일이 전혀 아니며, 전하께서는 눈곱만큼도 위험에 처해 있지 않습니다. 전하!―정자에 있는 미지의 거주자는 이미 당신의 포로입니다.

누가, 제후는 놀라움에 가득차서 물었다. 누가, 어떤 불행한 자가 나의 허락 없이 정자에서 산단 말이오?

그 사람은, 벤촌 부인이 제후의 귀에 대고 속삭였다. 정자에 숨어 있는 사람은 헥토르 왕자랍니다!

제후는 갑자기 보이지 않는 손에 얻어맞기라도 한 것처럼 놀라서 몇 걸음 뒤로 물러섰다. 그러고 나서 그는 소리쳤다. 누가? 뭐라고?―*그것이 가능한가!*―벤촌! 내가 꿈을 꾸는 거요?―헥토르 왕자가? 제후의 시선이 완전히 어안이 벙벙한 채 손에 든 모자를 구기고 있던 시종사냥꾼에게 떨어졌다. 사냥꾼, 제후가 그에게 고함쳤다. 사냥꾼! 아래로 줄달음치게, 산림관, 하인들, 그들은 떠나야, 가야 하네―집으로! 아무도 보여서는 안 돼!―벤촌, 그러고 나서 그는 고문관 부인에게 몸을 돌렸다. 선량한 벤촌, 당신은 상상할 수 있겠소, 레브레히트가 헥토르 왕자를 녀석이라고, 악당이라고 했다오!―그 불행한 자!―하지만 그것은 우리끼리만 알고 있어야 하오. 벤촌, 그것은 국가 기밀이오. 말해보시오, 내게 설명해보오, 왕자가 여행을 떠난다고 꾸며대고는 모험이라도 하려는 것처럼 여기에 숨어 있는 일이 어떻게 일어날 수 있었는지?

벤촌 부인은 시종사냥꾼이 관찰한 것들을 통해 자신이 난처한 상황에서 벗어나게 되었음을 알았다. 그녀가 제후에게 왕자가 지크하르츠호프에 있으며, 특히 율리아에 대해 그가 흉계를 꾸미고 있다는 사실을 털어놓는 것이 그녀로서는 유리하지 않다고 완전히 확신했다 해도, 그 문제는 매 순간 율리아에게, 그녀, 벤촌 부인 자신이 모든 노력을 바쳐 지탱해온 관계 전체에 분명 더 위협적으로 전개될 상태로 머물러 있어서는 안 되었다. 시종사냥꾼이 왕자의 은신처를 엿듣고 왕자가 그다지 명예롭지 않은 방식으로 끌려나올 위험에 빠진 지금, 그녀는 율리아를 희생시키지 않은 채 그를 폭로할 수 있고, 폭로해도 되었다. 그리하여 그녀는 아마도 헤드비가 공주와의 사랑의 갈등이 왕자로 하여금 빨리 떠난다고 꾸며대고 그의 가장 충실한 시종과 함께 연인 아주 가까이에 숨어 있게 한 것 같다고 제후에게 설명했다. 이러한 일이 뭔가 황당무계하고 모험적인 면을 내포하고 있다는 것은 부인할 수 없지만 어떤 사랑하는 자가 그러한 것에 기우는 성향을 갖고 있지 않겠느냐는 것이었다. 그 밖에도 왕자의 시종은 그녀의 하녀 나니의 아주 열렬한 정부이며 나니를 통해 그녀에게 비밀이 누설되었다는 것이었다.

하! 제후가 외쳤다. 천만다행이오. 그러니까 당신 집안으로 숨어들어 시동 케루비노*처럼 창문을 통해 화초로 뛰어내린 자는 시종이지 왕자가 아니었구려. 내게는 벌써 갖가지 불쾌한 생각이 떠올랐다오. 왕자 그리고 창문을 통해 뛰어내리기, 이것이 도대체 어떻게 서로 운이 맞겠소!

아이, 벤촌 부인이 장난스럽게 웃으며 대꾸했다. 하지만 저는 창문으로 나가는 길을 마다하지 않은 어느 제후를 알고 있는걸요. 그때―

---

* 〈피가로의 결혼〉에 등장하는 백작의 시동으로 여주인공을 유혹한다.

당신은, 제후가 벤촌 부인의 말을 끊었다. 당신은 나를 흥분시키는구려, 벤촌, 당신은 나를 아주 대단히 흥분시키오! ─지나간 일들에 대해서는 말하지 맙시다. 그보다는 우리가 이제 왕자의 일을 어떻게 할지 곰곰이 생각해봅시다! 모든 외교적 태도, 모든 국법, 모든 궁정법은 이 망할 놈의 상황에서는 악마나 물어가라지! ─내가 그를 무시해야겠소?─내가 그를 우연히 발견해야겠소?─내가 이래야 하겠소─저래야 하겠소? 모든 것이 내 머릿속에서 회오리처럼 돌고 있구려. 이것은 군주들이 기괴한 소설 같은 장난으로 자신의 격을 떨어뜨리는 데서 생기는 일이오!

벤촌 부인은 실제로 왕자와 앞으로 관계를 어떻게 형성해야 할지 알지 못했다. 하지만 이 당혹스러움도 제거되었다. 즉, 고문관 부인이 제후에게 미처 대답하지 못하던 참에 늙은 관리인 루페르트가 들어와 작게 접힌 쪽지 하나를 제후에게 건넸던 것이다. 그는 익살스레 미소 지으며 쪽지는 그가 여기서 전혀 멀지 않은 곳에 단단히 잠가 가둬놓는 영광을 누리게 한 높은 사람에게서 온 것이라고 확언했다. 자네는 알고 있었나, 제후는 아주 관대하게 노인에게 말했다. 그러니까 자네는 알고 있었나, 루페르트, 그것을?─자, 나는 자네를 항상 우리 가문의 정직하고 충성스러운 하인으로 여겼고 지금도 그것이 입증되었네. 그도 그럴 것이 자네는, 그것이 자네의 의무였듯이, 나의 고귀한 사위의 명령에 따랐기 때문일세. 나는 자네 공로의 보상에 대해 생각할 것이네. 루페르트는 더없이 겸허한 표현들로 감사의 뜻을 표하고 방에서 물러갔다.

한 사람이 나쁜 짓을 저지른 바로 그 순간에 특히 정직하고 고결하게 간주되는 일이 삶에서는 아주 빈번히 일어난다. 왕자의 사악한 흉계에 대해 더 잘 알고 있는 벤촌 부인은 그 늙고 위선적인 루페르트가 사악한 비밀의 내막을 알고 있다고 확신하며 그런 생각을 했다.

제후는 쪽지를 펴고 읽었다.

> Che dolce più, che più giocondo stato
> Saria, di quel d'un amoroso core?
> Che viver più felice, e più beato,
> Che ritrovarsi in servitù d'Amore?
> Se non fosse l'huom sempre stimulato
> Da quel sospetto rio, da quel timore,
> Da quel martir, da quella frenesia
> Da quella rabbia, detta gelosia.*

위대한 시인의 이 시행에서, 나의 제후여, 당신은 나의 은밀한 행동의 원인을 찾을 것입니다. 나는 내가 숭배하는, 나의 생명, 나의 모든 동경과 희망인 이에게서 사랑을 받지 못한다고 생각했습니다. 불붙은 가슴속에서 모든 정열적인 불길이 그녀를 위해 활활 타오릅니다. 나는 복되도다!─나는 잘못 생각했다는 확신을 갖게 되었습니다. 몇 시간 전부터 나는 내가 사랑받고 있다는 것을 알고 있으며, 이제 은신처에서 걸어나가겠습니다. 사랑과 행복, 이것이 나를 예고하

---

* 아리오스토의 서사시 『광란의 오를란도』의 31번째 노래의 1연.

는 구호일 것입니다. 곧 당신에게 인사를 드리겠습니다, 나의 제후여! 아들의 경외심을 가지고.

헥토르

전기 작가가 여기서 2초 동안 이야기를 멈추고 저 이탈리아 시행들의 번역을 시도해 끼워 넣는 것이 어쩌면 친애하는 독자에게 아주 싫은 일은 아닐 것이다. 그 내용은 대략 다음과 같다.

더 달콤한, 더 높은 환희가 있을까,
심장이 열렬한 사랑으로 불타오를 때보다?
더 황홀한 천상의 운명이 그를 행복하게 할 수 있을까,
강력한 신의 사슬 속에 남아 있던 이를?
인간을 매혹할 수 없어라,
어두운 정령, 의심! 두려움의 분망한 움직임,
절망적인 고통, 광기의 번성하는 씨앗,
지옥의 복수의 여신, 질투가 그들의 이름이니!

제후는 쪽지를 두세 번 반복해서 매우 주의 깊게 다 읽었는데, 거듭 읽을수록 그의 이마 위 주름이 더 어둡게 찌푸려졌다. 벤촌, 마침내 그가 말했다. 벤촌! 왕자가 이게 무슨 일이오? 제후에게, 군주인 장인에게 분명한 이성적 설명이 아니라 시를, 이탈리아의 시행들을 보내다니?─이게 뭐란 말이오!─이 안에는 이성이라곤 전혀 들어 있지 않소. 왕자는 아주 온당치 못한 방식으로 지나치게 흥분한 모양이오. 내가

이해한 바로는 이 시행들은 사랑의 행복과 질투의 고통에 대해 말하고 있소. 왕자가 질투를 가지고 어쩌자는 것이오? 그가 여기에서 도대체 누구를 질투할 수 있단 말이오? 말해보시오, 착한 벤촌, 왕자의 이 쪽지에서 건강한 인간의 이성을 조그만 불꽃 하나만큼이라도 찾을 수 있겠소?

벤촌 부인은 왕자의 말에 담겨 있는, 그리고 어제 그녀의 집에서 벌어졌던 일을 두고 볼 때 쉽게 추측할 수 있는 내밀한 의미에 대해 깜짝 놀랐다. 그러나 동시에 그 이상의 충돌 없이 은신처에서 나오기 위해 왕자가 생각해낸 섬세한 어법에 경탄할 수밖에 없었다. 그녀는 이에 대해 조금이라도 제후에게 말할 생각은 전혀 없었고 일이 돌아가는 상황에서 가능한 한 많은 이득을 얻어내려고 애썼다. 크라이슬러와 마이스터 아브라함, 그녀는 이들로 인해 자신의 은밀한 계획들이 뒤엉클어질까 두려워했다. 그래서 이들에 맞서 우연이 그녀의 손에 쥐여준 모든 무기를 써야 한다고 생각했다. 그녀는 제후에게 자신이 공주의 가슴속에서 불타오르는 열정에 대해 말했던 것을 상기시켰다. 그녀는 더 나아가 이렇게 언급했다. 왕자의 예리한 눈초리가 공주의 기분을 알아차리지 못했을 리 없으며, 크라이슬러의 기이하고 극단적인 행동 역시 그에게 두 사람 사이의 그 어떤 광기 어린 관계를 추측할 충분한 계기를 주었음이 틀림없다는 것이었다. 따라서 왕자가 왜 크라이슬러를 죽도록 추적하는지, 왜 그가 크라이슬러를 죽였다고 생각하고 공주의 고통과 절망을 피했는지, 하지만 그리고 나서 그가 크라이슬러가 살아 있다는 보고를 받았을 때 사랑과 그리움에 내몰려 되돌아와서 공주를 은밀히 관찰했는지에 대해 충분히 설명이 된다고 말이다. 그러므로 왕자의 시행들이 말하는 질투는 다름아닌 크라이슬러를 향하고 있고, 크라이슬러가 마이스터 아브라함과 궁정의 모든 상황에 반하는 모의를 꾸민 것처럼 보이기 때문에, 크라이슬러에게 앞으로 지크하르츠호프 체류를 허락하지 않는 것이 그만큼 더 필요하고 이롭다고도 했다.

벤촌, 제후가 아주 진지하게 말했다. 벤촌, 나는 당신이 공주의 위엄을 손상하는 애착에 대해 나에게 한 말을 곰곰이 생각해보았는데, 이제 그 모든 것 가운데 한마디도 믿지 않소. 공주의 혈관 속에는 군주의 피가 흐르고 있소.

그렇게 생각하시나요, 벤촌 부인이 눈 밑까지 낯을 붉히며 화를 벌컥 냈다. 전하, 군주 가문의 여자는 맥박이 뛰는 것을, 생명이 깃든 내부의 혈관을 다른 어느 여자보다 잘 통제할 수 있다고 생각하시나요?

당신은, 제후가 언짢게 말했다. 당신은 오늘 아주 이상하구려, 고문관 부인!―나는 재차 말하는 바이오, 공주의 마음속에서 그 어떤 몰취미한 열정이 생겨났다면, 그것은 병적인 발작이었을 따름이오―말하자면 경련인 셈이지―그녀는 경련으로 고생하고 있지 않소―아주 빨리 거기에서 회복될 것이오. 하지만 크라이슬러에 관해 말하자면, 그 사람은 단지 적절한 문화가 결여되어 있을 뿐인 아주 재미난 사람이오. 나는 그가 공주에게 접근하고자 하는 오만한 대담함을 가졌으리라고 전혀 생각할 수 없소. 그는 대담하긴 하오. 하지만 아주 다른 방식으로 그렇지. 벤촌, 그의 기이한 기질을 두고 볼 때 바로 공주 같은 사람은 그의 곁에서 전혀 행복하지 않을 것임을 생각해보시오. 그런 지체 높은 인물이 자신을 낮춰 그와 사랑에 빠지게 된다 하더라도 말이오. 그도 그럴 것이―벤촌, *우리끼리 하는 말이지만*―그는 우리 높은 지배자들을 그다지 대수롭게 여기지 않소. 그리고 이것이 바로 그로 하여금 궁정에 머무르지 못하게 만드는 바보 같고 몰취미한 어리석음이오. 그러니 그는 멀리 떨어져 있어도 좋소. 하지만 돌아온다면 그는 내게 진심으로 환영받을 것이오. 왜냐하면 그것으로도 모자라, 그가 그래도, 마이스터 아브라함이 내게―그래요, 그 마이스터 아브라함, 그 사람은 끌어들이지 마시오. 벤촌, 그가 꾸민 음모들은 항상 군주 가문의 안녕을 위한 것이었소. 내가 말하려 했던 것은! 그렇지!―악장이, 마이스터 아브라함이 내게 말했듯이, 내가 그를 우호적으로 받아들였는데도 온당치 못하게 도망쳐야 했다 하더라도, 그는 바보 같은 본성에도 불구하고 나를 즐겁게 하는 아주 재치 있는 사람이고 그렇게 남아 있을 것이오. 그리고 *이것으로 충분하오!*

고문관 부인은 자신이 그토록 차갑게 퇴짜를 맞은 데 대한 내적 분노로 뻣뻣하게 굳어버렸다. 예감하지도 못한 채 그녀는, 즐겁게 물결을 따라 헤엄쳐 내려가려던 차에, 숨은 암초에 부딪힌 것이었다.

궁성의 뜰에서 떠들썩한 소음이 일었다. 대공의 경기병들의 강력한 단위부대를 동반하고 긴 마차 행렬이 딸그락거리며 다가왔다. 최고의 전관, 의장, 제후의 고문관, 지크하르츠바일러의 상류사회 사람들 여럿이 마차에서 내렸다. 지크하르츠호프에서 제후의 목숨을 노린 혁명이 발발했다는 소식이 그곳까지 당도해서 이제 충신들이 다른 궁정의 숭배자들과 함께 제후를 호위하기 위해 왔으며, 통치자에게서 아주 어렵게 청하여 얻어낸 조국의 수호자들을 데려왔던 것이다.

모인 사람들이 전하를 위해 몸과 목숨을 희생할 준비가 되어 있노라고 큰 소리로 맹세를 해대는 바람에 제후는 말할 기회를 전혀 얻지 못했다. 마침내 그가 막 말을 시작하려 했을 때 부대를 이끄는 장교가 들어와서 제후에게 작전 계획에 대해 물었다.

우리에게 두려움을 불러일으킨 위험이 눈앞에서 공허하고 사소한 허깨비로 변한다면 커다란 불쾌감을 느끼는 것은 인간의 본성이다. 우리에게 기쁨을 불러일으키는 것은 실제의 위험을 운좋게 면했다는 생각이지, 아무런 위험도 존재하지 않는다는 생각이 아니다. 그리하여 제후는 불필요한 소동에 대한 불쾌감, 언짢음을 거의 억누를 수 없게 되었던 것이다.

그 모든 소란이 한 시종과 시녀의 밀회, 사랑에 빠진 한 왕자의 황당무계한 질투로 인해 일어났다는 것을, 그가 대체 그것을 말해야 했을까, 말할 수 있었을까? 그는 이리저리 궁리해보았다. 불안한 예감을 품은 홀 안의 정적이 그를 무겁게 내리눌렀다. 정적을 깨뜨리는 것은 밖에 멈춰 선 경기병들의 말들이 내는, 용감한 승리를 약속하는 힝힝거리는 울음소리뿐이었다.

마침내 그는 헛기침을 하고는 매우 격정적으로 말을 시작했다. 신사 여러분! 하늘의 놀라운 섭리가—뭘 원하시오, *내 친구여?*

의전관을 향해 이렇게 물으며 제후는 하던 말을 멈췄다. 실제로 의전관은 몇 차례 허리를 굽히며 눈빛으로 뭔가 중요한 것을 고해야 함을 알렸다. 그가 알리려던 것은 지금 막 헥토르 왕자가 왔다는 소식으로 밝혀졌다.

제후의 얼굴이 환하게 개었다. 그는 자신의 옥좌가 처해 있는 것으로 추정된 위험을 금세 넘기고, 고귀한 모임을 마술지팡이로 내려친 듯 단번에 환영의 마당으로 변화시킬 수 있다는 것을 알았다. 그리고 그렇게 했다!

얼마 지나지 않아 헥토르 왕자가 축제 예복으로 훌륭하게 차려입고, 멋지고 힘차게, 멀리까지 쏘아 맞히는 신들의 소년*처럼 오만하게 들어왔다. 제후는 그를 향해 앞으로 몇 걸음 나아갔다. 하지만 곧 번개에 맞은 듯 갑자기 뒤로 물러섰다. 헥토르 왕자 바로 뒤에서 이그나티우스 왕자가 홀로 뛰어들어온 것이다. 왕자는 유감스럽게도 나날이 더 유치해지고 더 멍청해졌다. 그는 궁성 뜰의 경기병들이 몹시 마음에 들었음이 틀림없었다. 그도 그럴 것이 그는 한 경기병에게 군도와 가방과 원통형 군모를 얻어낼 수 있었고 이 멋진 것들로 치장했기 때문이다. 그런 모습으로 그는 번쩍이는 군도를 손에 들고, 말 위에 앉아 있는 것처럼 껑충거리며 홀 안을 이리저리 뛰어다녔다. 강철 칼집은 세게 바닥에 끌려 절걱절걱 소리를 냈다. 그러면서 왕자는 대단히 우아하게 웃고 킥킥거렸다. *가시오 — 사라지시오! — 가버리시오 — 즉시*. 그렇게 제후가 이글이글 타오르는 눈과 천둥 치는 목소리로 깜짝 놀란 이그나츠를 향해 소리쳤다. 왕자는 허겁지겁 도망쳐버렸다.

그 자리에 있는 사람들 가운데 누구도 이그나츠 왕자에게, 그 장면 전체에 관심을 쏟을 만큼 무례하지 않았다.

제후는 바로 전에 지니고 있던 온화함과 친절함의 가장 충만하고 밝은 햇빛 속에 왕자와 몇 마디 말을 했다. 그러고 나서 두 사람, 제후와 왕자는 모인 사람들의 무리 속을 이리저리 돌아다니며 이 사람 저 사람과 몇 마디 말을 나누었다. 환영 인사는 끝났고, 즉 사람들이 그런

---

* 로마신화에서 사랑의 화살을 든 사랑의 신 아모르를 가리킨다.

532

기회에 사용하곤 하는 재기 발랄하고 의미심장한 어법들이 적절하게 아낌없이 사용되었고, 제후는 왕자와 함께 제후 부인의 방으로 갔다. 하지만 그러고 나서 공주의 방으로 갔는데, 왕자가 사랑하는 신부를 깜짝 놀라게 해주겠다고 고집했기 때문이다. 그들은 공주 곁에서 율리아를 보았다.

왕자는 더없이 격정적인 연인의 성급함을 지니고 공주에게로 나는 듯이 달려가 그녀의 손에 수백 번 다정하게 입을 맞추었고, 그가 그녀에 대한 생각 속에서만 살았다고, 불행한 오해가 그에게 지옥의 고통을 안겨주었다고, 숭배하는 이에게서 떨어져 있는 것을 더 오래는 견딜 수 없노라고, 이제 그는 천상의 모든 행복을 깨닫게 되었다고 맹세했다.

헤드비가는 여느 때와 달리 그녀답지 않은 자유분방한 쾌활함으로 왕자를 맞이했다. 그녀는 왕자의 다정한 애무들을 신부라면 으레 그럴 정도로만, 미리 너무 많이 품위를 해치지 않으면서 응대했다. 그렇다, 그녀는 왕자에게 그의 은신처를 가지고 약간 놀리는 것도, 어떠한 변신도 모자걸이가 왕자의 머리로 변신하는 것보다 더 귀엽고 우아하게 상상할 수 없다고 단언하는 것도 마다하지 않았다. 정자의 합각머리 창문에서 보인 머리를 모자걸이로 간주했다는 것이었다. 이는 행복한 한 쌍을 갖가지 점잖은 방법으로 놀리기 위한 구실을 주었는데, 그것은 제후조차도 즐겁게 하는 것처럼 보였다. 그는 크라이슬러와 관련한 벤촌의 커다란 잘못을 이제야 제대로 깨닫는다고 생각했다. 왜냐하면 그의 생각으로는 남자들 가운데 가장 아름다운 남자에 대한 헤드비가의 사랑이 충분히 뚜렷하게 나타났기 때문이다. 공주의 정신과 육체는 행복한 신부들에게 아주 특유한, 흔치 않은 높은 절정에 있는 것처럼 보였다. 율리아의 상태는 정반대였다. 왕자를 보자마자 그녀는 내적 두려움에 사로잡혀 온몸을 떨었다. 죽음처럼 창백해진 그녀는 바닥으로 깊이 눈을 내리깐 채 미동도 하지 못하고, 거의 몸을 지탱하지도 못하며 거기 서 있었다.

한참 뒤에 왕자는 내가 틀리지 않다면 벤촌 양이시죠? 하고 말하며 율리아에게 몸을 돌렸다.

아주 어린 시절부터 공주의 친구요, 말하자면 동생과도 같다오!―제후가 이렇게 말하는 동안 왕자는 율리아의 손을 잡고 그녀에게 아주 조용히, 내가 마음에 둔 것은 오직 너야! 하고 속삭였다. 율리아는 비틀거렸고, 더없이 쓰라린 두려움의 눈물이 속눈썹 아래에서 솟구쳐올라왔다. 공주가 재빨리 안락의자 하나를 그리로 밀어넣지 않았다면 그녀는 쓰러지고 말았으리라.

율리아, 공주가 가련하기 짝이 없는 그녀 위로 몸을 굽히며 나직이 말했다. 율리아, 정신 차리렴!―내가 하고 있는 혹독한 싸움을 너는 대체 짐작하지 못한단 말이니. 제후는 문을 열고 뤼스 향수*를 가져오라고 소리쳤다. 그런 것은, 제후에게 다가오고 있던 마이스터 아브라함이 말했다. 그런 것은 제가 가지고 다니지 않습니다만, 좋은 에테르는 가지고 있습니다. 누가 기절했습니까?―에테르도 도움이 됩니다!

그러면 오시오, 제후가 대꾸했다. 그러면, 마이스터 아브라함, 어서 들어와서 율리아 양을 도와주시오.

---

* 실신한 사람에게 쓰는 약제.

그러나 마이스터 아브라함이 홀에 들어서자마자 예기치 못한 일이 벌어지고 말았다.

헥토르 왕자는 유령처럼 창백하게 마이스터를 응시했는데, 그의 머리카락은 곤두서고 이마에는 차가운 식은땀이 맺혀 있는 것 같았다. 걸음은 앞으로 내디뎠으나 몸은 뒤로 젖히고 팔은 마이스터를 향해 내뻗은 채, 그의 모습은 갑자기 뱅코의 끔찍한 피투성이 유령이 연회석의 빈자리를 채울 때의 맥베스에 비유할 수 있었다.* 마이스터는 조용히 그의 작은 병을 꺼내 율리아에게 다가가려 했다.

그때 왕자는 다시 용기를 내어 삶으로 돌아오는 듯했다. 세베리노, 그대가 그인가?—왕자는 지극히 깊은 경악에 찬 둔중한 어조로 외쳤다. 물론이오, 마이스터 아브라함은 평온함에서 조금도 벗어나지 않고, 표정 하나 바꾸지 않으며 대답했다. 물론이오. 당신이 나를 기억하니 좋군요, 왕자님. 나는 영광스럽게도 몇 년 전에 나폴리에서 당신에게 작은 도움을 드릴 수 있었지요.

마이스터가 한 걸음 더 앞으로 나아가자 왕자는 그의 팔을 붙잡고 그를 강제로 옆으로 끌어당겼다. 그리고 짧은 대화가 이어졌는데, 홀에 있는 이들 가운데 아무도 무슨 말인지 알아듣지 못했다. 대화가 너무 빠른데다 나폴리 방언으로 오갔기 때문이다.

세베리노!—어떻게 그 사람이 초상화를 얻게 되었소?

내가 그것을 당신에 대한 보호장치로서 그에게 주었지요.

그가 알고 있소?

---

* 『맥베스』 3막 4장에서 맥베스와 그가 죽인 동료 뱅코의 만남을 가리킨다.

아닙니다!

그대는 입을 다물겠소?

현재로선―그렇습니다!

세베리노!―모든 악마가 내게 보내졌군!―현재로선이라니 무슨 뜻
이오?

당신이 점잖게 있고 크라이슬러를, 그리고 저기 저 여자도 가만히
놔두는 동안에는!

―이제 왕자는 마이스터를 놔주고 한 창가로 갔다. 그사이에 율리아
는 회복되었다. 가슴을 찢는 듯한 슬픔이 어린 형용할 수 없는 표정으
로 마이스터 아브라함을 바라보며 그녀는 말한다기보다는 차라리 속
삭였다. 오, 나의 선량한 친애하는 마이스터, 당신은 나를 구할 수 있
겠지요!―그렇지요, 당신은 이런저런 것들을 마음대로 할 수 있지
요?―당신의 학문이 아직 모든 것을 좋은 방향으로 돌릴 수 있어
요!―마이스터는 율리아의 말에서 저 대화와의 대단히 놀라운 연관을
알아챘다. 마치 그녀가 꿈의 더 높은 인식 안에서 모든 것을 이해했고
비밀 전체를 알고 있기라도 한 것 같았다!

너는, 마이스터는 나직이 율리아의 귀에 대고 말했다. 너는 경건한
천사야. 그래서 죄악의 어두운 지옥의 정령이 너에게는 아무런 힘도
쓸 수 없단다. 나를 완전히 믿으렴. 아무것도 두려워하지 말고 온 힘으
로 다시 정신을 차려라. 우리의 요하네스도 생각하렴.

아아, 율리아가 고통스럽게 외쳤다. 아아, 요하네스!―그는 돌아오
겠지요, 그렇지요, 마이스터? 나는 그를 다시 보겠지요!

물론, 마이스터는 대답하고 손가락을 입에 댔다. 율리아는 그를 이

해했다.

왕자는 아무렇지도 않은 듯 보이려고 애썼다. 그는 자신이 듣기로는 여기서 마이스터 아브라함이라 불리는 사람이 몇 년 전에 나폴리에서, 그가 고백해야겠거니와, 왕자 자신이 연루되었던 아주 비극적인 사건의 증인이었다고 이야기했다. 지금은 그 사건에 대해 이야기할 때가 아니지만 장차 그것을 밝히겠노라는 것이었다.

그러나 그 사나운 울부짖음이 표면에 나타나지 않기에는 내면의 폭풍이 너무도 격렬했다. 그리하여 모든 핏기가 사라진 듯한 왕자의 당황한 얼굴은 그가 이제 오로지 그 난처한 순간을 모면하기 위해 억지로 하고 있는 무관심한 대화와 거의 일치되지 않았다. 왕자보다 공주가 그 순간의 긴장을 더 잘 이겨낼 수 있었다. 의심과 불쾌함조차 지극히 섬세한 비웃음으로 휘발시켜버리는 아이러니로 헤드비가는 왕자를 자기 생각의 미궁 속에서 이리저리 놀려댔다. 가장 노련한 처세가인 그, 더 나아가 모든 진실한 것과 모든 삶의 형성을 파괴하는 극악무도함의 모든 무기로 무장한 그가 이 기이한 존재에게는 저항할 수 없었다. 헤드비가가 더 생기 있게 말할수록, 더없이 재기 발랄한 조롱의 번개가 더 불타며 더 불붙듯 내리칠수록, 왕자는 그만큼 더 혼란스럽고 불안해지는 것 같았고, 마침내 이 감정은 견딜 수 없을 지경으로 고조되어 그는 급히 자리를 뜰 수밖에 없었다.

제후에게는 그러한 충격을 받으면 매번 일어나곤 했던 일이 일어났다. 그는 그 모든 것을 어떻게 생각해야 할지 전혀 몰랐던 것이다. 그는 왕자에게 던진 특별한 의미 없는 프랑스어 몇 마디로 만족했고, 이에 왕자는 마찬가지로 그런 몇 마디로 대꾸했다.

왕자가 문 밖으로 나갔을 때 헤드비가는 갑자기 전 존재가 변화되어 뻣뻣이 굳은 채 바닥으로 쓰러졌고, 가슴을 도려내는 듯한 기이한 어조로 나는 살인자의 피투성이 흔적을 보고 있어! 하고 크게 소리쳤다. 그러고 나서 그녀는 꿈에서 깨어나는 듯했고 율리아를 격렬히 가슴에 안더니 그녀에게 속삭였다. 얘야, 나의 가련한 아이, 현혹당하지 마!

비밀, 제후가 언짢게 말했다. 비밀, 망상, 어리석은 짓, 소설 같은 장난들! *저런, 나는 나의 궁정을 더이상 알지 못하노라!*—마이스터 아브라함! 그대는 나의 시계들이 제대로 가지 않으면 그것들을 고쳐놓소. 나는 그대가 여기에서 평소에는 결코 멈추지 않던 톱니바퀴 장치가 어떤 손상을 입었는지 살펴볼 수 있었으면 하오. 그런데 세베리노라는 건 어떻게 된 일이오?

그 이름으로, 마이스터가 대답했다. 저는 나폴리에서 저의 시각적, 기계적 재주들을 보여주었답니다.

그렇소—그래, 제후가 말하고는 질문 하나가 입에서 막 나오려는 것처럼 마이스터를 빤히 바라보았다. 하지만 그러고 나서 재빨리 몸을 돌리더니 말없이 방을 떠났다.

사람들은 벤촌 부인이 제후 부인 곁에 있다고 생각했다. 하지만 그렇지 않았다. 그녀는 자신의 거처로 갔다.

율리아는 바깥 공기를 마시고 싶어했다. 마이스터가 그녀를 정원으로 데려갔다. 반쯤 잎이 진 길을 거닐며 그들은 크라이슬러와 그의 대수도원에서의 체류에 대해 이야기했다. 그들은 어부의 작은 집에 당도했다. 율리아는 기운을 차리기 위해 안으로 들어갔다. 크라이슬러의 편지가 탁자 위에 놓여 있었다. 마이스터는 율리아가 알기 두려워해야 할 내용은 그 안에 전혀 들어 있지 않다고 말했다.

편지를 읽는 동안 율리아의 뺨은 혈색을 더해갔고 쾌청해진 마음의 반영인 부드러운 불길이 눈에서 환하게 빛을 발했다.

알겠니, 마이스터가 친절하게 말했다. 알겠니, 사랑스러운 아이야, 나의 요하네스의 착한 정령이 멀리에서도 위로하며 네게 말하는 것을? 확고함, 사랑과 용기가 너를 추적하는 악한 것들에게서 너를 지켜준다면 네가 위협적인 흉계를 두려워할 이유가 무엇이겠느냐.

자비로운 하늘이여, 율리아는 위를 쳐다보며 외쳤다. 오직 나 자신에게서 나를 지켜주소서! 그녀는 자신이 무의식적으로 내뱉은 말에 대해 돌연한 공포에 사로잡힌 듯 전율했다. 반쯤 기절한 채 그녀는 안락의자에 주저앉아 달아오른 얼굴을 두 손으로 덮었다.

나는 너를, 마이스터가 말했다. 나는 너를 이해하지 못하겠구나, 얘야. 어쩌면 너도 너 자신을 이해하지 못하겠지. 그러니 너는 너 자신의 마음을 철저히 잘 들여다보고, 유약한 조심성으로 인해 자신에게 무언가를 숨기는 일은 절대 해서는 안 될 것이야.

마이스터는 율리아가 깊은 생각에 잠겨 있도록 놔두고 팔짱을 낀 채 신비스러운 유리구를 올려다보았다. 그러자 그의 가슴이 그리움과 놀라운 예감으로 부풀어올랐다.

그대에게, 그가 말했다. 나는 그대에게 물어봐야 하지 않소, 그대와 의논해야 하지 않소, 그대와, 그대 나의 삶의 아름다운, 멋진 비밀이여! 침묵하지 마오, 그대의 음성을 들려주오!―그대는 알잖소, 나는 결코, 몇몇 사람들은 나를 그렇게 간주했지만, 비열한 사람이었던 적이 없다는 것을. 그도 그럴 것이 내 안에서는 영원한 세계정신 자체인 모든 사랑이 작열했고 그대 존재의 입김이 밝고 즐거운 불길로 타오르도록 부채질한 불꽃이 내 가슴속에서 타고 있었기 때문이오!―키아라, 이 심장이 늙어서 얼어붙었다고, 그리고 내가 그대를 비인간적인 세베리노에게서 구해냈을 때처럼 더이상 그렇게 빨리 뛸 수 없다고 생각하지 마오! 내가 지금 그대가 스스로 나를 찾아왔을 때 그랬던 것보다 그대를 얻을 자격이 덜하다고 생각지 마오!―그렇소!―그대의 음성을 들려주오. 그러면 나는 젊은이의 성급함으로 그대를 찾을 때까지 그 소리를 뒤쫓아 달려가겠소. 그러면 우리 다시 함께 살며 마술적 공동체 속에 더 높은 마술을 행합시다. 모든 사람들, 가장 비열한 사람들조차도 믿지 않으면서도 어쩔 수 없이 인식하는 마술을 말이오. 그리고 그대가 더이상 육체적으로 여기 지상에서 거닐고 있지 않다면, 그대의 음성이 혼령들의 세계에서 아래로 나에게 말한다면, 그래도 나는 그것으로 만족하고 내가 언젠가 그랬던 것보다 더 쓸모 있는 녀석이 될 것이오. 하지만 아니, 아니!―그대가 내게 말한 위로의 말이 무엇이었더라?

창백한 죽음이 붙잡지 못하네,
마음속에 사랑을 품은 이들은.
그에게는 아직 저녁노을이 빛나네,
아침에 용기를 잃을 듯하던 자에게.

마이스터, 안락의자에서 몸을 일으키고 노인의 말에 크게 놀라며 귀 기울였던 율리아가 외쳤다. 마이스터! 당신은 누구와 말하는 건가요?

뭘 하시려는 거예요?—당신은 세베리노라는 이름을 언급했어요. 맙소사! 왕자가 경악했다가 진정되었을 때, 당신을 그 이름으로 부르지 않았나요? 어떤 무서운 비밀이 여기에 숨겨져 있나요?

노인은 율리아의 이 말에 당장 고양된 상태에서 되돌아왔고 그의 얼굴에는, 이미 오랫동안 더이상 그런 일이 없었거니와, 덧붙이자면 그의 순진한 본성과 굉장히 기이한 모순 상태에 있는, 그리고 그의 전 자태에 약간 무시무시한 풍자화의 면모를 부여한 저 기묘한 히죽히죽 웃는 듯한 친절함이 번졌다.

나의 아름다운 아가씨, 그는 숨길 비밀이 있는 것처럼 행동하는 허풍선이들이 통상적으로 그들의 기적을 선전하곤 하는 날카로운 음색으로 말했다. 나의 아름다운 아가씨, 조금만 참으세요. 저는 곧 당신에게 여기 어부의 작은 집에서 가장 놀라운 일들을 보여드리는 영광을 얻을 것입니다. 이 춤추는 난쟁이들, 모임에서 누가 몇 살인지 모두 아는 이 작은 터키인, 이 자동기계들, 정신 발육이 부진한 자들, 이 일그러진 그림들, 이 광학적 거울—모두 예쁜 마술적 장난감이지요. 하지만 최고의 것이 제게 아직 빠져 있습니다. 나의 보이지 않는 소녀가 저기 있습니다!—알아보시겠습니까, 저기 위에, 그녀는 벌써 유리구 안에 앉아 있습니다. 하지만 그녀는 아직 말을 하지 않습니다. 그녀는 먼 여행으로 지쳐 있습니다. 머나먼 인도에서 곧장 왔기 때문이지요. 며칠 내로, 나의 아름다운 아가씨, 나의 보이지 않는 소녀가 올 것입니다. 그러면 우리 그녀에게 헥토르 왕자에 관해, 세베리노에 관해 그리고 과거와 미래의 다른 사건들에 관해 물어봅시다!—지금은 약간의 소박한 오락만.

이 말과 함께 마이스터는 젊은이 같은 민첩함과 활기로 방안에서 이리저리 뛰어다녔고, 기계들을 당겼으며, 마술 거울을 정돈했다. 그러자 모든 구석에서 활기차고 생생한 움직임이 시작되었다. 자동기계들은 걸어서 다가왔고 머리를 돌렸으며, 앵무새들이 사이사이 날카롭게 소리를 지르는 동안 인조 수탉은 날개를 치며 울었다. 그리고 율리아와 마이스터는 방안과 마찬가지로 바깥에도 서 있었다. 그러한 익살극에 충분히 익숙해져 있었음에도 율리아에게는 마이스터의 이상한 분위기 때문에 공포가 엄습하려 했다. 마이스터, 당신에게 무슨 일이 일어난 건가요?

애야, 마이스터가 본래의 진지한 태도로 대꾸했다. 애야, 뭔가 아름답고 놀라운 일이 일어났지. 그러나 네가 그것을 들어 알아봤자 별 쓸모가 없단다. 하지만!─내가 여러 가지 일 가운데 네가 알 필요가 있고 알아서 네게 도움이 될 만큼만 털어놓는 동안 살아 있는 죽은 것들은 여기서 저들의 익살스러운 짓을 다하게 놔두렴. 사랑하는 율리아, 네 어머니가 너에게 어머니의 마음을 닫아걸었는데, 내가 그것을 너에게 열어주겠다. 네가 들여다보도록, 네가 처해 있는 위험을 인식하고 그것을 모면할 수 있도록. 그러니 우선 그 이상 장황하게 더 말할 것 없이 알아두어라, 네 어머니가 마음속에 굳게 결심했다는 것을, 다름 아니라 너를─

(무어)─그러나 그것을 차라리 그만두겠다. 수고양이 청년이여, 나처럼 겸손하라. 그리고 단순하고 정직한 산문이 네 생각을 널리 퍼뜨리는 데 충분하다면 도처에서 곧장 너의 시를 가지고 성급하게 나서지 말라. 시는 산문으로 쓰인 책 속에서, 비곗살이 소시지 속에서 하는 일

을 수행해야 한다. 즉, 이따금 작은 조각들로 뿌려져 혼합물 전체에 더 많은 광택과 기름기, 더 풍부한 맛의 달콤한 우아함을 부여해야 하는 것이다. 나는 시인 동료들이 이 비유를 너무 천하고 고귀하지 않다고 여길 것을 두려워하지 않는다. 왜냐하면 그것은 우리가 가장 좋아하는 음식에서 따온 것이고, 실제로 때로는 좋은 시가 평범한 소설에, 기름 진 비곗살이 지방분이 적은 소시지에 유용한 것과 마찬가지로 유용할 수 있기 때문이다. 나는 미학적 교양과 경험을 지닌 수고양이로서 이 렇게 말한다. 지금까지의 내 철학적 그리고 도덕적 원칙들에 따르면 폰토의 모든 관계, 그의 생활 방식, 주인의 호의 속에 자신을 유지하는 방식이 내게 아무리 품위 없게, 더 나아가 약간 비참하게 여겨졌다 해 도, 그의 자연스럽고 훌륭한 예의범절, 그의 우아함, 사회적 교류에서 의 우아한 가벼움은 내게 아주 깊은 인상을 주었다. 나는 기필코 내가 학문적 교양, 모든 행동과 활동에서의 진지함으로 보아 그저 학문에서 어쩌다 조금 주워들은 무지한 폰토보다 훨씬 더 높은 단계에 있다는 것을 나 자신에게 납득시키고자 했다. 그러나 전혀 억누를 수 없는 모 종의 느낌이 폰토가 도처에서 나를 압도할 것이라고 내게 숨김없이 말 했다. 나는 더 고귀한 계층을 인정하고 푸들 폰토를 이 계층에 포함시 키지 않을 수 없었다.

내 머리와 같은 천재적인 머리는 모든 계기, 모든 삶의 경험에서 항 상 자신의 특별하고 독특한 생각을 가지고 있다. 그리하여 나 또한 나 의 내적인 심리 상태, 폰토와의 관계 전체를 곰곰이 생각하며, 아마 더 널리 알릴 가치가 있을 갖가지 아주 점잖은 고찰에 빠져들었다. 의미 심장하게 앞발을 이마에 갖다대며 나는 스스로에게 말했다. 여느 때는 재기 발랄하고 삶에서 현명하고 위대한 시인과 위대한 철학자가 이른 바 상류사회와의 사회적 관계 속에서 그토록 서투른 인상을 주는 것은 어떻게 된 일인가? 그들은 언제나 바로 그 순간 그들이 속하지 않는 곳에 서 있고, 침묵해야 하는데 말하며, 반대로 말이 필요한 곳에서 침묵한다. 그들은 어쨌거나 그렇게 형성되어 있는 사회의 형태에 상반되는 노력으로 도처에서 충돌하고 자기 자신과 다른 이들을 다치게 한다. 요컨대 그들은 산책하는 여러 사람들이 막 일치단결하여 밖으로 나가는데 혼자서 성문으로 밀고 들어와 맹렬히 자신이 갈 길을 가면서 이 많은 사람들을 혼란시키는 사람과 같은 것이다. 사람들은, 나는 알고 있거니와, 이것을 책상머리에서 획득할 수 없는 사회적 문화의 결핍 탓으로 돌린다. 그러나 나는 이 문화는 아주 쉽게 획득될 수 있으며 저 극복될 수 없는 서투름에는 한 가지 다른 이유가 더 있음이 틀림없다고 생각한다. 위대한 시인이나 철학자는 정신적 우월감을 느끼지 않는다면 위대하다고 할 수 없다. 하지만 마찬가지로 그는 모든 정신이 풍부한 사람 특유의 깊은 감정을 지니고 있어서, 저 우월감이 균형을 무너뜨리기 때문에 인정될 수 없음을 인식하지 않을 수 없다. 균형을 항상 유지하는 것이야말로 소위 더 고귀한 사회의 주요 경향인 것이다. 모든 음성은 오직 전체의 완전한 화음 속으로만 끼어들 수 있다. 그러나 시인의 음조는 불협화음을 내며, 다른 상황에서는 아주 훌륭한 음조일지라도 그 순간에는 전체에 어울리지 않기 때문에 나쁜 음조다. 하지만 좋은 음조는 좋은 미적 감각처럼 모든 부적절한 것을 단념하는 데 그 본질이 있다. 그런데 더 나아가 나는, 우월감과 부적절한 현상의 모순적인 감정에서 형성되는 불쾌감은 이 사회적 세계에서 경험이 없는 시인이나 철학자가 전체를 인식하고 그것을 조망하는 것을 저지한 다고 생각한다. 그가 그 순간에 자신의 내적, 정신적 우월감을 너무 높이 평가하지 않는 것이 필요하다. 그리고 그렇게 하면 그는 또한, 모든 모서리와 뾰족한 끝을 대패질하여 없애버리는 노력, 모든 골상骨相을 단 하나의 골상으로 형성하는 — 이 때문에 골상은 더는 골상이 아니게 되거니와 — 노력에 다름 아닌 것으로 귀결되는, 소위 더 높은 사회적 문화도 너무 높이 평가하지 않을 것이다. 그러면 그는, 예의 불쾌감에서 벗어나, 거리낌없이, 이 문화의 가장 내적인 본질과 그 기초가 되는 궁색한 전제들을 쉽게 인식하고 이 인식을 통해 바로 이런 문화를 필수적인 것으로 요구하는 기이한 세계 속으로 편입될 것이다. 시인이나 작가처럼, 귀족이 훌륭한 관례에 따라 일종의 후원자로서 권리를 행사하기 위해 이따금 자기 무리 안에 초대하는 예술가들은 특유한 사정이 있다. 이러한 예술가들에게는 유감스럽게도 보통 직업에서 비롯된 어떤 것이 배어 있다. 그래서 그들은 비굴할 정도로 겸허하거나 무례할 정도로 불손하다.

(편자의 주—무어, 네가 그토록 자주 남의 공적을 자신의 것인 양 내보이며 으스대는 것이 유감이구나. 내가 마땅히 우려하는 바지만, 너는 이를 통해 호의적인 독자들에게서 잃는 바가 많을 것이다. 네가 그토록 뻐기는 이 모든 고찰이 악장 요하네스 크라이슬러의 입에서 아무렇게나 나온 것이 아니라면, 지상에서 가장 기묘한 것인 인간 작가의 마음을 그토록 깊이 꿰뚫어보는 그러한 삶의 지혜를 네가 모을 수 있기라도 했단 말이냐!)

더 나아가 나는 생각했다. 그런데 왜 재기 발랄한 수고양이가, 그 역시 시인, 작가, 예술가라면, 그 모든 의미심장함을 지닌 더 높은 문화의 저 인식으로 뛰어올라 그것 자체를 외적 현상의 모든 아름다움과 우아함을 가지고 행하는 데 성공할 수 없을 것인가?—대체 자연은 오로지 개라는 종족에게만 저 문화의 특권을 허락했단 말인가? 우리 수고양이들이 복장, 생활 방식, 기질과 습관에서는 그 오만한 종족과 약간 다르긴 해도, 우리도 마찬가지로 살과 피, 육체와 정신을 가지고 있다. 그리고 결국 개들도 우리와 전혀 다르게 자신들의 삶을 지속할 수는 없다. 개들도 먹고 마시고 자는 것 등을 해야 하며, 그들도 얻어맞으면 아프다. 두말할 나위가 있겠는가!—나는 젊고 고귀한 친구, 푸들 폰토의 가르침에 헌신하기로 결심하고는 완전히 마음을 정한 채 마이스터의 방으로 돌아갔다. 거울을 흘끗 들여다보고 나는 순전히 더 높은 문화를 향해 노력하는 진지한 의지가 벌써 나의 외적 태도에 유익한 영향을 주었다는 것을 확신했다. 나는 아주 깊은 만족감을 가지고 나를 바라보았다. 자기 자신에 완전히 만족해 있을 때보다 더 기분좋은 상태가 있을까?—나는 헛소리를 하고 있었다!

이튿날 나는 문 앞에 앉아 있는 것으로 만족하지 않고 거리 아래쪽으로 산책을 나갔다. 그때 멀리서 알치비아데스 폰 비프 남작을 보았는데, 그의 뒤에서는 나의 쾌활한 친구 폰토가 뛰어왔다. 그보다 더 적절한 때 올 수는 없을 터였다. 나는 정신을 잘 추스르고는 가능한 한 예의바르고 품위 있게, 관대한 자연의 귀중한 선물로서 어떠한 기술도 가르칠 수 없는 저 모방할 수 없는 우아함을 지니고 친구에게 다가갔다. 그런데!—끔찍하도다! 무슨 일이 일어나야 했던가!—남작은 나를 보자마자 멈춰 서더니 긴 손잡이가 달린 안경으로 나를 주의 깊게 관찰했다. 그런데 그러고 나서 그는 자, 어서―폰토! 쉿―쉿―고양이다! 고양이! 하고 소리쳤다. 그러자 폰토, 교활한 그 친구는 미친듯이 사납게 나를 향해 덤벼들었다!―깜짝 놀라, 비열한 배신으로 인해 모든 자제심을 잃은 채 나는 아무런 저항도 할 수 없었고, 폰토가 으르렁거리며 내보인 날카로운 이빨을 피하기 위해 할 수 있는 한 낮게 쭈그렸다. 그러나 폰토는 나를 잡지 않은 채 여러 번 나를 뛰어넘었고, 내 귀에 이렇게 속삭였다. 무어! 바보같이 굴지 말고 좀 무서워하게!―진심이 아니라는 것을 알지 않나, 단지 내 주인을 즐겁게 하기 위해 이러는 것일세! 폰토는 뛰어오르기를 반복했고 심지어 조금도 아프지 않게 하면서 내 귀를 꽉 무는 척하기까지 했다. 이제, 마침내 폰토는 내게 조용히 속삭였다. 이제 슬쩍 사라져버리게, 친구 무어! 저기 지하실 바람구멍 안으로! 이 말을 듣자마자 나는 재빨리, 번개처럼 달려갔다. 나에게 해를 입히지 않겠다는 폰토의 확언에도 불구하고 나는 상당히 두려웠다. 그도 그럴 것이 그렇듯 위험한 경우에는 우정이 타고난 천성을 이겨낼 만큼 충분히 강할는지 항상 분명히 알 수 없지 않은가.

내가 지하실 안으로 재빨리 사라지자 폰토는 주인에게 경의를 표하기 위해 시작했던 희극을 계속했다. 즉, 지하실 창문 앞에서 으르렁대고 짖어댔으며, 주둥이를 창살 사이로 집어넣었고, 내가 재빨리 달아나버려 이제 나를 쫓을 수 없기 때문에 완전히 제정신이 아닌 척했다. 알겠나, 하지만 폰토는 지하실 안에 대고 내게 말했다. 알겠나, 이제 더 높은 문화의 유익한 결과를 다시금 깨닫겠나?―이 순간 나는 자네가 나를 적대하게 하지 않은 채 나의 주인에게 내가 얌전하고 순종적이라는 것을 증명했네, 착한 무어. 운명이 더 힘있는 자의 손에 쥐어진 도구가 되게 정해놓은 진정한 처세가는 그렇게 하는 거라네. 그는 쫓도록 부추겨졌으니 돌진해야 하지만, 그러면서 그것이 바로 그 자신의 일에 쓸모 있을 때에만 정말로 물 정도의 능란한 솜씨를 보여주어야 하네. 나는 황급히 젊은 친구 폰토에게 내가 그의 더 높은 문화에서 조금 이득을 얻으려는 뜻을 품고 있음을 토로하고 그가 나를 혹시 가르칠 수 있는지, 그리고 어떤 방식으로 그렇게 할 수 있는지 물었다. 폰토는 잠시 곰곰이 생각하더니, 그가 지금 사는 즐거움을 누리고 있는 더 높은 세계의 생생하고 명확한 상을 처음에 곧장 인식하는 것이 가장 좋으며, 이는 내가 오늘 저녁에 그를 따라 마침 연극 시간 동안에 자기 집에서 사교모임을 갖는 귀여운 바디네에게 가면 가장 잘 이루어질 수 있다고 말했다. 바디네는 제후의 상上궁내교육담당관 집에 있는 그레이하운드였다.

나는 할 수 있는 한 잘 치장했고, 크니게의 예의범절에 관한 책을 좀 읽었으며, 필요할 경우 프랑스어에 능숙하다는 것을 보여주기 위해 피카르의 몇몇 아주 새로운 희극*도 훑어보고 나서 문 앞으로 내려갔다. 폰토는 오래 기다리게 하지 않았다. 우리는 사이좋게 거리를 걸어 내려갔고 곧 바디네의 환하게 불 밝혀진 방에 도착했다. 그곳에서 나는 푸들, 스피츠, 퍼그, 볼로냐 개, 그레이하운드의 다채로운 회합을 발견했는데, 일부는 둥글게 둘러앉아 있었고 일부는 무리 지어 구석에 흩어져 있었다.

내게 적대적인 천성의 이 낯선 사회 속에서 내 심장은 꽤나 고동쳤

다. 몇몇 푸들은 모종의 경멸적인 의아함을 가지고 나를 바라보았는데, 마치 우리 고상한 이들 사이에서 천한 수고양이 한 마리가 뭘 원하는 거지, 하고 말하려는 것 같았다. 또한 우아한 스피츠가 이따금 이빨을 드러내어, 나는 손님들의 예의범절, 품위, 예의바른 교양이 모든 싸움질을 부적절한 것으로 금지하지 않았다면 그가 얼마나 기꺼이 내 털로 달려들었을지 알아차릴 수 있었다. 폰토가 아름다운 여주인에게 나를 소개함으로써 당혹스러운 상태에서 구해주었다. 여주인은 우아하면서도 교만한 태도로 나와 같은 명성을 지닌 수고양이를 자신의 집에서 보는 것이 얼마나 기쁜지 확언했다. 바디네가 나와 몇 마디를 나눈 지금에야 비로소 이 개 저 개들이 참으로 개다운* 친절한 마음씨로 더 많은 관심을 기울였고, 내게 말을 걸었으며, 그들을 이따금 상당히 즐겁게 한 나의 작가 활동과 작품들을 기억한다고 했다. 이는 나의 허영심을 만족시켰기에 나는 그들이 나의 대답은 아랑곳하지 않으면서 내게 묻고, 나의 재능을 알지도 못하면서 칭찬하며, 내 작품들을 이해하지도 못하면서 찬미한다는 것을 거의 알아채지 못했다. 타고난 본능이 나로 하여금 내가 질문받은 대로 대답하도록 가르쳐주었다. 즉, 도처에서 질문을 고려하지 않고 어느 것에나 연관될 수 있는 일반적인 표현으로 짧게 말하고, 누구의 견해에도 동의하지 않으며, 매끈한 표면에 머물러 있는 대화를 깊은 곳으로 끌어내리려 하지 않도록 말이다. 폰토는 슬쩍 스쳐지나가며 한 늙은 스피츠가 나를 두고 수고양이치고는 충분히 재미난 친구이며 훌륭한 사교적 대화의 소질을 보인다고 말

---

* 독일어 hündisch에는 '개의' '개다운'이라는 뜻과 '비굴한' '저속한'이라는 뜻이 있다.

했다고 나에게 확언했다. 그러한 평은 기분이 언짢은 이도 기쁘게 하는 법이다!

— 장자크 루소는 『고백록』에서 그가 훔쳤던 리본 이야기, 그가 도둑질을 하고도 진실을 고백하지 않은 일 때문에 죄 없는 불쌍한 소녀가 벌을 받는 것을 본 이야기를 하면서, 마음의 이 심연을 극복하는 것이 얼마나 힘든지 고백한다.* 나는 바로 지금 저 존경하는 자서전 작가와 같은 경우에 처해 있다. 범죄를 고백하는 것은 아니더라도 나는, 참되게 머물러 있고자 한다면, 내가 그날 저녁에 저지른, 그리고 오랜 시간 내내 나를 혼란시킨, 더 나아가 나의 오성을 위태롭게 한 커다란 어리석은 짓을 숨겨서는 안 된다. 하지만 어리석은 짓을 고백하는 것은 범죄를 고백하는 것과 똑같이 어렵지 않은가, 아니, 종종 그보다 더 어렵지 않은가?

— 얼마 지나지 않아 엄청난 불쾌감, 엄청난 불만이 엄습하여 나는 멀리 떠나 마이스터의 난로 아래에 가 있고 싶었다. 나를 바닥으로 내리누르고 마침내 나로 하여금 모든 배려를 잊게 한 것은 아주 지독한 권태였다. 나는 사방의 대화가 내게 권한 잠에 굴복하기 위해 멀리 떨어진 구석으로 아주 조용히 살금살금 걸어갔다. 즉, 내가 처음에는 불만에 차 어쩌면 아주 그릇되게 매우 얼빠지고 무미건조한 수다로 간주한 똑같은 대화가 이제, 진짜 잠이 곧 뒤따르는, 아주 기분좋고 멍한, 그저 생각에 잠겨 있는 상태에 아주 쉽게 빠져들게 하는 물레방아의 단조로운 달가닥거림처럼 여겨진 것이다. 바로 이 멍한, 그저 생각에

---

* 루소의 『고백록』에서 소녀는 도둑질을 했다는 누명을 쓰고 해고당한다.

잠겨 있는 상태 속에, 이 부드러운 정신이 몽롱한 상태 속에 감은 내 눈 앞에서 갑자기 밝은 빛이 번쩍이는 것 같았다. 눈을 뜨고 쳐다보니 바로 앞에 우아하고 눈처럼 흰 그레이하운드 아가씨가 서 있었다. 나중에 들은 바로는 미노나라 불리는 바디네의 아름다운 조카였다.

신사분, 미노나가 불같은 젊은이의 흥분하기 쉬운 가슴속에 너무도 크게 메아리치는 저 달콤하게 속삭이는 음색으로 말했다. 신사분, 당신은 여기 무척 외롭게 앉아 계시네요, 지루해하시는 것 같은데요?— 유감인걸요!—하지만 물론, 신사분! 당신처럼 위대하고 깊이 있는 시인은 분명 더 높은 영역에서 부유하며, 평범한 사회적 삶의 분망함을 공허하고 피상적이라 여기실 테죠.

나는 약간 당황하여 일어났는데, 교양 있는 예의범절의 모든 이론보다 더 강한 나의 본성이 나로 하여금 내 의지에 반하여 등을 높이 들어 올리게, 소위 고양이등을 만들게 강요했다. 이에 대해 미노나는 미소 짓는 것 같았다. 그것은 내게 고통스러웠다.

하지만 나는 곧 더 나은 예의범절을 다시 갖추며 미노나의 앞발을 잡아 조용히 입술에 갖다댔고 시인이 종종 빠져드는 도취의 순간들에 대해 말했다. 미노나가 어찌나 진심에서 우러난 관심을 분명히 나타내며, 어찌나 경건하게 내 말을 경청했던지, 나는 엄청난 포에지에 이르기까지 점점 더 높이 고조되어 종국에는 나 자신을 제대로 이해하지 못할 지경이었다. 마찬가지로 미노나도 나를 거의 이해하지 못했을 것이다. 그러나 그녀는 지극히 높은 열광에 빠져, 이미 오래전부터 천재적인 무어를 알게 되기를 진심으로 염원해왔으며, 그녀의 삶에서 가장 행복하고 멋진 순간들 가운데 하나가 지금 이 순간이라고 확언했다.

내가 무슨 말을 해야 하겠는가!—곧 미노나가 나의 작품들, 나의 가장 섬세한 시들을 읽었다는 것—아니! 읽기만 한 것이 아니라 최고의 의미에서 이해했다는 것이 밝혀졌다. 그 가운데 여럿을 그녀는 외우고 있었고 그것을 대단히 열광적으로, 대단히 우아하게 줄줄 읊어댔다. 이러한 열광과 우아함은, 특히, 그것이 그녀의 종족에서 가장 사랑스러운 여인이 내게 들려준 나의 시구들이었기 때문에 나를 포에지로 가득한 온전한 천상으로 데려갔다.

나는 완전히 매료되어 외쳤다. 나의 가장 훌륭하고 사랑스러운 아가씨, 당신은 이 마음을 이해하셨군요! 당신은 나의 시들을 외우셨군요. 오, 그대들 모든 하늘이여! 상승하려 노력하는 시인에게 더 높은 행복이 있을까?

무어, 미노나가 속삭였다. 천재적인 무어, 당신은 느낄 줄 아는 마음, 시적 정서가 풍부한 심성이 당신의 시들을 알아보지 못하리라 생각할 수 있나요?—미노나는 이 말을 하고 나서 깊은 가슴으로부터 한숨을 쉬었고 이 한숨이 내게 마지막 치명상을 입혔다. 달리 어쩔 도리가 있겠는가?—나는 아름다운 그레이하운드 아가씨에게 어찌나 깊이 사랑에 빠졌던지, 완전히 미치고 눈이 멀어, 그녀가 열광의 와중에 어느 작은 멋쟁이 퍼그와 완전히 무미건조한 잡담을 하기 위해 갑자기 말을 중단한 것, 그녀가 그날 저녁 내내 나를 피한 것, 그녀의 칭찬과 열광이 오로지 그녀 자신을 향한 것임을 내가 명확히 깨달았어야 하는 방식으로 나를 다룬 것을 알아차리지 못했을 정도였다. 요컨대 나는 눈먼 바보였고 그렇게 남아 있었던 것이다. 나는 할 수 있는 대로, 할 수 있는 곳마다 아름다운 미노나를 뒤쫓아다녔고, 가장 아름다운 시구로 그녀를 노래했고, 그녀가 몇몇 우아하게 기발한 이야기의 주인공이 되게 했으며, 내가 속하지 않은 모임들 속으로 밀고 들어갔고, 그 때문에 몇몇 쓰디쓴 언짢음, 조롱, 마음을 상하게 하는 불쾌함을 얻었다.

　종종 냉정한 순간에는 나 자신에게 내 행동의 어리석음이 보였다. 하지만 그러고 나서 내겐 다시 바보같이 타소*와 기사도적 신념을 지닌 여러 새로운 시인이 떠올랐다. 그러한 시인에게는 그의 노래들이 향하고 있는, 그리고 라만차의 사나이가 그의 둘시네아를 숭배하듯이 그가 멀리서 숭배하는 높은 여주인이 중요했다. 그러면 나는 다시 돈 키호테보다 더 형편없고 비非시적이지 않고자 했고 내 사랑의 꿈들의 환영에게, 우아한 흰 그레이하운드 아가씨에게 죽을 때까지 변함없는 충성과 기사로서의 봉사를 맹세했다. 일단 이 기이한 광기에 사로잡히자 나는 연달아 어리석은 짓을 해댔다. 그리하여 나의 친구 폰토조차, 도처에서 나를 끌어들이려 하는 구제할 길 없는 현혹에 대해 내게 진지하게 경고한 후 나와 거리를 두는 것이 필요하다고 생각했다. 행운의 별이 나를 지배하지 않았다면 내가 또 무엇이 되었을지 누가 알겠는가!─즉, 이 행운의 별이 내가 언젠가 늦은 저녁에 단지 사랑하는 미노나를 보기 위해 아름다운 바디네의 집으로 살금살금 걸어가도록 했던 것이다. 그러나 나는 모든 문이 잠겨 있는 것을 발견했고, 모든 기다림, 어떤 기회에 안으로 슬쩍 들어가려는 모든 기대는 완전히 헛된 것으로 남게 되었다. 사랑과 그리움으로 가득한 마음으로 나는 사랑스러운 그녀에게 적어도 내가 가까이 있음을 알리고자 했다. 그리하

---

* 이탈리아 시인 타소는 페라라의 공작 알폰소 2세 데스테의 궁정에 드나들면서 공작의 누이 레오노라를 열정적으로 사랑했고 그녀를 위한 서정시를 썼다.

여 창문 아래에서 지금까지 느껴지고 시로 지어진 것 중 가장 애틋한 스페인의 가락들 가운데 하나를 부르기 시작했다. 그 노래는 굉장히 가련하게 들렸으리라!

나는 바디네가 짖는 소리를 들었는데, 그사이로 미노나의 달콤한 목소리도 약간 으르렁거렸다. 그러나 내가 미처 생각하기도 전에 급히 창문이 열리고 양동이 가득 얼음처럼 차가운 물이 내 위로 쏟아졌다. 사람들은 내가 얼마나 빨리 집으로 달려갔는지 짐작할 수 있을 것이다. 그런데 내면의 가득한 불길과 털가죽 위의 얼음물은 어찌나 서로 조화를 이루기 힘든지, 언젠가 좋은 것이 생겨나기는 불가능하고 기껏해야 열이나 발생할 수 있을 것이었다. 내 상태가 그러했다. 마이스터의 집에 도착하여 나는 오한으로 지독하게 떨었다. 마이스터는 내 얼굴의 창백함에서, 내 눈의 꺼져버린 불에서, 내 이마의 불타는 열기에서, 나의 불규칙한 맥박에서 나의 병을 짐작하는 것 같았다. 그는 나에게 따뜻한 우유를 주었는데, 나는 갈증으로 혀가 입천장에 달라붙은 터라 열심히 핥아먹었다. 그러고 나서 내 잠자리의 덮개로 몸을 감싸고 나를 사로잡은 병에 완전히 몸을 내맡겼다. 처음에 나는 고열로 인해 고귀한 문화, 그레이하운드 등에 대한 갖가지 환각에 빠졌다. 이후에 나의 잠은 더 평온해졌고 마침내 과장 없이 사흘 밤낮을 연달아 계속 잤다고 믿어야 할 만큼 깊어졌다.

마침내 깨어났을 때, 나는 자유롭고 가볍다고 느꼈다. 나는 열병에서 그리고─놀랍게도!─어리석은 사랑에서도 완전히 회복되었다! 푸들 폰토의 유혹으로 바보 같은 짓을 한 것이 내게 아주 명확해졌다. 나는 타고난 수고양이로서 개들 사이에 섞이는 것이 얼마나 어리석었는지 깨달았다. 그들은 나의 정신을 인식할 수 없었기 때문에 나를 조롱했고, 그들의 존재가 무의미하기에 형식에 매달려야 했으며, 그러니까 내게 씨 없는 껍질 이외에 아무것도 제공할 수 없었던 것이다. 예술과 학문에 대한 사랑이 내 안에서 새로운 힘으로 깨어났고, 마이스터의 가정적인 성향은 그 어느 때보다 나의 마음을 끌었다. 남자로서 더 성숙해지는 달들이 되었고, 고양이 학우회원도, 세련된 멋쟁이도 아닌 채로, 나는 삶의 더 깊고 더 나은 요구들이 필요로 하는 대로 스스로를 형성하기 위해서는 학우회원이나 멋쟁이여서는 안 된다는 것을 생생하게 느꼈다.

나의 마이스터는 여행을 떠나야 했고 그동안 나를 그의 친구인 악장 요하네스 크라이슬러에게 하숙시키는 것이 좋겠다고 생각했다. 이 거처의 변화와 함께 내 삶의 새로운 시기가 시작되기 때문에 나는 여기에서 그대가, 오, 수고양이 청년이여! 그대의 미래를 위한 여러 좋은 교훈을 얻었을 지금의 시기를 마감하노라—

(파지) —멀리서 둔중한 소리들이 그의 귓전을 두드리는 듯했고 수도사들이 복도를 걸어가는 소리가 들리는 듯했다. 완전히 잠에서 깨어 재빨리 일어났을 때 크라이슬러는 역시나 그의 창문을 통해 교회에 불이 밝혀져 있는 것을 보았고 성가대의 웅얼거리는 노랫소리를 들었다. 자정의 기도시간은 끝났으니 뭔가 이례적인 일이 일어났음이 틀림없었다. 크라이슬러는 어쩌면 늙은 수도사들 가운데 한 명이 예기치 못한 이른 죽음을 맞아 사람들이 그를 지금 수도원 관례에 따라 교회로 옮기는 모양이라고 충분히 짐작할 수 있었다. 악장은 급히 옷을 걸치고 교회를 향해 갔다. 복도에서 그는 크게 하품을 하며 완전히 잠에 취

해 이리저리 비틀거리는 힐라리우스 신부를 만났다. 그는 걸음을 제대로 딛지도 못하는데다 불붙인 촛불을 똑바로 들지 않고 아래쪽으로 바닥을 향해 들고 있어서 촛농이 탁탁 소리를 내며 아래로 방울져 떨어지며 금방이라도 불을 꺼버리려 하고 있었다. "대수도원장님," 크라이슬러가 그를 부르자 힐라리우스는 더듬더듬 말했다. "대수도원장님, 이것은 지금까지의 모든 질서에 위배됩니다. 밤중에 장례미사라니요!ㅡ이 시간에ㅡ그리고 단지 키프리아누스 수사가 그것을 고집하기 때문이라니!ㅡ*주님ㅡ이 수도사로부터 우리를 해방시키소서!*"ㅡ

마침내 악장은 반쯤 꿈을 꾸는 힐라리우스에게 자신이 대수도원장이 아니라 크라이슬러라는 것을 확신시키는 데 성공했다. 그제야 그에게서 사람들이 밤중에, 어디에서 가져왔는지는 그도 모르지만, 한 낯선 남자의 시신을 수도원으로 가져왔다는 사실을 간신히 알아낼 수 있었다. 그의 말로는 키프리아누스 수사 혼자만 알고 있는 것 같았고, 대수도원장이 키프리아누스의 절박한 청원에 내일 첫번째 기도시간 후에 이송이 이루어질 수 있도록 장례미사를 당장 거행하기로 합의해준 것을 보면 분명 평범한 남자가 아니라는 것이었다.

크라이슬러는 신부를 따라 불이 조금밖에 밝혀져 있지 않아 기이하고 무시무시한 광경을 하고 있는 교회 안으로 들어갔다.

중앙제단 앞에는 높은 천장에 매달려 있는 큰 금속 샹들리에의 초만 켜져 있어서 펄럭이며 타는 빛은 교회의 본당을 완전히 밝히지 못했고, 측랑에 비밀스럽게 스치듯 지나가는 빛살들만 던졌다. 그 빛 속에 성인들의 입상이 유령 같은 삶으로 깨어나 움직이고 걸어오는 것 같았다. 샹들리에 아래 가장 밝은 조명 속에는 시신이 들어 있는 열린 관이 놓여 있었다. 관을 둘러싼 수도사들은 창백하고 미동도 없어서 유령이 출몰하는 시간에 무덤에서 나온 죽은 자들처럼 보였다. 둔중하고 쉰 목소리로 그들은 진혼곡의 단조로운 절을 노래했다. 그들이 노래를 잠시 멈추는 사이 밖에서 예감에 가득찬, 쏴쏴 부는 밤바람 소리가 들려왔다. 교회의 높은 창문들은 마치 죽은 이들의 유령이 안에서 경건한 만가輓歌가 들려오는 집 문을 두드리는 것처럼 기이하게 덜그럭거렸다. 크라이슬러는 수도사들이 늘어서 있는 곳까지 다가갔고 죽은 이가 헥토르 왕자의 부관이라는 것을 알아보았다.

그때 그토록 자주 그를 지배했던 어두운 정령들이 꿈틀거리더니 날카로운 발톱으로 그의 상처 입은 가슴을 사정없이 움켜쥐었다.

조롱하는 유령이여, 그는 스스로에게 말했다. 너는 살인한 자가 접근하면 시체가 피를 흘린다는 말대로 저 뻣뻣이 굳은 젊은이가 피를 흘리도록 나를 이리로 내모는가? ─ 허허! 그가 병상에서 자신의 죄를 속죄했던 고약한 날들에 그의 모든 피를 다 흘려버려야 했던 것을 내가 대체 알지 못한단 말이냐? ─ 그를 죽인 살인자가 가까이 다가간다 해도 그에게는 그의 살인자를 독살할 수 있을 한 방울의 사악한 피도 남아 있지 않다. 특히 요하네스 크라이슬러는 결코 독살할 수 없다. 그도 그럴 것이 그는, 치명상을 입히기 위해 벌써 날카로운 혀를 내뻗었을 때 그가 바닥으로 짓밟아버린 독사와 아무런 관계도 없기 때문이다! ─ 눈을 떠라, 죽은 자여, 내가 너의 얼굴을 확실히 들여다볼 수 있도록, 죄가 나와 관계가 없다는 것을 네가 알도록 ─ 하지만 넌 그렇게 할 수 없구나! ─ 누가 너로 하여금 목숨을 빼앗기 위해 목숨을 걸도록 명령했는가? 어찌하여 너는 살인을 가지고 기만적인 게임을 하면서 거기에서 패할 것을 각오하지 않았느냐?─그러나 너의 표정은 부드럽고 선량하구나, 너 말없는 창백한 젊은이여, 죽음의 고통이 너의 아름다운 얼굴에서 흉악한 죄의 모든 흔적을 지워 없애버렸구나. 나는 사랑이 너의 가슴속에 있었기에 천국이 너에게 그 자비의 문을 열어주었을 것이라고 말할 수 있으리라. 이것이 지금 적절한 것이라면 말이다. 하지만 어떤가!─내가 너를 잘못 보았다면?─네가 아니라, 사악한 악령이 아니라. 아니, 나의 행운의 별이 사악한 배후에 매복하여 나를 노리는 끔찍한 액운에서 나를 구해내기 위해 너의 팔을 나를 향해 들어올렸다면?─이제 너는 눈을 떠도 된다, 창백한 젊은이여, 이제 화해의 눈빛으로 모든 것, 모든 것을 털어놓아도 된다. 내가 너에 대한 슬픔으로, 혹은 살금살금 내 뒤를 따라오는 검은 그림자가 이제 곧 나를 붙잡을 것이라는 끔찍하고 섬뜩한 두려움으로 인해 파멸해야 하더라도 말이다. 그래! 나를 바라보아라─그럼! 아니, 아니, 너는 레온하르트 에틀링거처럼 나를 바라볼 수 있을 것이다. 나는 네가 그라고 생각할 수 있을 테고, 그러면 너는 내가 종종 그의 텅 빈 유령의 목소리를 듣는 심연으로 나와 함께 내려가야 할 것이다. 하지만 아니, 너는 미소 짓는가?─너의 뺨, 너의 입술에 화색이 도는가? 죽음의 무기가 너를 쏘아 맞히지 않는가?─아니, 나는 다시 한번 너와 투쟁하고 싶지 않다. 하지만─

이렇게 혼잣말을 하는 동안 무의식적으로 한쪽 무릎을 꿇고 앉아 양 팔꿈치를 다른쪽 무릎 위에 얹고 양손을 턱 밑에 괴고 있던 크라이슬러는 깜짝 놀라 벌떡 일어났고, 틀림없이 기이하고 거친 행동을 시작했을 것이다. 그러나 바로 그 순간 수도사들은 노래를 멈췄고 성가대

558

의 소년들이 파이프오르간의 부드러운 반주에 맞춰 〈여왕이여, 인사받으소서〉*를 부르기 시작했다. 관은 닫혔고 수도사들은 장엄하게 떠나갔다. 그때 어두운 정령들이 가련한 요하네스를 놓아주었고, 슬픔과 고통으로 완전히 기진맥진한 채 그는 고개를 숙이고 수도사들을 따라갔다. 그가 막 문밖으로 걸어나가려 했을 때, 어두운 구석에서 한 형상이 일어나 급히 그를 향해 걸어왔다.

수도사들은 멈춰 서 있었고 그들이 들고 있는 초의 풍성한 빛이 열여덟에서 스무 살가량 되어 보이는 크고 건장한 한 청년을 비추었다. 결코 흉하다 할 수 없는 그의 얼굴은 지극히 거친 반항의 표정을 짓고 있었다. 검은 머리카락은 헝클어져 머리 주변에 흘러내려 있었고, 채색 줄무늬가 있는 아마포로 된 찢어진 조끼는 그의 알몸을 거의 가리지 못했으며, 마찬가지로 찢어진 선원바지는 드러나 있는 장딴지까지밖에 닿지 않아 그의 헤라클레스 같은 골격이 완전히 보였다.

이 저주받을 놈, 누가 너에게 우리 형을 살해하라고 명했느냐? 청년은 교회 안에 메아리칠 정도로 거칠게 소리를 지르더니 호랑이처럼 크라이슬러에게 덤벼들어 살인적인 손놀림으로 목을 움켜쥐었다.

하지만 크라이슬러가 예기치 못한 공격에 깜짝 놀라 미처 방어할 생각을 하기도 전에 벌써 키프리아누스 신부가 그의 곁에 서 있었고 강한 명령조로 말했다. 주세포, 흉악하고 죄 많은 자! 여기서 무엇을 하고 있나? 늙은 어머니는 어디에 두었는가? —당장 떠나거라! —대수도원장님, 수도원의 하인들을 불러오십시오, 잔인한 악한을 수도원 밖으

---

* 성모찬송.

로 내던져야 합니다!

청년은 키프리아누스가 그의 앞에 서자마자 즉시 크라이슬러를 놓아주었다. 자, 자, 그는 불만스레 외쳤다. 자신의 권리를 주장하려 한다고 곧장 그런 미친 듯한 법석은 떨지 말아주세요, 성인 나리!—안 그래도 저는 제 발로 갈 겁니다. 수도원 하인들을 나에게 덤벼들게 할 필요는 없습니다. 이 말과 함께 청년은 사람들이 잠그는 것을 잊어버린 작은 문을 통해 재빨리 뛰어가버렸는데, 아마도 그 작은 문을 통해 교회 안으로 몰래 들어온 모양이다. 수도원의 하인들이 왔지만 사람들은 깊은 밤중에 그 대담한 자를 계속해서 추적할 이유를 찾지 못했다.

특이한 것, 비밀스러운 것으로 인한 긴장이야말로, 자신을 파멸시키려 위협했던 순간의 폭풍과 싸워 이겨내자마자, 크라이슬러의 심성에 유익한 영향을 주었다. 이런 점은 크라이슬러의 특성에 속했다.

그리하여 이튿날 크라이슬러가 대수도원장의 앞에 서서, 그러한 기이한 상황하에 그를 살해하려 한, 그가 정당한 자기방어를 위해 때려죽인 자의 시신을 보고 받은 충격적인 인상에 대해 말하는 평온한 태도는 대수도원장에게 놀랍고 낯설게 느껴질 수밖에 없었다.

교회도, 대수도원장은 말했다. 교회도 세속의 법도 그대에게, 친애하는 요하네스, 저 죄 많은 사람의 죽음에 그 어떤 처벌해야 할 잘못도 탓할 수 없소. 하지만 그대는 오랫동안 상대를 죽이는 것보다 자신이 죽는 편이 나았다고 그대에게 말하는 내면의 목소리의 비난을 이겨낼 수 없을 거요. 그리고 이는 자신의 목숨을 보전하는 것보다 희생하는 것이 신의 뜻에 더 맞다는 것을 증명하오. 성급한 유혈 행위를 통해서만 목숨을 보전할 수 있다면 말이오. 하지만 지금은 그것에 관해서는 그만 말하지. 나는 더 합당하다고 생각되는 다른 얘기를 그대와 해야 하니까.

어떤 죽을 운명의 인간이 다음 순간 일의 형국이 어떻게 바뀔지 알 겠소. 얼마 전까지만 해도 나는 그대가 세상을 단념하고 우리 교단으로 들어오는 것보다 그대 영혼의 안녕에 더 유익한 것은 아무것도 없으리라고 굳게 확신했소. 나는 지금은 다른 의견이고, 그대에게, 그대가 내게 그토록 사랑스럽고 귀중해졌다 할지라도, 대수도원을 당장 떠날 것을 권하오. 나에 대해 미심쩍어하지 마시오, 친애하는 요하네스! 왜 내가 내 신념에 반하여 내가 힘겹게 만들어낸 것을 모두 뒤엎어버리려 하고 있는 다른 이의 의지에 따르는지 묻지 마시오. 내가 그대와 나의 행동 방식의 동기들에 대해 얘기하고자 한다 한들, 나를 이해하기 위해서 그대는 교회의 비밀들을 깊이 들어 알고 있어야 할 거라오. 하지만 나는 다른 누구보다도 그대와 더 자유롭게 얘기할 수 있소. 그러니 들어보시오. 짧은 시일 내에 대수도원에서의 체류가 그대에게 지금까지와 같은 유익한 평온을 더이상 허락하지 않을 것이고, 더 나아가 그대의 내적 노력은 치명적인 타격을 받을 것이며, 수도원이 그대에게 황량하고 절망적인 감옥으로 여겨질 거요. 수도원 질서 전체가 바뀌고, 경건한 관습과 일치될 수 있는 자유는 끝날 것이며 광신적인 수도사 짓거리의 어두운 정령이 곧 가차없는 엄격함으로 이 담장들 안에서 지배할 거요. 오, 나의 요하네스, 그대의 훌륭한 노래들은 더이상 우리의 정신을 최고의 경건함으로 고양시키지 않을 것이고, 합창단은 폐지될 것이며, 곧 사람들은 가장 늙은 수사들이 쉬어버린 탁한 목소리로 힘겹게 흥얼거리는 단조로운 응창만을 듣게 될 것이오.

그런데, 크라이슬러가 물었다. 그런데 이 모든 일이 이방의 수사 키프리아누스로 인해 일어난단 말이지요?

그렇소, 대수도원장은 눈을 내리깔며 슬픈 듯 대꾸했다. 그렇소, 선량한 요하네스, 그리고 바로 그러할 수밖에 없다는 것, 그것은 내 탓이 아니오. 하지만, 잠시 말이 없다가 대수도원장은 더 높아진 장엄한 음성으로 덧붙였다. 하지만 그것을 통해 교회의 확고한 구조, 영광이 촉진될 수 있다면 모든 일이 일어나야 하고 어떠한 희생도 너무 크지 않다오!

누구, 크라이슬러가 불만스레 말했다. 당신을 지배하는, 오로지 말만으로 저 살인적인 청년을 내 몸에서 떼어놓을 수 있었던 높고 힘있는 성인은 대체 누구란 말입니까?

그대는, 대수도원장이 대꾸했다. 그대는, 친애하는 요하네스, 지금은 그것을 완전히 알지 못한 채 한 비밀 속에 얽혀들어 있소. 하지만 곧 그대는 그에 대해 더 많이, 아마도 내가 알고 있는 것보다 더 많이, 그것도 마이스터 아브라함을 통해 알게 될 거요. 우리가 아직도 우리의 수사라 부르는 키프리아누스는 선택된 자들 가운데 한 사람이라오. 그는 천상의 영원한 힘들과 직접 접촉하도록 인정받았고 우리는 지금 이미 그의 안에 있는 성인을 숭배해야 하오. 장례미사 동안 교회 안으로 몰래 들어와 그대를 죽일 듯 움켜잡은 저 대담한 청년에 관해 말하자면, 그는 길 잃은 반쯤 미친 집시 아이인데, 마을에서 사람들의 살진 닭들을 닭장에서 훔친 일로 우리 수도원 관리인이 벌써 몇 번 거칠게 채찍질을 했다오. 그자를 내쫓기 위해서는 그러니까 특별한 기적이 필요하지 않았지. 대수도원장이 마지막 말을 하는 동안 아이러니한 미소가 입가에 어렴풋이 실룩이더니 마찬가지로 빨리 사라졌다.

아주 깊은, 쓰디쓴 불쾌감이 크라이슬러의 마음을 가득 채웠다. 그는 대수도원장이 그의 정신, 그의 오성의 모든 장점에도 불구하고 기만적인 익살극을 벌인 것, 그리고 그가 전에 자신이 수도원에 들어오도록 하기 위해 든 모든 이유가 이제 그 반대를 위해 내세운 이유들과 마찬가지로 숨겨진 의도를 위한 구실로 쓰였으리라는 것을 깨달았다. 크라이슬러는 대수도원을 떠나기로, 그리고 더 오래 머무르면 자신을 더이상 모면할 수 없는 올가미 속으로 여전히 끌어들일 수 있는 모든 위협적인 비밀에서 완전히 벗어나기로 결심했다. 하지만 이제 어떻게 곧장 지크하르츠호프로, 마이스터 아브라함에게 돌아갈 수 있을지, 어떻게 그녀를, 그의 유일한 생각인 그녀를 다시 만날 수, 다시 들을 수 있을지 생각하자, 그는 가슴속에서, 가장 열렬한 사랑의 갈망이 표현되는, 저 달콤한 압박감을 느꼈다.

깊이 생각에 잠긴 채 크라이슬러는 정원의 중앙통로를 걸어 내려갔다. 그때 힐라리우스 신부가 그에게 급히 다가오더니 곧장 말을 시작했다. 자네는 대수도원장 방에 있었지, 크라이슬러, 그가 자네에게 모든 것을 말했군!—자, 내가 옳았나?—우리는 모두 끝장이네!—이 성직자 희극배우!—그 말이 입 밖으로 나와버렸군, 우리는 우리끼리 있지 않나!—그가—자네는 내가 누구를 말하는지 알지. 수도복을 입고 로마로 왔을 때, 교황 성하께서는 그에게 즉시 알현을 허락하셨네. 그는 무릎을 꿇고 엎드려 반화半靴에 입을 맞췄지. 하지만 교황 성하께서는 일어나라는 손짓 없이 그를 한 시간 내내 엎드려 있게 놔두셨다네. "이것이 교회가 너에게 내리는 첫번째 벌일지어다." 그가 마침내 허락을 받고 일어났을 때 교황께서는 그에게 호통을 치셨네. 그러고 나서 키프리아누스가 빠져든 죄 많은 잘못들에 대해 긴 설교를 하셨지. 이 후에 그는 모종의 은밀한 방들에서 오랜 수업을 받았고 그런 다음 밖으로 나갔네!―오랫동안 성인이 전혀 없었지!―기적은―자, 자네는 그 그림을 보았네, 크라이슬러―기적은, 내가 말하건대, 로마에서 비로소 그 진정한 형상을 얻었네. 나는 정직한 베네딕트 수도사일 뿐이고, 자네도 인정해준 쓸만한 성가대 지휘자이며 유일하게 구원을 주는 교회의 영광을 위해 즐겨 니렌슈타인 와인이나 프랑켄 와인 한 잔을 마시는 사람이지. 하지만!―나의 위안은, 그가 여기 오래 머물지 않을 것이라는 점이네. 그는 이리저리 옮겨다녀야 하거든. 수도원 안에 있는 한 수사는 달걀 두 개만한 힘도 없지. 하지만 *그가 한번 바깥에 나가면 그에게는 서른 명을 상대할 힘이 생긴다네*Monachus in claustro non valet ovae duo: sed quando est extra bene valet triginta.*―그는 그러니 아마 기적도 행할 것이네―보게나, 크라이슬러, 보게나, 저기 그가 통로를 걸어 올라오고 있구먼―그는 우리를 보았고 자신이 어떻게 행동해야 하는지 알고 있네.

크라이슬러는 느릿느릿 엄숙한 걸음으로, 무표정한 눈빛은 하늘을 향한 채, 경건한 황홀경에 빠진 듯 양손을 포개고 나뭇잎이 무성한 길을 올라오고 있는 수도사 키프리아누스를 보았다.

힐라리우스는 재빨리 떠나버렸다. 하지만 크라이슬러는 용모와 본질에서 그를 다른 모든 사람들 가운데서 두드러지게 하는 기이하고 낯

---

* ovae가 아니라 ova를 써야 하는데, 틀린 표현까지 『가르강튀아』를 그대로 인용하고 있다.

선 무언가를 지니고 있는 수도사를 바라보며 혼자 남아 있었다. 크고 비상한 액운이 읽어낼 수 있는 흔적을 남겼고 그래서 또한 놀라운 수도사의 운명이 지금 막 보이는 겉모습을 형성한 것 같았다.

수도사는 황홀경 속에 크라이슬러를 보지 못하고 지나쳐 가려 했다. 그러나 크라이슬러는 교회 수장의 엄격한 사절, 가장 훌륭한 예술의 적대적인 박해자의 길을 가로막고 싶은 기분이 들었다.

그는 다음과 같은 말로 그렇게 했다. 수사님, 당신께 감사의 뜻을 표하도록 허락해주십시오. 당신은 힘있는 말을 통해 거칠고 무례한 집시 놈의 손에서 제때 저를 구해주셨습니다. 그놈은 훔친 닭처럼 저를 목졸라 죽였을 겁니다!—

수도사는 꿈에서 깨어나는 것처럼 보였다. 그는 손으로 이마를 훑더니 크라이슬러를 기억해내야 한다는 듯이 그를 오랫동안 멍하니 바라보았다. 그러나 그러고 나서 그는 무시무시하고 꿰뚫는 듯한 진지함으로 얼굴을 찌푸렸고, 두 눈에 노여움의 불꽃이 가득한 채 강한 음성으로 소리쳤다. 무모하고 방자한 인간, 내가 그대를 그대의 죄악 속에 죽게 하는 것이 마땅했을 것이다! 그대는 뎅그렁거리는 세속적인 소리로 교회의 신성한 제식, 종교의 가장 고결한 지주를 모독한 자가 아닌가? 그대는 여기에서 공허한 재주로 지극히 경건한 심성들이 신성한 것을 외면하고 방만한 노래로 세속적 즐거움에 빠지도록 현혹시킨 자가 아닌가? 크라이슬러는 이 광기 어린 비난으로 마음이 상했을뿐더러 그토록 쉬운 무기로 맞서 싸울 수 있는 광신적인 수도사의 어리석은 오만으로 고양됨을 느꼈다.

그것이, 크라이슬러는 아주 차분하게, 수도사의 눈을 확고히 들여다보며 말했다. 천상의 선물이 열렬한 숭배의 열광을, 더 나아가 피안의 인식을 우리의 가슴속에서 일깨우도록 신이 우리에게 몸소 주신 언어로 신을 찬미하는 것이 죄가 된다면, 노래의 세라핌의 날개를 타고 모든 지상의 것 너머로 날아올라 경건한 동경과 사랑 속에서 지고의 것을 향해 오르기 위해 노력하는 것이 죄가 된다면, 그렇다면 당신이 옳습니다, 수도사님, 그렇다면 저는 몹쓸 죄인입니다. 허나 죄송합니다만 저는 정반대의 견해를 가지고 있으며, 노래가 침묵해야 한다면 교회의 제식에 지극히 신성한 열광의 참된 영광이 결여될 것이라 굳게 믿습니다.

그렇다면 간청하시오, 수도사는 엄격하고 차갑게 대꾸했다. 그렇다면 성모마리아께 그대 눈의 덮개를 벗겨달라고, 그리고 그대가 저주받을 잘못을 인식하게 해달라고 간청하시오.

누군가, 크라이슬러가 부드럽게 미소 지으며 말했다. 한 작곡가[*]에게 어떻게 그의 종교적 악곡들이 절대적으로 경건한 열광을 발산하게 하는지 물었습니다. 그러자 경건하고 천진한 대가가 대답했지요. 작곡이 그리 잘 진행되지 않을 때면, 나는 방에서 이리저리 거닐며 몇 차례 아베마리아 기도를 하지요. 그러면 내게 다시 아이디어가 떠오른답니다. 같은 대가는 다른 위대한 종교적 작품[**]에 대해서도 말했지요. 작곡이 절반쯤 되었을 때 비로소 나는 그것이 잘된 듯하다는 것을 알아챘습니다. 나는 또한 한 번도 그 작업을 하던 시기만큼 경건한 적이 없었습니다. 나는 날마다 무릎을 꿇고 엎드려 신에게 이 작품을 잘 완성할

---

[*] 요제프 하이든. (원주)
[**] 〈천지창조〉. (원주)

수 있는 힘을 달라고 기도했답니다. 수도사님, 제게는 이 대가도, 옛 팔레스트리나*도 죄 있는 것을 만들어내려 애쓴 것 같지 않고 노래의 지고한 경건함으로 불타오를 수 없는 것은 금욕적 완고함 속에 차가워진 마음뿐이라는 생각이 듭니다.

보잘것없는 인간, 수도사는 노해서 벌컥 화를 냈다. 너는 대체 누구인가, 내가 먼지 속에 몸을 내던져야 할 너와 논쟁해야 하다니?—대수도원에서 떠나라, 네가 신성한 것을 더 오래 혼란시키지 않도록!—

크라이슬러는 수도사의 명령조에 깊이 분개하여 격하게 소리쳤다. 그러면 너는 대체 누구인가, 미친 수도사, 인간적인 모든 것 위로 너를 높이려 하다니?—너는 죄악으로부터 자유롭게 태어났는가?—너는 결코 지옥의 생각을 품어본 적이 없는가? 너는 결코 네가 거닐던 미끄러운 길에서 벗어나본 적이 없는가? 그리고 네가 아마도 그 어떤 무시무시한 행동으로 자초했을 죽음에서 성모마리아가 너를 정말로 자비롭게 구해냈다면, 그것은 네가 겸허히 너의 죄를 깨닫고 참회하도록 일어난 일이지 무도한 허풍으로 네가 결코 얻지 못할 하늘의 자비를, 더 나아가 신성한 관을 자랑하도록 일어난 일이 아니다.

수도사는 알아들을 수 없는 말을 웅얼거리며 죽음과 불행의 빛이 번득이는 시선으로 크라이슬러를 노려보았다.

그리고, 크라이슬러는 한층 더 흥분해서 계속해서 말했다. 그리고 오만한 수도사, 네가 아직 이 웃옷을 입었을 때—

이 말과 함께 크라이슬러는 마이스터 아브라함에게서 얻은 그림을

---

* 이탈리아 작곡가 조반니 피에를루이지 다 팔레스트리나.

수도사의 눈앞에 보여주었다. 그것을 보자마자 그는 격렬한 절망에 휩싸여 두 주먹으로 이마를 쳤다. 그리고 치명타를 입은 듯 심장을 으스러뜨리는 듯한 고통의 소리를 내뱉었다.

너야말로 떠나거라, 이제 크라이슬러가 소리쳤다. 너야말로 대수도원에서 떠나거라, 너 범죄를 두려워 않는 수도사여! ─허허, 나의 성인님, 어쩌면 너와 한통속일 닭도둑을 만나거든 그에게 말하라. 너는 다음번엔 나를 다시 보호할 수도 없고, 보호하고자 하지도 않는다고, 하지만 그는 조심해야 하고 내 목덜미에서 떨어져 있어야 한다고, 그렇지 않으면 내가 그를 종달새처럼 혹은 그의 형처럼 꿰찔러버릴 거라고, 그도 그럴 것이 꿰찌르는 것이라면 ─크라이슬러는 이 순간 자신에게 깜짝 놀랐다. 수도사는 뻣뻣이 굳은 채, 미동도 하지 않고, 아직도 두 주먹으로 이마를 누른 채, 아무 말도, 아무 소리도 내지 못한 채 그의 앞에 서 있었다. 크라이슬러에게는 가까운 덤불 속에서 살랑거리는 소리가 나는 것 같았고, 곧 광포한 주세포가 그에게 덤벼들 것만 같았다. 그는 그곳을 떠나 내달렸다. 수도사들은 막 제단실에서 저녁 시도를 읊고 있었고 크라이슬러는 깊이 흥분되고 상처 입은 마음이 진정되기를 바라며 교회 안으로 들어갔다.

시도는 끝났고, 수도사들은 제단실을 떠났으며, 촛불은 꺼졌다. 크라이슬러의 마음은 그가 수도사 키프리아누스와의 논쟁에서 생각했던 경건한 옛 대가들에게로 향했다. 음악─경건한 음악이 그의 내면에 떠올랐다. 율리아가 노래했고 더이상 그의 마음속에 폭풍이 쏴쏴 몰아치지 않았다. 그는 측면예배당을 통해 떠나려 했는데, 그 문들은 계단으로 그리고 저 위 그의 방으로 이어지는 긴 복도로 나 있었다.

크라이슬러가 예배당에 들어서자 한 수도사가 그곳에 세워져 있는 기적을 행하는 마리아상 앞 바닥에 몸을 쭉 뻗고 엎드려 있다가 힘겹게 일어났다. 성체등의 불빛 속에서 크라이슬러는 수도사 키프리아누스를 알아보았다. 하지만 그는 힘없어 보였고 비참하게 막 실신 상태에서 제정신을 차린 것 같았다. 크라이슬러는 그에게 도움의 손길을 내밀었다. 그러자 수도사는 낮게 흐느끼는 음성으로 말했다. 나는 그대를 알겠소─그대는 크라이슬러지요! 자비심을 가지시오, 나를 떠나지 마시오, 저 계단으로 가도록 도와주시오, 나는 거기에 앉겠소. 하지만 내 곁에, 내 바로 곁에 앉으시오, 오직 성모마리아만 우리의 말을 들어도 되니까─동정을 베푸시오. 두 사람이 제단의 계단에 앉았을 때 수도사는 말을 이었다. 동정을, 자비를 베푸시오, 내게 털어놓으시오, 그대가 그 불행한 초상화를 늙은 세베리노에게서 얻었는지, 그대가 모든 것을, 무서운 비밀 전부를 알고 있는지?

크라이슬러는 거리낌없이 툭 터놓고 초상화를 마이스터 아브라함 리스코프에게서 얻었다고 확언했다. 그리고 지크하르츠호프에서 일어난 모든 일, 그리고 자신이 여러 정황의 조합만으로 어떤 만행을 추론하는지 두려움 없이 이야기했다. 초상화는 배신의 공포와 아울러 그러한 만행의 생생한 기억을 불러일으킨다는 것이었다. 크라이슬러의 이야기에서 몇몇 순간에 깊이 충격을 받는 것처럼 보인 수도사는 잠시 침묵했다. 그러고 나서 그는 기운을 내어 확고한 음성으로 말했다. 크라이슬러, 그대는 이미 너무 많은 것을 알고 있으니 이제 모든 것을 듣고 알아야 할 터. 들으시오, 크라이슬러, 그대를 죽음에 이르기까지 추적한 저 헥토르 왕자, 그는 나의 동생이오. 우리는 제후의 아들인데,

시대의 폭풍이 뒤엎어버리지 않았더라면 내가 옥좌를 물려받았을 것이오. 막 전쟁이 발발했기에 우리 둘은 군에 복무했소. 군 복무로 인해 먼저 내가, 다음에 내 동생도 나폴리로 가게 되었지. 나는 당시 세상의 모든 사악한 쾌락에 빠져 있었고, 특히 여자들에 대한 격렬한 열정이 나를 완전히 사로잡았소. 아름다운만큼 사악한 한 무희가 나의 애인이었고 그 밖에도 나는 그들이 보이는 곳이라면 어디든 방종한 하녀들의 꽁무니를 따라다녔소.

그리하여 나는 어느 날 벌써 어두워지기 시작했을 때 방파제에서 이런 부류의 여자들 몇몇을 뒤쫓은 일이 있었소. 내가 그들을 거의 따라잡았을 때, 바로 옆에서 한 목소리가 째지는 소리로 외치더군. 작은 왕자는 얼마나 사랑스럽기 짝이 없는 건달이람! ―천한 하녀들의 꽁무니를 따라다니다니, 가장 아름다운 공주의 품에 안겨 있을 수 있을 텐데! ―내 시선은 남루한 옷차림의 늙은 집시 여자를 향했는데, 나는 그녀가 며칠 전에 톨레도 거리에서 추적자에게 잡혀가는 것을 봤소. 한 물장수를, 아주 힘세 보이는 사람이었지만, 싸우다가 목발로 쳐서 땅바닥으로 쓰러뜨렸기 때문이오. 너는 내게서 무얼 원하는가, 늙은 마녀여? 나는 그 여자에게 소리쳤소. 하지만 그녀는 바로 그 순간 내게 몹시 끔찍하고 천한 욕설을 폭포수처럼 퍼부어댔지. 그러자 곧 한가한 사람들의 무리가 우리 주위로 모여들더니 내가 당황하는 것을 보고 마구 폭소를 터뜨렸다오. 나는 떠나려 했지만 그때 그 여자가 바닥에서 일어서지 않은 채 내 옷을 꽉 붙잡더니 갑자기 욕설을 멈추고 역겨운 얼굴을 히죽거리는 미소로 찌푸리며 나직이 말했소. 아아, 나의 귀여운 작은 왕자, 내 곁에 머물러 있지 않겠나? 너에게 홀딱 반해 있는 더없이 아름다운 천사 같은 아이에 대해 듣지 않겠나? —이 말과 함께 노파는 내 팔에 꽉 매달리며 힘겹게 일어섰소. 그리고 내 귀에 대고 대낮처럼 아름답고 우아하며 아직 순결하다는 한 젊은 아가씨에 대해 속삭였소. 나는 그 여자를 천한 뚜쟁이로 여기고 마침 새로운 모험을 시작할 의향이 없었던 터라 두카텐 몇 닢을 주고 그녀에게서 벗어나려 했소. 그러나 그녀는 돈을 받지 않았고, 내가 떠나갈 때 큰 소리로 웃으며 내 뒤에 대고 소리쳤지. 가시오, 그래, 가보시오, 고귀한 신사분, 그대는 곧 마음속에 커다란 근심과 아픔을 지니고 나를 찾아올 거야! —얼마간의 시간이 지났고 나는 더이상 집시 여자를 생각하지 않았소. 그런데 어느 날 빌라 레알레라 불리는 산책길에서 한 숙녀가 내 앞에 걸어가고 있었소. 그녀의 존재는 내게 놀랍도록 우아하게 여겨졌는데, 나는 그때까지 그런 여자를 한 번도 보지 못했다오. 나는 급히 그녀를 앞질러갔소. 그녀의 얼굴을 보았을 때 모든 아름다움의 빛나는 천국이 열리는 것처럼 느껴졌소. 당시 죄 많은 인간으로서 내가 한 생각인데, 그 모독적인 생각을 다시 이야기하는 것이 신께서 사랑스러운 앙겔라를 장식한 매력을 모두 묘사하는 것보다 그대에게 훨씬 더 유용할 거요. 지상의 아름다움에 대해 많은 얘기를 하는 것이 지금 내게 적절하지 않은데다 아마 제대로 얘기하지도 못할 테니 말이오. 숙녀의 옆에서는 아주 유별난 키와 기이한 서투름 때문에 눈에 띄는 아주 나이 많은 점잖은 차림새의 여자가, 걸어간다기보다는 차라리 지팡이를 짚고 절뚝거리며 가고 있었소. 옷차림이 완전히 바뀐데다 깊이 눌러쓴 두건이 얼굴의 일부를 가리긴 했지만 나는 그 늙은 여자가 방파제에서 본 집시 여자라는 것을 즉시 알아보았다오. 노파의 잔뜩 찌푸린 미소, 어렴풋이 고개를 까딱이는 품이 내가 잘못 보지 않았다는 것을 증명해주었소. 나는 그 우아한 기적에서 눈을 뗄 수가 없었지. 그 사랑스러운 여자는 눈을 내리깔았는데, 부채가 그녀의 손에서 떨어졌소. 나는 재빨리 부채를 주웠고 그녀가 그것을 받을 때 나는 그녀의 손가락을 건드렸소. 그녀는 전율했는데, 그때 저주받을 열정의 불이 내 안에서 타올랐고 나는 내게 하늘이 부과한 끔찍한 시험의 첫 순간이 왔다는 것을 예감하지 못했다오. 완전히 마비되어, 완전히 혼란에 빠진 채 나는 거기 서 있었고, 그 숙녀가 늙은 동행인과 함께 가로숫길 끝에 멈춰 서 있던 마차에 오르는 것을 거의 알아채지 못했소. 마차가 떠나갈 때에야 나는 정신을 차리고 미친 사람처럼 급히 뒤쫓았소. 나는 마차가 큰 광장 라르고 델레 피아네로 이어지는 좁고 짧은 거리의 한 집 앞에 멈춘 것을 간신히 볼 수 있었소. 두 사람, 숙녀와 동행인은 마차에서 내렸고, 그들이 집으로 들어가자 마차가 즉시 떠나갔으므로 나는 그곳이 그들의 집이라고 제대로 추측할 수 있었소. 라르고 델레 피아네 광장에는 나의 은행가인 알레산드로 스페르치 씨가 살고 있었는데, 어떻게 당장 그 남자를 찾아갈 생각을 하게 되었는지 나 자신도 모르겠소. 그는 내가 업무 때문에 왔다고 생각했고 나의 상황에 대해 아주 자세히 이야기하기 시작했지요. 그러나 나의 온 머리는 그 숙녀로 가득차 있었고, 다른 아무것도 들리지 않는 듯했소. 그리하여 나는 스페르치 씨에게 모든 대답 대신 그 순간의 우아한 모험에 대해 이야기하게 되었다오. 스페르치 씨는 나의 아름다운 여자에 대해 내가 예감할 수 있었던 것보다 더 많이 말해줄 수 있었소. 반년마다 아우크스부르크의 한 상점으로부터 바로 그 숙녀를 위해 발행된 상당한 금액의 어음을 받는 이가 그렸다오. 그녀는 앙겔라 벤초나라 불렸고, 노파는 막달라 지그룬 부인이라 불렸소. 스페르치 씨는 그 대신 아우크스부르크의 상점에 아가씨의 생활 전체에 대해 지극히 자세한 소식을 전해주어야 했소. 지금 그녀의 재정을 관리하는 것처럼 이전에도 그녀의 교육 전체를 관리하는 것이 그의 책임이었기에, 그는 일종의 후견인으로 간주될 수 있었지. 은행가는 소녀를 가장 고귀한 신분의 사람들 사이에 있던 금지된 관계의 열매로 여겼소. 나는 스페르치 씨에게 사람들이 그러한 보물을, 더럽고 너덜너덜한 집시 옷을 입고 거리에서 떠돌아다니고 심지어 뚜쟁이 노릇을 하려 했던 그토록 미심쩍은 노파에게 맡긴 것에 대한 의아함을 표명했소. 은행가는 그 말을 반박하며 그녀가 두 살밖에 되지 않았을 때 함께 이곳으로 온 그 노파보다 더 충실하고 주의깊은 보호자는 없다고 단언했다오. 노파가 이따금 집시 여자로 변장하는 것은 가장의 자유가 있는 이 나라에서 관대하게 보아 넘길 수 있는 기묘한 변덕이라는 것이었소. 짧게 말해도 되겠지, 짧게 말해야겠소!— 노파는 곧 집시 복장을 하고 나를 찾아와 몸소 나를 앙겔라에게 데려갔소. 그녀는 귀엽고 처녀다운 부끄러움에 몹시 낯을 붉히며 내게 사랑을 고백했다오. 길 잃은 존재였던 나는 여전히 노파가 극악무도한 죄악에 빠진 양육자라고 생각했소. 하지만 곧 정반대임을 확인하게 되었지. 앙겔라는 눈처럼 순결하고 순수했고, 나는 죄로 가득하여 탐닉하려고 생각했던 곳에서 미덕을 믿는 법을 배웠소. 물론 지금 와서는 나는 그 미덕이 악마의 잔악한 기만임을 깨달아야 하오만. 열정이 점점 더 고조되는 바로 그만큼 나는 또한 점점 더, 앙겔라와 결혼해야 한다고 내 귀에 대고 끊임없이 속삭인 노파에게 기울게 되었다오. 당장은 몰래 결혼해야 할지라도, 내가 공공연히 부인의 이마 위에 제후의 관을 씌워줄 날이 오리라는 것이었소. 앙겔라의 혈통은 나의 혈통과 같다면서 말이오.

　─우리는 산 필리포 교회의 한 예배당에서 결혼했다오. 나는 천국을 찾았다고 믿었고, 모든 관계에서 벗어났소. 나는 군 복무를 포기했고, 사람들은 내가 평소에 죄를 범하며 모든 쾌락에 빠져 있던 저 무리 속에서 나를 더이상 보지 못하게 되었지. 바로 이 변화된 생활 방식이 나를 드러냈소. 내가 결별을 고한 저 무희가 저녁마다 내가 어디로 가는지 알아냈고, 거기서 어쩌면 자신의 복수의 싹이 자라날 수 있겠다 예감하며, 내 동생에게 나의 사랑의 비밀을 폭로한 거요. 동생은 몰래 내 뒤를 밟았고 앙겔라의 품에 안겨 있는 나를 갑자기 덮쳤소. 헥토르는 장난스러운 농담 같은 어법으로 자신의 주제넘음을 변명했고, 내가 너무도 이기적이어서 그에게 정직한 친구의 신뢰조차 주지 않았다고 비난했소. 하지만 나는 그가 앙겔라의 굉장한 아름다움에 얼마나 놀랐는지 너무도 분명히 알아챘소. 불씨는 떨어졌고, 더없이 격렬한 열정의 불꽃이 그의 마음속에 댕겨졌지. 그는 자주 찾아왔소. 내가 있는 시간에만 오기는 했지만. 나는 헥토르의 미친 듯한 사랑이 화답된 것을 알아보았다고 믿었소. 그리고 질투하는 모든 복수의 여신이 나의 가슴을 갈기갈기 찢어놓았소. 그때 나는 지옥의 공포에 빠져 있었다오!─언젠가 내가 앙겔라의 방에 들어섰을 때, 옆방에서 헥토르의 목소리가 들리는 듯했소. 마음속에 죽음을 품고 나는 그 자리에 못박힌 듯 서 있었소. 하지만 갑자기 헥토르가 옆방에서 벌겋게 달아오른 얼굴로 눈을 지독하게 희번덕거리며 미친 사람처럼 뛰어들어왔다오. 저주받을 놈,

너는 앞으로 내 길을 가로막지 말아야 한다! 그는 분노로 거품을 물며 이렇게 소리치더니 재빨리 끄집어낸 단도를 자루에 이르기까지 내 가슴 깊숙이 찔러넣었소. 불려온 외과의사는 칼이 심장을 관통했음을 발견했소. 성모마리아께서 나의 가치를 인정하시어 기적을 통해 내게 생명을 다시 선사해주셨지.

수도사는 마지막 말을 낮고 떨리는 음성으로 말하고는 우울한 생각에 빠져든 것처럼 보였다.

그러면, 크라이슬러가 물었다. 앙겔라는 어떻게 되었습니까?

그때, 수도사는 텅 빈 유령 같은 목소리로 대답했다. 살인자가 그의 만행의 결실을 향유하고자 했을 때, 단말마의 고통이 내 연인을 사로잡았고 그녀는 그의 품에서 죽었소. 독이—

이 말을 하더니 수도사는 얼굴을 처박고 쓰러졌고 죽어가는 사람처럼 그르렁거리며 숨을 헐떡였다. 크라이슬러는 종을 잡아당겨 수도원을 움직이게 했다. 사람들은 급히 달려와 실신한 키프리아누스를 병실로 옮겼다.

크라이슬러는 이튿날 아침에 대수도원장이 아주 특별히 쾌활한 기분인 것을 보았다. 하하, 대수도원장은 그를 향해 외쳤다. 하하, 나의 요하네스, 그대는 현대의 기적을 전혀 믿지 않으려 하면서 어제 교회에서 도대체 일어날 수 있는 가장 놀라운 기적을 몸소 행했구려. 말해보시오, 그대가 우리의 오만한 성자를 데리고 무엇을 했는지. 그는 후회와 회오에 가득찬 죄인처럼 거기 누워 어린애처럼 죽음을 두려워하며 우리를 멸시하려 한 것에 대해 우리 모두에게 몹시 간절하게 용서를 구했다오!—그대는 그대에게 고해를 요구했던 그로 하여금 어떻게 스스로 고해하게 한 것이오?

크라이슬러는 그와 수도사 키프리아누스에게 무슨 일이 있었는지 조금이라도 감추고 말하지 않을 이유를 전혀 찾지 못했다. 그래서 그가 신성한 음악 예술을 비하했을 때 교만한 수도사에게 했던 자유로운 설교에서부터 그가 독이!라는 말을 내뱉었을 때 빠져든 끔찍한 상태에 이르기까지 모든 것을 자세히 이야기했다. 그러고 나서 크라이슬러는 왜 헥토르 왕자가 보고 경악했던 그림이 수도사 키프리아누스에게 똑같은 효과를 불러일으켰는지 실은 여전히 알지 못하노라고 설명했다. 마찬가지로 어떻게 해서 마이스터 아브라함이 저 끔찍한 사건에 얽혀들게 되었는지 여전히 전혀 모르고 있노라는 것이었다.

실제로, 대수도원장은 우아하게 미소 지으며 말했다. 실제로, 사랑하는 젊은 친구 요하네스, 우리는 불과 몇 시간 전과는 아주 다르게 마주하고 있소. 완강한 심성, 확고한 감각, 그러나 아마도 특히 놀랍게 예언하는 인식처럼 우리의 가슴속에 숨겨져 있는 깊고 올바른 감정이 합쳐져 가장 예리한 오성, 모든 것을 구별하는 가장 숙련된 시선보다 더 많은 성과를 거둔다오. 나의 요하네스, 그대는 그것을 증명했소. 사람들이 그 효과에 대해 완전히 가르쳐주지 않은 채 그대 손에 쥐여준 무기를 그토록 노련하게 제때 사용해서 철저히 구상된 계획도 그리 쉽게 물리치지 못했을 적을 당장 때려눕힘으로써 말이오. 부지중에 그대는 내게, 수도원에, 어쩌면 또한 교회 자체에도 그 유익한 결과를 간과할 수 없는 도움을 주었다오. 나는 이제 그대에게 아주 솔직하고자 하고, 솔직해도 되겠소. 나는 그대에게 불리하도록 나를 속여 그릇된 것을 진짜로 여기게 하려던 사람들에게서 돌아서겠소. 그대는 나를 신뢰

해도 좋소, 요하네스!—그대의 가슴속에 깃들어 있는 가장 아름다운 소원이 이루어지도록, 내 그것을 위해 배려하겠소. 그대의 세실리아[*], 그대는 내가 어떤 사랑스러운 존재를 뜻하는지 알고 있지—하지만 지금은 그것에 대해 입을 다뭅시다!—그대가 더 알고 싶어하는 나폴리에서의 저 끔찍한 사건에 관해서는 간략하게 얘기할 수 있소. 먼저 우리의 기품 있는 수사 키프리아누스는 그의 이야기에서 작은 사정 하나를 생략하고 싶어했소—앙겔라는 그가 지옥 같은 질투의 광기 속에 그녀에게 가져다준 독으로 죽었다오—마이스터 아브라함은 당시 나폴리에서 세베리노라는 이름으로 있었소. 그는 그의 잃어버린 키아라의 흔적을 찾으리라 생각했고, 그것을 정말로 찾았다오. 그대도 벌써 알고 있는 막달라 지그룬이라는 이름의 저 늙은 집시 여인이 그가 가는 길에 나타났기 때문이오. 더없이 끔찍한 일이 일어났을 때 노파는 마이스터를 찾아가 의논했고, 나폴리를 떠나기 전에 그대가 아직 그 비밀을 알지 못하는 저 초상화를 그에게 믿고 맡겼소. 가장자리의 강철로 된 단추를 누르시오. 그러면 케이스의 뚜껑으로 사용될 뿐인 안토니오의 초상화가 홱 열릴 거요. 그러면 앙겔라의 초상화를 보게 될 뿐만 아니라, 이중 살해의 증거를 제공하는 엄청나게 중요한 몇 개의 작은 잎이 그대의 손에 떨어질 것이오. 그대는 이제 그대의 부적이 왜 그토록 강력한 영향력을 행사하는지 알겠지. 마이스터 아브라함은 그 형제와 여러 가지 접촉을 하게 되었다고 하오. 하지만 그에 관해서는 나보다 그 자신이 그대에게 더 잘 얘기해줄 수 있을 거요. 이제 들어봅

---

[*] 음악의 수호신.

시다, 요히네스, 병든 키프리아누스 수사가 어떤 상태인지!

그런데 기적은? 크라이슬러는 그 자신이 대수도원장과 함께 호의적인 독자가 아마 기억하고 있을 그림을 고정시켰던 작은 제단 위 벽의 자리로 시선을 던지며 이렇게 물었다. 하지만 그 그림 대신 다시 옛 자리를 차지한 레오나르도 다빈치의 성가족을 보았을 때 그는 적잖이 놀랐다. 그런데 기적은? ─크라이슬러는 두번째로 물었다. 그대는, 대수도원장이 기이한 눈빛으로 대꾸했다. 그대는 일전에 여기에 걸려 있던 아름다운 그림을 말하시오? ─나는 그것을 그동안 병실에 걸어놓게 했다오. 어쩌면 그 모습이 우리의 가련한 키프리아누스 수사에게 기운을 돋워줄는지 모르지. 어쩌면 성모께서 그를 두번째로 도와주실는지 모르고.

크라이슬러는 자신의 방에서 마이스터 아브라함이 쓴 다음과 같은 내용의 편지를 발견했다.

나의 요하네스!

어서 일어서게! ─어서! ─대수도원을 떠나게. 할 수 있는 한 빨리 서둘러 이리로 오게! ─악마가 여기서 자신의 즐거움을 위해 아주 특별한 몰이사냥을 저질렀네! ─만나서 직접 더 이야기하도록 하지. 쓰는 것이 몹시 힘들어지네. 그도 그럴 것이 모든 것이 내 목에 걸려 있고 나를 질식시키려 하기 때문일세. 나에 대해, 내게 떠오른 희망의 별에 대해 한마디도 하지 않겠네. 일단 이것만 황급히 서둘러 말해두지. 자네는 고문관 부인 벤촌은 더이상 찾아볼 수 없지만 폰 에셰나우 제국 백작 부인이라 불리는 이는 찾을 수 있을 걸세. 빈으로부터 승인서가 도착했고, 율리아와 위엄 있는 이그나츠 왕자의 장래의 결혼은 공포된 것이나 다름없네. 제후 이레네우스는 그가 통치하는 군주로서 앉게 될 새로운 옥좌에 대한 생각에 몰두해 있네. 벤촌 부인, 혹은 더 정확하게 말하자면 폰 에셰나우 백작 부인이 그에게 이것을 약속했지. 그사이에 헥토르 왕자는 정말로 군대로 떠나야 했을 때까지 숨바꼭질을 했다네. 곧 그는 다시 돌아올 것이고, 그러면 두 쌍의 합동결혼식이 거행될 것이라네. 참으로 재미있겠지. 트럼펫 주자들은 벌써 목을 가시고 있고, 바이올린 악사들은 활에 기름칠을 하고 있으며, 지크하르츠바일러의 등불 댕기는 사람들은 횃불에 기름을 붓고 있네―하지만!―곧 제후 부인의 수호성인 생일인데, 그때 나는 큰일을 감행할 것이네. 하지만 자네가 이곳에 있어야 할 것이네. 이 글을 읽었다면 바로 당장 오게나! 할 수 있는 한 빨리 달려오게. 곧 만나세. 한 가지 더!―성직자들을 조심하게. 하지만 나는 대수도원장은 아주 사랑하네. ―안녕히!

늙은 마이스터의 이 작은 편지는 그토록 짧으면서도 내용이 몹시 풍부하여―

편자의 후기

제2권 말미에 편자는 친애하는 독자 여러분께 매우 슬픈 소식 하나를 전해야만 하겠습니다. 쓰라린 죽음이 총명하고 학식 있는 철학적이고 시적인 수고양이 무어를 그의 멋진 삶의 행로 한가운데에서 급작스레 앗아갔습니다. 그는 11월 29일에서 30일로 넘어가는 밤에 짧지만 심한 고통을 겪은 후 현자의 평온함과 태연함을 지니고 세상을 떴습니다. 그리하여 조숙한 천재들은 언제나 제대로 앞으로 나아가지 않는다는 것이 다시 한번 입증되었습니다. 그들은 점차 쇠퇴하는 가운데 성격도 정신도 없는 무관심으로 하강하여 대중 속에 사라지거나, 아니면 오래 살지 못하는 것입니다. 가련한 무어! 네 친구 무치우스의 죽음이 네 죽음의 전조였구나. 내가 너를 위해 추도 연설을 해야 한다면 그것은 냉담한 힌츠만과는 전혀 다르게 마음에서 우러난 것이라라. 그도 그럴 것이 나는 너를 사랑했고 많은—어떤 이들보다 더 사랑했기 때문이다. 자!—잘 자거라—죽은 너에게 안식이 깃들기를!

고인이 그의 인생관을 끝마치지 못해 작품이 미완성으로 남아 있어야 하는 것은 언짢은 일입니다. 그렇지만 고인이 된 수고양이의 유고에서 아직 그가 악장 크라이슬러 집에 있던 시기에 기록한 듯한 여러 성찰과 언급이 발견되었습니다. 더 나아가 수고양이에게 찢긴, 크라이슬러의 전기를 담은 책의 상당 부분이 여전히 존재했습니다.

그러므로 편자는 부활절 박람회 때 출간될 제3권에서 크라이슬러의 전기에서 더 발견된 것을 친애하는 독자 여러분께 전하고, 다만 때때로 적절한 대목에서 앞서 말한 수고양이의 언급과 성찰 가운데 더 전할 가치가 있어 보이는 것을 끼워넣는 것이 부적절한 처사는 아니라고 생각하는 바입니다.

연출된 카오스, 불협화음의 세계

1. E. T. A. 호프만─건실한 시민이자 괴이한 예술가

낭만주의 시대의 작가인 E. T. A. 호프만에게는 따라붙는 칭호가 많다. 그는 법관, 작곡가, 악장, 음악평론가, 소묘가, 캐리커처 화가로 소개된다. 호프만의 전기에서 빠짐없이 언급되는 그의 묘비명은 이 다재다능한 인물이 남긴 족적을 압축해서 표현하고 있다. "대법원 고문관, 관직에서, 시인으로, 음악가로, 화가로, 출중하였다."

1776년 1월 24일 동프로이센의 수도 쾨니히스베르크에서 태어난 호프만의 본명은 에른스트 테오도어 빌헬름 호프만이다. 훗날 그는 볼프강 아마데우스 모차르트에 대한 존경심에서 세번째 세례명인 빌헬름을 아마데우스로 바꾼다. 1822년 6월 25일 베를린에서 46세의 젊은 나이로 사망하기까지 호프만은 예술가이자 관직에 있는 시민으로서 굴곡 많은 삶을 살았다.

호프만은 일생 동안 예술과 직업, 환상과 현실 사이의 이중생활을 영위했다. 문학사에 길이 남을 유명한 이중생활로 낭만주의 예술가의 삶을 표본적으로 보여준 인물로 꼽히기도 한다. 예술의 이상 세계와 법관으로서의 일상생활 사이의 긴장과 갈등은 그의 예술의 동인動因이자 주요 주제가 되었다.

다양한 재능을 지닌 예술가 호프만은 그가 창작한 작품들만큼이나 특이한 이력의 소유자였다. 법률가 집안답게 대학에서 법학을 전공한 호프만은 몇 차례 사법시험을 치르며 법관으로서 이력을 차근차근 밟아나갔다. 그는 쾨니히스베르크, 글로가우, 베를린을 거쳐 1800년 폴란드 지방에서 프로이센 법률관이 되어 1806년 프로이센이 나폴레옹에게 패하여 관료제가 해체될 때까지 근무했다. 이후 베를린에서, 그리고 특히 밤베르크에서 음악가로서 생계를 이어가려 하지만 결국 실패한 후 다시 베를린에서 법관으로 살아간다.

호프만은 관직에 충실했고 업무 능력도 뛰어났지만, 원래 음악가로서 음악계에 발을 딛고자 했다. 유년 시절부터 음악에 뛰어난 재능을 보인 호프만은 사법관 시보로 있을 때부터 교향곡, 피아노 소나타, 오페라 등 다양한 장르의 음악 작품을 썼다. 특히 나폴레옹군의 바르샤바 입성으로 관직을 잃은 후 음악가로서 자리를 잡고자 1808년 밤베르크 극장의 악장직을 맡기도 한다. 하지만 얼마 가지 않아 그 희망은 깨지고 만다. 그는 1814년까지 밤베르크와 드레스덴에서 지휘자, 음악비평가, 공연 감독 같은 여러 직업에 종사했다. 이후 드레스덴의 악장직을 받아들여 드레스덴과 라이프치히를 오가며 활동한다. 밤베르크는 여러 음악적 모티프로 흔적을 남겼다. 특히 밤베르크에 체류한 오 년 동안 호프만은 오페라 〈아우로라〉와 〈운디네〉를 작곡했다. 〈운디네〉는 카를 마리아 폰 베버의 〈마탄의 사수〉보다 앞서 작곡된 것으로, 오늘날 독일 최초의 실제 낭만주의 오페라로 간주된다. 이 오페라는 호프만의 베를린 시절(1816)에 아주 성공적으로 공연되었다. 현대에 와서 그의 음악은 점점 더 큰 사랑을 받고 있다.

한편 호프만은 1802년 카니발 기간에 포젠 사회의 영향력 있는 인사들의 캐리커처가 배포된 사건으로 플로크로 좌천된 적이 있다. 이는 젊은 호프만의 풍자적인 소묘가로서의 재능이 십분 발휘되어 물의를 빚은 사건이었다. 어린 시절에 소묘와 회화 수업을 받았던 호프만은 자기 작품의 표지 동판과 겉표지에 독특한 그림을 직접 그려넣기도 했다. 『수고양이 무어의 인생관』 표지 그림도 호프만이 직접 그렸다. 하지만 소묘가나 캐리커처 화가로서는 오랫동안 인정을 받지 못했다.

1808년 부인 미하엘리나와 함께 밤베르크로 이주한 호프만은 그곳에서 첫 단편소설들을 썼다. 환상적이고 기괴한 단편소설들을 실은 첫 소설집 『칼로풍의 환상작품집』은 1814년 밤베르크의 쿤츠 출판사에서 출간되었다. 이 작품으로 작가로서 명성을 확립했다. 음악가로서 자리를 잡고자 하는 희망이 깨진 후 호프만은 다시 법관의 길에 들어섰고 베를린의 명망 있는 대법원 고문관이 되었다. 바로 이 베를린 시절에 호프만은 프로이센의 법관이자 작가요 주당으로서 유명한 이중생활을 영위했다. 그가 친구들과 밤새 술을 마시곤 했던 '루터와 베게너'라는 주점은 베를린의 명소가 되어 수많은 문학 여행객들을 끌어모았을 정도였다. 낮에는 관직을 충실히 수행하면서도 밤에는 작가로서 창작에 몰두했고, 그는 『세라피온 형제들』『악마의 묘약』『브람빌라 공주』『수고양이 무어의 인생관』『벼룩 대장』 등 문학작품들 대부분을 베를린 시기에 창작했다. 그가 판사로서 직분을 소홀히 하지 않으면서도 어떻게 그토록 방대한 양의 중요한 작품들을 짧은 시간 안에 창작할 수 있었는지는 수수께끼로 남아 있다.

호프만의 명성은 독일 땅을 뛰어넘어 유럽 전체로, 세계로 퍼져나갔다. 환상적이고 기괴한 상상력의 산물인 호프만의 작품들은 후대의 독일 작가들뿐만 아니라 도스토옙스키, 고골, 보들레르, 발자크, 포 등 국외의 많은 작가들에게도 지대한 영향을 끼쳤다. 물론 21세기인 오늘날에도 그의 소설들은 계속 출판되어 꾸준한 인기를 얻고 있다. 그의 자취는 문학뿐만 아니라 다른 예술 영역에서도 찾아볼 수 있다. 잘 알려져 있듯이 차이콥스키의 발레곡 〈호두까기 인형〉은 호프만의 동화 「호두까기 인형과 쥐의 왕」을 바탕으로 하고 있고, 레오 들리브의 발레곡 〈코펠리아〉 또한 호프만의 단편 「모래 사나이」에서 소재를 취하고 있다. 이뿐만 아니라 바그너의 오페라 〈뉘른베르크의 명가수〉는 호프만의 작품집 『세라피온 형제들』에 실린 단편소설에서 영감을 얻었고, 파울 힌데미트의 오페라 〈카르딜라크〉는 「스퀴데리 양」에서 소재를 차용했으며, 자크 오펜바흐의 오페라 〈호프만 이야기〉에는 호프만이 주인공으로 등장한다.

2. 『수고양이 무어의 인생관』─ 연출된 카오스, 불협화음의 세계

호프만의 예술적 창작과 삶을 결산하는 대표작 『수고양이 무어의 인생관』은 낭만주의 시대의 다채로운 특성이 돋보이는 가장 성공적인 소설로 손꼽힌다. 당대의 한 평론가는 "낭만주의가 그 어떤 '뒤죽박죽인 불쾌한 것'을 산출했는지"를 보여주는 끔찍한 예라고 혹평하기도 했지만, 이 소설은 당대와 후대의 수많은 평론가뿐만 아니라 작가 스스로도 높이 평가한 작품이다. 작가, 음악가, 화가로서의 다양한 면모가 두루 녹아들어 있는 이 작품은 19세기 전반에 이미 프랑스어와 러시아어로 번역되는 등, 세계적인 반향을 얻으며 괄목할 만한 영향력을 행사했다. 젊은 도스토옙스키도 이 작품을 열광적으로 읽었고, 벨린스키는 이 작품이 그 독창성, 정신, 성격으로 보아 세계문학에서 유일하다는 평가를 내렸다. 진작부터 고전으로서 확고한 자리를 차지한 호프만의 이 소설은 오늘날에도 다양한 형태의 책으로 발간되어 여전한 인기를 증명하고 있다. 비루한 현실에 아이러니로 대응할 수밖에 없는 괴이한 예술가 크라이슬러의 삶과 웃음 세포를 자극하는 수고양이 무어의 생동감 있는 세상 이야기는 현대의 독자에게도 신선한 자극으로 다가온다.

'카오스의 교향악'이라 부를 수 있을 『수고양이 무어의 인생관』에는 혼돈으로 빚어낸 놀랍도록 현대적인 불협화음의 세계가 펼쳐져 있다. 협화음, 조화, 균형만을 요구하는 세상에서 본질적으로 불협화음을 낼 수밖에 없는 예술가의 삶을 보여주고 있는 것이다. 호프만은 지상의 삶에서 자신의 자리를 찾을 수 없는 비극적 예술가인 악장 크라이슬러와 자칭 천재적 낭만주의 시인이자 예술과 학문 전반에 대해 아무도 넘볼 수 없는 탁월한 식견을 지녔다고 자부해 마지않는 속물 수고양이 무어의 삶을 교차시켜 그로테스크한 해학과 숭고함, 희극적인 것과 비극적인 깃을 절묘하게 비무린 무겁고도 가벼운 인간극장을 펼쳐 보이고 있다.

텍스트의 그물망―상호텍스트성

이 소설은 인용으로 가득하다. 무어의 자서전은 첫머리부터 다짜고짜 인용으로 시작되며, 크라이슬러 전기의 첫 부분 역시 인용으로 이루어져 있다. 섬세한 독자라면 누구나 이 작품이 수많은 텍스트들과 다양하게 소통하고 독특한 관계를 맺으며 촘촘한 그물망처럼 얽혀 있음을 알 수 있을 것이다. 이 소설에서 호프만은 당대에 막강한 영향력을 행사했던 독일 문학, 더 나아가 세계문학의 전범典範 텍스트들을 붙들고서 엎어치기, 뒤집기, 다리 걸기, 배치기, 메어꽂기 등 쓰러뜨리기 위한 온갖 현란한 기술을 선보이고자 하는 것 같다. 기존의 '명품 텍스트'와의 이러한 씨름은 결코 무의미한 유희가 아니다. 개별 텍스트의 인용이 갖는 기능은 매우 다양하지만 특히 패러디의 성격을 띠는 경우가 많다. 단적인 예로 호메로스의 위대한 영웅 헥토르는 비열한 왕자의 이름이자 개의 이름이고, 아킬레스 역시 집 지키는 속물 개의 이름일 따름이다.

당대에 막강한 영향력을 행사했던 여러 전범 가운데 특히 셰익스피어가 가장 자주 눈에 띈다. 『햄릿』『뜻대로 하세요』『템페스트』『맥베스』 등, 셰익스피어의 희곡들은 텍스트 곳곳에서 때로는 진지하게, 때로는 패러디의 맥락에서 인용되고 있다. 그다음으로는 괴테를 들 수 있다. 괴테의 소설 『젊은 베르테르의 슬픔』『빌헬름 마이스터의 수업 시대』와 자서전적 성격이 강한 『이탈리아 여행』, 희곡과 창가극 등 직

간접적으로 인용되고 암시되는 괴테의 텍스트들이 이 작품의 근간을 이룬다고 해도 과언이 아니다. 괴테 이외에도 그와 쌍벽을 이루었던 고전주의자 실러를 비롯하여 장 파울, 루트비히 티크, 클레멘스 브렌타노 등 당대 독일 문학의 내로라하는 작가들이 총망라되어 있다. 또한 로런스 스턴의 소설 『프랑스와 이탈리아 감상여행』과 『트리스트럼 섄디』는 소설의 구조와 서술 방식에 지대한 영향을 주었다. 그 밖에도 호메로스, 호라티우스, 오비디우스부터 타소와 아리오스트, 세르반테스, 페트라르카, 루소에 이르기까지, 세계문학의 전범들이자 독일 교양시민의 찬탄과 숭배의 대상, 교양 목록에 속하는 작가들의 텍스트들이 도처에서 여러 등장인물, 특히 수고양이 무어가 무어의 그로테스크하고 우스꽝스러운 언행을 강조하는 밑그림처럼 등장한다.

『수고양이 무어의 인생관』의 연관 텍스트 목록은 문학 텍스트에 한정되지 않는다. 당시 유행하던 모차르트의 〈마술피리〉 〈돈 조반니〉, 크리스토프 빌리발트 글루크의 〈아르미데〉 같은 오페라와 오페레타를 포함한 온갖 음악 텍스트와 철학, 자연과학, 의학, 심리학, 교육학 등 삶의 전 분야를 망라하는 학문의 텍스트들이 작품 곳곳에서 언급되고 있다.

무어는 걸핏하면 천재적 독창성을 내세우지만 실은 끊임없이 다른 이의 텍스트로, 남의 말로 자신을 치장한다. 이는 또한 고전적 문화 자산을 대하는 독일 교양시민의 행태에 대한 패러디이기도 하다. 하인리히 하이네는 "약간의 교양이 인간 전체를 장식해준다"고 아이러니하게 표현한 바 있다. 무어는 교양을 쌓는 과정에서 아무거나 닥치는 대로 집어삼키고, 그것으로 자신을 장식하는 데 골몰한다. 무어가 사용하는 낭만적 언어와 형상은 이미 낡고 닳아빠진 것이다. 작가는 문체의 굴절이라는 수단을 통해 이를 드러낸다. 소설의 수많은 인용은 모든 텍스트는 결국 직접 혹은 간접적인 인용으로 이루어져 있으며, 필연적으로 다른 연관 텍스트들과 관계를 맺을 수밖에 없다는 점을 부각시키기도 한다.

기괴한 구조

이 소설은 19세기 초에 쓰였다고 믿기지 않을 만큼 현대적인 느낌이 묻어난다. 내용도 내용이지만 형식 자체가 기괴하다. 1819년(제1권)과 1821년(제2권)에 출간된 이 소설의 원제는 『우연히 끼어든 파지에 담긴 악장 요하네스 크라이슬러의 단편적 전기가 포함된 수고양이 무어의 인생관. E. T. A. 호프만 펴냄*Lebens-Ansichten des Katers Murr nebst fragmentarischer Biographie des Kapellmeisters Johannes Kreisler in zufälligen Makulaturblättern. Herausgegeben von E. T. A. Hoffmann*』이다. 이 긴 제목이 벌써 소설의 독특한 면모를 보여주고 있다. 이 작품이 수고양이 무어의 자서전과 악장 요하네스 크라이슬러의 전기가 기이하게 맞물려 있는 이중소설이라는 것, 게다가 이를 펴낸이는 따로 있다는 점이 그것이다. 자서전 작가, 전기 작가 그리고 편자까지 상정되어 있으니 서술 시점 역시 중첩될 수밖에 없다. 또한 '자서전'은 위대하거나 비범한 인물의 자서전이 아니라 웬 수고양이의 자서전이요, 크라이슬러의 '전기'는 '우연히 끼어든 파지에 담겨' 있을 뿐 아니라 '단편적'으로만 남아 있다니, 제목만 딱 보아도 자서전과 전기라는 기존 장르가 모두 해체되고 있음을 알 수 있다.

이 소설의 파격적인 형식은 전통적, 고전적 가치들과의 결별을 극명하게 보여준다. 조화롭고 통일된 '총체성'을 지향하는 완결된 형식이 아니라, 단편적이고 혼란스럽게 뒤헝클어놓는, 말하자면 봉제선과 잘리고 찢긴 면이 여실히 드러나는 거친 결 그대로의 소설 실험인 셈이다. 단편斷片 속의 단편斷片이라 할 수 있는 악장 크라이슬러의 전기는 불완전하고 여기저기 벌어진 틈이 있으며 순서조차 뒤죽박죽이라, 독자는 이야기 자체를 재구성하려 노력해야 한다. 전기의 서술자 또한 자신이 써내려가는 전기의 불완전성을 잘 알고 있으며, 이를 숨기려 하거나 완전한 것인 양 호도하려 들지 않는다. 수고양이의 자서전은 전통적인 서술구조를 따르고 있지만 사이사이에 끼어드는 크라이슬러의 전기 때문에 흐름이 뚝뚝 끊기고 단편화되어 있다.

"책이 어떤 기괴한 방식으로 결합되어 있는지 이해되지 않으면 뒤죽박죽 아무렇게나 뒤섞어놓은 형국으로 보일" 것을 우려한 편자의 머리말에서 독자는 난삽한 형식의 연유를 알게 된다. "자신의 인생관에 관한 책을 쓸 때, 수고양이 무어는 주인집에서 발견한 인쇄본 한 권을 주저 없이 찢어 그 책장을 받침으로 쓰거나 잉크를 빨아들이는 압지로 사용했답니다. 그 책장들이 원고 안에 남아 있었고, 원고의 일부로 여겨져 실수로 함께 인쇄된 것입니다!" 식자공들이 만들어내는 오자가 의외의 창의성을 발휘하듯 편자의 경솔한 '실수'가 소설의 독특한 구성의 일등공신이 된 셈이다. 제목에서도 확연히 드러나듯 수고양이의 자서전이 중심에 있고 크라이슬러의 전기는 부가적으로 덧붙여진 것이다. 그런데 아이러니한 것은, 자신의 위대성에 대한 일말의 의구심도 없이 자서전을 촘촘히 써내려간 수고양이의 앞발에 어쩌다 걸려들어 아무렇게나 찢기고 뒤섞어버린 허술한 전기에 정작 비범한 인물인 크라이슬러의 삶이 담겨 있다는 점이다. 게다가 일견 보편적인 연대기적 서술형식을 취하며 완전성을 추구하는 듯한 수고양이의 자서전 역시 작가의 이른 죽음 때문에 단편으로 끝남으로써 소설의 불완전성과 단편성을 한층 부각시킨다.

그런데 독자를 당혹스럽게 하는 이 텍스트 구성의 외견상의 카오스를 좀더 자세히 들여다보면 이는 '연출된 카오스'임이 드러난다. 예상을 뒤집으며 황당하게 중간에서 뚝뚝 잘리는 단편적斷片的 성격 역시 지극히 치밀하게 구상된 의도적 구조임을 알 수 있다. 자서전과 전기가 뒤얽혀 있는 중첩된 구조, 과도한 무질서, 무형식성으로 보이는 것이 잘 들여다보면 치밀하게 계획된 구성이요, 교묘한 질서, 형식인 셈이다.

번갈아가며 이어지는 무어의 자서전과 크라이슬러의 전기는 무어의 주인이자 크라이슬러의 가장 가까운 친구인 마이스터 아브라함으로 인해 연결되어 있기는 하지만 내용상 연관점이 거의 없다. 그러나 구조상으로는 서로 밀접하게 연관되어 있다. 각 부분은 루소의『고백록』에 나오는 이야기처럼 맥락은 다르지만 병행되는 연관성을 통해, 또한 전기에서 제기된 문제가 패러디의 방식으로 수고양이 영역 속에 반영됨으로써 체계적으로 편입되어 있다. 뒤죽박죽의 카오스로 보이는 구조 속에서 내용, 언어, 그리고 구조상의 연관을 찾아볼 수 있는 것이다. 크라이슬러와 율리아의 사랑의 이중창에 무어와 미스미스의 이중창이, 혹은 크라이슬러와 헥토르 왕자의 부관의 싸움에 무어와 적대적인 흑회황색 수고양이의 결투가 화답하듯 등장하는 식으로, 서로 이어지는 단편에서 유사한 상황이 펼쳐지고 그러한 상황에서 비슷한 표현이 쓰이거나 서술기법상의 유사함이 나타나기도 한다.

또한 크라이슬러의 전기는 마지막이 처음으로, 즉 제후 부인의 수호성인의 생일 축제가 어떤 아수라장으로 변하게 되었는지 묘사한 전기의 첫 부분으로 다시 이어지는 순환구조를 가지고 있다. 이러한 기괴한 형식은 그에게는 불가해한 낯선 사회 속의 예술가인 '크라이슬러', 즉 '빙글빙글 도는 사람'의 상황을 상징하기도 한다.

고전적 형식 개념을 혁파하고 있는 이 소설의 독특한 형식은 작품의 수용 과정에서 점차 주목받게 되었다. 이를 통해 서술자 호프만과 유머의 역할이 중요하게 부각되었고, 이 작품은 유럽 문학에서 가장 예술적 기교가 뛰어나고 유머가 풍부한 소설들 가운데 하나로 평가받고 있다.

다수의 서술자, 중첩된 서술시점

이 소설에는 소설 전체를 관통하는 단일한 서술자가 등장하지 않는다. 다수의 서술자, 즉 자서전 작가인 수고양이 무어, 크라이슬러의 전기를 쓰는 작가, 무어의 자서전을 펴내는 편자의 등장과 개입으로 서술구조에서도 독특한 카오스적 상황이 연출되고 있다. 서술의 영역에서도 작가인 호프만은 인형극을 연출하듯 시야가 제한되어 있고 많은 것을 알지 못하거나 단편적으로만 알고 있으며 종종 서로 모순되거나 의문을 제기하는 일련의 서술자 형상들을 무대에 올리고 줄을 당겨 유희적인 상황을 만들어낸다. 이러한 유희는 중첩된 머리말의 구조에서 이미 시작된다. 이러한 방식으로 호프만은 서술된 것에 대해 처음부터 아이러니한 거리를 취한다. 이렇듯 소설의 카오스적인 구조뿐만 아니라 다수의 서술자 형상과 서술시점의 복잡성 역시 소설의 통일성에 대한 의문을 제기하며, 글쓰기와 텍스트 자체에 대해서도 의문을 제기한다.

이 소설에는 먼저 작가와 이름이 같은 '편자'가 등장하는데, 그는 『밤의 작품집』이나 「스퀴데리 양」의 저자라는 점에서 전기적으로 호프만과 닮은꼴이긴 하지만 결코 작가 자신과 동일시할 수 없고 일종의 허구적 인물로 보아야 한다. 편자는 수고양이의 자서전이 파지와 뒤섞여 폐기 처분해야 마땅한 형태의 책이 출간되게 한 장본인이며, 악장의 전기에서 중요한 것과 사소한 것의 차이도 제대로 파악하지 못해 중요한 빈틈을 대수롭지 않은 것으로 여기는 허술한 인물이기도 하다. 매번 자신의 실수에 대해 그럴듯한 변명을 늘어놓는 편자를 호프만은 아이러니한 빛으로 조명하고 있다.

편자의 '일람 후 추신'은 '머리말(작가에 의해 삭제되었던)'이 인쇄된 것도 편자, 그리고 출판 과정의 창의적인 실수에 해당한다는 것을 알려준다. 편자는 수고양이의 "거만한 어조"에 대해 짐짓 독자의 양해를 구한다. "여느 다른 감상적인 작가"의 속마음도 사실 수고양이 못지않은 자의식 혹은 자만심으로 충만하리라는 것이다. 편자의 개입으로 무어는 낭만주의 작가가 대놓고 하지 못하는, 에둘러 표현하거나 억누르고 발설하지 못하는 자화자찬, 우월감의 과시를 수고양이답게 거침없이 행하고 있을 뿐이라는 점이 부각된다.

그런가 하면 수고양이의 자서전에 삽입되어 있는 편자의 난외 주석은 자서전 작가의 독창성에 의문을 제기하고 수고양이의 그럴싸한 자기 포장을 상대화시킨다. 편자는 은근슬쩍 끼워넣는 인용, 패러디, 더 나아가 '표절'로 평자와 독자들의 불신과 비판을 불러일으킬 것을 우려하는 제스처를 통해 수고양이의 자기 과시에 제동을 걸고 그 우스꽝스러움을 환기시키는 것이다.

소설의 주요 서술자는 자서전 작가 무어다. 독자는 주인공인 무어의 삶의 행적, 교육 과정, 작가로서의 행로에 관해 대부분 일인칭 서술시점을 통해, 때로는 제삼자에 의해서 알게 된다. 또한 크라이슬러 전기에서 무어는 외부 시점, 즉 인간의 시각에서 묘사되는 대상으로 등장한다. 무어의 자서전에는 또다른 서술자들이 끼어들어 서술시점을 중첩시키며 이야기 속의 이야기를 전한다. 발터와 포르모주스의 속고 속이는 우정에 대한 푸들 폰토의 이야기, 죽은 수고양이 무치우스에 대한 힌츠만의 추도사, 로타리오 교수의 아내 레티티아와 알치비아데스 폰 비프 남작의 은밀한 관계에 대한 폰토의 이야기 등이 그것이다.

'작가 서문'에서 수고양이 무어는 자못 겸손한 어조를 취하지만 '머리말'은 좀더 정직한 속내를 들여다보게 한다. "진정한 천재"의 자부심을 가지고, 그것도 "독자들이 위대한 수고양이로 성장하는 법을 배우도록" "나의 탁월함을 알아보고, 나를 사랑하고, 높이 평가하고, 존경하고, 찬미하고, 경탄하고, 조금 숭배하기까지 하도록" 그의 자서전을 세상에 내놓는다는 것이다.

"나의 자아야말로 모든 독자에게 가장 흥미로운 것"이라는 확신에 차 있는 자서전 작가가 염려하는 것은 세상이 자신의 천재성을 제대로 알아보지 못하는 것이다. 예컨대 그가 푸들 폰토와의 경험담을 당대의 모든 유행하는 매체에 실릴 수 있을 여행기에 담았지만, 편집자와 출판자들은 글쓴이가 수고양이라는 것을 알게 되면 그가 "리히텐베르크의 유머와 하만의 깊이를 가지고 있다 힐지라도" "잔인무도한 편견"에 사로잡혀 그에게 "재미있는 문체를 구사할 재능"이 있다는 것을 인정하지도, 원고를 받아주지도 않으리라는 것이다. 물론 이 자기 과시와 달리 무어는 리히텐베르크의 유머와 하만의 깊이를 가지고 있지 않다.

무어는 자신의 자서전을 플루타르코스, 코르넬리우스 네포스의 영향력 있는 영웅전의 대열에, 그리고 고대 비극 작가들, 칼데론, 셰익스피어, 괴테와 실러의 막강한 작품들의 대열에 합류시킨다. 자신이 기록하는 전기의 불완전성을 스스로 인정하는 크라이슬러 전기 작가에 비해, 수고양이 청년들이 자신을 전범으로 삼아 살도록 자서전을 써내려가는 무어는 자신감과 우월감에 충만해 있다. 그의 작품에 감탄하고 찬탄을 아끼지 않을 후세를 끊임없이 의식하고 있는 점이 무어의 일관된 태도다.

무어는 자서전 작가로서 자신에 대한 성찰을 게을리하지 않음을 짐짓 과시하기도 하는데, 정직성, 자신에 대한 엄격성의 강조에 이어지는 고백의 내용은 통속적이기 짝이 없어서 감탄보다는 웃음만 자아낼 따름이다. 또한 자신을 위대한 인물들과 곧잘 비교하는데, 자서전 작가로서 장자크 루소와의 비교가 빠질 리 없다. 그는 루소의 『고백록』의 한 대목, 그가 리본을 훔치고도 진실을 고백하지 않았기에 무고한 소녀가 죄를 뒤집어쓰게 된 이야기를 힘겹게 하는 대목을 예로 들며 자신도 "저 존경하는 자서전 작가와 같은 경우에 처해 있다"고 장담한다. "범죄를 고백하는 것"은 아니더라도 그가 저지른 "어리석은 짓"을 숨겨서는 안 된다는 것이다. 하지만 무어가 어렵사리 고백하는 "어리석은 짓"이란 기껏해야 "우아하고 눈처럼 흰 그레이하운드 아가씨" 미노나에 대한 황당한 사랑 소동에 불과하다.

이처럼 호프만은 자서전 작가 무어를 통해 자서전적 글쓰기 자체를 패러디하며 이에 대한 의문을 끊임없이 제기한다. 글쓰기 과정 자체, '작품'이나 '저자'라는 통상적 범주들이 호프만의 서술매개체인 무어를 통해 해체되고 마는 것이다. 이는 18세기, 특히 낭만주의의 독창성, 일회성과 개성에 근거하는 천재 및 창조 관념에 대한 극단적인 반대 입장을 표현한다.

크라이슬러 전기의 서술구조는 훨씬 더 복잡하게 중첩되어 있다. 이름을 알 수 없는 전기 작가는 자신의 존재를 감추기는커녕 화자로서 버젓이 등장하여 자신이 써내려가는 전기에 대해 서술하거나 불완전한 자료로 인한 어려움을 독자에게 직접 토로하기도 하고 개별 요소에 주석을 달기도 한다. 그의 이야기는 이것저것 주워 모은 자료를 접합하여 만들어내는 구멍 숭숭 뚫린 이야기다. 크라이슬러의 전기는 애초부터 불완전하고 불확실할 수밖에 없는 허술한 근거를 지니고 있는 것이다. 게다가 그마저도 수고양이의 앞발에 갈기갈기 찢긴 채로 제시되니 그 단편성과 불완전성은 더욱 배가될 수밖에 없다.

크라이슬러의 "기괴한 생애"에 관해 기록하는 전기 작가는 자신이 "어린 야생마를 탄 듯 그루터기와 바위 위로, 경작지와 풀밭 위로, 항상 트인 길을 갈망하면서도 결코 그런 길에 도달하지 못하는 채로 이리저리 질주해야 하는" 상황에 처해 있음을 고백한다. "입을 통해 단편적으로 전달된" 소식들만 즉각적으로 쓸 수 있기에 "멋진 연대기적 배열"은 이루어질 수 없다는 것이다. 하지만 독자는 "책의 결말에 이르기 전에" "이 소식이 대체 어떻게 전달되었는지" 알게 될 것이고, 그러면 "전체의 단편적인 성격을 용서하게 될" 것이며, 더 나아가 "갈기갈기 찢겨 있는 겉모습에도 불구하고 죽 이어지는 하나의 단단한 실이 모든 부분을 결합시키고 있다고 생각"하게 되리라는 것이다. 전기 작가의 이러한 언급은 연관도, 일관성도 없어 보이는 혼란스러운 외관, 이러한 카오스가 실은 연출된 것이라는 점을 강력히 시사한다.

마이스터 아브라함이 헥토르 왕자에 대항할 강력한 무기를 크라이슬러의 손에 쥐여주며 "꼭 필요한 지시"를 건넬 때에도 독자는 이에 대한 자세한 설명을 얻지 못한다. 전기 작가는 자신이 손에 넣은 정보가 두서없고 제한되어 있기 때문에 독자에게 비밀을 풀 수 있는 열쇠를 곧장 쥐여주지 못하지만 책이 끝나기 전에 해명이 가능하리라는 기대는 계속 살려두고자 한다. 이러한 전기 작가의 태도는 호기심을 자극하여 소설의 긴장감을 유지하는 데 큰 도움이 되고 있다.

장르 해체─자서전, 전기, 교양소설 패러디

장중한 것과 익살맞은 것, 숭고한 것과 우스꽝스러운 것이 끊임없이 충돌하는 이 소설에서 호프만은 자서전, 전기, 교양소설이라는 전통적인 장르뿐만 아니라 기존의 서술방식과 가치들을 모두 해체해버린다.

우선 이 소설은 앞에서도 언급했듯이 자서전적 글쓰기 전반을 비판적, 풍자적으로 해체하며 전범적인 자서전적 글쓰기와 유희를 벌이는 측면을 지니고 있다. 무어는 자신이 태어난 고향, 조국이 어디인지 스스로도 알지 못하면서 그곳을 임의로 다락방으로 정하고 아름다운 조국에 대한 강력한 사랑을 표출하는데, 실제로는 출신도 불분명한 무어의 이러한 과도한 제스처는 통상적인 자서전의 기반을 무너뜨리는 동시에 민족주의적 애국심의 격정적 표출 자체를 풍자하고 있다.

무어는 독자인 수고양이 청년에게 자신처럼 겸손하라고 결코 겸손하지 않게 말하기도 하고, 자신과 같은 "천재적인 머리는 모든 계기, 모든 삶의 경험에서 항상 자신의 특별하고 독특한 생각을" 가지고 있다고 공언하며 "아마 더 널리 알릴 가치가 있을 갖가지 아주 점잖은 고찰에" 빠져들었음을 알리기도 한다. 대부분의 자서전 작가의 주관주의적 자아 집중의 행태를 과장하여 우스꽝스럽게 만듦으로써 이를 풍자하고 있는 것이다.

무어의 자서전에 삽입된, 무치우스의 장례식에서 행한 힌츠만의 즉흥적인 추도사 역시 통상적인 추도사에 대한 패러디인 동시에 전기라는 장르 자체에 대한 패러디이기도 하다. 정작 죽은 이의 삶에 대해 아는 바가 없는 힌츠만은 기껏해야 누구나 알고 있는 그의 "치욕스러운 종말"에 관해 보고할 수 있을 따름이다. 힌츠만은 죽은 이의 "전기" 대신 그의 "훌륭한 특성들"을 기억하고 이를 전하는데, 추도사에 흔히 쓰일 법한 찬사의 말을 늘어놓지만 정작 내용을 들여다보면 원래의 찬사를 모두 뒤집어놓는 반어적인 의미를 갖는다. 진지하고 격정적인 어조는 우스꽝스러움을 배가시킬 따름이다. 완벽한 전기는 아예 존재하지 않는다. 불충분한 전기마저도 왜곡되기 마련이다. 죽은 이의 됨됨이와 삶의 진실과는 거리가 먼 힌츠만의 추도사는 "수사적 관점"에서나 인정받을 수 있고, 고인을 기리기보다는 "멋진 웅변의 재능"을 과시하기 위한 것이다.

앞에서 보았듯이 크라이슬러의 전기 역시 한 인물의 삶의 자취를 완벽하게 재구성하여 전달하는 것과는 완전히 다른 방향을 취하고 있다.

편자의 말처럼 "수고양이의 문학적 난폭행위로 인해" 독자는 비범한 악장의 "매우 기이한 삶의 정황에 대해 몇 가지 사항을 알게" 될 뿐이다.

이 소설은 또한 빌란트에서 시작되어 모리츠를 거쳐 괴테에서 정점에 이른 독일 교양소설이라는 장르 전체를 패러디하고 있다. 그런데 교양소설은 독일 고전주의의 중심적 표현 형태였으므로 호프만의 소설은 간접적으로 그 세계관적 토대에 대항한다. 교양이라는 개념, 인간의 형성 가능성뿐만 아니라, 교양 자산과 교양 목표들에 대항하는 것이다.

무어의 자서전은 교양소설의 전형적인 틀을 충실히 따르고 있다. 무어의 삶의 단계를 보여주는 각 장의 제목들도 이를 분명히 시사한다. 교양 이념의 해체는 특히 수고양이 무어의 형상을 통해 날카롭게, 가차없이 수행된다. 교양소설이라는 장르와 그 이상은 그로테스크하게 왜곡되고 희화화된다. 장르의 수준 높은 요구는 거듭해서 일상적인, 종종 물질주의적인 구체화에 의해 웃음거리가 된다. 교양은 여기서 언제나 실속 있는 이득, 외적 위신, 더 나은 편안한 삶 같은 구체적인 목적을 뒤쫓는다. 수고양이 무어는 "더 높은 문화"를 획득하려 애쓰지만 결국 "학식 있는 속물", 즉 교양속물에서 벗어나지 못한다.

크라이슬러의 전기도 교양소설로 읽을 수 있으며 고전주의적 의미에서의 인간의 형성이 불가능함을 보여준다. 낭만적 예술가 크라이슬러의 운명은 완전히 주변으로 밀려나 있다. 교양소설에서 본질적인 자아와 세계의 갈등, 그리고 균형과 순응을 목표로 한 갈등의 해결이 첨예화되고 개인이 사회에 동화되는 것이 죄다 비난받고 조소를 받는다. 교양 유토피아의 이러한 거부는 표현 형식을 통해 강조된다. 삶의 소설은 단편화되고 빈틈이 있고 건너뛰며, 갈가리 찢긴 채 제시되는 것이다. 호프만의 소설은 교양소설의 이념이 더이상 추체험할 수 없는 생각이 되었다는 것, 교양소설은 이제 패러디로만 가능하다는 사실을 보여준다.

자서전, 전기 그리고 교양소설이라는 문학 장르가 기존의 방식으로는 더이상 가능하지 않다는 것을 무엇보다 잘 보여주는 것은 소설의 구조다. 무어의 자서전은 주인공의 발전이라는 핵심적인 궤도를 따라 출생으로부터 삶의 각 단계들을 거쳐 죽음에 이르기까지 전통적인 방식으로 서술된다. 하지만 이 연속적인 이야기는 삽입된 파지에 의해 중단되고 불연속적으로 만들어진다. 그에 반해 크라이슬러의 전기는 비약이 많게, 순환적으로 구성되어 있다. 게다가 수고양이의 야만적인 행위로 더 혼란스럽게, 갈기갈기 찢긴다. 기존 장르의 이러한 파괴는 서술의 문제를 시사한다. 호프만의 소설이 갖는 독특한 구조는 삶이 더이상 아무런 연관성도 갖지 않으므로 연속적인 서술이 가능하지 않다는 통찰에서 나온 필연적 귀결이다. 『수고양이 무어의 인생관』은 작품의 결정적인 강조점이 내용에서 구조 및 구성방식으로 옮아가는 현대적 소설의 경향을 선취하고 있는 것이다.

범죄소설적 요소

이 소설은 흥미와 긴장을 유발하는 줄거리 전개, 완전히 해명되지 않아 온갖 추측을 불러일으키는 수많은 비밀로 인해 일종의 오락소설처럼 읽히기도 한다. 무어의 자서전은 선형적으로 단순하게 전개되고 동물의 체험 환경으로 인해 복잡하고 비범한 줄거리의 요소를 그다지 많이 제공하지 않지만, 낭만적 시인의 나르시시즘 이외에도 위선적인 세상의 민낯을 드러내 보여주는 해학으로 가득하다. 반면 크라이슬러의 전기에는 범죄소설적 요소가 상당히 첨가되어 있어 읽는 맛을 더해준다. 사건이 진행되는 동안 서로 친족 관계인 인물 사이에 존재하는 어두운 비밀들이 점차 밝혀지게 되는데, 한창 박진감 넘치는 대목에서, 혹은 중요한 비밀이 해명되기 직전에 사건 진행을 갑자기 중단시켜 독자의 궁금증과 호기심을 증폭시킨다. 이후의 신문 연재소설이나 현대의 텔레비전 드라마에서 볼 수 있는 기법들을 선취하고 있는 것이다. 예를 들어 제1권 마지막 부분에서 크라이슬러를 살해하려는 음모가 실행되고 그의 피 묻은 모자만 발견되는 대목은 긴장을 한껏 고조시킨다. 또한 마이스터 아브라함이 준 초상화의 주인공이 키프리아누스라는 사실이 밝혀졌을 때처럼 비밀스러운 사건의 실마리가 풀릴 듯한 결정적인 대목에서도 독자들의 호기심만 잔뜩 부풀려놓은 채 서술의 흐름은 어김없이 뚝 끊기고 만다. 사건의 진상을 알아낼 수 있는 결정적인 순간에 어김없이 잘려나가는 서술 때문에 독자는 해당 인물이 어떤 사실을 알아냈다는 것인지, 무엇을 결심했다는 것인지 도통 알 수 없다.

납치나 불륜, 살인 같은 공포소설의 모티프가 삽입되어 흥미진진해진 이야기는 독자의 두려운 호기심에 지속적으로 군불을 지피고 사건의 전개 방향에 대한 궁금증의 화염을 키우는데, 소설이 진행될수록 긴장이 고조되어, 사건의 전말이 결정적으로 드러나는 마지막 부분에서는 박진감이 절정에 이르게 된다. 크라이슬러와 마이스터 아브라함은 독자를 긴장시키고 헷갈리게 하는, 분석적 방식에 따라 차츰 해명되는 일련의 비밀과 모험에 얽혀들어 있다. 그런데 비밀은 꼬리에 꼬리를 물며 등장하기 때문에 완벽한 해명은 이루어지지 않는다.

타고난 이야기꾼인 호프만의 재능이 십분 발휘된 이 소설은 독일 범죄소설의 시초로 꼽히는 「스퀴데리 양」의 작가다운 박진감 넘치는 서술과, 시점을 달리하며 차츰 사건의 흑막을 들춰내는 서술구조가 돋보인다. 호프만은 독자의 취향에 영합하지 않으면서도 다층적인 시적 구성을 독자를 긴장시키는 묘사와 결합시킴으로써 주제의 무게를 덜어내고 즐겁게 읽을 수 있는 소설을 만들어냈다. 이 작품은 불투명한 계보상의 얽힘, 친족 관계에서 발생하는 끔찍한 사건들이 부패하고 범죄적이기까지 한 사회 속에서 천재적 인간을 위한 발전의 가능성이라는 주제를 제기하기 때문에 낭만주의의 정점을 이루는 성취로 평가될 수 있다.

소설에서 사건이 진행되는 동안 서서히 밝혀지는 어두운 비밀들을 간략히 살펴보자. 이레네우스 제후의 "극소형 궁정"에서 가장 강력한 영향력을 행사하는 두 인물은 제후의 측근이자 궁정의 실세인 고문관 부인 벤촌과 기계기술자요 마술사인 마이스터 아브라함이다. 이 두 인물의 은밀한 힘겨루기가 크라이슬러 전기의 큰 줄기를 이루고 있다. 벤촌 부인은 이그나츠 왕자를 율리아와 결혼시키려 하며, 크라이슬러와 마이스터 아브라함으로 인해 그녀의 "은밀한 계획들이 뒤엉클어질까" 우려한다. 마이스터 아브라함의 아내 키아라가 감쪽같이 사라진 것도 결국 그가 궁정의 비밀들을 사용하지 못하게 하려는 제후와 벤촌 부인의 농간이었다.

이레네우스 제후와 벤촌 부인의 은밀한 대화에서 두 사람 사이에 불륜의 결실인 앙겔라라는 딸이 있었지만 제후가 통치자로서 약점을 감추기 위해 멀리 추방했다는 것, 아이를 위해 매년 충분한 돈을 내어주긴 했지만 이로 인해 벤촌 부인은 큰 상처를 입고 제후의 잔혹한 처사를 원망해왔다는 것, 그사이 흔적도 없이 사라진 앙겔라가 범죄의 제물이 되지나 않았을지 우려하고 있다는 사실이 잇달아 밝혀진다. 독자는 이후 키프리아누스가 나폴리에서 앙겔라와 사랑에 빠져 결혼하지만 앙겔라와 헥토르의 관계에 대한 질투에 눈이 멀어 앙겔라를 독살하고 말았다는 사실을 알게 된다. 그는 앙겔라에 대한 사랑에 불타오른 동생 헥토르에게 살해당할 뻔했지만 성모마리아의 은총으로 살아났다. 이후 그는 로마교황청에 의해 성인으로 승격되고 대수도원의 엄격한 시찰자로서 상대적인 자유로움을 누리고 있는 수사들과 크라이슬러를 압박한다. 자신도 알지 못하는 이유로 쫓기고 죽을 뻔했던 크라이슬러는 자신이 헥토르의 부관을 살해했음을 알게 되자 충격에 휩싸인다.

한편 사악한 헥토르 왕자는 혜드비가 공주와 결혼하려 하면서도 율리아를 탐하고 유혹하려 한다. 그러나 마이스터 아브라함이 헥토르의 비밀, 즉 앙겔라와의 관계와 키프리아누스를 살해하려 한 점을 이미 알고 있기에 그는 헥토르 왕자를 견제할 수 있다.

대수도원장의 방에 걸린, 살해당한 젊은이를 성모마리아가 소생시키는 기적을 형상화한 그림을 둘러싼 비밀 역시 차차 밝혀지는데, 그림을 그린 화가는 키프리아누스 자신이고, 어두운 배경 속의 인물, 단도를 들고 도망치는 살인자는 헥토르 왕자라는 것이 드러난다. 마이스터 아브라함이 크라이슬러에게 건넨 초상화를 둘러싼 비밀 역시 사건이 진행되는 가운데 서서히 풀리게 된다. 키프리아누스 수사를 보고 그가 대수도원장의 방에 걸린 그림에서 성모가 죽음에서 소생시킨 젊은이라는 것을 알아차리고 자신의 방으로 달려간 크라이슬러는 마이스터 아브라함에게서 받은 초상화를 꺼내 보고는 그가 초상화의 주인공이라는 사실을 확인한다.

오만하고 음울한 금욕생활자 키프리아누스와 격한 언쟁을 벌이던 크라이슬러가 마이스터 아브라함에게서 받은 초상화를 보여주자 그는 절망에 빠져 고통스럽게 절규한다. 결국 크라이슬러는 그와 헥토르 왕자, 앙겔라 사이에 얽힌 이야기와 이중살인 사건의 전말에 대해 듣게 된다. 키프리아누스는 앙겔라가 독살되었다는 말을 하던 차에 실신하여 병실로 옮겨진다. 이후 크라이슬러는 대수도원장의 이야기를 통해 앙겔라가 미친 듯한 질투에 사로잡힌 키프리아누스에 의해 독살되었음을 알게 된다. 마이스터 아브라함이 크라이슬러에게 준 초상화의 비밀도 드디어 풀린다. 잃어버린 키아라를 찾아다니던 그는 당시 나폴리에서 세베리노라는 이름으로 지냈고, 살인사건이 일어났을 때 앙겔라를 돌보던 집시 노파인 막달라 지그룬이 그를 찾아와 의논을 하고 비밀을 간직한 초상화를 맡겼다는 것이다. 안토니오의 초상화 밑에 앙겔라의 초상화와 독살의 증거물인 작은 잎들이 숨겨져 있었는데, 그런 까닭에 그 초상화는 부적처럼 강력한 영향력을 행사했던 것이다.

대수도원을 떠나 즉시 지크하르츠호프로 오라는 당부를 담은 마이스터 아브라함의 편지가 미완으로 끝난 소설의 마지막을 장식하는데, 마이스터가 전하는 궁정의 상황을 보면 벤촌 부인의 은밀한 계획들이 남김없이 실현된 것을 알 수 있다. 그사이 고문관 부인 벤촌은 폰 에셰나우 제국 백작 부인으로 신분상승을 했고, 제후 이레네우스는 벤촌 부인의 도움으로 통치자로서 새로운 옥좌에 앉게 될 것이며, 율리아와 이그나츠 왕자, 헥토르 왕자와 헤드비가 공주의 합동결혼식이 예정되어 있다는 것이다.

부패하고 범죄적인 음모로 가득한 인간세계에서 일어나는 이러한 부도덕하고 끔찍한 일들은 동물세계에서도 일어난다. 다만 덜 가식적, 위선적이고 적나라한 양상을 띨 따름이다. 무어는 두 번씩이나 근친상간적 열정의 위험에 빠진다. 흑백 얼룩무늬가 있는 크고 아름다운 암고양이 미나가 아버지를 빼닮은 아들을 알아보고 자신이 어머니임을 알리지 않았다면 무어와 미나는 오이디푸스 왕과 그 어머니처럼 부부의 연을 맺었을는지도 모른다. 또한 미스미스의 경고가 없었다면 어머니와 똑같이 미나라는 이름을 가진 딸과도 부지중에 곤혹스러운 연애담이 생겨났을 것이다. 삼각관계, 불륜도 존재한다. 무어의 처이자 흑회황색 수고양이의 연인이었다가 나중에는 무치우스의 미망인이 된 미스미스는 힌츠만을 새로운 정부로 삼는다. 이렇듯 미스미스는 수시로 파트너를 갈아치운다. 무어의 자서전에는 종 혹은 신분을 넘어선 사랑도 빠지지 않는다. 그레이하운드 아가씨 미노나에 대한 무어의 사랑이 그것이다. 그런데 동물의 생태를 알고 있는 독자들에게 동물세계의 패륜적(?) 행위들은 무시무시하다기보다는 우스꽝스럽다.

크라이슬러: 불협화음과 광기로 내몰리는 예술가

이 소설에 등장하는 인물들의 형상화에는 여러 실존 인물이나 문학적 모델의 특징이 함께 들어가 있지만 호프만의 자전적 요소들도 적잖이 반영되어 있다. 마이스터 아브라함의 모습이나 수고양이 무어의 모습에도 작가의 자화상에 어울릴 법한 색조와 터치가 들어 있다. 편자를 포함한 여러 인물들의 특성이 중첩되어야 작가 호프만의 윤곽이 드러날 것이다. 하지만 특히 크라이슬러의 행적과 성격에 호프만 자신의 모습이 자주 내비치는 것이 사실이다. 예를 들어 호프만은 부모의 이혼으로 아주 어린 시절부터 외가에서 살며 외삼촌에게 양육되었는데, 이 점은 악장 크라이슬러의 유년기 묘사와 일치한다. 크라이슬러가 이탈리아 음악에 대한 거부감 때문에 대공 관저에서의 악장직을 포기하고 떠나는 것이나 그가 성악을 가르친 율리아라는 이름의 제자를 사랑하는 것도 소설에 반영되어 있는 작가의 자전적 요소들에 속한다.

자아도취적인 자칭 천재 시인 무어와 달리 진정한 의미의 천재적 낭만주의 예술가인 크라이슬러는 지극히 민감하고 쉽게 자극되는 성향을 지닌 인물이다. 어린 시절부터 자기분열적 불안 상태에 휩싸이곤 했던 그는 어두운 심연과 내적 분열로 가득차 있다. "세상에서 이방인"이라는 대수도원장의 평가에서도 엿볼 수 있듯이 그는 아웃사이더로서 지상의 어느 곳에도 안착하지 못하고 늘 떠나가는 베르테르와도 같은 인물이다. 그는 주위 세계와 충돌하여 타협하지 않고 광기로 치달을 위험에 처해 있다. 자신과 세계, 예술과 삶, 지상적 존재와 더 높은 존재 사이에 화해할 수 없는 균열이 있다는 것도 알고 있다. "이 지상에서 어떠한 피난처도, 어떠한 작은 자리도" 허락하지 않는 적대적인 세계에 그는 조소적인 경멸, 아이러니로 대응한다. 그에게는 "지독한 망상"에 사로잡혀 실제의 삶을 제대로 보지 못하고 짐짓 장엄하게 나라를 지배한다고 믿는 궁정 사람들이 우스꽝스러울 따름이다. 크라이슬러는 미친듯한 제스처와 기이한 농담으로 주위 세계를 즐겁게 하거나 두렵게 한다. 주위 사람들, 예를 들어 궁정 정원에서 크라이슬러를 처음 본 헤드비가에게 그가 "정신병원에서 뛰쳐나온 미친 사람"으로 보이는 것은 놀라운 일이 아니다.

크라이슬러가 전부터 "광기가 먹이를 갈망하는 맹수처럼 숨어서 그를 기다리고 있으며, 언젠가 갑자기 그를 갈기갈기 찢어놓을 것이라는 생각"을 가지고 있었던 것, 그가 비밀스러운 도플갱어, 미친 에틀링거에 대한 이야기를 듣고 공포에 전율하며 "광기 속에 공주를 살해하려던 자가 바로 자신이었다는 무시무시한 생각과 싸우고" 있었던 것, 자신이 살해한 헥토르 왕자 부관의 시신을 보고 크나큰 충격에 빠진 순간, "그때 그토록 자주 그를 지배했던 어두운 정령들이 꿈틀거리더니 날카로운 발톱으로 그의 상처 입은 가슴을 사정없이 움켜쥐었다"고 서술된 것도 끊임없는 광기의 잠재적 위험, 그 징후와 일시적 발현의 상태를 보여준다.

악장 크라이슬러라는 인물과 그의 행적은 예술과 세계의 화해가 불가능하다는 것을 보여준다. 궁정사회도, 시민사회도 조화와 균형, 협화음만을 요구한다. 하지만 예술가는 이러한 전체의 은밀한 강압에 불협화음으로 대응하는 존재다. 그가 항상 "환상적인 과장, 이 심장을 도려내는 아이러니를 가지고 불안과 ─혼란─이미 존재하는 모든 관습적 상황의 완전한 불협화음만 조장할" 것이라는 벤촌 부인의 말은 부정적인 의미로 한 말이지만 크라이슬러의 본질을 꿰뚫어본 말이기도 하다. "오, 놀라운 악장이지요, (…) 그러한 불협화음을 만들어낼 능력이 있다면!" 하고 부정을 긍정으로 뒤집는 크라이슬러의 반응은 그에 대한 벤촌 부인의 평가가 의도치 않게 정곡을 찌른 것임을 보여준다. 크라이슬러는 환상적 시민세계 및 궁정세계를 이방인의 낯선 시선으로 아이러니를 통해 파괴한다. 크라이슬러의 경우 자기 자신을 완전히 형성하려 했던 빌헬름이나 그의 캐리커처인 무어와 달리 예술과 사회 사이의 소통은 전혀 존재하지 않는다. 호프만의 소설에서 예술가는 순응하거나 타협하지 않으며, 현실과의 투쟁의 기준이 더 높은 존재, 무한한 것이므로 예술가의 세계와의 갈등을 위한 해결책은 전혀 없다. 날카로운 불협화음을 지녔고 숭고한 것에서 우스꽝스러운 것으로, 격정과 진지함에서 광기로 급작스레 변화되곤 하는 크라이슬러의 본질은 그의 전기의 서술방식에도 반영되어 있다.

크라이슬러와 사회 사이의 갈등은 무엇보다 예술에 대한 근본적으로 상이한 관념에 기인한다. 크라이슬러에게 예술은 절대적인 의미를 갖는 최고의 원칙이다. 하지만 사회에서 예술은 종속된 목적을 위한 수단에 불과하다. 예술은 기껏해야 오락을 위해, 일상과 축제의 미화를 위해 쓰이는 것이다. 나폴레옹의 침공으로 관직을 잃은 크라이슬러는 벤촌 부인의 도움으로 대공의 악장직을 맡게 되자 몹시 기뻐했고 "예술 속에 살면서" 그의 직위가 그를 "완전히 진정시킬 것"이며, "마음속의 악령을 극복할 것"이라고 생각했다. 하지만 이는 완전히 빗나간 생각이었다. 그는 대공의 궁정에서 인간으로 형성되기는커녕 그가 "어쩔 수 없이 손을 내주어야 했던 신성한 예술과의 시시껄렁한 장난을 통해, 혼 없는 예술날림꾼들, 몰취미한 딜레탕트들의 어리석은 짓들을 통해, 인공수족 인형들로 가득한 세계의 모든 미친 야단법석을 통해 점점 더 제 존재의 비참한 하찮음을 깨닫게" 되는 것이다. 크라이슬러는 독일 작곡가들을 폄하하고 이탈리아 오페라 작곡가들을 찬미하는 관리들로 가득한 대공의 궁정에서 자신이 "얼마나 점잖고 분별 있는 사람이 되었는지", 그리고 "오만방자한 족속"인 "예술가들이 말 그대로 고용되는 것이 얼마나 좋은 일인가 하는 멋진 확신"을 갖게 된 데 대해 아이러니하게 이야기한다. "착실한 작곡가가 악장이나 음악감독이 되게 해보세요. 시인은 궁정시인이, 화가는 궁정초상화가가, 조각가는 궁정조각가가 되게 해보세요. 머지않아 당신들의 나라에 무용한 몽상가는 더이상 없을 겁니다. 그보다는 오직 좋은 교육을 받고 행실이 온화하며 유용한 시민들만 있게 되겠지요!"

마이스터 아브라함은 대공 관저에서의 크라이슬러의 상황을 예감하며 그를 지크하르츠바일러로 불러들인다. 하지만 이레네우스 제후의 궁정에서도 크라이슬러는 자신의 자리를 찾지 못할뿐더러 범죄적인 행위와 음모에 휘말려 목숨을 부지하기조차 힘든 상황에 빠져든다. 이후 칸츠하임의 베네딕트 대수도원으로 피신하여 낙원과도 같은 그곳에서 교회음악을 작곡하고 성가대를 지휘하며 한동안 평온하고 쾌적한 은둔 생활을 하지만, 그렇다고 그가 "정박 지점"에 도달한 것은 결코 아니다. 크라이슬러는 베네딕트 교단에 들어오라는 대수도원장의 권고에 경악하며 이를 삶으로부터 단절되어 황무지로 유배되는 것으로 여긴다. 그는 또한 세속적 음악을 폄하하는 키프리아누스에게 크게 반발하기도 한다. 예술과 사회에 대한 크라이슬러의 견해를 엿볼 수 있는 대목들이다. 지상의 세계에 굳건히 발을 딛지도 못하고 "초지상적"인 세계 속으로 완전히 부양해버리지도 못하는 크라이슬러의 딜레마는 광기의 폭발적 분출을 예고한다.

예술가의 사랑

세계에서 불협화음을 내는 이방인으로 남아 있을 수밖에 없는 예술가의 사랑은 지상에 둥지를 틀지 못한다. 에틀링거에 대한 공주와의 대화에서 크라이슬러는 "예술가의 사랑"에 관해 언급한다. 브렌타노의 『퐁세 드 레옹』을 인용하며 인간 족속을 두 가지 무리, 즉 "형편없는 악사거나 아예 악사가 아닌 선량한 사람들"과 "진정한 악사들"로 나눴던 것에 대해 이야기한다. 크라이슬러의 견해에 따르면 아리따운 여자를 사로잡아 결혼반지의 사슬에 묶어 "결혼 생활의 감옥"으로 데려가는 "선량한 사람들"의 사랑과 달리 "악사들의 사랑", 즉 "예술가의 사랑"은 전혀 다른 형태를 띤다. "진정한 악사"들은 "정신적 촉수 이외에는 아무것도 내뻗지" 않으므로 "신분상 어울리지 않는 비열한 결혼"을 두려워할 필요가 없다는 것이다. 그들은 "사랑에 빠지게 되면 천국의 열광을 가지고 멋진 작품을 만들어"낸다. 또한 "폐결핵으로 비참하게 죽지도 않고 미치지도 않"는다. 그런데 레온하르트 에틀링거는 "악사이면서 선량한 사람들처럼 사랑하려 했고" 그래서 광기에 빠지게 되었으니 "진정한 악사"가 아니었다는 것이다. "악사들은 선택된 귀부인을 마음속에 품고 있으며, 그녀의 명예를 위해 노래하고 시를 짓고 그림을 그리는 것 이외에 아무것도 하려 하지 않습니다."

대수도원장이 헤드비가 공주의 위험한 열정으로부터 도망치라고 조언하며 에틀링거의 "끔찍한 운명"이 그에게 "위험을 알려주는 선례"가 될 것이라고 말했을 때에도 크라이슬러는 자신이 "고귀한 사람을 단지 그리려고만 하지 않고 (…) 한스가 그의 그레테를 사랑하듯 아주 평범하게 사랑하고자" 했던 궁정초상화가 에틀링거와 같은 "큰 바보"

가 아니라고 대꾸한다.

"예술가의 사랑"은 "아름답고 멋진 천국의 꿈"으로 남아 있을 수밖에 없다. 크라이슬러의 사랑 역시 지상에서의 실현과는 거리가 멀다. "사악한 악령"에게 사로잡힌 듯 내적으로 분열된 크라이슬러에게 음악은 지상에 구현된 낙원과도 같은 의미를 갖는다. 음악은 내면의 모든 균열과 분란을 일거에 잠재워버리는 강력한 힘을 지닌 "빛의 천사"인 것이다. 이 음악의 정신을 체현하는 그의 "세실리아"가 바로 율리아다. 그녀는 대미사곡과 같은 훌륭한 작품을 창작하도록 영감을 주는 그의 뮤즈이기도 하다. 크라이슬러가 줄곧 불협화음만을 고집하는 것은 아니다. 진정한 의미의 조화로움은 세인들이 요구하는 균형과 전혀 다른 차원을 갖는다. 이는 그가 율리아를 생각하는 마음에서 잘 드러난다. "어떤 적대적인 불협화음도 네 마음에 깃든 천상의 화음을 혼란시켜서는 안 된다, 너 경건한 아이야!" 율리아는 결코 "지옥의 정령"에게 지배당하지 않는 순결한 존재다. 크라이슬러는 율리아의 순수한 존재에 구현되는 "천상의 화음"을 꿈꾸는 것이다.

한편 크라이슬러와 헤드비가 공주의 관계는 다른 성격을 띤다. 크라이슬러와 심리적으로 아주 밀접한 관계에 있는 헤드비가 공주와의 접촉은 전기 충격과도 같은 효과를 낸다. 크라이슬러는 그 때문에 공주를 "심술궂은 작은 전기가오리"라 칭하기도 한다. 크라이슬러를 향해 총이 발사되었을 때 그녀는 며칠씩 강직성 경련에 빠지기도 한다. 이 불가사의한 마적 연결은 두 인물의 내적 동질성과 친화력을 보여준다. 헤드비가의 사랑은 열정적이고 격정적인 사랑, 감각적이고 관능적인 사랑, "다른 여자의 품에 안긴 그를 생각할 때 형언하기 힘든 고통에 죽어가지 않을 수"없는 사랑이다. 반면 그러한 열정의 강도에 현기증을 느끼는 율리아의 사랑은 격정적이지도 관능적이지도 않은 순결한 사랑이다. 자신은 헥토르 왕자의 "신부"이지만 율리아는 그의 "연인"이라는 헤드비가의 말에 충격에 휩싸인 율리아는 끔찍한 현실을 받아들이지 못한다. "헤드비가, 내 마음을 갈기갈기 찢어놓을 셈이니?―어떤 어두운 정령이 네 안에서 말하는 것인지!" 하지만 헤드비가 공주는 헥토르 왕자와 결혼하지 않을 수 없는 자신의 불행한 앞날을 예감한다.

율리아를 이그나츠 왕자와, 그리고 헤드비가를 헥토르 왕자와 결혼시키려는 벤촌 부인의 의도가 실현을 앞두고 있는 소설의 말미는 예술가의 사랑이 지상에서 처해 있는 상황을 극명하게 보여준다.

수고양이 무어: 교양소설 주인공과 천재적 낭만주의 시인의 캐리커처

소설이 출간된 당시부터 현재까지 해석의 중심에는 단연 낭만주의 예술가를 체현하고 있는 크라이슬러의 형상이 놓여 있었다. 20세기 초에 한 편자는 악장의 전기에 몰두하는 데 방해가 되는 수고양이의 자서전 부분을 아예 빼버리고 책을 펴냈을 정도였다. 무어의 자서전과 크라이슬러의 전기가 구조적으로 밀접하게 연관되고 얽혀 있다는 견해가 일반적으로 관철된 최근에 와서도 수고양이에게 주인공으로서 충분한 관심을 쏟는 경우는 드물다.

하지만 제목과 표지 그림, 무어의 자서전이 차지하는 분량을 두고 볼 때 수고양이 무어는 단지 이상적인 예술가 상을 구현하고 있는 크라이슬러를 돋보이게 하기 위한 부정적 배경으로만 간주될 수 없으며 분명 주인공으로서 스포트라이트를 한몸에 받을 중요성을 지니고 있다. 돈키호테와 산초 판사가 짝을 이루어야 환상과 현실을 아우르는 세상의 본모습의 근사치를 나타낼 수 있듯이 크라이슬러와 무어, 상반된 성격의 두 인물 역시 서로의 관계 속에서 파악되어야 한다. 저마다 불완전하고 환상과 현실, 과민과 둔감 사이의 균형이 결여되어 한쪽으로 치우친 두 예술가 유형이 짝을 이루어야 비로소 두 인물보다 한 차원 위에 있는, 호프만이 궁극적으로 염두에 두고 있는 진정한 예술가의 윤곽이 잡히는 것이다.

독일인들의 고양이 사랑은 뿌리 깊고 광범위한데, 호프만도 시대를 불문하고 독일 땅에 널리 퍼져 있는 못 말릴 '애묘가'의 한 사람이었던 모양이다. 그는 1818년부터 무어라는 이름의 대단히 아름답고 영리한 수고양이를 키웠는데, 아끼던 그 고양이가 죽었을 때 친구들에게 부고장을 돌리기까지 했다고 한다. 작가가 곁에 두고 기르던 이 수고양이가 여러모로 무어의 모델이 되어주었다. 호프만의 수고양이 형상은 이처럼 작가 개인의 세심한 관찰의 결과물이기도 하지만 다른 한편 일련의 문학적 자극을 통해 탄생한 것이기도 하다. 단테나 페트라르카의 작품에도 고양이가 등장하지만, 무어의 예술가 선조로는 특히 루트비히 티크의 「장화 신은 고양이」 속 주인공을 들 수 있다. 자긍심 넘치는 예술가 수고양이 무어 스스로가 "위대하고 훌륭한 조상, 지체 높고, 명망과 재산과 광범위한 학식을 가진, 아주 훌륭한 종류의 덕성과 더없이 고상한 인간애의 재능을 지닌, 우아하고 감각 있는" 유명한 선조의 후예임을 자랑스럽게 내세우고 있다.

자신이 기른 실제 고양이에 대한 호프만의 언급에는 호감과 애정이 배어 있다. 머리말과 추신을 포함, 소설에서 이따금 등장하는 편자의 아이러니한 언급에서도 무어의 거들먹거리는 태도나 표절 등에 대한 비판과 함께 상당한 호감이 묻어난다. 마이스터 아브라함이 말하듯 무어는 "아직 더 높은 교양만 결여되어" 있을 뿐, "그 종 가운데서 볼 수 있는 가장 영리하고 점잖고 익살스러운 동물"이요 "그 종에서는 기적 같은 아름다움이라 이름할 수" 있는 동물이다. "정신과 이성이 번쩍번쩍 불타며 솟구쳐나오"는 풀빛 눈, "학문을 이해하기에 충분할 만큼 큰" 머리, "그리스 현자의 권위를 부여해주기에 족"한 희고 긴 수염, 즉 무어의 용모에는 "뭔가 특별함, 비범함"이 있다. 고양이를 그리 좋아하지 않는 크라이슬러도 "영리하고, 점잖고, 익살맞고, 시적인 수고양이"의 빼어난 특성을 인정한다.

악장의 전기가 뒤죽박죽 얽혀 카오스적인 형상을 하고 있는 데 반해 수고양이의 자서전은 잘 정돈되어 있고 단선적으로 배치되어 있듯이, 수고양이의 성격도 크라이슬러와 대비된다. "기분좋고 온화한 기풍의 남자"라는 편자의 말처럼 무어는 차분하고 균형 잡힌 심성을 지녔고 단순하고 자신감에 차 있으며 낙관적이다. 매를 맞아가며 기존 사회의 관습에 순응해야 한다는 사실을 깨달은 무어는 그 질서에 대항하기보다는 편입되려고 노력한다. 그의 현실감각은 그에게 이 순응이 필연적일 뿐만 아니라 유용해 보이게 한다. 무어는 "문화가 많아질수록 자유는 적어진다"는 말뜻을 체험을 통해 깨닫게 되며, "더 높은 문화"의 은총을 얻으려 노력하므로 사회적 규준들이 자신의 자유를 제한하는 것을 기꺼이 감수한다.

무어의 자서전은 연대기적으로 서술되어 있다. 제1권 「제1장 존재의 감정들. 수개월의 청소년 시절」에는 무어의 탄생, 마이스터의 교육, 글을 읽고 쓰는 것을 깨치는 과정, 어머니 미나와의 만남, 푸들 폰토와의 만남과 우정, 글 쓰는 수고양이에 대한 로타리오 교수의 의혹, 시 창작, 저서들에 관한 이야기가 담겨 있다. 「제2장 청년의 삶의 경험들. 나 또한 아르카디아에 있었노라」에는 부지중에 마차를 타고 세상에 나가 '소시지 원칙'을 깨치게 되는 경험, 푸들 폰토의 경탄할 만한 처세술과 발터와 포르모주스에 대한 그의 이야기를 통해 세상 돌아가는 이치를 깨닫는 과정, 마이스터 집의 화재와 로타리오 교수의 계속되는 의심, 특히 무어의 사랑과 결혼, 그리고 권태와 불륜으로 인한 이별의 이야기가 담겨 있다. 제2권 「제3장 수개월의 수업시대. 우연의 변덕스러운 장난」에서는 무치우스의 인도로 "속물"과 "속물성"에 맞서는 무어의 거칠고 야생적인 대학생학우회 시절, 개들(아킬레스와 스피츠들)에 의한 수고양이 대학생학우회의 몰락과 무치우스의 장례식, 미나, 미스미스와의 만남이 묘사된다. 「제4장 더 높은 문화의 유익한 결과. 수개월의 성숙한 장년기」에서는 폰토의 인도를 통해 "더 높은 문화"로 상승하고자 하는 노력, 그리고 그 좌절과 환멸에 대해 서술된다. 푸들 폰토에게 물들어 겉멋 든 "멋쟁이" 흉내를 내다가 모든 것이 수포로 돌아가는 시기가 무어의 삶의 마지막 단계인 셈이다.

수고양이 무어의 삶은 외견상 교양소설 주인공의 전형적인 궤적을 밟고 있으며, 각 장의 제목들도 이를 강력히 시사한다. 하지만 그 내용을 잘 들여다보면 왜 이 소설이 괴테 시대의 사회와 문학의 결산, 특히 괴테의 『빌헬름 마이스터의 수업시대』에 대한 과격한 반대 구상으로 파악되는지 이해할 수 있다. 수고양이 무어는 대세에 순응하는 시민, 편협하고 고루한 속물이자 교양속물로, 당대의 천재에 대한 믿음과 교양 추구에 대한 반격의 맥락에서 형상화된 인물이다. 이 속물 수고양이는 교양소설의 주인공, 특히『빌헬름 마이스터의 수업시대』의 주인공 빌헬름의 캐리커처와도 같으며, 교양소설, 교양시민이 떠받드는 교양자산, 자서전적 글쓰기 모두를 패러디한다. 주인공의 모습 자체가 당대 시민계급의 교양의 이념, 교양소설 자체에 대한 신랄한 비판과 풍자의 의미를 띠고 있는 것이다. 예술과 학문에 전념하는 수고양이라는 어불성설이 이미 교양시민의 우스꽝스러움과 그로테스크함을 웅변한다 하겠다. 당대를 풍미하던 고전주의를 해체하는 측면은 "아름다운 영혼들"이 수고양이와 푸들을 일컬을 뿐이며, 무어가 결혼이 파탄난 후 허세 가득하게 "나 또한 아르카디아에 있었노라"고 외치는 것, 무치우스의 장례식에서 "변덕스러운 우연의 장난으로" 자신의 딸에 대한 사랑에 빠지게 된다는 것 등의 서술에서도 나타난다.

교양의 힘을 믿는 무어는 고양이의 눈먼 식성을 가지고 아무거나 닥치는 대로 집어삼킨다. "공부하고 싶으면 눈을 감은 채 마이스터의 서재로 뛰어들어가서 발톱에 걸린 책을 뽑아내 거기에 어떤 내용이 담겨 있건 상관없이 통독했다"는 무어는 이 시기에 마구잡이로 읽은 책들의 제목을 아예 모르거나 잊어버렸노라고 덧붙인다. 어쨌거나 문학과 철학이 그에게는 중심적인 교양 체험이 된다. 무어는 계몽주의 철학, 그 낙관주의와 인간의 무제한적 형성 가능성에 대한 믿음을 따른다. 그리하여 낭만적 시인이면서도 계몽된 이성적 존재임을 과시하는 그는 "열정의 폭풍이 아직 가라앉지 않았던 청년 시절에조차 밝은 이성, 적절한 것에 대한 섬세한 분별이 모든 비정상적인 감각의 도취보다 우위를 견지했다"고, 그리하여 "갑자기 끓어오른 아름다운 미나에 대한 사랑"

도 억누를 수 있었노라고 장담한다. 수고양이 무어는 또한 지독한 나르시시즘과 예술가적 허영심에 빠져 있는 사이비 낭만주의 예술가를 체현한다 볼 수 있는데, 낭만주의 시인으로서의 명성을 높이기 위해 감상주의와 고전주의의 문학적 자산을 거리낌없이 갖다 쓴다. 포에지의 유용성에 대한 확신을 지니고 있는 무어의 창작은 그의 재능을 과시하거나 삶을 미화하는 데, 혹은 힘겨운 시간을 견디고 위로하는 데 쓰인다.

무어는 포에지를 운위하며 "비곗살"이나 "소시지" 등 수고양이가 좋아하는 음식에 비유하는 식으로 종종 드높은 정신적 영역의 지반을 물질적 영역에서 가져온 비유로 허물어버린다. 또한 그에게 삶과 예술은 종종 주객이 전도되어 삶이 예술을 모방하곤 한다. 이는 특히 미스미스와의 연애와 결혼 과정에서 잘 드러난다. 오비디우스를 멘토 삼기도 하고, 미스미스를 위해 사랑의 시를 짓고 책도 헌정한 무어는 "그리하여 문학적 미적 관점에서도 충실히 사랑에 빠진 점잖은 수고양이에게 요구될 수 있는 것은 모두 해치웠다"고 만족해한다. 포에지는 아름다운 암고양이들의 마음을 얻는 데 도움을 주고 정조관념 없는 그들의 배신을 극복할 수 있도록 위로하기도 한다. 무어는 미스미스와의 사랑과 결혼이 파국으로 치달은 후나 딸 미나에 대한 사랑이 불발로 끝난 후처럼 삶에서 실망스러운 체험을 하고 자신의 거처인 난로 밑으로 돌아올 때마다 학문이나 창작, 독서에 열중하곤 한다.

수고양이 무어는 못 말릴 나르시시즘에 빠져 있음에도 불구하고 귀엽고 사랑스러운, 결코 미워할 수 없는 존재다. 입만 열면 자기 자랑이 한가득 쏟아지는 이 고양이를 보고 독자는 웃음이 터질 뿐이지 불쾌감이나 혐오감을 느끼지는 않는다. 통속적 스토리와 무어의 격정적 제스처의 부조화, 대비는 독자에게 웃음을 안겨준다. 수고양이 무어는 세계와 자기 자신에 대한 아이러니한 성찰과 거리 두기가 불가능한 형상이다. 크라이슬러가 지니고 있는, 적대적인 원칙들의 투쟁으로 이루어진 삶에 대한 깊은 통찰에서 나오는 "아이러니의 정신"이 수고양이에게는 결여되어 있다. 하지만 수고양이의 삶은 크라이슬러의 운명에 대한 트라베스티, 패러디, 대비 수단으로만 볼 수 없다. 무어는 소설에서 종종 중첩되어 나타나는 풍자, 아이러니, 유머의 대상이자 매개체라 할 수 있다. 서술자는 그를 통해 서술된 것에 대한 거리를 취한다.

수고양이와 개

수고양이 무어의 시각은 만물의 영장입네 하고 우쭐대는 인간의 오죽잖은 모습을 꼬집어 보여주기도 하지만, 또다른 종인 개의 습성을 고양이 종족과 대비시켜 풍자적으로 묘사하기도 한다. 개와 고양이의 차이에 대한 언급은 작품 곳곳에서 만날 수 있다. 수고양이 무어의 자서전에서 주인공 이외에 가장 중요한 인물은 다름 아닌 푸들 폰토일 것이다. 무어와 폰토, 이 "아름다운 영혼들"의 만남과 우정은 무어의 자서전에서 상당한 비중을 차지한다. 소설의 전개 과정에서 주인에게 충성하는 처세가인 푸들 폰토와 이를 의아하게 지켜보는 독립적 성향의 수고양이 무어의 대비가 두드러지게 나타난다. 무어는 "경솔한 어린 친구" 폰토의 잘못된 생각을 깨우쳐주려 하지만 번번이 그의 우월한 처세술에 압도당하는 입장이다.

아무거나 앞발에 얻어걸리는 대로 먹어치우는 잡식성의 포식행위에 불과할지라도 어쨌거나 예술과 학문에 몰두하는 무어와 달리, 폰토는 "생명 없는 학문" 때문에 무어를 부러워하지 않으며, 예술과 학문 전반에 대해 본능적인 거부감을 보인다. "나의 지식에 대해 깜짝 놀라는 대신 그는 내가 어떻게 그러한 것을 하는 데 빠져들 수 있는지 전혀 이해할 수 없다고 확언했다. 그리고 그 자신은 예술에 관해서는, 오로지 막대기를 뛰어넘는 데, 그리고 주인의 모자를 물에서 건져 갖다주는 데 만족하며, 학문에 관해서는, 그는 나나 자신과 같은 이들이 그런 것을 하면 위장이나 망치고 모든 식욕을 완전히 잃는다는 견해를 갖고 있노라고 말했다." 무치우스는 "드넓은 온 지상에서 학식 있는 속물보다 더 지루하고 멍청한 것은 없지!" 하고 말한 적이 있는데, 무어가 교양속물이라면 진정한 현실주의적 속물은 능란한 처세가 폰토일 것이다.

무어는 폰토의 이야기들을 통해 세상살이의 진면목을 파악하고 그의 인도로 "더 높은 문화의 유익한 결과"가 무엇인지, "더 고귀한 계층"의 삶이 어떠한 것인지도 경험하게 된다. 무어는 미학 교수 로타리오 씨에게 얻어맞고 쫓겨난 뒤 우연히 알치비아데스 폰 비프 남작을 새 주인으로 모시게 되어 신수가 훤해진데다 차림새도 말쑥하고 우아해진 젊은 폰토를 만난다. 폰토의 전 존재에는 "기분좋은 조화"가 깃들어 있다. 폰토는 무어에게 로타리오 교수와 그의 부인 레티티아 그리고 그녀의 정부 알치비아데스 폰 비프 남작 사이에서 벌어진 사건에서 진실을 밝힌 자신의 역할, 이후 알치비아데스 폰 비프 남작의 집으로 가게 된 것, 산책길에 자신이 연인들의 전령사가 된 경위에 대해 이야기한다.

속박을 싫어하고 자유를 사랑하는 수고양이 무어는 주인의 총애를 받기 위해 온갖 모멸스러운 재주를 부리는데다 불륜 관계의 메신저 역할을 하는 폰토의 행위에 대해 비판적인 견해를 피력한다. 그러나 폰토는 고양이들을 비웃으며 오만한 제스처로 "헌신적으로 영리하게 처신한" 덕에 남작인 주인 곁에서 자신이 누리는 이득, 즉 풍족하고 여유로운 귀족적 삶의 모습을 묘사한다. 작가는 여기서 오락과 재미에만 몰두하며 놀고먹는 유한계급의 일상을 풍자하고 있다.

수고양이의 철학적, 도덕적 원칙을 지닌 무어의 눈에는 폰토의 비굴한 생활 방식이 품위 없고 비참하게까지 여겨지지만 남작과 푸들의 우아하고도 오만한 거동과 행태에 깊은 인상을 받고 압도되어 이들이 "고상한 세계에서 획득한 더 높은 문화"가 무엇인지 알아보고자 한다. 하지만 이러한 무어의 노력은 결국 완전히 수포로 돌아가고 만다.

크라이슬러와 달리 무어는 균형과 협화음을 요구하는 세계 속으로 편입되고자 한다. 무어는 시인과 철학자 들이 상류사회와 조화로운 관계를 맺지 못하는 이유가 무엇인지 자문한다. 그들은 기존 사회의 형태에 "상반되는 노력으로 도처에서 충돌"한다는 것이다. "요컨대 그들은 산책하는 여러 사람들이 막 일치단결하여 밖으로 나가는데 혼자서 성문으로 밀고 들어와 맹렬히 자신이 갈 길을 가면서 이 많은 사람들을 혼란시키는 사람과 같은 것이다." 무어는 그 이유로 "책상머리에서 획득할 수 없는 사회적 문화의 결핍"과 또다른 이유를 든다. 위대한 시인이나 철학자는 "정신적 우월감"을 느끼는데, 이는 소위 더 고귀한 사회의 주요 경향인 "균형을 무너뜨리기 때문에 인정될 수 없"다는 것이다. 그런데 시인의 음조는 "불협화음"을 내며, 이는 전체의 화음에 어울리지 않기에 "나쁜 음조"다. 그리고 "좋은 음조는 좋은 미적 감각처럼 모든 부적절한 것을 단념하는 데 그 본질이" 있는데, "우월감과 부적절한 현상의 모순적인 감정에서 형성되는 불쾌감은 이 사회적 세계에서 경험이 없는 시인이나 철학자가 전체를 인식하고 그것을 조망하는 것을 저지한다"는 것이다. 그는 "내적, 정신적 우월감을 너무 높이 평가하지 않는 것이 필요"하며, 그러면 "소위 더 높은 사회적 문화도 너무 높이 평가하지 않을 것"이라고 말한다. "그러면 그는, 예의 불쾌감에서 벗어나, 거리낌없이, 이 문화의 가장 내적인 본질과 그 기초가 되는 궁색한 전제들을 쉽게 인식하고 이 인식을 통해 바로 이런 문화를 필수적인 것으로 요구하는 기이한 세계 속으로 편입될 것이다." "시인이나 작가처럼, 귀족이 훌륭한 관례에 따라 일종의 후원자로서 권리를 행사하기 위해 이따금 자기 무리 안에 초대하는 예술가들은" 자신들의 우월감과 "더 높은 문화"의 편차를 극복하지 못하기 때문에 "비굴할 정도로 겸허하거나 무례할 정도로 불손하다"는 것이다.

무어는 "시인, 작가, 예술가"인 자신과 같은 "재기 발랄한 수고양이" 역시 개들처럼 "더 높은 문화"를 습득하고 행할 수 있다고 생각한다. "우리 수고양이들이 복장, 생활 방식, 기질과 습관에서는 그 오만한 종족과 약간 다르긴 해도, 우리도 마찬가지로 살과 피, 육체와 정신을 가지고 있다. 그리고 결국 개들도 우리와 전혀 다르게 자신들의 삶을 지속할 수는 없다. 개들도 먹고 마시고 자는 것 등을 해야 하며, 그들도 얻어맞으면 아프다." 이러한 평등의식에서 무어는 "푸들 폰토의 가르침에 헌신하기로 결심"한다.

그런데 무치우스의 눈에 푸들 폰토는 "멋부리는, 세상에 저 혼자 똑똑한 척하는, 바보 같은, 오만한 위선자"이고 무어가 "그의 회합과 도당으로" 찾아가면 모른 체하거나 "그의 부류"가 아니기 때문에 "물어 쫓아낼" 자다. 그리고 폰토의 숙부 스카라무츠는 무어에게 "정직"하지만 "경솔"하고 "삶이 힘든 것도, 예의범절도" 모르는 폰토를 조심하라고 경고한 바 있다. "곧 그는 자네가 거기 전혀 속하지 않는데다 아주 힘겹게 억지로 일종의 사회적 교제를 해야 할 온갖 모임으로 자네를 꾀어 들일 걸세. 그러한 교제는 자네의 가장 깊은 내면의 본성에 반할 뿐더러, 자네의 개성, 자네가 방금 내게 보여준 것과 같은 단순하고 꾸밈없는 예의범절을 파괴한다네." 아닌 게 아니라 무어는 이들의 말을 몸소 체험하게 된다.

주인의 지시로 무어를 뒤쫓는 척하며 폰토는 "더 높은 문화의 유익한 결과"가 무엇인지 무어에게 설파한다. 그는 무어의 적대감을 불러일으키지 않으면서도 주인에게 "얌전하고 순종적이라는 것"을 보여주었다는 것이다. "운명이 더 힘있는 자의 손에 쥐어진 도구가 되게 정해놓은 진정한 처세가는 그렇게 하는 거라네. 그는 쫓도록 부추겨졌으니 돌진해야 하지만, 그러면서 그것이 바로 그 자신의 일에 쓸모 있을 때에만 정말로 물 정도의 능란한 솜씨를 보여주어야 하네." 폰토에게 가르침을 주려던 무어는 그의 처세술에 감탄하여 도리어 "그의 더 높은 문화"를 배우기 위해 폰토의 도움을 받기로 한다. 폰토는 "더 높은 세계의 생생하고 명확한 상"을 갖게 하기 위해 그레이하운드 바디네의 집에서 열리는 개들의 사교모임에 무어를 데려간다. 폰토를 따라 개들의 사교모임에 참석한 무어의 에피소드는 귀족의 모임에서 굴욕을 당했던 베르테르의 일화와 연관시켜볼 수 있다.

무어는 수고양이인 자신에게 적대적인 고상한 개들의 사회 속에서 모멸스럽고 굴욕적인 상황에 처한다. 그리고 이 모임의 사교적인 대화란 지극히 피상적인 "얼빠지고 무미건조한 수다"인지라 무어는 곧 "아주 지독한 권태"에 사로잡히게 된다. 졸려서 멍한 상태에 빠진 바로 그 순간 그의 눈앞에 "우아하고 눈처럼 흰 그레이하운드 아가씨" 미노나가 나타난다. 무어는 시인으로서의 천재성을 알아주는 듯한 미노나와 대화하며 또다시 사랑에 빠지고 만다. 이번에는 근친상간의 위험을 감수하는 사랑이 아니라 종의 장벽을 넘어선 사랑인 셈이다. 무어는 "눈먼 바보"가 되어 그를 지배하는 "행운의 별"이 그가 "기이한 광기"에서 벗어나게 해줄 때까지 온갖 어리석은 짓을 해댄다. 한밤중에 미노나의 창문 아래에서 사랑의 세레나데를 부른 그는 사랑의 화답 대신 찬물 세례를 받고 집으로 돌아와 앓아눕는다. 사흘 밤낮을 내처 자고 나서야 그는 "열병"과 "어리석은 사랑에서도 완전히 회복"된다. "푸들 폰토의 유혹으로 바보 같은 짓을 한 것이 내게 아주 명확해졌다. 나는 타고난 수고양이로서 개들 사이에 섞이는 것이 얼마나 어리석었는지 깨달았다. 그들은 나의 정신을 인식할 수 없었기 때문에 나를 조롱했고, 그들의 존재가 무의미하기에 형식에 매달려야 했으며, 그러니까 내게 씨 없는 껍질 이외에 아무것도 제공할 수 없었던 것이다."

　현실에서 좌절과 실패, 환멸을 맛본 후에는 늘 그랬듯이 무어의 내면에서는 "예술과 학문에 대한 사랑"이 새롭게 깨어난다. "남자로서 더 성숙해지는 달들이 되었고, 고양이 대학생학우회원도, 세련된 멋쟁이도 아닌 채로, 나는 삶의 더 깊고 더 나은 요구들이 필요로 하는 대로 스스로를 형성하기 위해서는 대학생학우회원이나 멋쟁이여서는 안

된다는 것을 생생하게 느꼈다." 수고양이의 삶은 낙관적 성공은커녕 끊임없는 환멸의 연속일 뿐이다. "수업시대"도, "더 높은 문화"와의 접촉도 무어를 진정으로 "형성"하는 데 도움이 되지 못한다. 그가 추구했던 모범은 부정해야 할 모델이었음이 드러났을 뿐이다.

무어의 자서전은 그가 크라이슬러 집으로 거처를 옮기게 되어 "삶의 새로운 시기"를 앞둔 상태에서 갑자기 끝나고 만다. 이 시기에 대해 독자는 예고된 제3권에서 몇 가지 정보를 더 얻을 수 있었을지 모르지만, 거기에도 수고양이의 지금까지의 궤적을 크게 벗어나는 획기적인 사건이 담겼을 성싶지는 않다. 무어의 자서전도 그의 삶도 미완성으로, 단편으로 끝나고 만다. 그의 불연속적인 삶은 발전도 자아실현도 없는 삶이다. 그의 이른 죽음은 계몽의 종말을 알리는 조종弔鐘과도 같다.

풍자, 아이러니, 유머

『수고양이 무어의 인생관』의 가장 큰 특징은 서로 뒤섞이거나 중첩되는 풍자와 아이러니 그리고 유머일 것이다. 이는 작가인 호프만이 세계와 사회에 대한 입장을 드러내는 방식이기도 하다.

특히 무어의 자서전은 호프만 시대의 사회 전반에 대한 풍자로 가득하다. 예술과 문학의 여러 문제들, 계몽주의, 고전주의, 낭만주의의 문학적 관점과 작품들에 대한 풍자, 철학, 교육학, 자연과학의 기본 입장 및 논쟁에 대한 풍자 그리고 일반적 사회, 시민, 속물에 대한 풍자를 들 수 있다. 그 밖에도 정치적 시의성을 지닌 풍자와 세태와 계층에 대한 풍자도 이루어지고 있다.

몇 가지 예만 들어보자. 무어의 대학생학우회 활동과 아킬레스와 스피츠들의 추적, 이에 대한 마이스터 아브라함과 로타리오 교수의 대화에서는 구체적인 시대적 사건, 즉 자유주의적, 민족주의적인 대학생학우회, 즉 부르센샤프트의 활동이 해당 활동을 금지한 카를스바트 결의이후 국가기관에 의해 탄압받고 해산되는 과정이 풍자의 대상이 되고 있다. 어느 날 초라한 몰골로 찾아와 무어가 내놓은 생선 뼈를 먹어치운 무치우스가 "속물" 무어를 훈계하고 "속물성"을 경계하게 선도함에 따라 무어의 "수업시대", 즉 대학생학우회 시절이 시작된다. 대학생학우회의 근거인 "신념의 평등"이라고 해봐야 그들 가운데 "누구나 물보다 우유를, 빵보다 구운 고기를 더 즐겨 먹는다"는 것뿐이고, 대학생학우회원의 삶이란 고작 앞발 악수, 합창, 술잔치, 결투 따위로 이루어져 있을 뿐이지만, 이마저도 오래 지속되지 못한다. "아킬레스라는 이름의 강력하고 광포한 속물"인 집 지키는 개가 지붕 위에서 소동을 벌이는 성가신 "평화 파괴자들"인 수고양이들을 없애버리겠다고 위협하고 공격하기 때문이다. 여기에 정직하게 싸우기는커녕 끔찍하게 짖어대기만 하는 스피츠들이 가세한다. 이처럼 집주인에게 충성하는 개들과 하인들에 의해 수고양이들은 도처에서 추적을 당하게 되어 수고양이들의 "즐거운 공동생활은 끝장나고" 무어는 "마이스터의 난로 밑으로" 돌아간다. 미학 교수 로타리오 씨는 마이스터 아브라함과의 대화에서 몇몇 수고양이들의 부정적 변화에 관해 언급하는데, 그의 말에서 인간의 눈에 거칠고 반항적인 수고양이들의 모습이 어떻게 비치는지 알 수 있다. 로타리오 교수의 관점에서는 "유능한 스피츠들이, 그토록 참을 수 없게 노래하면서 놀랍게도 스스로를 위대한 대가라고 여기는 저주받은 수고양이들을 해산시켰다고 하는데, 이는 꽤나 잘된 일"

이다. 마이스터는 무어에게 좋은 평판을 얻기 위해 "다시 착실하고 이성적"인 고양이가 되라고 주문한다. 이는 "속물"이 되라는 주문인 셈이다. "아아, 나의 착한 수고양이 무어야! 네가 세상 돌아가는 형편을 안다면 항상 촉수를 감추는 속물의 사정이 가장 좋다는 것을 깨달을 텐데. 하지만 네가 속물이 뭔지 어떻게 알겠니. 너의 종족에도 그와 같은 것이 아마 충분히 있을 테지만 말이다." 이처럼 민족주의적인 대학생학우회도, 이 단체를 탄압하는 국가기관도, "속물"이 되지 않고는 살아내기 힘든 시대 자체도 모두 풍자의 대상이 되고 있다.

미스미스와 무어의 관계를 통해서는 구혼과 결혼을 둘러싼 세태에 대한 풍자가 이루어진다. 사랑의 광증에 사로잡힌 자의 온갖 행태를 보이며 낭만적 사랑의 노래를 읊어대는 무어와 달리 미스미스는 단순명료하게 무어의 조건을 보고 그의 사랑에 화답하고 그의 아내가 된다. 무어의 딸 미나 역시 그가 약속하는 미래, 즉 버터를 넣은 "우유죽"에 열광적으로 매료되어 무어가 잡은 앞발을 거두지 않는다. 또한 발터와 포르모주스의 이야기, 로타리오 교수의 아내 레티티아와 알치비아데스 폰 비프 남작의 은밀한 관계 등 무어의 자서전에 삽입된 푸들 폰토의 이야기들에서도 당대의 세태, 현실적 이득 및 욕망의 추구와 위선적인 작태를 엿볼 수 있다.

푸들 폰토와 맺은 우정을 계기로 무어는 "푸들어"를 배우는데, 이 맥락에서 외국어를 습득할 때 나타나는 우스꽝스러운 행태에 대한 풍자적 언급이 나온다. 이는 영어 광풍에 휩싸여 있는 우리 사회에도 적용될 수 있을 듯하다. 영어를 원어민처럼 "말하기 위해" 우리는 "광대"가 되고, "학문적 지식"이 아니라 "지껄임", 즉 "아무것도 아닌 것에 대해 그리고 아무것도 아닌 것을 위해 외국어로 말할 수 있는 솜씨"를 갖추기 위해 고군분투하는 것이다. 마이스터 아브라함은 궁정의 귀족들이 "프랑스어로 말하는 것을 강경증 발작처럼 끔찍한 증상들과 함께 나타나는 일종의 질병"으로 간주한다. 예컨대 "멋지고 낭랑한 발성기관"을 타고난 의전관이 프랑스어를 할 때면 "갑자기 쉿쉿 소리를 내고, 속삭이고, 그르렁거리기 시작"하고 그의 "유쾌한 표정들이 아주 무섭게 일그러"지며 "평소에는 제어할 수 있던 훌륭하고 확고하며 진지한 예의범절조차 온갖 기이한 경련으로 혼란스러워"지는데, 이는 "내면의 그 어떤 고약한 질병 요괴의 격분한 행위"라는 것이다. 무어는 외국어 습득에 치중하느라 빠질 수 있는 위험에 대해서도 경고한다. "외국어를 빨리 배우고자 한다면 그 외국어로 생각하도록 노력해야 한다"는 "한 재치 있는 학자"의 조언에 따라 "나는 금세 푸들어로 생각하는 데 성공했지만 이 푸들적 사고에 어찌나 깊이 빠져들었던지 본래의 언어 능력이 퇴보되어 내가 생각한 것을 나 자신이 이해하지 못하게 되었던 것이다. 이 이해되지 않은 생각들을 나는 대부분 글로 옮겼다. 나는 '아칸서스 잎들'이라는 제목으로 모아놓았으나 내가 아직도 이해하지 못하는 이 언어의 깊이에 깜짝 놀란다". 외국어를 배우기 위해 외국어로 생각하는 데 골몰하느라 본래의 언어능력이 퇴화해서 자신의 생각을 스스로도 이해하지 못하고, 이해되지 않은 것을 글로 옮기기까지 하고, 여전히 이해하지 못하는 그 언어의 깊이에 감탄하는 경지, 혹은 지경에 이른 이들이 오늘날 우리 주위에도 상당히 많지 않을까.

풍자는 크라이슬러 전기에서도 중요한 역할을 한다. 이레네우스 제후의 궁정은 나폴레옹의 승리로 1806년 정치적으로 해체된 18세기의 전형적인 소국들 가운데 하나다. 이레네우스 제후는 손바닥만한 나라를 잃어버린 후에도 여전히 군주인 척 가짜 궁정생활을 꾸리는 시대착오적인 인물이다. 그는 궁정의 여러 기구를 유지시키고 궁정의 격식과 예절을 그 어느 대국보다 철저히 엄수케 하며, 궁정회합에 참여하는 인원은 몇 되지 않는데도 선량한 지크하르츠바일러 시민들의 도움으로 "꿈 같은 궁정의 거짓된 광채"를 유지한다. 크라이슬러 전기 곳곳에서 몽상적이고 망상적인 지크하르츠바일러의 궁정과 귀족사회에 대한 신랄한 풍자가 이루어진다.

『수고양이 무어의 인생관』에서 풍자보다 더 중요한 것은 아이러니와 유머다. 여기서 아이러니는 풍자와 완전히 구분하기 힘들게 중첩되어 있고, 유머와의 경계 역시 뚜렷하지 않다. 아이러니와 유머는 우선 크라이슬러라는 인물과 불가분의 관계에 있다. 이 인물의 특성으로 묘사되는 아이러니와 유머는 완전히 구분하기 힘들고 아이러니가 쓰여야 할 곳에 유머가 쓰이기도 한다. 벤촌 부인은 크라이슬러가 매번 "씁쓸한 농담"으로 도망친다고, 그의 "장기"가 아이러니, 즉 "쓰디쓴 조소, 깊이 상처를 주는 비웃음"이라고 힐난한다. 아닌 게 아니라 크라이슬러는 "진지하게 깊이 감동하여" 말하다가도 금세 "그 특유의 아이러니의 특별한 어조"를 취하곤 한다. 궁정 정원에서 헤드비가 공주가 자신의 신분을 밝혔을 때에도 "미친듯이 일그러진 미소가 쓰디쓴 아이러니의 표정을 익살맞은 것, 괴상한 것으로까지 고조시켰"고, 크라이슬러라는 "기이한 이름"에 의구심을 갖는 벤촌 부인에게도 그는 아이러니의 모드로 전환될 때면 으레 그렇듯이 "얼굴 전체가 근육의 기이한 움직임으로 수천의 주름과 고랑이 지며 진동하는 가운데" 대꾸한다. 헥토르 왕자에게도 "적대적인 경멸조의 아이러니로" 맞섰고, 헤드비가 공주와의 대화에서도 "내면에서 유머가 솟아오를 때면 언제나 그러곤 했듯이 경련하듯 몹시 실룩거리는 얼굴로" 소리쳤으며, 대수도원장 크리소스토무스와의 진지한 대화에서도 크라이슬러의 아이러니는 발동되고 만다. 대수도원장이 지상의 사랑을 체념하여 불행에서 자신을 구하라고 조언하자 "크라이슬러의 얼굴에서 그를 사로잡은 아이러니의 정신을 예고하곤 하던 저 기이한 근육의 움직임이 시작되었"던 것이다. 아니나 다를까 "사랑의 행복과 결혼"에 대한 크라이슬러의 아이러니한 언급, "기이하고 익살스러운 연설"이 이어진다.

크라이슬러는 경멸 어린 조소와 날카로운 아이러니로 궁정사회와 그 예의범절과 관습을 비판한다. 이러한 아이러니는 낭만주의적 허무주의에서 나오는 것이 아니라 자신에게 적대적인 세계에 대한 일종의 방호벽이라 할 수 있다. 그런데 크라이슬러의 아이러니는 씁쓸함과 경멸의 표현만이 아니다. 그의 이름이 크라이스Kreis, 즉 "원"이라는 말에서 연유하듯 크라이슬러는 그의 전 존재가 갇혀 벗어나지 못하는 "원들 속에서" "빙글빙글" 돈다. 그는 종종 "강요된 무도병의 도약에 지쳐 예의 원들을 둘러싸고 있는 해명할 수 없는 어두운 힘과 다투면서" "탁 트인 곳으로 벗어나기를 갈망"하는데, "이 동경의 깊은 고통"이 아이러니의 연유다. 크라이슬러는 유머를 조소와 분명히 구분한다. 벤촌 부인이 질타하는 "아이러니"는 "그의 버릇없는 이복형제인 조소와는 아무런 공통점도 없는 유머"를 낳았다는 것이다. 벤촌 부인에게 이러한 유머는 "형체도 색깔도 없는, 방종하고 변덕스러운 상상력의 흉측한 아이"일 따름이다. 그리하여 그녀는 "사람들이 찬미하는 그의 유머"를 "씁쓸함"이라 일컫는다. 벤촌 부인에게 크라이슬러는 "나타나는 곳마다 혼란스러운 재앙만을 야기하는 불행한 자"이다. 그녀는 이렇게 말한다. "모든 관습적인 상황을 조소하는 경멸, 나아가 모든 통상적인 형식에 대한 반항이 사유 능력의 우위를 증명한다면, 우리 모두는 이 악장 앞에 무릎을 꿇어야 하네." 하지만 율리아는 크라이슬러의 유머가 "더없이 충실하고 훌륭한 심성에서" 나오는 것임을 알아챈다. 유머는 마이스터 아브라함과 크라이슬러의 차이를 나타내기도 한다. 마이스터 아브라함은 "꿰뚫는 오성, 깊은 심성, 비범하게 민감한 정신"이라는 장점을 가졌음에도 "그 모든 조건 속에 삶을 더 깊숙이 들여다보는 데서, 가장 적대적인 원칙들의 투쟁에서 생겨나는, 드물고 놀라운 마음 상태"인 유머보다는 도처에서 "남의 불행을 고소해하는" "조롱"을 일삼는다. "더 고상한 천성"을 지닌 소년 크라이슬러는 친밀한 관계에도 불구하고 그에게 저항감을 갖는다. 하지만 마이스터는 "소년의 내면에 들어 있던 더 깊은 유머의 싹을 각별한 애정을 가지고 돌보는 데는 꽤 적합"했기에 그 유머의 싹은 잘 자라나 크게 성장하게 된다.

　호프만의 의미에서 아이러니는 기존의 것의 불충분성, 이상과 현실 사이의 벌어진 틈을 보여주며, 따라서 인식의 기능을 갖는다. 이 아이러니는 주어진 현실을 부정하고 비판적인 태도를 고집한다. 유머는 더 이상 온전한 세계는 없으며 존재는 지상의 삶의 요구들과 초지상의 영역으로 분열되어 있다는 통찰에서 연유하며, 더 나아가 그 이중성의 극복을 향한 길을 보여줄 수 있다. 그러나 소설의 인물들은 그러한 것을 제시할 수 없다. 그래서 크라이슬러도 우선 사회의 허무맹랑함과 세계의 결함들을 폭로하는 아이러니를 구사하는 인물로 남아 있다.

크라이슬러의 날카로운 유머는 통상적인 유머의 개념보다 아이러니에 훨씬 가까워 보인다. 그의 비판적이고 아이러니한 유머는 화해의 정신과는 거리가 멀다. 이는 그를 둘러싼 적대적 세계와 끝내 화해하지 않는 유머다. 이러한 점이 이 소설의 현대성을 보여주는 극단적 성격일 것이다.

아이러니와 유머는 악장 크라이슬러의 특성이자 소설 자체의 특성이기도 하다. 소설의 구조와 서술방식에서도 아이러니와 유머라는 시학적 원칙이 우세하게 나타나기 때문이다. 스스로를 "유머러스한 작가"로 이해한 호프만은 편자, 자서전 작가 무어, 크라이슬러 전기 작가를 서술자로 내세워 서술된 것에 대한 중첩된 굴절이 발생하게 하고 거리를 취하는 아이러니한 서술의 탁월한 유희를 선보인다. 수고양이의 문학적 야만 행위, 편자의 실수, 전기 작가의 허술함이 빚어내는 혼돈 가득한 우연의 세계를 치밀하게 연출해낸 호프만은 독자에게 선택의 여지를 남겨놓고 있다. 수고양이를 주인공으로 내세운 이 인간극장에서 어떤 이는 조롱과 풍자를, 어떤 이는 위트와 아이러니를, 또 어떤 이는 농담과 유머를 더 많이 읽어낼 것이다.

낭만주의의 후발 주자인 호프만은 당대의 예술 및 문학 경향을 충분히 활용하는 동시에 아이러니를 통해 비판적 거리를 취한다. 차갑고 산문적인 시민사회 속에 적응하지 못하는 예술가적 성향의 주인공 나타나엘이 어린 시절의 트라우마를 극복하지 못하고 광기로 치닫게 되는 「모래 사나이」에서는 밝은 이성의 영역에 전폭적인 신뢰를 보내는 계몽주의적 세계관과 낭만주의 예술가의 맹목적인 자아 집중 및 현실 이탈을 모두 비판하고 있다. 이 소설은 얼마 되지 않는 분량의 '작은' 소설이지만 그 다의성, 다양한 해석 가능성 때문에 현재까지도 수많은 독자와 연구자들을 끌어모으고 있다. 독일 문학의 첫 범죄소설로 꼽히는 「스퀴데리 양」은 17세기 파리를 무대로 수수께끼 같은 연쇄살인 사건과 프랑스 여류 작가 스퀴데리 양에 의한 사건의 해명 과정을 흥미진진하게 서술하고 있다. 호프만은 다수의 시각에서 서술된 것들이 퍼즐 조각처럼 맞춰지며 서서히 사건의 윤곽이 드러나는 긴장감 넘치는 구성을 활용하며 아이러니한 서술 태도를 드러낸다.

그는 낭만주의자들이 주로 탐구했던 인간 본성의 어둡고 마성적이며 불가사의하고 괴기스러운 측면을 추적하여 드러내면서도, 하이네가 평했듯 푸른 대기 속에 부유하지 않고 지상의 현실에 확고히 발을 딛고 있다. 당대 사회에 대한 신랄한 풍자로 인해 빚어진 『벼룩 대장』을 둘러싼 일련의 사태, 즉 당국과의 충돌과 검열도 이를 입증한다 하겠다.

박은경

1776년	1월 24일 프로이센의 쾨니히스베르크에서 변호사의 아들로 태어남. 원래 이름은 에른스트 테오도어 빌헬름 호프만이었지만 모차르트를 숭배하여 나중에 '빌헬름'을 '아마데우스'로 바꿈.
1778년	부모가 이혼함. 어머니와 외할머니 집에서 살게 됨.
1781년	쾨니히스베르크의 개혁된 부르크슐레에 다니기 시작함. 음악 수업, 소묘와 회화 수업을 받음.
1786년	테오도어 고틀리프 폰 히펠과 알게 됨.
1792년	쾨니히스베르크 대학에서 법학을 공부하기 시작함. 그 밖에도 예술 작업에 힘씀.
1794년	그에게 음악 수업을 받은 도라 하트(코라)와 사랑에 빠짐.
1795년	대학을 졸업함. 정부 판사시보 시험. 쾨니히스베르크에서 관직 생활을 시작함.
1796년	글로가우로 전임轉任. 외삼촌 요한 루트비히 되르퍼에게 옮겨감.
1798년	외삼촌의 딸 민나 되르퍼와 약혼. 사법관 시보 시험 합격, 베를린으로 전임. 요한 프리드리히 라이햐르트에게 음악수업을 받음.
1800년	삼차 사법시험에 합격, 포젠 고등법원 시보로 임명.
1801년	쾨니히스베르크로 여행. 오페라 〈유머, 계략 그리고 복수 Scherz, List und Rache〉 작곡. 이 오페라는 포젠에서 공연됨.
1802년	민나 되르퍼와 파혼. 포젠 사회의 영향력 있는 인사들에 대

한 캐리커처를 그렸다가 파문이 일어 플로크로 좌천됨. 마리 안나 테클라 미하엘리나 로러(미샤)와 결혼. 참사관으로 임명.

1803년 「수도에 있는 친구에게 보내는 수도원 사제의 편지*Schreiben eines Klostergeistlichen an seinen Freund in der Hauptstadt*」가 『프라이뮈티겐*Freimüthigen*』에 발표됨.

1804년 바르샤바로 전임. 차하리아스 베르너와 그에게 낭만주의 정신을 매개해준 율리우스 에두아르트 히치히와 교제를 시작함.

1805년 딸 세실리아 출생. 클레멘스 브렌타노의 글에 호프만이 곡을 붙인 오페레타 〈즐거운 음악가들*Die lustigen Musikanten*〉 공연. 〈라단조미사*Messe in d-Moll*〉 작곡. '음악 협회' 결성. 〈내림 마장조 교향곡*Es-Dur-Symphonie*〉 공연.

1806년 나폴레옹 군대의 바르샤바 입성. 관직을 잃음.

1807년 베를린에서 두번째 체류. 음악계에 발을 딛고자 하는 노력이 수포로 돌아감. 딸 세실리아 사망.

1808년 밤베르크 극장 악장직을 맡음. 하지만 곧 지휘자 활동을 중단하고 극장 작곡가로만 남음.

1809년 밤베르크 극장에서의 일을 완전히 포기하고 음악 수업으로 생계를 유지함. 〈일반 음악 신문*Allgemeine Musikalische Zeitung*〉에 음악비평 기고. 이 신문에 첫 문학작품인 「기사 글루크*Ritter Gluck*」가 발표됨.

1810년 프란츠 폰 홀바인이 밤베르크 극장 감독직을 맡게 됨. 호프만은 조감독이 되고 극장 작곡가, 극장 화가, 무대설계자로 일함. 베토벤의 5번 교향곡 평론.

1811년 그에게 성악을 배우던 제자 율리아 마르크와 사랑에 빠짐. 바이로이트의 장 파울을 방문함. 오페라 〈아우로라*Aurora*〉 작곡.

1812년	홀바인이 밤베르크 극장의 감독직을 그만두면서 일자리를 잃음.
1813년	극장 감독 요제프 제콘다의 제안을 받아들여 드레스덴의 악장직을 맡음. 드레스덴과 라이프치히에서 번갈아가며 체류. 오페라 〈운디네Undine〉 작곡.『황금 단지Der goldene Topf』와 『악마의 묘약Die Elixiere des Teufels』 1권 집필 시작.
1814년	제콘다와 결별. 악장직에서 해고된 후, 베를린 대법원에서 일함.『칼로풍의 환상작품집Fantasiestücke in Callots Manier』 출간. 친구들과 시적 사교모임인 '세라피온 결사'를 만듦.
1815년	『칼로풍의 환상작품집』 출간.『악마의 묘약』 1권 출간.
1816년	베를린 대법원 고문관으로 임명됨.『악마의 묘약』 2권 출간. 오페라 〈운디네〉 초연.『밤의 작품집Nachtstücke』 1권 출간.
1817년	『밤의 작품집』 2권 출간.
1818년	『어느 극장 감독의 기이한 고뇌Seltsame Leiden eines Theater-Direktors』 출간. 세라피온의 날(11월 14일)에 가장 가까운 문학 친구들과 회합을 다시 시작함.
1819년	『칼로풍의 환상작품집』(2판) 출간.『치노버라 불린 작은 차헤스Klein Zaches genannt Zinnober』 출간.『세라피온 형제들 Die Serapions-Brüder』 출간. '국가 반역적 학생연맹과 다른 위험한 음모 활동'의 수사를 위한 '국가원수직속위원회' 회원으로 임명됨. 구금된 '민중 선동가들'의 석방을 위해 활동하다 정부와 충돌함.『수고양이 무어의 인생관Lebens-Ansichten des Katers Murr』 1권 출간.
1820년	『세라피온 형제들』 3권 출간.『브람빌라 공주Prinzessin Brambilla』 출간.「혼란Die Irrungen」 발표.
1821년	「정령Der Elementargeist」 집필. 대법원의 상부항소부 위원으로 임명.『세라피온 형제들』 4권 출간.『수고양이 무어의 인

생관』 2권 출간. 『벼룩 대장*Meister Floh*』 원고를 출판인 빌만스에게 보냄. 「비밀들*Die Geheimnisse*」「도플갱어들*Die Doppeltgänger*」 발표.

1822년   연초에 큰 병에 걸림. 프로이센 정부에게 『벼룩 대장』 원고를 압수당함. 이른바 크나르판티 에피소드 때문에 징계 조치가 내려짐. 『벼룩 대장』은 크나르판티 에피소드를 제외하고 출간됨. 6월 25일 사망.

문학동네 세계문학전집 발간에 부쳐

세계문학은 국민문학 혹은 지역문학을 떠나 존재하는 문학이 아니지만 그것들의 총합도 아니다. 세계문학이라는 용어에는 그 나름의 언어와 전통을 갖고 있는 국민문학이나 지역문학의 존재를 인정하면서 그것을 넘어서는 문학의 보편적 질서에 대한 관념이 새겨져 있다. 그 용어를 처음 고안한 19세기 유럽인들은 유럽문학을 중심으로 그 질서를 구축했지만 풍부한 국민문학의 전통을 가지고 있는 현대의 문학 강국들은 나름의 방식으로 세계문학을 이해하면서 정전(正典)의 목록을 작성하고 또 수정한다.

한국에서도 세계문학 관념은 우리 사회와 문화의 변화 속에서 거듭 수정돼왔다. 어느 시기에는 제국 일본의 교양주의를 반영한 세계문학 관념이, 어느 시기에는 제3세계 민족주의에 동조한 세계문학 관념이 출현했고, 그러한 관념을 실천한 전집물이 출판됐다. 21세기 한국에 새로운 세계문학전집이 필요하다는 것은 명백하다. 우리의 지성과 감성의 기준에 부합하는 세계문학을 다시 구상할 때가 되었다.

문학동네 세계문학전집은 범세계적으로 통용되는 고전에 대한 상식을 존중하면서도 지난 반세기 동안 해외 주요 언어권에서 창작과 연구의 진전에 따라 일어난 정전의 변동을 고려하여 편성되었다. 그래서 불멸의 명작은 물론 동시대 세계의 중요한 정치·문화적 실천에 영감을 준 새로운 작품들을 두루 포함시켰다.

창립 이후 지금까지 한국문학 및 번역문학 출판에서 가장 전문적이고 생산적인 그룹을 대표해온 문학동네가 그간 축적한 문학 출판 경험을 바탕으로 새로운 세계문학전집을 펴낸다. 인류가 무지와 몽매의 어둠 속을 방황하면서도 끝내 길을 잃지 않은 것은 세계문학사의 하늘에 떠 있는 빛나는 별들이 길잡이가 되어주었기 때문이다. 우리가 자부심과 사명감 속에서 그리게 될 이 새로운 별자리가 독자들의 관심과 애정에 힘입어 우리 모두의 뿌듯한 자산이 되기를 소망한다.

문학동네 세계문학전집 편집위원
민은경, 박유하, 변현태, 송병선, 이재룡, 홍길표, 남진우, 황종연

지은이 **E. T. A. 호프만**

1776년 프로이센의 쾨니히스베르크에서 태어났다. 법학 교육을 받고 법률관으로 일하다가 나폴레옹의 진군으로 관직을 잃자, 이를 계기로 음악가로서 꿈을 이루기 위해 지휘자, 비평가, 공연감독 등으로 일했다. 이 시기에 오페라 〈아우로라〉〈운디네〉 등을 작곡했다. 1814년 다시 베를린의 대법원에서 일하기 시작했다. 1814년 『칼로풍의 환상작품집』을 발표해 작가로서 명성을 확립했다. 이후 법관으로 재직하면서 『악마의 묘약』 『수고양이 무어의 인생관』 『세라피온 형제들』 『브람빌라 공주』 『벼룩 대장』 등을 발표했다. 1822년 46세로 사망했다.

옮긴이 **박은경**

연세대학교 독어독문학과 및 동 대학원을 졸업하고 독일 마르부르크 대학교에서 독문학 박사학위를 취득했다. 현재 연세대학교 독어독문학과에서 강의하고 있다. 논문으로 「'낭만적 사랑'의 신화 창조와 파괴-괴테의 『젊은 베르터의 고뇌』와 옐리네크의 『사랑하는 여자들』」 「욕망의 오디세이: 하이네의 운문서사시 『비미니』」 「연출된 주관성: 『여행풍경』에 나타난 하이네의 자기연관적 글쓰기」 「프로메테우스 신화의 시적 변용-괴테, 하이네, 카프카, 트라이헬의 경우」 등이 있다.

세계문학전집 126

수고양이 무어의 인생관

1판 1쇄 2014년 12월 30일
1판 3쇄 2022년 2월 4일

지은이 E. T. A. 호프만 | 옮긴이 박은경

책임편집 박신양 | 편집 안강휘 고우리 황현주 오동규 | 독자모니터 박하연
디자인 김현우 이주영 | 저작권 박지영 이영은 김하림
마케팅 정민호 이숙재 박보람 한민아 김혜연 이가을 안남영 김수현 정경주 이소정
브랜딩 함유지 함근아 김희숙 정승민
제작 강신은 김동욱 임현식 | 제작처 영신사

펴낸곳 (주)문학동네 | 펴낸이 김소영
출판등록 1993년 10월 22일 제406-2003-000045호
주소 10881 경기도 파주시 회동길 210
전자우편 editor@munhak.com | 대표전화 031) 955-8888 | 팩스 031) 955-8855
문의전화 031) 955-8895(마케팅), 031) 955-1916(편집)
문학동네카페 http://cafe.naver.com/mhdn
문학동네트위터 http://twitter.com/munhakdongne
북클럽문학동네 http://bookclubmunhak.com

ISBN 978-89-546-3422-9 04850
     978-89-546-0901-2 (세트)

www.munhak.com

● 문학동네 세계문학전집은 계속 출간됩니다